COLLECTION FOLIO

François Nourissier

de l'Académie Goncourt

À défaut de génie

Gallimard

François Nourissier est né à Paris en 1927, d'une famille lorraine et flamande. Il a publié son premier livre en 1951 et conçu en un demi-siècle une œuvre où alternent autobiographie et roman. Élu à l'Académie Goncourt en 1977 au couvert de Raymond Queneau, il en est le président de 1996 à 2002. Il a écrit sur les livres et la littérature dans de nombreux journaux et revues. Il partage sa vie, depuis quarante ans, entre Paris, la montagne et la Provence.

à Totette,
dite Cécile,
quarante années de ce livre.

Avant-propos chronologique

L'idée que je puisse écrire sur ma vie sans respecter une chronologie trouble mes interlocuteurs. En voici donc une, succincte.

1927-1935 : Papa est fragile du cœur

Famille normale : pas de place vide à table. Paul et Renée. Renée est flamande : Renée Heens. Jacqueline et François, prénoms d'époque. Provinciaux ? Pas tout à fait. Plutôt banlieusards. Quel homme est mon père ? Dans l'ordre d'importance des facteurs : Meusien, ancien combattant, marchand de bois (l'en-tête du papier à lettres dit « exploitant forestier »), gourmand sans doute de notabilité. Papa est fragile : la guerre, les gaz ? Il a pris un coup de froid, en 1918, en Pologne. Il fait des cures à Royat. Il lit Le Journal. *À l'arrière-plan, Croix-de-feu, Léon Daudet, Bernanos, les bérets et les gourdins des Camelots du Roy. Je fréquente les écoles privées (on dit « libres ») où l'on célèbre Jeanne d'Arc et le 21 janvier. Vacances : Vosges, Jura, Suisse (forêts) et les plages les plus froides possible : Normandie ou Belgique. Vents coupants. Pêche aux praires et aux crevettes. Séjours réguliers chez grand-mère Judith, à Avocourt, d'où l'on rayonne pour visiter les champs de bataille. J'apprends la guerre, pour la vie. S'il existait un institut d'études de Verdun, j'en serais diplômé.*

Pour l'apparence, examinons les photographies : je suis un inguérissable petit Français, bouille molle, épis dans les cheveux. Une photo de famille : néant et promesse de néant. Journaux d'époque, films d'actualité le montrent : la laideur qui nous afflige est répandue. Il y a des moments comme ça dans l'histoire des hommes, où tout le monde est moche. Aucun grand vertige, aucune métaphysique. Papa nous fait parfois une surprise : un poste de TSF Philips, une Citroën à « moteur flottant ». D'autres fois il prend des colères. Un jour il retire la ceinture abdominale qu'il porte pour contenir son vaste ventre, s'en fait une manière de fouet et tape sur ma sœur qui hurle et tombe sur le sol carrelé de la cuisine. Il continue de la frapper. Ma mère et moi, nous regardons. Quelques semaines plus tard Paul Nourissier meurt. J'ai cent fois dit comment. On coud un brassard noir à une manche de mon manteau.

1935-1940 : Deuil au pavillon « Les Glycines »

Ennui et sommeil, ponctués de visites dominicales au cimetière. Heureusement l'Histoire s'est remise en marche, Hitler fait des discours qu'on écoute en frissonnant et notre vieille amie, la guerre, piaffe à la porte. En Espagne elle est déjà entrée, elle nous rate de peu à Munich, nous caresse en 39, nous ratiboise en 40. Les oncles sont prisonniers. Maman divorce. Elle s'était donc remariée ? Eh oui, ce pour quoi les cousins Didier l'avaient grondée.

Juillet 1939 : l'élu pilote une grosse Chevrolet noire. Je l'appelle « Monsieur ». Nous habitons Meulan, sur la Seine. Mme Elvire Popesco descend de Juzier, en voisine, choisir sa viande chez le boucher. Un lycée de filles parisien, Molière, se « replie » dans ce qui deviendra un des « châteaux de Bokassa ». Vertiges amoureux, routes d'Île-de-France, immenses songeries à vélo. Maman et Jacqueline, cœurs ravagés, ont d'autres chats à fouetter : personne ne s'occupe de moi. Le trio Nourissier emménage à Paris en janvier 1940. Maman a visité des appartements, en tempête. Boulevard Raspail ? Rue Soufflot ? À chaque visite j'invente une vie. Bientôt, sourdine à mes rêves : on choisit le plus triste, en bas du boulevard Saint-Michel. On a beau vivre, depuis cinq ans, de l'air du temps, on doit être pauvres, mauvaise nouvelle. L'ère des soustractions et des écorchures sociales commence. En un mois, à la rentrée scolaire de l'automne 1940, mes yeux se dessillent et je vois le monde tel qu'il est. Enfin ! Je n'aurai plus désormais qu'à éliminer, refuser, oublier, choisir, conquérir : rien de bien compliqué. Je me mets à lire, découvre la volupté d'être seul, apprends à me taire et à écrire : mon dispositif est en place. Janvier-mai 1940 est une période bénie : chez M. Fringhian, qui dirige l'« Institut universitaire » — excusez du peu ! —, boîte à bac pour cas désespérés, on me laisse les rênes longues. J'ai une compagne de chiourme, une fille de treize ans qui vit avec sa grand-mère place Saint-André-des-Arts. Pour nous, pas de bac à l'horizon : nous baguenaudons dans le quartier. Les bouquinistes des quais et la galerie de librairie du théâtre de l'Odéon me fascinent. Seul, j'explore Paris à bicyclette. J'ai l'impression qu'on m'a attablé devant un énorme gâteau. Les « grands », au lieu de « cravacher » — style Fringhian, qui crache le mot avec des postillons de tabac en suçotant toute la journée des Craven éteintes —, m'apprennent à dessiner des femmes nues. Jacqueline s'est mise à travailler. Le mot, dans la bouche de Maman, brûle comme une gifle. Elle est devenue vendeuse dans une librairie. Un grand l'y reconnaît — elle est parfois venue me chercher — et bâtit aussitôt des châteaux en Espagne. Si je lui arrangeais le coup il pourrait faire des progrès en femmes nues, face et profil. Une fille qui travaille, ça doit être consommable. Jacqueline m'offre chez M. Gouillet, boulevard Saint-Michel, un coffret de peinture à l'huile avec chevalet incorporé. Si de très vieux Parisiens se rappellent avoir vu, avant le déluge, sur les *quais, du côté du Pont-Neuf, un petit garçon « sur le motif », c'était moi. Le 10 mai 1940 les Allemands déferlent sur la Belgique. Il ne faut pas une semaine à Maman pour organiser de main de maître notre départ. Les trains fonctionnent encore : ma boîte de peinture suit en « bagages accompagnés », avec le vélo. Trois semaines de plus et nous étions englués dans l'exode. La Baule, villa « Ma Théo » : j'ai raconté tout cela. Un été nostalgique et interminable. J'ai du mal à reconstituer la trace, en moi, de la débâcle. En ai-je été abasourdi, humilié ? M'en suis-je fichu ? Mes souvenirs ne sont plus de première main. Je me suis ausculté, écouté, relu : j'ai oublié ce que ce fut d'appartenir à l'« insolente nation » ; j'ai oublié aussi le goût de la défaite. À la fin de septembre 1940 retour à Paris : je dois entrer en 3e au lycée Saint-Louis.*

1940-1947 : Apprentissages

On devrait conseiller aux adolescents de ne choisir des amis que parmi les possesseurs de frères, sœurs, cousins, cousines et plus généralement de famille. À l'automne 1940, eussé-je mal choisi, je me desséchais. Je ne sais quel instinct m'a guidé vers celui de mes condisciples qui pouvait m'offrir les plus précieux cadeaux : une maisonnée, une morale (et en même temps une liberté), une pédagogie. Ces sept années qui me séparent de mes vingt ans vont donc être consacrées à apprendre la vie — ce qui *n'est pas exactement apprendre à vivre. Peu à peu je découvre comment il faut parler, rire, se vêtir J'apprends des jeux de société. Jeunes filles, presque femmes. Lectures boulimiques. Autre apprentissage : la plupart des hommes sont des pétochards et des prudents. Pas trace de héros dans les couloirs des lycées. Les jours dits de la libération de Paris, abandonné à moi-même (Frédéric est parti à la recherche d'un maquis, Philippe G. est je ne sais où, Alain P. poinçonne des tickets à la gare Saint-Lazare, Pierre est au plus profond de quelque usine de conserve), je retrouve l'ivresse des courses à vélo de 1940. Cette fois il faut se déplacer à pied et faire gaffe aux balles perdues, qui ne le sont pas pour tout le monde. Je vois mourir beaucoup de gens en quelques jours, Allemands et Français. Mes petites camarades des beaux quartiers, qui n'avaient jamais franchi les limites du XVI*e *arrondissement, ont raté les barricades. Je leur en veux un peu. En novembre, débarqué à la Sorbonne et à la faculté de droit, je me mets à fréquenter du moins beau linge et m'en trouve bien. Retour au bon genre : les manèges. C'est alors, de mes seize à vingt ans, la passion des chevaux. Les manèges du Panthéon, du Jardin d'Acclimatation, de l'Étrier, du Tattersall, les loueurs de chevaux de Versailles et de Saint-Germain mènent la vie dure aux Sciences Po. Études : souvenirs fades ou effacés. Mes vingt ans arrivent : le BK me guette et les vertueuses sont évanouies. Vais-je devenir un voyou ?*

1947-1952 : Honorable

Entre mes vingt et vingt-cinq ans j'épuise plusieurs aventures : la peur de la maladie, l'envie de me carapater, le rêve de devenir édifiant, le mariage. Tout cela méritera d'être conté dans le détail. Ce sont des années aberrantes puisque je n'y use mes forces qu'à la conquête de territoires qui ne me tentent pas. Grande dépense d'énergie, de résolutions, dans l'absolue certitude que la dépense sera vaine. Causes perdues et même, à mes yeux, un peu plus que perdues : bêtes. Je ne m'engage dans l'« humanitaire » que par embarras — flemmard, je suis en train de découvrir les inconvénients de la paresse — et je m'engage dans la noble architecture d'un mariage pour forcer ma nature, qui me destine aux abandons et reniements. Au lieu de suivre seul ma mauvaise pente, je tiens à atteler à deux, de sorte que nous subirons davantage de dégâts lorsque nous verserons. L'apparence de ces divers paris, mises en scène et dérobades est des plus flatteuses. Hypocrite ? Non, j'ai résolu d'être honorable et je m'y essaie loyalement. Ces années sont en vérité parmi les plus basses — comme on dit les eaux basses — de ma vie. Nulle espérance de fort tonnage ne saurait y flotter. Je semble m'amender, planter des arbres, revenir à mes sources, inventer l'avenir, etc., en vérité, une période d'abandon : la vertu est une douillette, on s'y sent à l'abri de tout.

1952-1962 : Dérive

Ma vraie vie a-t-elle commencé en 1940, avec l'arrivée à Paris, les premières vraies lectures, les premières vraies amitiés, ou en 1952 ? Tout paraît alors recommencer, deux tons au-dessus : nouveau retour à Paris après une longue année en Savoie ; publication à l'automne 1951 de mon premier roman ; rencontre de la jeune guerrière ; mise à mal de mon mariage ; entrée « dans le papier » ; découverte d'un milieu qui m'avait paru inaccessible. Le peu que j'avais construit depuis cinq ans est détruit. À vrai dire, j'étais impatient d'abîmer les personnages et la comédie qui m'occupaient depuis 1947. Je n'étais pas et ne voulais pas être un homme de parole. Ces premiers mois passés dans la serre étouffante du chalet de Combloux, je vivais comme à la chasse, je cherchais du gibier. Quand le hasard m'aura servi, je piétinerai sans hésitation l'ébauche de jardin dessinée depuis un moment. Je me découvrirai une espèce de force. Non pas celle qui monte les murs mais l'autre, la force noire et nerveuse qui efface les scrupules, permet les départs. J'aurais pu manquer toute ma vie de cette brutalité rapide sans laquelle un homme ne se libère pas de ses devoirs ; pendant les dix années de ce que j'appelle ma dérive j'en disposerai en abondance. J'ai alors quitté une « situation », abandonné mon foyer, suivi une femme très jeune, été habiter des logements infâmes ou trop coûteux, quitté un autre travail, flotté entre des aventures de qualités diverses, entre les mensonges aussi, et bu avec excès. Jamais, quand je m'éloignais d'un lieu ou d'un sentiment, l'étape suivante n'était préparée. Mon excuse était dans l'incertitude, le risque. J'ai le souvenir de marches dans Paris, seul, aucune obligation ne m'appelant nulle part, ignorant où je dormirais le soir, et avec qui, libre comme je ne l'ai plus jamais été.

1955-1958 : c'est l'époque des polémiques, la volupté de me faire des ennemis, la fébrilité exquise des amphétamines, les voitures trop rafistolées et rapides. Je n'aime alors personne et personne ne m'aime. Je me suis éloigné de tous mes ports. Moi le mouton, je me suis fait, au jugé, une tête de loup. Mais une tête de loup, c'est aussi un balai : je balaie. Je suis infidèle à toutes mes vies. Je trahis qui m'a aidé à trahir. Je n'ai plus de complices. Dans ce tourbillon je trouverai encore la place et le temps de caser un éphémère mariage. Il sera emporté par ma mauvaiseté ; par celle des autres, aussi, car on me paye alors dans ma monnaie. Depuis 1957 j'ai cessé d'écrire : cinq ans de stérilité succédant à quatre livres médiocres : l'ornière est profonde. Telle est la situation à la fin de 1961. J'ai trente-quatre ans et le matériau a vieilli.

1962-1997 : Une vie

Ces trente-cinq années constituent mon corps de bataille, mon réduit alpin, mon donjon. J'ai écrit entre ces deux dates la douzaine de livres qui forment mon bagage. J'ai vécu l'essentiel d'un mariage qui a vertébré ma vie. Mes opinions se sont fixées, comme ma méfiance des idées. J'ai fait des voyages. J'ai donné à quelques amitiés la place qu'elles méritaient. J'ai appris à mieux aimer mes enfants. Plusieurs fois, au long de ces années-là, j'ai cru reconnaître en moi tout ou partie du personnage que j'avais espéré être ; je me suis ressemblé ; j'ai même cédé à l'illusion d'avoir atteint un état de moi-même que j'aurais loisir et force de prolonger à volonté. Je me suis offert à diverses aventures ; elles ont fait durer en moi l'appétit et la nostalgie du bonheur. Puis la lumière a baissé, les traits des visages sont devenus flous, la mort s'est installée au plus près. Soudain, tout a rapetissé, étréci, pâli.

La Pente

J'en fais commencer la déclivité à 1994 parce que cet été-là on me vole le manuscrit d'un roman, à l'heure où la maladie, insidieuse ou spectaculaire, frappe autour de moi et en moi. Soudain tout se dérobe. La peur s'installe. Peur des voleurs de vie, de la lenteur des crépuscules. Je vais réagir, remettre du combustible dans le moteur, croire ceux qui me serinent que la route est encore longue et ne descend que par paliers. Mais l'inversion du cours des choses est irrémédiable.

Si mon livre était divisé — ce qu'à Dieu ne

plaise — en parties équilibrées, la dernière s'intitulerait « La Pente ». Elle ne contiendrait pas toutes les évocations que son titre suggère ; certaines surgiraient, presque au hasard de telle ou telle page écrite antérieurement. Il ne faut pas oublier qu'un récit comme celui-ci, fragmentaire, est soumis au rythme d'une double chronologie : celle dont son contenu rend compte — ma vie même — et celle qui préside à la rédaction du livre, celle du travail — travail de mémoire et travail de composition. Or, cette dernière étape, la Pente, est la seule où je doive tenir compte d'un mouvement : la pose est impraticable ; il me faut donner au lecteur la notion d'un glissement, réussir des instantanés. Qu'on me pardonne si certain flou floconne et fait vaciller les images.

Mgr Chollet

Jean-Arthur Chollet est né à Avocourt (Meuse) le 8 avril 1862. Fils de l'instituteur, il habitait, j'imagine, le bâtiment à fronton que l'on voit, hôtel de ville et écoles réunis, sur une carte postale d'avant 1914. Mais ce bâtiment, avec vingt-quatre fenêtres en façade, existait-il sous Napoléon III ? Je n'en saurai rien, la bataille de Verdun ayant anéanti le village. J'ignore si la mairie actuelle, beaucoup plus modeste, occupe l'emplacement de l'ancienne. En tout cas le petit Jean Chollet fut sans aucun doute un camarade de jeu de mon grand-père Eugène, né en 1865 à cent pas de là, rue de la Cochetée. Camarades ? On peut le penser, avec pour Chollet, sur Nourissier, l'avantage d'être de trois ans l'aîné, et fils de l'instituteur, du maître d'école, donc sûrement bon élève. Il faut n'avoir pas été un cancre pour se retrouver séminariste à Verdun et à Lille, ordonné prêtre en 1886, professeur de philosophie et de théologie, évêque de Verdun en 1910, archevêque de Cambrai en 1913.

Donc, camarades de jeu. Quand Eugène Nourissier (vingt-cinq ans) épousera Judith Servas (vingt ans), en janvier 1891, Jean Chollet sera déjà prêtre depuis cinq ans, et professeur de logique à la faculté catholique de Lille. Mais pour l'instant, les deux gamins jouent sur la place où l'on voit s'ébattre des poules, et des charrettes de fagots, et des tas de fumier. Les enfants, en tabliers longs, ont tous l'air de filles.

On peut penser que, tout intimidante que soit sa soutane, l'abbé Chollet est resté lié par quelques signes aux jeunes époux : une lettre de félicitations ? Des prières ? Quand, en 1906, ma grand-mère Judith se retrouvera veuve et ruinée — les fours de la poterie ont explosé et Eugène est mort peu après — il est raisonnable de supposer que, mère de deux garçons — mon père, Paul, et son jeune frère Alexandre —, Judith ait cherché de l'aide, à tout le moins des conseils. Pourquoi pas auprès de ce camarade de son mari devenu un Monsieur en soutane ? Paul a alors quatorze ou quinze ans.

Pourquoi cette apparition de Mgr Chollet dans le tableau d'une famille que j'imagine peu portée sur la dévotion ?

Tout commence un après-midi de septembre 1987, à Troyes, lors d'une fête des écrivains champenois où Armand Lanoux a entraîné deux ou trois Goncourt. S'approche de moi, qui suis assis sous le soleil pour signer des livres, un couple singulier : fortes carrures, fortes pointures, l'homme et la femme se ressemblent. Ils sont frère et sœur. « Je m'appelle B., cela vous dit-il quelque chose ?

— Un nom familier, peut-être…

— Mon père avait été engagé comme secrétaire par le vôtre, en 1934… Tenez, j'ai là son contrat, des lettres… »

Surgit dans la grande lumière d'automne l'écriture de mon père, ronde, dessinée, si harmonieuse, dont je retrouverai parfois une inflexion dans la mienne. Comment le petit pauvre d'Avocourt, le gamin orphelin dont on m'a dix fois raconté quelle dure vie il mena, après la mort du grand-père Eugène, dans les clairières de bûcheronnage de la forêt d'Argonne, comment le gosse qui pédalait sous l'orage, un dimanche matin, des nœuds de vipères se tordant entre les flaques du chemin, pour aller passer quelques heures au village, a-t-il appris à écrire de la sorte ? (Et je revois les notes prises en marge de quelques livres que je découvris dans sa bibliothèque après sa mort.) Je reste silencieux.

« D'où lui venait cette belle écriture ? demandé-je.

— Ah, c'est au séminaire qu'ils lui ont appris ça !

— Au *séminaire* ?… »

Mon interlocuteur voit la stupeur sur mon visage et aussitôt il esquisse un mouvement de retraite :

« Mon père m'a toujours dit… Je pensais… »

Des fantômes se lèvent, des formules frémissent dans le silence : « Fils de prêtre ! », « Jeter sa soutane aux orties… » Des amateurs de dédicaces, des porteuses de particules et de bracelets s'impatientent.

Les B. me laissent leurs deux cartes, s'inclinent, s'éloignent.

Dès le lendemain, je leur ai écrit. Pas de réponse. J'ai insisté en vain. Au bout d'un mois, j'ai téléphoné. Conciliabules. Quoi, je ne savais pas ? Un infarctus. Monsieur B. était mort dans les premiers jours d'octobre...

Quelques mois durant, j'ai mené une enquête. Pourquoi Judith Nourissier n'aurait-elle pas obtenu de l'abbé Chollet une bourse pour Paul, et le privilège d'être éduqué au séminaire, même si ce n'était pas dans la ferme intention de faire de lui un prêtre ? Cela couvrirait à peu près les années 1906-1911. Puis, à l'automne 1911, mon père aurait choisi d'être « appelé » — la fameuse classe 11 : trois ans de service, en 1914 « maintenu sous les drapeaux », la guerre, une année d'occupation à Mayence —, l'addition était simple, huit ou neuf ans sous l'uniforme, et la démobilisation, lieutenant d'artillerie, juste à temps pour rencontrer, du côté de Compiègne, Renée Heens, elle aussi venue des « régions envahies », et de fabriquer ma sœur un peu avant le mariage, mais en 1920, et un ancien combattant...

Je m'étais toujours émerveillé — en tout cas à partir du jour où j'avais daigné me préoccuper des miens — de ce destin lorrain où la guerre, seule, réussit à faire d'un petit péquenot un bourgeois. Louis Jacquinot, le futur député de la Meuse et ministre, Monsieur D., avec qui Paul s'associera pour le négoce du bois : amitiés de guerre. Mais si quelques années de séminaire avaient dégrossi le petit Meusien, tout s'expliquait autrement. Était-il encore temps de savoir ?

Un père dominicain, Serge Bonnet, qui connaît l'Argonne comme personne, m'aida. Il écrivit, interrogea, relança. Il monta, fortifia, bâtit l'hypothèse Chollet. Il obtint le témoignage du plus vieux prêtre du diocèse, quatre-vingt-quatorze ans. Mais mon père aurait eu le siècle : le nonagénaire était son cadet… Et l'Histoire, qui avait bousculé tout cela ! Non seulement la bataille de Verdun, plus cruelle pour les marches de l'Est que jadis la guerre de Trente Ans, mais les fureurs doctrinales. Le petit père Combes était passé, et la Séparation, l'expulsion des Congrégations, les Inventaires, les séminaires et les collèges fermés ou réfugiés en Belgique, les archives dispersées. Cette haine que la République, fragile encore, avait attisée pour y puiser de l'énergie. Tout cela rendait difficile de retrouver la trace d'un adolescent envoyé peut-être au séminaire — mais où ? À Verdun ? À Bar-le-Duc ? À Reims ? —, peut-être abandonné aux hasards du néant social dans cette campagne de 1910 qu'aucune intuition ne me permet de mettre en scène.

Aujourd'hui, les réponses adressées au père Bonnet, les photocopies des *Nouvelles diocésaines* du début du siècle et du *Dictionnaire du Catholicisme*, les fins de non-recevoir, les aveux d'impuissance, les hypothèses fantaisistes, ont rejoint dans une boîte en carton les esquisses d'arbres généalogiques, suggestions alléchantes de dames aux beaux noms, listes des 1 249 mariages célébrés à Avocourt entre 1668 et 1892, et autres études d'érudits locaux sur les seigneurs verriers aux Islettes sous l'Ancien Régime ou les « potiers de terre » en Argonne.

Voici les 21 mariages Nourissier célébrés entre 1757 et 1891 (on ne m'a pas offert les autres pages), où je vois défiler tous les noms familiers à mon enfance : jeunes filles Didier, Mauvoirin, Pierrard, Servas, Mélinet, Jeanjean, Didiot, Antoine, Jacques, Colson. Voici Marie-Louise de Condé et Anne de Laprose, qui me semblent bien parfumées pour avoir été méritées, l'une en 1829 par Jean-Pierre Nourissier et l'autre par ce Claude Dolisy qui devint le beau-père de Pierre Nourissier en 1757... Des dames m'écrivent, dont les lettres gisent dans le carton gris, pour me proposer l'ascendance flatteuse de mon homonyme François, maître huilier à Briey, voire des alliances de rêve avec les Boudat d'Avancy (un certain Jean Nicolas épousa Jeanne Marguerite Nourissier en 1788) ou avec la déjà nommée Marie-Louise de Condé. Elle devait être une fière nature, si j'en crois ce que m'en écrit son arrière-arrière-petite-fille. N'épousa-t-elle pas en 1829 Jean-Pierre Nourissier, de qui lui naquirent quatre enfants : les jumelles Marie-Rose et Marie-Madeleine, puis Jean-François et Marie-Eugénie. Après quoi la terrible (je la vois terrible) Marie-Louise épousa Jean-Baptiste Michel qui mourut trois mois après les noces, et elle mit encore au monde en 1844 un fils naturel, Léopold de Condé, propre arrière-grand-père de ma correspondante. Enfin la belle Marie-Louise (je la vois belle) convola une quatrième fois, avec Jean-Baptiste Gavard, scieur de long, fils de Nicolas Gavard, bûcheron, et d'une certaine Anne Nourissier. Omniprésents, mes petits « potiers de terre ».

« Peut-être savez-vous tout cela ? me demande ma correspondante, ou bien êtes-vous d'une branche collatérale ? » Elle a raison ; dès qu'il s'agit d'avoir de la branche, je ne suis qu'un collatéral. Mes branches à moi ont été élaguées. Du fagot, du petit bois pour le feu. Mon père faisait négoce de bois sérieux, responsable : il soutenait les galeries de mines ou assurait l'écartement et la stabilité des rails de chemins de fer.

Cette affaire de la *branche* est liée directement à mon aventure d'écrivain. Sans doute, à l'origine de mon intention littéraire — velléité, promesse, je n'en savais encore rien —, trouvait-on le désarroi de me découvrir si piteux, puis, tout de suite après, la volonté de le cacher. Rage et désir de camoufler tels sont les premiers élans. Humiliation (et la tristesse, bien sûr, pour l'honneur) et imposture. L'expression littéraire, qui prenait source dans la colère de n'être rien, devenait ensuite maquillage, art de dorer la pilule. À aucun moment je ne pensai pouvoir *accepter*, je ne m'avisai même pas que l'acceptation était une morale, une politique, voire une esthétique. La révolte, oui, que j'étais prêt à copier chez ceux qui possédaient ce privilège : une autorité contre quoi se rebeller, un père, une famille, une naissance. Je considérais donc avec compréhension les comédies à l'aide desquelles les ternes se font briller : choix d'un pseudonyme, subtils baptêmes d'adultes, traits d'union qui font les noms à deux coups — comme de fusils qui permettent de chasser chez les chics, voire, dans les salons, de tirer dans les coins. Ces combines m'amusaient, car j'étais de complexion gaie, mais je ne fus pas loin d'y sacrifier tant j'étais affamé de bienséance et de conformité. Parti avec l'espoir de débusquer des sangliers parmi mes ancêtres, et résolu à assumer — oui, je disais « assumer » — la grogne des culs-terreux que je ne manquerais pas de trouver au bord des layons et des souilles, voilà que je rêvais d'y croiser de petits marquis, ou de ce gibier de moquette et de pelouse que traquaient les membres des sociétés de Généalogie déchaînées entre Champagne et Vosges. Je me suis fait conduire un jour aux Archives de la Meuse, à Bar-le-Duc. La salle de consultation des archives ordinaires était comble. Pas un fauteuil libre. Âges et milieux confondus, je trouvais là un échantillonnage véridique d'une petite société provinciale, vers la fin du XXe siècle, éperdue de mémoire, d'érudition, mais surtout possédée par l'espérance d'une alliance flatteuse, guettant, au coin des paragraphes presque illisibles des registres paroissiaux ou des minutes notariées, un air de castel, un rien de blason, un soupçon de chevalerie, une caresse du grand genre. Après tout le mal que je m'étais donné, la violence que je m'étais faite pour prendre le parti de mes ombres, brandir la bannière de mon humilité, voilà que l'apparition inattendue et douteuse d'un petit séminariste en sarrau noir me rejetait aux ambitions d'esbroufe que j'avais écartées à grand-peine. Plus grave, je ne parvenais pas à sentir le parfum de cette enfance depuis si longtemps évanouie et dont le sens de la mienne dépendait. On peut se passer de connaître ses origines — la plupart des hommes les ignorent — mais la vie, à cette ignorance, perd de son goût. Enjoliver ne paraît savoureux qu'aux petits appétits ; revendiquer, orgueilleusement, ce qu'il est habituel de cacher, est autrement plus épicé. Quel beau feu allumer en mangeant le morceau ! Désobligeante, difficile à avouer et à formuler, la vérité est une drogue : pourquoi en refuser l'ivresse ?

Je ne saurai jamais si mon père a connu les séminaires du début de ce siècle enterré. À part le hasard d'une vieille lettre, d'un papier jauni et effrangé, et d'un curieux qui me les révélerait, rien ne surgira plus qui étayerait une hypothèse ou une autre. Je suis libre de me donner le père de mon choix.

Miss P.

Nannie, Mademoiselle, Fräulein, Miss, pas le genre de la famille. Le voile bleu n'était pas dans nos moyens. À peine ai-je eu, le vendredi, qui était jour de lessive, je vous parle du début des années trente, le privilège de chevaucher Berthe — elle acceptait le rôle modeste de cheval — dans la buanderie où elle battait le linge en riant. Je tiens de ce temps-là l'illusion que le rire fait partie des secrets de la propreté. Avec les « boules de bleu », sur le pouvoir desquelles régnait Berthe, et que j'assimilais au bleu des joueurs de billard, ces petits cubes de craie dont ils couvraient le procédé de leur queue (coup d'œil vers Maman afin de voir si elle avait repéré le « vilain mot ») avant de tenter un massé, ou un coulé, ou un rétro, non sans avoir commenté d'abondance l'extrême difficulté de ces coups. Ils vous classaient un homme. Le massé surtout. Les prouesses n'avaient rien à voir avec l'allure des joueurs, tous en gilet ou bretelles, un verre de Picon-cassis posé sur le guéridon de marbre.

Mes cavalcades sur le dos de Berthe étaient rares :

Maman la protégeait en me chassant de la buanderie et me débusquait si j'essayais de me cacher dans une des autres caves : la cave à vin, la cave à charbon dans un coin de laquelle, en hiver, ronflait le calorifère, que je n'avais pas le droit, le soir, de « charger » pour la nuit avec ce grand seau noir trop lourd pour moi. Je restais trois pas en arrière, prudemment, quand on ouvrait la gueule rouge de la chaudière. Bref, difficile de considérer Berthe comme étant à mon service. Même si elle m'appelait « son petit prince » et vint longtemps demander de mes nouvelles, me dit-on plus tard, quand « la gêne » nous eut imposé de renoncer à une « femme de lessive ».

C'est l'époque à peu près où je lus la comtesse de Ségur. La façon qu'avaient les petites Fleurville de dire « ma bonne » me troublait. Ce possessif… Une dame nommée Arlette de Pitray que je rencontrais vers 1955 à Royaumont, chez Henri et Isabelle Goüin, passait pour avoir été « une des petites filles modèles ». Cela l'eût fait naître vers 1850 et lui eût donné plus du siècle. C'était prêter beaucoup à sa longévité et à sa dignité. Je me trompais d'au moins une génération.

L'idée d'évoquer « Miss P. » pour expliquer telle ou telle disgrâce que je ne pouvais pas dissimuler — dactylographier, il faut voir comme, une lettre privée, ou tituber, l'été, sur la passerelle d'un bateau à quai —, cette idée me vint tout naturellement. J'aime envelopper d'une feinte solennité les détails de la vie quotidienne, user du subjonctif passé. Joueuses habitudes de bon élève. J'écrivis d'abord — oui, c'était bien dans une lettre — le nom de ma dame de compagnie en entier. Mais en me relisant cette pudeur trop explicite me parut louis-philipparde. « Miss P. », énigmatique, avait plus d'allure. Mon correspondant, qui devait être une correspondante, n'y comprit peut-être rien.

Puis, peu à peu, le portrait de Miss P. se précisa, s'enrichit. Elle *prit de l'épaisseur*. Je fis allusion à elle, dans la conversation, de plus en plus souvent et gaiement, même dans ces moments où, pathétique et sarcasme étant d'aussi mauvais ton, mieux eût valu m'en tenir à la discrétion. Mais la discrétion arrange tout le monde : je n'avais envie de rien arranger, ni personne. Je prenais un air entendu, des anges passaient, et j'opposais aux embarras mes piteuses fanfaronnades. Les nouveaux venus mettaient un peu de temps à comprendre. Les autres, au parfum, faisaient semblant de n'avoir rien entendu. J'en éprouvais un intense sentiment de solitude et d'abandon. La première fois que je ressentis cet abandon le souvenir me traversa, vieux d'une douzaine d'années, de Louis Rheims descendant avec nous, à Courchevel, la piste de la Saulire. Nous nous étions arrêtés sur une éminence où l'on avait le choix entre un petit « mur » fort bosselé ou le détour par une pente plus douce. Louis était bien meilleur skieur que nous tous. — « Mon cancer et moi, dit-il, nous n'aimons plus les bosses… »

Nous eûmes le temps, avant que d'une légère ruade il rejoignît la piste, de le regarder, mais aucun de nous ne trouva un mot à répondre. Ni un rire. Rien. Il avait le teint très blanc des roux qui fuient le soleil et, sous le bonnet de laine qu'il portait très enfoncé, nous le savions chauve depuis une énième chimiothérapie. Très pâle, et chauve — et notre silence.

Il a fallu le passage de toutes ces années et la mort de Louis, pour que la scène de la Saulire — inoubliée mais privée de sa signification — resurgisse, si nette, si dure sur le paysage blanc, et prenne sens. Il me semble maintenant deviner quelles étaient les pensées de Louis, qui, même en économisant son effort, skiait tellement plus vite que nous, alors qu'il dévalait, loin devant. Je devine quelle amertume moqueuse l'habitait. « Ah, mes lapins ! Mes pauvres petits lapins, terrorisés et choqués. A-t-on idée de prononcer ces mots-là dans le soleil ! Quelle tête allons-nous faire, tout à l'heure, aux "Crêtes", ou au "Panoramic"... Il me faudra leur remonter le moral... »

Comment se nommait l'ange gardien de Louis ? Car il s'agit bien d'un ange. Miss P. possède le sexe funèbre et indécis des anges. Elle me garde de toute illusion sur le sort de la bataille engagée. J'ai beau ne pas attendre beaucoup de Grouchy, elle me murmure à l'oreille le nom de Blücher : je sais à quoi m'en tenir.

Miss P. est omniprésente, je l'ai croisée de loin en loin, mes paupières pudiquement baissées. Je l'ai croisée au Raincy, il y a très longtemps, avant la mort de mon père. Un de ses amis (tous les deux du ruban à la boutonnière) nommé M. Bastien, placier en assurances à la retraite, s'était fait le garde-malade d'une épouse très laide, très malheureuse, et qui bavait. Pour que cet homme fût à ce point courageux (« Bastien, disait Papa, fait montre d'abnégation… ». « Faire montre » entra ainsi dans mon vocabulaire, vers mes sept ans, inséparable à jamais de la moustache roussie à la nicotine et des paupières meurtries de M. Bastien), il fallait bien que Miss P. lui donnât un coup de main. En particulier, dans ce pas de deux qu'il dansait avec « Mme Bastien », comme il l'appelait, elle titubant en marche avant, lui allant à reculons, serrant de ses deux mains les deux mains de son épouse, la retenant, la tirant, aidant le mouvement cotonneux de ses jambes en la balançant — un coup à droite, un coup à gauche comme s'il ébranlait un pieu avant de l'arracher, la tête à demi détournée — pour ne pas la voir ? — et poursuivant, imperturbable, la conversation politique qu'il menait avec mon père, où revenait le nom, jamais oublié, de Philibert Besson, maire ou député du coin, je présume, radical de la plus rouge engeance ou cul-bénit, je ne sais plus au juste.

Je l'ai revue, Miss P., sur le bord du Léman, à l'auberge de l'Onde de Saint-Saphorin, surveillant, dans le silence gêné des dîneurs, Charlie Chaplin venu de Corsier, en voisin, très tôt, afin d'échapper à l'œil des curieux, qui quittait le restaurant sur ce rythme de tango caricatural appris des pauvres Bastien, où cette fois un chauffeur de bon style tenait le rôle du vieil assureur. Congestionné, le visage gonflé, les yeux baissés pour ne voir personne — ou fortifier l'impression de n'être pas vu ? —, Charlot glissait à petits pas saccadés, jetant une jambe en avant, l'épaule correspondante halée par le chauffeur à chaque pas, puis l'autre, et le silence des dîneurs dura un instant encore après que le vieil homme eut franchi la porte.

Et n'était-ce pas Miss P. elle-même, un après-midi de l'année 1979, que je vis aider Sartre à sortir d'un restaurant du boulevard du Montparnasse et traverser le trottoir, l'ange se donnant un mal de chien pour gommer les effets, pour atténuer ce que ce coltinage d'un homme avait de trop spectaculaire, en faire une laborieuse flânerie, simplement, une balade de crabe, de sorte que, un crustacé appelant l'autre, je ne pus m'empêcher d'évoquer les langoustes qui poursuivaient le philosophe à l'époque où il consommait des amphétamines avec la prodigalité que toute une génération mit dans cet art de se détruire. « Le gardien des ruines ». Les langoustes étaient toujours là, mais sur le tard elles se glissaient dans la carapace de leur homme, elles *devenaient* l'homme, et cette métamorphose justifiait bien l'intervention d'un ange.

Ange noir, ange geôlier, Miss P. veille à me perdre. Aucune amoureuse, jamais, n'a occupé ma pensée à ce point. La peur elle-même, la peur animale des creux d'insomnies, ne se manifeste que sporadiquement. Alors que Miss P. ne me lâche pas d'un instant. Je piétine dans une queue ou un salon : elle est là, dans ce vacillement, dans cette mollesse douloureuse de mes muscles. Je marche ? Je reconnais sa présence à ma façon de piquer du nez, d'avancer un pied une demi-seconde trop tôt afin de compenser cette perte d'équilibre, de me faire oublier la silhouette tour de Pise qui m'afflige si je l'aperçois dans un miroir. Elle est là aux repas, quand — malgré mes précautions de ne me servir que de francs pâtés, d'œufs durs, de tartes à la frangipane, mets qui se soumettent à mes plus hésitants coups de fourchette — je tâtonne et tremblote à la pêche de la moindre bouchée, faisant jaillir la sauce, bloquant la conversation, sentant la chaleur envahir mon visage sous les regards étonnés de mes voisins. Ah, Miss P. m'a bien élevé ! Elle m'a appris à coincer la main droite, la plus volage, la plus voletante, en l'enfonçant dans la poche du veston, ou, plus discrètement, en glissant mon pouce dans celle du pantalon, « à l'aviateur… ». Pourquoi cette expression ? Mon père m'en gratifiait quand je lui paraissais « m'avachir ». « Tu te prends pour un aviateur ? » Cela devait dater de 1916-1917, du temps où les artilleurs comme lui bombardaient le bois des Caures et le Mort-Homme pendant qu'à l'arrière, dans les bars, chez Maxim's, les as de l'aviation jouaient les beaux gosses, de la soie blanche autour du cou. Et la mort à l'aube ?

On l'a compris, le talent de Miss P. consiste à imposer le mal et à suggérer le remède. Elle m'a volé mon écriture mais elle tolère le recours tâtonnant à la vieille Hermès. La signature m'est aussi permise. Je dois faire très vite, d'un seul mouvement du poignet, très ancien, que n'a pas eu le temps de brouiller Miss P. Elle fait donc la généreuse. Un chèque ? Soit, signez-le. Une dédicace ? Ah, pas question ! Les dames s'impatientent, elles font sonnailler leurs bracelets comme des vaches leur cloche. Ne te rends pas ridicule, ne t'excuse pas, ne bredouille pas. Car tu bredouilles, Miss P. y veille. Ta voix s'est éteinte, voilée, enrouée. On te répond désormais au hasard. Échanges de regards effarés, compassion pressée, on tourne le dos, bon vent !

Je me rêvais hêtre, chêne, me voilà tremble — vert d'eau, pâleur d'os — frissonnant dans les rafales de mon automne.

Juste milieu

Juste milieu : nulle ironie stendhalienne, ni allusion aux bustes que fit Daumier de notables de son temps, ni souci de tenir la balance égale entre je ne sais quelles tentations. J'essaie de localiser aussi exactement que possible, dans l'échelle et le paysage sociaux, mes origines familiales. En somme : à quoi ai-je échappé ? Par quoi ai-je été formé ? Quelle est la *juste* image de mon *milieu* ?

Dans ma rage de faire la belle, il m'est arrivé de noircir le tableau. Qui dit évasion, dit prison. En 1973, j'ai découvert trois mois trop tard le titre que j'aurais dû donner à mon roman intitulé *Allemande :* « Le Couvre-feu ». Le feu ? Qui le refuserait, ce flatteur incendie, à un adolescent à la peau tendre, grand lecteur, grand chimérique aux horizons fermés ? Et il y avait aussi oppression, menaces, interdiction de mettre le nez dehors dans ces nuits vides qui sentaient le feuillage et la pluie. Quelle était ma « puissance occupante » ? Je ne fais pas que jouer sur les mots. 1940-1944 : l'occupation nazie a fourni à ma jeunesse un théâtre d'ombres, elle a tendu les cordes de nos instruments. Pourquoi n'avons-nous pas joué une musique plus intense ?

Je me rappelle l'indignation avec laquelle, serin de dix-sept ans, je refusai à Josette V. de l'accompagner danser un soir d'automne 1944, convaincu qu'il eût été indélicat de consacrer à des frottements de pénombre ces heures où tel et tel de nos camarades, de si peu nos aînés, apprenaient la guerre dans la boue vosgienne. Ah, l'idiot poseur ! Josette avait offert à d'autres la douceur de ses lèvres. Lumières baissées, voix rauque d'Armstrong, fallait-il être niais pour refuser quelques heures de jeunesse ? Si l'héroïsme me démangeait, que n'avais-je triché sur mon âge, fricoté un engagement un peu boiteux sans solliciter, comme on l'exigeait de moi, l'autorisation de Maman de partir pour la guerre ?

Une mauvaise balle en Alsace et j'aurais rejoint Marcel Heens, mon oncle inconnu (jamais notre mère ne nous avait parlé de lui), « mort pour la France » le 30 août 1914 à La Herié-la-Viéville. J'aurais attendu l'arrivée du cousin Marcel, neveu lui aussi du mort de l'été 14, blessé, puis tué en Indochine, et même pas honoré comme il eût convenu dans la famille car l'Indo était une « sale guerre ». Marcel, l'enfant si vite changé en homme, il se taisait et fumait *autrement*, évoquait des épisodes abominables qui creusaient des trous de silence dans la conversation dominicale. « Venez donc déjeuner dimanche, Marcel est en permission… Oui, par le pasteur, il y a dix jours… » Son beau profil avait durci ; ses yeux sombres d'Espagnol des Flandres restaient fixes. Quel plaisir trouvait-il à nous raconter des atrocités commises là-bas ? On ne sait même pas comment la mort l'a pris. Nos familles comptent toujours quelques noms gravés sur les monuments des villages.

Juste milieu : l'ai-je accablé de trop de reproches ce ghetto petit-bourgeois dont je ne me suis libéré qu'en le nommant ? Du côté de ma mère, chez les Heens et les Gueuson, à Saint-Martin-au-Laert, à Saint-Omer, où je n'ai guère cherché notre passé, je trouve, en vrac, un clerc de notaire, un tailleur, le sous-officier tué au Vietnam et dont je viens de parler, des retraités, peut-être un agent d'assurances : la grisaille française, avec ses prisonniers de guerre, ses patiences et secrets minuscules. Du côté de l'Argonne — l'ai-je assez dit ? — douze générations de « potiers de terre », une tuilière, un aubergiste (vite redevenu potier lui aussi), des maires de village, peut-être le sinistre Drouet qui fit arrêter Louis XVI à Varenne, un ingénieur des Arts et Métiers, une secrétaire bilingue célèbre pour la qualité de son accent anglais, un exploitant forestier (mon père), et cette moyenne française que j'ai appris, la vie passant, à regarder avec plus de considération. Quels sont les thèmes de cette musique si banale ? L'Est, bien sûr : banlieues de l'Est parisien qui firent illusion au début du siècle, mais que la suite des temps partagea entre vanités à vau-l'eau et zones de non-droit. Il y a vingt ans je fus encore reçu au lycée de G., à dix minutes de la maison de mon enfance, dans un tohu-bohu plaisant, le rôle d'empêcheur de palabrer en rond étant tenu par un minuscule Marocain vif, irrespectueux et tonique, et celui de rabat-joie par une dame proviseur qui rêvait sans doute de m'offrir le spectacle édifiant d'un établissement de Neuilly ou de Saint-Germain : l'ordre de l'Ouest, le bon genre de l'Ouest. Il paraît que le lycée de G., où j'avais passé deux heures charmantes, essayant de percevoir une évolution des mœurs encore indécise, est devenu un de ces lieux d'affrontements et de périls où vous ne risqueriez ni une vertu ni une illusion.

L'Est a trahi les espérances que mon père avait mises en lui. Habiter Le Raincy, c'était faire trois pas en direction de l'Argonne, des Vosges, de Verdun. Rien de bas ne pouvait venir de l'Est — que la guerre et la mort, auxquelles les miens prêtaient de la grandeur. Les terribles gravures de Callot, le René de Châlon écorché de Ligier-Richier : notre folklore, nos musées. Le lycée de G. devenu le lieu d'une insurrection rampante : ce n'était pas prévu dans la confiance que mes parents accordaient aux « gens du Nord et de l'Est », bonne laine dont avaient été tissés la résignation et l'héroïsme de la France en guerre (celle de 14, bien sûr). Mes parents disaient aussi : « Nous qui sommes des Français *des régions envahies.* » Ou d'autres fois, « *des régions libérées* ». C'étaient des expressions d'époque, marquées de modestie et de fatalisme ; elles sont associées dans ma mémoire aux « gueules cassées » ; ainsi appelait-on les mutilés de guerre touchés à la face et réparés vaille que vaille. À partir de 1934, on leur dédia une

« tranche » de la Loterie nationale. Des années durant, on entendit parler du « tirage des gueules cassées » et l'on confia les kiosques de vente des billets à des anciens combattants mutilés, de sorte que les rêves de millions qui, après que le coiffeur Bonhoure, de Tarascon, fut devenu richissime (ne perdit-il pas la raison ?), commencèrent à hanter les Français, me paraissaient inséparables de la misère des stropiats sublimes, tassés dans leur petite voiture, la tête coiffée d'un béret, les décorations leur battant la poitrine, qui remontaient parfois les Champs-Élysées pour aller ranimer la flamme.

Chez nous, rien de parisien. Nous ne connaissions presque personne qui habitât Paris, ou alors il s'agissait de personnages de Zola ou de Jules Renard, enkystés rue de Château-Landon, rue d'Abbeville, rue Chauchat. Mes parents, au début de leur mariage, avaient même logé rue des Deux-Gares, raccourci étranglé entre les immeubles et les voies de chemin de fer, qui permettait d'aller en trois minutes de la gare de l'Est à celle du Nord, adresse en quelque sorte emblématique de la double origine de Paul Nourissier et de Renée Heens. Un peu plus tard, nous connûmes des locataires des « HBM des Maréchaux », ces immeubles de brique que la Ville construisit tout autour de Paris entre les deux guerres. Entre les deux guerres, entre les deux gares : de quoi trousser un refrain de chanson. Ces immeubles de la Ville de Paris — ainsi les appelait-on pour épargner aux amis les désobligeantes initiales HBM, qui signifiaient habitations bon marché et qui furent transformées en HLM, le loyer modéré offusquant moins l'honneur —, ces immeubles, donc, étaient considérés par les miens, propriétaires d'un « pavillon », avec dédain. Quand ma sœur commit l'imprudence de flirter un été avec Michel D., jeune homme habitant un de ces immeubles austères du boulevard Brune, on la rabroua. Et encore, un an plus tard, quand elle eut un sentiment pour un beau garçon un peu ténébreux dont on découvrit que le père, « cheminot » (communauté que nous respections), était simplement contrôleur : il ne résista pas longtemps aux sournoiseries des commentaires. Petit milieu féroce, au vrai, affamé de préséances, mais choisissant mal ses modèles. Le comble du chic, pour nous, c'était de louer un salon à l'hôtel Lutétia (où Malraux avait emmené Clara, jeune épousée, en voyage de noces…) ou au Cercle militaire de la place Saint-Augustin. C'étaient là nos folies à l'occasion d'une première communion ou d'un enterrement. À crever de tristesse, tout cela. Y ai-je totalement échappé ? Je n'en suis plus aussi sûr. J'ai des renvois de passé, comme on en a quand ne passe pas un plat. En un demi-siècle je n'ai pas digéré ma jeunesse. On ne guérit pas d'elle en glissant du gris au doré : on n'en classerait le dossier qu'après avoir dressé un bilan juste. Qu'est-ce qui était pardonnable ? Inexpiable ? De « braves gens » ? Je veux bien feindre de le croire même si je les ai vus se déchirer bec et ongles.

La toute petite bourgeoisie française, milieu qui n'a peut-être pas son homologue ailleurs (en Italie ?

en Angleterre ?...), recèle des réserves insoupçonnées d'acharnement. Examens, concours, ma génération a fourni des bûcheurs, des méritants. Pas d'états d'âme en eux. Des cousins à nous ont émergé d'une enfance étouffante sans paraître en avoir souffert, internes en blouse grise, aux poches pleines de bouts de craie et de pain, ils ont travaillé, *intégré* une grande école et fait carrière, les uns apprenant à choisir leur cravate et à la nouer, les autres non. Ceux-là ont continué de ressembler à ces caricatures de Français dont il y a trente ans les trains et les avions regorgeaient. Le style a changé. Je n'en ai éprouvé que plus de mal à me *situer*. On attendait de moi une aventure de ce genre. L'X, bien sûr, pourquoi mégoter avec le bachotage de nos garçons ? Ou à la rigueur Centrale. Les études, c'était plus ou moins la continuation, par d'autres moyens, des tranchées de 14. Poilus, bûcheurs : même combat. Tête brûlée ? Indocile ? Il y avait toujours la colonie. « Colo » était une école acceptable, encore que ce palais africain de l'avenue de l'Observatoire eût un genre un peu voyant. À tant faire, mieux valait éviter l'Administration et lui préférer les affaires, en short et chaussettes de lin, cognac-perrier, l'œuf colonial, l'épouse indigène. Quand on a si peu de famille, le genre fils de famille (dévoyé, cadet, raté, etc.) va bien au teint. Bref, j'avais le choix.

Ah, mes petits Français ! Ils avaient bouffé du lion, autrefois, conquis un empire, jeté des viaducs sur des rivières exotiques, fait plier Guillaume : j'appartenais à cette race-là, dure au travail, sûre de son droit. Dire que je voulais lui échapper, c'est simplifier ; je voulais surtout échapper à la longue patience, à la blouse grise. Je ne voulais pas « tout, tout de suite », mais autre chose, et si possible assez vite. Antigone de Seine-et-Oise (je ne m'habitue pas à la Seine-Saint-Denis) je louchais vers les raccourcis en pente douce.

Quand a-t-on vu apparaître les petits-bourgeois en loden ? Dans mon enfance, ils étaient en ratine bleu marine, filles ou garçons. Avec des boutons dorés. On donnait volontiers à l'enfance le genre maritime. Quand une image de ce temps-là — début des années trente — surgit, et souvent de l'oubli profond, qui est un néant, j'éprouve comme un élancement, joie et stupeur mêlées : la stupeur pour le temps passé, la joie à cause de l'éphémère récupération d'une bribe de vie disparue.

J'ai beaucoup aimé que Georges Perec écrivît *Je me souviens* sur le thème si simple et évident des rengaines d'une époque, de ses scies, de ses slogans publicitaires. On croirait ces fins de dîner où quelqu'un fredonne des airs oubliés — et bientôt on se les rappelle, les paroles reviennent. Si l'on parvient à saisir au vol ces nuées de mémoire, c'est comme d'attraper, dans un portrait, la ressemblance. J'essaie d'*attraper* mon enfance, ses parfums. Des mots m'y aident : pierre meulière, bons points, « Tom habille les jeunes », le direct de treize heures quinze, le supplément théâtral de *L'Illustration*, les manteaux de demi-saison, les robes de demi-deuil (grises, mauves, col blanc), la vertu des plages bretonnes, l'art et la manière de « se tenir à sa place », qui ne consistaient pas, ô surprise ! à condamner les grimpeurs, mais à ne pas frayer avec les inférieurs. Qui étaient nos inférieurs ? Tous ceux qui ne se croyaient pas « sortis de la cuisse de Jupiter », de sorte, à y réfléchir, que nous étions seuls de notre espèce, éperdus de dignité et de solitude, ma mère fortifiée dans son quant-à-soi (sur lequel il convenait de *rester* si, en vacances, à l'hôtel des Embruns ou du Golfe, une bourgeoise à la voix placée, aux robes châle, nous « faisait des avances », audace qui lui valait de ma mère un sourire blanc et, à nous, ce seul commentaire : « Elle a la langue trop bien pendue... »). Entre les gens qui nous tenaient la dragée haute et ceux à qui nous faisions la leçon — politique de la terre brûlée — nous vivions dans l'idée de notre fragilité et de notre excellence. N'étaient fréquentables que les vieux amis, assouplis à nos manières comme l'est une godasse usée à nos cors et oignons. Les Sallé, les Vincent, Yvette Guilbaud, les cousins Didier, les seuls que nous appelions par leurs prénoms : tout ce qui n'était pas de la famille n'avait droit qu'à « Monsieur », « Madame ». Voussoiement généralisé, bien entendu. Parfois, ma mère invitait la cousine Jeanne à venir dîner à la maison ; cela signifiait qu'à la sortie de son bureau (c'est elle qui possédait le fameux accent anglais) elle sautait dans un autobus, allait jusqu'à la gare de l'Est, attrapait de justesse, vers sept heures, un train bondé qui s'arrêtait à Pantin, Noisy-le-Sec, Bondy — ô Malraux ! — avant d'atteindre la gare du Raincy-Villemomble, d'où une montée plutôt raide la menait, en dix minutes, à la villa « Les Glycines ». Le repas avalé — qui était bon — elle recoiffait en hâte son chapeau — un taupé — et redescendait à la gare, grâce à la pente, en sept minutes seulement pour ne pas rater le vingt-deux heures vingt où elle prenait place dans un compartiment pour femmes seules. Elle n'était ni moquée, ni volée, ni violée. À Paris, elle descendait prendre le métro qui la menait, en une demi-heure, chez elle, où je ne suis jamais allé — « Tante Jeanne est très secrète… ». Était-elle vieille fille ? Menait-elle une liaison discrète, savoureuse, adultère ? J'ai parfois rêvé sur Tante Jeanne. Sur la femme assez éplorée, assez solitaire pour que ces soirées infernales aux « Glycines » lui parussent supportables. Les personnages du *Pain de ménage* sont des condottiere et des gourgandines à côté de ce que nous étions. Et ces vies aux rythmes lents, voyages interminables, « bagages accompagnés », messes chantées, deuils d'un an, heures passées « en étude », entre deux cours, dans des lycées et collèges où courir dans un couloir valait douze heures de colle : soixante ans plus tard, on planterait un couteau dans le ventre du pion pour moins que ça.

En 1940, quand je découvris Paris et le lycée Saint-Louis, quelle que fût ma myopie sociale je perçus des différences, des nuances. Le fils d'un menuisier du XIVe arrondissement, vêtu comme pour le dimanche, portait des bottines à lacets que j'avais vues à mon père quand il partait « sur les coupes » ; il se nommait Vollaire, parlait d'une voix douce. Excellent élève, il avouait ses scrupules de petit garçon trop sensuel avec un naturel charmant. Il avait un peu l'air prêtre. Il deviendra évêque. Soulet, silencieux, discret, tenait un olibrius de mon style pour un saltimbanque ; nous ne savions rien de lui. Navale, pilote d'essai, amiral : parcours parfait. Mon ami Frédéric, temple de l'Oratoire et cousinages genevois, s'expatriera, Afrique, Asie, laboratoires suisses. Je le retrouve en fin de course, amateur sceptique, non loin de moi, en terre, sinon réformée, au moins dans la mouvance de l'hérésie vaudoise, Vaucluse au lieu de Gard. Plus tard, en philo à Louis-le-Grand, les nuances seront différentes : au fur et à mesure qu'on approchait des grandes khâgnes les spécimens sociaux se révélaient plus subtils : le fils de René Gilson, philosophe thomiste, Jean-Bernard Raimond, qui deviendra inspecteur des finances, ambassadeur à Moscou et ministre des Affaires étrangères. Dès 1943-1944, les futurs normaliens ou énarques (avant l'ENA !) pointent le nez ; on les flaire ; ce ne sont plus forcément des héritiers bourgeois mais des têtes bien faites, des travailleurs, qui m'épatent. À côté d'eux je suis un môme prétentiard, un bluffeur, un prodigue dénué de réserve. Comment suis-je sorti de là ? Mystère des rencontres et de la chance.

Mais je reviens à mes explorations. Des cours du lycée je m'étais glissé dans les familles, et de là, par le Racing, où j'entraînai Frédéric, dans les circuits du XVIe arrondissement, qui à soi seul était une île, une principauté dont les privilèges sautaient d'autant plus aux yeux qu'ils s'affichaient sur le fond de pauvreté et de crainte de la guerre. Ce que je découvris alors me stupéfia. Esprit de caste, snobisme sauvage des adolescents, dédain simplificateur. Puisque les vêtements étaient rares, coûteux, en porter de neufs, à la mode, coupés selon les canons en vogue au bar du Marignan, à la sortie de la messe de Saint-Honoré d'Eylau ou sous les arbres de la Croix-Catelan, tenait à la fois de la démonstration et de la provocation. Ah, nous n'étions pas des tendres ! L'occupation allemande ayant supprimé ou assourdi nombre de mondanités, il n'existait plus beaucoup de terrains sur lesquels disputer les compétitions sociales. Un « élément du train de vie » n'avait pas changé : le logement. Même sans chauffage et parfois sans ascenseur, un immeuble élégant le restait. D'où l'importance de *l'adresse*, la bonne adresse. Quand on raccompagnait pour la première fois une fille chez elle, à peine les vélos arrêtés au bord du trottoir, on levait les yeux. Six fenêtres sur l'avenue Henri-Martin conféraient une sorte de noblesse immobilière. Je pris vite l'habitude de ces mœurs de sauvages, bien qu'étant moi-même leur victime désignée en cas d'investigation de ce genre : seule la distance entre le Bois et le boulevard Saint-Michel me protégeait — pour un temps. Je finissais toujours par boire la coupe d'amertume. Je n'étais pas dupe : j'adoptais les usages en cours chez les beaux jeunes gens dont les sœurs et les cousines m'importaient, mais je laissais traîner mes oreilles. Entendre des gandins de seize ans subordonner tout jugement à l'apparence des vies, aux triples semelles, à la flanelle d'un costume, au luxe feutré, étouffé, *conforme*, d'un décor bourgeois — cela pendant que Russes et Allemands, par millions, s'étripaient dans la merde et la neige d'Orel ou de Stalingrad, c'était irréel. Les moralistes de la Collaboration s'en donnaient à cœur joie : zazous, attentistes, pédés, gaullistes, on nous vouait aux derniers outrages que nous feraient subir de virils miliciens, à peine nos aînés. La férocité des petits vieillards de la Muette n'en était pas affectée. Fait-elle encore des ravages chez leurs petits-enfants ? Quelle forme a prise, en cette fin de siècle, la muflerie des petits riches ?

On n'entend plus guère parler d'*orientation professionnelle*. Ce devait être un rôle et un service administratif liés au plein emploi. Une expression qui supposait l'embarras du choix. Ai-je jamais fait le bon ? Le doute, aujourd'hui, me harcèle : ma vie a-t-elle été une succession de hasards, de victoires, de défaites, de décisions ? Ai-je respecté un programme ou l'ai-je trahi ? Ai-je flotté à vau-l'eau ou contre les courants mauvais ? Le changement de mon statut social, l'ai-je dû à un acharnement un peu plébéien ou à une grâce d'état qui m'eût été concédée à mon insu ? Ai-je mérité les quelques échelons, les quelques galons, les quelques salons visités, conquis, grimpés ? Et à propos de ce verbe, ai-je été un grimpeur, ou Jean de la Lune ? Je ne vis pas les gouffres que je côtoyais. Je ne vis pas que les espaces horizontaux — exotisme, différences de race et de continent, arriérations diverses — valent largement le grand principe vertical qui nous obsède et à quoi nous ramenons tout. Aristocratie, hiérarchie, richesse : c'est la falaise que le grimpeur se croit tenu d'escalader. S'il savait !

Il n'est pas ridicule ni déplaisant d'adopter la morale et le comportement de l'ambitieux social, mais c'est inutile. On apprend à se mieux vêtir, exprimer, comporter, et grâce à cet apprentissage on éprouve des plaisirs non négligeables. Mais les jouets restent rangés dans leur boîte. On ne *change* jamais de milieu — tout au plus vit-on dans un autre que le sien. On campe à la lisière. Car sitôt le seuil franchi, on devient le gardien des portes que l'on a forcées. Rôle subalterne.

Il me semble connaître et comprendre assez bien la société française. Mais laquelle ? La loi de la mosaïque et des nuances ? Tel canton familier où j'ai mes habitudes ? Chaque fois qu'on pénètre un nouveau milieu (et le choix de ce verbe, *pénétrer* !) c'est pour y découvrir un puzzle, un labyrinthe, un formalisme chinois, un infini danger d'y commettre bourdes et excès. Et cela, bien sûr, ne vaut pas seulement « vers le haut » ! Introduisez un bourgeois de ma sorte — c'est-à-dire qui marque mal et ne prend pas de précautions oratoires — chez des paysans ou chez des ouvriers (mais ces catégories, telles que je les nomme dans un langage d'avant le déluge, existent-elles encore ?), et vous assisterez à un beau désordre de malentendus. Si vous vous imaginez connaître telle région de la société, un saut hors des frontières vous rabattra le caquet. Il faudrait disposer du même statut social et professionnel dans plusieurs sociétés pour qu'il acquière une vraie valeur. Le cosmopolitisme a été inventé pour rendre moins inaccessible ce statut élargi. Mais comprenez-vous quelque chose aux sociétés d'Angleterre, d'Allemagne, d'Italie, d'Espagne, de Suède, des États-Unis ? Vous en restez avec elles à l'approximation ou à la frénésie journalistiques. Pas de références communes, peu de secrets partagés. Dans le coin de Provence où nous avons une maison s'est enracinée depuis quelques décennies une colonie anglo-saxonne. Gens raffinés pour la plupart, cultivés, aux loisirs de bon aloi, considérant les *natives* avec une sympathie peu arrogante. Cette communauté, quand je l'effleure, me reste fermée, et plus encore incompréhensible que fermée. Rêver de m'y voir un jour accueilli en familier serait irréaliste.

Un peu par hasard, un peu par une curiosité sourde mais constante, je me suis approché de familles, d'amis, de cercles auxquels rien ne me destinait. Je m'y suis senti ou cru intégré. Il n'en était rien. Non seulement les milieux en question ne s'ouvraient pas pour moi, mais quelque chose en moi les repoussait et s'ennuyait. Double phénomène de rejet. Je mis vingt ans à m'en rendre compte. Des usages qui avaient fini par me paraître naturels, soudain, me pesèrent. J'eus envie, non pas de mettre ma copie « au propre », mais de la rétrograder à l'état de brouillon. De longues patiences se soldèrent en cinq minutes par de brefs désordres. Je ne voulus plus faire le beau : je ne me sentais ni chien, ni sucre, ni maître. Je cessai de voir mes fringants amis. Dans mon coin, le soir, je me taisais. Je songeais avec une nostalgie hargneuse et littéraire à la villa « Les Glycines », que je me mettais au défi de peindre. « Juste milieu ».

Aragon aimait glisser dans la conversation : « Moi qui suis snob... » Ça ne tirait pas à conséquence. L'affirmation, qui lui paraissait détonnante, fleurait l'évidence. Les irréguliers, les clandestins, les chambardeurs sont souvent chics, et affamés de chic. Qu'Aragon préférât Nancy Cunard, ou de plus proches élégantes, à Hélène Parmelin ou Anne Villelaur, qui en eût douté ? Encore faudrait-il savoir s'il avait tort ou raison. J'ai toujours aimé son côté Fred Frotté de Grandmonde. Le nom dira quelque chose aux archivistes et sociologues qui s'intéressèrent autrefois à la famille des *Morot-Chandonneur* et l'explorèrent sous la direction du Pr Minoret. Ce serait un autre beau sujet de thèse : le snobisme des révolutionnaires dans le XXe siècle français. Les bolcheviks ne furent pas, eux, frottés de grand monde. La révolution d'Octobre ne fut en rien élégante. Regardez, sur les documents qui commencent à circuler, les soldats débandés, les harangueurs de foule, les visages des geôliers et des bourreaux à Iekaterinbourg. Aragon, où qu'il fût, montrait une aisance écrasante. Son visage, si français, ironique, d'une finesse faite pour les pastels de Quentin La Tour, aurait été à sa place sur le théâtre de Versailles, sous l'Ancien Régime. Fils naturel d'un préfet de police, ambassadeur et sénateur du Bloc national, il avait l'allure d'un duc, le savait et adaptait son comportement à cette apparence qui n'avait pas dû lui compliquer tant que ça la vie. « Snob » : il employait le mot sans chercher midi à quatorze heures, comme tout un chacun, pour qui snob est un petit coup de menton, un reproche vaguement jaloux. Enfin, je veux bien le ramasser, ce mot, moi aussi, et m'en décorer. Je le suis devenu avant de connaître le sens du mot. Je l'ai entendu pour la première fois dans une prairie de Tessancourt l'automne 1939. Nous étions cinq ou six gamins et gamines du lycée Molière « replié » à Meulan-Hardricourt par crainte parisienne des bombardements. Horaires élastiques, campagne proche, usage indispensable d'un vélo : nos vies étaient libres et douces. J'allais parfois goûter au moulin de H., la maison de campagne, je crois, d'une des familles, Alcan et Mayer, qui possédaient les Presses universitaires. Grands peupliers, cuisinière bourrue et généreuse en tartines. La petite Lise Alcan devait avoir douze ans et ses yeux rapides, ses cheveux coupés à la Jeanne d'Arc n'avaient pas échappé à ma vigilance. Sa sœur aînée, une grande de troisième qui portait lunettes, un jour que nous nous bagarrions dans l'herbe comme des chiots, me demanda, la voix déjà très du monde : « Lise vous a déjà embrassé ? Non ? Elle a pourtant tous les défauts : elle est flirt, snob et intrigante. » On aurait dit qu'elle évoquait une Mata-Hari de Seine-et-Oise. Pour l'heure, l'aventurière, en train d'assurer une prise autour du cou de son cousin, ne se souciait guère qu'on aperçût sa très sage culotte Petit Bateau. Dans ces conditions-là, je voulais bien avoir à subir les rigueurs du snobisme. Mais ma partie ne serait pas facile à jouer ! Beau-fils — quel lien de parenté humiliant ! — d'un fabricant de cycles qui ne détestait pas mettre encore ses mains dans la graisse rose et noir dont on gavait le pédalier et la chaîne des vélos, blondinet qui ne comprenait rien à rien, je mesurais le chemin à parcourir si je voulais faire à brève échéance un snob acceptable par Mlle Petit Bateau. Mon beau-père, que je n'appelais que « Monsieur », ma bouche ayant refusé de prononcer les « père », « dad » et autres douceurs suggérées par Maman — mon beau-père, donc, aimait les grosses cylindrées. Pour célébrer son remariage, il avait fait l'acquisition d'une vaste Chevrolet de seconde main dans laquelle, un dimanche matin, me vit prendre place toute la petite bande du moulin de H. qui passait par là. « Mais vous êtes riche ! » me dit le lendemain, aigrement, la gentille binoclarde. Il me sembla aussitôt que cette tare inédite m'interdirait sans remède le chemin du snobisme. On voit que je n'avais pas encore délabyrinthé mes idées ni mes sentiments.

Je croyais au Paris de Zola, chaque « maison de rapport » représentant tout l'échantillonnage de la société : les boutiquiers à la boutique, une cocotte à l'entresol, des riches à l'étage noble, des gens travailleurs et méritants au-dessus, et enfin, au sixième, l'enfer haut perché des pauvres, des souillons, des tristes… « Je m'appelle Irma Lambert. Je déteste ce qui est laid, j'adore ce qui est beau… » Où habitait Irma ? À quel étage ? Cette hiérarchie sommaire comblait mes curiosités. Heureusement je m'éveillai assez vite et j'eus l'œil plus pénétrant. Ensuite ce ne fut qu'affaire de temps et de discrétion. On doit changer de milieu à petit bruit. On rampe, serpente, grignote, caresse, murmure. On apprend l'art de quelques gestes, et celui de choisir ses chaussures, et celui de poser sa voix. Je fus, un temps, en situation de devenir fréquentable. D'où vient que le goût m'en passa ?

Du jour où se fut déposé en moi le désir de prendre pied sur le territoire nouvellement découvert, je compris quelle chirurgie supposait ma conquête. Avant tout, rompre avec les origines, arracher les adhérences, m'éloigner sans mouvement de retour ni de nostalgie. Nostalgie de quoi, grands dieux ! Eh bien, il y avait un risque. Le gosse qui réussit ses premières brasses et crie : Maman, regarde-moi ! Je pouvais être tenté de solliciter des témoins, de faire l'« intéressant » : il paraît que j'y excellais à dix ans. Sans doute ai-je déjà abordé cette affaire du grand ménage familial et amical auquel je dus plusieurs fois me livrer avec une détermination, une brutalité, peut-être, qui firent du tort à ma réputation. Un peu plus tard, je compris qu'arracher de soi le passé est un mauvais calcul ; il faut au contraire l'explorer, l'éclairer, en tirer profit et lucidité.

Le coup de balai, puis la réappropriation du passé, menés à bien, je me retrouvai à la porte du parc. Belles frondaisons, hauts murs, grille rébarbative. J'entrai, intimidé, arrogant, sur mes gardes. Nous fûmes de quelques listes, de quelques fêtes, de quelques voyages. À quoi devais-je l'accueil courtois que l'on me fit ? À deux ou trois livres ou, plus tard, à mon mariage ? Je pense aujourd'hui que les livres aidèrent à pardonner (à ma femme) le mariage. Un écrivain, c'est asocial, ça va partout. Partout ? Naïf qui le croit. On reste en surnombre, en transit, en « liste d'attente ». Le monde fait du *surbooking*, mais on vous débarquera d'une pichenette, le moment venu.

Je paraissais d'une grande soumission dans ma déférence envers les personnes et ma docilité envers les usages. Rassurant, mieux : invisible. Or, installé maintenant à une place discrète mais honorable, voilà que je ne ressentais plus qu'exaspération. Les arômes chauds et croustilleux du gratin, au lieu de me flatter, me tordaient le nez. Je me sentais près de lâcher des niaiseries que je n'eusse pas pardonnées aux autres. « Ah, ces gens-là sont infréquentables... Et regardez-les ! La laine près du corps, le moulant italien, l'épaule londonienne, et les femmes ! des cintres, des guillemets jamais refermés, de la soie

frissonnais à l'évocation des dragons de M. de Villars. J'entendais crépiter les incendies dans les hameaux de la montagne. Mais j'avais beau faire étalage de mes nouvelles connaissances et de mes beaux sentiments, *je n'en étais pas*. Non plus que du judaïsme, qui m'occupait si fort. « Enjuivé » ? C'est ainsi qu'on m'eût qualifié vers 1935. L'expression ne convient plus guère. Entrent en doses variables dans le philosémitisme : la compassion, le choix bien naturel de se ranger dans le camp des victimes, et l'influence peu à peu gagnée par la plus gigantesque entreprise d'information — et d'entretien de la mémoire — de tous les temps. Jamais, dans l'Histoire à notre portée, pareille opération n'a été menée à bien, destinée à réveiller des consciences et à culpabiliser, pêle-mêle, bourreaux, témoins, cadets, ignorants. Mon philosémitisme, si passionnel, si acharné, se développa en même temps que l'extraordinaire maladie de la mémoire française, d'abord assoupie, puis réveillée, tourmentée par un multiforme et parfois complaisant remords collectif. Démangeaison frénétique. La société française, qui serait prête, je le crains, à participer à n'importe quelle persécution nouvelle, porte le deuil de sa vilenie depuis quarante ans. Mais le passé ne forme pas un milieu.

J'ai fait du cabotage le long de ses côtes sans jamais aborder aux rivages de la vraie bourgeoisie. Pour rien au monde je ne dénoncerais la « comédie » mondaine, bourgeoise, etc. Jouer un rôle ? Quelle vie ne s'y consacre-t-elle pas ? Il est vrai que la parade mondaine, ce qu'il faut d'efforts pour entendre et jouer la musique appropriée, cela ne m'amuse plus guère. Je reste chez moi, bon, la belle affaire ! Mon malaise vient de ce que jamais je n'ai rattrapé le retard dont, adolescent, je découvris que je souffrais. L'image classique du *grimpeur* paraît satisfaisante, elle ne l'est pas. On doit moins grimper que *rattraper*. Si l'on croit l'affaire gagnée et qu'on relâche un moment sa vigilance, on est rejeté sur le bas-côté. Une réussite sociale — ou l'aspect social de toute réussite — suppose un *recyclage* permanent. Ce que je reproche à la parade sociale est de ne pas y avoir été meilleur. Plus méprisant — pour ne pas m'y embarquer — ou plus opiniâtre — pour y exceller. Mais ne venez pas me dire que le sujet est sans importance. Le sujet, peut-être, mais les blessures !

Les enfants de mai

Alba de Cespedes, toute à un progressisme éperdu et élégant, intitula *Chansons des filles de mai* une invocation poétique aux muses du grand remuement de 1968. C'est à son exemple que je parle ici des « enfants de mai » — toutes choses inégales d'ailleurs, on le verra. Les affiches, les slogans furent les alluvions émouvantes déposées par le célèbre printemps. Mais des poèmes ? Des chansons ? Je n'en ai nul souvenir. Pas de *Temps des cerises* pour le subtil rouquin aux yeux bleus, pas de « cerises d'amour / tombant sous la feuille en gouttes de sang... ». Je sais encore par cœur les quatre strophes de Clément que ma sœur, m'accompagnant au piano, me fit apprendre vers 1936, quelque fureur secrète lui occupant peut-être l'esprit.

Le joli mai dont je parle est celui de 1940, avec ses matelas sur le toit des voitures, les grands chevaux morts au bord des routes, les paysans qui vendaient l'eau, les sirènes des *Stukas* et les meuglements des vaches aux mamelles gonflées de lait. On les avait abandonnées avec le reste des troupeaux, les lapins, les poulaillers, quelquefois sans même ouvrir les clapiers ni les portes des écuries et des granges. Avait-on vu ça depuis les *Misères de la guerre* de mon cher Callot ? Nos antiques culs-terreux, immémoriaux témoins des invasions, chair à canon, inépuisable biffe à laquelle 14-18 fit une énorme saignée avant que la modernité, plus expéditive encore, ne finît de liquider la « France paysanne » — comment avaient-ils pu abandonner leurs bêtes ?... Seuls les chiens avaient suivi, trottinant au bout d'une ficelle à l'ombre des tombereaux, premiers servis quand le cheval lâchait son crottin. L'Exode ! Il mérite sa majuscule, bien que nul miracle n'eût écarté les eaux de la mer. Une société qui se défait, se répand. Pour nous qui étions nés entre 1925 et 1930, ce fut comme une seconde naissance, à ce qui allait être un demi-siècle et davantage d'honneur perdu, de haines françaises, la grande construction harmonieuse, héroïque et un peu démodée qu'était la société de notre enfance — notre *enfrance* — fracassée dans l'inimaginable défaite. À jamais, nous ne serions plus que ces Français-là, ces vaincus, ces humiliés, et nous verrions nos illusions s'éloigner à l'horizon de la jeunesse. Il existe une société secrète et amère des veufs de la France. Nos cadets, qui nous balancent dans les fossés — « Accélère, papie ! » —, se contrefichent de la tripotée de 1940. Oui, oui. Ils savent, ils comprennent mais en quoi cette mésaventure les concerne-t-elle ? Déjà en 68, ils étaient à peine nés. Alors

Sedan, Dunkerque, Montoire : aérez, s'il vous plaît !…

Tout nous isole, tout nous enferme. Aucune protestation à élever : nous avons eu le temps de jouer, nous avons même duré un peu plus longtemps que prévu. Tout est bien.

On se plaint que les chaînes de télévision abusent de ces évocations de 1940-1945 devenues presque quotidiennes. Un zappeur de mobilité moyenne est sûr, chaque soir, de trouver en quelques instants l'émission en noir et blanc où piétinent les bottes basses des soldats de la *Wehrmacht*, où les officiers SS à haute casquette enferment, méprisent de pauvres youtres de l'Est dépenaillés et déjà plus que morts.

Ces lieux nous sont désormais familiers. Le chemin de fer passe sous le dérisoire arc de triomphe d'une espèce de *rendez-vous de chasse*, ou de mini-caserne, architecture très germanique, haute époque, forêts alentour, chiens, flocons dans la nuit, des voix rauques, au loin, impatience hautaine des seigneurs noirs, tête de mort et double éclair d'argent… Aux maladroites reconstitutions du cinéma ont succédé les prises de vue d'actualités, les films d'amateur, les témoignages. Archives ! Archives ! Où était passé ce morceau de la mémoire du monde ? Caché où, par qui ? Jamais je ne rejette ces évocations aux limbes saturés d'images virtuelles. Souvent il est très tard, une heure, deux heures de la nuit, et je reste devant l'écran gris, catatonique, envoûté. La voie s'interrompt, le train s'arrête, les chiens hurlent.

Quand dans un fracas de ferraille les portes des wagons s'ouvrent, une puanteur en sort, qui suffoque les beaux officiers. Cette vermine… Seul le feu… Une puanteur, des gémissements, que la nuit ni le froid ne parviennent à dissiper, à étouffer. Invisibles dans l'ombre où tourbillonne la neige, les blocks de Birkenau. Oui, nous connaissons tout cela qui a commencé il y a très longtemps : le 10 mai 1940 ? Le 3 septembre 1939 ? Mais non, qu'est-ce que ce gallocentrisme ? Tout a commencé par les pogroms de Russie et d'Allemagne, avec ces cris — hep ! hep ! — qui donnaient le signal de la chasse. Tout a commencé peut-être dans les salons de Pétersbourg, de Berlin, de Paris, ou entre les pages des livres — avez-vous lu Gobineau, Vachet de Lapouge, Drumont, Chamberlain ? Tout a commencé au Moyen Âge, ou en Espagne, ou à Rome, ou en Égypte. Et tout vient finir au cul-de-sac de Birkenau, sous le faisceau des projecteurs ou dans la neige. Tout a commencé à Gurs, à Noé, à Compiègne, à Drancy et tout se termine par cette marche forcée d'un troupeau qui tremble et se tait, vers ce lieu, là-bas, où rougeoie et ronfle quelque chose à la lisière de la forêt. Quelques téléspectateurs à demi assoupis, comme moi, absorbent pour la centième fois ces images. Comme celles de juin 40, toujours les mêmes, vous les rappelez-vous ? — un immeuble s'écroule, un attelage tire au galop, entre les ruines, une prolonge d'artillerie. Une explosion terrorise les chevaux gris. Yeux fous comme les réussissent les peintres de batailles. Et la troupe allemande remontant l'avenue Foch devant un colonel obèse, casqué, qui la salue. Hitler dansant la gigue sur l'esplanade de Chaillot. Cécile enfant, à cette place même, faisait du patin à roulettes ; aujourd'hui ce serait du skate-board ; les Japonais leur caméra vissée à l'œil, les banderoles des manifs, la bimbeloterie africaine que proposent à même les dalles des marchands à la sauvette. Au lendemain de ma mort les gosses, les Japonais, l'ombre de Hitler, les Africains seront toujours là, et je serai parti, ayant peut-être vécu pour du beurre toutes ces années qui n'ont pas réussi à chasser de moi le mois de mai de l'an 40. Je ne sais plus comment parler de la France à qui ne l'a pas vécu.

La leçon de mépris

Nous habitions alors le bas du boulevard Saint-Michel. Les librairies, dans ce quartier, étaient aussi tentantes et nombreuses que les hôtels dans une rue chaude. J'y passais des heures. Soit debout, à fouiner entre les rayons, chez Boulinier — la porte à côté —, chez Gibert, aux Presses Universitaires de France, et même à la librairie allemande Rive gauche, place de la Sorbonne, parfois dans les courants d'air, sur les quais ou sous les arcades du théâtre de l'Odéon. (Se souvient-on qu'il y avait là des étals de livres, et qu'on y attrapait des rhumes ?) Je n'étais pas troublé par l'intimité des boutiques les plus ombreuses, chuchotantes, où ma jeunesse et mon assiduité me valaient de l'indulgence. Je m'aventurai une fois jusqu'à l'arrière-boutique d'Adrienne Monnier, rue de l'Odéon, où il me semble que tournèrent vers moi des yeux étonnés une dame en jupe longue, vêtue d'austérité et de laine brune, et un moustachu narquois, ridé, en qui je reconnus Paul Valéry. Dans mes récits j'enjolivai bientôt cette rencontre et ce fut tout un aréopage prestigieux, les deux tiers de la NRF pour le moins, que je prétendis avoir rencontré là et salué avec une aisance respectueuse mais nonchalante.

La brocante, à l'époque, ne s'était pas vendue à la fripe. Mais s'il me paraissait invraisemblable qu'on pût acheter un fauteuil ou un miroir, le commerce des livres n'avait plus de secrets pour moi. Ma tournée était quasi quotidienne : rues Saint-André-des-Arts, Dauphine, Mazarine, de l'Odéon, Monsieur-le-Prince, Médicis, de Tournon. Auteurs interdits par la « liste Otto », écrivains suspects ou maudits, pénurie de papier : le marché noir prospérait. Modeste : jamais le Gide jauni ne fit les prix de la gauloise ni du beurre. En me livrant dans la cour du lycée au commerce de soixante-dix-huit tours d'avant 1940 (à la maison on ne possédait pas de pick-up, donc j'ignorais, par force, les tentations du jazz ou des léonines interprétations de Liszt par Walter Gieseking), je parvenais à rassembler les quelques dizaines de francs qui me permettaient de négocier, ici ou là, un Claudel épuisé, un Giono, voire, ne nous faisons pas meilleur que nous n'étions ! *Sparkenbroke* ou *La Mousson*. Je dois de la gratitude à tels libraires de la rue du Vieux-Colombier ou d'un renfoncement de la rue de l'Ancienne-Comédie, sombrés l'un et l'autre dans les remous de la Libération : ils me volèrent peu et me laissèrent, à l'occasion, les voler. Je ne peux pas croire qu'ils n'eussent pas percé le mystère des lents manèges où je m'empêtrais quand le manque d'argent et la soif de lecture me tiraillaient dans des directions contradictoires.

Au long de mes stations entre les rayonnages je fouinais, convoitais, hésitais, me livrais à des calculs sur les prix, mais je lisais peu. Je n'ai jamais aimé les échassiers de librairie, abîmés dans l'absorption clandestine et oblique d'une prose aperçue à grand-peine entre les pages coupées d'un livre qu'ils n'achèteront pas. À l'époque, je le rappelle ou l'apprends aux jeunes lecteurs : non seulement les pages des livres non massicotés exigeaient, avant lecture, l'usage d'un coupe-papier afin de venir à bout d'un obstacle assez comparable à l'hymen des vierges, et qui nous jetait dans la même impatience brouillonne, mais encore on prenait la précaution d'envelopper chaque volume de cellophane afin de décourager les lecteurs subreptices. Il fallait payer pour voir.

Je conserve donc de la découverte que je veux maintenant raconter le souvenir d'une attitude, pour moi, exceptionnelle. Les détails m'ont échappé. Où était-ce ? Chez Gibert ? Je le prétends, bien que la fréquentation scolaire et le style mercantile des magasins de la rue Racine et de la rue de l'École-de-Médecine convinssent mal à mon aventure. La librairie Rive gauche ? Va pour elle, encore que je répugne à avouer les heures passées dans cette enclave allemande, luxueuse, troublante, peu achalandée, où officiaient des vendeuses à l'accent rauque et à la gorge marmoréenne. Les walkyries permanentées d'Arno Breker avaient accepté, pour la gloire du Reich, de descendre de leurs socles afin de tenir là des rôles effacés.

À la librairie Rive gauche, on trouvait en abondance les œuvres des écrivains chéris de l'occupant. Je me rappelle un opuscule publicitaire édité vers 1942 et illustré de huit photos qui, à elles seules, constituaient une sorte de dossier destiné aux règlements de comptes à venir. Je revois sept portraits — Benoist-Méchin, Brasillach, Chardonne, Chateaubriant, Drieu, Giono et Montherlant. J'ai oublié le huitième. Morand ? Jouhandeau ? Peu importe. Paix au fantôme de ce huitième !

Rien dans le titre du volume, *Service inutile*, n'était fait pour attirer. Seul m'avait aimanté le nom d'un auteur que depuis un an déjà je pratiquais à doses déraisonnables. Ces années-là — 1942 et 1943 — je fis en sorte d'avoir non seulement tout lu de Montherlant, mais de posséder tous ses livres, y compris d'inaccessibles ouvrages de « demi-luxe » dont c'était alors la mode, ou des plaquettes épuisées. Je volai *Pasiphaé*, fin 1943, dans cette fameuse librairie allemande et je découvris peu après, chez un bouquiniste du quai des Grands-Augustins, l'édition, datant des années trente, chez Charlot, à Alger, d'*Il y a encore des paradis*, à moins que ce ne fût *Encore un instant de bonheur* : je ne suis plus aussi bon connaisseur qu'il y a cinquante ans…

Impatient, j'ouvris le volume au hasard. C'était la première édition, du temps que Montherlant publiait encore chez Bernard Grasset, et je revois la typographie en bas de casse, gras où il convenait, maigre où il fallait, qui composa pendant plus de vingt années un des beaux emballages de la littérature française. Sans doute, selon une habitude jamais perdue, cherchai-je la table des matières. J'y tombai tout de suite sur le dernier texte du recueil et son titre, lui, me sauta aux yeux : *Lettre d'un père à son fils*.

Les archives de la maison Grasset conservent trace de la mise en vente de *Service inutile* : le 5 octobre 1935. Pour moi, cette date signifie que le volume, en bonne logique, pouvait, devait se trouver dans les librairies le mois suivant, c'est-à-dire en novembre. Il ne m'est donc pas interdit de supposer qu'on l'apercevait dans la vitrine de la librairie-papeterie Laforest, qui faisait le coin de l'avenue du Chemin-de-Fer (évidemment devenue du Général-de-Gaulle) et du boulevard de l'Ouest, boulevard que nous empruntâmes forcément, mon père et moi, le dimanche 17 novembre 1935 vers deux heures, dans le tourbillon des feuilles et le vent aigre.

Je marchais toujours à côté de mon père, ma main dans la sienne. Quand nous arrivâmes à ce carrefour où, sitôt franchie l'avenue du Chemin-de-Fer, l'allée que nous suivions se divisait, comme fendue par une pharmacie en forme d'étrave, je tirai sans doute mon père vers la vitrine en question, devant laquelle mes huit ans rêvaient. Voulais-je, cinq semaines avant Noël, signaler discrètement la présence en montre de tel album, une *Histoire illustrée de la Marine* par exemple ou, mieux, une trousse d'écolier complète, une boîte de compas, un stylo Edacoto ?

Au rayon au-dessus, à la hauteur du regard de mon père, se trouvait donc le volume des éditions Grasset, entre quelques-unes des nouveautés de l'année : *Les Nouvelles Nourritures*, *Que ma joie demeure*, *Le Temps du mépris*. L'hypothèse n'est pas absurde. Si les yeux de mon père errèrent de titre en titre, je gage qu'il ne les arrêta guère sur Gide, un efféminé ! ni sur Malraux, un rouge… Je doute aussi que Guilloux, dont on exposait *Le Sang noir*, Ramuz, Chardonne retinssent son attention. Mais il resta en arrêt devant ce nouveau Bernanos : *Un crime*. Mon père avait dévoré deux ans auparavant cette *Grande peur des bien-pensants* dont, à en juger par les coups de crayon qui zébraient son exemplaire et sur lesquels je rêverai à mon tour sept ou huit ans plus tard, le propos l'avait décontenancé. En revanche, la superbe préface, cette protestation narquoise et furibarde d'un ancien combattant en qui il se reconnaissait, l'avait enthousiasmé. Ses « oui ! » en font foi, écrits en marge, ici et là, d'une écriture moulée, à la fois cursive et ornée, si peu française et que je n'ai vue à personne qu'à lui. Nous en avons déjà parlé. *Un crime* ? Quelque pamphlet, peut-être, un nouveau cri de rage ? Mon père se le demanda sans doute. Mais la mention « roman » le rendit vite à la méfiance où, si j'en crois mes explorations ultérieures de sa bibliothèque, toute invention le jetait.

Donc, le volume était là, j'en jurerais. Et Montherlant étant — on le croyait à l'époque — un ancien combattant de bonne étoffe, il n'est pas impossible que mon père ait arrêté un instant sa songerie sur lui. Mais il n'était pas grand acheteur de livres. Laissons le rêve prendre corps. Mon père selon le sang et mon père selon les mots. Le premier eût parcouru avec un agacement croissant le bréviaire auquel, sept ans plus tard, j'allais me référer faute de conversations d'homme à garçon, de père à fils, qu'une vie passée, j'enrage encore de n'avoir pas eu à provoquer ou à redouter. Il eût haussé les épaules, abasourdi, et noirci les marges d'exclamations vengeresses ou étonnées. Ainsi, entre mon avenir heureux et banal que les prochaines heures allaient bouleverser, et mon vrai avenir, ma vie réelle qui ce dimanche-là prenait en moi son élan, une passerelle eût été lancée que je m'épuise en vain à imaginer. Mais les morts n'entrent pas dans les librairies. Mon père, qui s'apprêtait à abandonner le petit garçon dont la main serrait la sienne, passa à côté de la chance de deviner ce que seraient les lois, la morale, les limites de l'homme qui continuerait son nom. Cette étincelle ne crépite que dans mon rêve. Tout cela ne dure qu'un instant, un arrêt de moins d'une minute devant la librairie Laforest. À la séance du dimanche après-midi, on n'allait pas nous attendre. Bientôt retentirait sur le boulevard de l'Ouest la sonnerie qui appellerait les retardataires. Bientôt s'animeraient les premières images du film. Une heure encore, peut-être deux, avec l'entracte où voleraient les feuilles jaunes, les caramels poisseux à mes doigts. Puis l'obscurité retrouvée, et mon père, le cou soudain cassé, dans un épais râle d'agonie, s'en irait.

Assez de sucre !

Assez de sucre ! J'ai raconté dix fois la mort de mon père. Plume à la main ; l'air penché sous les caméras ; abandonné à l'ivresse boudeuse et bavarde des interviews. Dix fois ? Disons quatre ou cinq. Sans compter la voix monocorde, le regard perdu au plafond, au lit, près d'une femme nue qui a froid et ramène sur elle le drap. La version d'aujourd'hui n'est enrichie que d'une *notation* : les feuilles qui volaient à l'entracte dans les rafales de novembre, et d'une autre : les caramels. Ce serait bien la peine d'avoir vécu plus de soixante-dix ans pour ignorer ce que des feuilles qui tournoient, un sac de bonbons, ajoutent au désarroi d'un prochain orphelin, ou au sentiment de *travail bien fait* d'un vieil ouvrier. Bref, je m'engage à ne plus m'offrir d'allusions à ma scène capitale.

Je recopie et corrige ici une vingtaine de pages écrites il y a longtemps — vers 1970, 1975 — pour raconter quelle influence tyrannique, exorbitante, peut exercer, sans le savoir, un écrivain sur une personnalité malléable, libre de toute entrave ou contrainte.

À quinze ans, armé d'une forte mémoire et d'entraînement littéraire, je retenais par cœur, sans effort, les textes de mon choix. À la fin de 1942, je sus mot à mot, ou à peu près, la *Lettre d'un père à son fils*, sans l'avoir apprise, par seule passion. J'étais toujours prêt à en servir une citation appropriée. Je me retenais. Pudeur curieuse. Je gardais le plus souvent par-devers moi la formule qui eût livré le secret de mes attitudes et de mes choix, lesquels déroutaient parfois mes compagnons. Mon addition tombait-elle juste ? Vérifiée dans mon privé, cette certitude suffisait à ma paix. Les années passèrent sans que l'oubli recouvrît la *Lettre*. Les phrases en avaient raciné en moi si profond qu'une simple sollicitation de la mémoire les ranimait. Erratiques ou contradictoires, mes cheminements ultérieurs m'éloignèrent parfois de la morale apprise dans ces épaisses années de la guerre où elle m'avait été si précieuse. Mon étonnement était grand, à constater que les principes de la *Lettre* restaient vivaces en moi. Telle de mes fuites, mes refus, mes foucades, mes provocations avaient d'évidence une même origine : la *Lettre*. Des versets impurs et chatoyants de Nathanaël, des pétarades du *Culte du Moi* et même des électriques dérisions surréalistes, il ne me restait rien, qu'un parfum presque éventé de littérature. Mais la hautaine et rusée profession de foi de Montherlant (car ce code moral, j'en devinais, à travers les élégances un peu appuyées, la roublardise, qui n'était pas le moins savoureux) n'avait rien perdu de sa virulence. Cette résistance m'émerveillait, qu'opposait une simple algèbre morale aux érosions de l'expérience et du temps.

« Les vertus que vous cultiverez par-dessus tout sont le courage, le civisme, la fierté, la droiture, le mépris, le désintéressement, la politesse, la recon-

naissance, et, d'une façon générale, tout ce qu'on entend par le mot de générosité. »

Voilà, ça commence ainsi, et ça claque. Pourquoi ? Parce qu'aux mots lubrifiés, ronronnants, qu'on s'attendait à trouver sous ce titre-là, s'en mêlent un, *mépris*, qui laisse une balafre sur la phrase, et un autre, *politesse*, si bénin qu'il prend allure de provocation. Le ton est donné.

Le courage. J'ai toujours éprouvé des difficultés avec la première vertu prônée par la *Lettre.* Le courage. En ai-je, en manqué-je ? J'ai traversé bien peu d'occasions de le vérifier. Génération assise entre deux guerres. Et pourquoi, tout de suite, en moi, cette équation spontanément formée : courage égale guerre ? Montherlant distingue entre le « courage physique » et le « courage moral, qui a si bonne presse », en quoi il voit « une vertu facile, surtout pour celui qui ne tient nul compte de l'opinion. Si l'on ne l'a pas, l'acquérir est une affaire de volonté, c'est-à-dire une affaire facile. Par contre, si on n'a pas le courage physique, l'acquérir est une affaire d'hygiène… ». (Je salue au passage cette dernière phrase qui m'a offert deux luxes précieux : un pied de nez aux détracteurs de « par contre », et l'affirmation que la volonté obtient assez facilement ce qu'elle convoite.)

Le maître s'est toujours donné un mal de chien pour suggérer, voire prouver (témoignages divers…) qu'il bénéficiait d'une nature héroïque : guerrier volontaire, et blessé, torero amateur, et blessé. Il est à craindre que les aveux tardifs, et même posthumes, arrachés à l'oubli par des amis zélés, n'aient écorniflé la statue. Feignant de prendre à la légère le courage physique, le « torero amateur » donne à croire qu'il s'agit là pour lui d'un problème résolu. Était-ce si sûr ? Le courage physique ne me paraît pas être une vertu facile. Je répète : pas de guerre où le mettre à l'épreuve. Ce ne sont pas les tirailleries des barricades d'août 1944 qui m'instruisirent en ce domaine. Peur, longue patience : je les ai ignorées. Nez à nez avec un voyou ? Pas même. Ni bagarre ni rixe depuis les brutalités de l'enfance. Je professe qu'il est stupide de se faire tuer pour une queue de poisson. De nature coléreuse, j'ai toujours fui les affrontements physiques : une foule hargneuse, une charge de police m'accélèrent vilainement le sang. J'espère n'être pas poltron : je ne suis sûrement pas courageux.

En revanche, teigneux. Tenir tête à une réunion houleuse, être seul de mon avis face à des contradicteurs furieux, ne pas épouser les opinions à la mode — le courage moral, en somme ? — m'est assez facile. Je n'aime pas me coucher devant des boxeurs à la manque. Oui, c'est cela : teigneux.

Civisme

Dans *Les Jeunes Filles*, à propos des quelques salves d'applaudissements par lesquelles, à Pleyel ou à Gaveau, les spectateurs protestent contre un retard du concert, Montherlant note : Il y eut une bouffée d'impatience ; elle dura moins qu'une bouffée de patriotisme… Ce sont presque les mêmes termes utilisés déjà dans la *Lettre* à propos du civisme. Les réflexes du civisme et du patriotisme — HM a raison, c'est la même chose — sont devenus étrangers au comportement français, au point qu'on voit mal comment les réacclimater. La *guerre juste*, expression suprême du patriotisme, a couvert entre 1914 et 1918 des gâchis effroyables et abouti, en 1940, à une déculottée. L'a remplacée au long du dernier demi-siècle la *sale guerre*, la guerre honteuse, forts contre faibles, oppresseurs contre opprimés, exploiteurs contre exploités. Et si les faibles, opprimés, exploités ont flanqué comme on sait la piquette aux forts, nul ne s'est avisé d'y trouver une autre explication que celle-ci : le patriotisme était passé dans l'autre camp. Sans doute est-ce vrai, mais on pourrait dire aussi bien que le patriotisme des uns, à la façon d'un gaz, se dilate et occupe tout le volume disponible, laissé libre par l'évaporation du patriotisme des autres. Oui, évaporation. Et tout se passe comme si un mauvais carburant, à demi éventé, condamnait la volonté nationale à marcher sur trois pattes. Il n'empêche, je n'ai pas compris qu'on ne cherchât jamais, dans « le peuple de gauche », à ranimer et à nourrir de notions encore vivantes le vieux patriotisme. Le tactique et tardif ralliement du mitterrandisme au gaullisme — enfin, comprenons-nous… — ne pouvait pas faire illusion. Non plus que la phraséologie tricolore parfois adoptée par le PC, survivance des mois d'après la Libération où les communistes tentèrent de monopoliser patrie et fusillés. Par toutes ses pentes, la gauche glisse à des rêves de pacifisme, de réconciliation, d'irénisme. Elle répudie les simplifications inséparables de l'idée de patrie telle qu'elle fut pratiquée de l'an II à l'armistice de 1918, et entre-temps mise à mal par les boucheries qui provoquèrent les mutineries de 1917. Les pacifistes ne sont pas toujours « bêlants » : leur dossier n'est pas vide. Après 1945, les millions d'apatrides, de personnes déplacées, Juifs et Tziganes, *Untermenschen*, « sous-hommes » des diverses catégories inventées par le nazisme, ne prédisposaient pas les hommes de réflexion à respecter encore l'idée de patrie. Celle-ci fut alors, et peut-être à jamais, contaminée. La patrie allemande pourrie par Hitler, la patrie française enlisée à Vichy cessèrent d'être des valeurs refuge. Elles furent jetées dans le sac troué et puant de la droite et oubliées là. Cette contestation de l'ancienne foi patriotique fut un phénomène général. Quelle continuité entre les aviateurs anglais de la bataille d'Angleterre et les *punks* de 1980 ? Entre les soldats vainqueurs de 1944-1945 et les scènes affreuses des derniers hélicoptères s'envolant du toit de l'ambassade américaine de Saigon ? Comment imaginer un patriotisme commun aux lourds habitants de la *Bible belt* ou du Sud et les foules alanguies de *Peace and Love* sur lesquelles flottaient les parfums de l'Herbe ? Et quel effort intellectuel ne faut-il pas tenter pour établir un lien logique, respectable, entre les grandes aventures des nationalismes européens, de 1830 à la chute du

Mur, et les élans populaires qui dressèrent contre nous des peuples exténués d'humiliation, du Vietnam à l'Algérie ?

Je me permets ces survols, ce pense-bête, pour rappeler « la couleur du fond ». Notre nationalisme affronté par exemple au nationalisme algérien (lequel se battait au nom d'idéologies apprises dans nos lois et nos principes) : quel gâchis ! C'est devant ce rideau de scène que se sont jouées les tragédies de mon siècle. Quant au civisme, dont les socialistes ont rétabli l'enseignement dans les écoles au nom d'un « comportement citoyen » que la corruption langagière du temps a avalé sans crier gare, il ne consiste qu'en petites choses, en dévouements et courtoisies minuscules, dont l'oubli paraît sans importance à la plupart d'entre nous. Le civisme, c'est ne pas abandonner sa voiture sur le « bateau » d'une porte cochère, payer ses impôts sans tricherie, respecter le code de la route, voter les jours d'élections, ne pas arroser son jardin nuitamment quand sévit la sécheresse, respecter le territoire et les opinions d'autrui. Les « mille coups d'épingle » dont parle Montherlant. J'aimais qu'il fût sensible à ces détails quotidiens. On est émerveillé, à quinze ans, que l'écrivain admiré se brosse les dents et attende l'autobus. Avec HM, je suis un peu en retard pour mon âge.

Au vrai, je n'ai jamais rencontré Montherlant. Nous nous sommes croisés, un après-midi de novembre 1966 que le Grand Prix du roman venait d'être attribué à *Une histoire française*. Je montai quatre à quatre un escalier de l'Institut, guidé vers un salon par le maigre brouhaha d'un cocktail finissant : je n'avais pas voulu attendre le résultat du vote dans le bar-tabac, au coin du quai et de la rue Bonaparte. Resté chez moi, les encombrements m'avaient ensuite retardé au point que les plus piaffants des académiciens s'étaient esbignés sans m'attendre. Je venais de croiser, dans la première cour du palais Mazarin, la Citroën *Figaro* au fond de laquelle François Mauriac se repliait frileusement. Il m'avait aperçu et reconnu sous la ptôse de sa paupière et il avait levé un œil étonné, au passage, tout en dédiant une moue réprobatrice à la Mercedes un peu ostentatoire dans laquelle je me déplaçais alors. Il n'avait pas demandé à son chauffeur d'arrêter sa voiture. Je montais donc en hâte l'escalier quand je vis apparaître Montherlant qui le descendait. Il hésita, puis ne put refuser le salut cérémonieux que je lui offris en prenant soin de rester deux marches au-dessous du maître qui me paraissait court sur pattes. Nous échangeâmes des bredouillements. Je les avais assez redoutés, ces bredouillements, pour éviter d'aborder mon grand homme les quelques fois que je l'avais aperçu, au restaurant « La Frégate », solitaire, ou marchant sur le trottoir du quai Voltaire entre sa cantine et son immeuble. Il m'avait toujours paru lourd, de complexion sanguine, comme un qui vient de se noircir au cahors ou au mascara. De toute façon, je n'ai pas l'admiration chronophage.

J'avais raté une première occasion de rencontrer Montherlant il y a très longtemps, en 1945 ou 1946. Étudiant rue Saint-Guillaume, j'avais écrit dans une revue des élèves une palpitante analyse des *Jeunes Filles.* Elle m'avait valu une lettre immédiate de l'auteur, soigneux de sa gloire. D'où une correspondance — il « faisait porter » ses missives par une gouvernante ; je déposais les miennes chez sa concierge — où le jeune homme de dix-huit ou dix-neuf ans que j'étais dut se laisser aller à bien des sottises. Cet échange me grisait. À la façon dont Montherlant m'écrivait : « Ne croyez pas qu'en ne vous voyant pas je fuie une rencontre… », je crus flairer de la timidité chez l'altier sauvage. J'en fus abasourdi. À une lettre plus nigaude que les autres Montherlant répondit par des sarcasmes qui tarirent mon inspiration. Jean-Claude Barat, fils adoptif de Montherlant, m'a assuré que son père avait classé mes poulets dans sa correspondance générale. Moins ordonné, j'ai égaré ses réponses. Je n'ai pas eu la curiosité de demander à Barat de me communiquer cette rare trace écrite des échauffements littéraires de mon adolescence.

La fierté

Étaient « fiers », pour mon enfance, les gens, femmes surtout, qui rendaient le salut avec réticence, ou tordaient le cou pour n'avoir pas à le rendre. Un jardin plus grand que le nôtre, des vêtements de deuil, avoir subi des malheurs exemplaires inclinaient à la fierté. Une nuance d'admiration se glissait sous la mortification qu'imposait à Maman la fierté des autres. Par contre, paradoxe, les gens réputés « pas fiers » étaient gens de peu. Leur rondeur, l'abondance de leurs explications alors qu'on ne leur demandait rien, leur rage de vous attraper le regard, tous ces *grappins* qu'ils essayaient de nous mettre dessus détournaient d'eux les trois Nourissier dans ces hôtels, par exemple, où nous passions un mois d'été et qui constituaient l'unique théâtre social de nos vies. Je me rappelle ainsi de « bons hôtels de famille », notre genre, au Val-André, à Villers, à Saint-Gervais. Ils avaient pris du lustre depuis le veuvage et me paraissaient plus élégants que les pensions approximatives où nous logeait mon père. Je n'ai pas oublié l'hôtel de la Poste, à Morez, ni le Home-Varaville, ni — surtout — les pensions perdues dans les dunes, entourées de plantations d'oyats, sur les plages de la Panne ou de Blankenberge, autant dire en dehors des limites de la carte… Eh bien, les Belges, par exemple, n'étaient pas fiers. Ma mère avait une façon de dire : « Ce sont des Belges » qui la classait, j'imagine, dans le camp des chipies voilées de crêpe alors abondantes dans les banlieues des villes et des vies. En 1940, quand nous dûmes accueillir à la villa « Ma Théo », à La Baule — défaitiste, ma mère s'y était prise à temps et avait « réussi notre exode » —, des réfugiés venus du nord de la France et de Belgique, elle considéra ces derniers avec la plus grande attention. En effet, s'ils n'étaient pas fiers, les Belges souffraient quand même de la tentation de se faire valoir — de frimer, dirait-on aujourd'hui. Ils remuaient trop d'air. Quand je découvris, bien des années après l'été 40 et La Baule, qu'une certaine Mme P., qui avait été une des jeunes réfugiées de la villa « Ma Théo », était devenue la plus proche collaboratrice de François Mitterrand, je crus amuser ma mère, devenue une très vieille dame, en le lui signalant. « Ça ne m'étonne pas… », me répondit-elle, implacable. Mais notre jugement sur les Belges était quand même plus nuancé qu'il n'y paraît. Le roi-chevalier, les rochers de la Marche-les-Dames où il s'était tué, l'accident de voiture de la reine Astrid, le goût passionné de la reine Élisabeth pour la musique : autant d'atouts que nous portions au crédit de la Belgique. Petits-bourgeois, nous avions de la vénération pour « les reines qui ont des malheurs », personnages de tragédie situés bien au-delà du handicap d'être fiers.

Montherlant lui-même, dans *Les Célibataires* — relit-on ce magnifique roman ? —, montre Léon de Coantré se laissant mourir, par fierté, pour avoir refusé l'attente que lui imposait un médicastre de campagne. Sans doute ne meurt-on pas si facilement, et nous sommes là dans l'allégorie. Montherlant s'est beaucoup haussé le col, avec une superbe qui ruine ses chances de convaincre. Il n'empêche : nulle part l'écrivain n'a mieux illustré son propos. On peut ne pas aimer dans la *Lettre d'un père à son fils* ces courbatures que semble lui avoir données un excès de raideur rhétorique. Ce père est trop laborieusement un père noble. Dans *Les Célibataires*, au contraire, les folies douces ou amères des deux cousins, l'oncle et le neveu, incarnées, *jouées* par des comédiens admirablement *distribués*, font rire, donc émeuvent. En tout cas Léon de Coantré, quand il se retire dans le pavillon du garde, que le cousin riche lui a offert comme on met ses vieux au mouroir, me mouille l'œil, tout comme il me comble quand, chipant un sucre dans un placard en cachette de l'oncle Hélie, l'auteur écrit de lui qu'il « s'en fit du bien. »

Le mépris

À l'évidence, c'est le gros morceau de la *Lettre*. Il y a vingt ans, quand il fut question de ce petit livre consacré à Montherlant, je pensais l'intituler *La Leçon de mépris*. Quel titre ! J'en frémissais d'aise. Cette exaltation m'a un peu passé. Adolescent, j'avais gobé sans répugnance les provocations calculées de la *Lettre*. Mépris était un mot en bec d'aigle, lippu, torve. Il m'évoquait les légendes des illustrations si amusantes dans les Malet-Isaac de mon enfance : « À la moue épaisse et au regard froid du souverain on devine le mépris dans lequel il tenait ses ministres… » J'aimais les princes dédaigneux, les maréchaux incultes et sanguins. Un peu de mépris n'était pas pour m'inquiéter, assaisonné à la sauce ravigote de mon idole. Les grands principes étaient : 1° qui est capable d'estime doit être capable de mépris, et 2° il n'est pas besoin de n'être pas méprisable pour mépriser. Ce tord-boyaux, il ne faut pas l'oublier, je le bus en 1942. Les (bonnes) raisons de mépriser étaient alors nombreuses. Le ravito, la bouffe, une espérance patriotique qui paraissait parfois inepte, le discours officiel que nous rabâchaient au lycée des profs étonnamment soumis : je me lavais de toute cette crasse en la méprisant. Il ne fallait pas nuancer, finasser. Le refus absolu et rigolard, seul, avait chance d'être efficace. On aura une idée de la sorte de colère que suscitaient les trivialités de l'époque en les assimilant, toutes choses inégales d'ailleurs, à l'imbécillité de certains jeux télévisés ou à la frénésie des supporters sportifs. Bien entendu, il faudrait lester ces niaiseries somme toute innocentes du poids inhérent à la peur, à la sordidité, à l'humiliation. Les plus petites plaies, à l'époque, devenaient vite purulentes. Si je développe cette comparaison c'est pour faire comprendre quelle qualité de gratitude j'ai gardée en moi envers Montherlant. Donner à un adolescent ces années-là l'horreur de la resquille, du marché noir, des combines, c'était le sauver. Plus tard, quand je découvris que Montherlant avait soufflé ses vertus, joué les Romains à bon compte et n'était peut-être qu'un *demi-sel*, je m'étais si farouchement pénétré des commandements de son catéchisme qu'ils me fournirent la réponse adéquate : se sachant vulnérable, l'auteur de la *Lettre* avait répondu d'avance à ses détracteurs. D'être méprisable ne lui interdisait pas d'enseigner le mépris. Grâce à ce tour de passe-passe je tins le choc aux révélations du livre de Pierre Sipriot. Sans doute Montherlant avait-il été un poilu approximatif, et les calculs cyniques que révélaient les lettres à sa grand-mère, ce « plan de carrière » qui tenait compte du bon effet d'un engagement volontaire et d'une médaille, en flanquaient un rude coup au secrétaire de l'œuvre pour l'Ossuaire de Douaumont. Mais tout cela était *prévu*. Après tout, la *Lettre* ne recommandait pas d'être niais (cette réflexion-là avait du mal à passer…). Et puis, bien sûr, bouquet final, il y eut le suicide. Nous en parlons ailleurs.

On s'attend à retrouver libre, dans un parking, la place repérée trois jours auparavant, et une ancienne maîtresse, perdue de vue depuis trente ans, telle qu'en elle-même notre émotion l'a fixée. Ainsi parlé-je de Montherlant. Je lui prête une présence, une crédibilité, un pouvoir d'agacer et de plaire envolés depuis trente ans. Si, devant des lycéens, j'évoque Montherlant, son nom ne dit rien aux gamins et leurs professeurs ne l'ont pas lu. Leur œil brille même un peu, de gaieté, quand je défends mon pédagogue.

Mon intention initiale était d'analyser, une par une, les neuf « vertus » proposées par Montherlant. L'attaque de chaque paragraphe devait être précédée, comme en guise d'oraison, d'un effort pour me remémorer les formules de la *Lettre* que je me suis vanté de connaître par cœur. (Était-ce d'ailleurs une vantardise ? J'ai récité cent fois, à l'ébahissement des témoins, le célèbre précepte : « Il faut être fou de hauteur, car l'étant, on redégringole encore tant et plus… » Etc. Je voyais dans cet exercice, entouré de toute la discrétion convenable, une façon de mesurer à quelle profondeur le texte avait porté en moi. Je n'écris pas cela par naïveté et satisfaction. Toc, pose, tension du jarret : nous savons, et nous savons que nous savons. Or, non seulement, je dois en convenir, ma mémoire flanche, mais le sentiment le plus inattendu m'attendait à ce chapitre : l'ennui. Voilà que les formules souveraines, les éclats coruscants, les trouvailles busquées et impérieuses ont perdu leur magie. C'est comme un texte écrit dans l'exaltation de la nuit et que l'on retrouve affalé, éteint, dans la grisaille d'un matin pisseux. Oui, oui, tout cela a chanté autrefois en moi. La *Lettre* a voisiné pendant toute ma jeunesse avec les cambrures barrésiennes et les ferveurs chevrotantes des *Nourritures* (réconcilier en moi Gide et Barrès, c'était mon rêve à seize ans !). Mais aujourd'hui un désenchantement recouvre tout cela. Ces textes-leçons, à seize ans, on les plante au mur comme des clous où accrocher ses songes, ses ambitions. Le temps passe et l'on n'a plus envie que de repeindre le mur.

In memoriam, et pour solde de tous comptes et hommages, je citerai donc ici les quatre dernières vertus dont Montherlant recommande la pratique : *désintéressement, politesse, reconnaissance* et *générosité*. Qualités sociales, règles d'efficacité et de délicatesse dans le jeu professionnel et mondain. L'ancien élève de Sainte-Croix, le bon jeune homme qui traînait les pieds dans les feuilles mortes des avenues de Neuilly, en reconstruisant (ou convoitant ?) le monde — j'aime le reconnaître : modèle humain périmé, oublié, disparu. Les trois premiers conseils, je m'en arrange à merveille. Je n'aime pas les privilèges, ni les avantages ni l'argent ; j'espère être poli ; je ne suis pas ingrat. Leçons bien assimilées ou fond favorable ? Peu importe. Reste la générosité. Elle me tarabuste. Je suis plus sûr de l'apprécier chez les autres que de la pratiquer. Je souffre de froideur, de rétentions diverses. Je suis un dépensier avare. Est-ce de la générosité que Montherlant écrit : c'est ceci et cela, et c'est une bonne affaire ? Je n'ai pas le livre sous la main et ne vérifie pas : que cette hésitation et cette négligence soient portées à mon débit. Ces dernières lignes consacrées à Montherlant sont écrites « en direct » et portent la trace de ma lassitude. Le courage (vertu numéro un, pourtant) me manque pour calligraphier les derniers mots. Par une blessure invisible le vieil homme a dû se vider de son sang. Le voici : antiques exsangues, marbre froid. Par la fenêtre on voit couler la Seine grise. C'est ici qu'il s'est donné la mort.

Une des deux fois qu'il vint partager notre déjeuner mensuel chez Drouant, François Mitterrand — il connaissait bien ses fiches — se tourna vers moi et me demanda sur le ton d'une tristesse hésitante et incrédule : « Montherlant, pensez-vous, comme moi, son éloignement provisoire ?... »

Explication d'un titre

Il m'est arrivé d'imposer un titre à mon éditeur, qui le détestait, à mes amis qui tous exprimaient la plus franche répugnance, et j'avais raison — la suite l'a montré. Il m'est arrivé en des circonstances semblables d'être aussi sûr de moi et de l'excellence de tel autre choix — et j'avais tort. Je ne puis donc ni vanter mon flair ni me méfier de mes engouements. Je suis résolu à donner à ce livre — qui est loin encore d'exister au moment où j'écris ces lignes — un titre qui me tente, le mot est faible, je devrais dire : qui me hante depuis trente ans. Autodérision, goût complaisant de me mettre en fâcheuse posture ? Suspicion légitime ! Voici pourtant le vrai, qui est aussi le simple, le juste, je l'affirme sans la moindre provocation : ce titre exprime l'idée que je me suis faite de mon travail d'écrivain. Être écrivain aura été pour moi une certaine façon de vivre. Je me savais, je crois, incapable de produire des chefs-d'œuvre, de ces textes inoubliables que l'on sent, de science obscure mais absolue, destinés à résister au temps. À défaut de ces monuments, je pouvais, m'a-t-il très tôt semblé, bâtir une maison et l'habiter. Je veux dire : établir entre mes livres et moi une logique intérieure, trouver une équivalence de qualité entre ma bio et ma bibliographie, offrir ma vie aux livres et mes livres à ma vie, en sorte que l'une et les autres se donnassent une sorte de communion afin de sauver l'idée que je me fais de moi-même. J'ai essayé d'avoir pour moi, à défaut d'admiration, une tolérance bougonne.

Ce livre, sur plusieurs sujets, pose des questions simples. Si simples qu'on saute souvent les réponses ou qu'on les passe sous silence. Questions de l'insomnie, de la solitude. Elles ne paraissent triviales et naïves qu'aux beaux esprits, et nantis d'un bon sommeil.

On cherchera peut-être à déceler le plan de ce récit, à voir « comment c'est fait ». Je donne tout de suite la réponse : nulle ligne chronologique, ou si ténue qu'on peut l'oublier. Souvent l'évocation commence par un portrait. Autour du portrait se crée une nébuleuse de souvenirs, d'amitiés, d'événements. D'autres fois, c'est par glissements, capillarité, associations, que les éléments de la mémoire, de proche en proche, s'appellent et se complètent les uns les autres. Les répétitions, sans être systématiques, n'ont été ni prohibées ni traquées. Des éclairages différents les suggèrent, ou la volonté de donner une juste idée de l'intensité de certains thèmes ou de leur rémanence.

Bien entendu, tout n'est pas dit dans ce livre. D'ailleurs, *tout*... Qui n'a rêvé de ce livre absolu, et de supprimer les filtres, d'oublier toute prudence. On sait où cela mène : l'écrivain y perd son honneur et ceux qui s'étaient trop approchés de lui sont éclaboussés. Ce livre n'est pas une diarrhée, il n'est pas la vidange d'une vie (vie d'ange ? vide-ange ?), mais une tentative de poser, sur le flatteur et ingouvernable grouillement d'un mémoire, une grille, c'est-à-dire une méthode de lecture.

Les comptes sont faits. J'ai eu un trop petit destin. Il est tard pour en gonfler le dernier chapitre, le faire prospérer, au flan, au bluff, montgolfière à demi affalée, à demi redressée, mais qui ne volera plus. À chaque heure que le jour m'offre, cette constatation est là, d'avoir eu la vie petite, comme est là, patiente, vigilante, presque apprivoisée, la mort. Mais la mort n'agrandit pas la vie, elle la boucle, elle rend irrémédiable la maladie de vivre, elle fait de nos brouillons *un propre*.

À défaut de génie

Je n'ai vu personne prétendre au génie, du moins dans les générations aux affaires depuis quatre ou cinq décennies. Parmi les anciens, seul Claudel m'a donné l'impression d'occuper une place et un volume qu'il jugeait lui-même exceptionnels. Massif, courroucé, rigolard, imprévisible, il ne mettait en doute aucune part de sa totalité. Il ne faut pas confondre génie et conscience de sa qualité. Mme Yourcenar avait d'elle-même une haute et hautaine idée. Parfois lapidaire, parfois importante — c'est-à-dire *s'étalant* un peu —, elle montrait en tout l'allure de qui est *né*. Sans doute à tous ses contemporains préférait-elle Montherlant, dont elle comprenait le style hobereau et rogneux, le goût pour les antiques, les audaces amoureuses. Percevait-elle ses faiblesses ? On peut le croire, mais aussi qu'elle les excusait. La jactance de Montherlant était sa circulation fiduciaire : y avait-il derrière tout ça une encaisse-or, une encaisse-homme ? Son suicide le renfloua, soudain apport d'argent frais, d'honneur frais. Cette réhabilitation n'empêcha pas le naufrage posthume. Mais au moins est-ce un homme rédimé qu'on est en train d'oublier. Mme Yourcenar elle aussi s'est éloignée à toute vitesse de la gloire qui fut un moment la sienne. À quoi cette débâcle est-elle due ? À des publications, sur la fin, un peu bâclées ; à la bougonnerie ; à un comportement social singulier, certes, donc accrocheur, mais qui décourageait l'exploitation journalistique, laquelle a besoin, chez les méprisants dont elle assure la promotion, de quelque arrangeante putasserie. Constatation : les deux derniers écrivains français à avoir pratiqué le grand ton sont aussi parmi les plus vite effacés. Le grand ton, s'il n'est pas pénétré d'humilité, rend l'artiste vulnérable. Un Gracq s'en tire mieux, qui, à la façon du moine de l'histoire, « pour la modestie, ne craint personne ». Mais avec Yourcenar, Montherlant, Gracq, nous ne sommes pas, dans le magasin des panoplies littéraires, au rayon du génie. Aussi ne glissé-je nulle insolence dans mon propos à leur endroit, non plus que nulle complaisance dans mon titre. Je pose tout bonnement une question : entre les coulées de lave et les fulminations du génie existe-t-il un passage, une musique — une voie, une voix — dans lesquels exprimer ce qui a composé le témoignage d'une vie ? Oui ? Le chemin est moins malaisé dès lors qu'on s'éloigne des grands escarpements, du vertige. J'ai toujours aimé les écrivains à mi-voix : Renard, Larbaud, Vialatte, Cingria, Calet, Guilloux, et plus loin Fromentin, Constant. Il me semble qu'ils n'eussent pas détesté mon titre. Il y a parmi eux des secs et des élégiaques, des sarcastiques et des attendris, mais il n'y a pas un seul *pistolet à amorces*. (Se souvient-on de ce jouet ? et comprend-on à quelles pétarades dérisoires j'entends réduire un certain fracas littéraire ?)

Je sens dans mon dos comme une présence indignée ou navrée. Moustache et nœud papillon du séducteur 1935, morgue courtoise apprise au Quai, ne s'agirait-il pas d'Alexis Léger ? Comment ne l'ai-je pas cité, à côté de Claudel, parmi les hypothèses majeures ? J'éprouve pour lui la plus déférente admiration. Il me fait néanmoins penser, entre deux accès de ferveur, aux listes de « mots nobles » qu'on dit que dressait Barrès. Perse, lui, donne l'impression de puiser dans un vivier de mots non pas nobles mais Nobel, c'est un peu la même chose, mots altiers, frégates, caravelles de haut bord, images de haute mer (beaucoup de hauteur), oriflammes dans les vents caraïbes. Chateaubriand avait autant de superbe et moins d'empois. Le génie de Perse, nourri, forcé, vitaminé dans son privé, est un peu trop *interne* pour mon goût. Je lui préfère le vicomte et son théâtre à demi imaginaire. Ses Amériques, ses clairs de lune, son Orient, son vieux roi, ses congrès, sa guerre. Et les ruines de Rome ! Du monde doit circuler autour du génie. Le talent, lui, se veut volontiers solitaire et fait de la solitude tout un plat. « Un fromage », ai-je envie de dire dans le charmant argot d'il y a vingt ans où je rêvais de m'arsouiller.

Fréquent second, élégant dans le loupage, héros de conduites exemplaires mais oubliées au moment des fêtes de la Victoire, amant de filles dociles et douces, certes, mais de celles qui n'accrochent pas la lumière et dont une main est toujours coupée sur les photos de groupe, ne suis-je pas — faux mince, faux Lorrain, faux jeton — une sorte de Français étalon ? Eaux grises, Yvelines, collines modérées, la Seine à La Frette ou à Giverny, je n'ai jamais aimé l'aquarelle dont j'ai lavé ma vie : est-ce une raison suffisante pour chanter les gouffres, les savanes, les torrents ? Je suis condamné à cet impressionnisme un peu affecté où je suis capable d'exceller sans forcer mon talent.

« À défaut de génie »: dans la dérision, la goguenardise, le mot peut être employé sans faire dans la page le trou qui nous engloutirait. Pris au sérieux, au tragique, au sublime, le mot suppose, pour *passer*, une immense révérence. Et encore ! Est-elle là, on se demande pourquoi prendre pareil risque. Pourquoi lester de plomb une coque si frêle ?

Entre autres caractères, le génie laisse « sur la terre », « dans la mémoire des hommes », etc., une trace anormalement profonde. Divers styles. Vincent Berger, chez Malraux : « Une cicatrice sur une carte. » Tombe de Claudel, à Brangues : « Ici reposent les restes et la semence de Paul Claudel. » La semence ? Bigre !

Je me remémore *mes* disparus et la modestie de leur survie m'étonne. Je les choisis de ma catégorie, au hasard, comme viennent les noms et les visages. Aucun n'est « encore plus grand mort que vivant », etc. Aucun n'a laissé derrière lui une ombre plus longue que n'était son corps. Nous partirons à petit bruit.

Il faut s'attendre à ne laisser rien. Quelques livres ? Jaunis et oubliés en deux ans, même des fidèles. Les amoureuses ? Elles étaient depuis longtemps envolées. Des amitiés ? C'est ce qui tiendra le plus longtemps à condition que nos survivants aient bonne santé et pas trop de respect humain. Avoir tablé sur certaine notoriété et ne laisser à son départ que ce vide, quel piètre calcul. Aurait-il fallu abattre des forêts, en planter d'autres ? Les futaies épousent volontiers les songes de durée et de grandeur. Ah, Tronçais ! Pas un petit prof qui n'ait tenté — avec succès, collègue ? — de faire rêver ses gamins sur ce sens de la grandeur et du temps, de la durée et de l'immobilité des choses. Tronçais, ça vaut tous les Versailles, même si les plus vieux chênes sont tour à tour foudroyés, arrachés, ou épuisés par la verve gratteuse et écriveuse des amoureux forestiers — même s'il faut exiger des visiteuses de Versailles qu'elles retirent leurs chaussures à talons aiguille, qui piquent le parquet fragile comme la grêle fait le vignoble. Tronçais ! De Gaulle aurait dû y convoquer les assises de ses partis successifs, y décorer ses druides, y servir à ses fidèles, dans la pénombre crépusculaire des sous-bois, de ces formules acariâtres, râleuses, sardoniques qu'il pratiquait à merveille et qui lui paraissaient donner « du ragoût » à la vie.

Monsieur Duchon

Il s'appelait Alfred Duchon d'Engenières et, pour lui faire habiter un roman, je le rebaptisai Hector Vachaud d'Arcole. Le rythme, l'éclat, le prénom un peu tarte : tout y était. J'avais été inspiré ce jour-là.

« Monsieur Duchon » officia d'abord au manège du Panthéon, en bas de la rue Lhomond, aux confins de la Mouffe. Il y était le successeur de son père, qui avait mis à cheval les polytechniciens de la fin du XIXe siècle, du temps que leur école se trouvait au flanc de la montagne Sainte-Geneviève. Duchon le Vieux, cassé à l'horizontale, tournicotait encore dans l'écurie quand j'arrivai au manège ; il vivait et mourut, avec sa très fantomatique épouse, dans un nid d'hirondelles dont une fenêtre ouvrait sur le manège. Quand la Société hippique de Paris fut menacée d'expulsion — on détruisait, on rénovait, on prévoyait une crèche pour les petits jésus, pauvres chevaux — il se retrouva au Bois, et guère satisfait d'y être, dans les jolis bâtiments Napoléon III du Jardin d'Acclimatation. Ne l'y suivirent pas les terribles Mermet et Lormier, excellents cavaliers

(Mermet sortait du Cadre noir), mais d'une rugosité ou d'une paillardise qui défrisait les délicats moutons que nous étions. Paul de Longchamp, lui, s'installa pour toute une vie derrière le petit bureau de la SHP, dans ce qui cessa alors de s'appeler le « Manège Pellier ». Plus tard la SHP fut rejointe par le Touring Club de France et je ne sais quelle section hippique d'un comité d'entreprise aventureux. Puis se créa le Cercle hippique de France, au comité duquel, malgré la méfiance qu'inspiraient mon jeune âge et mes velléités littéraires, je parvins à refiler pour devise *En avant, calme et droit* — version légèrement fantaisiste du célèbre précepte du général L'Hotte, écuyer lorrain qui commanda l'École de Saumur — dont j'étais résolu à faire le titre d'un roman. Je l'écrivis, ce roman, avec quarante ans de retard, ce qui prouve, c'est selon, ma paresse ou mon opiniâtreté.

Dans une vie dont j'ai aimé si peu d'épisodes, les années de cheval sont une embellie. À plusieurs moments de ma jeunesse je me suis senti glisser : dans le faux jour de l'Occupation, plus tard tout au long de ces années 1951-1960 où l'alcool, les tromperies, l'épuisement de mes énergies morales (la formule est-elle assez barrésienne ?) me laissaient flotter le ventre en l'air. Je fus sauvé par deux ou trois lectures, la naissance de mes fils en 1951 et 1954, le manège, l'honneur que je rendis enfin au travail littéraire. À chaque fois il s'en fallut de peu. Tout cela dans ma mémoire reste vif mais confus : menacé, oui, mais par quoi ? On pourrait dire : par le mou, l'accommodant, par les *arrangements*. J'avais besoin d'un corset, d'une fraise, d'une minerve. École à la fois de verticalité et de souplesse, l'équitation m'arma pour des combats bien différents. À « gratter » un cheval, j'appris à user des mots autrement. Les *aides invisibles* — ce sont, parmi les moyens d'action du cavalier sur sa monture, ceux qui ne sautent pas aux yeux du profane : pression de la jambe, changement d'assiette, pianotement des doigts sur les rênes — me révélèrent l'action secrète que l'écrivain peut exercer sur son style, et qui n'a peut-être rien à voir avec le bien-écrire. On ne doit pas voir ce qui charpente la phrase, la fait chanter, lui donne du sang. Il me devint évident que, parmi tous les épanouissements auxquels on peut promettre son style — classicisme, économie, maigreur ou au contraire surabondance, chatoiements, baroque —, les rudiments de haute école que j'essayais d'acquérir me tiraient du côté de l'économie, de la maigreur.

Les lieux qu'élit la jeunesse pour y vivre ses instants de bonheur restent mystérieux aux non-initiés. En était la petite tribune du manège du Panthéon, si grise, si sale, de ce gris mâtiné de jaune que le jour pâle tombé des verrières ou, le soir, la lumière d'une dizaine d'ampoules que remuaient les courants d'air, faisaient paraître plus pisseux encore. Une tribune ? Une boîte ouverte d'un côté sur le manège, avec pour unique horizon le miroir accroché au mur opposé, dans la grande longueur, afin que les cavaliers pussent apercevoir, d'un coup d'œil, leur silhouette et corriger leur position. On accédait à ce paradis par un colimaçon aux marches usées qui prenait près du bureau, réduit où ne tenaient que deux interlocuteurs. S'ils se disputaient, et les coups de gueule étaient fréquents, ça s'entendait de tout le manège. Alfred Duchon avait la voix éraillée des écuyers qui ont hurlé trente ans dans le froid, le chaud et la poussière de sciure ; le piqueur avait la voix éraillée des buveurs de « blanc-gommé » et de petits calvas matinaux ; braillements, râles et quintes de toux. Les voix étaient mieux placées et plus sereines au manège Pellier. Le colonel Bourcier — feutre cassé et ample veste juponnante — avait grand air. Une petite dame dodue, éternellement bottée et chapeautée, le suivait partout. Un soir je les rencontrai, jupe et pantalon de pékin, au cinéma La Madeleine : je me dissimulai pour leur épargner l'embarras d'être vus ensemble et débottés. Il y avait aussi une tribune, chez Pellier, presque aussi crasseuse qu'au Panthéon, mais on apercevait le Bois par les fenêtres et les conversations étaient plus gourmées.

Des années plus tard c'est de là que j'observerai les progrès d'Alain et de Gilles, mes fils, quand M. Duchon les mettra à cheval. Quelques années encore et ce sera au tour de Paulina, mais, Duchon s'étant retiré, elle fit l'essentiel de ses classes au Polo, avec Jacques Macaire, fils de l'écuyer qui avait formé Cécile et joué dans l'équipe de son oncle Élie, « Laversine », à laquelle les Argentins tenaient la dragée haute. Enfin, quand Paulina fut devenue maman à son tour elle mit Sarah en selle, vers 1995, à Chicago.

Je ne détaille pas cette généalogie pour allumer une petite flamme dans la pénombre de ma jeunesse. Nul besoin : je sus très tôt et très bien quels privilèges j'avais conquis. Monter, c'est autre chose (ce verbe, d'ailleurs : *monter*, y a-t-on assez réfléchi ?...). Ce n'est pas faire le chic. Je n'avais pas flatteuse apparence avec mes houseaux hors d'âge, l'éternelle veste en tweed rêche et chaud, la bombe verdâtre que je cachais après avoir caché dedans mes éperons, tout ça dans le métro de six heures... Monter, c'est une discipline, une morale, une esthétique. C'est aussi une formidable école d'attention à un animal, le partage avec lui d'un effort, et cela sans faire appel à la phraséologie équivoque de la chasse. J'ai cueilli quelques-uns des beaux souvenirs de ma vie, en selle, seul, tôt le matin. Dans le silence du manège, le souffle du cheval, la battue de ses sabots, les couinements des cuirs qui se frottent, le mâchouillement métallique et mouillé de la gourmette, font une musique inimitable. On tend l'oreille ; on surveille la cadence, les allures ; on veille à épouser ce mouvement de respiration et de vague que produit Querelle ou Mousquetaire, on veille à cirer la selle, à adhérer à travers la selle au corps du cheval, à épouser ses mouvements, à s'abandonner à lui, oui, mais dans la vigilance : long étirement des reins pour accompagner le pas, recherche, au trot, d'un synchronisme aussi parfait que possible, valse du galop. Houle secrète de l'amour. J'ai essayé de l'évoquer, écrivant

En avant, calme et droit, par le rythme et les changements de rythme de l'écriture. J'ai tenté de trotter certaines pages, d'en galoper d'autres, comme on trotte ou galope un cheval bien mis, le rêve étant de suggérer au lecteur ces correspondances, cette danse des mots sans l'obliger à deviner et saluer l'effort accompli, imparfait, peut-être illusoire, et qui doit tout aux fameuses *aides invisibles*.

Duchon avait de la couperose, l'œil étonné et bleu, les cheveux blancs pleins d'épis à cause de l'éternel chapeau. Il avait le langage agricole, le baisemain vif et rieur. Il parlait parfois — exprès ? — un français de péquenot : « Méfiez-vous à Mousquetaire, nom de Dieu ! » gueulait-il, et l'instant d'après il plaisantait. Il portait des vestes de whipcord couleur de muraille, des bottes mal cirées. Il avait refusé d'apprendre à conduire : « Il faut que je sente la monture avec les fesses… » Le vélo Solex lui fut une bénédiction. Puis un jour une voiture l'accrocha, l'envoya un long moment à l'hôpital, où commença la fin de vie qui, me dit-on plus tard, fut solitaire et cruelle.

M. Duchon était un cavalier à l'ancienne. Pas du tout le genre « baisse la tête t'auras l'air d'un coureur… » (Dieu ! suis-je si vieux ?). Sur l'obstacle il lui arrivait de porter les jambes en avant, le dos en arrière, et de ressembler à un jockey peint par Degas planant sur une haie d'hippodrome.

Je suis retourné assez souvent dans les environs du manège : nul ne sait plus, dans le quartier, où il se trouvait au juste, ni qu'il exista. « Des chevaux !

Ici ! Je m'en souviendrais… » À moi aussi la mémoire des lieux commence à manquer. « Il se trouvait ici, dans cet axe… Non, là… » Puis je me tais, avec une pensée pour les chevaux exténués qui furent à la chiourme dans cette galère, sans ciel ni mer. Quand le manège ferma on nous promit que Vaugirard leur serait épargné, qu'ils finiraient je ne sais où du côté de la Marne, au pré. Au pré ? Nous partîmes pourtant bien honteux.

La France Prosper

À propos du lieutenant Heller, je pose, à une autre page de ce récit, une question qui me hante : plus âgé de dix ans — c'est-à-dire vingt-trois ans en 1940, l'âge d'un premier roman — quel homme serais-je devenu pendant l'Occupation ? Quels gages aurais-je donnés, et à qui ? J'ai eu, sept ou huit ans après la fin de la guerre, de l'amitié pour des hommes qui avaient alors mauvaise presse chez mes amis, et trop bonne auprès de gens dont je me méfiais. Je n'ai jamais sondé cette plaie. Je suis ramené à ce scrupule aujourd'hui par deux sollicitations de l'actualité, l'une grave, l'autre frivole. La grave : une polémique entre anciens communistes, les uns accusant l'autre de dénonciation stalinienne, eux-mêmes étant ex-staliniens plutôt frénétiques ; la frivole : une série d'émissions de télévision — de ces films de remplissage qu'on voit apparaître sur le petit écran entre le 10 juillet et le 15 août — qui évoquent des vedettes de variétés de l'avant-guerre. On va voir comment les deux sujets se recoupent.

Il n'est pas question de prendre ici position dans

la querelle entre déçus du communisme : ils mettent tous, à sublimer leur attitude du temps du stalinisme (alors qu'en bonne logique ils devraient plaider coupable sans ratiociner sur les dates ni sur les thèmes), une vigueur qui donne une fière idée, sinon de leur logique, au moins de leur persévérance dans l'erreur. Peut-on avoir été *bon* stalinien jusqu'au jour où le stalinisme a été considéré comme pervers dans sa totalité ? Peut-on tirer argument, près d'un demi-siècle plus tard, de cette vertu qu'on a mise dans des turpitudes et des aberrations ? Illustration complémentaire de mon propos : avoir été un *bon* nazi, c'est-à-dire fidèle à Hitler et zélateur de ses théories, ouvre-t-il droit à une carrière de juge ou de professeur de morale une fois le nazisme proclamé péché inexpiable ? Oui, je sais, les comparaisons et assimilations sont trop commodes. Mais, du point de vue de leurs prisonniers, les bagnes ne sont-ils pas comparables ?

Sans aller si loin, il m'arrive de chercher des excuses à ces dérives des années 1940-1944 dont, au conditionnel passé, je redoute parfois l'effet d'entraînement qu'elles auraient eu, peut-être, sur moi. Excuses : le mot vous paraît fort ? Préférons-lui explications. Par exemple celle-ci, qui m'a troublé ces jours derniers devant mon récepteur de télévision : a-t-on idée ou souvenir, aujourd'hui, du degré d'abaissement où avait glissé une partie de la société française des années trente ? Je regarde les vieux films aux images incertaines, je vois les sourires ignobles, les trémoussements, j'entends, je réentends les voix grasseyantes, enrouées, et je me rappelle mon frisson, enfant, quand coulait cette affreuse soupe du « poste de TSF » dont commençait alors le règne. La France de 1935, je la vois aujourd'hui comme un vaste bastringue où on faisait un triomphe aux marlous et aux filles. J'exagère ? Rappelez-vous — car ces musiques et ces paroles-là ont pénétré au plus profond de notre mémoire collective : Prosper, le chéri de ces dames ; et le héros de *Comme de bien entendu*, glorifié pour avoir mis sur le trottoir cette fille qui « était jeune et belle »... Comment appelait-on cette lippe que les chanteurs gonflaient, de profil, pour détailler les paroles graveleuses, comme un cul pousse ses pets ? Oui, la gouaille, le *sourire gouailleur*, qui assurait le succès des Chevalier, Préjean, Milton, Alibert, ah, j'en passe ! j'en passe ! Et la pérennité de la Ville lumière. On la retrouva, la gouaille, pendant la « drôle de guerre », chant du départ et marche lorraine d'un pays au bord de l'écrabouillement, dans cette chanson — « Et tout ça, ça fait / D'excellents Français / D'excellents soldats / Qui marchent au pas... » etc. Arrêtons ! Je rougissais, à douze ans, quand j'entendais couiner ça, partout, et les rires, et les applaudissements. Comment ne pas les entendre ? La rengaine a baigné les mois de notre humiliation. Où voulé-je en venir ? À cette question : n'y-a-t-il pas eu, et chez des Français de qualité honorable, un dégoût, et ce dégoût n'a-t-il pas justifié chez les plus naïfs d'entre eux la confiance faite à Vichy, du moins les premières semaines, dans l'ahurissement d'une défaite pourtant si prévisible ? Il peut y avoir eu l'espoir d'un *changement de ton.* (Comment oublier qu'elle fut, cette chanson, l'hiver 39-40, un des succès du Théâtre aux Armées ? Il ne se trouva donc aucun officier, aucun ministre pour éprouver une nausée et interdire les fanfaronnades poisseuses dont se gorgeaient les Français ? Sous l'œil des Allemands, tout cela. Ils devaient jubiler. Pas besoin d'espions, de « cinquième colonne », de paras déguisés en bonnes sœurs : il leur suffisait d'écouter notre radio et de regarder tel et tel de nos films : la proie était mûre.)

Cet exercice qui consiste à fournir des arguments à l'adversaire est dangereux. On glisse vite de l'envie de comprendre à l'indulgence, puis à la complicité. Si la *mobilité* est la seule qualité à quoi je pense reconnaître l'intelligence, ne risque-t-elle pas de jeter son bénéficiaire à l'universelle tolérance ? On se rappelle Claudel : « Il y a des maisons pour ça… » Été 40, automne 40, juillet 42, novembre 42 : la glissade a dû paraître rapide à tous ceux — nostalgiques, allumés, chimériques, revanchards — qui firent un bout de chemin avec Pétain ou le suivirent jusqu'à la déraison. Encore que les petits chefs de Vichy, avec leurs guêtres blanches, leur béret aplati sur la tête et leur cape de vieux *boy-scouts* ne fussent pas d'une séduction irrésistible. L'opérette était tristounette et sylvestre. Mais dans quelques cervelles devait tourner cette envie d'en finir avec *Prosper*, que je ne parviens pas à condamner sans nuances. Dernière remarque : il ne me semble pas qu'on ait jamais marqué combien Trenet, qui devient célèbre en 1938, pouvait passer pour une protestation contre la mode *Prosper*, l'esprit trottoir, le style macadam.

Astoria

Le 27 septembre 1998, cinquante-quatre ans et un mois après que les événements eurent eu lieu, je me suis retrouvé au rez-de-chaussée de l'immeuble Publicis, au 133 des Champs-Élysées, là où le 25 août 1944 je découvris que le général de Gaulle était *grand*. Nous l'ignorions. Les caricatures que publiait la presse collabo montraient toujours un scrogneugneu à bidon et feuilles de chêne, chamarré, les leggins avantageuses, rond comme bille et éructant. Qui se fût attendu à voir se dresser cet échalas dédaigneux ? J'étais seul, au début de l'après-midi, traînant mon vélo dans les rues tant la foule était dense : impossible de rouler. Je me retrouvai à l'Étoile. Les chars de la division Leclerc entouraient la place, canons pointés vers l'Arc de triomphe. On attendait quoi ? Qui ? De Gaulle, bien sûr, et un défilé, une fête qui fût à la mesure de notre fièvre, de cette attente de cinquante mois qui avait déposé en nous une incrédulité hagarde, fatiguée. Je me sentais écrasé par la multitude. La mystérieuse tristesse des grandes exaltations me poignait, à la fois vide et trop-plein, ricanement et ferveur. On connaît le mot qui, paraît-il, échappa au général une demi-heure plus tard : « Ah, c'est la mer !... » Où planquer le vélo ? Sur quoi grimper ? Fenêtres, balcons, partout des gens accrochés, comme aux réverbères, aux branches des arbres, et des drapeaux approximatifs. Je remarquai un immeuble aux fenêtres closes et qui paraissait oublié : l'hôtel Astoria, au coin des Champs-Élysées et de la rue de Presbourg. Se pouvait-il que des Allemands y fussent encore retranchés, qui attendissent leur heure ? La porte de l'hôtel donnait sur le trottoir de l'avenue, fermée par une grille. Deux garçons de mon âge furent instantanément à mes côtés. « On essaie ? » Déjà le plus costaud secouait la grille, la porte, qui cédèrent. Quel fuyard avait-il eu le réflexe, dans la hâte de l'évacuation, de vouloir donner l'impression d'une porte fermée ? Nous entrâmes, je poussai ma bicyclette à travers le hall et l'accrochai à une rampe d'escalier. Obsession du vol ! Un vélo, c'était de l'or. La porte de l'ascenseur était bloquée. Nous escaladâmes les marches quatre à quatre. Placards béants, partout des papiers abandonnés, des tiroirs renversés. Impression d'un énorme cambriolage. Arrivés en haut — cinquième, sixième ? —, nous hésitâmes. « Le toit ! » cria le costaud. En furetant nous trouvâmes une échelle de fer ; les portes battaient : les occupants avaient dû, au dernier instant, monter jusqu'ici détacher le drapeau à croix gammée. Nous émergeâmes de la pénombre des couloirs dans le ciel d'été, le paysage, les toits, au loin le Bois. De lourdes vagues de voix humaines battaient notre falaise. Un vertige me saisit et je m'accrochai à la hampe d'où le drapeau avait été retiré. « Dommage ! » C'est vrai, les souvenirs… En bas, dans les rues, sur la place que dissimulait en partie le feuillage des arbres, des mouvements se produisaient, sur quoi passaient des ovations, des cris, des sifflets, des ronflements. Soudain le bruit enfla, se fit immense, et j'aperçus, glissant selon la pente de l'avenue, à la hauteur des rues de Tilsitt et de Presbourg, comme un vide dans la multitude, un vide qui se déplaçait, un trou dans la foule, et au bord de ce trou on distinguait une haute silhouette kaki, le geste mécanique de deux bras levés : je braquai mon vieux kodak à soufflet, presque au hasard, et j'appuyai trois fois sur le déclencheur. Plus tard, sur les deux photos « réussies » je verrais, une loupe à la main, avancer le général de Gaulle vers Paris libéré, vers le fol après-midi de ce 25 août, avec ses « tireurs des toits », les balles sifflant à travers la nef de Notre-Dame, le père Bruckberger se substituant, à la porte de la cathédrale, au cardinal-archevêque jugé indigne de recevoir l'homme du 18 Juin. Plus tard aussi je verrais, inoubliable, le groupe de l'*entourage* du général descendant, autour de lui, derrière lui, les Champs-Élysées, Georges Bidault écartant les photographes d'un petit geste excédé et précieux assez semblable à celui du vieux Mayol, chantant « Les mains de femmes ». Sur les photographies tous les hommes — aucune femme ! — sont hâves, maigres, flottent dans les vestons sombres, croisés, chiffonnés, inséparables des images de ce temps-là.

Hier soir, 27 septembre 1998, nous soupions dans le hall de l'immeuble Publicis après la projection du film de Spielberg, *Le Soldat Ryan*, qui raconte le débarquement du 6 juin 1944 et les premiers jours de la bataille de Normandie. Tous nous étions sous le coup de la violence du film. Public habituel de ces projections : un ancien Premier ministre, Fabius, Simone et Antoine Veil, les Bettencourt, Jean-Luc Lagardère, le bâtonnier Danet, des collaborateurs de l'agence Publicis. Lustrés, ceux-là, longilignes, bardés de charme et de certitudes, carnivores et compétents. Quelques anciens — Simone Veil, Maurice Rheims — avaient les yeux vagues : trop d'images leur traversaient la mémoire. J'aperçus une vitrine creusée dans le mur du fond, où Marcel Bleustein-Blanchet avait rassemblé des souvenirs des années héroïques de l'immeuble. Eisenhower y avait établi son quartier général en 1951. Cette photo, là, était celle de l'ancien Astoria, avant l'incendie et la reconstruction, et je revoyais la plate-forme, sur le toit, d'où j'avais photographié le grand sémaphore autour duquel hurlait la France. J'avais du mal à rester tout à fait présent à la conversation du souper. J'étais assis entre deux épouses de hauts personnages de la Maison. Je tentai de leur raconter le plus brièvement possible cette journée d'il y avait plus d'un demi-siècle. Courtoises, mes voisines, l'œil intéressé et poli, mais peu de relance de la conversation. Mes beaux souvenirs leur cassaient les oreilles. Barbe-Blanche avait fait la Libération. « En tout cas, j'interdirai à ma fille de voir ce film, me dit soudain mon interlocutrice de gauche, pensez, elle a quatorze ans…

— Mais, pourquoi ?…

— La violence, bien sûr !

— On leur permet les boums à treize ans, pourquoi pas la violence à quatorze ? Après tout, cette guerre… »

Voilà, j'avais été pris au piège, nous étions réinstallés dans une conversation de tout repos : l'évolution des mœurs, la protection des âmes duveteuses. J'avais envie de paraphraser la question posée, dit-on, lors de l'oral d'un concours, à un candidat trop brillant. J'aurais pu demander : « Qui couchera avec qui, où, et quand ? » Le brouhaha était redevenu rassurant. Le souper n'allait pas s'éterniser : vies trop actives, cœurs trop entretenus pour que leurs possesseurs traînent à table longtemps.

La Grande Roue

Quand je reçus sa carte, sans doute me conviait-il à quelque raout, je mesurai l'ampleur et la longueur inusitées de son nom au format du bristol. C'était un nom mille-pattes. Je l'appris et le retins par cœur et il m'est arrivé une dizaine de fois, depuis cinquante ans, de me le réciter afin de me rafraîchir l'émerveillement et ne pas le perdre. Il s'appelait Igor-Sacha Bernard Gachon-Gounot de Mauléon-Touzet. Comme je m'extasiai, il se fendit de quelques explications destinées à jurer et prouver l'authenticité de chaque partie du tout, le tout tenant par le miracle de l'aimantation élégante. « Igor » était là pour l'âme russe, et « Sacha » sans doute pour conforter l'évocation de la grande Sarah — allitération Sacha/Sarah — car Bernhardt, ainsi que le nom aurait dû s'écrire, m'expliqua-t-il, illustrait un proche cousinage avec l'amputée sublime. « Gachon » sentait le vrai ; ce devait être la base solide du nom, sa racine provinciale ; il avait dû orner le panonceau d'études de notaires ou d'avoués entre Pont-d'Ain et Chambéry (l'homme fleurait la bonne province). Gounot ? « Je lui suis un issu de germains par les femmes », murmurait mystérieusement mon homme qui baissait alors les paupières, oubliant ainsi de voir et d'expliquer un « t » malencontreux. « De Mauléon » n'était là sans doute que pour donner au mille-pattes ce reflet d'or que la particule, grande coloriste, assure encore aux tableaux de famille. « Touzet » devait être le nom de jeune fille d'une des notairesses, ce qui bouclait vertueusement le collier.

Comment avais-je été racolé, recruté, rabattu, déniché, repéré ? À peine vingt ans et peut-être un blondinet comestible. Avais-je écrit une chronique dans un orphéon, publié un poème ? Je devrais dire *mon* poème, n'en ayant jamais composé qu'un, à Londres, l'hiver 1946. Était-ce lui, l'appât ? Toujours est-il que je me retrouvai, un dimanche de printemps, vers l'heure du thé, dans un immeuble d'une de ces rues — Vieille-du-Temple, des Archives, de Turenne ? — perpendiculaires à Rivoli et à Saint-Antoine, qui n'étaient pas du tout à la mode. Je m'approchai de l'adresse gravée sur le bristol panoramique avec circonspection, professant que les gens bien ne pouvaient habiter que le VIIe, le VIIIe ou le XVIe — où je ne logeais pas. L'immeuble me parut délabré, austère. Grand Siècle, avec un air Trois Mousquetaires, un escalier à balustres de bois et aux tommettes descellées. Derrière une porte aux moulures soulignées d'un rechampis bleu canard, je distinguai un brouhaha. La chamade mondaine me disloqua le cœur, mais déjà la porte s'ouvrait sur une soubrette à l'œil narquois. Elle me poussa vers le bruit, des têtes se tournèrent, des sourires que je jugeai sarcastiques. Un oiseau maigre se leva, puis une espèce de maître nageur aux lèvres minces, vêtu d'un blazer mirobolant. Ma gaminerie, mes roseurs de rosière, mon visible embarras dispensèrent les autres messieurs de bouger. Des femmes ? J'en vis deux ou trois, chapeautées, chevalines, vénérables. J'entendis « Chère Edmée », « Marie-Louise ». Je baisai des mains, très rue Saint-Guillaume, et me retrouvai assis dans du velours. Les visages se détournèrent et je pus regarder autour de moi : couleurs vives, faux marbres, toiles bitumeuses, bois dorés, éclairages savants. « Vous aimez ? » me demanda le blazer écussonné. Un monsieur s'était mis au piano, à moins qu'il ne récitât quelque chose, une jolie chose : j'étais incapable de fixer mon attention. Mon autre voisin se pencha vers mon oreille : « Le frère d'Olivier... », murmura-t-il. Puis, mon sourcil se levant : « Messiaen... le frère d'Olivier Messiaen. » Un peu plus tard on but du thé, je posai des questions prudentes sur un meuble qui me semblait beau. Je me croyais oublié. Mais non. « Levez-vous ! récitez-nous quelque chose... » À la surprise générale je sortis un papier de ma poche et lus — j'avais du mérite à rester lent et audible — *Dorchester Hotel*, dont la sensualité un peu égarée pouvait plaire. J'eus un instant d'absence — je continuai sagement de lire — et la nuit de Londres, la neige sur Londres, le visage de la petite Michèle occupèrent ma mémoire. J'étais dédoublé. Le Dorchester… Je n'y suis retourné qu'une fois, vingt ans plus tard, emmené par Evangeline David-Bruce, l'ambassadrice américaine à Londres, à un cocktail offert pour Robert Kennedy. Comme il était jeune, rieur, carnassier ! Je revins sur terre quand quelques murmures saluèrent la fin de ma lecture. Je me sentis un peu seul. J'avais perdu Michèle, j'avais perdu le fil. Où en étais-je ? De la résidence des Bruce, sur Regent's Park, on entendait des lions rugir. Evangeline était une championne du shaker. Elle essayait de me convaincre que Truman Capote, ce n'était rien, c'était passé, d'ailleurs, la preuve : on n'en parlait plus. Mon insistance l'agaçait. « En France, vous conservez aux artistes leur statut trop longtemps après qu'ils ont cessé d'être productifs », remarqua-t-elle. C'était juste, et formulé avec une sévérité tout américaine. Quelques mois plus tard[1] Capote publia *In Cold Blood*, qui remporta un succès mondial. Je reçus de Virginie une lettre où Mrs Bruce avouait avoir parlé trop vite.

Ayant payé mon écot, je me sentais plus à l'aise dans la petite volière où l'on me couvrait de compliments excessifs et glacés. J'essaie de revoir la scène et je comprends, aujourd'hui, où je me trouvais : dans un dessin de Philippe Jullian, que je ne découvrirais que cinq ou six ans plus tard. Tout y était : l'encolure hautaine des dames, la mine renfrognée des messieurs, les vestons trop collés aux

1. 1966.

corps. Vers six heures et demie on prit congé. Dans la rue, les concierges en bretelles qui avaient tiré une chaise sur le trottoir, regardèrent avec placidité ces corbeaux, ces aras, ces cacatoès prendre leur envol vers le métro Saint-Paul. Seule la duchesse était attendue par une voiture, si modeste que son chauffeur s'y glissait avec peine.

Quelques années plus tard je reconnus Igor, au fond d'une boutique du Village Suisse à l'enseigne de « La Grande Roue ». Il me parut être un très vieux monsieur, tassé dans une bergère, l'air toujours russe, à moins que ce ne fût l'attitude ennuyée de l'antiquaire qui attend le chaland et que son whippet n'amuse plus. La porte était ouverte : je m'arrêtai sur le seuil comme un qui « jette seulement un coup d'œil ». C'était du 1900. Lui parler ? Il n'avait sûrement aucun souvenir de *Dorchester Hotel*, ni de moi ni peut-être de son nom à courants d'air, que dis-je, à rafales, à portes claquées : sur la vitre du magasin on lisait seulement : Igor Touzet… Où était passé tout le reste ?

« *Intoxications célestes* »

Enfant, mes angoisses religieuses consistèrent surtout dans l'envenimement de mes scrupules. Pourquoi ma mère n'avait-elle jamais le temps d'assister à la messe ? Pourquoi l'oncle A., le jour de ma première communion solennelle — j'étais vêtu d'un « petit costume Eton » d'une singularité mortifiante et destinée, j'imagine, à montrer aux foules chrétiennes que les Nourissier ce n'était pas de la gnognote — pourquoi l'oncle Alexandre, donc, au lieu de prendre place dans l'église, avait-il rejoint le groupe des hommes en costume noir qui, sur le trottoir d'en face, attendaient, avec leurs airs de juges, la sortie des petits anges amidonnés ou froufroutants ? Plus tard on me parla de francs-maçons et de bouffeurs de curés. Moi j'étais du camp des bouffeurs de Dieu — formule empruntée à un type en train de pérorer au zinc d'un café et qui me faisait délicieusement frémir. Mais, là encore, que de complications ! Être à jeun pour aller communier n'était pas une petite affaire. Si, par mégarde, j'avalais une goutte d'eau en me brossant les dents, serais-je en état de péché mortel ? Et si oui, aurais-je le temps de m'en confesser ? Et si l'abbé Omnes allait me donner pour pénitence de réciter dix pater, au pied du maître-autel, les bras en croix ? Oui, les bras en croix ! On jurait qu'il l'avait déjà fait. Sûrement je m'évanouirais de honte. J'aurais une faiblesse, peut-être même une syncope. J'étais très fort, depuis la mort de mon père, sur les différentes façons de glisser au néant à titre provisoire ou définitif. Il y avait aussi tourner de l'œil (ça, c'était pour l'incision d'un furoncle ou pour les piqûres intraveineuses), l'embolie, la petite attaque (réservée aux vieux amis de la famille), la rupture d'anévrisme et, bien sûr, la modeste crise cardiaque — l'infarctus, me semble-t-il, n'était pas alors d'un usage courant.

Autres scrupules qui me taraudaient : mes fautes contre la pureté, d'autant plus cuisantes que le mode d'emploi du sacrement de pénitence, que je consultais avant chaque confession afin de « dresser ma liste », n'y allait pas par quatre chemins. Aux questions « seul ou avec des petits camarades ? Combien de fois ? », etc., force m'était de répondre au risque de compromettre mon ami Jacquot, dont le prêtre me sommait de livrer le nom, d'ailleurs inconnu de lui car les V. étaient des mécréants. Et le lendemain matin, à la communion, de nouveaux pièges m'attendaient. On était, en ce temps-là, communié par le prêtre, à qui le bon usage voulait qu'on tendît un visage extatique et une bouche ouverte dans laquelle il enfournait délicatement l'hostie. Mais si celle-ci allait se coller au palais ? Si, ma langue se révélant incapable de l'en déloger, j'étais obligé, en pleine action de grâce, c'est-à-dire prosterné sur mon prie-Dieu, abîmé dans la supplication et la gratitude, de me fourrer discrètement l'auriculaire dans la bouche pour y libérer l'hostie ? Et ainsi de suite.

Quand s'approcha l'adolescence, les problèmes de morale gagnèrent en importance. J'allai consulter le curé de Saint-Séverin, ma paroisse, église dont la réputation n'était pas encore devenue flatteuse. Je fus reçu par un homme d'un autre âge. Je venais à lui avec du feu dans le corps et la tête : il me répondit en déplorant la néfaste influence des philosophes et des mauvais maîtres, lesquels étaient sans doute, pour les neuf dixièmes, des écrivains que je chérissais. Je sortis de là gris de déception. Deux ans plus tard, lors des échauffourées de la Libération, je retrouvai mon interlocuteur (j'avais déserté son église), en soutane, courant sous les balles boulevard Saint-Michel pour venir administrer, en bas de notre immeuble, un livreur de farine qui avait voulu faire le courageux malgré la présence d'un char Tigre, là-haut, place Edmond-Rostand. Au deuxième coup de canon il avait été touché à mort. À genoux à côté du moribond, sa soutane blanchie par la farine, le prêtre essayait en vain d'arracher un mot de contrition à l'homme qui ne l'entendait plus. Il criait : « Vous regrettez vos péchés, dites-moi que vous regrettez vos péchés ! »

Je risquerai encore quelques sorties en direction de la foi.

En 1945 je me ferai racoler par la troupe des Routiers de Saint-Jacques-du-Haut-Pas et inviter à leur camp d'été, dans les parcs de châteaux du Cotentin. Il y avait là-bas des chevaux dans tous les prés, derrière toutes les lices. Je leur sautais sur le dos et tentais, à cru, de les faire trotter et galoper. L'aumônier, le père Jacqueline, préférait en moi, aux élans religieux, ce qu'il appelait mon hippotropisme.

En 1949 commencera ma grande aventure auprès de l'abbé Rodhain et du père Braun, que je raconte ailleurs dans ce livre. Après, ce sera le silence. Ah, si, un épisode encore, le plus farfelu. Résolu à me marier, et impressionné que j'avais été, depuis 1940, par le bon ton de la religion réformée, j'eus, vers 1948-1949, plusieurs conversations avec le pasteur B., à qui je demandai, en toute simplicité, si je ne pourrais pas, en trois temps, embrasser l'hérésie, entrer à la faculté de théologie protestante de Strasbourg et en sortir pasteur. Ainsi aurais-je combiné ma volonté de vivre loin de l'appât du gain et des grandeurs d'établissement, de préférence un œil levé vers le ciel, mon intention d'épouser Marie-Thérèse et mon espoir de vivre parmi des Français civilisés. Je me demande encore comment j'avais pu concevoir pareille acrobatie. Il est vrai qu'à peu près dans le même temps j'envisageais de devenir écuyer professionnel — titre et qualité me semblaient à ma portée —, à partir de quoi j'aurais organisé ma vie de telle façon que le travail littéraire y occupât le temps laissé libre par les chevaux.

Je fis, un temps, grande consommation d'auteurs catholiques. Claudel et Bernanos m'exaltaient, j'apprenais par cœur la *Quête de joie* de Patrice de la Tour du Pin, Psichari me paraissait suranné mais les dunes, Tamanrasset, les moines soldats, l'assassinat du père de Foucauld dont Massignon me parlerait plus tard avec une si furieuse douceur, n'avaient pas fini de me faire rêver. Jacques et Raïssa Maritain m'étonnaient. Vers 1949-1952, il me sembla, à « La Source », leur maison de Dampierre, retrouver dans le couple de Robert et Denise Barrat une version modernisée de l'aventure Maritain. Robert exprimait une foi mesurée, qu'il pratiquait sans négliger des soucis d'hygiène et de séduction que je n'avais pas l'habitude d'associer à l'image des pieux laïcs ; Denise, juive convertie, était d'une grande beauté et exaltée dans sa pratique et son expression religieuses. Tous deux m'apparaissaient parfois en couple de magazine. « La Source » était la « maison rurale aménagée » dont rêvait alors tout jeune ménage. Aux murs chaulés étaient tendus des filets au tissage bleu comme on en voyait dans les restaurants de poisson et, en juin, dans les vitrines de maillots de bain. « Tu seras désormais pêcheur d'hommes » : c'est bien ainsi que les Barrat voyaient la mission qu'ils s'étaient donnée. Il y avait dans chaque détail de leur vie un charme et un confort mystérieux. Jamais ils n'eussent roulé, comme nous tous, dans des bagnoles d'occasion : leur Peugeot était vigoureuse. À « La Source » était aménagée, dans une petite pièce, une chapelle où les maîtres de maison avaient obtenu de l'évêché de Versailles l'autorisation de garder l'Eucharistie. Ce privilège, à la fois m'impressionnait et m'agaçait. Je voyais trop bien comment la rubrique décoration d'un magazine féminin aurait pu traiter le sujet. *Campagne : aménagez-vous une chapelle intime*. Ou encore : *Maisons secrètes, la mode est à la Présence Réelle*. Je ne sus trop comment me comporter le soir où les Barrat nous invitèrent à entrer dans « leur » chapelle. J'étais raide d'ennui. Heureusement Marie-Thérèse contrôlait fort bien ces situations. Je feignis de m'absorber dans la contemplation d'un petit vitrail : Bazaine ou Manessier ? Je découvris aussi, dans un coin discret, un Rouault « biblique ». On tenait Rouault pour un très grand peintre, ces années-là. Les « Juges », ses meilleures toiles, étaient loin de valoir Daumier. Quand j'en revis, chez Marcel Arland, à Brinville, ma ferveur était retombée.

(Je viens de découvrir, presque un demi-siècle après avoir apprécié le « petit Rouault » de « La Source », le portrait que fit Henri Cartier-Bresson du peintre en 1944. Extraordinaire image volée à un temps disparu : Rouault y apparaît en costume trois pièces coupé dans une sorte de prince-de-galles atténué, un chapeau Éden posé sur la tête comme un couvercle trop petit sur une théière. Il porte une chemise à col cassé que n'eût pas enfilée un notaire de province dans les années vingt. Le père de M. Pinay, si j'ose. Le visage est mou, l'œil apeuré d'un vieil homme à passions qui a croqué le marmot pour une créature. Les mains, embarrassées, paraissent gourdes.)

Existe-t-il des natures religieuses et des natures incrédules ? Ou, plus exactement, des humains qui ne trouvent leur équilibre que happés, aspirés par une espérance spirituelle ? Alors que d'autres ignorent ce besoin et n'ont pas à inventer à leur angoisse une formulation qui la transcende, ni simplement à croire aux Églises et aux systèmes en activité. J'ai rencontré des athées tranquilles, des agnostiques sereins : Jean-François Revel, Marc Soriano. Ils ne m'ont pas paru plus éloignés que moi, mieux protégés que moi du frisson religieux. J'ai pour les monuments de la foi le plus grand respect. Je respecte les cloîtres, les cathédrales, la coquille de Saint-Jacques, le Greco, Bossuet, Pascal, et même Chateaubriand. Je ne respecte pas le style curé, les textes de la nouvelle liturgie, les niaiseries ânonnées par les fidèles sur une lavasse à trois notes, les prêches indigents d'où courroux et violence semblent à jamais bannis. J'ai en horreur les flasques banalités dont nos prêtres, lors des obsèques, régalent la famille et les amis du mort. Il m'est arrivé de faire auprès du célébrant, la veille de l'enterrement d'une amie, la démarche qui lui imposerait silence, et je demande ici, à toutes fins utiles, qu'on m'épargne, le jour venu, les évocations, hommages et autres sucreries omnibus. Qu'à leur place on joue un peu de vraie musique, profane ? oui, pourquoi pas profane, et qu'on demande au plus gai de mes amis de raconter quelques souvenirs de mer, de neige, et les enfants, et les animaux.

Toute-puissance de l'émotion esthétique sur l'éveil ou l'étouffement du sentiment religieux : il m'est arrivé de fuir une église désâmée par la sulpicerie ou par la concurrence aux temples réformés. Il m'est arrivé aussi d'éprouver un élan de communion dans tel ou tel lieu de culte de l'Islam — la mosquée des Omeyyades, à Damas, par exemple — alors que les églises orthodoxes ne m'émeuvent guère, ni les synagogues, à l'exception de la Vieille-Neuve de Prague, bâtie les mêmes années que Notre-Dame de Paris, et dont Heidrich voulait faire, quand la guerre serait gagnée, le plus beau bâtiment du « musée d'une race disparue ». Mais, bien sûr, ma maison reste ma maison. Né dans le catholicisme, je trouverai normal d'y mourir, sans voir dans cette acceptation autre chose que l'appartenance à une *communauté*. Le judaïsme m'a appris l'importance de cette notion : sous la folie nazie, il ne servait à rien d'être ou de se dire converti, de produire un certificat de baptême, etc. Ce qui comptait c'était le sang, la durée sociale, c'est-à-dire d'avoir partie liée, par le ventre des femmes, à la communauté juive. Quand on ne sait pas où se situer par rapport à un groupe — nation, religion, classe — il faut d'abord regarder où se trouve, en cas de persécution, le plus grand danger : il y a des chances pour que ce soit la place à choisir.

Les catholiques de stricte observance, contrairement à ce que pourrait laisser croire la dérive de l'Église vers les compromissions, sont souvent impérieux et agressifs envers qui ne partage pas leur foi. Il m'est arrivé de recevoir, de militants d'action catholique, de « mères chrétiennes », voire de prêtres et même une fois d'un prélat, des lettres que je qualifie de « pommées ». Ne pas être croyant y était considéré comme une preuve de canaillerie et de débilité. Il ne venait pas à mes correspondants l'idée de respecter mes convictions, mes doutes, ma liberté. Ils appartenaient à cette sorte de gens qui s'enchaînent dans les couloirs de cliniques afin d'y empêcher les IVG. Capables de lutter par la force contre une loi, on conçoit qu'ils ne fassent qu'une bouchée d'un malheureux littérateur.

Une question

Un de mes plus anciens camarades, en 1997, me demande soudain, au détour d'une conversation qui roulait sur tout autre chose : « Quelle impression cela te fait-il que ta fille ait apostasié ? »

Le choix du mot n'est pas innocent ; il veut troubler et blesser. Ainsi, Paulina, née d'une mère juive (elle-même fille d'une mère et d'un père juifs, appartenant à une lignée de rabbins d'un côté, à une famille de banquiers de l'autre), Paulina, laissée libre de son choix, élevée sans nulle contrainte religieuse, quand elle se tourne, au sortir de l'adolescence, vers le judaïsme, cela s'appelle, pour un catholique, « apostasier » ? Outre le contresens — car ma fille n'avait fait que regarder le catholicisme de très loin, sans chercher à y entrer — il y a dans le choix du verbe, dans ses connotations, une dramatisation absurde. Contresens, dramatisation, quoi encore ? Le plus frappant : cette certitude du haut de laquelle les catholiques, quand leur foi n'est pas partie « en couille », dirai-je dans un langage un peu militaire, continuent de penser qu'ils détiennent la vérité théologique absolue. Alors qu'à l'évidence ils n'occupent qu'un des cantons de la foi — une foi liée à des limites géographiques, à des données historiques, à des hasards de climat et à la plus ou moins efficace séduction de ses fables. Comment un homme peut-il ne pas reconnaître aux autres formes de la foi les mêmes vertus (aider à vivre) et les mêmes pouvoirs (gagner un hypothétique ciel) qu'à la sienne ? Comment l'œcuménisme ne règne-t-il pas, sans la moindre nuance de doute, dans l'esprit des croyants ? Mon ami P., avec l'inénarrable air de sérieux supérieur (comme on dit bordeaux supérieur quand il s'agit de piquette) qu'il avait pris pour poser sa question — « apostasier », quel berlingot à sucer avant de le cracher dans la conversation ! —, détruisait en moi quelques pans chancelants mais encore debout des vieux murs d'autrefois.

Liste des maladresses verbales de prêtres qui ont contribué à liquider mes velléités de rester — même sur le bord — dans le catholicisme. L'abbé Massin, bon prêtre s'il en fut (on dirait dans la presse « grand professionnel »), ébranlant sa foi dans l'exégèse biblique et finissant par briser ses liens sacerdotaux pour épouser une de « ses » étudiantes. Ce drame avait été accueilli par les hourras d'un petit milieu (d'ailleurs incroyant). Le ton pénétré sur lequel Mgr Rodhain, revenant de l'île d'Yeu où agonisait Pétain (le prétexte était le titre d'aumônier général des prisons que portait Rodhain), nous affirmait que « le Maréchal » avait encore sa tête et disait, dans sa demi-conscience, « de très belles choses sur l'honneur ». Deux ou trois niaiseries que Mgr Gaillot, regard enfantin et extatique, débita à l'automne 1997 à la fête de l'Humanité (excusez du peu !). Combines et ruses diverses dont usa le père Bruckberger, après douze ans d'amitié, pour essayer, dans une sombre histoire de manuscrit, de me mettre dans mon tort et prendre ainsi barre sur moi.

La rhétorique de la foi, la majuscule mise à Dieu et même à Ses pronoms personnels, la déférence qui entoure, où qu'on regarde, les zélateurs du sentiment religieux, tout ce battage métaphysique me paraît appartenir, mystérieusement, au même ordre que la convention qui confère leur valeur vénale à l'or, au diamant, au saphir, à l'émeraude. Cailloux ! Simples conventions, mises au point en leur temps par des négociants, par commodité, et qu'on s'étonne de voir encore respectées. L'or « garantissant » la valeur des billets, c'est la foi *bétonnant* l'angoisse humaine. On me montre — « Vous pouvez toucher », me murmure-t-on à l'oreille — un pendentif fabuleux qui vaut plusieurs dizaines de millions de francs. La part du travail humain, dans ce bijou, la « valeur ajoutée » par le joaillier est négligeable. Ce qui vaut cette somme époustouflante, c'est le phénomène géologique, la cristallisation sous l'effet du temps, cette houille rare, ce secret caché au cœur d'une roche. Je ne peux me défendre de comparer l'apparat qui entoure les pierres fabuleuses — vitres blindées, coffres, alarmes, gardiens, bals à la cour — à la pompe vaticane, au décorum liturgique. Des comparaisons sacrilèges me viennent à l'esprit : ce tabernacle ne ressemble-t-il pas à un coffre ? À un *safe* disent les Anglo-Saxons, et le même mot, pris adjectivement, signifie *sauvé* ! Ce coffre contient donc à la fois le salut, un vase sacré et le corps de Dieu. Au pied de l'autel qu'il domine, les desservants, vêtus d'étrange façon, déploient le ballet, honorent les symboles du culte. Cette affaire des vêtements liturgiques ne me laisse pas en paix. Dans son film *Roma*, Fellini fut le premier, me semble-t-il, dans la scène du défilé de couture au Vatican, à oser soulever la question du ridicule des vêtements sacerdotaux. Survivance ? Archaïsme ? Certains — les intégristes — font de cette affaire de *mode* un thème de combat spirituel. Mais dans le même temps les sectes, devenues le loup-garou de la fin du millénaire, imitent et copient les usages catholiques. On rit à l'apparition sur les écrans, lors d'un reportage sur le Mandarom de Castellane, des bâtiments en forme de pâtisserie ou de champignons multicolores, et des moines en longues robes et chapeaux pointus. Mais les champignons ne sont pas si différents de bien des temples de l'Inde du Sud et les processions, vues d'un peu loin, ressemblent aux cérémonies de Saint-Pierre de Rome. Chapeaux de mages et magiciens ou mitres de cardinaux, où est la différence ? Et quelle autorité permet à des élus et fonctionnaires de la République française, c'est-à-dire d'un État constitutionnellement laïque, de suspecter et surveiller lesdites sectes ? Où passe la frontière entre Église et sectes ? Carnaval et liturgie ? Foi et imposture ? La durée, seule, fournit-elle la preuve de la véracité d'un dieu et d'une Église ? Mais il y a sur terre des véracités parallèles. Je serais plus troublé si l'on m'opposait la preuve par les œuvres : je songe au prodigieux accompagnement d'architecture, sculpture, peinture, orfèvrerie, littérature, musique qui offre au christianisme un incomparable rayonnement de beauté et de grandeur. Incomparable ? Voici l'Égypte, la Grèce, le Mexique, l'Islam, l'Inde, le Japon…

Crainte, ou plutôt impression vague, écrivant tout cela à la diable, de commettre une incongruité. J'en suis à examiner cette gêne quand, ouvrant au hasard le *Précis de décomposition*, je tombe sur : « Résignation fabuleuse de la part du plus frétillant animal… Mais notre patience est à bout. L'idée que j'ai pu — comme tout le monde — être sincèrement chrétien, ne fût-ce qu'une seconde, me jette dans la perplexité. Le Sauveur m'ennuie. Je rêve d'un univers exempt d'intoxications célestes, d'un univers sans croix ni foi. »

Bien entendu, une citation de Cioran ne vaut pas argument. Les pensées qui se développent à coups de citations, par référence à d'autres pensées, ne m'inspirent pas grande confiance. Souvent l'écrivain emprunte dix lignes à l'un, une formule à l'autre, comme on se fait prêter un foulard, un soir de froid, en quittant une maison amie. On rendra le foulard le lendemain. Comment rend-on les citations ? De vieux lettrés émaillent — c'est le mot, n'est-ce pas ? — leur conversation de locutions latines comme un gamin se tâte le biceps. Mieux vaudrait chercher des affirmations à réfuter : on a toujours besoin de muscler la pensée. À quoi tient le pouvoir des citations placées en épigraphe ? Grâce à elles on se sent moins seul. On marche dans le noir avec moins d'angoisse, on fanfaronne.

Je n'avais pas la foi, j'étais sensible aux outrances et aux insuffisances du théâtre catholique, et pourtant je n'ai jamais réfléchi sérieusement aux colères anticléricales d'il y a un siècle. L'action parfois furieuse menée par la République contre le pouvoir de l'Église, la mainmise de l'Église sur l'État, la Séparation, l'expulsion des congrégations, les Fiches, les Inventaires : tout cela me semblait vaguement obscène et de mauvais ton. Je ne voyais pas l'Église outrageusement complice des antidreyfusards. Je trouvais de l'allure aux notables qui envoyaient leurs enfants dans les collèges catholiques exilés en Belgique afin qu'ils échappassent à l'« école sans Dieu ». Je faisais aveuglément confiance à une classe et à une morale auxquelles je n'appartenais pas. Étonnante paresse intellectuelle et idéologique ! Aujourd'hui l'anticléricalisme me tente. Alors qu'il n'est plus d'actualité je le comprends et, en moi, l'apprivoise. Refusant à l'avance — je l'ai dit plus haut — les niaiseries débitées sur les tombes par un prêtre de service, mais acceptant l'idée de mourir parmi les miens, je rêvais, en somme, d'un catholicisme silencieux. Leur chorégraphie, leur encens, leur goupillon, bon ! mais *en silence*. Peut-être est-ce encore trop accepter.

Jean Rodhain, prêtre

Rien ne me préparait, en 1949, à faire la connaissance de l'abbé Rodhain, encore moins à me prendre pour lui d'admiration, voire d'affection. Seules, peut-être, les années de manège et ma passion pour les chevaux — elle culmina en 1946-1947 — m'avaient fait pénétrer dans une petite société dont pouvaient être l'ornement les abbés bien-disants, les officiers en retraite, les filles solitaires et méritantes, les dames d'œuvres juchées sur des bicyclettes. Mes explorations subséquentes m'avaient plutôt mené, loin des chers chevaux, du côté des pelouses de la Croix-Catelan, des golfeurs, des bridgeurs, des jeunes buveuses de fine à l'eau qui appelaient tous les garçons « chéri » pour faire dame et éviter de se tromper de prénom à l'heure bleue. On m'avait laissé conduire ces cabriolets Buick ou Packard d'avant 1939 que les « industriels » prétendaient avoir planqués, les années noires, sous du foin ou des bûches, dans les communs des maisons de campagne, et qu'ils ressortaient, prudemment, le dimanche matin, à peu près sûrs désormais que les

Rouges, déchaînés à la Libération, étaient rentrés dans leurs tanières. On pourrait même, bientôt, retourner à l'Usine et reprendre les choses en main. C'en serait fini des longues journées à Mortefontaine, ou à Saint-Nom-la-Bretèche, ou au Lys, à déblatérer, au bar, sur l'Histoire.

« Ah, on s'en souviendra de leur planète ! » Le cuir havane ou bordeaux des sièges avait craquelé pendant l'exil campagnard. Les voitures exhalaient un parfum de vieux luxe fragile et le moteur ronronnait au-dessous de ses moyens. Un monsieur pied-de-poule à nez busqué et chevalière parlait de « réserve de puissance » ; on n'avait pas encore inventé « en avoir sous le pied ». Je négligeais mes examens. Mes douces buveuses mondaines ne hantaient pas la Sorbonne. Il me manquait toujours un sou pour faire un franc. Les taxis en stationnement, à minuit, place Saint-André-des-Arts, me tendaient un piège presque quotidien. Emmène-t-on dans le métro nocturne ces merveilles aux robes de soie sauvage, et plus mouvante encore que sauvage, et plus moulante que mouvante ? J'avais beau raconter les « derniers métros » du temps de l'Occupation, ces retours du théâtre où tout le monde, spectateurs et comédiens, se retrouvait dans la voiture rouge des premières. Un soir, nous sortions du théâtre Hébertot, j'avais vu l'héroïne de la pièce, que ma mémoire appelle Michèle Alfa — mais était-ce elle ? Elle venait de me bouleverser deux heures durant, blonde, coupable et blonde à la Corinne Luchaire —, seule dans le compartiment où des yeux la guettaient, blonde et seule. Un grand officier allemand, quinquagénaire, de prestance plus bourgeoise que guerrière malgré les bandes rouges du pantalon et le petit poignard à dragonne et glands d'argent, s'était approché d'elle, découvert, et, tout en lui tournant quelque compliment — qu'elle méritait, grands dieux ! — lui avait cérémonieusement baisé la main. Non, les regards des témoins n'exprimaient nulle colère, pas davantage de dédain. Comme la rame entrait dans une station, l'officier prit congé d'une sèche inclination de la tête, se recoiffa et descendit. Je fus convaincu qu'il avait feint d'être arrivé à destination afin de libérer la jeune comédienne de sa présence et de lui reconquérir l'estime et l'indulgence des autres voyageurs. Faux calcul : à peine eut-il disparu que les visages, alentour, se courroucèrent et que des œillades patriotiques transpercèrent la comédienne blonde, que tous nous vîmes rougir sous son maquillage de scène à peine essuyé. Mais j'eus beau, plusieurs fois, filer l'anecdote afin de suggérer à mes soyeuses amies que le métro de minuit recèle des vertus romanesques, aucune, jamais, ne m'encouragea à l'économie, ni ne se jeta joyeusement dans la bouche de Guimard. Il est vrai que le fond du taxi — il s'agissait souvent de vieux G7 rouge et noir en forme de sabot, aux coussins de velours brun — était une invite aux baisers et aux caresses que nous aurions été bien sots de repousser.

Je n'étais donc pas dans la disposition d'esprit à fréquenter les pieux laïcs, dont la fascination qu'exerça sur moi Jean Rodhain allait faire bientôt mon ordinaire. Il est vrai qu'un épisode désobligeant vint s'intercaler entre la vie élégante et la vie édifiante. Mes examens ratés, ma désinvolture ayant pris en peu de semaines l'apparence veule et de sombre augure des mauvais départs, je tentai de me jeter dans la « vraie vie », c'est-à-dire que je devins, tant j'étais nigaud et me sentais coupable, un gratte-papier du dixième rang. J'ai raconté tout cela : la honte de la première paye, qui faisait suite à la honte du bureau miteux, des efforts pour envelopper de jolies formules les *messages* que j'étais supposé mettre en forme. L'agence où du piston familial m'avait fait engager enfermait une demi-douzaine de messieurs entre deux âges dans trois pièces d'un appartement solennel de l'avenue Marceau. Je surveillais avidement leur langage, leurs cravates, leurs costumes : étaient-ils avouables ? Ou bien étais-je tombé plus bas encore que je n'imaginais ? J'avais failli — la proposition était arrivée trop tard : je venais de commencer mon premier mois chez les publicitaires — entrer au service commercial des automobiles Panhard et Levassor. Une annonce alléchante m'avait conduit boulevard Masséna où se trouvaient les usines dont le nom avait amusé mon enfance : tu te mets devant la table de chevet, tu cries : « Panhard » ! et le vase sort… Cette table de chevet n'était pas un meuble très différent du guéridon — « Si tu es gai, ris donc ! » —, premier calembour que j'aie compris sans qu'on me l'expliquât et dont la ronde perfection m'émerveille encore. Table de nuit disait-on aussi, et elle contenait encore, dans mon enfance, un vase, et des bougeoirs étaient disposés au pied de l'escalier, à Avocourt, qu'on allumait pour monter se coucher. Plongeons-nous assez profond dans les notations pittoresques ? Les petits-enfants s'étonnent (ils savent que c'est là l'attitude convenable) devant cette longue vie pleine d'officiers boches, d'actrices de cinéma momifiées depuis cinquante ans, de vases de nuit et de dérives sociales. « Grand-père François, il couvre le siècle ! »

Chez Panhard, j'avais été reçu par un grisâtre directeur du personnel — on ne se souciait pas encore des « ressources humaines » ni de la « force de vente » — qui m'avait considéré avec étonnement. Peut-être n'avais-je pas la dégaine, la faconde ni le vocabulaire de l'emploi ? Il était passionné de Mallarmé et nous nous étions retrouvés en train de mettre à l'épreuve notre mémoire : « Mais, ô mon cœur entends le chant des matelots... » Pour inattendu qu'il fût, le chant en question ne couvrait pas le ronflement des voitures sur le boulevard Masséna. Écoutant l'homme qui me recevait — veston croisé, gilet — je me demandais s'il ne me parlait pas plus familièrement qu'à ses propres fils, lesquels ignoraient peut-être son goût pour Mallarmé, Nerval (« J'ai rêvé dans la grotte où nage la sirène »), Fromentin. Sur Fromentin, je renâclai. Non que je n'appréciasse pas *Dominique*, mais je pris mal les plaisanteries — si usées — sur Picasso, « qui n'aurait pas été fichu de dessiner les chameaux d'*Un été dans le Sahara* » (coup d'œil pour s'assurer que je saisissais l'allusion). Comme je protestai, le veston croisé évoqua, d'un geste vague, l'Usine : « Picasso, ici... — Léger, alors », dis-je, sarcastique (je n'éprouvais nulle envie de vendre des Dyna aux incertains dandys qui se contentaient de ces ramasse-miettes). Le veston croisé me jeta un regard soupçonneux. « Communiste ? » Mais l'œil riait.

Toujours est-il qu'après un mois de publicité — j'aurais volontiers dit « réclame », comme je l'entendrai faire à Aragon trois ans plus tard, et « traité » pour contrat — je courus un soir jusqu'au 42 rue de Grenelle, jésuitière où habitait le père Huvenne, aumônier des Sciences-Po, chez qui je déboulai sans m'être annoncé. J'aimais bien la trogne du père, ses manies langagières, son obsession de « la complétude humaine », laquelle supposait la réussite aux examens (las...), la pratique de deux ou trois sports, une capacité thoracique honorable, la Foi, et bien sûr l'appartenance à une bonne tribu bourgeoise. Il emmenait ses jeunes ouailles chaque été à l'île de Port-Cros, où il louait à la Royale, grâce à un bail emphytéotique, un fort de grande allure. Nous y menions une vie frugale et brûlante. Des fiançailles se sont nouées là, des vertus y ont sombré. On faisait le soir, au bord d'un feu, des causeries politico-littéraires. Un Versaillais mystérieux, Pierre D., éternel convalescent du mal de vivre ou d'une anémie compliquée, à l'évidence, de poussées d'abcès et de bubons, jouait parmi nous le rôle de l'âme vigilante. Il nous écoutait pérorer, laissait passer dix occasions d'en placer une, puis, quand son tour était venu, tirait les conclusions, vibrant d'une ferveur de croisé ou de défroqué. Il m'apparaissait comme une espèce de Nathanaël fourbu, aux doigts effilés, à la maigreur maladive, les genoux pointus toujours enveloppés dans un plaid — même à Port-Cros ! —, racolant des disciples avec des excitations de pêche miraculeuse. J'étais allé trouver D. chez lui à Versailles — vieille maman, bergère profonde, feuilles MRP, bouillotte sous la couverture — pour lui exposer mes scrupules et dégoûts et solliciter un conseil. Je n'en avais pas reçu, en tout cas pas de la sorte que j'attendais. On m'avait fait comprendre qu'à Versailles on a l'âme mieux trempée, et qu'il ne sert à rien de refuser l'obstacle. Efforcez-vous d'entrer par la porte étroite. J'étais reparti humilié et furieux. Le père Huvenne fut plus concret. Athlète apostolique et brave sous-off de l'armée jésuite, il balaya d'un geste mes circonlocutions et mes réticences. Il m'envoya à l'un de ses confrères auprès de qui il me recommanda, puis il me broya la main en prenant une profonde inspiration, comme on fait avant le décrassage matinal.

Le père Braun était timide, méticuleux, soucieux et gauche. Il possédait une de ces grandes têtes alsaciennes bien construites sur lesquelles flotte toute la vie un air de candeur. Aumônier des camps de Gurs et de Noé pendant la guerre, il y était devenu auprès des républicains espagnols un bon hispanisant ; il parlait l'allemand comme le français et faisait, à l'époque, de grands progrès en hébreu. Comme on disait alors, il « s'occupait des étrangers », c'est-à-dire des réfugiés politiques, dans un organisme, le Secours catholique, fondé au lendemain de la guerre par l'abbé Jean Rodhain. Le père Braun se plaignit d'être débordé et se déclara enchanté à l'idée que je me proposais pour l'aider. Il ne me posa aucune question sur mes états d'âme, qui ne l'intéressaient pas. « Mais je dois d'abord vous présenter à l'abbé Rodhain, me dit-il, il est le patron... »

Il disait cela — le patron — avec ce qui me sembla être un mélange d'amusement, de terreur et de déférence. Amusement, parce que sa simplicité, on était tenté de dire sa sainteté, ne se laissait pas impressionner par le théâtralisme de la composition de soi-même qu'avait réussie « le patron ». Le père Braun était terrorisé par l'abbé Rodhain comme l'est un oiseau par un serpent, mais du respect nuançait la terreur, et l'oiseau conservait ce pouvoir de s'envoler qui rend l'image un peu fausse. Le père Braun était resté un enfant, avec ces gaietés, ces étonnements et ces enjouements de séminaire qui en ce temps-là marquaient les prêtres à jamais.

Il me donna rendez-vous pour le lendemain au siège du Secours catholique, rue du Cherche-Midi, dix minutes avant l'heure fixée par le secrétaire général.

L'odeur était de pouillerie, de vinasse, de patience. Du moins le matin, quand une double queue, de clochards et d'« étrangers », occupait le trottoir et, franchie la porte cochère, se collait au mur de gauche. Là, les réfugiés de Mme Levin se dissociaient du tout-venant de la misère parisienne et pénétraient dans une salle d'attente obscure, où, sur les bancs, se reconstituaient les diverses communautés. Mélange de hargne, de résignation et de mondanités en perdition. On baisait la main de la princesse Bagration, l'adjointe de Mme Levin. On s'interpellait en polonais, roumain, bulgare, tchèque, hongrois, slovaque, serbe. Mme Levin se levait rarement et se déplaçait à l'aide d'une canne ; elle boitait bas ; elle usait d'un russe ou d'un allemand également autoritaires et traitait son monde avec une courtoisie impérieuse de reine en exil. Il arrivait que des réfugiés, originaires d'anciens territoires de l'Empire austro-hongrois, fussent envoyés à Mme Levin porteurs d'une lettre d'une vraie princesse en exil, l'archiduchesse, sœur de l'archiduc Otto, qui se faisait appeler Mlle de Bar et défendait, d'une voix basse et lasse, d'anciens sujets. À l'heure du déjeuner, quand tous les pauvres avaient été reçus, tous les cas, traités, la concierge lavait à grande eau le trottoir et le couloir, aérait pour dissiper la terrible odeur de misère dont rien ne venait à bout. Les quelques soutanes de l'organisation — de mon temps, cinq ou six — passaient en coup de vent, comme les monsignore dans les coulisses du Vatican. Ce premier matin, je fus à la fois rassuré et épouvanté. Je pensai aux richelieus de daim que les dandys de la publicité allaient acheter chez Weston, les jours de soldes où l'on voyait, sur le trottoir des Champs-Élysées ou du boulevard de Courcelles, ces queues de messieurs bien mis auxquelles me faisait penser celle des épaves et clodos du Secours catholique.

Après le dédale de couloirs tortus, escaliers bien cirés et cloisons aux couleurs pimpantes où me précédait la soutane du père Braun, le bureau de l'abbé Rodhain me frappa par sa taille, la lumière qu'y dispensaient trois fenêtres, l'impression de désordre laborieux et organisé. L'abbé — il était vêtu en clergyman — se leva brièvement pour m'accueillir, se rassit et resta muet. Le pauvre père Braun, qui n'en menait pas large, exposa (trop longuement) ce qu'il nomma ma « crise de conscience » (il m'avait donc entendu ?) et vanta mon désintéressement, mes mérites, qui à en croire « le cher père Huvenne » étaient grands. J'eus l'impression que l'abbé Rodhain considérait Huvenne comme un esbroufeur et un parasite. « La charité », commença-t-il. Puis il se tut. Il va me dire : « Vous avez raté vos examens, vous êtes chômeur ou peu s'en faut et vous cherchez une planque… » J'étais prêt à abonder dans son sens. Il était un bloc, un mur de silence. Cheveux en brosse courte, nez de condottiere, immobilité minérale. Minéral aussi le teint. « Il est haut en pâleur », pensai-je. Je me forçai à ne pas rompre le silence. Braun, de temps à autre, pépiait, s'ébrouait. Une belle secrétaire qui s'affairait jetait des coups d'œil vers nous. Parfois l'abbé m'observait d'un regard presque mort à force de froideur. Parfois le regard se perdait au plafond. Je commençais à comprendre que tout cela allait tourner bien. Soudain le visage blanc composa un sourire avenant : « Avez-vous suivi, rue Saint-Guillaume, le cours de M. Vermeil ? » demanda-t-il. (C'était un cours à option, collectif, intitulé « Forces spirituelles et forces politiques ».)

« Oui, dis-je, et aussi ceux de M. Massignon, de M. Grousset, de M. Siegfried… »

Le sourire réapparut en même temps que le corps se dépliait. « J'espère que le père Braun vous laissera me consacrer un peu de temps. » Je sortis comme dans un rêve. Je ne savais même pas quel serait mon rôle ni combien je serais payé. (J'ai souvent agi de la sorte dans la suite de ma vie.) « Il a été très chaleureux avec vous », me murmura le père Braun en remontant l'escalier. Je regardai ma montre : nous venions d'essuyer un quart d'heure de silence. « Oui, dis-je, très chaleureux. Quand commençons-nous ? »

Sans doute, pendant que je regardais l'abbé Rodhain se taire — et je ne pense pas que son silence fût destiné à *démonter* ses interlocuteurs, il lui était en quelque sorte consubstantiel —, mon visage exprimait-il, plutôt que l'embarras ou la gêne, une certaine préoccupation intérieure. C'était la première fois que m'entraînait un mouvement confus mais très vif qui, dans ma vie, me jettera souvent à des refus, départs, démissions et, à leur suite, à des aventures scabreuses et excitantes. D'allure calme, je n'ai jamais agi que par coups de tête après de longues immobilités. Un chat très chat qui finirait par plonger. Cette année 1948 et les précédentes, l'immobilité avait consisté à m'abandonner à une paresse et à une négligence impardonnables. Les petits pauvres ne s'offrent pas ces luxes malsains. Quand la sanction était tombée, au lieu de me livrer à un retour sur moi-même et de prendre des résolutions — une pente se remonte, un échec se rattrape, etc. —, je n'avais pensé qu'à une politique du pire : le gagne-pain, et le plus ingrat, et immédiat. Sans doute tenais-je ce trait de caractère de ma mère, que j'ai toujours entendue, pour un porte-monnaie perdu ou trois sous de dépense inconsidérée, prédire les jours sombres et prochains où, non contente de s'être « sacrifiée » pour nous, elle serait contrainte, « pour vous donner à manger », d'aller « travailler chez les autres ». Elle professait, de science mystérieuse, que dans le travail la vraie malédiction était de devoir s'y soumettre hors de chez soi. Travaille-t-on souvent chez soi ? Sans doute ses cauchemars lui représentaient-ils, en embellissant son sort, la couturière à façon qui se crève les yeux sous la suspension mais parvient à cacher, au fond de son logement, la honte de sa misère. Ma mère était capable d'une férocité de Chinois pour sauver la face. Aussi nous menaçait-elle d'aller « faire des ménages » et elle eût été capable de répondre à une petite annonce du *Figaro* — rubrique « aides familiales » — comme adolescentes ou vieilles dames indignes font des fugues.

Donc, observant l'abbé, je pensais à cette aventure étrange où allait me fourvoyer l'atavisme familial, et je ne doutais pas que ce Commandeur, cet inquisiteur, ce monstre froid n'eût percé mes secrets et ne s'apprêtât à balayer mon château de cartes.

J'étais partagé — ce qui devait donner une gravité de bon aloi à mon visage — entre l'étonnement de commencer à démonter mes mécanismes et la peur de me voir soupçonner de supercherie. Peut-être l'abbé, amusé, devinait-il en moi un débat dont il pouvait imaginer les termes. Il me laissait le temps d'en finir avec mes scrupules ou mes résolutions. Quand j'eus compris que je ne me résoudrais jamais à vendre des voitures ni à tricoter des slogans *vendeurs*, une paix se lut peut-être sur moi et l'abbé me jeta cette unique bouée : une question sur le cours de M. Vermeil.

J'ai passé trois ans dans le petit immeuble de la rue du Cherche-Midi, trente ou trente-cinq mois interrompus par des voyages — Palestine, Jordanie, Liban, Syrie, Égypte — et par de longues missions dans les camps de *displaced persons* d'Allemagne, d'Autriche et d'Italie. Pendant ces trois années, je me mariai. Bien que la foi, de mon côté, ne fût pas toujours au rendez-vous — au contraire de Marie-Thérèse, discrètement fervente — notre mariage se fit dans l'apparcil catholique le plus modeste mais le plus ostentatoire. Modestc : nous étions pauvres et incapables de payer les frais d'une réception. Ce fut donc une amie de ma jeune épouse, religieuse dominicaine à Étiolles, près de Saulchoir, qui nous proposa la belle demeure où vivait sa communauté. Une de ces maisons bâties au milieu du XIXᵉ siècle, quand les bourgeois parisiens, profitant des premiers chemins de fer, vinrent s'installer là entre la forêt de

Sénart et la Seine. De vastes prairies descendaient jusqu'au fleuve. Je devais retrouver ces décors, presque inchangés, cinquante ans plus tard, quand je visitai, non loin de Soisy-sous-Étiolles, la maison de Champrosay où Edmond de Goncourt avait sa chambre chez les Alphonse Daudet. Il alla y mourir un jour de l'été 1896. La buanderie est encore là, où il prit un bain imprudent et attrapa sa fluxion. Ce décor de « la France bourgeoise » — selon le beau titre de Charles Morazé — qui avait dû paraître il y a cent ans, conquérant et serein, présente aujourd'hui une apparence fragile, donne une impression de sursis qui ne frappait pas encore en 1949.

Le père Braun, que j'avais mobilisé, nous maria dans la belle église du village, après quoi nous allâmes déjeuner chez les dominicaines, dans une salle à manger assombrie de cuir et de boiseries, où l'on imaginait les repas d'été de quelque famille de notables sous Napoléon III ou Jules Grévy. L'étrange repas de noces ! Ces moments, qui, en règle générale, émoussent la pointe des querelles familiales et inclinent aux nécessaires comédies, n'avaient rien désarmé autour de nous. La distance, ou l'indifférence, ces raisons froides de ne tenter aucun effort, tenaient éloignés nos mères, pères, frères, sœurs. Une explication pathétique, que nous aurions pu avancer, fut soigneusement tue et le restera ici. Deux ou trois amis — j'ai oublié lesquels — assistaient peut-être au déjeuner, ainsi qu'un personnage exotique surgi, à l'étonnement général, sur la place de l'église : il était de peau sombre et vêtu, dans le grand soleil blanc du début d'été, d'un smoking parfait mais ahurissant. Était-ce Gaston Monnerville ? Le gouverneur Saller ? Un notable antillais, en tout cas, venu témoigner que la petite Marie-Thérèse Sobesky, Martiniquaise au nom polonais, tout frais docteur en médecine, n'était pas oubliée aux Caraïbes. Le repas fut gai, comme souvent chez les religieux. L'homme en smoking, qu'à son air on devinait farouche militant laïque, semblait trouver du charme au ballet des petites sœurs converses qui avaient tenu à nous servir le repas. Elles avaient beaucoup ri quand j'avais proposé — ô folie — d'engager un extra — « un homme ! »...

Après le déjeuner, nous prîmes le café sur la terrasse. Cela faisait très « château » ; les parfums d'herbe fraîchement fauchée chatouillaient mon rhume des foins et me mettaient des larmes aux yeux. Est-ce ainsi que la vie se noue ? Je pensais à notre étrange solitude, à cette communauté de comédie, et je pensai aux lendemains avec une soudaine angoisse. Quarante-huit années ont passé. Je me suis trois fois marié et à aucun de mes mariages n'assistèrent ma mère ni ma sœur, ni, quand ils furent là, mes fils. Toujours, je suis parvenu à creuser autour de moi ce fossé d'absence comme on entoure de douves une forteresse. Jamais je n'aurais osé demander à l'abbé Rodhain de célébrer notre mariage. Alors que le père Braun, à qui je prêtais l'innocence des saints, pouvait tout entendre de mes confidences, et deviner le reste. Nous partîmes dans l'après-midi. Nous ne possédions pas de voiture.

Nous prîmes le train jusqu'à Cannes, où nous hébergea, pour un jour, une tante de Marie-Thérèse, puis allâmes à Port-Cros où la troupe du père Huvenne n'était pas encore arrivée. J'avais promis à ma compagne mille merveilles, oubliant qu'elle venait d'un pays où les beaux rivages n'étonnent personne. On nous avait prêté, de l'autre côté de l'île, une bicoque. Je lui avais trouvé un air de paradis et de robinsonnade quand je l'avais aperçue, du haut de la Vigie, deux ans auparavant. Nous l'atteignîmes, je crois, par la mer : les moustiques nous attendaient, qui nous chassèrent. J'ai oublié où nous nous réfugiâmes. Sur le port, sans nul doute, à cet hôtel où j'étais allé boire et bavarder, le soir, quand nous n'en pouvions plus des palabres du Fort et de la « complétude humaine ». Il existait aussi sur l'île un hôtel un peu mystérieux, « Le Manoir », que nimbait, je ne sais plus pourquoi, une réputation romantique. Une dame en longue robe blanche, un monsieur irascible coiffé d'un panama, passaient parfois entre les arbres. On le disait, lui, l'homme au chapeau, propriétaire de l'île — excusez du peu ! On savait que Jean Paulhan, Marcel Arland étaient des habitués des lieux. En ce temps-là, une robe de bure, une ample jupe blanche comme la dame du « Manoir », suffisaient à composer une héroïne littéraire. Je me rappelais certain portrait de Gertrude Stein, et mon incursion, rue de l'Odéon, dans la librairie d'Adrienne Monnier. Peut-être les guitaristes à l'âme lourde et les baba cool qui furent à la mode vingt ans plus tard étaient-elles des réincarnations des muses de mes aînés ? Allions-nous rôder du côté du « Manoir » ? Marie-Thérèse se fichait bien de Paulhan : n'était-elle pas elle-même une figure énigmatique et romanesque ? Sa beauté, ses airs de madone sauvage, sa peau fragile de *chabine*, la discrétion pudique de ses vêtements, son élocution cérémonieuse faisaient d'elle un personnage. On la suivait des yeux, on chuchotait. Nous ne mangions guère, obsédés que nous étions par les notes que nous n'aurions pas pu payer. J'avais cru qu'à Port-Cros Marie-Thérèse deviendrait moricaude en deux jours, métamorphose que j'espérais tout en la redoutant : je la découvris ennemie du soleil comme une créole d'autrefois. Nous ne lisions aucun journal, nous fuyions les jeunes gens de la rue Saint-Guillaume, maintenant arrivés, qui s'encanaillaient d'un pastis pendant que piaillaient les rares jeunes filles aventurées dans la touffeur de l'île et l'intimité excitante des garçons. On devinait déjà la sèche autorité avec laquelle, demain, elles mèneraient leur monde. Marie-Thérèse les regardait avec étonnement, indulgence, et se détournait.

Vue de l'intérieur, l'œuvre de la rue du Cherche-Midi pouvait apparaître comme une entreprise ordinaire, avec ses intrigues de bureau, ses gentillesses, ses amourettes cachées. Ce qui était singulier ? Le désintéressement de tous. Les emplois étaient proches du bénévolat. On ne savait jamais si les collaborateurs de l'Œuvre étaient là par générosité ou parce qu'ils s'étaient révélés incapables de tracer leur route dans la vraie vie. (Je ne manquais pas de poser la question à mon propos, et force m'était de reconnaître qu'il y avait, dans mon personnage de pieux jeune homme, de dégoûté de l'argent, un peu de la mollesse du traîne-patins et du cossard.) Quelques jeunes filles bien nées et élevées produisaient ce qu'il faut de rêverie pour rendre le travail plaisant. Elles-mêmes se désignaient comme « les filles à marier ». En haut et à côté de la hiérarchie de la maison, quelques prêtres. Leur style allait du plus discret — un souriceau au sourire ineffable — au plus tonitruant, fumeur de bouffarde à l'allure d'aumônier militaire, forte gueule, un ceinturon serrant sa soutane, qui hantait le café-tabac au coin du boulevard du Montparnasse. L'abbé Rodhain, le plus souvent retranché dans son bureau, traversait parfois les bâtiments et la cour en tempête, le visage désarmant de gentillesse, mais ne s'arrêtant jamais pour écouter les suppliques ou prendre les placets qu'il me semble qu'on lui tendait comme à un roi. Il intimidait sans inspirer de peur. Il était un patron-né, et je me demandais comment ses patrons à lui, rue Barbet-de-Jouy et à Rome, traitaient ce diable d'homme. Il devait être d'une courtoisie redoutable et glaciale. À moins qu'il ne devînt alors l'amabilité même ? Je ne le vis jamais face à ceux qui détenaient pouvoir sur lui : il évitait, dans ces situations-là, la présence d'un témoin de moindre tonnage. Bonne leçon de vie en société. Une seule fois je l'accompagnai, rue des Saints-Pères, chez l'ambassadeur Charles-Roux, à l'époque président de l'Œuvre. Une jeune femme traversa-t-elle, oui ou non, le salon blanc et or où nous recevait l'ambassadeur ? Je n'en jurerais pas, mais j'aime ce souvenir imprécis qui place ma première rencontre avec Edmonde sous le regard froid de l'abbé Rodhain ; quatre décennies d'amitié en sont mystérieusement vivifiées.

Juste au-dessous des prêtres, il convenait de placer, dans l'organigramme de l'Œuvre, les officiers à la retraite. J'en avais connu, dans les manèges, une autre catégorie : bottes faites à Saumur, raglans triangulaires, casquette, gants, ils étaient les encore fringants, les increvables d'une caste à la dérive et qui s'accrochait aux *signes*. Ils ne se souciaient guère du sort du monde ; les manèges, les carrières, les terrains de concours composaient le décor de leur exil. Pieux ? Certains, sans doute, mais discrets. Ils respectaient « les petits curés » comme ils claquaient des talons avant de s'incliner sur la main des dames. Je les avais, de loin, beaucoup aimés. J'avais appris les manières qui leur conviennent. Je les appliquais aussitôt aux militaires de la rue du Cherche-Midi afin de me concilier leurs bonnes grâces. Je possédais, entre autres attitudes de mon répertoire, une façon de dire, dans le masque, « mes devoirs, mon général », soulignée d'une esquisse de garde-à-vous, d'une caresse de mes talons qui se touchaient à peine, mais ce contact suffisait à donner à mon salut un côté raide, cassé et viril qui plaisait. Autre catégorie, abondante à l'Œuvre : les dames d'un certain âge, armées de compétence et d'un caractère intraitable. Mme Levin a été déjà évoquée — mais ai-je pensé à signaler qu'elle était la mère de deux fils religieux, grands amis des pères de Menasce ? Cette qualité faisait d'elle, en quelque sorte, la mère — une mère sévère — de tous les prêtres de la Maison, qui se le tenaient pour dit. J'aimais aussi Céline Lhotte, dont le bureau débordait toujours d'épaves décourageantes, de victimes écrasées. Elle dirigeait, dans la vieille maison Bloud et Gay, qui cultivait à l'ombre de Saint-Sulpice les fidélités MRP (M. Francisque Gay sera même envoyé comme ambassadeur au Canada), une collection intitulée « Réalités du travail social ». Elle me demanda en 1950 d'y publier un livre sur les étrangers en France. Je partageai le fardeau avec mon ami Alain Pillepich : il se chargea, lui, le Yougo de Venise, des étrangers ; je traitai des réfugiés politiques et nous divisâmes l'enquête sur les travailleurs maghrébins.

Dans les petites annonces des journaux *bien* de l'époque, on voyait souvent apparaître la formule suivante, qui valait proclamation : « Monsieur ayant souffert des événements… » Suivaient l'énumération de références prestigieuses et l'aveu d'espérances modestes. Se définissaient ainsi les notables que la Libération avait malmenés. Disons qu'ils ne souffraient d'aucun préjugé défavorable rue du Cherche-Midi, où les « rouges » espagnols du père Braun agaçaient. En ce temps-là, le plein emploi régnait. On ne se demandait donc pas si tel « délégué » de l'Œuvre fuyait le chômage dans la charité ou le désœuvrement dans l'humanitaire. Aujourd'hui, tout observateur lucide se poserait la question. Il était raisonnable de considérer la plupart des *militants* qui entouraient l'abbé Rodhain — ils méritaient le mot — comme des passionnés, des « allumés », aurait-on parfois envie d'écrire. J'ai rencontré alors, dans les alentours du petit milieu où j'étais entré, plus ou moins proches, des personnages de haute qualité, des « âmes fortes », eût dit Giono. Sous des dehors lisses et élégants, Denise et Robert Barrat étaient de ceux-là, et l'abbé Glasberg, et les dirigeants de la CIMADE, de l'OSE, et bien sûr Jean Rodhain et Roger Braun. Le souvenir qu'ils m'ont laissé rougeoit encore après tant d'années. Et à l'OIR [1], à Genève ou à Paris, quelques douillets « fonctionnaires internationaux » (comme on les enviait !) étaient d'une carrure admirable : Hans André-Citroën (que je retrouverai président de l'Université de Jérusalem), Pierre Jacobsen (qu'emportera un accident de voiture), Maurice Grimaud, dont la sagesse empêchera Mai 68 de tourner à la tragédie. Dans les bureaux de la charité onusienne — un palace désaffecté sur le bord du lac à Genève, un hôtel particulier, rue Copernic à Paris — on pouvait trouver grand air à la philanthropie. On disait que ces fonctionnaires cosmopolites ne payaient pas d'impôts, privilège qui faisait rêver les étudiants malins. Ils étaient parmi les seigneurs de cette Europe en ruine. Je me retrouvai bientôt quelque part à mi-chemin du Job que j'avais souhaité d'être,

1. OIR, ou IRO : International Refugee Organization.

indifférent à l'argent et aux titres, et d'un sémillant *welfare officer* dès lors que j'étais en mission pour l'OIR. De même mes journées, en Allemagne, en Autriche, en Italie, étaient-elles partagées entre la désolante tristesse des camps et les hôtels réquisitionnés, clubs d'officiers, et boutiques des armées alliées auxquelles ma *PX Card* me donnait accès. C'était toute la misère du monde et la caverne d'Ali Baba. Les *script dollars* d'Occupation avec lesquels j'étais payé faisaient de moi, à certaines heures du jour, un jeune homme riche. Le reste du temps nous formions, avec le père Braun, un étrange attelage, cornaqué par des dames internationales de belle prestance, fort libres de langage et de comportement, flanqué d'interprètes recrutés aussi bien chez les barons baltes que parmi les dernières beautés blondes des camps — les dernières, car la plupart avaient vite trouvé un visa, un mari, une patrie nouvelle. Notre travail consista, pendant de longs mois, à recruter des réfugiés âgés qui accepteraient de venir finir leurs jours en France, où les Petites Sœurs des Pauvres proposaient d'en héberger plusieurs centaines. Moyennant quoi l'OIR leur verserait des crédits qui permettraient, nous y veillâmes, de rénover quelques-uns des hospices tenus par les religieuses.

« Ce qui est bon pour nos vieillards ne l'est pas assez pour vos étrangers ?... »

Nous eûmes à essuyer quelques remarques amères. Nous exigeâmes aussi que les couples ne fussent pas séparés, que le tabac fût autorisé, et même distribué. Peu à peu les accords se firent. Le plus difficile était de doucher les espoirs de « nos » vieillards, qui s'attendaient à des palais. Au fur et à mesure que nous leur décrivions la vie qui les attendait, le décor où elle se déroulerait, leurs visages s'assombrissaient. Les maris cherchaient le regard des épouses. Certains refusaient ; d'autres, il fallait les dissuader d'accepter : ils eussent été trop malheureux. Mais aucune solution n'existait pour eux, vieillards sans famille. Ils constituaient le résidu de la population des *displaced persons* qui, en 1945, avait dépassé les douze millions de personnes, ils étaient le fond de la marmite, le *hard-core* disaient les Américains, le noyau dur, les inassimilables. Nous occuper d'eux, et d'eux seuls, était à la fois exaltant et décourageant. La France, ou plutôt les maisons françaises des filles de M. Vincent, se montraient dans cette affaire d'une belle générosité. Mais là où nous étions placés nous voyions d'abord les réalités et les cruautés involontaires de cette générosité. Un cul-de-sac, des mouroirs supposés être plus supportables que l'abandon à la société allemande de ces pauvres gens qui avaient tant eu à souffrir de l'Allemagne.

Les autorités alliées, bientôt relayées par les organisations spécialisées de l'ONU, avaient pris en charge les millions de réfugiés, déportés, travailleurs forcés, fuyards, ex-collabos, prisonniers de guerre, que le grand écroulement nazi avait abandonnés dans l'Allemagne vaincue. On les avait nommés les « personnes déplacées », les D.P. Le sort de la plupart avait été vite réglé : déportés du travail ou résistants, Juifs survivants, prisonniers de guerre occidentaux avaient été rapidement rapatriés. Restaient tous ceux que terrorisait un éventuel retour vers l'Est et les régimes « socialistes » en train de s'y instaurer. Ils craignaient de n'avoir plus aucune place dans des sociétés en pleine révolution. Les uns avaient sans doute quelque chose à se reprocher ; les autres avaient seulement peur. Ajoutez à cela le mythe américain, l'envie de fuir à jamais « l'Europe aux anciens parapets ». Des enquêtes, des procédures de dénazification, des « écrémages », des « sélections » (*screenings*) avaient — jusqu'à quel point ? — éliminé les suspects. Les autres postulaient des engagements dans n'importe quelle branche d'activité. Mieux valait, bien sûr, être jeune, célibataire et n'avoir pas peur des tâches les plus rudes. Beaucoup de D.P. étaient partis ainsi, transportés par les modernes négriers qu'avait fait de nous la bonne cause, pour le Canada, l'Australie, la Nouvelle-Zélande, l'Afrique du Sud. Certains avaient pu faire venir leur famille. Restaient dans les camps les intellectuels, les vieux. Nous avions trouvé beaucoup de candidats aux hospices des petites sœurs dans un camp situé au-dessus de Gorizia, dans la montagne, où étaient regroupés des Russes blancs. Ils avaient fui l'URSS après 1917, s'étaient un temps arrêtés à Istanbul, puis avaient poussé jusqu'à Belgrade où ils étaient devenus, disait-on, conducteurs de tramways, comme leurs cousins devenaient à Paris chauffeurs de taxi. Quand les maquisards de Tito étaient descendus vers les villes, les vieux Russes avaient essayé de passer en Italie : nous les retrouvions dans la brume et la gadoue de ce bout du monde. Ils parlaient encore un français hésitant et rêvaient d'être envoyés chez les petites sœurs de Nice ou de Paris. Le plus étonnant est que nous réussîmes plusieurs fois à combler leurs vœux. Je reçus pendant des années des lettres d'un vieux couple émerveillé de finir au soleil de la Côte d'Azur.

Afin de rafraîchir mes souvenirs, de vérifier quelques dates — ai-je déjà dit que je ne possède aucune fiche ou note, que je n'ai tenu aucun journal ? —, je viens de consulter quelques-uns de ces panoramas ou chroniques du XXe siècle que les romanciers ont la naïveté de croire utiles à leur travail. Je n'y trouve ni l'OIR, ni aucune allusion au sort de tant de victimes, ni ces initiales, D.P., qui n'ont probablement plus de sens pour mes lecteurs. Elles eurent pourtant leur célébrité littéraire quand un Roumain, Constantin-Virgil Gheorghiu, publia, en 1948, *La 25e heure* avec un immense succès. C'était un beau roman, d'une habileté troublante. Gheorghiu avait vécu dans les camps et en parlait bien. Peut-être son récit souffrait-il d'un antiaméricanisme un peu trop simplificateur. Ces années-là, la croisade antiaméricaine, qui allait se déchaîner avec la guerre de Corée, puis culminer vers 1952, était plutôt une spécialité communiste. Gheorghiu, ancien combattant du front russe quand Antonescu était l'allié de Hitler, venait d'un autre horizon et le célèbre « *keep smiling* » de la fin de son roman sonnait étrangement. Les bonnes âmes françaises ne s'en émurent pas trop. Gheorghiu était anticommuniste, son américanophobie n'en était que plus savoureuse au goût d'une bourgeoisie qui assura son triomphe. L'abbé Rodhain l'invita un jour à déjeuner dans le petit « appartement de fonction » qu'il habitait sous les toits de la rue du Cherche-Midi, où il avait bricolé une sonorisation savante bien avant qu'on n'eût inventé la stéréophonie, les haut-parleurs éloignés l'un de l'autre, etc. Gheorghiu, dont pourtant j'admirais le livre, me fit petite impression. J'observai le maître de maison qui mitraillait son invité de questions à la froideur redoutable. Je ne pus pas tirer de lui, après le déjeuner, un mot de commentaire. Plus tard, je retrouvai parfois Gheorghiu, devenu prêtre et même prélat : il hantait les ventes de livres et les séances de dédicace où il arrivait en péquin, une petite valise à la main, d'où il tirait une soutane assez fantaisiste soutachée de rouge ou de violet, qu'il revêtait pour signer, une croix pectorale de grand format accrochée à son cou.

Le père Braun était de ces hommes qu'il faut prendre garde de ne pas traiter à la légère tant ils ont l'air désarmés. Serviable, bon, il fallait l'observer pour comprendre avec quelle fermeté il tenait son cap. Les imbéciles pouvaient le croire naïf et influençable. Naïf ? il l'était peut-être quand il disait : « Nous savons tout des perversions, des vices, des folies du mal. Nos manuels de confession ne nous cachent rien ! » Il était un jésuite transparent, modèle rare. Des élans de brutalité un peu germanique l'entraînaient parfois. Je me rappelle une mission, en Bavière je crois, en zone d'occupation américaine. Nous avions comme correspondante de l'Organisation une Française assez pulpeuse que ce grand diable de curé aux airs empruntés intriguait. Elle paraissait increvable, et même passablement agitée. J'eus l'explication de cette vitalité survoltée quand j'aperçus, au moment où elle venait de glisser un petit comprimé blanc entre ses lèvres, la boîte rouge, que je connaissais bien, contenant les amphétamines les plus classiques. « Maxiton ? demandai-je à mi-voix. — Vous en voulez ? »

Je déclinai l'offre. Nos travaux, pour fatigants qu'ils fussent, ne me semblaient pas nécessiter un excitant. « Et le père ?... Un petit Maxiton, mon père ?

— Un petit Mexicain ?

— Oui, c'est ça, un Mexicain ! Une pilule du bonheur, un accélérateur, une *vitesse*, ça vous tente ? »

Elle riait de toutes ses dents, fort carnassières. Le père avait accepté de boire un fond de whisky et, légèrement ivre, tendait déjà la main vers la boîte rouge. Le Maxiton eut sur lui un effet immédiat : son œil brillait, il riait aux éclats. « Vive le petit Mexicain ! » criait-il. La grâce du père était si limpide que tout cela n'était pas trop déplaisant. Dans l'auberge allemande où nous nous étions arrêtés les clients considéraient sans antipathie ces *Franzosen* un peu éméchés. Celui qu'ils devaient prendre pour un pasteur ne les choquait pas. À une table, on leva même un verre à sa santé, avec à peine un peu d'ironie. Je payai rapidement et nous sortîmes. Il fallait traverser une forêt pour regagner, vingt kilomètres plus loin, l'hôtel qui nous hébergeait. Les autorités d'occupation ayant confisqué aux Allemands leurs armes, la chasse avait été interdite et le gibier abondait. Dans la lumière grise des phares un grand lièvre traversa la route, puis un autre, un autre encore. Ils nous paraissaient énormes, avec des allures de bêtes sauvages et non pas de gibier. Notre chauffeur — le fit-il exprès ? — en heurta un qu'il alla chercher sur la route après avoir rangé le Station Wagon sur le bas-côté. Nous ne sûmes pas, dans le noir, comment il avait achevé le lièvre qu'il rapporta dans ses bras : tenu par les oreilles il eût traîné à terre. Il le déposa dans la voiture. Le père, excité — alors que la belle Française s'était mise à frissonner —, dansait autour du braconnier et du lièvre mort une danse barbare. Nous le fîmes remonter en voiture. Dans la nuit complète maintenant tombée ce fut une vraie galopade des lièvres. Dès qu'il en apercevait un le père poussait un cri, tendait le bras, encourageait le chauffeur à tenter de l'écraser ; son allemand était devenu guttural ; il arriva même qu'il posa la main sur le volant pour imposer à la voiture une embardée meurtrière (il ne savait pas conduire). Le chauffeur jura, s'arrêta, repartit. Quelques kilomètres plus loin, il assomma un second lièvre qui rejoignit la dépouille du premier à l'arrière. « Tous les chauffeurs en font autant... Ils n'ont pas grand-chose à manger… On va lui dire de les déposer quelque part… » La belle Française avait parlé d'une voix lasse. La voiture emprunta un chemin étroit, s'arrêta et en deux minutes les lièvres furent remis à une femme qui ne leva pas les yeux sur nous. Le père, calmé, paraissait sommeiller. Nous roulâmes à petite allure jusqu'à l'auberge *Zum Hirschen* où nous logions. « Moi, je monte me coucher », dit notre compagne. Elle salua le père avec un peu de froideur. Je pensai à toute cette soirée à user. Allais-je dîner en tête à tête avec le père Braun ? Je prétextai une migraine et gagnai ma chambre. Que faisais-je là, loin de ma femme, flairant mes vêtements que je croyais imprégnés de l'odeur de forêt, de gibier et de sang qu'il me semblait que les lièvres avaient répandue dans la voiture ?

Bientôt un demi-siècle aura passé sur ces images de nuit et de violence. En ces premières années de paix, et dans ce cœur blessé de l'Europe (encore que le sud de l'Allemagne parût avoir bien peu souffert de la guerre…), la violence affleurait sous la tranquillité quotidienne. On la devinait derrière un soudain silence, dans les regards qui suivaient notre lourde voiture lors de la traversée des villages, dans la dérobade d'une femme à qui nous demandions un renseignement. J'ai le souvenir d'un jeu de cache-cache, d'une gêne vague et flatteuse. Flatteuse, parce qu'il était doux, pour des Français, de se sentir détestés après les années d'humiliation. Faux « occupant », faux vainqueur (et aucun Allemand n'était dupe), j'appréciais l'éclat de haine qui bleuissait parfois un œil. Enfermé dans ma chambre de l'auberge *Zum Hirschen* ou d'une autre semblable, encoconné dans les tapis épais, les portes de laque brillante, l'édredon rouge, tout ce lourd confort dont les séries de télévision fabriquées aujourd'hui en Bavière me montrent que le style n'a guère changé, je tendais l'oreille. Si la *Gasthaus* recevait la clientèle allemande, il arrivait que montassent de la salle les bribes d'un chant que les années d'occupation nous avaient rendu familier. Si l'auberge avait été réquisitionnée, la qualité du bruit nocturne y était différente : plus cotonneux, plus onctueux. Les succès de Glenn Miller, du jazz optimiste comme une publicité. Le samedi soir, se reconstituait dans la campagne bavaroise un *country club* à la mode de l'Amérique heureuse. J'allais rôder sur la terrasse, dans le jardin. Vernie, aseptisée, ses sourires parfaits ouverts sur des dents éternellement neuves, avec les jupes larges et dansantes des femmes, les voix un rien trop sonores des hommes, la société américaine de 1950 s'offrait à elle-même sa propre parade. À la même heure, cent soirées semblables se déroulaient entre Augsbourg et Munich. Là où j'étais, dehors, regardant à travers les fenêtres, je surprenais des badauds allemands (y a-t-il un mot pour dire les badauds allemands ?), hommes vêtus de gris et de vert fumant de petits cigares, silencieux, qui regardaient de loin leurs vainqueurs onduler les hanches.

Que sont devenues les amazones de nos missions ? Les dévoreuses de Maxiton, les polyglottes, les demoiselles de B. et de M., la propre fille du général Sarrail à qui de vieux Serbes venaient baiser la main quand ils apprenaient son nom, les malins qui essayaient de chiper aux réfugiés les (rares) emplois alléchants qu'ils étaient chargés de leur offrir… Le père Braun lui-même, je l'ai *perdu de vue*. Ah, l'affreuse expression ! Je l'ai croisé un jour, devant les guichets d'un bureau de poste boulevard Saint-Germain, perdu dans des complications de timbres ou de mandats, maigre, affaibli par quelque maladie au point que j'ai renoncé à le saluer. Je craignais aussi qu'il ne m'accueillît mal. N'étais-je pas, depuis les dominicaines de Soisy et nos courses d'Allemagne, devenu vagabond, adultère, littérateur ? Était-ce pour en arriver là que j'étais allé solliciter son aide et sa bénédiction ? Plus tard, le directeur d'une revue juive, *L'Arche*, je crois, me parla de Roger Braun comme d'un des hommes les plus respectés dans le dialogue entre Israël et les catholiques français. Il me vanta sa culture hébraïque, sa maîtrise de l'hébreu. Plus tard encore quelques articles dans les journaux m'apprirent sa mort, et que l'État juif avait fait planter un arbre à son nom dans la forêt de Yad Vashem.

L'abbé Rodhain avait des passions. La musique (je l'ai dit), la vitesse (il conduisait une « 15 Citroën » à compresseur, voiture de rêve de l'époque), et les bergers allemands. Il était quelque peu agacé, je crois, par l'importance qu'avait prise dans l'emploi de mon temps le service des « étrangers ». Il m'eût trouvé plus utile, plus « à ma place » aux relations extérieures de l'Œuvre, fonction un peu vague qu'il m'avait confiée. Je ne comprenais pas bien en quoi consistait mon rôle. Quand un avion canadien s'écrasa dans les Alpes, Jean Rodhain m'expédia sur les lieux de la catastrophe, chargé de « présenter les condoléances des catholiques de France au général Vannier », alors ambassadeur du Canada. Dans la brume, la boue et la neige d'un crépuscule sinistre, je parvins à grand-peine auprès de l'ambassadeur qui écouta, l'air navré et lointain, ce jeune homme lui débiter des phrases creuses et se mettre « à sa disposition ». Après quoi, je me retrouvai, dans une chambre moins chaleureuse que celle de la *Gasthaus Zum Hirschen*, frissonnant, ahuri, à me demander ce que je fichais là. Les « chapelles ardentes », l'« émotion intense » et les « cellules de crise », depuis lors, me rebutent. Je mis longtemps à trouver le sommeil, dans l'hôtel à peine chauffé où l'on m'avait casé.

Le père Braun et l'abbé Rodhain, chacun à sa façon, étaient de bons prêtres, édifiants, inspirant le respect. Aucun des deux, jamais, ne chercha à provoquer mes confidences. Nul besoin, il est vrai, de m'y mettre : j'étais au pied du mur. Cherchais-je encore une issue, attendais-je un signe ? Le compagnonnage avec le père Braun était plus commode : jamais le problème de la foi n'intervenait dans notre travail. Alors que du côté de l'abbé Rodhain, bientôt devenu prélat de Sa Sainteté, mais à qui je ne donnais pas du « monseigneur » (il n'y tenait sans doute pas), il me semblait qu'on eût volontiers accueilli quelque manifestation de ferveur. Tout en moi renâclait. Je n'avais pas la pratique du langage pieux, si familier aux piliers de l'Œuvre, ni le style. Si j'avais la génuflexion théâtrale devant les évêques — gymnastique comparable aux baisemains et claquements de talons — je me reprochais ma répugnance à adopter les mœurs de la tribu. Car c'était là, je m'en rendis compte, la façon dont fonctionnaient mes curiosités successives : les cavaliers, les militants communistes, les « pieux laïcs » composaient autant de petites sociétés dont il était facile de mimer les usages, d'adopter le langage. D'où venait que, malgré ma capacité d'assimilation, ma souplesse, mon goût du pastiche, je fusse incapable de me fondre dans cette société-là ? Niais que j'étais, je ne pensais qu'aux attitudes, aux rites, au discours, et jamais, ou presque, à la foi. Je revêtais, comme une parure, des opinions que je ne partageais pas.

L'abbé Rodhain, en pleine ascension me semblait-il, était chargé de responsabilités nouvelles. Il devint le secrétaire général de l'Année sainte, solennité jubilaire accompagnée de fêtes et indulgences, qui exigeait des fidèles qu'ils fissent le pèlerinage de Rome. L'abbé était à son affaire : audiences pontificales, liturgies à grand spectacle dans la basilique de Maxence, pèlerinages en tout genre, « sons et lumières » en forme de célébrations. Jean Rodhain était metteur en scène, pédagogue. Il aimait la prédication spectaculaire. Je le vis très heureux, un soir, pour un opéra de Verdi, dans le Colisée éclairé par des milliers de lampes à huile. J'aurais voulu, quelques années plus tard, aller en sa compagnie aux grandes soirées de Jean Vilar au TNP et en Avignon. 1950-1955 environ : l'époque éprouvait-elle le besoin des « scénographies » simplifiées, entraînantes, de leurs rois pensifs, des oriflammes dans le vent de la nuit ? L'abbé m'invita à Rome. À Saint-Louis des Français, je retrouvai l'abbé Jacqueline. Je l'avais connu en Normandie, cinq ans plus tôt, aumônier d'une troupe de Routiers dont j'étais l'invité. Il m'avait montré les manoirs du Cotentin réchappés de la bataille du débarquement et entraîné au Mont-Saint-Michel, alors désert, où nous avions passé une nuit un peu exaltée à refaire le monde et le ciel. « Me voilà sur le chemin des honneurs », me dit-il en souriant pour m'expliquer sa présence à Rome. Jean Rodhain le traitait, ce cadet, avec considération. Nous allâmes tous trois dîner à une terrasse dans le Trastevere. D'un œil, je regardais passer les filles. Les honneurs ? Comme ce langage m'étonnait ! La dernière fois que j'eus des nouvelles de Bernard Jacqueline, il était archevêque, nonce apostolique au Maroc, et camérier secret ou prélat d'honneur de trois papes successifs. J'avais tout à apprendre.

Pendant ces quelques jours romains, nous rencontrâmes gens de toute sorte et je vis Jean Rodhain à travers d'autres yeux. Marcelle Sauvageot, la propriétaire du groupe de presse de *La Vie catholique* ; Robert Barrat, avec qui j'avais travaillé au retour des

Lieux saints, l'abbé Berrar, aumônier du Centre catholique des Intellectuels français. Je tâtais là d'une façon de vivre et de travailler qui me convenait. Étais-je voué à la frivolité, à cette légèreté quasi mondaine que je goûtais jusque dans l'envol des soutanes romaines ? L'abbé Rodhain m'observait, indulgent, et, pour une fois, *arrêté*, ralenti. Je pensai un instant que sa maigreur et sa pâleur cachaient peut-être des difficultés insoupçonnables, mais je ne m'arrêtai guère à cette hypothèse : j'avais vingt-trois ans.

Au lieu de reprendre le train ou l'avion pour la France, j'acceptai la proposition de Robert Barrat et nous remontâmes de Rome à Paris dans la Peugeot de ce dernier, nous relayant au volant, en trois jours, par un printemps glorieux. Ah, la vie avait de la saveur ! Nous nous arrêtâmes à San Gimignano, puis en Bourgogne. Nous ne négligions pas les vins locaux. Je crois me rappeler une seule, joyeuse, interminable conversation. Plus tard, Barrat fut de ceux qui encouragèrent François Mauriac à prendre parti contre le conflit algérien et à militer au Comité France-Maghreb. Plus tard encore, il quitta *Témoignage chrétien* pour *L'Express*, puis *L'Express* pour *Paris-Match*, ce pour quoi on lui en voulut chez les catholiques purs et durs. Et puis il était si séduisant ! La maladie le rattrapa et eut raison de sa beauté, de sa douceur et l'emporta. Quant à « Mme Sauvageot », elle mourut un été, en Corse, brûlée vive dans un incendie de forêt, pour avoir voulu, seule, dans une vieille deux-chevaux, sauver des enfants que cernaient les flammes.

Je m'éloignai du Secours catholique sur la pointe des pieds, épuisé peut-être par les voyages, les semaines passées dans les camps et leurs alentours, peut-être aussi par mes comédies, mes contradictions et mes chimères. J'avais du mal, en ce temps-là, à rompre élégamment. J'y parvins. L'abbé Rodhain s'était écarté. À la lecture de mon premier roman, à l'automne 1951, il m'avait adressé des compliments *littéraires*, mais je remarquai la sourdine qu'il y avait mise. Il cherchait mon âme, j'imagine, et ne l'avait pas trouvée. Devenu directeur du Chalet des Étudiants, je fis passer mon départ — ma désertion ? — pour une affaire de santé. La « primo-infection » nous obsédait, à l'époque. Quelques mois plus tard, en 1952 ou 1953, je publiai un second roman si imparfait que je parvins assez vite à en faire disparaître la trace. Il est mort, ne le ranimons pas ici ! Jean Rodhain y trouva quelques paragraphes malgracieux sur un organisme qui ressemblait peut-être à celui qu'il dirigeait. Il m'en voulut et me le fit savoir avec de la hauteur. J'eus le courage de ne pas lui répondre. Il ne me pardonnait pas non plus, sans doute, ce qu'il apprenait de la débâcle de mon mariage. Il avait dû deviner beaucoup de choses. Je n'ai jamais oublié ce dîner, au printemps 1951, dans la petite maison louée à Saint-Cloud pour les dernières semaines de la grossesse de Marie-Thérèse et pour sa famille, qui débarquait des Antilles avec sa sœur, gravement malade. L'abbé était arrivé tard, laissant sa Citroën presque en travers de l'allée et, assis au jardin, avait commencé par rester silencieux dix ou quinze minutes, le visage grave et blanc. Que flairait-il ? Que redoutait-il ? La fin de la soirée fut des plus banales.

Entre 1952 et sa mort, en 1977, je n'ai jamais revu Jean Rodhain. Il a accompli beaucoup de choses, dans lesquelles il me semble qu'il a toujours mis plus de talent et de forces qu'il n'était nécessaire. Sa biographie, bien remplie, me paraît avoir été moins spectaculaire que le destin que nous lui prêtions. Mais je ne raisonne pas dans les termes qu'il faudrait. Je compte pour rien la ferveur, le trouble, la prière. À nous qui l'entourions, il semblait que l'ancien petit vicaire vosgien eût fait un superbe cardinal-archevêque de Paris. La politique lui a-t-elle joué des tours, et la mode progressiste des années d'après-guerre ? Plus jeune, c'est-à-dire vivant et travaillant ces dernières années, Jean Rodhain eût-il été un de ces personnages que l'on dit médiatiques, un de ces prêtres ardents ou malins qui occupent les premières places dans les palmarès de popularité ? Ou bien — lui qui croyait si fort à l'information, à la modernité, au faire-savoir — eût-il intimidé une époque que la *distance* déroute ? Il termina sa vie dans un logement qu'il s'était réservé, à Lourdes, à la Cité-Secours Saint-Pierre, bâtie par lui. Son dernier compagnon fut un chien-loup de belle taille. Ses dernières heures, dans la solitude, et l'Ave Maria qu'il écrivit, d'une main tremblante, quand il sentit la fin venir : voilà qui ne manque pas de grandeur. Puisse la petite flamme qu'il avait allumée en moi un matin de 1949, et qui me paraissait éteinte depuis si longtemps — bientôt un demi-siècle —, être ranimée ici.

L'abolition de l'esclavage

Mon fils Gilles séjournait en famille à la Martinique, vers ses vingt ans, quand l'envie lui vint, la généalogie l'intéressant, de chercher à l'état civil de quelques mairies de l'île les traces de son passé. Il découvrit qu'il était vain, s'agissant des Sobesky, des Vatran, des Saler, d'espérer remonter loin dans le temps. Il s'arrêtait, ce temps d'avant lui, aux alentours de 1850, date à laquelle on avait octroyé un nom aux esclaves émancipés — d'étranges noms parfois — et conféré une réalité administrative, humaine en quelque sorte, à des humains qui, de capture en déportation et en vente, n'avaient eu jusqu'à l'Abolition qu'une existence à la fois de cheptel mort — puisqu'ils étaient réduits à l'état d'instruments de travail — et de cheptel vif, car les beaux messieurs ne se faisaient pas faute de culbuter les affolantes gazelles. Au moment où les arrière-grands-parents de nos amis si libéraux, si prévenants — trop convenables pour tomber dans les pièges de la xénophobie et du racisme — se portaient acquéreurs de maisons du côté du Vésinet, de Sénart ou de Bièvres et plantaient sur la pelouse le cèdre qui diviserait plus tard petits-enfants et petits-neveux (était-ce esthétiquement tolérable, oui ou non, ce symbole du style Napoléon III ?), les esclaves passaient de la case aux nègres à une embarrassante liberté et n'avaient plus qu'à apprendre à lire, écrire, compter, marcher en portant loin le regard. Ils n'avaient plus qu'à devenir poètes, chirurgiens, professeurs, voire producteurs de canne et de rhum comme souvent les « blancs-créoles » élégants. Noms de manoirs vendéens, peau blanche : la France a eu ses Scarlett et son Sud. De quel passé antédiluvien parlez-vous ? De la seconde moitié du XIXe siècle, le temps de trois générations avant que ne vînt au monde mon ex-femme, Marie-Thérèse. Je parle des lointains contemporains de Flaubert, offerts à la communauté nationale par un coup de baguette magique et républicaine : *libre* à eux, désormais, de devenir, je l'ai déjà dit, Césaire, et Glissant, et Chamoiseau, ou plus probablement douaniers, infirmiers, aides-soignants dans les hôpitaux de l'Assistance publique où ils poussent dans les couloirs les chariots des opérés avec une nonchalance rieuse que nous attribuons « aux îles »...

À propos d'îles, le père de Marie-Thérèse venait de la Guadeloupe (il écrivait un français cérémonieux, orné d'irréprochables subjonctifs passés et de locutions latines) et sa mère de la Trinidad, où elle appartenait à une famille d'immigrés indiens, lancés dans l'organisation des courses de chevaux. Tout cela complique les types. Marie-Thérèse est une *chabine*, mâtinée d'Afrique et de Caraïbe, aux cheveux crépus avec des reflets de cuivre et à la peau couverte de taches de rousseur. « Les chabines ensorcelaient les officiers français », me dit un jour Jean Raspail, bon connaisseur des Antilles. Quels officiers français ? Ceux du corps expéditionnaire qu'envoya Napoléon III soutenir la folle entreprise de Maximilien au Mexique ? Les Antilles françaises servirent de base arrière aux troupes engagées contre Juarez. Est-ce là et alors qu'un Sobesky, nom approximatif d'un roi électif de Pologne (Jean III Sobieski, 1674-1696), nostalgique de l'Oncle et de la Grande Armée, ou réfugié de la vague de 1831, se retrouva sous l'uniforme français, tomba amoureux, fit un enfant à une belle ? Hypothèses… Mais rien, nulle information, rien que le trou de l'esclavage, ce trou dans la trame des siècles, le vide familial et historique, le non-être social, ce « personne et nulle part » auquel s'est heurté Gilles aux mairies de Fort-de-France et de Saint-Pierre. Saint-Pierre où il ne fallait pas incriminer l'éruption de la montagne Pelée : ce n'était pas une « nuée ardente » qui avait détruit cet inimaginable passé collectif, c'était le néant voulu et administré par la Traite, ce crime français perpétré contre quelques millions d'Africains (chiffre livré presque par hasard) dont mon mariage avec Marie-Thérèse a fait mes enfants et petits-enfants héritiers. Dépositaires. Je leur ai donné, en fait de racines, le déracinement absolu ; en fait de mémoire, non pas l'oubli : le néant. Quand on a célébré au début de 1998 le cent cinquantième anniversaire de l'abolition de l'esclavage, je n'ai pas lu ni écouté les commentaires officiels comme une de ces messes républicaines que la France s'offre parfois afin d'honorer sa « vocation universelle » (oubliant dans ce cas l'autre universalité, du commerce de bois d'ébène), j'ai pensé au cadeau fait à deux de mes enfants et à leurs descendants, d'un passé vide, obscur, d'une sorte de tunnel écroulé, longue histoire à jamais dénuée de sens puisqu'on en ignore le commencement.

Je suis depuis longtemps familiarisé avec le vocabulaire de la discrétion et de la gêne. On dit qu'aux Antilles, où dans une même famille apparaissent des types si différents, les commères demandent, après la naissance d'un bébé : « Il est bien sorti, au moins ? » Un bébé *bien sorti* est un bébé moins nègre que prévu, plus clair, plus proche de pouvoir « passer la ligne », comme disent les Américains du *Deep South*. Nous sommes là dans le tréfonds de malheurs d'un peuple et dans l'ordinaire de la vie, loin des développements du président Senghor sur la « négritude » plus facile, semble-t-il, à revendiquer et glorifier en haute poésie que dans le quotidien du train-train occidental. J'ai entendu demander, à propos d'un au moins de mes petits-enfants, s'il était *bien sorti* et, ma foi, si je comprends la question, je n'abondais pas dans le sens de l'anxiété qu'elle formulait. Dans les mélanges du sang blanc et du sang caraïbe, la beauté n'est sûrement pas de notre côté. On voit surgir dans les lignées de métis, issus de mulâtres et autres quarterons, de superbes enfants à la démarche de princes, aux yeux d'une obscure douceur. Malgré quoi, ils me l'ont dit beaucoup plus tard, il est arrivé à mes fils d'essuyer, dans les cours de récréation (collège catholique on ne peut plus moderne et charitable), dans la famille de copains, lors de leurs premiers voyages américains, de ces regards de curiosité un peu trop intense, ou des manifestations de trop entreprenante sympathie, quand ce n'était pas la blague brûlante et brutale d'un môme. N'en faisons pas un drame mais tout cela a existé, à l'origine de quoi il n'y avait que le coup de cœur éprouvé, un certain jour de 1947, pour cette belle étudiante en médecine aux gestes effarouchés, aux longs silences. Ce ne sont ni les souveraines ni les mannequins surentraînés qui possèdent un « port de reine » — l'atavisme du portage, les ballots et les jarres en équilibre sur la tête ont fait par un étonnant paradoxe ces nuques orgueilleuses.

Les amis et camarades de mes vingt ans accueillirent Marie-Thérèse avec naturel et grâce. Un seul, Pierre N., me parut maladroit. « Mais que vas-tu chercher ? me demandait-il, tu vois bien que nous traitons Marithé (il l'appelait Marithé, tout un programme !) exactement comme une des nôtres. D'ailleurs elle est des nôtres… » L'affirmation me paraissait un peu simplificatrice. L'intérêt et la difficulté de notre rapport — outre le sentiment amoureux, bien sûr — résidaient dans nos différences : de rythme, de références, d'atavisme, de *durée* historique. À tous les défis que se jettent à eux-mêmes un homme et une femme qui s'apparient, et s'apparient jeunes, la différence ethnique et culturelle ajoutait un risque et peut-être une chance supplémentaires. Nous sollicitions davantage le destin. Hypothèse qui m'entraîne à la question suivante : notre relatif échec — séparation dès 1952, divorce en 1958, nuancé par la présence de nos deux fils qui assurent la continuité d'un lien entre Marie-Thérèse et moi depuis cinquante années —, notre échec est-il imputable à ces *différences* que je me refuse à minimiser ? Au risque, je le sais, de les donner pour fondement à une sorte de racisme mou et doux, à une lucidité pusillanime. Ou bien est-il dû, comme dans tant de couples, à la lassitude, aux tromperies ? (Remarquons-le, toutes ces questions que je me posais valaient aussi, en sens inverse, pour mon épouse : elle avait risqué — emballement et pari — une aventure symétrique de la mienne. Elle aussi sortait de sa communauté, de son *climat*. Sans doute n'aurait-elle pas tenté l'aventure de notre mariage si elle n'avait pas subi cet exil en France dont je mesurais mal l'aridité.)

Si j'ai évoqué tout au long ce premier mariage (été 1949), c'est qu'il me jeta, mal préparé, à des questions plus ou moins claires, audibles, loyales, que j'entendais et n'entendais pas, traitais et négligeais. J'étais entré dans un ordre qui jusqu'alors n'avait pas été le mien. Parmi les innombrables défauts de ma famille je ne compte pas le racisme. Ignorance ou vertu, cette pratique-là n'y a pas cours. Je ne puis reprocher aux miens que quelques dérapages langagiers : un beau-frère à qui je recommandais *L'Express* vers 1955 me répondit : « Mais c'est un journal juif ! » Je demeurai stupéfait. Il est vrai qu'un beau-frère est une pièce rapportée, contagieuse peut-être, mais qui ne contamine pas forcément l'entourage. Ma mère, en ce domaine, fut convenable, et même courageuse vers 1943-1944, au temps où ce courage-là pouvait coûter cher. Jamais elle ne commenta l'exotisme de mes choix amoureux. Hommage lui soit rendu !

Ma deuxième femme était la fille d'une Arabe chrétienne du Liban et d'un Savoyard. La troisième, Cécile, est juive. Elle a été élevée — en partie aux États-Unis où sa famille s'était réfugiée, ce qui lui a sauvé la vie — dans une famille et une communauté de judaïsme naturel, orgueilleux, souriant (ces adjectifs ne sont pas choisis à la légère). Notre fille Paulina a été laissée libre de désigner, le moment venu, la communauté vers laquelle elle se sentirait appelée. Cette pente l'a menée vers un judaïsme plus communautaire que religieux. Toujours est-il que j'assisterai bientôt à la bar-mitsva de Benjamin, un de mes dix petits-enfants.

À plusieurs reprises je me suis plaint et accusé de n'avoir pas su inventer ni jouer mon rôle de père. Raison de plus pour me réjouir de me retrouver, sinon au cœur, au moins au bord d'une *extended family* — ainsi que la nomment parmi nous les anglophones — vivante, complexe, pleine de ressources. Il ne s'agit en rien d'une famille « jacobine », centralisée, structurée par le droit romain et les habitudes bourgeoises, mais si j'ose dire d'une famille « girondine », décentralisée, déstructurée, qui a tissé ses liens par un phénomène organique, à la façon d'une formule moléculaire en chimie, ou comme une nébuleuse en astronomie. Rien que de naturel. Je suis assez fier de l'existence et de la santé de cette famille éclatée, recomposée, *choisie*, même si je n'en suis pas exactement l'ancêtre ni l'artisan. Je suis dans sa mouvance et elle est dans la mienne. Elle me prouve qu'une famille n'est pas une fatalité, une coercition, une obligation morale, mais l'image de libertés affrontées les unes aux autres et complémentaires.

Photo de groupe, en épargnant au lecteur les petites croix blanches qui renvoient aux identifications. Chaque génération est placée sur son rang.

Debout à l'arrière, les aînés : une neuropsychiatre martiniquaise à la retraite, un écrivain français, une Bostonienne pur sang, un avocat américain d'origine polonaise devenu romancier, une historienne française installée à New York, une biologiste, une peintre, un homme d'affaires périgourdin, un hématologue : tels sont les ascendants, si l'on se borne à encadrer ma propre aventure, d'un peu loin. C'est « cadré large ».

Viennent ensuite (assis sur la photo) : un énarque, contrôleur d'État ; un spécialiste de la réhabilitation des bâtiments anciens ; une éditrice de guides ; un politologue au Hudson Institute de Washington ; un journaliste à la chaîne de télévision américaine ABC ; un peintre américain vivant à Rome ; un régisseur de théâtre, une romancière « populaire », une acrobate, un ingénieur chimiste.

Pièces rapportées : pour les gendres, un professeur de philosophie morale à l'université de Chicago, un avocat franco-américain, un chirurgien. Côté brus : l'animatrice d'une œuvre de recherche et d'information médicales ; une spécialiste du faux marbre et du trompe-l'œil, une Italo-Américaine experte en dessins anciens, deux ingénieurs de l'École centrale vivant l'une à Rome, l'autre dans le Sussex, une économiste, une chimiste.

Enfin les petits-enfants : onze au jour où sont écrites ces lignes, deux en cours de fabrication.

Ce groupe peut paraître à la fois banal et incohérent. Il est plus cosmopolite que la moyenne, plus dispersé (Paris, Londres, New York, Washington, Rome, Avignon, Versailles, Chicago). Il a trouvé solidité et homogénéité par une sorte de *ferraillage*, amical plus que familial, qui l'arme comme un béton : liens diagonaux, vacances communes, retrouvailles inattendues. Tout cela, qui s'est développé autour et à côté de moi, me comble et me rassure.

À cette famille élargie mais proche, il faudrait ajouter ses enrichissements récents : les Muhlstein devenus Ben Or, physiciens, universitaires ou exégètes des Textes sacrés, installés à Jérusalem. Ils sont, pour moi, par alliance, des issus d'issus de germains. Enfin, je rappelle, pour mémoire, quelques douzaines d'oncles, tantes, cousins, cousines à des degrés divers, c'est-à-dire ma belle-famille R., essaimée en vieille Europe et aux États-Unis. Vaste vivier où j'ai découvert, au long des années, des banquiers et des viticulteurs, une sociétaire de la Comédie-Française, le président du Louvre, le haut-commissaire à l'Énergie atomique, une spécialiste de la vie sexuelle des puces, un traducteur des sonnets élisabéthains, quelques écrivains, académiciens, une photographe, une créatrice de verrerie vénitienne, une championne de golf, et le contingent attendu de collectionneurs et philanthropes. Si j'avais à ne citer que deux « caractères » je désignerais la tante Liliane, mémoire redoutable, documentaliste hors pair, qui mériterait de diriger les Archives de France, et à qui ses enfants offrirent un bal pour ses quatre-vingts ans. À côté d'elle je placerais le cousin Guy, nonagénaire à la courtoisie inépuisable et un peu absente : il eût fait un parfait roi en exil...

. . . .

J'ai placé ci-dessus des points de suspension. Ils veulent dire que j'aurai passé la moitié de ma vie à naviguer un peu au large de ce continent familial sans y avoir vraiment — jamais — débarqué. Dans la ponctuation de mes rapports avec autrui ce sont, en somme, des points de circonspection, des points de sympathie, des points d'étonnement.

On ne procrée plus au hasard (encore que ma jeunesse ait été obsédée par la peur des grossesses involontaires) et mes enfants — donc mes petits-enfants — existent par choix et réflexion. Et j'espère que cette illustration détaillée m'épargnera d'écrire le chapitre sur *La Droite* qui, à l'avance, séchait mon encre. Je suis, dit-on, un « homme de droite ». Selon mon humeur, le racolage m'agace ou l'accusation m'exaspère ; il m'est arrivé de monter à ce propos sur mes grands chevaux et il m'est arrivé, lassitude ou provocation, de laisser dire. En peu de mots, voici ma religion : un homme (ou une femme) de droite doit se reconnaître à ses rapports avec le travail, l'argent, la sexualité, la nation et à son attitude envers racisme et xénophobie. On connaît la formule : je ne crois pas à l'amour mais aux preuves d'amour. Je ne crois pas au droitisme mais aux preuves de droite, en tête desquelles je place les maladies de l'intelligence que j'ai toujours fait le nécessaire pour détourner de moi. Je ne suis guère européen, très peu franchouillard, plutôt libéral, et je considère avec méfiance, dans leur ensemble, les *bons sentiments* : n'en profitez pas pour faire de moi un salaud. « Y a bon Banania » et les glorieux tirailleurs sénégalais ont plu au petit garçon que j'étais. J'écoutais de toutes mes oreilles les vaticinations politiques de mon père en compagnie de ses interlocuteurs favoris, Bastien, Garnier, Deligny, sans m'apercevoir que leur éloquence dominicale devait beaucoup au Picon-fraise. Les cibles des trois amis étaient innombrables. Les « Gueules cassées » elles-mêmes leur étaient suspectes. Alors que dire des planqués, des frères Trois Points, des négros, des Nivelle, Mangin et compagnie ? Que penser des Cagoulards ? Que penser des feuilles et torchons que les compères se récitaient. Dans ces diatribes à plusieurs voix il a dû arriver qu'un mot malheureux échappât à mon père. Il aimait La Rocque, Bernanos, et tous les maréchaux de la Grande Guerre, que fauchait le début des années trente et aux obsèques de qui il m'emmenait. Je voyais des drapeaux voilés de crêpe, j'entendais des sonneries aux morts, des *Marseillaise* lentes.

La fonte des neiges

Entre la mort de mon père et la drôle de guerre, les Nourissier explorèrent les mondes interdits. Quelques jours à Cannes — où l'hôtel Méditerranée était un grand hôtel atypique, isolé, qui flattait le goût de ma mère pour la singularité si différent du mien pour la similitude. Nous allâmes passer dix minutes au bord de la salle de la roulette à Monte-Carlo, dix autres minutes dans le hall de l'Hôtel de Paris, au bar duquel, ensuite, Maman commanda un porto avec une aisance admirable. L'été 1937 nous tâtâmes de Deauville et de Megève. Aucune prescience ne m'avertit que je passerais plus tard tant d'heures dans ces paysages. À Deauville, le chanteur Mayol, probablement nonagénaire, donnait une ultime idée de ses talents, à l'heure du thé, aux mangeuses de gâteaux à cheveux mauves. On pouvait donc introduire sans trop de ridicule un garçon de dix ans, sous prétexte de goûter, au casino de Deauville ? Ma mère ne voyait pas les regards offusqués. Je fus fasciné par le petit homme replet, au crâne surmonté d'une houppe gris et rose, qui faisait virevolter ses mains dans un hommage inattendu à la beauté féminine : « Les mains de femmeu/ sont des bijoux/ dont jeu suis fou, hou ! »… Suis-je tout à fait sûr du « hou » ? Il me semble l'entendre, petit cri mutin, dans le style « prout », le style folle qui amusait alors les dames bien-pensantes. Je suis peut-être le seul homme, en France, à avoir *vu* Mayol chanter : j'en suis presque aussi fier que de Georges Chepfer et de la *Communion du gamin*, morceau de bravoure des noces et banquets meusiens que mon père détaillait et dans lequel il se prétendait inimitable.

À Megève, notre patrouille ne poussa pas loin ses curiosités. Ç'avait beau être l'été, on sentait — déclivité des chemins, saignées des pistes à travers la forêt — la présence proche de l'hiver, avec les obsessions de glisse et de vitesse auxquelles ma famille était rebelle. On admirait des chalets, on citait des noms lourds de prestige et d'or. Cette montagne-là n'était pas pour nous. Je traverserai l'Occupation sans aller une seule fois « à la neige » et me retrouverai, pingouin pataud, à me risquer pour la première fois sur des skis en 1946, à près de vingt ans, et je resterai pour la vie — celle du skieur s'est arrêtée en 1994 — un maladroit inguérissable, parfois enthousiaste, souvent peureux, appliqué à enchaîner trois ou quatre virages aussi harmonieux que possible en arrivant, dans quel état ? devant les terrasses ensoleillées. Ou, genre plus rude, en arborant le demi-sourire de l'épreuve surmontée, par vilain temps, quand des glaçons me fleurissaient la barbe. Je retirais mes skis d'un sec coup de talon copié sur le geste des moniteurs.

En 1937, je ratai donc la montagne. Je la découvris dix ans plus tard, au printemps 1947, dans le village où j'étais venu soigner la primo-infection qui menaçait alors tout adolescent maigrelet après cinq années de faim insidieuse. J'avais loué une chambre chez l'habitant, dans une ferme en haut du village ; mes voisins hébergeaient, eux, un professeur de lettres toussotant, Max Chassaing, ancien éclaireur-skieur, artiste de l'« appel-rotation », qui déroulait des virages impeccables sur l'unique piste descendue, du Jaillet, vers Combloux. La remontée mécanique était une sorte de char à bancs monté sur des patins et que tiraient un treuil et un câble. Chassaing possédait aussi une jeune femme langoureuse, du talent au bridge, de vastes connaissances sur Virginia Woolf. La vie était assez douce.

Un matin que j'étais descendu acheter le journal je fus saisi, en tournant devant l'église à bulbe doré, par l'évidence éclatante de ma joie. Ah, cela valait bien un pilier de Notre-Dame ! C'était mars ou avril et, si l'on tendait l'oreille, on n'entendait qu'un incessant, omniprésent ruissellement. Sous les plaques de neige devenues à la fois molles et cassantes, entre les rochers du torrent, dans les fossés de la route, pissant des toits d'où se détachaient à grand bruit les dernières fines aiguilles de glace, l'eau avait commencé son grand dévalement de printemps. C'était le baptême de ma vie. La source et la ressource. Le jaillissement et le salut. Puisque j'ai fait allusion, à travers cette histoire de pilier, à Claudel, l'envie me vient d'évoquer une « indication de scène », dans *L'Annonce*, je crois, où il est dit : On a l'impression que l'angélus vient de sonner. Admirable raccourci, admirable récupération de la grandeur par la vie familière. Ce matin-là, non loin de l'église de Combloux (mais son bulbe était-il à cette époque aussi doré que je le vois ?), on avait l'impression que retentissaient dans le triomphe du matin des sonneries de trompettes. Glissons ici l'expression attendue : un matin du monde. Et puis non, évitons-la. Évitons aussi le lait de la tendresse humaine, qu'il me semble voir dégouliner sur les mamelons de la littérature depuis ces critiques pathétiques et roublardes que bostonnait Marcel Arland dans les *NRF* d'autrefois.

Donc, la rue qui descendait de l'église vers la route Sallanches-Megève. Je suis fier parce que les gens du village me reconnaissent, me saluent. René, qui m'a revendu un vieux Leica, part en expédition à la recherche de cristaux de neige et autres froidures photogéniques. Un hôtelier repeint sa porte. Le loueur de skis a sorti toutes ses planches aux semelles blessées et les a alignées en pleine lumière afin de les examiner : frêne ? hickory ? et les fixations, avec le boudin, le tendeur, les crochets où coincer la semelle de la chaussure. À part, traitées avec un soin particulier, deux ou trois paires réservées aux as, avec leurs « longues lanières » comme des lacets défaits. Je regarde autour de moi et comprends mon bonheur : nous sommes entre deux moments du temps. Soudain me remontent à la mémoire ces expressions que j'ai tant aimées — les *demi-saisons*, le *Vorfrühling* du romantisme allemand, l'*arrière-pays* —, mots qui expriment à la fois un ralentissement du temps et une dilatation symbolique de l'espace. Je n'ai jamais aimé l'été, trop vertical, ni l'hiver, trop silencieux. Je n'aime que les passages, les glissements. Et les soudaines immobilités. L'immobilité non pas comme le *manteau de neige posé sur la campagne*, mais l'arrêt du chien de chasse, truffe palpitante. Les odeurs du village défilent pour moi : bois frais coupé à la scierie, bois brûlé, frichti qui se prépare au rez-de-chaussée de l'hôtel Perrin, vague relent de saloperie mécanique qui flotte un moment dans le sillage d'un camion. Je tends l'oreille : l'eau, partout, glisse, coule, s'étale, mouille l'asphalte et s'évapore en fumant au soleil. On entend aussi des coups de marteau, les échos d'une radio, les voix de la chorale scolaire, des appels…

… Je n'aurais pas eu à marcher loin, cinq ou six ans plus tard, devenu entre-temps un habitué, puis le directeur du Chalet des Étudiants, quand je revins habiter C. pendant quatorze mois, pour entendre une tout autre musique.

Au Chalet, les périodes de léthargie générale (obsession de gagner du poids, cœurs craintifs) étaient interrompues par des crises d'activisme, de passion doctrinale, de patriotisme estudiantin. On créait des groupes, on invitait des « personnalités », le Comité de Maison prenait en main le destin collectif, eût-on dit, pour dix ans. J'aimais ces moments intenses, les voix soudain animées, les galopades, les grands projets. Un des plus séduisants, le printemps et l'été 1947, fut la constitution d'une troupe théâtrale. Des étudiants belges menaient le bon combat. Ils étaient populaires à cause de leur joli accent, de leur façon de dire : « On répétera dès *houit* heures », de leur beauté. Une âpre discussion se termina par le projet de monter *Yerma*. On venait de jouer Lorca à Paris avec succès : nous étions dans le droit fil de la mode. Une belle personne un peu mystérieuse (« mieux que belle », disait-on) fut désignée pour être Yerma. Toujours chaussée de ballerines, plus femme que la plupart des étudiantes de la maison, elle nous parlait très bien de Léon-Paul Fargue, dont elle était une amie et à qui, racontait-elle, elle allait faire la lecture : il était immobilisé par la maladie. Elle avait un visage à douceurs et à secrets. Elle habitait une chambre dans le village, sur un verger, ce que faisaient souvent les pensionnaires du Chalet à la fin de leur séjour quand ils ne parvenaient pas à se libérer des conforts de la vie communautaire. Quelquefois aussi ils s'installaient dans cette vie précaire pour prolonger les chances d'une liaison amoureuse. Ces chambres à la fenêtre ouverte sur les pommiers, les prés, la montagne, recelaient des trésors tumultueux. Une autre étudiante proposa de nous aider, visiblement la plus compétente d'entre nous : elle s'appelait Pascale de Boysson et l'on sait quelle comédienne elle devint : ambitieuse, sereine. Nous nous mîmes au travail avec une passion envahissante ; l'infirmière du Chalet avait du mal à faire respecter les horaires de la sieste et du coucher. La belle Yerma descendait une fois par semaine à l'hôpital de Sallanches faire « insuffler son pneumothorax » ; plus elle mettait de violence dans son jeu, plus elle paraissait aggraver son mal. On risquait encore beaucoup à être *poitrinaire* il y a un demi-siècle. Nous répétions dans le garage qui occupait tout le sous-sol de la maison, dans l'odeur noire de ces flaques grasses que les voitures d'autrefois laissaient couler de leurs entrailles. J'avais appris mes répliques et même celles de tous mes compagnons, avec une ferveur minutieuse. C'était autre chose, cette façon d'apprendre un texte, qu'une lecture, même attentive. Ne connaissant à peu près pas un mot d'espagnol, je ne percevais les beautés — si ardentes, si sensuelles — de Lorca qu'à travers une traduction (de Jean Camp ? de Belamich ?) et, mieux, à travers cette intimité charnelle de la récitation, du geste. Je sus bientôt *Yerma* non seulement par cœur, mais par corps. Quelques années plus tard, en 1955, quand Jean Duvignaud créa, dans le sillage du TNP de Jean Vilar, la collection « Les Grands Dramaturges », je lui proposai un *Lorca* sans même songer à l'absurdité de ne pas laisser un hispanisant traiter le sujet. Peu m'importait. J'étais entré, à ma façon, au secret du texte et, pour le reste, j'achetais des disques, j'allais voir danser Carmen Amaya, je me gorgeais de flamenco. J'étais sûr de comprendre quelque chose, par passion — et Montherlant n'avait pas été étranger à la naissance de cette passion —, au *cante jondo*. Si je ne possédais pas le *duende*, au moins méritais-je de le pressentir. Un demi-siècle plus tard, dans la floraison des festivals d'été autour de notre village de Provence, je fus attiré par l'annonce d'une soirée García Lorca dans l'ancienne carrière des Taillades. Lieu magique, il avait déjà attiré Peter Brook qui y monta *La Tempête*. Un comédien, Serge Barbuscia, devait y lire l'admirable conférence que Lorca était allé en 1930 prononcer à Cuba. Pédagogie, analyse des composantes du lyrisme andalou, vantardises, blagues, soudaines ruptures de ton nées de l'influence surréaliste : le texte, détaillé dans la nuit provençale, me bouleversa. Si je l'avais lu — et quand ? — je l'avais oublié. Je fus transporté, la petite heure que dura le spectacle, cinquante années en arrière, dans la ferveur de mes lectures, quand, à Combloux, je demandais à Tonio, mon imbattable adversaire au ping-pong, de me lire García Lorca en espagnol, à haute voix, pour tenter d'en approcher la juste musique. L'été 1998, dans la carrière des Taillades, cette blessure verticale aux lèvres de laquelle bougeaient leurs ombres, les danseurs et chanteurs du Cuadro Luis de la Carrasca nous offrirent une fête flamenco inoubliée. Habileté de professionnels ? Emportement d'une expression charnelle dont la jeunesse et la beauté des danseurs décuplaient sur moi le pouvoir ? Peu importe. Je me sentais pardonné d'avoir osé écrire sur Lorca et je retrouvais les sensations, qui l'eût deviné ? d'un matin d'avril dans un village des Alpes, quand nous renoncions aux sortilèges de la fonte des neiges pour nous enfermer au sous-sol du Chalet.

Il était vite apparu que nous aurions besoin, pour assouplir nos transitions maladroites, faire passer un charme sur le lieu ingrat, d'un contrepoint musical. Choisir une espagnolade, même belle, et nous en servir comme d'un maquillage, il n'était pas question. L'un de nous eut l'idée de demander au violoncelliste du quatuor Végh, Paul Szabo, de nous composer une musique de scène. Nous étions devenus amis avec les quatre musiciens et leurs femmes. Je ne sais plus pourquoi ils avaient choisi d'enregistrer à Genève et de vivre en Savoie. Sans doute faisaient-ils partie de ces « néo-réfugiés » dont j'allais m'occuper deux ou trois ans plus tard, qui refusaient l'aventure communiste. En 1947, la guerre froide commençait déjà. « Les Végh », comme nous disions, avaient loué des logements dans quatre fermes autour du village où leurs enfants allaient à l'école. En 1951, maître éphémère du Chalet, je leur prêtai une salle tranquille où ils travaillaient quand ils n'étaient pas en tournée ; j'avais demandé une seule faveur : le droit de me glisser dans un coin et de les écouter et regarder travailler. J'ai passé là beaucoup d'heures, immobile, à essayer de comprendre comment, d'arrêt en reprise, ils s'approchaient peu à peu de la perfection. Ils ne se parlaient, entre eux, que hongrois, de sorte que seule la musique pouvait m'expliquer le processus de leur progrès. Beethoven, Bartók, Brahms : je les ai appris là-bas, à vingt-quatre ans, comme j'apprenais la poésie de Lorca, par immersion et griserie. Le décor change : quelques années plus tard, à la Grande Pointe, à Sainte-Maxime, chez Adry de Carbuccia[1], Jean-Baptiste Dardel poussait au maximum de leur puissance les amplificateurs des premières installations « stéréo », dans les jardins en degrés vers la mer. Il me faisait redécouvrir Kathleen Ferrier chantant les *Kindertotenlieder*, Schubert, et surtout les derniers quatuors de Beethoven, dont je supplie qu'on fasse entendre un extrait au jour de mes obsèques. L'interprétation du Quatuor hongrois était plus piaffante, peut-être plus déchirante que celle des Végh. Elle métamorphosait le décor frivole de cette maison qui avait tant étonné Sabine B., parce qu'on n'y voyait aucun livre. Un autre matin d'avril, la neige finissant de fondre sous les sapins du Jura proche, je m'approcherai, dans l'acidité et la vivacité coupante du ciel et de la brise, de la Bâtie, à Vinzel, mais je n'oserai pas aller parler à Sabine de la maison — aujourd'hui vendue, revendue, tronçonnée, oubliée, riche en jades et en coraux, en rires et en murmures, en belles peaux poncées et sombres, mais, c'était vrai, si pauvre en livres.

Comme Yerma était belle ! Inaccessible et belle, et belle aussi la jeune fille de Vinzel à qui je n'im-

1. La Grande Pointe était une maison somptueuse un peu à l'abandon, où passaient des nostalgies hollywoodiennes et des fantômes de 1930. J'y ai connu Bertrand de Jouvenel, avare de confidences, mais qui, sans leur répondre, ne démentait pas les hypothèses que posaient mes questions.

posai jamais les questions qui gonflaient et fermentaient en moi. Une vie pourrait se raconter aussi à travers les voyages que l'on n'a pas faits. Les amis qui nous entouraient aux Taillades — l'un m'avait demandé s'il pouvait « signaler la présence de l'auteur d'un essai consacré à García Lorca », et bien sûr j'avais répondu non —, ces amis de la fin du siècle ne pouvaient pas comprendre mon émotion. Il eût fallu, pour leur expliquer mon silence, leur raconter *Yerma* et Paul Szabo (dont le beau visage reste à jamais pour moi celui du comte Andrassy, qui bouleversait l'impératrice Elizabeth), le garage du Chalet et les jardins de Sainte-Maxime, la maison au-dessus du Léman et les matins du *Vorfrühling* où, sous la neige, ruisselle l'eau de l'éternel retour.

Marc Soriano

Il m'est arrivé de tomber ami comme on tombe amoureux. Ce fut le cas, au printemps 1952, avec Marc Soriano. Il était apparu au Chalet de Combloux, dont j'étais depuis quelques mois le trop jeune et convulsif directeur, où tout de suite il avait fait sensation, mais à sa façon douce et moqueuse. D'abord, il était beaucoup plus âgé que mes « pensionnaires » et que moi. Normalien, agrégé de philosophie, professeur — que venait-il faire parmi les étudiants anémiés autour de qui rôdaient les idées noires et les BK ? J'usai des raccourcis administratifs qui permirent de renouveler sa « prise en charge » et lui assurèrent un long séjour au chalet. Souffrait-il d'une dépression ? Je crois me souvenir qu'il ne voulait plus enseigner dans une classe de lycée. Il paraissait las, lent, on eût dit paresseux s'il n'avait pas passé tant d'heures, dans sa chambre, à écrire. Il terminait un roman, dont il parlait volontiers, d'abondance et brillamment. Il était d'ailleurs un virtuose du conciliabule, de la confidence, et un dialecticien redoutable. Écrivain velléitaire ? Mais non ! Il avait déjà publié — il n'en disait pas davantage — mais dans une autre vie, semblait-il, aux éditions Vigneau, maison née de l'après-guerre, dont la gloire avait été de se faire absorber par Flammarion après avoir publié Roger Peyrefitte. Quel monde ancien ! Soriano n'évoquait « cette époque-là » qu'avec un sourire où passait du ressentiment. Parfois, d'un beau vêtement un peu usé, qu'il arborait avec ironie, il disait, feignant la nostalgie : « C'était au temps de ma splendeur. » On eût dit qu'il parlait d'un passé calamiteux, peccamineux, qu'il valait mieux oublier. Quel cataclysme avait-il coupé sa vie en deux ? Non pas un cataclysme mais une renaissance : son adhésion au communisme. Éternel étudiant au cendrier débordant de mégots, buveur de nescafés qu'il confectionnait à l'aide d'une bouilloire électrique, toujours prêt à accueillir les garçons et les filles qui venaient à lui comme à un gourou, d'une inlassable patience dans les oiseuses discussions (ah, l'âge des palabres !) où ils l'entraînaient, Soriano me paraissait, à sa façon atypique, railleuse, infatigable, un merveilleux militant. Il n'oubliait jamais de répondre en communiste, de replacer le débat sur son terrain, où ses raisonnements étaient imparables. Mais de quoi avait-il été coupable avant que d'être touché par la grâce rouge ? Quelle vie scabreuse, bourgeoise, pervertie, avait-il menée, qui lui fît ainsi horreur ? Bien qu'intrigué je ne posais pas de questions. Devinais-je les réponses et voulais-je les ignorer ? Un jour qu'il était monté à Paris la même semaine que moi, je lui proposai de le ramener. C'était alors tout un voyage, dix heures de route, pour lesquelles il était bon d'avoir un compagnon. Marc me proposa un détour par la région des Dombes afin d'aller saluer la famille qui l'avait caché pendant l'Occupation, et sauvé. Car, son nom l'a dit, Soriano était juif. Son visage, malgré une gouaille qui pouvait passer pour parigote, et dont il jouait, possédait cette rudesse et cette vivacité que les Allemands eussent repérées en une minute. Nous arrivâmes sur la place de St-G., devant une belle maison de maître, d'allure encore paysanne, où une dizaine de personnes, pour le moins, accueillirent Marc. On me dévisageait avec curiosité, ou me trompais-je ? La conversation me demeura obscure, pleine d'allusions aux deux années que Soriano avait vécues entre ces murs ; les regards et les silences m'étaient plus accessibles et je tentai de les interpréter. Dix ans plus tard, je reconnus cette situation dans une scène du film de Dino Risi, *Il Sorpasso*, où Trintignant amène Gassman chez les siens, dans une belle maison isolée où le nouveau venu, auréolé du prestige de l'inconnu et d'une subtile canaillerie, comprend en cinq minutes les secrets, devine les vieilles liaisons, toute la vie cachée d'une famille à laquelle en vingt-cinq ans Trintignant n'a rien compris. Mais là j'étais le naïf et je devinais mal quelle confidence Marc souhaitait me suggérer. Devais-je comprendre que cette jeune femme et lui… Ou bien cette complicité qu'il me semblait sentir, éparse, ces regards baissés, une certaine qualité d'attente, que signifiaient-ils ? S'agissait-il de soulever le rideau sur une vie antérieure où Marc n'avait été qu'un Juif traqué, un bel intellectuel réduit à piaffer vingt-cinq mois durant dans cette campagne morne, et à mener des intrigues derrière les portes d'une vaste bâtisse où les parquets craquaient ?…

Nous reprîmes la route vers Genève et la Savoie. Marc voulut me faire comprendre qu'il savait que j'avais compris ce qu'il y avait à comprendre. Au vrai, avais-je compris ? Avais-je même envie d'entrer dans ses secrets ? Je ne m'étais même pas étonné de la séduction qu'il exerçait sur moi, ni soucié d'en expliquer la force. Nous ne reparlâmes jamais de notre étape à St-G., de ces regards tendus au-dessus de la table dans la salle à manger trop vaste où brûlait un feu furieux, qui nous mettait à tous du rouge à la moitié du visage. La vie au chalet reprit son cours, vouée aux querelles idéologiques, aux tentations et tentatives de suicide, aux passions malheureuses, à l'obsession de beaucoup manger. À cette dernière préoccupation près, Marc était à son affaire avec les sempiternelles empoignades doctrinales et les froissements de cœur. Il distribuait la bonne parole, vieux sage ou vieux singe, habile à rassurer, à inquiéter, à enjôler, à enrôler. Il me lisait parfois quelques paragraphes de son manuscrit à cette heure de l'avant-dîner où j'allais bavarder dans sa chambre en apportant une bouteille. Les verres étaient rangés dans le placard, entre chandails et chemises. Que buvions-nous ? La question s'impose soudain et je suis incapable d'y répondre. Que buvaient, au printemps 1952, deux jeunes hommes en s'enfonçant dans une inlassable conversation littéraire ? Le whisky ne ferait son apparition que deux ou trois ans plus tard. Nous en étions restés à des goûts rustiques : eau-de-vie achetée dans les fermes d'alentour, blanc sec de Savoie, cognac-robinet — nous n'étions guère regardants. Seuls comptaient le jeu et la bataille des idées. Marc me manipulait, j'en étais conscient, mais j'y consentais. Sous son influence le vocabulaire marxiste contaminait peu à peu le discours collectif du Chalet. Ce printemps 1952, à Paris, se déroulaient les manifestations contre « Ridgway-la-Peste » (général américain accusé d'utiliser les armes bactériologiques en Corée) et la police imaginait ce qui devint « le complot des pigeons ». N'avait-on pas trouvé, dans la voiture qui attendait Jacques Duclos à l'arrière d'une manif, des pigeons (morts) probablement destinés à être accommodés aux petits pois et aux lardons ? Ressuscités et déclarés « voyageurs », ils étaient devenus les agents de liaison d'un membre du Komintern. Sans rire, tout cela. On sait qu'au-dessus des grands défilés populaires palpitent des ailes les pigeons voyageurs, comme d'autres s'égarent, au printemps, dans la fournaise du central de Roland-Garros. Il n'était pas besoin de vouer à l'ex-petit pâtissier communiste une grande ferveur pour être amusé par les méthodes policières. Amusé ? Et pourquoi pas indigné ? Je signai une protestation qui parut dans *L'Humanité*. Marc savourait ce début d'engagement. Moi, je m'abandonnai seulement à l'ivresse du petit jeune homme qui se laisse entraîner « chez les femmes » tout en sachant qu'il ne « montera » pas.

Il faut imaginer la vaste maison en forme de chalet — un hôtel « moderne » construit un peu avant la guerre et confisqué ou racheté, je l'ignore, après la Libération — à ce moment du crépuscule où flambait la conversation : les fenêtres étaient pleines d'un paysage irréel : le mont Blanc accrochait le dernier soleil ; le village était plongé dans le silence. Le troubleraient plus tard les « hivernants » qui, en ce temps-là, ne s'arrêtaient pas à Combloux dans leur montée vers Megève. Quatre-vingts garçons et filles attendaient l'heure du dîner ; il y avait toujours quelqu'un au piano, à moins que la radio intérieure du chalet — un studio y avait été aménagé — ne diffusât un concert ou une émission. Il y avait des rires, des portes claquées, des pas furtifs ou bruyants dans les couloirs. Les anxieux faisaient le siège de l'infirmière. Les amoureux tournaient la clé dans la serrure. Il y avait des muets, des espiègles, des coquettes, des pimbêches, des donneurs et des donneuses de leçons. L'irrémédiable sérieux de la jeunesse régnait. Dans une chambre dormait mon fils Alain, dont on disait qu'il avait quarante mamans. Un bonheur calme, si calme, m'était offert que j'avais déjà commencé de malmener. Marc observait tout cela de son œil mouillé d'ironie ou de tendresse, un regard de chien, et je me disais que son roman serait un grand livre, ne pouvait pas ne pas l'être. Le titre en était *L'Enclume ou le Marteau*. Quand a-t-il disparu de ma bibliothèque ? Il y a au moins trente ans. Hier (le 9 mars 1998), pensant à ces pages que j'allais écrire, j'ai consulté le Grand Dictionnaire des Lettres, de Larousse, où un bref article rappelle que Soriano, Marc, né au Caire en 1918, est l'auteur d'un essai sur Charles Perrault, d'un *Dossier* sur le même, d'études sur Jules Verne, de livres pour enfants et d'un *Guide de la littérature pour la jeunesse*, dont il était devenu un spécialiste. Du roman, nulle trace. De ce massif, de cette forêt, de ce rêve acharné et optimiste, aucune trace dans le paysage d'une vie. J'ai appelé au téléphone les éditions Flammarion : l'ordinateur cafouille.

Un jour de 1952, Marc me demanda de l'accompagner chez le directeur littéraire de Flammarion, à qui il devait bientôt remettre son manuscrit et qui, espérait-il, me séduirait assez pour me transformer en auteur de la rue Racine. Nous allâmes faire antichambre devant la porte de René d'Uckermann. Le petit homme n'était pas chaleureux. Il reçut plusieurs visiteurs en nous laissant poireauter. Je n'étais guère patient à cette époque. On ne traite pas mal les solliciteurs de peu de poids — du moins était-ce ma morale. « Viens, fichons le camp », dis-je à Marc. Celui-ci hésita, puis me suivit. D'Uckermann, qui à ce moment ouvrait sa porte, tenta mollement de nous retenir. J'étais offusqué que son éditeur traitât ainsi Soriano, innocent que j'étais. Je ne revis d'Uckermann que trente ans plus tard, quand, devenu un très vieux monsieur, il procédait, avec une générosité assez retorse, à la distribution et à l'affectation de ses biens : un musée Hébert rue du Cherche-Midi, un autre musée à La Tronche. Propriétaire, rue de Navarin, d'un petit immeuble couronné d'un atelier, il voulut l'offrir à l'Académie Goncourt, à charge pour elle d'y reconstituer, dans l'ancien atelier d'Hébert, toujours lui, le Grenier d'Auteuil, pour lequel il nous offrirait quelques meubles ayant appartenu à la princesse Mathilde, dont il était coiffé. Nous découvrîmes que l'atelier en question avait été, durant l'Occupation, le pied-à-terre parisien d'Arno Breker, ce que le discret baron s'était gardé de nous dire. Il était un curieux mélange de gentillesse et de froideur. Il installa un ascenseur afin de ménager nos dix cœurs, mais il alourdissait sans cesse le cahier des charges : nous devions nous engager à tenir une fois par mois, rue de Navarin, des « réunions à caractère culturel », à y transporter nos archives, etc. « Sans feu ni lieu, nous entendions le rester », comme l'avait déclaré notre président d'alors, Dorgelès, aux fonctionnaires de la Ville de Paris lorsque celle-ci nous avait proposé l'hôtel de la Villa Montmorency. Avec moins de superbe, nous finîmes par refuser l'offre du baron d'Uckermann, qui nous tourna le dos.

Je ne fus pas trop étonné, quand *L'Enclume ou le Marteau*, paru en 1953, ne rencontra qu'un modeste succès d'estime. Il m'avait semblé percevoir, chez René d'Uckermann, une sourde tentation de blesser Soriano — en tout cas de le traiter mal. De quoi lui en voulait-il ? De quoi le soupçonnait-il ? D'ailleurs, la guerre de Corée se prolongeant, les communistes étaient moins en odeur de sainteté que sept ou huit ans auparavant. Je me rappelle un rez-de-chaussée, dans *Le Monde*, de Jean Lacroix : le « philosophe » saluait son collègue agrégé, mais le « littéraire » (Émile Henriot) ne s'était pas dérangé. Bref, ce fut un demi-échec, qui mortifia Soriano. Il avait mis beaucoup de gens dans la confidence de son travail, et ce travail avait pris un caractère joyeux, opiniâtre ; c'était un chantier ; Soriano avait joué à merveille son rôle d'ouvrier littéraire, de militant-romancier, qui pesait chaque mot de son texte pour lui donner juste poids dans la balance de l'Histoire. Le succès escompté du livre devait être celui des justes causes, des pensées en train de s'éveiller et de commencer ce cheminement vers la lucidité, la sérénité que Marc nous avait à tous promises. Nous avions ouvert les yeux. Pigeons aux petits pois, pigeons voyageurs, colombes de la paix : le sérieux de nos compagnons déteignait décidément sur moi. Débarquant dans ce cinéma collectif, Florence allait bientôt décaper mes illusions des couches de peinture rose dont j'avais tartiné mes décors.

Les éditions Flammarion m'ont fait déposer hier un exemplaire de *L'Enclume ou le Marteau*. J'avais oublié la citation de Goethe placée en épigraphe et d'où est tiré le titre : « Il te faut monter ou descendre — Il te faut dominer et gagner — Ou servir et perdre, — Souffrir ou triompher — Être l'Enclume ou le Marteau. »

On devine le sens général du roman, que la citation rend explicite. Il ne faut pas rater le train de l'Histoire, laquelle Histoire, nul n'en ignore, ne repasse pas les plats. Converti d'assez fraîche date Soriano voulait à son tour entraîner les sceptiques. On ne reste pas immobile au bord du chemin, spectateur attentiste, quand la *longue marche* a commencé. Toute la force, la lente force presque paysanne de son raisonnement, avec ses redites, ses retours en arrière, ses précisions, ses insistances, je la retrouve dans la citation de Goethe et, dès que j'ouvre le volume, aux pages couleur de café à l'eau, dans les longues phrases découpées, ponctuées, laborieuses, qui portent comme un fardeau la volonté de convaincre. Quand Marc me lisait quelques paragraphes, le soir, au chalet, avant le dîner, j'écoutais la voix autant que les paroles, et je ressentais moins la pesanteur tranquille du texte. Je relis une page, deux, dix et un soulagement rétrospectif allège en moi une déplaisante angoisse : nous n'avions pas tort, c'était bien, ce roman, c'était dense, lourd, nous ne nous étions pas trompés, Marc ne nous avait pas trompés. Pourquoi le silence, l'échec ? En 1953 (l'achevé d'imprimé est de novembre 1952), mieux vaut être hussard que vieil ouvrier, pétarader que marcher de ce pas de montagnard. Au printemps 1952, le comité des étudiants m'a demandé d'inviter Roger Nimier, ce qui a changé mon troupeau des abbés progressistes et philosophes personnalistes qui venaient nous « donner » une conférence entre deux visites aux sanas du plateau d'Assy et de Saint-Hilaire-de-Touvet. Nimier a failli les boxer, mes sérieux jeunes gens. À cette époque-là, je pense que Marc Soriano n'était pas des nôtres : je me souviendrais de la rencontre.

Mais il me faut revenir au volume, 367 pages bien tassées — le vieillissement du papier les a rendues difficiles à lire — qu'un coursier m'a déposé il y a deux jours. On n'a pas eu besoin, selon la secrétaire qui m'a parlé, de fouiller les archives : le volume en question était dans sa « case », prêt à être expédié au libraire qui en eût fait la commande. Ainsi, près d'un demi-siècle passé, le roman de Marc n'avait-il pas été pilonné, ni oublié. Oublié ? Si, mais il restait « disponible ». Je peux rentrer le discours désenchanté et sarcastique qui tournait déjà dans ma tête, une « Tristesse d'Olympio » des littérateurs. J'avais les mots au bout des doigts. Ce navire qui avait porté tant des espoirs d'un homme et qui reposait maintenant par quarante-cinq années de fond... Ce *Titanic* (un film récent m'a glissé la comparaison, toute prête) dont le naufrage avait rendu un homme orphelin de sa plus grande espérance... Aurais-je le courage d'en visiter l'épave ? J'ai assisté à quelques naufrages, je pourrais citer d'autres livres écrits dans la ferveur, l'intensité batailleuse de la maturité, et perdus corps et biens dans l'oubli. Le « morne horizon » a effacé tant d'espérances. Mais ce roman-là, écrit si près de moi, dont je découvrais soir après soir le labeur qu'il exigeait de moi, le piétinement sourd, les frémissements internes, et qui était le prolongement des discussions entretenues au chalet, poursuivies au Milk bar de Louis Salamon, ce roman-là je me l'étais un peu approprié. Son insuccès marqua pour moi les limites et l'appauvrissement — nous n'étions plus en 1944, ni même en 1947 — des idées que prêchait Marc avec cette ironie chaleureuse mais, me semblait-il, un peu désabusée.

Que trouvé-je aujourd'hui dans *L'Enclume ou le Marteau* ? Ce n'est pas tout à fait un roman de formation (on disait alors *Bildungsroman* comme on eût sucé un gros bonbon allemand). Un roman d'éveil, plutôt, de prise de conscience. Le narrateur, un professeur de philosophie qui ressemblait à Marc, émergeait peu à peu de la léthargie et de l'aveuglement où sa «classe» l'avait laissé croupir. C'était convaincant comme une tapette au ressort bien tendu convainc les sceptiques que les souris doivent mourir. C'est cela, un roman engagé : un récit dont l'agencement, les trouvailles les plus spontanées, les astuces les plus innocentes sont conçus en fonction de la démonstration espérée. (De même aurais-je aujourd'hui tendance à penser qu'un homme *brillant* est seulement le plus habile à attirer la conversation sur son propre terrain.) Le narrateur arrivait à Marseille, en 1947, pour y enseigner la philosophie à une classe de khâgneux. Avait-il le droit de transmettre à des enfants (il les appelait ainsi) les règles d'un jeu auquel il était en train de cesser de croire ? Ce concours et cette École qui obsédaient ses élèves, pouvait-il les leur présenter avec une désinvolture incrédule, lui qui avait réussi l'un, fréquenté l'autre ? Et ainsi de suite. Je ne vais pas analyser dans le détail ce roman naufragé. À en tenter la relecture, mes souvenirs se raniment : je n'avais pas été tellement choqué par l'échec du livre ; je l'avais, je m'en souviens maintenant, trouvé passablement indigeste. À petites doses, lu par l'auteur dans l'exaltation paresseuse qu'à vingt-cinq ans deux verres d'alcool m'offraient encore, le texte m'avait impressionné par sa densité. Ces phrases enroulées, déroulées, patientes… Proust ? Ah, pas du tout ! *La Peste* et *Les Chemins de la liberté* m'avaient accoutumé aux nourritures lourdes. J'étais capable d'oublier que le Sartre selon mon cœur était celui de *L'Enfance d'un chef* : « Un polytechnicien mort, une rose coupée, qu'y a-t-il de plus triste au monde ? » Le parfum de cette rose-là planait, pour moi, sur le roman de Soriano. Mais je devinais alors, et je comprends aujourd'hui, pourquoi critique et public avaient renâclé : ce lent tourbillon d'idées, ce ressassement de constatations généreuses, cette pédagogie communiste, piétinante et simplificatrice, l'étouffe-chrétien, en somme, décourageait les lecteurs. Rien ne brillait, rien ne riait dans ce texte, et je me rappelais, le lisant d'un bout à l'autre, la chambre de Marc à Combloux, la fenêtre fermée, le cendrier plein, le teint sépulcral de mon ami. Il en avait, des raisons de vouloir faire la révolution ! et la première était peut-être cette inappétence qu'apaisait l'étrange vie collective du Chalet, moitié couvent moitié hôtel du libre-échange, cette promiscuité hargneuse ou affectueuse, « la chambre de Marc » constituant une oasis, un confessionnal, un lieu de murmures et d'humour où l'on pouvait espérer que la vie, au-dehors, tiendrait les promesses caressées ici : un grand roman, des lendemains qui chantent.

En 1996, dans les dix minutes de bavardage que le Dr M. et moi nous offrons toujours quand je viens le consulter, il évoqua un de ses patients qui l'avait, me dit-il, « beaucoup impressionné ». Il me le décrivit : professeur à l'université de Vincennes obligé, par une maladie rare et fatale, d'abandonner son enseignement. Bientôt, privé de parole, il n'avait plus été capable de communiquer que par de petits messages griffonnés. Le Dr M. me parla du regard de son malade, des longs moments qu'il allait passer près de lui. « Il s'appelait Marc Soriano, n'est-ce pas ? » lui demandai-je.

Quelques années auparavant, Marc, qui sans doute ne comprenait pas plus que moi le silence qui nous séparait depuis trente ans, m'avait écrit une longue lettre. Il m'annonçait qu'il avait quitté le parti communiste « sur la pointe des pieds », qu'il était professeur à Vincennes où il m'invitait à venir rencontrer ses étudiants. En post-scriptum il me conseillait de ne pas trop attendre : il était atteint d'une maladie « rare et fatale » — les mots mêmes du Dr M. — mais il ajoutait : « On me promet que j'ai devant moi de deux à dix ans, autant dire, à mon âge, une "promesse de vie" tout à fait normale. »

Je m'étais dérobé tant bien que mal. Je ne me

voyais pas retrouver Marc, combler ce fossé immense entre nous, aller affronter quelques soixante-huitards fatigués à qui il eût fallu expliquer tant et tant de choses. Je n'ai jamais su broder de jolies nostalgies. Je me rappelais Marc, stalinien sans nuances, poussant les divers cultes de la personnalité jusqu'à me dire : « Un point sur une feuille blanche, s'il est d'Aragon, je trouve ça génial ! » La boutade était lourde et je n'avais pas envie, retournant notre rapport, de défendre devant un ex-communiste cet Aragon qu'il ne devait plus idolâtrer avec un tel enthousiasme.

J'avais dédié, en 1953, mon second roman à Marc. Je l'avais en partie écrit sous son influence. C'était, à ma façon, le style « du pain et des roses ». L'épigraphe et le titre empruntés à Éluard n'avaient pas suffi à donner à ce blond roman désenchanté l'allure du brûlot dont je rêvais. Les valses et les mazurkas d'une patinoire montaient poétiquement à l'assaut d'un paysage de neige ; de jeunes femmes portaient des robes claires sur des corps trop avenants. J'avais beaucoup rôdé, cette année 1952 où commençait pourtant un nouveau chapitre de ma jeunesse, autour de mes souvenirs de 1946 et 1947 et de Michèle. Elle aimait, elle, ces robes trop souples, beiges ou grises. Nous jouions au bridge comme des quinquagénaires. Je voyais sa gorge bouger sous la douceur beige ou grise. Comme je l'avais aimée ! Elle avait été mon dernier amour d'adolescent. *Le Cœur innombrable* : je ne détestais pas le titre de Mme de Noailles. S'agissant de mon second roman, je m'étais vite repris. Je m'étais assuré, son insuccès consommé, qu'il n'en traînerait pas, ici et là, d'exemplaires et j'en avais chassé le titre — que je n'écris pas ici — des « ouvrages du même auteur ». Rien n'est plus voluptueux que de se donner un coup de gomme. Mais, le donnant, j'avais du même coup effacé le nom de Marc Soriano, imprimé en page 7, souligné d'un « fraternellement » qui se voulait agressif. Ou affectueux ? Un frère m'a toujours manqué. Bref, j'avais supprimé la trace de Marc dans ma vie. Quand je revins à Paris je le vis rarement : il était amoureux de Françoise, la dédicataire de son roman, qu'il allait épouser, intendante du lycée de Chartres où il habitait. Quand il venait à Paris, il descendait chez sa sœur, la violoniste Claire Soriano, dans un immeuble de la rue des Vignes ou de la rue des Marronniers, très Passy, dont il soulignait l'élégance avec la même ironie qu'il vouait à ses beaux vêtements usagés.

Lors de nos quelques retrouvailles parisiennes, Florence était présente, qui avait le pouvoir de gêner Marc : son nom, d'abord, lui était comme un chiffon diabolique agité sous son nez. De Malraux à d'autres épouvantails, il avait plusieurs fois dérapé, disant assez sottement du mal de Chaplin, faisant la moue à la seule évocation de Hemingway. Je découvrais que l'homme du chalet, qui m'avait paru être la subtilité même, devenait simpliste, dogmatique. Nous nous quittâmes deux ou trois fois, après des déjeuners « chez » les Grecs ou les Italiens, la tête lourde et sans fixer de prochain rendez-vous. Nous n'eûmes pas besoin de formuler ce désamour.

À la page 303 du roman de Soriano, je trouve ceci : « Puis je ne compris pas bien comment cela s'était fait ; peu après qu'il m'eut emmené chez lui dans le Nord, l'envie de le voir et même de lui écrire avait passé. Pourtant, dans le Nord, ç'avait été quelque chose de semblable, une maison calme, de longs entretiens, même les chiens étaient là. Quand je rencontrais Doué à présent, c'était dans la rue. On regrettait, on faisait allusion à Rilke, aux fleurs. "Et tes chiens, toujours aussi féroces ? — À un de ces jours, oui, oui. Mais bien sûr, qu'on est toujours amis. L'amitié est au-dessus de cela…" Avec Doué, je ne savais pas exactement ce qui avait été perdu. Ce qui n'avait jamais existé, peut-être. […] »

On se retourne, et le paysage a tellement changé. Ou le regard ? Le matériau dont nous sommes faits est-il devenu plus friable ou plus dur ? Je dirais : plus neutre, amorphe, qui assourdit les coups et les cris.

Comment aurais-je imaginé, en 1953, quand je téléphonai ou écrivis à Marc pour lui demander s'il acceptait d'être le dédicataire de mon second roman, que trente ans passeraient, que je ne saurais à peu près plus rien de lui, pas même son adresse, pas même cette paternité qui semble avoir été, pour lui, fervente et heureuse. Quand Aragon lui donna une rubrique aux *Lettres françaises*, je posai des questions mais je n'obtins rien, de Louis, que dérobades. Ensuite la rubrique disparut, le journal disparut — je m'aperçus que je n'étais pas curieux.

Des pans de ma vie sont tombés de moi sans que je parusse m'émouvoir. Femmes quittées ou qui m'ont quitté sans laisser trace en moi de cicatrices. Amitiés taries, ensablées. Je n'accusais personne de trahison ni de tels autres méfaits : je ne me trouvais plus où j'avais été, et mes amis ou mes amours ne m'avaient pas suivi. Ces voyages immobiles, cette faculté de n'être plus là où la vie tissait pourtant son étoffe ordinaire, je les appelle *changer*. Cette conception du changement, plutôt complaisante si j'en suis le bénéficiaire, complète utilement ma théorie de la *mobilité*. Je l'ai poussée, cette mobilité, jusqu'à devenir immobile, jusqu'à prendre, un jour, ici, puis là, racine. La bougeotte, une fringale de maisons, une frénésie de déménagements — puis un jour le nomadisme s'est épuisé. Je calcule : une maison depuis trente-huit ans, une autre depuis vingt-sept, la troisième depuis dix-neuf ans. Je me suis sédentarisé. L'idée que je me fais de moi reste pourtant, en retard d'une demi-vie, celle d'un agité, d'un dératé, alors que je suis devenu casanier comme un vieux chat.

Miss P.

Je n'ai pas feuilleté le Larousse médical. Je n'ai pas posé de questions aux neurologues. Je n'ai pas lu les articles de vulgarisation que de bonnes âmes m'ont envoyés. Je n'ai rien cherché à savoir sur l'évolution de cette « évolutive »-là. Incapable de chasser de ma mémoire les visions fixées en moi depuis l'enfance, je les ai entourées d'une sorte de no man's land, d'une zone de vide qui imperméabilise mon imagination. Dans les années vingt et trente on parlait d'un cordon sanitaire tressé autour de la révolution bolchevique. J'ai imposé à la maladie un cordon sanitaire : elle me bouffera ignorant, sourd, aveugle. J'ai fait preuve d'une lâcheté presque absolue. La lâcheté est ma seule arme, ma seule stratégie. Et mon unique remède — avec ces gélules que j'avale au rythme de dix par jour — est le travail, dont je surveille chaque jour si la maladie ne le ralentit pas, n'en modifie pas, avec le rythme, l'acuité. Mes index ratent-ils davantage de touches qu'il y a un mois ? Cette sueur mauvaise qui me mouille quand la dactylographie devient plus incohérente, est-elle plus abondante, plus malsaine ? Autre manifestation éclatante de ma lâcheté : j'ai renoncé, à peu près, à écrire à la main. Même les notes les plus brèves sont désormais « tapées », quelque manipulation qu'il m'en coûte. En quoi ce renoncement est-il une des formes de ma lâcheté ? En ceci que l'incroyable difficulté que j'éprouve, à certaines heures surtout, à tracer à la main des chiffres et des lettres, m'impose de façon aiguë le spectacle, la preuve et l'épreuve de la maladie. L'intercession de la machine à écrire (Hermès 30 de bureau, modèle 1958) éloigne et dilue ma peur. La machine, qui au début me paraissait une astreinte insupportable, me libère, ou du moins assouplit le règlement de ma prison.

Peu à peu je me retire de la vie sociale, professionnelle, familiale. On le remarque à peine. Les jours ne sont pas rares où je passe dix-sept ou dix-huit heures chez moi sans sortir, à parler peu, et d'une voix étrangement éraillée. On ne m'entend plus. Autre façon de le dire : plus je deviens sourd moins on m'entend. Au bout de peu de temps, quand par exemple je partage un repas avec des amis, je les sens se lasser des regards de détresse que je leur lance afin qu'ils répètent leurs répliques sans que je leur demande de le faire. Au reste — oreilles et voix sourdes — je ne sais pas quelle est la part, dans mon isolement, de l'indifférence, de l'ennui, ou des petites infirmités banales dont je suis affligé. Ne pas entendre ni me faire entendre, c'est une autre façon, discrète, de m'éloigner.

En voulé-je à mes proches de paraître ne pas mesurer ma nouvelle solitude ? Supporterais-je leur sollicitude ? Écouterais-je les conseils ? Répondrais-je aux questions ? La courtoisie élémentaire consiste à feindre de ne rien remarquer, à me traiter comme si le rythme de mes gestes, de ma démarche, de ma parole n'avait pas changé. Je trouve qu'ils y parviennent un peu trop facilement. Et d'autant plus que leur comédie n'est pas parfaite et que je surprends des étonnements, des impatiences. Ils se reprennent vite. Ils se surveillent : pour moins risquer de m'humilier, ils m'abandonnent.

Dans cette série des renoncements, des abandons, des dernières fois, des soustractions, des aveux, des appauvrissements, toutes nouveautés que je me suis découvert incapable de gouverner, la contamination la plus insidieuse est le mélange des genres. Honte, complaisance, arrogance avec lesquelles on donne le spectacle de l'affaiblissement qu'il n'est plus temps de dissimuler. Il y a la première fois qu'on pose la main sur l'épaule d'un ami — quelle affection ! en descendant un escalier (son regard étonné quand il mesure avec quelle force on prend appui sur lui). Il y a la première fois qu'on se présente chez des gens — le jardin est grand — une canne à la main.

Il y a ce piqué de la tête, cette sensation que les pieds refusent l'effort de se soulever et de se porter en avant : on reste alors debout, incertain, soudé au sol comme pour faire la publicité d'une colle ultra-forte, secoué par un vent qui semble souffler de l'intérieur du corps. Les yeux à terre, où un chien imaginaire s'est couché, qui barre le passage jusqu'à ce que, dans un plongeon à corps perdu (va-t-on aller se casser le front sur cette marche ?), on finisse par entraîner quatre-vingts kilos de chair ankylosée dans une marche d'ivrogne à laquelle un visage concentré donne la gravité requise.

Tout cela se joue, se subit, se bricole sous le regard des autres. Importance, dans l'apprentissage qu'impose la sévère Miss P., du regard vite détourné, du regard de vague pitié, du regard de vague dégoût. Le prisonnier de Miss P. éprouve de la gêne en même temps que la satisfaction de l'hypocondriaque le jour où la maladie, le terrassant, lui vaut enfin la considération qu'il a espérée si longtemps. Un sentiment de revanche aussi, presque de vengeance, comme si le mal dont on commence à exposer les effets était un sale tour joué aux amis. On comprend enfin le sens de la réprimande si souvent entendue dans l'enfance : « Ne te rends pas *intéressant* ! » Voilà qu'assuré de l'impunité on peut se rendre intéressant. Les fakirs excellent, dit-on, à traverser une foule sans être vus ; l'homme qu'escorte Miss P. jouit de l'attention qui le suit tout le temps qu'il traverse un salon, une assemblée, et quand il aperçoit, dans cette attention, comme du dédain (celui qu'inspirent les moteurs en panne, les maladroits), il savoure amèrement cette injustice du sort.

Mémoires

Les deux tentations du mémorialiste sont la frime et la langueur. Frime : envol de duchesses, « le président me dit alors », chalet à Saint-Moritz, simplicité patriarcale de Claudel. Langueur : la mort prochaine, brièveté (ou désespérante lenteur) des jours, modestie de la tâche accomplie, *vanitas vanitatum*…

La frime est une manière de politesse. Barthes disait qu'entre la pose et la posture on trouve vite l'imposture. Oui, mais un peu de pose flatte le lecteur. On ne l'invite pas dans une gargote. On ne sollicite pas sa curiosité (ou sa compassion) pour un personnage minable. Mon ambassade à Londres. Gide au piano. Entrez dans une confidence de grand risque, écoutez les chuchotements d'État, les allusions d'amour. Le mémorialiste, en se flattant, flatte son lecteur.

L'appel à la compassion révèle d'autres paysages : révolte, hystérie, complaisance. Loin de se cambrer, on se vautre. À force d'indélicatesse, de provocations, d'indiscrétions, on arrache au lecteur un acquiescement de lassitude.

Ai-je pris garde à ne céder à aucune des pentes, à mêler les eaux des deux rivières ?

Parfois je suis si fatigué des mots. Du cliquetis et du clinquant des mots, de leur effervescence contrainte et appliquée, de la douleur qu'ils installent au creux de mes os. Je ne rêve plus que sommeil, songes, images muettes, oubli.

Clara

« Les Juifs ont le regard court », affirme Clara, le soir du printemps 1952 où Florence m'amena chez elle pour la première fois. Je me sentis aussitôt l'œil d'un péquenot meusien, vague et tourné vers la ligne bleue des Vosges. Les Vosges ? Un instinct me déconseilla de parler de Barrès. D'ailleurs, Barrès c'était une houri, l'Orient. De Gaulle le dirait un jour à l'état-major ahuri des éditions Plon. L'affirmation de Clara me permettait, me semblait-il, de la dévisager sans impolitesse. Ses traits étaient dessinés — sculptés, plutôt — avec une brutalité sans indulgence. Visage d'homme et non pas de dame quinquagénaire, à la laideur vorace, mais qui s'apaisait dans la révélation d'une sorte de solitude intérieure dès que Clara prenait la parole. Sa voix était d'une autre époque — les suffragettes du début du siècle avaient dû parler ainsi. Plus tard, je retrouverai cette musique, à la fois monde et prof, chez Jacqueline de Romilly. Voix très modulée comme si ces paroles françaises étaient traitées par elle avec l'accent et selon la mélodie d'une autre langue. Peut-être « l'allemand de Magdebourg» que bien des années plus tard Karin Brincourt viendrait parler avec Clara. La paupière était lourde de scepticisme, de fatigue, d'une indifférence revenue de tout. Je ne sais pas si Clara avait « le regard court » mais elle l'avait désenchanté. Ce qui ne l'empêchait pas de rire bien et souvent. Tout ce qui la fatiguait en même temps l'amusait. Amusement un peu supérieur, un peu « dame du château » qui se divertit aux plaisanteries d'un colporteur avant de s'en retourner vers la terrasse et la maison, d'un pas hésitant, à travers ce vaste espace de gravier, dans la chaleur tremblante de l'été.

L'adresse, rue Berthollet, m'avait étonné. Nichent par là de tout petits bourgeois, des couples à chien et à retraite, vieillissants. Clara appartenait à d'autres horizons. Il est vrai que dans ces années de l'après-guerre, la crise du logement était obsédante. Outre les divers sentiments, plus intenses les uns que les autres, qui m'habitaient pendant que je gravissais, à pied, les étages, une grande curiosité m'accélérait le cœur comme si souvent au long de ma jeunesse, quand découvrir une maison, sonner pour la première fois chez des inconnus, pouvait commencer un nouveau chapitre d'une vie que je trouvais plate. Je connaissais quelques épisodes de la légende Malraux, les plus répandus. L'exotisme, le défi, la révolution, la transe littéraire y avaient la part belle. Depuis six ou sept ans, le ralliement de Malraux au gaullisme avait brouillé le jeu. J'osais à peine évoquer devant Florence le matin où, en compagnie de

Jean Saint-Geours, j'étais allé écouter son père. Il avait apostrophé les communistes, avec une véhémence rusée et spectaculaire. Je n'allais quand même pas évoquer pour Clara les frissons qu'avait déclenchés en moi la harangue de Pleyel. Elle m'eût renvoyé aux ténèbres au fond desquelles « André » lui semblait avoir plongé. Le crime de lèse-progressisme était alors, dans le milieu où vivait Clara, inexpiable. J'allais vite m'en rendre compte. Cette inconditionnelle fidélité aux chimères ou articles de foi de la gauche (mot simplificateur dont il me semble on usait alors moins qu'aujourd'hui) se combinait d'ailleurs avec un anticommunisme sourcilleux. De Clara à Jean Cassou, d'Edgar Morin à Claude Roy, j'allais voir, dans les quatre ou cinq années à venir, tous ces anciens staliniens tourner au titisme — on voyageait volontiers en Yougoslavie, on rêvait à la Chine, voire de découvrir l'Amérique. Du jour — quelques mois plus tard — où je me liai avec Aragon, je dus m'abstenir d'évoquer trop abondamment devant Clara le prince de la Sourdière. Parlais-je de Louis, d'Elsa ? Clara pulvérisait mes commentaires sous des évocations autrement significatives : « André » et elle n'avaient-ils pas siégé avec mes nouveaux amis dans les comités antifascistes d'avant-guerre, hanté la tribune des congrès, cru à la grande lueur « qui se levait à l'est » ? Les fantômes de Gorki et de Gide se dressaient, l'un pathétique, l'autre incertain. Mon cabotage au long d'un archipel qu'elle avait exploré depuis longtemps ne risquait pas d'impressionner Clara. Elle apparaissait dans le *Journal* de Gide. Cette présence équivalait pour moi à une présence au ciel de mes quinze ans, vers lequel je grimpais le modeste escalier de la rue Berthollet. La scène, je le rappelle, se passe en 1952.

Je découvris vite qu'elle m'écouterait si j'évoquais mes souvenirs du Proche-Orient, alors dans leur fraîcheur — ils dataient de deux ou trois ans. Clara trouva normal, mais plaisant, que sa fille lui ramenât à la maison un jeune homme capable de lui parler d'Amman, du Caire, de Damas. Je lui racontai les « sorties » du roi Abdallah de Jordanie, le flacon d'Urodonal posé près de son verre, l'étrangeté de son fils, les sentinelles en armes aux quatre coins de la salle à manger. Ce soir-là nous nous entendîmes fort bien.

Il semblait que le temps, l'indifférence, l'immobilité eussent tissé ces toiles d'araignée, cheveux d'ange, drapés, effilochures, au cœur desquels Clara paraissait vivre. Il ne s'agit, bien sûr, que d'une image. Clara se tenait volontiers allongée, entourée de draperies orientales hors d'âge, de coussins, de livres, de cendriers pleins, de petits meubles bancals. Des placards avaient été improvisés avec des panneaux peints en Perse, d'autres étaient tendus de parchemin effrangé. Une tête gréco-bouddhique évoquait discrètement l'aventure indochinoise. Quelques toiles — Atlan, Fautrier — étaient accrochées au hasard. Autour de la table, où le dîner s'éternisa, de fausses cloisons se dressaient, barbouillées de ce bleu censé chasser les mouches, que l'on retrouve de

Grèce en Syrie. Chaises de jardin, verres multicolores dans l'épaisseur desquels les bulles d'air étaient comme les crapauds dans le diamant, épaves des puces et des brocantes, porcelaines aux teintes profondes mais ébréchées et recollées à la diable, manuscrits ouverts, franges de châle qui traînaient dans la sauce des assiettes : Clara vivait dans un désordre de roi mendiant. Une indifférence souveraine aux trivialités quotidiennes conférait à ses gestes — lents, hésitants mais obstinés — une grâce inattendue. Et toujours cette façon de moduler des paradoxes ou des cocasseries. Au « Vaneau », à « La Messuguière », vingt ans auparavant, on ne prenait pas la conversation à la légère. Elle ne chercha pas à briller à mes dépens ; au contraire, elle avait une façon complice et entendue d'abonder dans mon sens. Ses interlocuteurs, du seul fait qu'ils le fussent, devenaient les détenteurs d'un savoir ou d'une expérience que Clara saluait, gagnant à cette indulgence autant de lustre qu'elle en conférait.

Son regard, moins *court* que mobile, perdu dans les ombres de l'alcôve, revenait parfois sur moi avec vivacité afin de vérifier si je réagissais comme il convenait à un nom qu'elle avait murmuré, à une citation qu'elle avait risquée. La lionne vieillissante demeurait vigilante.

Je tins comme je pus ma partie dans cette pavane tout au long de laquelle Clara laissa, avec des sourires gourmands et féroces à la fois, sa fille faire tapisserie. Elle était convaincue, j'en suis sûr, d'être généreuse avec elle en lui offrant le spectacle de figures classiques mais brillantes. Elle avait dû tant se battre pour conquérir « une place au soleil » et ne pas se roussir les ailes aux feux de cet homme-là qu'elle avait repéré, annexé, contribué à former, mais qui avait fini par lui échapper, excédé sans doute de l'avidité batailleuse que j'étais en train de découvrir ! Elle avait dû tant ruser, se battre et ruser, que l'habitude du combat intime lui était restée. Ce soir il lui fallait supplanter sa fille, la réduire le temps d'un dîner au rôle de spectatrice. Je commençais à comprendre tout cela. Je faisais rentrer Florence dans la conversation toutes les fois que je pouvais. (J'eus l'impression qu'elle-même possédait une sagesse supérieure à celle de sa mère. À dix-neuf ans — depuis peu de semaines — elle avait de longtemps appris des prudences et des intrépidités que parfois une femme passe sa vie sans connaître. Je comprenais pourquoi elle avait voulu m'amener rue Berthollet.)

Clara tenait à rester sur les sommets. Elle y remontait d'un coup d'aile si la conversation languissait dans les sujets subalternes. Quelques mots lui suffisaient pour réussir son rétablissement, de ces mots moirés, luxueux, qu'on sentait lourds de tout un passé de fulgurances et de réflexions, et l'on se rappelait Malraux retour de voyage, pressé et ardent, sautant de pied ferme aux grands sujets, abstrait, impérieux, négligeant les propositions intermédiaires, bravant le vertige, osant des rapprochements saugrenus, étourdissant son interlocuteur, auquel pourtant il vouait une attention courtoise, pointant soudain le doigt sur lui pour lui rendre la parole avec une illusoire générosité, puis reprenant les choses en main pour nuancer son discours sur un ton qui, je m'en aperçus plus tard, ressemblait à celui de Clara et qu'elle lui avait peut-être appris, à moins qu'elle ne le tînt de lui… Une page raconte tout cela dans le *Journal* de Gide. On parlait sans doute ainsi, vers 1935, dans les bureaux de la NRF, sous les ombrages de Pontigny, et j'imaginais le harassement de Clara, acharnée à suivre ou à précéder les compagnons qu'elle s'était choisis dans des spéculations auxquelles rien n'avait préparé Mlle Goldschmidt, de l'avenue des Chalets, à Auteuil, dans sa famille de négociants en peausserie. Tout cela — je n'entrerais dans le détail que peu à peu — commençait à m'apparaître, ce soir du printemps 1952, dans le capharnaüm vaguement oriental. Je m'étais rendu à l'invitation mû par des curiosités classiques. Je comptais recueillir des informations et impressions attendues, qui articuleraient les unes aux autres les intuitions grappillées au long de mes lectures. Malraux, en 1952, c'était quelque chose ! Sa figure cumulait les séductions révolutionnaires et le discrédit que lui valait son lyrisme gaulliste. Mythique ou honni, il occupait la place, il bouchait la vue. Même l'apitoiement navré qu'il suscitait chez les sartriens tournait à son avantage. Du moins me le semblait-il. Il est vrai que les sirènes communistes ne me troublaient plus comme elles l'avaient fait l'année de mes vingt ans. Libéré de quelques-unes des pesanteurs qui avaient entraîné les gens de ma génération, je sentais, encore confusément, que ne pas lâcher Malraux dans cet avatar qui bouleversait l'image qu'on se faisait de lui, c'était glisser le pied dans une porte entrouverte. Si je réussissais à me faufiler, je rencontrerais Claudel et Céline, Montherlant et Cocteau. Clara Malraux, au printemps 1952, pouvait être mon premier intercesseur avec la société inaccessible de la grande littérature. Je n'avais jamais cherché à forcer la porte du club. Ce Jockey défiait les manœuvres d'investissement. Les rares fois que je m'en étais approché m'avaient laissé un goût d'inassouvi. Quelques lettres échangées lors de mes dix-huit ans avec Montherlant, l'unique visite rendue à Jacques Chardonne dans sa maison de La Frette, mes remerciements à Marie Dormoy et à Jean Paulhan pour la bourse Fénéon qui m'avait été octroyée : il eût fallu être léger pour voir dans ces hochets des sauf-conduits. Destinés, d'ailleurs, à franchir quelle frontière ? Depuis une dizaine d'années que j'osais proclamer ma volonté de devenir écrivain, je n'avais jamais pensé que le chemin fût tracé, la porte ouverte. Mes premières tentatives me semblaient être des brouillons, et brouillon aussi ma vie, qui peut-être était en train de changer. Le minuscule théâtre de la rue Berthollet s'agrandissait. J'étais seul à voir, sur sa scène, des personnages de mes prochains spectacles.

J'avais garé ma voiture place Lucien-Herr. Ce n'était pas sans une certaine intention de rêver. Je m'étais arrêté là où la rue Vauquelin, à laquelle faisait suite la rue Berthollet, conflue avec les rues Tournefort et Lhomond, et m'étais retourné, restant assez longtemps piété sur le trottoir pour agacer le gardien de la paix en faction devant un modeste commissariat. « Cherchez-vous quelque chose ? » Il était difficile de lui expliquer que ce petit morceau de paysage parisien, si Utrillo, avait été le décor déjà de plusieurs épisodes de ma vie. Ce boyau aux pavés imprégnés de pissat, coincé entre des appentis et de hauts murs, menait au manège du Panthéon où, adolescent, j'avais passé tant d'heures enchantées. Je n'aurais eu que cent pas à faire pour retrouver l'odeur de nuit, de fourrage et d'ammoniac de l'écurie, les remuements et les souffles, le grattement obstiné d'un sabot sur le sol. Je réentendais la voix éraillée du chef palefrenier à qui les gueulements, dont c'était la mode au Panthéon, avaient, disait-on, épuisé les cordes vocales. En vérité, les innombrables blancs secs qu'il allait boire au plus proche bistrot, là où je venais de ranger ma voiture, lui avaient creusé le cancer de la gorge dont il était mort aux alentours de mes vingt ans. Plus tard, transformé, le café deviendrait un de ces lieux parisiens, alors rares, où avec Florence nous irions écouter un jeune chanteur qui s'y produirait, Jacques Douai. Il détaillait Max Jacob si bien, et avec une fragilité émouvante. Mais ce sont là des moments encore à venir, que je ne pouvais pas imaginer, planté sur le trottoir, pendant que le flic, impatient, m'observait. Parfois, lors d'une fête costumée, toute la reprise sortait du manège et l'on prenait des photos place

Lucien-Herr où les voitures étaient rares. Sur l'une, on voit Françoise P., en amazone et tricorne, son cheval bien rassemblé, qui feint de ne pas remarquer de quel œil fervent et soupçonneux la couve ce muguet 1830 en haut-de-forme gris et culotte à sous-pieds, avec son air de matou assoupi et ces yeux en trous de mite qui me rappellent irrésistiblement le visage de ma mère.

Cinquante pas plus bas que le manège du Panthéon se dressait l'immeuble « moderne » bâti vers 1930 par Mlle de Coubertin, sœur du baron olympique, pour y abriter un foyer d'étudiantes. Ma première femme, Marie-Thérèse, y avait habité de son arrivée à Paris, en 1945, à notre mariage en 1949. Je l'y avais raccompagnée le soir deux ou trois cents fois. Comment nous quittions-nous ? Je revois la lourde porte vitrée. Échangions-nous un baiser ? Rien de moins sûr. Ce n'était guère le genre Coubertin. La gardienne, qui ne perdait rien des allées et venues des pensionnaires, n'eût pas toléré des léchouilleries devant la porte. Une seule fois — l'avant-veille de notre mariage, l'été 1949 — je fus autorisé à entrer et même à monter dans la chambre de Marie-Thérèse afin d'y prendre ses valises. En me penchant par la fenêtre je pus apercevoir le grand volume gris du manège, le passage qui le séparait de l'écurie dont le toit brillait sous le soleil. Pauvres chevaux ! À cette époque — mon premier mariage — je ne montais plus guère. J'étais devenu un chrétien à œuvres et à principes. Les vestes cintrées, les bottes trop ajustées, les bombes dont le velours noir devait virer au verdâtre pour être élégantes, ne me préoccupaient plus. Au soulagement de l'agent de police, que ma rêvasserie dérangeait, je repartis vers la rue Berthollet et le dîner qui allait —m'en doutais-je un peu ? — changer plusieurs années de ma vie. Plus tard j'habiterais à deux cents mètres de là, rue Tournefort. Et j'irais rendre visite à Francis Ponge dans son rez-de-chaussée de la rue Lhomond, et, plus tard encore, à Étienne-Martin dans son atelier du 7 de la rue du Pot-de-Fer. Une énorme « demeure » — ainsi baptisait-il ses grandes sculptures — occupait tout l'espace disponible dans l'atelier. On tournait autour, on l'escaladait, on s'y faufilait au prix de reptations quasi spéléologiques, on tentait en vain d'en prendre une vue d'ensemble pendant que l'artiste, regard rieur et barbe de prophète, abondait en explications métaphysiques de son travail. Cet enfant de bourgeois de la Drôme était aussi rusé que César, le fils du cafetier marseillais. Mais Étienne-Martin était passé, à ce que je compris, par les griffes de quelque mystagogue et il me sembla, la première fois que je l'écoutai dérouler un discours très au point, qu'un peu de fumée oraculaire empruntait les « cheminées » qu'il ménageait au plus épais de ses monumentales sculptures. Mais je dois à la vérité de reconnaître qu'une de ses œuvres, sous mes yeux depuis 1984, a résisté magnifiquement à la défiance que m'inspirent les dérives irrationnelles, surtout quand elles sont éloquentes.

La place du Panthéon et les petites rues de la montagne Sainte-Geneviève m'ont souvent servi de décor. C'est là, à la vieille faculté de droit, que je m'essayai sans conviction à l'état d'étudiant quelques semaines après la libération de Paris. C'est là que j'éprouvai une si grande répulsion pour les traditions estudiantines — oui, on usait encore de cet adjectif — et que je vis des garçons de mon âge porter la faluche et se comporter avec la puérilité consternante qui deviendra celle des supporters des équipes de football. Heureusement, l'amphithéâtre étouffant, empestant la sueur et la mauvaise hygiène, abondait en jeunes filles. Elles éclairèrent ces mois de pénombre. Françoise P., la belle amazone de la place Lucien-Herr, que je retrouvais chaque soir au manège, m'attendait, à d'autres heures, à une certaine table de la bibliothèque Sainte-Geneviève où nous échangions à voix basse de brûlantes et innocentes confidences. Nous redescendions vers chez elle par la rue Valette et la rue des Carmes. Il me semble m'en souvenir : il nous arrivait de nous *donner le bras*, comme seuls font aujourd'hui les curistes sexagénaires, sous les ombrages des villes d'eaux, ou les anciens amants lorsqu'ils veulent marquer d'un peu de mélancolie des retrouvailles de hasard. Je réentends nos voix : notre vouvoiement. Comme ce demi-siècle a dû être long…

Un nom, place du Panthéon, nous amusait : l'hôtel des Grands Hommes. À qui l'idée pouvait-elle venir de se loger à pareille enseigne, dans ce désert géométrique et minéral ? Pourtant, sept ans plus tard, en 1953, au plus désordonné de mon vagabondage parisien, je me retrouverais aux Grands Hommes, incrédule, immobile devant ma fenêtre ouverte, embrassant d'un seul regard Sainte-Geneviève, la faculté de droit, l'ex-église de Soufflot et Rondelet où, en 1940, à notre arrivée à Paris, j'allai contempler les fresques de Maurice Denis et de Puvis de Chavannes, intrigué, indécis, frissonnant dans le grand réfrigérateur laïque et me demandant si, oui ou non, la peinture, c'était ça. Je retrouvais, dans un état d'incertitude, mon vélo cadenassé à la grille qui ceinturait l'édifice. Je me revis ainsi, penché sur la chaîne et le cadenas, ce soir du 23 novembre 1996 où l'on transféra au Panthéon les cendres de Malraux. J'étais placé à la seconde des tribunes dressées à droite de la place, juste dans l'axe de l'hôtel des Grands Hommes, et, dans le froid et l'attente, comme on dit, « tout revenait » : la bicyclette orange et bleu, épave de l'éphémère remariage de ma mère, ma fenêtre aux Grands Hommes, mes rencontres avec le comédien Pierre Blanchar. Il habitait un des immeubles de la place et garait devant chez lui un coupé Packard d'avant-guerre aux pneus agrémentés de flancs blancs. J'avais dîné avec lui chez des amis et cette rencontre me paraissait justifier les conversations que je lui imposais quand j'avais capté son attention. J'aimais ses yeux fous : ceux du pasteur de la *Symphonie pastorale* ou de l'avorteur de *Carnet de bal* ? Au lycée, naguère, mon ami Frédéric imitait Blanchar aussi bien que Jules Berry et Pierre Brasseur : il aimait les véhéments. Leurs photos vendues par le Studio Harcourt étaient punaisées dans nos chambres.

Nous étions, ce soir du 23 novembre 1996, tremblants de froid : une bise coupait la place, qu'on pouvait croire venue de quelque contrée hyperboréenne. Nos pieds et nos jambes s'ankylosaient peu à peu. Jorge Semprun, à côté de qui j'étais assis, me glissa à mi-voix qu'il n'avait pas souvenir d'avoir été plus transi, au camp, sur l'*Appelplatz*. À notre gauche, par-delà les deux rangs où se morfondaient les anciens Premiers ministres — Couve de Murville et Rocard y montraient des visages que le froid n'était pas seul à figer —, nous apercevions la tribune, chauffée celle-là, où Florence se tenait aux côtés de Bernadette et Jacques Chirac, et de Madeleine Malraux. Tout à l'heure, le petit groupe, Famille-Présidence, traverserait la place en diagonale, au sortir du Panthéon, et des regards, des sourires, de tout petits gestes de connivence seraient échangés : quarante-quatre années !

Quand avais-je lu *Notre avant-guerre* ? Et dans quelle vague culpabilité ? Toujours est-il que, je le savais, Brasillach et son beau-frère Bardèche avaient habité une de ces rues — Amyot ? Rataud ? — à deux pas de la rue d'Ulm, comme si le critique littéraire de *L'Action française*, le boutefeu, le polémiste n'avait pas pu ou voulu couper le cordon ombilical avec l'École. L'École qui lui était à la fois mère, alibi, protection, une interminable enfance prolongée, comme le collège aux prêtres ou la caserne à certains officiers. Quand je signalai cette adresse et cette proximité à Florence, elle fit, pour toute réponse, une moue silencieuse. Elle ne se posait pas de questions, elle, sur les états d'âme de l'éditorialiste de *Je suis partout*. Pour tout dire, elle se foutait des couplets élégiaques de *Notre avant-guerre*. Elle repérait plus vite que moi le poison sous la sucrerie, le pousse-au-meurtre sous les effusions innocentes de la jeunesse. Ce serait une des leçons de Clara et de sa fille : m'apprendre à condamner sans trop nuancer les attendus, dès lors que la culpabilité était établie. Pas trop de subtilité dans la recherche des circonstances atténuantes. Je n'ai d'ailleurs retenu qu'à demi la leçon. Toute ma vie, sous le prétexte d'examiner la position de l'adversaire, j'ai été tenté d'arrondir les angles, de me montrer généreux, *humain*. J'aurais gagné à un peu plus de brutalité — ou simplement à appliquer à autrui autant de lucidité que je m'en réservais à moi-même.

J'ai fait allusion à ce *creux* de ma vie, les alentours des années 1953-1954, et à l'errance aux hasards de laquelle je m'abandonnais alors. Rue Séguier vivaient Marie-Thérèse et, bientôt, mes deux fils. Je revenais, repartais, n'étant parfois resté que deux ou trois heures, dans un égarement de remords et de passion. Je ne possédais rien sur terre que deux valises d'encombrement modeste et la voiture dans le coffre de laquelle je les tassais. La voiture ronflait et pétaradait agréablement mais elle n'était, à la bien regarder, que le fruit d'un bricolage mystérieux : son moteur, sa calandre et son capot appartenaient à un modèle Lancia déjà anachronique, avec la conduite à droite. Le reste du véhicule avait été emprunté, selon mon diagnostic, à une ou deux oubliées de 1939. Ce coupé composite montrait une certaine agressivité, qu'illustraient d'inattendus feulements du moteur. Mais à la vérité, c'était une guimbarde, de celles que les mécanos d'alors improvisaient les samedis après-midi au gré des pièces détachées disponibles à la casse. Mes valises dans le coffre, mon « costume bleu » suspendu à un cintre qui brinquebalait dans les virages, j'allais de sous-location en hôtel, je rentrais à la niche rue Séguier, m'enfuyais derechef, risquais une fugue en Suisse ou en Normandie, toujours à la poursuite de cinquante mille francs, ou de cinq cents comme on dira six ans plus tard, accablé de remords, harcelé de désirs, mauvais mari, mauvais père, mauvais amant redécouvrant chaque jour une morale ou une liberté qui ruinaient mes convictions de la veille, me révoltant et me soumettant tour à tour — mais à quoi ? contre quoi ?

Outre les Grands Hommes je tâtai du Trianon (pas celui de Versailles, qu'il m'arrivera de hanter furtivement plus tard, pour le bon motif, mais celui de la rue de Vaugirard : en me penchant à la fenêtre, je voyais le lycée Saint-Louis, son entrée en rotonde sur le Boul'Mich et la Sorbonne, où, un matin de l'Occupation, nous nous étions fait rouler par M. Lamirand, ministre de la Jeunesse de Pétain. Nous lui avions mitonné une *Marche lorraine* imprévue qui devait, dans notre esprit, l'accabler de honte. Au lieu de quoi — je passe sur le fait que nous chantions si faux — il nous l'avait jouée au patriotisme, écoutant nos miaulements — « fiers zenfants de la Lorraineu… » — dans une sorte de garde-à-vous patient, puis s'était écrié, pendant que le proviseur et le surgé aboyaient entre nos rangs comme des chiens de berger : « Je suis français, comme vous ! » Après quoi les plus benêts d'entre nous, retournés, l'avaient applaudi. Ah, vilains petits canards… J'ai oublié les noms de deux ou trois autres de mes hôtels. Si miteux qu'ils fussent ils étaient encore trop coûteux. Je fus hébergé, quelque temps, dans une chambre de l'appartement qu'habitaient les belles-sœurs de Marcel Arland, trop vaste, ce qui les avait « obligées à sous-louer ». Un parfum de térébenthine flottait : le fils de la propriétaire, le comédien Michael Lonsdale (jouait-il déjà ?), peignait toute la journée, dans le salon où il avait placé son chevalet. Je revois une pièce presque vide où régnait, me semble-t-il, la pénombre. Les silences du peintre étaient impressionnants. Tout au bout d'un couloir j'étais logé dans une chambre autrefois tapissée de liège, puis tendue d'un épais tissu de sorte qu'il me semblait habiter un coffre-fort (les sons étouffés, les voix éteintes) ou un petit musée Marcel Proust. Hélas, la chambre ne donnait pas sur la place Vauban où le dôme des Invalides eût empli ma fenêtre, mais sur les arbres de l'avenue de Ségur. Le lieu, enfoncé dans son silence grand-bourgeois (pour quel maniaque ennemi du bruit ma chambre avait-elle été conçue ?), me mettait mal à l'aise et vidait trop vite mon compte en banque. Clara, apitoyée, m'offrit alors pour trois sous « sa » chambre de service, dans la caserne 1935 qu'elle habitait maintenant rue Tournefort. Nous disions « la chambre de bon », depuis que Louis Guilloux avait baptisé ainsi le réduit sous les toits de la rue de l'Université que les Gallimard, grands seigneurs, lui avaient octroyé quand l'écrivain, amoureux d'une belle Italienne, avait décidé de ne pas rentrer à Saint-Brieuc. Je le croisai un après-midi chez Lipp, où l'on m'avait posé un lapin. Je m'assis à sa table et nous échangeâmes nos avis sur les charmes et les inconvénients d'habiter une chambre de bon. Guilloux soignait le vague lointain de son regard breton. Il pratiquait une ironie douce mais systématique. Il tirait sur une petite pipe de maïs que je n'ai vue, si j'ose dire, qu'à Popeye et aux personnages de Faulkner. L'homme me paraissait vieux — trop en tout cas pour aimer une belle Italienne : je prends conscience aujourd'hui qu'il avait alors cinquante-cinq ans… — et flemmard. Ces heures usées dans les cafés… Mon puritanisme les condamnait. Mais reste-t-on dans une soupente, fût-elle rue de l'Université ? Je l'écoutais mal : je m'en voulais de ne pas éprouver davantage de curiosité pour l'homme qui avait écrit de si beaux livres : *Le Sang noir*, *Le Pain des rêves*. Je n'osai pas lui en parler.

On était plus social, vers 1935, qu'au temps du baron Haussmann ou du président Fallières : la chambre que me loua Clara était un parallélépipède monacal mais de taille décente, qu'une baie éclairait, ouverte sur les toits du sud-est de Paris. Le couloir pour y accéder n'avait pas le sordide et sinueux aspect des « couloirs du sixième » dans les immeubles XIXe, où Zola et Maupassant ne sont jamais loin. L'endroit était pourtant d'une tristesse étouffante. Un magasinier des éditions Denoël — où dans le vertige de désordre qui m'entraînait je parvenais encore à composer, sept heures par jour, un personnage de secrétaire général presque présentable — vint, un week-end, bricoler un coffrage en contreplaqué qui dissimula à mes yeux délicats l'offusquant spectacle du lavabo. Hélas, ayant attrapé une angine, je me laissai refiler par Marcel Arland, terrible avaleur de médicaments, une boîte de suppositoires au bismuth qu'il me jura d'une efficacité souveraine. Déposés sur un rayon du coffre, trop près d'un tuyau de chauffage, ils fondirent. Quand je revins de Royaumont ou de Cerisy-la-Salle, où l'alibi des « colloques » et des « séminaires » m'offrait un peu de verdure, la bouillie répandue hors de la boîte dégageait une odeur suffocante. Menthol, gaïacol : des parfums qui me prenaient à la gorge qu'ils auraient dû guérir. Aération, grattage, « Air-Wick » (dont commençait la mode) : rien n'y fit. Les deux ou trois mois que je restai dans la chambre, elle pua. Une fille que j'y amenai un soir en eut un fou rire. Après son départ, allongé, insomniaque, l'honneur mis à mal, je dressai le bilan de ma vie. Vingt-sept ans, une épouse, deux enfants, une maîtresse, deux romans publiés, quelques notes dans *La Table ronde* et la *NRF*, tâcheron chez un éditeur, habitué des revendeurs de bagnoles d'occasion et des bouis-bouis pseudo-orientaux, traînant derrière moi le boulet des promesses non tenues et des mensonges : je coulais. Les grandes détresses auxquelles je m'étais frotté dans les camps de réfugiés, les hautes flammes humaines, auxquelles je n'avais pas su m'éclairer ni me réchauffer, ne m'avaient donc rien appris ? À la bohème appliquée et dérisoire où je m'étais perdu depuis deux années, qu'avais-je gagné ? Mes nouveaux amis ne me voyaient-ils pas m'enfoncer ? Où était le fond, que je puisse donner un coup de talon et monter respirer à la surface. Respirer ? Les Bismucônes me gorgeaient d'odeurs sylvestres qui faisaient pouffer les dames. Comment rebondir ? où aller ? Retourner à l'Ordre ? Une force, en moi, désormais, en refuserait les simulacres, et ma faiblesse, les exigences. Alors, aller jusqu'au bout des chemins au bord desquels je m'étais arrêté ? Mais je voyais autour de moi tant de rôles mal tenus, de vies bancales, d'aventures avortées, de reniements qui valaient les miens…

Enfin l'aube entra dans la chambre par la baie au rideau mal tiré. Je me rendis ce matin-là à mon bureau sans avoir dormi un quart d'heure. J'étais à vau-l'eau. Je commençais à lire de l'étonnement dans les regards. Petit Chose de la rue Amélie, il me semblait porter sur moi l'odeur révélatrice de ma misère et de mes maladresses.

Je recommençais sans cesse, ces mois-là, mes additions et mes soustractions. Le résultat en changeait selon mes humeurs. Qu'avais-je gagné et perdu à abandonner les miens, à m'acharner contre un mariage que cinq ans auparavant j'avais voulu avec tendresse et passion ? Qu'avais-je perdu et gagné à vivre, dans une liberté contrainte et cahoteuse, une nouvelle passion ? Certes, j'avais découvert des personnages, des ambitions, des références, un style de vie selon mon espérance. La preuve m'était chaque jour administrée qu'on peut vivre dans la seule préoccupation de l'œuvre à faire et des œuvres à aimer. Je vivais maintenant — ou le tentais — dans la familiarité de mes ambitions. Bien sûr, le compte n'était pas si simple. Je mesurais la grandiloquence, les illusions, certaine orgueilleuse naïveté de mes nouveaux amis, et par contraste la modestie, la discrétion de mon ancienne famille (le mot étant entendu au sens large) me paraissaient pleines de vertu. L'humour n'était pas toujours là où on le cherchait. La volonté d'être brillant, libre, au-dessus et à côté de la bienséance ordinaire, n'allait pas sans caresser de chimériques vanités. Mais, sur l'autre rivage, dans mon autre vie, comme je m'ennuyais ! J'avais de l'estime pour les deux femmes que j'aimais, et du désir, mais l'une m'eût laissé sommeiller, pensais-je, alors que l'autre, la plus aiguë, tout enveloppée de certitudes en quelque sorte innées, me harcelait, m'aiguillonnait, me *mettait en demeure*. L'une était rassurante, l'autre *dangereuse*. Et comme j'aimais cette sensation de danger ! À ma surprise, aucune ne paraissait prête à se battre pour me garder. La mère et la guerrière, la douce et l'anguleuse ; je pressentais qu'elles me laisseraient aller si je m'éloignais.

Je ne disposais d'aucune marge de manœuvre. Il me fallait porter des jugements et choisir ma vie en fonction d'eux, d'eux seuls. Aucune sécurité ne me garantissait l'impunité. Bien sûr, la vie se chargea de m'apprendre qu'on est toujours puni de n'avoir pas choisi. On paie la circonspection, l'hésitation plus cher que les coups de tête. Au moment du grand creux de 1954, quelques mois seulement me séparaient d'un nouveau bouleversement de mes sentiments, et bientôt je perdrais tout, pour avoir manqué de courage.

La publication de *L'Eau grise*, à l'automne 1951, m'avait « offert » Marcel Arland, Jacques Chardonne. Bientôt Dominique Aury, Jean Paulhan, Aragon allaient entrer dans ma vie sans qu'aucun intercesseur les eût introduits. Clara me fit cadeau moins de personnages prestigieux (tout le prestige lui était acquis, à elle, par l'usage, que le jugement de divorce lui avait laissé, de son nom d'épouse) que d'une *bande*, d'une petite société d'attention mutuelle. On trouvait peu de premiers rôles autour d'elle, mais il était permis de considérer que les grands *clubs* du passé — décades de Pontigny, comité de lecture de Gallimard, et même l'Église surréaliste — avaient commencé ainsi, par des échanges de bons procédés, des flâneries en commun, des admirations, des excommunications. Une réticence, pourtant, me venait : n'arrivait-il pas à mes nouveaux amis de *singer* les aînés dont l'exemple et la destinée les hantaient ? La Clara que j'allais voir rue Tournefort, puis square Albin-Cachot, toute petite femme sans âge, aux oripeaux singuliers, au verbe volontiers impérieux et solennel, était-elle la même qui avait partagé les aventures légendaires d'Indochine, du combat antifasciste et de la guerre d'Espagne ? Ou, plus exactement, l'image qu'elle offrait d'elle à soixante ans pouvait-elle évoquer fidèlement la femme qu'elle avait été ? Ne jouait-elle pas son personnage, ne prolongeait-elle pas un rôle que nul metteur en scène de génie n'était plus là pour lui offrir ? Il lui arrivait souvent, dans l'ardeur de la conversation, d'appeler « André » son compagnon de l'époque. Il faisait la grimace — d'assez bonne grâce je dois le dire — et Clara elle-même, à qui son lapsus n'imposait pas silence, l'effaçait d'un de ces grands sourires clownesques et juvéniles dont elle usait avec habileté. Ces sourires, et les éclats de rire auxquels ils glissaient volontiers, étaient pour beaucoup dans son charme. Elle était d'une gaieté brutale et moqueuse. J'ai retrouvé plus tard pareil mélange à New York, et en Israël, il y a trente ans, à l'époque où sous l'apparence sociale des gens affleurait souvent une si longue histoire. En cela Clara était très juive : de plain-pied avec le drame, mais plus rapide que quiconque à saisir la bouffonnerie d'une situation ou d'un rôle. Il lui arrivait, sur le second versant de sa vie, de prêter à tel ou tel des qualités qu'il ne possédait pas. Elle n'était pas dupe, j'en suis sûr, de ces promotions imméritées dont la seule utilité était de continuer de la faire vivre, elle, dans l'idée de son flair, de sa perspicacité, de son pouvoir. Il lui fallait croire à la haute naissance de ses courtisans si elle voulait continuer à régner. Je ne la voyais plus guère à l'époque où elle dut découvrir les films de Woody Allen et je ne sais pas ce qu'elle en pensait. Elle y avait, en tout cas, sa place, comme dans les premiers romans de Philip Roth, et si je puis imaginer qu'elle en parlait — Allen et Roth — avec une subtilité un peu supérieure destinée à prouver qu'elle gardait son libre arbitre, intérieurement, elle devait jubiler, tout au plaisir d'avoir formulé un commentaire plus intelligent que celui des autres personnes présentes.

Elle avait placé Malraux (dont la photo qui orne la jaquette d'un volume de la Pléiade — veste de cuir, cheveux au vent, cigarette collée aux lèvres — donne une idée fantasmatique et assez juste) une fois pour toutes, dans un décor et sous un éclairage fixés de son temps à elle. Elle ne supportait pas que décor, personnage, éclairage eussent changé. Deux ou trois fois, au début des années soixante, elle me demanda si j'avais l'occasion de croiser « André », « là où vous allez quelquefois, François » (incongruité qu'elle me pardonnait volontiers). Au fond, mon vagabondage dans la société gaullo-rothschildienne l'amusait. Je lui racontai telle ou telle circonstance où, en effet… Par exemple ce dîner chez la baronne Édouard…

« En petit comité ?

— Non. Grand dîner. Cravate noire, etc. »

Le visage de Clara exprimait une souffrance un peu dédaigneuse et désespérée. J'évoquais les belles dames qui naviguaient afin « de coincer le ministre en sortant de table, quand il passera devant le petit Vermeer… ». (Pourquoi les chefs-d'œuvre sont-ils atteints de nanisme dans le langage des femmes du monde ?)

« Et il *leur* parle ?

— Bien sûr. Brillantissime…

— Elle l'appellent "le ministre" ! »

Je me tus, car il n'aurait pas été loyal de citer les bourdes des ferventes bécasses, ni généreux de les défendre : certaines étaient de belle envergure et tout à fait dignes de faire la conversation au grand homme. Lequel avait d'ailleurs, même debout dans un salon de l'avenue Foch, une conception déroutante de la conversation, son monologue n'étant pas interrompu par la discrète dérobade d'un interlocuteur épuisé, ni gêné par la substitution d'un second muet au premier, d'un troisième au second, etc.

Devenue anticommuniste, Clara aurait dû comprendre l'évolution de Malraux. Mais elle ne supportait pas que l'antistalinisme de l'ancien « compagnon de route » empruntât les chemins du gaullisme, de l'État, de la pompe gouvernementale. Clara détestait les palais officiels, que Malraux aimait. Elle voyait, là où l'on aurait pu considérer les évolutions parallèles, des yeux en même temps dessillés, une trahison de leur jeunesse dont elle s'était instituée la gardienne. Quand Clara publia ses Mémoires chez Grasset, où je lui avais demandé de venir, elle donna pour titre général aux volumes *Le Bruit de nos pas*, et au premier : « Nos vingt ans ». *Nos* pas, *nos* vingt ans : ce possessif conjugal claquait comme un défi. J'aimais le mélange de *furia* et de dévotion avec lequel Clara récupérait sa part d'une vie commune qu'elle avait sans doute tout fait pour que Malraux s'en lassât. Il me semblait reconnaître dans l'histoire de leur couple, toutes choses inégales d'ailleurs, le drame banal des ménages mariés trop jeunes et qui s'effilochent et se déchirent du jour où la femme ne *suit* pas l'ascension sociale du mari. On retrouve parfois les protagonistes de ces tragi-comédies de boulevard devant les assises. Tout était semblable et différent chez « les Malraux ». L'avantage social était à Clara, qui pouvait se permettre de juger férocement les hochets du pouvoir, mais elle enveloppait ce dédain dans un drapeau rouge qui donnait de la saveur et du panache à sa sévérité. Les amis qui l'entouraient abondaient dans son sens. Mais ils étaient trop intelligents pour ne pas continuer d'admirer Malraux, qu'ils avaient exilé dans un coin de leur tête ou de leur mémoire. Certains jouaient double jeu. Marcel Arland par exemple, qui cumulait les plaisirs du progressisme (conversations de bar, vacances chez Tito, etc.) et les avantages d'être le fraternel protégé du tout-puissant ministre. En 1953, quand reparut la *NRF* et que cette résurrection de « la chère vieille dame tondue » alluma la verve sarcastique de Mauriac, Arland se fendit d'un éditorial vertueux. Il y annonçait que la revue se tiendrait à l'écart, entre autres tentations, de

« la vaine invite des prix », formule irréfléchie de la part de l'écrivain qui termina sa carrière grand officier et couvert de lauriers comme personne, du Goncourt de 1929 au très officiel Grand Prix national des Lettres, sans rien dire de son habit vert. L'habit vert ! J'ai vu, au restaurant de l'hôtel Cayré, pleurer Arland, de pudeur blessée, j'imagine, quand il apprit la candidature de Jean Paulhan à l'Académie. Ses larmes ne séchèrent que le jour de sa propre élection. Robert de Flers et Caillavet avaient été des caricaturistes indulgents.

Je raconte ces enfantillages de vieux messieurs afin de donner l'échelle. Clara souffrait, certes, de gros défauts ; sa véhémence pouvait paraître théâtrale et sa bohème, ostentatoire. Mais les qualités de ses défauts étaient rares et elle les possédait au plus haut point. Jamais elle ne transigea ; jamais elle ne changea de style. Quand elle découvrit, à la mort de Malraux, qu'il l'avait couchée sur son testament — ce qui lui fut une joie difficile à imaginer —, elle consentit seulement à aller se loger moins sinistrement, à deux pas de chez sa fille, loin des Gobelins et du Panthéon, ses fiefs. Elle s'offrit de jolis gestes, comme cette visite qu'elle nous fit, à ma femme et à moi, où elle apporta, roulée à la diable, une gouache de Fautrier qu'elle nous offrit : « Je peux, maintenant ! » Mais elle continua de s'habiller en reine des Gitans et de se déplacer dans la vie, les lieux, les conversations en titubant un peu, à la fois distraite et aiguë. Elle ne possédait pas de maison ; la voiture qu'elle avait eue un moment devait avoir fini dans quelque casse. Elle était sans âge. Elle hantait ces communautés où les artistes trouvent un décor qu'ils ne pourraient pas s'offrir. Clara avait beaucoup fréquenté l'abbaye de Royaumont, le château Cerisy-la-Salle dont la propriétaire, Anne Heurgon, était la fille du Paul Desjardins de Pontigny : les fantômes de Gide et de Martin du Gard devaient traverser, à Cerisy, les songes de Clara. Elle passait quelques jours au moulin d'Andé, près de Louviers, chez Suzanne Lipinska, dans la belle maison où vingt ans plus tôt j'étais parfois venu, quand la mort la prit, pendant une sieste, allongée, un volume de Rousseau dans les mains.

Parmi les cadeaux que me fit Clara — ne devrais-je pas dire les leçons qu'elle me donna — je compte, outre le dédain de la comédie officielle, l'habitude de considérer le judaïsme avec une familiarité rieuse, et l'audace de reconnaître vite — parfois trop vite — le talent de ses amis. Trop vite ? Ah, le péché est véniel ! Et tellement préférable à cette rétention d'estime dont souffrent certaines gens trop convenables à l'endroit de leurs proches. Il est plus confortable, dirait-on, d'éprouver de l'admiration pour un voyou inconnu que d'en manifester envers un ami d'enfance, une cousine, un ancien amant. Il faut voir de quel œil amusé et sceptique tel monsieur accueille les louanges que j'ai adressées au livre (par exemple) d'une dame par le lit de qui il est passé. Les bourgeois adorent *lâcher*, et n'ont que peu de confiance dans leurs jugements. On ne les débite pas souvent de ce défaut. On les croit partiaux, copineurs, alors qu'ils ne sont que méfiants et spéculateurs. Clara m'apprit que nos amis méritent souvent les passions qu'ils inspirent. Il me semble avoir retenu la leçon.

Ses amis, elle aimait les partager, présenter les uns aux autres. Je lui « dois » Atlan, qu'elle fut une des premières à saluer, les graveurs Goetz et Christine Boumesteer, Alexeiev, qui avait illustré, je crois, *Le Temps du mépris* et inventé un procédé d'impression par trous d'épingle auquel je ne compris jamais goutte. Clara m'amena chez Germaine Richier et son mari René de Solier. Elle fit de Marthe Robert, de Michel de M'Uzan, d'Adamov, de Jean Duvignaud des amis parfois éphémères mais qui contribuèrent, par l'exemple ou l'absurde, à me déniaiser. Certains ont résisté au temps : René de Obaldia, Edgar Morin à qui, à Moscou, un soir de février 1989, je rappelai que nous nous connaissions — « Mais oui, calcule ! » — depuis bientôt quarante ans. Il nous avait rejoints, Françoise Chandernagor, Jean d'Ormesson, Hervé Bazin, Patrice de Plunkett et moi, attiré par un irrésistible parfum de whisky, dans un hideux appartement de l'ex-résidence réservée par le PCUS aux dignitaires des partis frères. Morin qui m'avait séduit avec *Les Stars*, conforté avec *Autocritique*, ému avec *Vidal et les siens*, que j'avais même, une ou deux fois, attiré à *La Parisienne*, puis chez Grasset — il m'avait selon les époques comblé, agacé, dédouané, toujours rieur, toujours vif et curieux comme il était ce soir-là à Moscou, debout, une drôle de petite sacoche attachée au cou, un peu

« bu », ironique, posant les justes questions et savourant, lui l'exclu, lui le pestiféré, le décor de marbre blanc et la vastitude un peu risible du palace rouge.

Ainsi Clara me fit-elle don, au long des années, mais surtout dans cette période 1952-1956 où je la vis beaucoup, d'amitiés auxquelles je n'étais pas forcément préparé, qui ne m'étaient pas forcément destinées, mais qui m'aidèrent à pratiquer la *mobilité* que je place au nombre des rares vertus libératrices. Je dois nommer ici, pour mon plaisir, Guy de Chambure, que sa passion pour le théâtre progressiste mena jusqu'au *Berliner Ensemble*, et qui revint quinze ans plus tard de RDA, ayant fait le mariage le plus « gratin cosmopolite ». Je le trouvai avec Lore, son épouse allemande, habitant un étage de l'hôtel de Neuilly où la comtesse de Chambure avait entassé une célèbre collection d'instruments de musique anciens. Nommer aussi les habitués de Royaumont : les Goüin, bien sûr, maîtres de maison si généreux, et Robbe-Grillet, et Roland Barthes. Avec le temps certains cheminements d'amitiés sont devenus inextricables. Edgar Morin m'avait mené autrefois à sa femme, Violette, qui devint la compagne de Pierre Naville (et du même coup la voisine à la campagne d'Anka avant son exil américain), lequel Naville était veuf de Denise Lévy — la Bérénice d'Aragon… Nommer aussi les Cassou, André Berne-Joffroy, Karl Flinker. Flinker qui, douze ans plus tard, fut en 1966 le premier « galeriste » de Cécile, ce qui ouvre une porte vers une autre vie…

Clara, en somme, me *débloqua*. Elle me confirma

que le style de vie qui, vers mes quinze ans, me paraissait inaccessible, était bien le seul excitant, le seul digne d'envie, et celui auquel j'avais craint d'être destiné, archaïque et « à côté ». Bien entendu, Florence, qui avait à cette époque l'apparence d'une adolescente grave et circonspecte (qu'elle a toujours quarante ans après), était bon professeur, elle aussi, avec sa façon de connaître de toute éternité les vérités que d'aucuns n'apprennent pas en une vie. Elle jouait de cette retenue, de cette sagesse d'enfant ombrageuse, qui m'apprenaient que rien n'est jamais acquis, chose promise n'est pas toujours due. Accusé d'enfantillage, j'étais en train de devenir une grande personne. J'avais de bons maîtres.

En 1961-1962, quand je rencontrai Cécile et que nous nous mariâmes, Clara fit immédiatement amitié avec la nouvelle venue. Juive ? Elle m'approuvait, bien sûr. Ses origines sociales, communautaires, mondaines — quel est le meilleur mot pour caractériser l'appartenance de Cécile à la fois à une dynastie spectaculaire et à une longue ascendance de rabbins polonais ? — flattaient peut-être plusieurs fascinations contradictoires qui habitaient Clara. L'avenue des Chalets, « Villa » d'Auteuil groupant de petites maisons très 1880, considérait avec une certaine révérence l'avenue Marigny. Ajoutons à cela que la meilleure amie de l'adolescente Clara Goldschmidt avait été « Lala » Friedmann, la sœur du futur sociologue Georges Friedmann, devenue l'épouse du Pr Dujarric de la Rivière, l'homme qui avait isolé le microbe de la grippe espagnole. Un de leurs fils avait épousé Anka, la sœur de Cécile. De sorte que « Lala » — « dame à musique » dont la salle d'orgue, à Boulogne, était célèbre — se trouvait vers 1960 être la belle-mère de ma belle-sœur, autant dire une espèce de tante par alliances diverses, dont la moindre n'était pas l'amitié entre deux jeunes filles des années 1910-1920. Cette bourgeoisie juive parisienne, partagée entre argent, affaires, musique et vie intellectuelle, tissée de liens cosmopolites, avait formé jusqu'à 1940 un milieu aux mailles serrées dont Clara restait fière d'être issue. Un rien de snobisme ne lui déplaisait pas. Si du côté de Cécile on trouvait Arthur Rubinstein, Nathan Milstein, Igor Piatigorski, Clara se parait du grand cube tendu de cuir bleu où Lala rivalisait, dans son genre, avec le salon Singer-Polignac, ou, comparaison plus mesurée, avec Suzanne Tézenas et son « Domaine musical »...

Les trompettes de Chaillot

Le palais de Chaillot est un témoignage de l'art mussolinien à la française. Je me rappelle mon effroi, à dix ans, quand on me mena « visiter l'Exposition » (celle de 1937), de découvrir, se faisant face en bas de la colline, parallèles à la Seine, les deux pavillons de l'URSS et de l'Allemagne nazie. Affrontement si évident, parades idéologiques, provocation si explicite qu'on ne pouvait, mesurant tant de haine, penser qu'à la guerre et la mort. Tout était d'ailleurs prévu : non loin de là s'était faufilé un discret pavillon de la Défense passive.

Qui avait eu l'idée extravagante de faire entendre, à Paris, au lieu de la petite sirène de la paix, aux accents espère-t-on mélodieux, ces ululements intermittents qui me glaçaient le sang ? Opposait-on à la lourde statuaire totalitaire l'obstination de notre chère vieille démocratie à se défendre, bien sûr ! mais *passivement* ? Il est connu que la passivité, en matière de défense, le « raccourcissement du front » en matière de guerre de mouvement, et « le hérisson » en cas de retraite précipitée, sont les trouvailles de l'imagination militaire. Les grandes forces barbares devaient en frissonner, d'entendre gémir nos sirènes. Chamade, reddition, honneurs militaires, odieux bombardement des villes sans défense, des villes *ouvertes* : il ne manquait pas une formule à notre rhétorique. L'aigle et la croix gammée hitlériennes, sculptées avec l'emphase carrée, brutale, inventée par Arno Breker pour créer un style nazi, se dressaient au faîte d'un *Bunker* face à l'énorme couple socialiste, rudimentaire et musculeux, immobilisé dans un élan au bout duquel, brandis vers le ciel, une faucille et un marteau me paraissaient composer un symbole un peu frêle.

Où se trouvait le pavillon italien et à quoi ressemblait-il ? J'avoue avoir oublié. Comme j'ai oublié *Guernica* au pavillon espagnol, et même *La Fée Électricité*. Je ne me rappelle que le défi prémonitoire des deux ogres, et le parvis entre les deux ailes de Chaillot où avaient été érigés, dorés, manquant un peu d'entraînement, des athlètes et séductrices bien français, style *Normandie*, salle à manger des premières classes. Dans l'instant, j'avais compris la destination de cette terrasse : y faire du patin à roulettes.

Ne pas dire trop de mal du style Mussolini. S'il fut, en fait d'éloquence, de politique spectacle, de théâtralité, un des plus ridicules du siècle, on lui doit quelques prouesses en architecture : le Foro Italico, à Rome, ou la restauration de la vieille ville de Rhodes, à la fois pastiches antiques et fidèles allusions aux toiles de Giorgio De Chirico, ne manquent pas de grandeur, avec juste un soupçon de mégalomanie. La patine a amélioré tout cela. Chaillot, qui sacrifia sans vergogne au « style fort » de l'Europe d'avant-guerre, a vieilli sans nous inspirer trop de ressentiment. En tout cas pour les vues d'ensemble. L'intérieur, c'est une autre affaire : la descente vers la grande salle, confiée en 1951 à Jean Vilar afin qu'il y installât son TNP, constituait une épreuve. Le lieu était monumental : si le spectateur était agoraphobe, tout allait mal. Ces immenses degrés de marbre, sans rampe, où l'on se sentait aspiré vers l'intérieur de la terre, inspiraient la terreur. Vilar le comprit et conçut une formidable mise en scène de cette corvée : il demanda à Maurice Jarre, son musicien attitré, de composer des sonneries de trompettes qui retentissaient, joyeuses, excitantes, triomphales, pendant les dix minutes qui précédaient la séance. Au débouché du métro, ou réchappés des courants d'air de l'esplanade, les gens entraient dans cette musique solaire, impérieuse, comme dans un appel à la fête. Vite ! N'était-on pas en retard ? Portés par la musique, les vieux que les escaliers incommodent en franchissaient les marches deux à deux. On s'asseyait dans la grande salle ratée (des rangs entiers, disait-on, étaient privés de son…) comme dans un lieu luxueux et familier. On ne voyait autour de soi que les visages de personnages qu'on était heureux et fier de reconnaître. On se sentait affamé et détendu. Nous attendaient Büchner et Brecht, Corneille et Shakespeare, Claudel et Kleist. Nous attendaient Gérard Philipe et Alain Cuny, Silvia

Monfort et Germaine Montero, Philippe Noiret, Daniel Sorano, Maria Casarès, Georges Wilson. Nous attendait la plus belle aventure théâtrale des années cinquante, qui, de *Meurtre dans la Cathédrale* au *Cid*, de *Mère Courage* à la *Mort de Danton*, redonna à nos gens du spectacle la nostalgie de la grandeur. Vilar avait même apprivoisé l'immense plateau de Chaillot : au-delà de l'espace dont il avait besoin, la nuit mangeait tout. Les comédiens en sortaient ou y retournaient, dans un tournoiement, une hâte soucieuse et tragique qu'accentuait l'envol des costumes dessinés par Gischia ou Prassinos. Quelque rôle qu'il jouât, Vilar était *le Roi*. L'austérité et la sécheresse de sa voix, la brièveté de son débit faisaient de lui un « donneur d'ordres ». Il était à la fois, sur la scène, le Roi et le Patron, ses deux autorités se confondant, ses deux rôles n'en faisant qu'un. Il entraînait les mouvements collectifs, toujours emportés au TNP et en Avignon par cette rapidité inimitable, d'un mouvement de ses bras, d'un élan de tout son corps.

Nous le suivions parfois hors de Paris, à Rouen, à Suresnes — où Gérard Philipe dansait avec les jeunes filles extasiées — et en Avignon, bien sûr, où le mistral, certains soirs, ajoutait ses rafales à de tempétueux jeux de scène. Vilar a rendu le théâtre à ma génération. Avec Florence, nous ne manquions pas une générale de Chaillot. Elles étaient notre seul snobisme. Certains spectateurs éprouvaient la même euphorie. On la reconnaissait au naturel de leurs sourires. On était entre soi. On apercevait René Julliard, les Mendès France, les Arland, Ionesco, Barthes et la petite bande de la revue *Théâtre populaire* : Robert Voisin, Duvignaud, Guy Dumur, Bernard Dort, Jean Paris : nous nous retrouvions là comme dans un club.

Il m'a toujours semblé que ce Paris des générales de Chaillot n'était qu'un demi-Paris. Je m'explique : on n'y voyait pas le même public qu'ailleurs. Des piliers de générales, de vieux routiers des soirées mémorables, ne se rendaient jamais au TNP. À croire qu'ils ne lisaient aucune critique et ignoraient le chemin du Trocadéro. Plusieurs fois, j'en parlai à Mme Simone, à Denise Bourdet dont le mari, Édouard, avait administré la Comédie-Française, infatigables sorteuses, et tentai de les convaincre que « quelque chose » se passait là-bas. Peine perdue. Pour une certaine société parisienne, plus Rive droite, plus Pierre Fresnay, plus *Figaro*, plus Renaud-Barrault, le seul théâtre qui existait était celui de la vieille magie rouge et or, les salles à l'italienne, le pli impeccablement cassé du pantalon sur des mocassins cirés au miroir. Ah, la découverte des haillons d'Helen Weigel quand le Théâtre des Nations nous révéla, à Sarah-Bernhardt, le *Berliner Ensemble* ! Ce public-là, qui avait applaudi Claudel à la Comédie-Française, n'allait pas l'écouter à Chaillot. Pourquoi ? Peut-être, en analysant les choses avec circonspection, pourrait-on trouver dans la comparaison entre ces deux sociétés parisiennes une explication de la fracture gauche-droite qui paraît si sommaire et sotte. Les explications purement doctrinales sont courtes ; peut-être une intuition plus subtile et plus globale, comme celle qu'on ressentait à Chaillot, nous mettrait-elle sur le chemin d'une vraie analyse. Soutenu par Malraux, jouant de ses amitiés progressistes, Vilar a offert, en quelques années, un nouveau style et un contenu, oui, populaire, au théâtre classique. Quand il faisait trinquer ses comédiens avec le public de banlieue et envoyait Philipe offrir quelques valses avant le spectacle, y mettait-il un peu de démagogie ? Oui, et après ? Gérard Philipe était la sincérité même et le souvenir de ces soirées en banlieue dure encore après plus de quarante années. La formidable réussite de Vilar, homme de gauche, était dans l'ouverture large, dans le grand jeu. Il possédait une esthétique — pas d'esthétisme ; une morale — il ne faisait pas la leçon. Il inventait un style sans céder jamais aux délices de l'avant-garde. Ce public du TNP (ne parlons pas toujours des générales !) était d'un bon métal. Vilar a appris cela aussi aux gens de théâtre : que l'on peut remplir une salle sans retape, en allant chercher les spectateurs là où ils attendaient un signe : dans les entreprises, à l'université, dans les lycées. Pour moi, le souvenir de ces soirées est pur et clair. J'ai raté trop de gens, trop d'œuvres, je n'ai pas raté Vilar et j'en remercie les quelques camarades cités plus haut, en tête desquels Jean Duvignaud.

Caméléon

Me suis-je écarté ou m'écarte-t-on ? Quand il m'arrivait, et détestant cela, de skier dans la brume, le blanc de la neige et celui du nuage, homogènes, ne formaient plus qu'une seule présence douce, sourde, dans laquelle je perdais toute notion de mouvement. Je glissais sans qu'aucun repère me l'indiquât. Seul peut-être le bruit des carres griffant la neige donnait un peu vie à l'immobilité de plus en plus rapide où je perdais la tête. Dans quelle blancheur la vie est-elle en train de se perdre ? J'ai dérivé hors d'elle sans m'en rendre compte. Si demain un coup de vent déchire soudain le nuage comme il faisait en montagne, quel paysage surgira-t-il ? Par quel soleil froid révélé ? Peut-être aurai-je glissé hors du rire des vivants, dans le cotonneux labyrinthe où roule à grand bruit le chariot qui me conduit *au bloc*, à moins que la torpeur du réveil ne m'englue encore, lorsque l'anesthésiste, penché vers moi, me pose des questions simples et souriantes afin de voir si je n'ai pas laissé trop de mes oiseaux s'envoler.

Pendant ma nuit — quand me suis-je endormi ? — le convoi est parti sans moi et m'a oublié au bord d'une route. Les cendres du foyer sont déjà refroidies.

Est-ce ma réalité qui s'est éloignée de moi, ou mes rôles ? Pourquoi cette impuissance à en choisir un et à m'y tenir ?

Ma plus grande faiblesse réside dans un certain caméléonisme. Il m'a donné l'illusion de pouvoir tenir plusieurs emplois. Un des autres traits de mon caractère étant de me mettre à la place de mes adversaires, ou simplement d'apprécier les arguments de l'autre et de déprécier les miens, je ne suis jamais satisfait du rôle que je joue. Mais, me risqué-je à en jouer un autre, je m'en détourne bientôt. Cette mobilité, que je croyais flatteuse et signe de vitalité, est néfaste. Je ne me contente d'aucune comédie sociale ou professionnelle, malgré la certitude bien installée en moi que telle autre, ou telle autre encore, ne me satisferait pas davantage. Notable, je me rêve anar ; classique, je me sens des démangeaisons de chambardement. Au lieu de m'installer dans la peau et les oripeaux d'un personnage, je rêve de son contraire. Si dans le débat l'échange se durcit, je m'indigne de ces brutalités : pourquoi attaque-t-on cet homme que je suis si peu, si mal ? En transit entre deux vies rêvées, toujours. Où m'ont-ils trouvé ?

Puis vient un moment où le malade qui a trop attendu n'a plus la force d'aller jusqu'à ce meuble, à ce tiroir, à ce haut rayon de bibliothèque où il avait caché « de quoi en finir dignement le jour venu ». Eh bien, le jour sera venu et tu auras les jambes bloquées, le tournis, de graves « ennuis moteurs ». Trop tard petit père. Même plus la force de changer de peau. Il va falloir finir dans celle-ci qui n'était qu'un avatar, un caprice, une facilité, une erreur de distribution.

Les débuts furent difficiles, à l'aube des temps, aux « Glycines », la pierre meulière dure comme une râpe, les quais des gares de banlieue où pluie et vent frappaient à l'horizontale, l'enfance — cette maladie. Plus tard, peu à peu, les choses s'arrangèrent. Il me fallut une longue patience ; une à une éliminer les causes de blessures ; un à un chasser — non : laisser s'effacer les témoins gênants, ceux qui *savaient*. J'ai fait le vide. Il ne s'agissait pas de jouer les ingrats, les rusés, mais d'avoir l'air orphelin, tombé du ciel et du nid, le garçon silencieux qui ne se livre pas volontiers. Pas à pas, je me suis faufilé hors d'une société et glissé dans une autre. Au seuil d'une autre. On s'est habitué à ma présence, pour me faire une place, on s'est poussé un peu. Je n'avais plus qu'à jouer le jeu. J'en connaissais désormais les règles. Il suffisait de m'installer dans deux ou trois certitudes, de m'y fortifier, m'y épanouir et n'en plus bouger.

Mais les scrupules ont surgi, l'envie de regarder par-dessus bord, ou en arrière. Et, lancinante, la question : « S'ils avaient raison, ceux qui me provoquent, me narguent, ou simplement m'oublient ? Dans ma niche de demi-luxe ne me suis-je pas mis à l'écart de tout ? » Tout : quoi ? Le siècle, le vivant, le neuf. Je ne suis qu'un vieux chnoque, un fantôme *éclectique*, papy esthète hésitant entre Céline et Géraldy, ducs et voyous. Incapable, surtout, de boire le vin de sa vigne. J'enrage d'envie quand je vois un type bien dans sa peau : réactionnaire serein, par exemple, ou coco-béton, ou folle sublime se pâmant aux raretés et ne voyant pas les grimaces que ses glapissements suscitent, ou grand commis de l'État à la voix brève, ou bibliophile enfermé dans ses chagrins et ses ors et n'entendant pas la foule sous ses fenêtres. Pourquoi des nostalgies, des comparaisons, des envies de fuir dès lors qu'on a creusé son terrier ? Pourquoi prêter l'oreille aux sarcasmes et aux menaces quand m'est offerte une conversation harmonieuse ? Le mot d'Aragon, ailleurs rapporté — « Ce qu'il a manqué aux gens de ton âge, c'est d'avoir fait une fois table rase... » —, m'est resté planté dans la mémoire. Et pourtant ça ne l'a pas découragé, lui, le grand haut-le-cœur surréaliste, de s'embrigader plus tard comme personne. Mais il n'empêche, « table rase », les deux mots créent des ondes de choc innombrables. Si au moins je m'étais prélassé dans mes coussins (ces présentoirs de velours sur lesquels, lors des obsèques un peu huppées, on présente les cravates et les croix), j'aurais l'âme en repos. Au lieu de quoi chaque silence, chaque coup d'œil intercepté me la perce, l'âme, et m'accable de confusion. Boursouflé mandarin, oracle épuisé, tarte aux mots durcie au congélateur. Les soixante-dix ans passés, je pourrais me faire une raison. Je ne changerai plus de mouillage.

Simulacres anodins

J'ai aimé six femmes. Ou plutôt, pourquoi ne pas m'offrir un futur antérieur, temps de demi-saison qui habille bien les hommes de mon âge, j'aurai aimé six femmes. Ricanements. Trop ou trop peu. N'importe quel fort en gym du collège Bukowski aligne une centaine de bécasses tirées au jugé dans la pénombre des boîtes, l'étouffoir des bagnoles et l'indulgence des familles. Imaginez. Saluez ! Chiffrez, en un demi-siècle, le tableau ! À moins, Monsieur, que vous ne parliez d'amour, auquel cas l'inflation est choquante (une retraitée de Buzenval, courrier des lecteurs). Ne demandons pas l'impossible, mais deux passions, voire trois si vous ajoutez un béguin d'adolescence, un de ces enfantillages qui blessent parfois à mort — je veux dire : pour la vie — trois, donc, compte largement entendu, on y croit. Mais six ! Cœur d'artichaut ou désordre pusillanime ? Je maintiens pourtant le chiffre. Six dont trois, puisque trois m'acceptèrent pour mari. Les trois autres se reconnaîtront peut-être au détour d'un paragraphe, à moins que leur certitude n'ait nul besoin de confirmation. Ou qu'elles ne soient mortes. Époux, c'était sans doute ma vocation. L'emploi exige de la modestie : s'offrir soi-même, c'est considérer qu'on a peu à donner. Il suppose aussi le sens et le goût du secret, la pratique sinon le goût du silence. Je possède ces vertus-là.

De bonne foi, j'ai longtemps cru aimer les femmes. Je ne voulais pas voir qu'en qualité comme en quantité je ne leur donnais pas — sauf rares exceptions — ce qu'elles attendent des hommes, et que l'époque leur a appris à réclamer avec une rudesse dont elles m'infligèrent parfois l'épreuve. Médiocre amant, elles ne me l'envoyèrent pas dire. Le fait qu'elles non plus ne me donnassent rien qui valût gratitude ou sidération, s'il équilibrait mes comptes, ne constituait pas une réponse probante. User de l'argument eût même été avoir bien mauvaise façon. Je restais donc, comme mes partenaires, sur ma faim. Hélas, ma faim ne comblait pas la leur. J'ai vécu quelques agonies d'amour de ce style, entre affamés, et ce qu'on dit des *ventres affamés* me parut juste : nous nous entendions mal. Ruptures glaciales, silences rancuneux : hommes et femmes se haïssent vite ; à jeun ou repus, la soudaine lassitude est la même, qui commande les apitoiements meurtriers, les cris à bouche fermée, toute cette hâte d'en finir.

J'aurais dû, dès les origines de ma vie amoureuse, m'inquiéter du rassasiement si tôt venu, de ma hâte à fuir le lit, les tiédeurs, les invites à réitérer. Monsieur Deux Fois, courtoisement, puis l'escampette. Si le sentiment était vif, le sommeil me tenait lieu de fuite, prolongeant une intimité parcimonieuse mais que je voulais significative. Si la partenaire était habile, gaie, inventive, mes mots et gestes étaient moins indignes de ce que le cinéma nous a appris des nuits d'amour. Ainsi m'est-il arrivé de jouer, quoique en mineur, la grande musique qu'on nous rabâche. On conçoit quelle gratitude j'éprouvai pour mon amoureuse les quelques fois que la tendresse fut réchauffée par ce savoir-faire ou que le savoir-faire parvint à nourrir de la tendresse. Moi, si froid, je n'eus d'amours que sensuelles. L'expression n'évoque pas forcément le service de grandes horizontales aux talents sulfureux, mais aussi bien de jolies chèvres à mes yeux touchées par quelque grâce infernale. Toujours la vieille histoire du feu sous la glace — pas même : une connivence, deux corps qui chantent juste. Quand le destin vous offre cette aubaine, posez votre sac, jetez l'ancre.

Consacrant alors, vers mes trente ans, beaucoup de mon temps à la guerre aux femmes, comme j'aimais peu les aimer ! Du commencement de mes apprentissages, je conserve les moins mauvais souvenirs. J'aimais *Paludes* : « … je m'en fus coucher chez Angèle. Je dis chez et non avec elle, n'ayant jamais fait avec elle que de petits simulacres anodins. » Les simulacres anodins, les hommages vestibulaires, le rituel de la sublime porte — j'étais à mon affaire. Comme je la préférais, cette affaire de linge troussé, cette cérémonie préliminaire toujours reprise et prolongée, au grand déballage — ventouse, boutoir, gueulements — que les femmes apprennent si vite à administrer ! « Comme des collégiens... » murmura, moqueuse, une dame à laquelle, bien plus tard — collège pour collège, j'étais du côté des profs à la retraite plutôt que des gamins —, j'offrais une démonstration de mon art de tergiverser : allusives caresses, attouchements incrédules, cinoche du jeudi. « Comme des collégiens » : je crus qu'elle faisait allusion, Dieu seul savait pourquoi ! à un titre de John Le Carré affublé par erreur du pluriel. Quoi, elle n'appréciait pas mon bouquet de violettes ?

Oui, j'aurais dû m'inquiéter de mon inappétence, de mes atermoiements, du peu de goût que je manifestais pour la viande garnie. Aimais-je, au bout du compte, les garçons ? J'avais toujours considéré le problème comme résolu. Vous vous rappelez le président au procès Zola : « La question ne sera pas posée ! » Ne m'étais-je pas stupidement buté en restant sur la grande route ? Sur une plage, au bord d'une piscine, n'étaient-ce pas les corps masculins que mes regards repéraient et isolaient en priorité ? Au profond des étés de l'enfance, à l'heure de la sieste, qui n'a pas fait sauter un nœud du bois ou creusé à petit bruit, avec un vilebrequin qui sentait l'huile, un trou dans la paroi de la douche ? Pour voir qui ? Les filles, les garçons, les hommes ?

Te rappelles-tu, Cécile, la maison de Woodstock redécouverte en 1964, aux planches des murs couleur sang de bœuf, et le souvenir de tes émois de petite fille ? Enfant, dans le tourbillon sensuel de mes dix ans, l'âge de l'animalité la plus naturelle et irrépressible, les garçons m'avaient plus fait battre le cœur que les filles — je disais « les fillasses, les quilles... » Garçons, passifs et étonnés, aussi rassurants et excitants que des miroirs. Cette affaire d'aimer les femmes — « nous aimions follement les femmes, bien entendu » comme disent les messieurs dans *Au plaisir de Dieu*, et ce « bien entendu » (l'expression aurait pu servir pour les torpédos), pour qui a l'oreille fine, mange délicatement le morceau ! —, ce guet perpétuel, cet affût, cette traque, cette drague, ce rôle à jouer, si avantageux, m'ont occupé pendant quinze ans. J'étais comme ces chiens que le moindre bruit éveille et qui, éveillés, se jettent dans les démonstrations effrénées que leur maître s'efforce de retarder par un silence de fantôme. Une jupe, un mouvement des cheveux, un sourire interrogatif, et je prenais feu. Inflammable, plus que combustible. J'oubliais qu'il me faudrait *conclure* — pour parler comme les Bel-Ami de banlieue.

J'ai du mal, aujourd'hui, à me représenter en images et souvenirs l'époque où la chasse aux filles me mobilisait. Je ne pensais qu'à ça, sans mesurer combien j'étais mal armé pour le combat obsédant. Je n'avais pas encore mauvaise réputation, ou, plus probablement, j'ignorais que j'étais déjà « un mauvais coup » pour les dames du petit manège où je tournais. Manège ? « Faites les coins ! » criait autrefois l'écuyer ; les vieux chevaux, ficelle au possible, s'y entendaient pour couper au plus court, arrondir l'angle, économiser deux ou trois battues, oreilles couchées. Moi aussi, au lieu de limer, ramoner, écouvillonner en bon ouvrier du lit, j'essayais de couper les coins, j'accélérais, je feignais une faim soudaine, je tirais au flanc. Si loin, tout cela ! Aujourd'hui, j'y vois clair. Je comprends ce qu'elle voulait dire, cette dame — mon Dieu, une vieillarde maintenant ! — qui me répétait à chaque livre : « Quand direz-vous enfin *toute* la vérité ? » Toute ? C'était le mot important de sa question. Ne l'ai-je pas dite, en fin de compte ? Accapareuses et exigeantes, les justicières sont parfois avares d'elles-mêmes. Il arrive aux grandes avides de n'être pas généreuses, ce qui modifie tous les calculs. J'ai reçu aussi peu que donné. Peut-être la pratique des putes, que je me suis bêtement refusée, m'eût-elle appris une plus juste notion de l'échange, et l'art de calculer si j'en avais pour mon argent — pardon ! pour ma tendresse, ma disponibilité, ma comédie : beaucoup de mots conviennent.

Dans mon jus

À qui n'est-il pas arrivé, dans un éclair de vie particulièrement intense, de se rassurer : cet instant, cet instant-ci échappera à l'oubli. Il est déjà enfoncé quelque part en moi. Heure, décor, compagnie : la scène, que son intensité même destinait à devenir souvenir, souvenir persistant, et que notre inquiétude, qui est presque un engagement de mémoire, une promesse, a *fixée* comme un fixatif offre une aléatoire pérennité aux couleurs friables du pastel — la scène est assurée de durer dans sa singularité et sa gloire.

Peu de jours ou de semaines suffisent à solder l'illusion.

Ce qui était émotion violente, joie, humiliation et paraissait devoir défier le temps, très vite s'est évanoui comme une pensée dans le premier sommeil. Bientôt, on sera incapable de rattraper cette proie que l'oubli déjà nous arrache.

La sensation est particulièrement vive et banale quand il s'agit de retenir un bonheur amoureux. Dans les secondes qui précèdent un paroxysme de plaisir, convaincu que l'on est, ou voudrait être, que jamais la sensation n'a été aussi triomphale, aiguë, on se jure d'en conserver non seulement le souvenir mais mieux : cette certitude, éclatante, que l'on vient d'établir une sorte de record. Un record de jouissance, auquel correspondra dans la mémoire un record de longévité. On se fait à soi-même, dans l'extrême tohu-bohu de l'amour, une manière de serment. Tout laisser s'évaporer, se volatiliser, soit, mais pas cela, pas ce feu, pas ce cri. Comme si l'on archivait les cris.

Que reste-t-il d'un instant de plaisir, de cette exaltation incrédule, de cette convulsion lyrique, de cette bénédiction de bestialité ? Comme tout le monde, je cultive quelques souvenirs éclatants et rouges. Mais sont-ce vraiment des sensations qui durent en moi, est-ce à la qualité de quelques spasmes que je reste sensible par-delà le temps et l'oubli de tout le reste (sentiments, romance) ? Ou bien n'ai-je pas souvenir, simplement, des circonstances, des lieux, de l'heure ? Cette ferme abandonnée, par exemple, au milieu des vignes, dans la touffeur de l'après-déjeuner, avec le vin qui me battait aux tempes, et l'impudeur glorieuse de l'ivresse, de l'immortalité. Combien de temps a-t-elle duré, l'immortalité ?

De *quoi* se souvient-on ? Tout ressemble à tout et la mémoire est un fourre-tout. Plus rien de singulier, de fragile et subtil n'y subsiste. Ne se dressent, isolés sur cet horizon de nostalgies, que quelques monuments trop souvent visités, qui exhibent la patine suspecte des faux. Ce que les bonnes gens appellent des souvenirs de souvenirs : une enfance réinventée par d'autres, nourrie de récits, complaisante et banalisée.

Les jeunes gens s'imaginent-ils posséder une supériorité sur les vieux ? La mobilité, l'endurance, la virilité, la beauté, soit. Pourtant, jeune, j'enviais les vieux, sans réfléchir. Mais les vieux m'ont vite fait rire, qui croyaient posséder, avec l'âge, un capital de mémoire, une richesse d'images à côté de quoi les vaillants cadets faisaient petite figure.

Quel est le moteur de ce livre ? Faire assaut de vieillesse ?

Les rencontres de vieillards (sourds, ils crient au coin de deux rues) : « Ça vous fait combien ? Soixante-dix-sept ? Mais vous êtes zun gamin ! » Avant de hennir de gaieté, l'octogénaire soigne la liaison : le « zun » est tranchant comme une lame : pour commettre quel crime, couper quelles amarres ?

Le seul fait d'être *ancien* valorise-t-il un souvenir ? On en arrive vite à avoir de la vie une conception d'antiquaire : une vie « dans son jus ». Ce pourrait être mon titre : *Dans mon jus*.

Archéologie du souvenir : plus c'est ancien, plus c'était oublié, plus c'est difficile à exhumer, meilleur c'est. Un livre comme celui-ci : chantier de fouilles. L'intérêt de ce que je *sors* réside d'abord, je finis par m'en rendre compte, dans la profondeur du trou, dans la fatigue ressentie.

L'illusoire supériorité des vieux sur les jeunes : ils *savent*. Ils ont la mémoire pleine. Mais cette abondance de souvenirs ne couvre qu'une toute petite section du temps. Par rapport à la durée des mondes : rien. Pourquoi m'arrive-t-il d'éprouver comme du dédain pour l'interlocuteur qui, par exemple, ne possède pas de souvenirs d'avant 1930 ou 1940 ? En quoi est-ce une supériorité sur quelqu'un que de l'avoir *précédé* ? On le précédera aussi dans le gâtisme et dans la mort.

La jactance avec laquelle, parfois, je prends la parole pour dire, simplement *dire* une époque connue de moi et inconnue de mes auditeurs : c'est la gloriole du voyageur paradant devant les sédentaires, mais à la puissance dix. Coefficient de multiplication irrationnel. Comme s'il y avait une valeur absolue de la mémoire, une mémoire monument historique. « Ici a vécu… » Être à soi-même sa propre commémoration, son propre « lieu de mémoire », se clouer sur le cœur une plaque de marbre agrémentée d'une formule lapidaire : l'étrange rêve.

L'écrivain québécois Jacques Godbout, dans *Salut Galarneau !* en 1967, a inventé le mot *vécrit*, par la contraction du *vécu* et de l'*écrit*. À peine suis-je tombé dessus, le mot-valise a tout de suite fait partie de mes bagages. À dire vrai, je me suis peu soucié de saisir et de retenir l'acception dans laquelle Godbout propose l'expression. Écrivain éclectique, tenté par plusieurs des engouements littéraires de l'époque, Godbout a dû chercher, sous le sol meuble, la roche. Pour l'autobiographe, le *vécrit* désigne à la fois ce qui, dans l'écrit, vient directement du vécu, et, plus perversement, ce qui semble n'être vécu que pour devenir texte, formules, aveu. On s'émerveille que les écrivains — romanciers surtout — dont souvent la vie est chétive, y puisent matière à romans. D'où les biographies bidon, les métiers extravagants, les expériences rares revendiquées comme des blessures reçues au combat et qui justifient citations et décorations littéraires. Combien d'affaires amoureuses n'ont-elles pas été ainsi chauffées pour mieux se fondre en mots ? Le *vécrit* devrait se décliner : verbe, l'image devient plus claire : « Vécrire une passion » — ne sommes-nous pas dans le droit-fil des existences romanesques ? Chateaubriand, Jouve : l'expression saisit l'amour comme, en droit, le mort saisit le vif. L'écrit « est investi sans délai des droits du vécu ».

Il ne faut pas se moquer des écrivains ou vaines qui paraissent ne vivre un amour que pour le presser, ensuite, comme on fait d'un fruit, et en extraire le jus (le revoilà, le jus…). Ils majorent un peu le désir, le plaisir ? La belle affaire. Ils se donnent le beau (ou le vilain) rôle ? Et alors ? Flaubert n'avait dans aucun coin de son cœur une fausse Emma à embellir : c'est le sens le plus probable de sa célèbre formule, et nous admirons que dans son cas le *vécrit* signifie que l'écriture lui a volé la vie. Mais Chateaubriand ? Le *vécrit* royal des *Mémoires d'outre-*

tombe pulvérise les finasseries sur la vérité historique ou l'égocentrisme.

Relisant ces pages pendant l'été 1999, je ne puis m'empêcher de glisser d'elles à la découverte que je suis en train de faire du nouveau livre d'Hector Bianciotti : *Comme la trace de l'oiseau dans l'air*, suite de sa confidence autobiographique. Il s'agit cette fois — entre autres thèmes — du second retour de l'écrivain en Argentine : sa famille l'accueille, son ancien pays le fête.

Dans la réflexion que j'essaie de mener, depuis si longtemps, sur le rapport vécu / écriture, y a-t-il aventure plus étonnante que celle de Bianciotti ? On la connaît : naissance, en 1930, dans une ferme de la pampa argentine. Famille d'immigrés piémontais : première langue privée, l'italien ; première langue scolaire : l'espagnol. Puis le séminaire, l'apprentissage du français à travers dictionnaires et lectures. À vingt ans, exil en Europe : Espagne, Italie, France. Combats divers pour vivre et survivre. Onze ouvrages publiés : six en espagnol, cinq en français. Il est courant d'entendre des lecteurs s'extasier sur la qualité du style de Bianciotti, sur la virtuosité avec laquelle il domine « une langue qui n'est pas la sienne ». Mais écrit-on jamais dans sa propre langue ? L'œuvre littéraire n'est-elle pas la conquête d'une autre langue, mieux défendue contre nos entreprises, plus secrète et qu'il nous faut, mot à mot, extraire de la bouillie langagière que produisent le premier jet, le naturel, la confiance naïve faite à un instrument si familier ? L'expérience menée par

Bianciotti nous est plus lisible qu'une autre parce que nous en connaissons les données. Au lecteur attentif le combat mené par l'écrivain apparaît : recherche passionnée du mot le plus précis et le plus rare, prouesses de construction réussies dans la plus fidèle orthodoxie syntaxique. Le travail sur la phrase et les mots, à quoi se livre Bianciotti, est un passage à la limite, une sorte de grossissement exemplaire de ce que doit être tout travail littéraire. J'imagine que des réflexions du même ordre pourraient être développées à propos des ouvrages de Vladimir Nabokov écrits en anglais. Nabokov dont on dit qu'il fut un des plus grands stylistes de la littérature américaine.

Paul et Hélène

Tout rassembler autour d'une image. Celle-ci, par exemple, d'un quai de la gare de Chambéry, l'hiver 1958, un soir, vers six heures. Le froid descendu des montagnes est tapi dans l'ombre. Je reconnais, à peine ouverte la portière de mon compartiment, deux silhouettes féminines : Lili P. et sa fille, Hélène. Quel âge a Lili ? La cinquantaine, menton levé, le nez trop impérieux pour des traits hésitants, pour cet air de victime orientale que je retrouverai, plus tard, avec les mêmes yeux ardents et moqueurs, sur les visages des femmes libanaises. Beyrouth, c'est de là que vient Lili : famille de chrétiens arabes. Sa fille, Hélène, n'a pas encore dix-neuf ans. Elle porte ce soir-là une courte jupe grise — quatre plis creux, ce qu'on nomme alors « la jupe Chanel » — sur un collant de grosse laine noire. Tenue de collégienne, dont elle accentue l'aspect juvénile en dansant autour de moi comme si elle s'apprêtait à scalper ce type de plus de trente ans que le train de Paris vient de jeter à ses pieds, qui trépignent. Elle a la peau glacée. Elle se laisse à peine embrasser. Elle galope déjà, tourbillonne, semble sauter les cases d'une marelle imaginaire. Sortie d'école. Lili s'est emparée de mon bras et m'entraîne en répétant « Vite, vite ! » comme si quelque danger nous pressait. Elle déteste en moi le divorcé, l'instable, le père de famille, l'homme trop grand, trop lourd, balourd, qui à coup sûr va écraser sa fille comme tous les hommes écrasent toutes les femmes, l'ordre du monde le veut, qui est détestable mais qu'il convient de respecter : « Vite ! » — Paul déteste attendre.

Sur la route, au volant de la DS, Lili conduit aussi vite qu'elle le peut. Cent quarante, cent quarante-cinq. Profil tendu. Plus guerrière que jamais. Le collant noir m'a troublé. Assis à l'avant (« Je ne vous demande pas de conduire, François, nous sommes trop pressés... ») je laisse retomber mon bras gauche derrière les sièges et cherche du bout des doigts à caresser les genoux de laine rugueuse. Hélène ne s'en aperçoit pas mais Lili, les yeux fixés sur la nationale trop étroite, a tout deviné. « Tenez-vous bien, François ! » C'est murmuré dans un sourire complice et crucifié. Les hommes sont ainsi, de grands animaux délicieux, mais plus animaux que délicieux ; il faut les mener avec fermeté. Paul va s'impatienter. Il va arpenter le rez-de-chaussée de la maison de Gilly. Il va lever des sourcils étonnés et Lili souffrira. Au compteur l'aiguille frôle le cent cinquante. La petite route qui mène au village oblige Lili à ralentir ; elle jette de furieux appels de phares ; son coup de volant pour franchir le portail de « La Pommeraie » tient de l'exploit de cascadeur. Pendant qu'elle manœuvre dans la cour, Paul apparaît à une porte et nous accueille d'un sourire : « Vous avez roulé comme des fous », constate-t-il, la voix posée.

Paul P. portait le prénom de mon père. Il était de la Maurienne comme mon père de la Meuse. Il plantait des bananiers et des pommiers comme mon père abattait des arbres pour en faire les « bois de mine » qu'il livrait à Anzin, Aniche, Béthune, ou les traverses à poser sur les rails destinées aux compagnies du chemin de fer qui n'avaient pas encore formé la SNCF. Paul était calme, ironique et doux. Les femmes devaient raffoler de ses prévenances un peu désuètes : Lili souffrait. Il était parti jeune pour l'Afrique noire où il était devenu planteur en Guinée et en Côte d'Ivoire. Célibataire, peut-être un peu exalté, affamé en tout cas de certitudes irrationnelles, il avait passé des années dans la forêt africaine, sans respecter les rites du voyage estival en France et de la cure à Vichy. *La Ferme africaine*, *Out of Africa*, le livre de souvenirs de Karen Blixen (1937) donne l'idée la plus juste de ce que fut, pour les Européens de qualité, la passion africaine. Paul était sorti de cette solitude à jamais trempé, avec un manuscrit dans ses bagages que Jean Paulhan avait aimé. Avant de le faire publier, Paulhan conseilla à Paul de confier son texte à un lecteur professionnel : il suggéra un de ses protégés, Claude Elsen. Elsen, de son vrai nom Gaston Derycke, était un militant fasciste belge. Condamné à mort à Bruxelles, réfugié en France, il y vivait de besognes très modestes dans une imprimerie. Paulhan l'y dénicha et l'en sortit, tout à la campagne d'apaisement des passions qu'il avait inaugurée en publiant sa *Lettre aux directeurs de la Résistance*. Elsen était un petit homme sarcastique, le bouc à la Lénine, les opinions intraitables. Porté et poussé par Paulhan, il s'était retrouvé premier lecteur aux éditions Plon. Michel Tournier, Guy Dupré travaillaient alors dans la vieille maison de la rue Garancière. Elsen y occupait, à côté de celui de Charles Orengo, un bureau qu'il partageait avec Liliane Kientz, une de mes anciennes condisciples de la rue Saint-Guillaume, camarade du Racing et des surprises-parties convenables de Passy. Moukie aima Elsen, de sorte que la famille Kientz, Alsaciens patriotes dont un fils s'était battu chez Leclerc dans la 2e DB, se retrouva nantie d'un gendre collabo. Tel était le paysage français il y a un demi-siècle.

Au printemps 1951, quand elle sut que j'avais bouclé « mon premier roman », Moukie m'en avait demandé le manuscrit et l'avait apporté à Charles Orengo, qui m'offrit le surlendemain un contrat. Avait-il dévoré en une nuit ma prouesse psychologique, stylistique et conjugale ? Non, il l'avait confiée à Elsen, qui se trouva ainsi être mon premier juge, et l'un des premiers aussi à écrire sur *L'Eau grise*, avec Arland, Fallois et Nimier. Un jeune auteur résiste rarement à l'indulgence : une amitié sourcilleuse, réticente, vigilante se développa entre nous, fortifiée par la présence de Moukie et plus tard par celle du chien Golo, un boxer bringé de caractère aimable.

Cette amitié dura, cahin-caha, quelques années. Robert Poulet, autre condamné à mort belge, grand conseiller et confident d'Elsen, écrivait sur moi, selon son humeur, des vérités atroces ou des dithyrambes. Elsen publia ces années-là un petit livre *Homo eroticus* (le titre fit sourire la famille Kientz) dans la collection « Les Essais », que dirigeait Paulhan.

À Paulhan, Elsen avait emprunté — ou s'agissait-il d'un hasard ? — son écriture, sa ponctuation et son goût pour la correspondance. Le graphisme, plus fin que celui de Paulhan qui présentait des pleins et des déliés, était chez Elsen d'une *innocence* inquiétante. Une de ces écritures qui permettent de tout écrire impunément — ou presque. Quant au festival des points-virgules, points de suspension, guillemets, parenthèses, soulignages, tirets, points d'exclamation et d'interrogation, il créait l'impression d'une démarche circonspecte, *pointilleuse*, réfléchie, propre à inspirer confiance au lecteur le plus suspicieux. Des idées fausses, pensait-on, ne pouvaient pas s'exprimer à travers cette graphie limpide. C'est ainsi qu'Elsen, perpétuellement aux aguets, m'en écrivait de vertes. J'avais fini par ne plus prendre en mal les provocations dont il truffait ses lettres, qu'il m'adressait comme autant d'avertissements grinçants ou ricaneurs. Un paragraphe de trop vint à bout de ma patience : comme j'avais commencé de donner quelques articles à *L'Express*, Elsen m'écrivit que de me voir collaborer à cette feuille lui faisait la même impression que de voir « monter » un de ses amis « avec une fille avariée ». Cette fois, la dose était forte. Et la formulation d'autant plus vicieuse que je cultivais alors quelques sentiments parmi les jeunes dames du journal. Elsen le savait. Ce mot — les avariés —, emprunté moins à un titre de Brieux qu'à la puanteur polémique de la « Belle Époque », me prouva une fois de plus qu'on ne doit jamais *passer* sur les maladies de la haine : personne n'en guérit. Des années de retraite, l'exil, les réfutations et répudiations les plus passionnées et convaincantes n'assèchent jamais tout à fait le marécage où se décompose une pensée. J'ai retrouvé, inchangés, des antisémites pur jus, des xénophobes et bouffeurs de bicots jamais rassasiés, des staliniens et des fascistes inoxydables après des années de tolérance, de longanimité et d'une espèce de confiance dans la nature humaine qui est bien la crédulité la plus niaise.

Paul P. ne professait guère les mauvaises idées. Le maquis savoyard, son élection à la mairie du village après la Libération, sans rien dire de certaine confiance accordée aux opinions à la mode, faisaient de lui ce qu'on appelait alors un progressiste. En Afrique, il avait été un des rares Blancs de Guinée à considérer Sékou Touré, alors agitateur politique, à le recevoir chez lui, à l'écouter. Cet intérêt lui valut un passeport guinéen quand Touré refusa « l'Union française » proposée par de Gaulle et fut le seul chef d'État africain à choisir l'indépendance. Un peu plus tard il chassa Paul, lui confisqua tous ses biens et le fit condamner à mort. Nous n'en étions pas là à l'époque où Elsen corrigeait *La Part de ciel* et passait des vacances à Gilly, où l'infinie tolérance de

Paul n'eût jamais laissé une conversation s'envenimer. On n'affrontait pas volontiers la douceur de cet homme-là. Quand il venait à Paris, il tenait table ouverte, écoutait bavarder, sans participer vraiment à leur conversation, Dominique Aury, Paulhan, les Arland, l'éditeur de la Guilde du Livre de Lausanne, Albert Mermoud, qui avait publié *La Part de ciel* peu après le Mercure de France. J'entraînai deux ou trois fois Paul et Lili en Suisse sous le prétexte de dépenser le montant du Grand Prix de la Guilde qu'avait reçu Paul. Nous allâmes ainsi du pays de Vaud aux Grisons, du Bürgenstock à Sils Maria, où séjournaient, au même hôtel que nous, l'Alpenrose, Pierre Jean Jouve et sa femme, la psychanalyste Blanche Reverchon. Nous les retrouvions le soir dans l'*Engadiner Stübli* de l'hôtel. Je découvris que Paul et Lili, à une époque où ils se débattaient sans doute contre divers étranglements que *La Part de ciel* laissait deviner chez Paul, avaient hanté les cercles de la psychanalyse en plein essor. Allendy les avait soignés, Marie Bonaparte les avait écoutés, semblait-il. La répulsion que m'ont toujours inspirée les investigations analytiques m'écartait vite de la conversation. Un billard français, qui n'était guère à sa place dans cette cave boisée de pin arole aussi parfumé que du cèdre, fournissait un alibi à ma désertion. Je jouais seul, moi contre moi, exercice qui fascinait Jouve : il faisait sans se lasser le tour du billard, dans un sens, dans l'autre, me « marquant » comme au football un joueur en surveille un autre, commentant les coups et répondant à mes questions, dans cette circonstance inattendue, avec beaucoup moins de solennité et d'apprêt qu'il n'en déployait d'ordinaire. Quant à Hélène, alors devenue ma femme mais que la présence de ses parents, prolongée par moi à l'excès, conservait dans une étrange et boudeuse dépendance enfantine, elle suivait Jouve, de sorte qu'au hasard de la configuration des boules nous dansions un lent ballet qui étonnait les buveurs de bière et de poire. Hélène marquait les points, sans jamais se tromper. « Méfie-toi, me disait-elle, je n'aime que les vaincus. — Mais il le sera forcément, Madame, remarquait Jouve. » Et il regardait avec incrédulité, les yeux froids derrière ses lunettes rondes, cette enfançonne oblique et rieuse à laquelle il donnait du « madame » puisqu'elle était mon épouse. Il était de ces hommes pour qui l'on ne peut épouser que des monuments.

Claude et Moukie Elsen me firent rencontrer Paul P. un jour de l'été 1957. Ils étaient en vacances à Gilly-sur-Isère, et je passais quelques jours, non loin de là, à Combloux, chez les Delamarre. D'une Savoie à l'autre la route n'était pas longue : Megève, Le Praz (où Florence et Isabelle Cassou étaient venues habiter l'été 1952 cet hôtel que décoraient les figures du jeu de cartes découpées dans le bois des volets blanc et rouge), les gorges de l'Arly, Flumet, Albertville. Des éboulements coupaient souvent les gorges et j'étais parti tôt, la route par la montagne, assez impressionnante, étant lente. Au vrai, je l'aimais et souhaitais d'être obligé de l'emprunter. On y découvrait des écarts oubliés, des impressions de doux vertige : la montagne comme je l'aimais. Hélas, ce jour-là, la « route du bas » était praticable et j'enchaînai les mornes virages un peu trop vite, laissant les pneus gémir, la voiture tanguer. Le soleil ne visitait jamais les sections de la chaussée qu'écrasaient les surplombs. J'arrivai en avance à Gilly et allai faire un tour au village, où le derrière de la maison des P., avec son toit immense, dominait la place de l'église. Rien ici ne devait avoir changé depuis deux siècles. Le cœur me battait, comme devant tous les décors immobiles et nobles. Je remontai en voiture, contournai les vergers, regagnai la route et empruntai le portail et l'allée entre les pommiers.

Était-ce volontaire ? Lili et ses trois enfants étaient absents de « La Pommeraie ». Pourquoi ne m'avait-on pas décommandé ? Je soupçonnai Moukie et Claude d'avoir voulu m'épargner les criailleries, le langage codé et la curiosité des familles. Les aurais-je détestés ? À quoi ressemblaient ces deux jeunes filles qu'on m'avait promises ? Paul, fidèle à la description qu'on m'en avait faite, me parut massif et secret. Il gardait quelque chose de colonial dans ses vêtements blancs, et dans cette impression qu'il donnait de se mouvoir au centre d'une très vaste superficie soumise à son pouvoir. Parfois, pour parler de ses hectares de pommiers et de poiriers savoyards, il disait, se trompant de mot, « la plantation ». Ses yeux étaient ironiques, patients et bons. J'aperçus dans la cour un cabriolet Hotchkiss comme on en avait fabriqué quelques-uns à la fin des années quarante, entre les Delahaye et les Salmson, quand on espérait qu'un peu de luxe pourrait survivre aux années de misère. Illusion vite dissipée. La voiture est plus romanesque que le personnage, pensai-je. Ne fournirait-elle pas un sujet de conversation trop frivole ? « Oh non, dit Paul, Lili n'est pas là, profitons-en… » Nous restâmes au jardin jusqu'à la fraîche, on me retint à dîner et je remontai les gorges de l'Arly peu avant minuit. Visible de loin, le pinceau des phares assurait la sécurité et permettait de rouler plus vigoureusement qu'à aller, surtout que la route remontait les gorges. Il me sembla que quelque chose avait commencé ce jour-là.

Les Elsen avaient quitté le logement découpé pour eux par Mme Kientz dans son vaste appartement de l'avenue Camoëns ; ils étaient allés habiter entre banlieue et campagne, à Janville-sur-Juine, une maison où de l'adresse — passage de la Source, peut-être, ou impasse de la Pompe — au jardin mouillé, tout évoquait l'eau. Le jardin consistait principalement en une longue bande de terre, en vérité un chemin, qui descendait vers la rivière en suivant le cours d'un fossé bordé de hautes herbes. La maison elle-même était ce dont rêvaient les Parisiens vers 1950 : carreaux de terre cuite, bois fruitiers, bahuts, huches, maies, pétrins. On se jetait le dimanche matin dans d'épais encombrements pour aller déjeuner dans telle *fermette* aménagée d'où les feux allumés à la hâte chassaient mal l'odeur moisie de bois vert et de cave. Les malheureux propriétaires de fermettes furent les esclaves de cette décennie vouée au rustique, aux gras labours, aux feuilles mortes.

Hélène P. logeait, rue du Bac, chez une dame à réputation qui recevait des jeunes filles de province dont elle surveillait les horaires et la moralité. À la même adresse, sur le même trottoir que l'hôtel où mourut Chateaubriand, on trouve au long des années Jean Seberg, Romain Gary, Benita Poirot-Delpech. Quand j'attendais Hélène, dans le grand salon où l'on parquait les galants — la vie des jeunes filles de la rue du Bac consistait en un long combat pour s'affranchir de la tyrannie et faire enfin sauter leur jupe —, je revoyais le hall glacial du foyer de la rue Lhomond où j'étais allé si souvent chercher Marie-Thérèse. Chez Mlle de Coubertin l'austérité avait plus grande allure. Rue du Bac, il ne s'agissait que de combats d'arrière-garde. Le mariage, la hantise de la grossesse, le simulacre de suicide étaient les fatalités tutélaires de toutes ces vies évaporées et tenaces. Rue Lhomond, on guettait une agrégation, un doctorat. Quand même, en dix ans, ma vie n'avait guère progressé. Le goût des jeunes filles me réduisait à une sorte d'arriération sociale. Mais dans le même temps qu'il me paraissait ridicule, mon comportement de vieux jeune homme guettant sa proie et la disputant aux lois et usages me comblait. Au reste, je me trompais : les bonnes familles qui déposaient là des adolescentes indomptées, ce n'était pas pour les emprisonner ni les apaiser, mais pour les *chauffer*. Une complicité liait mères et filles, milieux bien assortis, parents et geôlière. Il ne s'agissait que de naviguer entre les écueils, d'arriver à bon port, de faire entrer les jeunes frégates, sous grande voilure, dans les eaux supposées calmes du mariage ou du collage sérieux. Lili, biaiseuse et réaliste, manifestait un cynisme proprement phénicien pour négocier le destin de ses enfants. Je me sentais pour elle des trésors d'amitié quand je la voyais calculer, avec une impayable maladresse, les chances des siens. J'avais été accepté dans mon rôle de « premier homme » (enfin, je le croyais) avec une facilité édifiante. Il me semble qu'il était rare, il y a quarante ans, de trouver aussi tolérant que se montraient les P., mais sans doute me trompé-je. Les mères ont toujours considéré la chasse à l'homme comme un sport où elles sont fières de voir leurs filles remporter des succès : tout plutôt que l'air morfondu des laiderons et des sages. Quant à la fameuse jalousie paternelle, si l'on excepte quelques brutes primitives, le sentiment des pères envers les premiers amants de leur fille est toujours de timidité, de gêne. Ils ne savent comment se faire accepter par les intrus. Je tenais donc chez les P., depuis l'été 1958, ce rôle de presque gendre auquel, je le dis sans forfanterie, j'excellais. Bientôt une brève cérémonie à la mairie du village, pour laquelle Paul s'était ceint de son écharpe tricolore, me transforma en gendre de plein exercice, promotion qui ternit quelques-uns de mes privilèges.

Contrairement à ce que je croyais, les Elsen eux aussi avaient été déçus que « les filles » eussent été absentes le jour de ma première visite à Gilly. Aussi, à peine fûmes-nous tous revenus à Paris, je fus invité à dîner à Janville, avec mission de passer rue du Bac prendre Hélène pour l'amener. Elle et moi fîmes donc connaissance dans le salon si mal meublé, seule à seul, sans obligation de jouer un rôle pour des témoins curieux. La conversation, pendant les deux trajets, fut attentive, dénuée de tout marivaudage. Le grand œil beyrouthin faisait quand même des siennes. Le lendemain, je me tins coi ; le surlendemain, Hélène m'appela ; nous nous revîmes.

Ai-je le droit ? La vie du cœur, des sens, ses comédies, ses désenchantements, ai-je le droit de les évoquer ? Je me suis tu si longtemps ! J'avais un mot pour désigner les confidences que je m'interdisais : chiennerie. Non pas que la chiennerie fût dans les aveux à faire ou les bonheurs à raconter : je le craignais dans la mise en mots, le choix des détails. Je redoutais surtout que les compagnes d'autrefois en fussent les victimes, prises dans le faisceau du projecteur, réduites à confirmer mes récits ou à me tourner à jamais le dos. Et les mariages ? C'est institutionnel, un mariage, ça supporte le commentaire, le dénigrement, l'hommage. Las, les scrupules m'ont toujours bloqué. S'agissant d'*amour* — lâchons le mot — j'ai presque toujours cané, sauf à conter avec une désinvolture de bon aloi des amusettes de peau et de passion que l'affectation de dandysme ou de muflerie rendait (pensais-je) savoureuses. J'usais de mots espiègles ou pompeux. Luronnes, guerrières, anges blonds. Comme le chanteur de *lieder* module ici et là des arabesques, je frissonnais des phrases un peu molles, de celles qui font des ronds dans l'eau. Par exemple : « Les petites filles sont les auxiliatrices de la mort... » Et allez donc ! Pourquoi le paysage a-t-il à ce point changé que les ruses d'autrefois m'apparaissent indécentes ? Peut-être parce que la mort, justement, qu'aucune assistance littéraire n'a eu besoin de solliciter, a accompli son office et rendu plusieurs de mes amoureuses d'autrefois tout ensemble invulnérables et si proches : des voisines. À ma connaissance, quatre s'en sont allées, dont Hélène. Je n'ai appris sa mort qu'avec six mois de retard, autant dire par hasard. Cela lève-t-il mes scrupules ?

La mort d'une jeune femme que l'on a tenue dans ses bras est pour un homme une seconde naissance, une naissance noire et froide, une naissance à la vie dépeuplée. Les épisodes en sont désormais irrémédiables, fixés, et nous ne saurons jamais ce qu'était devenu, loin de nous, le corps capricieux d'autrefois, ni comment l'avait attaqué la mort. Le destin m'a épargné le plus cruel (ou le plus apaisant ?) : la présence. Hélène ressemblait-elle, à la fin, à Lili ? En 1995, à Beyrouth, je me laissai aller à dire à une journaliste qui m'interviewait pour la radio libanaise : « Excusez-moi de vous regarder avec cette insistance. Vous êtes le portrait de ma seconde femme... »

« Quand étiez-vous marié avec elle ? » me demanda la jeune femme (et sa voix aussi était la voix d'Hélène).

« En 1959... 1960, répondis-je.

— Alors je ne lui ressemble plus », conclut-elle, un peu froide.

Je ris sottement. J'ignorais qu'à cette époque, justement, Hélène était malade. Notre histoire — rencontre, mariage, éloignement, divorce — dura moins de trois ans. Nous cessâmes, sans retour, de nous voir, de nous appeler, de nous écrire. Trente-cinq années de silence.

J'ai rarement eu affaire à des jeunes femmes équilibrées. Sans doute avais-je le goût des partenaires sombres, inquiètes, toujours prêtes à dériver loin de l'ordre. Elles rassuraient, par un paradoxe, mon angoisse. De même que les vierges ou les inexpérimentées m'épargnaient l'épreuve, redoutée entre toutes, de la *comparaison*, de même les braques, les follettes, les écervelées, les dépressives ne remarqueraient pas, espérais-je, ma propre instabilité. Je devins très tôt un habitué des situations marginales, des confins de la déraison. Les petites fêlures, je connaissais. Les années où Marie-Thérèse terminait ses études de médecine par une spécialisation en neuropsychiatrie, nous vivions entourés de médecins, ses patrons ou ses collègues. Je connus alors les professeurs Heuyer, Delay, Deniker, Ajurriaguerra. Je les écoutais. Leur langage, leurs préoccupations m'étaient familiers. C'est d'eux que je tiens, je crois, ma méfiance envers la psychanalyse et ma foi en la chimie. La *déraison*, en tout cas, ne me faisait pas peur, ni ces cent façons de se dérouter, de sortir du chemin (de l'ornière ?).

Marie-Thérèse fit d'assez longs séjours, interne, médecin résident ou remplaçante, dans des cliniques psychiatriques où j'allais la rejoindre trois jours par semaine. Je me souviens de deux maisons dans la forêt de Compiègne, d'un château dans le parc de Chambord, où je prenais l'habitude de croiser les malades, de leur parler. À Huisseau, était soigné le frère d'un écrivain alors connu, géant aux mains énormes, à la boîte crânienne aplatie, qui nourrissait pour Marie-Thérèse une passion secrète et ardente. Je m'efforçais au calme quand il l'emmenait faire un tour de pelouse, son bras et sa main gigantesque posés sur l'épaule de ma jeune femme en blouse blanche, ou quand il me proposait une partie de billard, tenant alors sa queue à la façon d'une massue et plus désireux, d'évidence, de m'assommer que d'aligner une série. Je n'ai jamais été de ceux qu'un rien de dinguerie fait fuir à tire-d'aile.

Hélène, élevée par un couple passionné de hautes tensions et d'explications freudiennes, toujours disposé à prêter la main à une démarche aventureuse ou subversive, n'avait pas eu beaucoup de chances de développer un équilibre exemplaire. J'appris plus tard que son adolescence avait été marquée par un épisode brutal, mais personne ne trouva utile de m'en avertir. Aussi ne m'inquiétai-je pas des ruptures de ton dans son langage, de ces flous inopinés qui embuaient son regard, et d'autant moins que son charme jouait de ces décalages, de cette insécurité. Les deux années que dura notre relation restent dans ma mémoire comme le souvenir d'un *danger* perpétuel. Et le péril, hélas, était pour elle. Parfois elle montrait une fraîcheur d'enfant, elle paraissait habiter un jardin ; d'autres jours, elle restait enfermée, rideaux tirés, hostile, traquée. Elle vivait ces journées-là à ras de terre, le téléphone (décroché), les livres, un peigne, un verre d'eau posés sur la moquette, comme si la posture debout lui fût devenue impraticable. Un jour qu'elle avait emprunté ma voiture, elle l'abandonna, moteur tournant, clignotant allumé, portière ouverte, au milieu d'un carrefour et s'enfuit en courant. Une autre fois, elle disparut trente-six heures et revint — de « l'hôpital », disait-elle, mais lequel ? — une brûlure inexplicable lui marquant le visage. Elle en accusa « le tuyau d'échappement d'une voiture ». « Mais tu étais donc tombée sur le sol ?… — Bien sûr ! » me répondit-elle, souriante. Elle montrait aussi de la générosité et elle était capable, pour fêter des amis, de préparer pendant des heures un dîner, de redécorer le salon de ses parents et de convaincre Ansou Mani, le *boy* guinéen de Paul, de renoncer à sa veste blanche et de revêtir pour un soir la grande djellaba qui rendait ses gestes si cérémonieux et éblouissait nos invités. Hélène ignorait les horaires, les lieux, les contraintes, les promesses. Elle vivait à côté de la vie, assez proche pour me déchirer le cœur, assez à l'écart pour qu'il fût inutile de se jeter à sa recherche. Paul nous regardait vivre, ou plutôt ne pas vivre, et ne disait mot. Il était convaincu que la forêt, la montagne, les ciels guérissent n'importe quel mal : il offrit une maison à Hélène, un presbytère où, disait-on, s'était déroulé le vrai épisode du vol des chandeliers dont Hugo s'était inspiré dans

Les Misérables. Étions-nous bien à notre place chez le bon Mgr Myriel ? Et quel avait été autrefois le brigand assez perdu pour venir dérober des candélabres à un curé de Faverolles ? Maison d'une dignité parfaite, à l'ombre d'une belle église, mais si l'on s'aventurait hors du jardin, on étouffait de tristesse dans un village, aux crépis jaunes, aux briques brunes, lui-même encerclé par les labours et des bosquets où l'on tirait furieusement les lapins. Bien entendu, nous n'aménageâmes jamais le presbytère. Où en aurions-nous, dans nos déchirements, trouvé le temps ? Quand notre irréel mariage fut sur sa fin, Hélène revendit la maison à Julien Green et à Robert de Saint-Jean, qui y restèrent vingt ans. Je ne revis Lili et Paul qu'une fois, à l'aéroport de Genève-Cointrin où ils attendaient leur seconde fille et son bébé : j'avais reconnu Anne dans l'avion et, afin de soulager mon éphémère belle-sœur, je portai le couffin où elle avait allongé l'enfant pour le voyage. C'est dans cet appareil que me virent apparaître, passé la douane, Lili et Paul. Ils me gratifièrent d'un de ces sourires américains qui composent l'idéale dernière image d'un feuilleton mouvementé. Anne ressemblait beaucoup à sa sœur. Je m'enfuis à travers les bâtiments de Cointrin, si vite, et avec tant de rumeurs dans la tête, que je faillis rater la jeune femme venue m'attendre : elle avait modérément apprécié ce bébé dont elle m'avait cru, de loin, chargé. « Tu aurais vu ta tête !... »

Au début de l'année 1998, je déjeunai pour la première fois avec une économiste, membre de plusieurs cabinets ministériels, assez lancée à Paris, que je nommerai ici Évangeline M. Elle voulait me parler de son hésitation, qui la tarabustait, entre deux sujets de romans. « Au vrai, me dit-elle, je n'avancerai pas tant que je n'aurai pas raconté mon enfance…

— Heureuse, malheureuse ?

— En Afrique noire, de ma naissance à mes dix ans.

— Où ?

— En Guinée. Une enfance très heureuse…

— Avec le Sénégal, la Guinée est le seul pays d'Afrique que j'aie un peu connu… »

J'expliquai à Évangeline, brièvement, mon second mariage, Paul P., son livre. « Où vivait-il ? » Je lui indiquai le nom de la plantation au nord-est de Conakry. Évangéline est de ces femmes qui posent bien les questions : l'œil intense et rieur. On a l'impression qu'on va lui fournir une réponse d'une importance primordiale. Elle demanda quelle était l'apparence de Paul. Je lui décrivis sa grande taille, sa force physique, le cheveu très court, la voix si douce. Elle hésitait entre amusement et trouble. « Maman était très belle, dit-elle, songeuse. Et cet homme… N'était-il pas homme à écrire des poèmes, à faire porter des lettres ?… »

Nous étions au premier étage d'un restaurant où la mode veut qu'on reste au rez-de-chaussée. Nous pouvions nous taire sans attirer l'attention.

« Paul est mort, dis-je, il y a quelques mois. »

Et Lili est morte, et Hélène, et la tante revenue d'Indochine, et Kurt Benedict, son mari, qui m'avait fait aimer les peintures de Louise Moillon, et Paulhan, et Elsen, et les Arland, ct Orengo, et Dominique Aury que sa mémoire avait un peu abandonnée. Je me rappelle un déjeuner au San Francisco, avenue de Versailles : les morts dont je fais l'appel étaient tous là, autour de la table ronde d'un salon de l'étage, pour un de ces déjeuners qu'aimait donner Paul quand il séjournait à Paris. Hélène était revenue depuis peu de son premier voyage en Guinée, où les enfants P. n'allaient pas. J'avais passé les trois semaines de son absence à Moussac, près d'Uzès, dans la maison des parents de Frédéric, lui-même revenu de Malaisie. J'étais éperdu de solitude. J'avais formé le projet, déraisonnable en 1958, d'appeler Hélène au téléphone. Lili refusa de me donner le numéro : « Vous ne pouvez pas imposer cela à la pauvre petite ! Le seul appareil de téléphone est sous un hangar, dans une chaleur affreuse… Vous n'imaginez pas… » Le soupçon m'était alors venu que ce séjour d'Hélène en Guinée était destiné à l'éloigner de moi, à la soumettre à quelque tentation plus exotique, plus savoureuse que son aventure avec moi. Lili avait eu soin, au retour de sa fille, de lui faire raconter en ma présence son voyage : « Là-bas, tu as vu les W. ? Ils ont donné un dîner pour toi ? Le fils W., il était là, oui ? Il t'a sauté dessus, naturellement ? » Hélène, partagée entre le souci de m'apaiser et le souvenir des galanteries du fils W., se tournait vers moi avec un sourire très gamin : « Le fils W. ? Ouille, c'est un rapide !... » Carnassière, moqueuse, elle riait. Lili baissait les paupières sur sa satisfaction. Moi, j'imaginais les nuits étouffantes, la cacophonie de la forêt, l'alcool qui brûlait les têtes. Lili, depuis quelques années, refusait d'accompagner Paul en Guinée. Libre à moi de me représenter les gestes, les regards, d'entendre le lent brassement de l'air par les pales des ventilateurs. Les images resurgiront quarante années plus tard : « Maman était très belle... »

En trente-cinq années de confidences diversement modulées, c'est la première fois que j'évoque Hélène, la famille P., le haut toit et les séquoias de Gilly, l'hôtel Saint-James et d'Albany et l'appartement de la rue de Rivoli. Les Tuileries et le ciel se partageaient les fenêtres. Au hasard des années j'ai retrouvé ce grand paysage blanc chez Jean Prouvost, Robert de Saint-Jean, Henri Cartier-Bresson, Nicole Salinger. Toujours, je suis parvenu à m'isoler un instant sur le balcon pour laisser se lever puis se déposer en moi la rumeur du passé, comme un fond de sable ou de vase que l'on a troublé un moment.

Miss P.

« Il ne passe plus dans les portes » : on connaît l'expression. Il est satisfait, imbu de soi-même, il a la *grosse tête*. La même image joue en défaveur du mari trompé, au chef orné de si larges cornes. Les mots ont pris pour moi un autre sens.

Il me semble — si je me trompe que la faculté me pardonne — qu'un médecin m'a le premier parlé du « syndrome de la porte ». À l'époque, je lui répondis que je n'avais rien remarqué de cette sorte. Depuis lors ma lanterne s'est éclairée. Il s'agit, dans le cours de la démarche tâtonnante qui est la mienne désormais, d'une sorte de bégaiement moteur que Miss P. déchaîne au moment de franchir une porte. Tout se passe, pour fournir une comparaison loin d'être parfaite, comme si une vitre barrait la porte et interdisait le franchissement du seuil. On a les pieds collés au sol. Impossible de les soulever, en une demi-seconde ils ont pris racine. Un piétinement intérieur se produit, ou semble se produire, et dans l'effort pour s'arracher, tête et épaules se soumettent à la volonté, mais pas les jambes, qui résistent, ce qui entraîne le corps — bas coincé, haut porté en avant — dans cette perte d'équilibre. Dans des films d'anticipation on voit des personnages ainsi bloqués devant un obstacle invisible. Un héron, piété dans le ciment frais. Je n'ai trouvé qu'une parade : discrètement saisir le montant de la porte et se tirer en avant. Le geste est un peu celui qu'on fait pour conjurer le mauvais sort et qu'on dit : « Je touche du bois. » Mais là il faut s'y cramponner. Le mouvement, pour qui l'observerait (car soi-même on est habité par lui, donc incapable de le décrire), tient du balancement. C'est le vite-vite-lent du tango dans les cours de danse d'il y a un demi-siècle, mais il s'agirait là, plutôt, d'un lent-lent-vite, le trébuchement finissant par l'esquisse d'une chute le nez en avant. Ouf ! L'inexistante barrière est franchie et je peux reprendre l'air de ne pas me connaître.

On vient de m'envoyer un opuscule illustré que je serais tenté de baptiser « Les Recettes de la bonne tante P. ». On y trouve des centaines de croquis, conseils, exemples édifiants, anecdotes à intentions : tout ce que l'active Miss P. a recueilli sa vie durant. C'est là que je découvre le nom officiel et anglais de ce que je nommais blocages virtuels, ou « syndrome de la porte » — syndrome du pas de la porte serait plus juste, nonobstant tous ces génitifs — ce nom officiel est donc le *freezing*. À peine entendu, le mot fait image. Je pense aussi que je dois ressembler, plus que je ne l'imaginais, bloqué sur mes seuils, à ces morceaux de poisson surgelé qu'on achète chez Picard, denses et durs, et dont on n'attend pas, de fait, qu'ils se lovent souplement dans l'assiette. Et je pense encore à ma raideur, assis, le tronc bloqué, quand il me faut pivoter tout le torse et déverrouiller les vertèbres pour simplement jeter un coup d'œil de côté : glacé, rigide, tétanisé par le froid, le tout saupoudré d'un petit tremblotement continu comme pour décorer de poudre glace le gâteau au chocolat. Le Webster me propose, comme utilisation courante de mon nouveau mot, *freezing point*, température à laquelle l'eau passerait de la forme liquide à la forme solide, en même temps que moi, de l'état de surfusion, où me maintenaient l'angoisse et le sot usage humain de *lutter*, à cette congélation transparente : les passants, les amis, la famille peuvent ne rien remarquer. — « Il est dans la lune, grand-père ! » Et ce seul mot suffit à évoquer les premiers pas sur la Lune, titubants et dansants, de Neil Armstrong et Edwin Aldrin, ce saute-mouton de moutons volants, que nous réveillâmes Alain et Gilles et Paulina le 16 juillet 1969 à Arpaillargues, pour qu'ils l'aient vu et afin de leur fabriquer un souvenir. Je donnerais volontiers mes piétinements métaphysiques pour trois ou quatre de ces bonds cotonneux, élastiques et rêveurs que réussissaient les premiers astronautes en proférant les niaiseries qu'on n'a pas oubliées.

Immobilières, chapitre frivole

La préhistoire, années cinquante, c'est la fermette. On la cherchait proche de Paris. Le Hurepoix, le Mantois, le Gâtinais, le Vexin, la Brie, le Valois pouvaient plaire. On ne craignait pas les labours, la boue des chemins, mais les grands bois faisaient peur. On voulait des maisons basses comme on rêvait de voitures basses, qu'on n'honora qu'un peu plus tard du titre « voitures de sport ». Le sport consistait à les acheter, d'occasion, toujours d'occasion, sans trop se faire arnaquer, dans les garages de Champerret où des gentlemen en chaussures de crocodile tiraient à vue le gogo affamé de genre anglais. Les voitures basses étaient couleur de ketchup ou d'épinard, et décapotables : elles prenaient l'eau. Les fermettes, posées à même le sol spongieux, laissaient l'humidité remonter entre les tomettes et s'épanouir en fleurs de salpêtre. Le dimanche soir, la porte refermée sur la maison vide, ce n'étaient pas les souris ni les voleurs qui en prenaient possession mais l'odeur de solitude et de brume, l'omniprésente moiteur qui pourrissait les moquettes, exaspérait le parfum des cheminées, gondolait les tapisseries. On la retrouvait, le vendredi soir, au retour, installée, toute-puissante, que ne chasseraient pas les feux allumés à la hâte, où les bûches crépitaient en sifflant. Une horde d'amis se pointait chaque samedi : ils avaient eu le nez, eux, de préférer à la fermette le cabriolet, qu'ils rangeaient entre deux arbres, dans l'axe d'une fenêtre, bien en vue, avant de s'avancer vers les maîtres de maison, lesquels malheureux, frissonnaient, peinaient depuis huit heures à établir des courants d'air pour empêcher les cheminées de fumer, faire les courses à Houdan, cuisiner un frichti rustique. Donc les amis s'avançaient, avantageux, enthousiastes, brandissant les trois bouteilles de cru bourgeois qu'ils versaient au pot, à moins qu'ils n'apportassent un saladier en faux Montereau chiné aux Puces la semaine précédente. Car on allait aux Puces. On y déjeunait même, parfois, le samedi, d'un poulet-frites et d'un pichet de beaujolais, en écoutant un accordéoniste jouer *Padam Padam*, morceau qui nous mouillait l'œil au souvenir du temps où les barmen nous en faisaient hommage, à la *Closerie des Lilas* ou à Megève aux *Enfants terribles*. On buvait des alexandras, en ce temps-là, car la scène se situe avant la mode du whisky, qu'on appelait scotch, et dont l'usage ne se répandit que vers 1953. Je me rappelle Jean Duvignaud racontant, pour rendre plus attachant le portrait qu'il brossait du directeur de l'Arche et de *Théâtre populaire*, Robert Voisin : « Toujours une bouteille de Black & White dans son bureau », comme il eût dit « Il habite le Ritz à l'année ». Audiberti, c'était plutôt que Voisin fît faire deux pantalons à ses costumes qui l'épatait : il rêvait de pli voyou cassé sur le mocassin, de silhouette irrésistible… On a bu du whisky pendant trente ans. Certaines maisons luttaient contre la prépotence du scotch : on y servait du vin rouge, qu'il était de bon ton d'appeler « jaja », et non plus picrate, qui faisait 1914, ou du pastis, ou des kirs, mais la plupart des gens préféraient le whisky, que l'on buvait comme on se soigne, quand, la société française s'enrichissant (et Dieu sait si elle s'est enrichie entre 1945 et 1980), on prit goût aux vieux écossais prestigieux, aux « vingt ans d'âge », qui assurèrent la survie d'une mode jusqu'à ce qu'on les vendît en « promotion » dans les supermarchés. Ce fut, si j'ose dire, le chant du cygne de l'Écosse. Bientôt elle reflua devant la Champagne. Je finirai ma carrière sous le règne du vin de Champagne, mais je conserverai, souvenirs attardés et nostalgiques, le goût du gin and tonic, du cuba libre, du rhum-coca, du xérès, du dry-martini, du communard, de la bloody mary, qui enchanteront mes ultimes recours aux *secourables alcools*, ainsi que les appelait Bernanos. Il disait aussi qu'il aurait plus souvent roulé sous la table si les Républiques ne les avaient pas taxés abusivement…

Bientôt — vers 1960 ? — on ne se contenta plus d'arrêter des Sunbeam ou des Singer devant des chaumières d'Eure-et-Loir et de repartir au crépuscule du dimanche, en tanguant sur la boue grasse des betteraves, pour s'arrêter et dîner en hâte et en bande à La Poule faisane, à Gambais, à cinq cents pas des douves sèches du château de Neuville où Antoine de Labriffe élevait des sangliers en liberté très surveillée. À cent mètres de l'autre côté de la rue on trouvait le pavillon où Landru brûlait ses amoureuses.

J'ai rêvé — ou était-ce un cauchemar ? — de raconter ma vie « en maisons », comme on dit en paroles, ou en musique. Celles qui nous ont appartenu, bien sûr, pas tellement nombreuses — six ou sept si l'on oublie Paris —, mais surtout les innombrables — allons, lâchons le chiffre : trois ou quatre cents maisons que j'ai visitées, revisitées, investies, refaites en imagination, marchandées, jusqu'à donner à d'innocents propriétaires, à des notaires ou agents pourtant retors, l'illusion que l'affaire était dans le sac. Et puis crac, le rêve passe. Les « loups » soigneusement cachés par les photos, explications, arguments de vente, tout le violoncelle immobilier, les loups sortent soudain du bois. Adieu ! En hâte, un avion à prendre à Marseille, à Nîmes, à Bordeaux — et la fuite ! J'ai failli me faire vendre une chaumière du plus grand genre — j'y voyais bien Gide et Schlumberger chanter l'éloge de « Martin » vers 1920 — située à trois cents mètres d'une usine de dynamite et qu'on ne m'avait laissé visiter que le dimanche, les inexorables quatre explosions par heure respectant le jour du Seigneur. J'ai été près de « signer le compromis » pour un castel périgourdin où lors de chaque inondation l'eau montait au niveau des touches du piano qui trônait dans un angle du salon. J'ai invité à déjeuner, pour célébrer une transaction, une « immobilière » (comme ils disent une « commerciale ») qui, le nez dans son whisky, bougonnait : « Mon client se positionne à hauteur de deux unités... » Au moment de commander, après avoir choisi trois faramineux plats en sauce, elle m'avait confié : « Mon cancer m'aura tuée dans trois mois, alors... ma commission je n'en verrai pas la couleur... pourquoi me priver ? » La même, le lendemain, obligea une presque veuve à m'ouvrir porte et fenêtre d'une chambre où agonisait son mari afin de « me montrer l'exposition ». J'ai vu une « indivision » rouler à mi-voix des colères immémoriales dans l'espoir, couronné de succès, que nous n'oserions pas risquer la contagion de tant de haine. J'ai eu affaire à un notaire provençal dont l'innombrable progéniture —la ressemblante laideur de chaque enfant avec le père écartait tout soupçon de cocuage — encombrait la cour de l'étude de piaillements et de cris de guerre. Me B. semblait se repaître de cet infernal chahut et suivait de l'œil, qu'il portait pervers et « en dessous », une cycliste, vêtue court, une secrétaire à bout de forces qui claquait les portes, une ombre en jupon dans le couloir, de telle façon que ce chétif évoquait l'hypothèse d'une lapinade universelle, d'un inextinguible incendie des sens. Le pantalon devait lui tomber sur les talons entre deux portes, deux clients, deux signatures d'actes. Il enculait des stagiaires dans le réduit aux archives. J'ai connu des agents immobiliers fous du volant, ivrognes, aigrefins, infatigables faiseurs de mots, savonaroles, snobs, aimant l'argent jusqu'à l'imprudence, hommes à bonnes fortunes ou à étouffements secrets.

Premiers temps : la campagne à une heure de Paris, on l'a vu. Faverolles, Mézières-en-Drouais. Second temps : un vrai terroir, colombages : Englesqueville-en-Auge. Meuglements et pluie fine. Les « Planches » le dimanche matin. « Les Vapeurs » à Trouville pour les fritures et « La petite Jeanette » pour les chandails de marin. Élina Pauwels me prêtait la Tour Malakoff, que l'on voyait déjà sur les toiles des impressionnistes. Dans le même temps, la Suisse. Là-bas, change oblige, austérité absolue. Pas de route, ou à peine. Trente ans de vie spartiate avant de passer la main aux enfants et petits-enfants. J'ai vu la Suisse glisser du XIXe siècle à une sorte de satisfaction germanique, de Guillaume Tell à l'inspecteur Derrick. Cette sauvagerie — nous descendions à ski les pentes chéries des apprentis pâtissiers de Montreux — n'a jamais interrompu mes explorations françaises. Les prétextes, divers, ne désignaient pas une région particulière. Nous avons cherché des villages de clairière, d'où l'on pût en deux cents pas être en forêt. De la Petite Pierre aux vénérables chênes de Tronçais, de l'Oise au Jura, tout m'était bon pour filer, seul, en voiture, à des rendez-vous : agents, notaires, annonceurs du *Figaro*. Bientôt, dans certaines régions, je fus le loup blanc, l'homme-qui-n'achète-jamais. Si l'informatique avait alors régné j'aurais été dénoncé sur tous les petits écrans comme un maniaque, un boit-des-yeux, un mythomane. Après la forêt, ce fut le soleil. Une carte de France multicolore, couverte d'un camouflage charmant, m'indiqua les « courbes du soleil » comme il y a des courbes de niveau. Je découvris des ensoleillements inespérés, des microclimats, des trous d'ombre inattendus. Je décidai de ne plus me déranger à moins de trois cents jours de grand beau par an. Cette exigence m'interdisait les montagnettes qui accrochent les nuages, les arrière-pays — métaphysiquement si attirants — et le nord de la Loire. Il y eut encore l'orage qui éternisa une visite dans le Périgord vert et faillit me jeter aux bras d'une veuve poussiéreuse. Ou la folle entichée de bois dorés et d'ailes d'anges : l'homme, cheveux rares et teints, prenait des airs de prêtre damné. Il tenta de me fourguer un « manoir » — bâtisse modeste accolée d'une tour un peu genreuse — en me désignant vaguement le village en contrebas : « C'est très bien habité... Cette maison, là, vous la voyez ? On y reçoit le Tout-Paris... Mme Louise de Vilmorin y est venue, c'est vous dire... » Après quoi il s'étendit sur les qualités de celui qu'il appelait à chaque détour de phrase « mon petit neveu » jusqu'au moment où il éclata d'un rire tout à fait obscène en affirmant : « Petit, petit... Il n'est pas si petit que cela... Je pourrais même dire qu'il est de belle taille... » Après quoi il glissa d'un pas chaloupé devant un tableau recouvert d'un rideau qu'il ne tira pas. « Un petit Caravagiste tardif », me dit-il dans un souffle.

Sur ce thème-là j'ai écrit beaucoup de calembredaines : recherche et achat d'un passé fictif ; destruction du village paternel lors de la bataille de Verdun ; cicatrisation de la blessure occasionnée par la vente de notre maison après la mort de mon père. Tout cela est à la fois vrai et trop apprêté. Je mets facilement du vibrato sur le sujet. Je me demande aujourd'hui si cette chasse aux maisons n'a pas été un grand jeu d'adulte, une course au trésor au terme de laquelle on trouve ou ne trouve pas la merveille espérée. Peu joueur, ne croyant guère au hasard et pas du tout à la chance, j'ai trouvé dans cette passion des maisons, peu coûteuse si l'on s'en tient à les convoiter, un substitut aux jeux divers loin desquels s'étiole un homme sainement constitué. À mon jeu, je gagne toujours à la condition de ne pas satisfaire mon appétit. On pourrait dire aussi bien que je perds toujours puisque mes maisons sont, en règle générale, assez laides. Je sais mal les embellir, les décorer : il faut avoir sucé ce talent-là avec le lait familial. J'ai le goût hétéro et vaguement militaire. Beaucoup de divorcées élégantes bricolent le décor de leurs amis, en amateurs, cédant aux vents majeurs de la mode, rendez-vous pris avec d'autres divorcées élégantes, autoproclamées photographes, qui « publieront » la maison de Jaquette ou de Kiki dans d'éphémères publications vouées aux tomettes vernissées et aux épis de faîtage de la vallée d'Auge. Je n'ai aimé que peu de maisons et je n'ai su expliquer le charme d'aucune. Par exemple, les chaumières des milliardaires doivent-elles leur séduction à un goût que développerait la richesse, ou à l'usage que font les riches des meilleurs professionnels ? Le goût est mystérieux. Je le range du côté de l'inné : on ne l'acquiert pas. L'orthodoxie amoureuse ne prédispose pas à chiffonner les vieux brocarts. Thierry de Brunhoff, pianiste devenu moine à En Calcat, Philippe Jullian, savaient l'art d'organiser des vieilleries somptueuses, de monter en épingle une pauvre chose qu'aucun œil que le leur n'avait remarquée. Pierre Combescot, d'un petit immeuble d'une petite rue d'un village du Gard, a fait un palais cardinalice aux détours secrets, aux terrasses minuscules débordantes de feuillages exubérants, un talent sûr, profus, pointu, moqueur, fidèle (l'abondance des portraits), ayant en peu d'années composé un capharnaüm de haut goût. Juste ce que je serais incapable de réussir. Il y faut la patte, la caresse, l'œil. Il y faut le sens de la fête et du baroque, le culot des rapprochements. Je suis trop riz-pain-sel à la retraite — pardon : du cadre de réserve — pour faire s'envoler une maison. Je n'ose pas.

Maisons d'écrivains : elles ressemblent parfois à leur occupant : Hauteville House ou, j'imagine, Médan, hélas ! Le Moulin de Saint-Arnoult ressemblait à Elsa. Il était russe ; il ressemblait au style d'Elsa : une maison française écrite en russe, ou traduite du français en russe. Celle de Combescot est une image fidèle de sa façon d'écrire : abondante, érudite, bimbelotière, rieuse. Au rire près, Combescot eût ému Goncourt, qui souffrait du drôle de choix qu'il avait fait, de préférer les bonnes aux hommes. Il avait esquissé un choix différent en composant, avec Jules, ce couple de « siamois littéraires » qui défrayait les conversations. De là, et Jules mort, Edmond aurait pu glisser à un compagnonnage et adoucir la fin de sa vie. Un gentil page ne l'eût pas laissé prendre un bain dans la buanderie sinistre des Daudet, et en mourir. Et puis, entre nous, la maison d'Auteuil, elle devait être d'une tristesse de tanière : les vieux garçons finissent dans la saumure.

Même la plus belle de nos maisons, celle d'Arpaillargues, tenait de la nécropole et du décor improvisé. Trop vaste, elle exprimait davantage de mégalomanie qu'un goût en train de s'affirmer. Elle était plus austère que belle : restaurée vers 1760, elle laissait apparaître des éléments plus anciens, mais indéchiffrables. Au XVIIe siècle, Arpaillargues appartenait aux Barjeton et passa par mariage à un d'Agoult venu du Dauphiné. En 1647, Hector d'Agoult lègue la demeure à son neveu, un autre Hector, seigneur de Castille (où officia Douglas Cooper) et marquis de Montmaur. Un de ses descendants, Henri-François, né en 1738, servit dans la Royale, démissionna, épousa une héritière, joua, fit des travaux et des dettes. Il laissa la maison en 1781 à son frère cadet, Charles, né en 1741. Marin lui aussi, il ramena de

Saint-Domingue en 1787 une épouse créole et des serviteurs noirs du plus bel effet. La jeune épouse donna le jour en 1790 à Charles Constance, auteur de Mémoires[1] d'où le comte de Saint-Priest d'Urgel a tiré ces renseignements. Charles fit de bonnes études, guerroya sous l'Empire et en 1823 en Espagne. Ayant épousé en 1827 Marie de Flavigny, qui était fort riche, il vendit Arpaillargues en 1830 pour s'offrir Croissy, ancienne demeure de Colbert. Las, la belle Marie de Flavigny rencontra Liszt, l'aima et le suivit. Le colonel d'Agoult se retira aux Batignolles et dans son chagrin. Marie, elle, donna deux filles à Liszt : l'une, Cosima, épousa Wagner, l'autre, Émile Ollivier. Elle tint salon libéral, écrivit sous le pseudonyme de Daniel Stern. On trouve Littré parmi ses familiers.

Je n'évoquerais pas tout au long la famille d'Agoult si je ne voulais pas arriver à une personne des plus excitantes : celle que le comte de Tilly désigne dans ses Mémoires sous les initiales L.T.P.D.M. et dont il fait l'inspiratrice (l'héroïne ?) des *Liaisons dangereuses*, la Merteuil. Mais des érudits le contredisent : Paul Ballaguy et René Peter[2] tiennent pour modèle de la Merteuil la veuve du lieutenant de vaisseau d'Agoult — Henri-François ? —

1. J'ai eu le plaisir, au printemps 2001, d'aider à la publication au Mercure de France des *Mémoires* du colonel comte d'Agoult, auxquels je donnai une préface.

2. Paul Ballaguy, in *La Revue de Paris*, 15 mai et 1er juin 1923, et René Peter, *La Dame aux repentirs*, Librairie des Champs-Élysées, 1939.

retournée à Grenoble où elle défraya la chronique. Stendhal, petit garçon, se fit offrir par elle des noix confites — l'oncle Gagnon la fréquentait — et un jeune capitaine d'artillerie était alors en garnison à Grenoble : Choderlos de Laclos. Une vieille dame rieuse qui passait pour avoir rôti le balai, boiteuse (comme il semble que fut la Merteuil), les témoignages du jeune Beyle et de son oncle : il n'en faut pas plus pour rêver. Quand je découvris à Arpaillargues, dans l'épaisseur des murs, derrière l'alcôve d'une chambre, un escalier dérobé qui permettait de filer vers le grenier, et au demi-étage deux chambres « de service » à la nudité troublante, je n'hésitai guère, offris la chambre bleue à la belle bancroche et lui prêtai dès la Provence une inconduite qu'elle n'exerça, dit-on, qu'en Dauphiné. Les ombres et les fantômes animent une maison : peut-être ne méritions-nous pas les femmes romanesques qui avaient, une fois ou l'autre, hanté cette demeure un peu rêvée.

Jean Paulhan

Jean Paulhan était un grand diable de Nîmois à tête de Romain, la voix flûtée, chantante, des yeux étonnés d'oiseau, la démarche élastique, presque dansée. Il n'était pas intimidant, mais on avait souvent la crainte, lui parlant, d'avoir proféré une incongruité. Si l'on était subtil, il devenait simple ; était-on simple, il compliquait tout. On le prétendait glissant, paradoxal. En d'autres termes, il disait des évidences qui faisaient honte à son interlocuteur d'une balourdise ignorée. Elle éclatait lorsque Paulhan vous parlait ou vous écrivait. On devenait bête en franchissant le seuil du bureau gris et doré où lui, Marcel Arland et Dominique Aury régnaient sur la Revue. Arland arrangeait les choses avec cette gaieté un peu suffisante qui retrousse les lèvres à la façon d'une moustache et qu'on doit appeler enjouement. Dominique Aury jouait les intercesseurs. Elle prenait en souriant le parti des gens que terrorisait Paulhan, mais son intervention, loin d'apaiser les victimes, les enfonçait dans la confusion. Il m'a toujours semblé que peu de personnes faisaient l'effort de connaître « Jean ».

Vers l'époque où il relança la *NRF*, il arrivait à Jean Paulhan d'aller passer le jeudi à Grenoble, où la fille d'un de ses amis, à la suite d'un drame d'adolescence, avait été mise en pension dans un internat rigoureux. Paulhan, à la sortie de la gare, se rendait directement au collège en question, pour y chercher la gamine qu'il emmenait déjeuner, faire des parties de dames et goûter. Après quoi, il la ramenait à sa prison, reprenait le train et rentrait à Paris très tard. Qui savait cela ? Il a fallu que par mon second mariage je devienne proche de cette jeune fille pour l'apprendre. Et encore, à demi-mot. On disait volontiers de Paulhan qu'il *jouait* avec les êtres. Oui, aux dames, avec une enfant triste.

Vers 1956, j'emménageai au 20 rue Jacob. Dominique Aury et Jean Paulhan vinrent prendre le thé et trouvèrent les murs de mes deux pièces bien nus. Le lendemain, Jean déposa chez mon concierge, emballé dans des journaux, un très beau Dubuffet peint sur fibrociment. Un portrait, mais de qui ? Pendant longtemps il resta, énigmatique, le seul ornement de mon logement. Mes visiteurs étaient bien étonnés de me découvrir détenteur de cette merveille. Un jour, Paulhan me demanda de lui prêter le tableau, pour une exposition à New York si j'ai bonne mémoire. Je le lui rapportai et n'en entendis plus jamais parler.

Il arriva que Paulhan m'écrivît pour me demander « un texte, une nouvelle, un récit ». On parlait ainsi à la NRF. Ce passage de la « note » au « texte » me promettait une promotion. J'envoyai trois petites proses de ma façon (ces quatre mots-là n'étaient guère du style maison) et j'attendis. Deux jours plus tard, le verdict tomba : retour du dossier, et un message sur un bristol rose où Paulhan se disait navré d'avoir trouvé mes textes mauvais, ratés, si faibles, en vérité, qu'il ne se fût jamais attendu à ça. Oui, il était désolé. Je ravalai mon amertume. Bien entendu, je pensais que « Jean » avait raison. Il ne m'est pas souvent arrivé de défendre mon travail contre une critique sévère. L'adversaire, le juge, le ricaneur ont toujours raison. Maudit caractère ! La condamnation formulée par Paulhan me mortifia, mais je ne songeai pas à m'insurger. J'avais tout de suite caché mon forfait au fond d'un tiroir. Huit jours passent : nouveau mot de Paulhan, toujours sur papier rose. De ces trois textes que vous m'aviez envoyés, deux, certes, ne valaient rien, mais le troisième ! Il n'a plus quitté ma mémoire. Je le crois, en vérité, admirable. Déposez-le à la Revue le plus vite possible. Oui, le plus tôt sera le mieux. « En substance », tout cela. Dieu sait où ont échoué les messages sur papier rose.

Loin de me requinquer, le revirement de Paulhan m'exaspéra. Je me drapai et lui écrivis, à mon tour, un mot de billet : Je ne joue pas à ça, disais-je (toujours « en substance »), ce jeu-là ne m'amusera jamais. Le silence retomba et jamais plus nous ne parlâmes de l'incident.

Le secret de ces facéties ? Je l'ignore. J'ai vu Paulhan feuilleter, d'un pouce négligent, l'énorme manuscrit qu'un inconnu, lors d'un des « mercredis » de la Revue, venait de lui fourrer entre les mains.

« Comme c'est épais ! soupirait-il.

— Mais, monsieur Paulhan, quand je vous en ai apporté la précédente mouture, l'an dernier, vous m'avez dit : "Comme c'est mince..." J'ai cru bien faire... »

Dans son désarroi, l'homme écartait les bras et il ne remarqua pas que son tortionnaire venait de lui refiler l'ours. Sur quoi, avec une souplesse inattendue, Paulhan, funambule féroce, pivota sur place et, monté sur des ressorts silencieux, s'éloigna.

On pourrait multiplier les anecdotes de cette eau. Elles n'éclaireraient rien. Il faut choisir le chemin par lequel s'approcher de Paulhan. Je suis sûr que les traits *pittoresques* détournent l'attention de l'essentiel. Les œuvres de Paulhan, Dieu me pardonne, ne sont pas non plus essentielles. Paulhan valait, à mes yeux, par la conscience, la liberté de son jugement sur les hommes, sa fidélité. Il était incapable de complaisance. D'où, peut-être, des scrupules, qui seraient l'explication la plus flatteuse de ce que ses adversaires appelaient ses mystifications : renvoyez-moi vite ce troisième texte...

Dans un volume de la correspondance, paru en 1997, on trouve au mois d'avril 1944 une admirable lettre à Marcel Jouhandeau. Jouhandeau était son ami, son protégé ; on a envie d'écrire : il lui *passait tout*. Or, Jouhandeau s'étant plaint, ce printemps 1944, de l'insécurité où il se sentait, des menaces qu'il croyait rôder autour de lui, Paulhan, qu'on aurait pu attendre (et craindre) indulgent, écrit à son vieil ami des vérités d'une indéfectible tendresse et d'une férocité inattendue.

« Bien cher Marcel, de ton courage personne (ni surtout moi) ne doute. Mais en ce moment, je te prie, n'en parle pas. Ouvre les yeux. Tu n'es pas exposé. Ce n'est pas toi qui es exposé. Ce n'est pas toi qui viens de mourir en prison, c'est Max Jacob. Ce n'est pas toi qui as été tué par des soldats ivres, c'est Saint-Pol Roux. Ce n'est pas toi qui as été exécuté, après un jugement régulier, c'est Jacques Decour, c'est Politzer. Ce n'est pas toi qui es forcé de te cacher pour échapper à l'exécution, à la prison ; c'est Aragon, c'est Éluard, c'est Mauriac. Ce n'est pas toi qui es déporté en Allemagne, c'est Paul Petit, c'est Benjamin Crémieux. Ce n'est pas toi qui es en prison, en cellule, c'est Desnos, c'est Lacôte. Dans un temps où nous avons tous à montrer du courage, tu es le seul (peu s'en faut) qui ne soit pas menacé, qui mène une vie prudente et paisible. Et je sais trop que tu es incapable de faire quelque chose par prudence, et que tu as cette paix certes sans l'avoir voulue. Mais enfin tu l'as. Ce n'est pas à toi de parler de ton courage, ni même de ton courage à venir (s'il a jamais à venir, ce que je ne crois pas). Bien. Quant au reste, je suis sûr de notre amitié, je suis sûr du moins que la mienne est de taille à résister à tout. »

Des malentendus troublent l'image de Paulhan. Ils viennent peut-être de ce qu'on évoque souvent le personnage par les seules paroles qu'on lui prête. On enferme Paulhan dans une légende orale qu'il est trop facile de solliciter. Il faut en revenir toujours, avec lui, à l'écrit. Non pas forcément, je l'ai dit, à ses livres, mais à sa correspondance. Elle recèle sans doute sa vérité profonde, et un mystère. Le mystère me fascine, hypothèse selon laquelle il n'est pas interdit de penser qu'une intention générale, et ambitieuse, a présidé à la mise en circulation de ces milliers de lettres écrites sur des papiers de différentes couleurs. Combien de lettres Paulhan posta-t-il, soir après soir ? Encore une fois, des milliers. Pourquoi les divers papiers, les divers formats ? On savait que Jacques Chardonne, infatigable épistolier, mais épistolier d'humeur et de stratégie, écrivait les mensonges sur papier blanc et la vérité sur papier quadrillé. Système simple et plaisant qui lui permettait de jolies insolences. Je veux croire que Paulhan a disposé, année après année, sa correspondance comme une machine infernale, une sorte de réseau de mines antipersonnel, destinées à prendre sens un jour — à exploser — quand des universitaires, pensionnés par quelque fondation richissime, auront récupéré toutes les lettres, les auront classées, auront interprété le sens des différentes couleurs, découvert la loi qui a régi toute l'entreprise. Messages cryptés ? Non, pas tout à fait : une *grille* plutôt, posée sur la vie littéraire et l'idéologie d'un demi-siècle et qui en permettra peut-être un jour l'élucidation. Toutes les lettres à jamais perdues, les blancs, les trous dans la trame faisant, à l'évidence, partie du grand jeu que Paulhan aurait laissé derrière lui comme d'autres sèment des révélations d'outre-tombe, des aveux à retardement, des pièges posthumes.

Parce que Paulhan distillait ses formules d'une voix fragile, tout son visage exprimant une *innocence* admirablement simulée (ou réelle ?), on l'a soupçonné d'ambiguïté, de canular, de comédie. On a oublié de se demander s'il n'était pas simplement sceptique, attentif et surtout naturel. Il disait la vérité — et aux gens leurs quatre vérités — avec une douceur intraitable.

Cette leçon de dignité que donnait au printemps 1944 Paulhan à Jouhandeau me ramène à ce nœud des années 1940-1944 et m'en rend un peu plus prisonnier. Ah, comme je comprends la maladie de mémoire qui penche les Français sur le temps de leur humiliation ! Il reste, l'âge venu, au cœur de tout. Les années que j'appelle « noires », comme tout le monde, et parfois « grises », la nuance me paraissant plus juste, continuent d'occuper mon temps. Elles polarisent mes souvenirs. Les beaux mots lustrés de l'abbé Rodhain sur Pétain, l'amitié pour le lieutenant Heller, les relations à la fois proches et lointaines avec les Morand, les Jouhandeau, Chardonne, les Fabre-Luce, Denise Bourdet, l'admiration pour Montherlant, la volonté, tout ensemble, d'assumer et de repousser la définition d'homme de droite que l'on a donnée de moi (et en même temps l'indifférence un peu méprisante que j'éprouve pour ces sortes de définitions) : voilà qui forme, non pas le fond du tableau, mais le décor, ou si l'on préfère, la perspective d'une de mes vies. Et cette hantise, déjà évoquée : adulte en 1940, « jeune romancier » fureteur et moqueur, qui aurais-je été ?

Les jeunes gens de la fin du millénaire ont beau temps de voir partout et de dénoncer fachos et nazis, quand ce n'est pas staliniens — mais savent-ils de quoi il est question ? Qui a frôlé le vrai nazisme, connu la vraie société française de droite, écoute avec ahurissement les Savonarole de vingt ans remuer ces gros mots puants comme on dissipe d'un revers de main la fumée d'une cigarette. Je sais combien il peut paraître facile et plat de *nuancer*. Saint-Just et Antigone sont des modèles flatteurs, mais il ne faut pas confondre Saint-Just et Antigone. Les boutefeux de 1968 se sont transformés, à ma joie, en « républicains de gouvernement », comme on disait sous Jules Ferry. Bon vent, et bonne politique ! Mais vouer les bourges au néant, à la pourriture, et avec quelle superbe ! c'est un peu court. Les bourges, vous ne les connaissez pas.

Il y a quelques jours, Franz Olivier Giesbert me disait avec quelle curiosité il considérait les riches. Il disait « les riches », ce qui nuance peut-être le propos.

« Qu'est-ce qui te frappe le plus ? lui demandai-je.

— Ils ont peur. Ils crèvent de peur. » Et de me décrire ses grands amis dorés, bardés de gardes du corps, de systèmes d'alarme, de protections de toute sorte : rapprochée, électronique, policière. Ils frémissent au moindre bruit tant ils ont peur de se faire « saucissonner », humilier, mais surtout voler.

Cette pétoche des riches je ne l'avais pas remarquée. Même à l'époque où, en Italie, la mode chez les *brigadisti* était à la « gambille » — pratique qui consistait à mitrailler les jambes des ennemis de classe, sans les tuer —, je ne vis guère en France régner l'obsession des vitres blindées, des itinéraires imprévus, etc. Peut-être ne connaissais-je que des riches anciens, *habitués*, en quelque sorte, des riches de droit princier. D'autres caractères me frappaient chez les bourgeois, contradictoires : chez certains le goût suicidaire de servir les idées de leurs adversaires (en politique, il assure souvent la victoire de la gauche), chez d'autres, une imperméabilité, je dirai : bovine, à toute réflexion un peu aérée sur les opinions qu'ils ne partageaient pas. Statistiquement, les bovins sont plus nombreux que les suicidaires. Ces derniers, muscadins d'un Grand Soir toujours différé, ont eu des prédécesseurs : aristocrates libéraux de 1785, « marquis rouges ». Ce sont des personnages attachants. Les butés, les peureux, les tenants de ce que Mauriac appelait (à propos de la candidature de M. Laniel à la présidentielle de 1953) « la dictature à tête de bœuf », sont extraordinairement immobiles. Comme ils ont la chaussure brillante, l'épaule du veston bien montée, on les croit convenables, vivants peut-être. En vérité, ils sont d'une matière dense et amorphe. Va-t-on les entraîner à aimer un poème, un livre, une conversation où brille le talent d'un adversaire ? Pas question ! ils sont inguérissables.

Au travail

Très longtemps, le lieu où je rêvais de me transporter lorsque les circonstances de la vie me retenaient prisonnier fut le parc de Saint-Cloud. Étais-je enfermé dans une salle surchauffée à écouter des bavards, soigné à l'hôpital, un tube de perfusion fixé à mon bras, pris au piège d'un voyage trop lent ou décevant : je m'imaginais aussitôt garant la voiture au Rond-Carré, ou du côté des Dix-Neuf Jets, ou sur la place de Marnes-la-Coquette, à côté de la Tête-Noire, d'où l'on remonte en trois minutes vers la Porte-Blanche et le parc. Dans cette rue-là, il fallait prendre garde aux molosses tapis derrière un portail à claire-voie d'où ils guettaient Polka, Java, Zurka, mes compagnes, et au déchaînement d'icelles, un peu plus loin, quand nous passions devant la cour du loueur de poneys où régnaient, je présume, des odeurs affolantes. Je me voyais, la chienne trottant vingt pas devant, botté pour la boue ou la veste jetée sur l'épaule, et cette scène jouée des centaines de fois représentait une trêve, une parenthèse de solitude et de silence.

Depuis quelques années, mes songes d'évasion me proposent une autre image, moins bucolique. Je me vois dans mon repaire d'une des maisons, assis devant la table de dactylo qui jouxte la mienne — onze centimètres plus basse que la normale, par égard pour mes lombes et mes vertèbres —, dans l'attitude incertaine du pianiste immobile. On ne sait s'il a un trou ou s'il se concentre l'âme, les mains au-dessus du clavier de la vieille Hermès 3000, qui n'est ni un ordinateur flanqué d'un traitement de texte, ni même une onctueuse électrique, mais une sorte de chef-d'œuvre en Meccano réussi par un enfant surdoué au début des années cinquante. Alliée fidèle, peu jalouse de ses semblables disposées dans les deux autres maisons — de sorte qu'un harem de trois machines attend mon bon plaisir de sultan modeste —, prodigue en grincements, habile à produire de ces « bruits » qui affolent tant les automobilistes mais que j'ignore superbement, brutale, métallurgique, dont le son évoque moins la mitrailleuse bureaucratique de naguère que le choc d'une canne ferrée sur un sol pierreux, la machine est, six ou sept heures par jour, ma seule interlocutrice. Quand je dis « je vais travailler un peu », ou que l'on conseille à mes petits-enfants « faites moins de bruit, votre grand-père travaille », cela signifie que je vais m'asseoir devant l'Hermès hors d'âge. Je crains de l'entendre soupirer comme fait une vieille secrétaire à qui son patron demande à six heures du soir : « Prenez votre bloc... » Toute ma vie est désormais inséparable d'elle. Courrier, premiers jets des articles, libellé des chèques, notes diverses, pensées fugitives dont je veux garder trace, et bien sûr le labourage littéraire — tout dépend d'elle. Il m'arrive, son ruban devenu gris et s'effilochant, de continuer de taper des pages de moins en moins lisibles, que le Fax ultérieur transformera en hiéroglyphes ou en morse. Mais pas question d'arrêter. Entre les mots qui me tournent dans la tête et le texte, elle est ma seule intermédiaire, mon outil, mon intercesseur. Le jour où mes mains et doigts refuseront les manipulations maniaques que je leur demande — interlignages indigestes, rajouts acrobatiques, salves de x, puis de o, pour barrer des mots —, il ne me restera plus qu'à dicter, c'est-à-dire à parler mon texte, ce que je ne sais pas faire et considère comme antinaturel. Écrire a été pour moi une pratique du silence. Toujours est-il, pour le temps que cela durera, que *travailler* c'est m'asseoir, d'un glissement du fauteuil à roulettes, devant la petite table rouge sang-de-bœuf (Ménerbes), fonctionnelle et chromée (Paris), en frêne verni d'Ikea (Caux) et adopter, voir ci-dessus, l'attitude du pianiste attendant que lui descendent du ciel les flammèches d'une pentecôte. En bonne logique, je devrais finir ici et ainsi, devant l'AZERTYU goguenard et familier, mon front allant cogner l'angle de la carrosserie grise, d'allure militaire, et mes mains posées des deux côtés d'Hermès dans le simulacre d'une ultime étreinte. Belle fin, dirait-on. De même que les grands amants devraient mourir au déduit, un écrivain devrait tomber la tête dans son paragraphe. Son dernier souci pourrait être — du moins on l'espérerait — de *trouver le mot juste*. Enfin, des images de ce genre-là, y compris la dernière, un peu funèbre, sont désormais ma nostalgie, mon Saint-Cloud, mes frondaisons balancées par le vent. Devant ma table et devant Hermès rien de mauvais ne saurait advenir, que la fin de tout ; j'ai cessé de la considérer avec horreur, dans l'illusion où vous me voyez qu'elle pourrait me surprendre en pleine traque, m'acharnant une heure de plus — une heure de trop ? — à l'affût que j'aurai préféré à tout.

J'aime donc désormais, autant que la séquestrée de Poitiers aimait son « grand fond Malempiat », mes stations devant la machine et les bricolages, patiences et rares trouvailles dont elles sont occupées.

Dans l'essai qu'il a bien voulu me consacrer, où il allait à la rencontre de l'image qu'il s'était faite auparavant de moi, Pol Vandromme [1] note, non sans un peu de dégoût, qu'il m'arrive plus souvent qu'à mon tour d'user, pour désigner le travail, du mot « gagne-pain », qui lui paraît trivial. J'ai mal compris ce reproche. Gagne-pain me semble être, certes, un mot sans grâce ni panache, mais rugueux, ingrat, lent et, à tout prendre, honorable. Je n'ai jamais éprouvé grand respect pour le travail — celui qu'on échange contre de l'argent. En même temps, je paraphraserais volontiers Gide quand il explique ainsi qu'Œdipe ait su répondre à l'énigme du Sphinx : il savait que la réponse est « l'homme », à quelle que

1. Pol Vandromme, *Nourissier, portrait-vérité*, La Table Ronde, 1993.

fût la question. S'agissant de ma propre vie, je dirais volontiers que la réponse à toute question a toujours été le travail. Il a *occupé le terrain.* Il ne m'a pas délivré de l'angoisse mais il l'a intégrée à sa chimie. Paresseux, et de la sorte la plus ordinaire — hâtif, bluffeur, roi de l'impasse —, j'ai commencé par préférer au travail des plaisirs qui ne le valaient pas. J'ai cru inventer des raccourcis alors que j'allongeais la route. Si je compare les destins des jeunes gens qui ont pris le départ, vers 1947, année de mes vingt ans, sur la même ligne que moi, nous sommes arrivés à peu près au même point et dans le même état. Je n'ai gagné à mes détours, à mes choix atypiques qu'un halo de mauvaise réputation dont je tire gloriole, tardivement.

Quand on me pose des questions et que je m'entends répondre, force m'est de constater que je jette souvent devant moi des carabistouilles. J'amuse le tapis. Sans intention de tromper, et par automatisme : on répète souvent des réponses qu'on a déjà faites et dont les formules se laissent bien mettre en bouche, disent les comédiens. Ainsi, à qui moque le cumul de mes fonctions, titres, responsabilités, pouvoirs supposés, au long des années soixante-quinze à quatre-vingt-quinze, je réponds que, redevable de tout aux livres, j'ai voulu leur rendre ce qu'ils m'avaient donné. D'où la plume du critique, le râteau de l'éditeur, le forceps de l'accoucheur, l'hermine du juge, l'herminette du charpentier, les chuchotis du père Joseph. Souffrant mille morts et humiliations de ce portrait souvent brossé de moi (qui fait la part si médiocre à l'écrivain), je me le suis incorporé, je l'ai noirci, revendiqué, diffusé. Le ronronnement des phrases toutes faites et souvent répétées couvrait cette caricature d'une apparence logique. Mes propres livres passaient à l'as dans cette revue de café-théâtre. Autre blessure, et cuisante.

Vers mes douze ans, excité par de mauvais maîtres, qui sont grands éveilleurs de voracités et de vocations, je commençai de tourner autour de la littérature. À treize ans, la chimère était installée en moi. Je dis chimère car le statut d'écrivain me paraissait inaccessible. Je faisais partage de mes rêves avec des copains : nous étions à peine sortis de l'ambition de devenir pompier ou cascadeur, le risque était minime. J'eus le sentiment de hausser ma tête au-dessus du parapet de la tranchée, du jour où j'eus fait confidence de mes intentions littéraires à une, puis à deux jeunes filles dont j'étais amoureux : cette fois il ne s'agissait plus de rigoler ! Si je ne devenais pas, et dans un délai flatteur, *écrivain*, je passerais pour un jean-foutre. « Propos de potache… » soufflaient à mes belles amies les mères, tantes, sœurs et cousines de leur entourage. Il arrive à certaines d'entre elles, devenues pour le moins octogénaires, de me l'écrire en toute innocence : « Si nous avions su ! » Qu'auraient-elles fait ? Fermé les yeux, fermé les portes ? Les gens ne croient qu'à nos mensonges ; formulée avec simplicité, la vérité la mieux ancrée passe pour galéjade et vanterie.

J'essayais, entre dix-huit et vingt-deux ans, de

faire papier de tout. Je publiai dans des orphéons estudiantins, fourguai une tragédie espagnole à la troupe théâtrale du Temple de l'Oratoire, et, dès que je fus entré dans la « vie active » — dont je tenais à faire un songe, fasciné par le titre de Calderón —, je n'eus de cesse que mes premières expériences ne devinssent papier imprimé. Les missions au Proche-Orient me permirent de réaliser, avec le père Louvel, un numéro spécial, « Palestine », de *Fêtes et Saisons*, une publication des dominicains de l'avenue de Latour-Maubourg. Dans la même foulée, j'écrivis un livre, *L'Homme humilié*, étude sur les « personnes déplacées » que préfaça le professeur Massignon, et je partageai la rédaction d'un second avec mon ami Alain Pillepich, consacré à *L'Enracinement des immigrés.* L'expérience importante fut, pourtant, ce magazine sur la Palestine : je dus tenter la synthèse de ce que j'avais vu sur place et de mes découvertes livresques ; je publiai et légendai des photos que j'avais moi-même prises ; on me laissa coller, découper, mettre des textes en page ; je participai ensuite à des émissions de radio, tout cela dans une ivresse sérieuse et attentive — j'étais, à l'évidence, fait pour le papier. Mais où était passée ce que j'appelai, dans un essai qui ne dépassa pas les trente pages, « l'intention littéraire » ? Elle patientait. Je mesurais les distances, les différences de nature. Je ne me sentais pas mûr. Il me faudrait faire en sorte que ma plume ne fût jamais serve ; pour cela il fallait éviter que ne s'établît un lien texte / argent et ne jamais être en situation de

« livrer » un manuscrit sous la pression de difficultés financières. Je pense n'avoir jamais participé à l'inflation des offres et des demandes de droits d'auteur, où une maison d'édition devient redoutable, aux yeux de ses concurrentes, parce qu'elle surpaye tel ou tel de ses auteurs, pendant que ces derniers laissent murmurer la somme qu'ils ont obtenue comme, en athlétisme, on parle de la « meilleure performance de l'année » ou du prix de transfert d'un footballeur. Il y a, en France, peu de vrais amateurs de littérature : l'intrusion des surenchères d'argent dans ce petit cercle en trouble les lois, qui sont limpides. On a sans gêne additionné des bœufs et des hirondelles, comparé Gracq à des auteurs de romans populaires. C'est absurde. Dans ces années cinquante, là où je place dans mon récit cette réflexion, l'habitude n'était pas encore prise de publier, à l'américaine, des « listes des meilleures ventes ». Comparaisons et compétition n'avaient pas un tour systématique. Il eût paru inconvenant de mettre en parallèle les ventes d'un ouvrage littéraire, celles d'un album de bandes dessinées et celles du Guide Michelin. Je suis resté très sensible à cette confusion des valeurs, ou plutôt des genres, car un bon guide vaut mieux qu'un mauvais roman — mais on rencontre rarement un mauvais roman dans les listes de *best-sellers*. Les succès de mauvais aloi ne sont pas la règle.

En novembre 1952, Gaston Gallimard me fit entrer, je l'ai raconté, aux éditions Denoël qu'il venait d'acheter, et dont je devins, par sa grâce, le secrétaire général. C'est là que j'appris ce métier où il n'y a rien à apprendre. Nulle envie de me faire le chroniqueur de ce club de rieurs et de râleurs qu'était une « petite maison » de ce temps-là. L'édition a beau se vouloir une activité noble et singulière, toutes les entreprises se ressemblent : le comptable sort de ses poches de petits papiers d'où sautent aux yeux des chiffres en rouge ; les facturières cachent de grands malheurs intimes ; les auteurs, qu'on reçoit avec une jovialité doucereuse, font perdre du temps à tout le monde ; le patron se compose une écriture illisible — les lances dans *La Bataille* de Paolo Uccello — afin de dissimuler ses fautes d'orthographe. Robert Kanters, le directeur littéraire, avait le vin mauvais, une obésité ostentatoire, une belle culture, des curiosités pour l'ésotérisme et le fantastique. Il méprisait beaucoup. Parfois, revenant d'un déjeuner, il vomissait dans le cabinet de toilette qui séparait son bureau de celui de Philippe Rossignol. Il aimait déchirer et ridiculiser ses proies. Henri Muller, un ancien de l'équipe de Bernard Grasset, gendre de Chardonne, le charme des années trente — goût des « blagues » et flanelles à rayures tennis — me paraissait pathétique. Il plissait les yeux dans la fumée, brisait vite les confidences, abrégeait la fin des anecdotes et noyait ses chagrins dans un scepticisme de vieux chien. Claude Mahias, qui avait conduit la voiture de Gide — son frère m'avait un soir de 1946 présenté à Pierre Herbart —, était beau, nonchalant, moqueur. Il traversait la rue Amélie — nous en occupions les deux rives — et venait me chercher dans mon trou à rat pour aller boire un expresso chez le bougnat d'en face, l'une des dernières épiceries-buvettes de Paris, mais sûrement la première à avoir acquis un de ces percolateurs italiens dont la mode commençait. Nous restions un moment dans les odeurs rassurantes de légumes secs, de margotin et de fromage de Hollande, à échanger des confidences circonspectes. Parfois, Mahias arrivait rue Amélie dans un cabriolet Packard d'avant-guerre au volant duquel, quand il décapotait le vaisseau, son allure était foudroyante. Je publiai sous le manteau un roman chaud qui m'offrit la voiture neuve dont mon prestige avait bien besoin. Le dimanche, avec Florence, nous allions parfois du côté de Nemours chez le beau-père de Mahias, l'architecte Émile Aillaud, célèbre pour les « nouilles » multicolores dont il parsemait les banlieues. Il avait épousé Charlotte Gréco, impérieuse et belle. Ils habitaient, rue du Dragon, au fond d'une cour, une partie de l'hôtel Martin du Gard où j'allais parfois, comme dans une vie parallèle, rendre visite à Christiane, la fille de Roger Martin du Gard, en grand froid avec son père depuis qu'elle n'était plus Mme de Coppet. Chez elle, on retrouvait Nicole Védrès, Henri Calet, si rusé, si fragile, avec qui je n'eus guère le temps de faire amitié.

Le comité de lecture, chez Denoël, se tenait dans le bureau de Philippe Rossignol que l'ancienne propriétaire de la maison, Mme Jean Voilier, une des passions de Valéry, avait fait aménager en boudoir par un décorateur de théâtre. On ne peut pas dire que ce comité fut un haut lieu ni un haut moment du débat littéraire. On y échangeait des rires jaunes, des grognements de chiens qui se disputent un os. Heureusement, il arrivait que Kanters, un jour de forme, se lançât dans une improvisation sur un sujet qu'il aimait : c'est ainsi qu'il me fit découvrir Ray Bradbury (*Chroniques martiennes*), H. P. Lovecraft (*La Couleur tombée du ciel*). En novembre 1962, à la mort de Roger Nimier, il écrivit une notice nécrologique féroce. (Quel compte réglait-il ? Quelle humiliation faisait-il payer ainsi ?) Cette mauvaise action ne lui fut pas pardonnée chez Gallimard, où l'on attendit en silence que Kanters eût atteint l'âge de la retraite pour le rejeter à une solitude que la vieillesse et la cécité, rapidement, aggravèrent.

Le seul moment où, rue Amélie, on avait l'impression de croiser la littérature, était le rendez-vous que se donnaient dans le bureau de Kanters les camarades avec qui il déjeunait chaque mois : Jules Roy, Pierre Moinot, Claude Mauriac, Christian Murciaux. J'en oublie peut-être. Lors d'une de ces rencontres fortuites, Jules Roy me refusa la main : j'avais publié dans la *NRF* — grâce à l'aval de Malraux — une critique peu amène de *Bataille dans la rizière.* « Il me prend pour un scrogneugneu », expliqua Julius. Il tenait ostensiblement sa main derrière son dos. Je pensai qu'on ne tire pas assez souvent bénéfice de cet affront anodin. J'ajoute que quarante années d'amitié suivirent celui-là. Pour le reste, je découvris chez Denoël les prudences et les illusions ordinaires d'une PME très française et combien une grande maison tient la laisse courte à une petite. J'y fis pourtant quelques amitiés, mais que la vie et la mort emportèrent : avec Blaise Cendrars, Albert Vidalie, Jean-Paul Clébert. À regret, je ne fis que croiser Malaparte. Avec Vidalie, que j'avais emmené à Saint-Cézaire-sur-Siagne à La Porte romaine, la maison que Georges Roditi m'avait louée, je découvris un prodigieux buveur. Il excédait mon pouvoir de résister à l'alcool, dont j'étais assez fiérot. Vidalie, après une nuit de beuverie et de chansons, redémarrait, à l'aube, au vin blanc, et descendait au fond des gorges de la Siagne pêcher la truite. Quand il en remontait, nous attaquions les charcuteries dont il avait fait provision. Mon ami Frédéric, venu passer trois jours à La Porte romaine, fut terrassé comme moi malgré l'entraînement que lui avaient donné, espérais-je, ses années de Malaisie. Mais l'alcoolisme colonial et britannique n'était rien comparé aux débordements de Vidalie, inattendus car il se donnait la dignité silencieuse et moustachue d'un Compagnon du tour de France. « Si nous allions saluer Giono ? » me proposa-t-il. Manosque était à cent cinquante kilomètres, par Castellane et Moustiers-Sainte-Marie, et beaucoup plus si l'on cherchait les horizons sauvages. Vidalie boucla un sac de petite taille ; le mien était d'un volume double. Nous partîmes d'un bon pas, à la fraîche. Il est vrai qu'en avril il fallait plutôt craindre le froid. Nous parlions peu. Nous passâmes la nuit dans une ferme : nous étions en plein XIXe siècle. Je fus long à m'endormir. Je ne connaissais pas Giono, dont j'aimais passionnément les livres du purgatoire, ceux d'avant sa flamboyante « seconde manière », et plus que tous *Noé* (1950), qui m'est resté un modèle inépuisable. L'idée était-elle bonne de me présenter à sa porte, même en compagnie d'un bijoutier du clair de lune, et venu à pied ? Il me sembla que je ne saurais pas lui dire mon goût de ses livres et que j'aurais l'air, le disant mal, d'un flagorneur.

Au petit matin, j'annonçai à Vidalie que je rebroussais chemin : il fut aussi laconique dans le commentaire que dans l'adieu. Il repartit plein ouest et moi vers le soleil encore bas sur les collines. Les trente kilomètres du retour me parurent longs. À La Porte romaine, je travaillais à je ne sais plus quel roman (*Les Orphelins d'Auteuil* ?). J'aurais eu honte, à Manosque, de devoir avouer ce roman en gestation. Faire l'article ? Merci ! Quarante ans plus tard, je ne pense jamais à ces scrupules quand un romancier de vingt-cinq ans, devant moi, ne sait pas sur quel pied danser. Sur la route, du côté du désert de Saint-Vallier — je me rappelle un ciel immense et les dalles d'une voie romaine —, je tentai de concentrer ma pensée sur Giono. C'était difficile : quand je marche seul, une ritournelle scande mes pas, quelques mots, un refrain, et toute réflexion me fuit. Je me souvins pourtant de *Noé*, d'Empereur Jules, des grandes bastides des confins marseillais. Je n'aime guère qu'un écrivain amorce sa pompe en lisant quelques pages bien choisies. Faire d'un auteur qu'on aime un boute-en-train, quel cadeau !

Pourtant, je le confesse, depuis quarante ans il ne m'est jamais arrivé d'écrire un livre sans relire tout ou partie de *Noé* à un moment ou à un autre de mon travail. Le texte de Giono m'apaise, m'accélère, m'affûte. J'y trouve la sorte d'envoûtement qui me rejette à la bataille.

En 1955, je quittai Denoël en dix minutes, crêté sur je ne sais plus quel grief, en grand pétard avec la maison Gallimard, pour assurer la rédaction en chef de *La Parisienne*, la revue fondée en 1953 par Jacques Laurent, fonction qu'avait déjà occupée François Sentein. J'ai, des trente mois que dura l'aventure, un souvenir confus. Avais-je pris un coup de soleil, ou exagéré ma consommation d'alcool ? Je me sentais en perpétuel état d'ivresse. Redevenu célibataire, n'étant plus tenu par aucun sentiment un peu fort, logeant n'importe où, conduisant trop vite d'éternelles voitures de seconde main dont le coffre contenait mes possessions terrestres, j'étais au bord de céder à la dérive. Deux adresses fixes, rue Séguier et rue Jacob, me sauvèrent du délabrement que l'abus des amphétamines aggravait. J'eus des coups de passion, d'interminables balancements entre deux désirs, des moments hagards ou hébétés. Je me fis alors des ennemis pour trente ans. Réfugié, à Épône, dans la maison du pianiste Thierry de Brunhoff prêtée à une amie, j'y écrivis en deux jours un numéro de la revue qui devint un petit pamphlet, *Les Chiens à fouetter*, que publia René Julliard, et dont les effets pervers m'accablèrent longtemps. Je n'avais plus beaucoup d'estime pour moi-même. La rencontre d'Hélène P., un soir, chez les Elsen, si elle me précipita dans d'autres mésaventures, eut le mérite de me tirer de l'aveulissement qui commençait à me poisser. Je retrouvai la montagne, une maison, une famille à laquelle me livrer et m'affronter à la fois. Je me sentis, à l'intérieur de ce drôle de mariage, dans la situation d'un avion *en ressource*, qui, après avoir piqué, se redresse et parvient à regagner de l'altitude.

Au printemps 1958, ayant quitté *La Parisienne*, je me trouvai pendant six mois sans travail. Je garde bon souvenir de cette soudaine liberté. Je marchais dans les rues, m'émerveillais. Georges Lambrichs, qui dirigeait chez Grasset l'éphémère collection « La Galerie », me proposa d'y publier un livre : la compagnie était bonne — Mandiargues, Butor, Fernandez — et j'acceptai. Ce me fut l'occasion de rencontrer Bernard Privat, le neveu de Grasset, qui avait pris la tête de la maison passée sous le contrôle du groupe Hachette. Ces bouleversements étaient encore récents, et la maison, fragile. Bernard Privat me demanda de venir travailler avec lui : cette collaboration — sans titre, sans mission définie, sans horaires fixes et bien entendu mal payée — commença à l'automne 1958. Elle ne cessa, le paysage s'étant complètement renouvelé autour de moi, qu'en février 1996, quand, ayant été élu président de l'Académie Goncourt, je jugeai sage de demander, rue des Saints-Pères, ma mise à la retraite dès le lendemain. Une précaution que j'aurais dû prendre plus tôt. Trente-huit années de fidélité, de plaisir inégal, de batailles à fronts renversés, parfois aussi de langueur et d'ennui. Le jour de mon départ, les attachées de presse et les secrétaires prirent l'initiative de m'offrir un fond d'alcool et du jus d'orange. Aucun costume-trois-pièces ne pensa à dire un mot de remerciement, un au revoir, rien. Pas même un « geste symbolique » : on trouve pourtant de jolis Waterman pour moins de deux cents francs, marbrés et jaspés. J'en aurais accepté un de bon cœur. Ou une bouteille de vieux malt pour à peine plus cher. Gaston Gallimard avait raison, quarante-quatre ans plus tôt, quand il m'avertissait : si l'on n'est pas le patron, on ne fait pas sa pelote dans l'édition, on n'y est même pas décemment payé. C'est pour trois fois rien que j'avais tricoté, trente-huit ans durant, la bonne et la mauvaise légende d'une maison tapageuse, enviée, mal jugée. « Une bande », a-t-on parfois dit, et même « un gang ». Étions-nous des gangsters ? L'expression me paraît forte. Jusqu'en 1965, nous restâmes dans le rouge : on nous trouvait méritants et convenables. La trouvaille de Privat fut de recruter des collaborateurs avant que de draguer des auteurs. Lambrichs fut le premier de ces rabatteurs, je fus le deuxième, après quoi nous attirâmes Yves Berger, puis Dominique Fernandez, puis Matthieu Galey. Tous écrivains potentiels ou débutants. Notre politique porta ses fruits l'année 1966, où la maison de la rue des Saints-Pères rafla cinq prix de fin d'année, dont le Goncourt d'Edmonde Charles-Roux et mon Grand Prix du roman de l'Académie. Sans doute est-ce vers décembre 1966 qu'on commença à nous accuser de gangstérisme. Yves Berger, quant à lui, avait obtenu un magnifique Femina dès 1962 avec *Le Sud*. Dominique Fernandez sera couronné par le Médicis en 1974 et le Goncourt en 1982. La maladie et la mort enlevèrent trop tôt Matthieu Galey, qui laissa un âpre et dérangeant *Journal*. Plus tard, nous rejoignirent Jacques Brenner, Françoise Verny, Bernard-Henry Lévy, plus tard encore Hector Bianciotti, Jean-Paul Enthoven. Je ne cite que les « conseillers » qui ont joué aussi leur partie sur la création. Si je cherche à comprendre la réputation un peu sulfureuse de la vieille maison Grasset, rajeunie à partir de 1958, je trouve cette seule explication : nous avons essayé de rassembler des gens dans le *talent littéraire* de qui nous avions foi. Ils se révélèrent éditeurs plus ou moins efficaces, mais ils réussirent là où nous avions placé notre mise : former une bande, oui, en effet, une nébuleuse de talents, de complicités qui, de proche en proche, par gaieté, rayonnement, séduction, lancerait des idées, recruterait des auteurs, proposerait des formules avec un naturel et une souplesse organiques, et non pas en achetant, débauchant, arrachant des écrivains à la maison-niche où ils avaient déjà trouvé calme et pâtée. (Plus tard, la pratique de la surenchère gagna le terrain et malmena la réputation de notre équipe. Mais soyons lucide : dans notre profession, les mœurs scandaleuses sont celles dont on a laissé les autres tirer les premiers bénéfices. Les vertueux sont souvent les Poulidor de la course au succès.) Cette politique de la maison Grasset d'il y a quarante ans supposait du temps. Il ne faut pas, dans l'édition, investir à la va-vite en espérant un rendement immédiat. Entre la retraite de Bernard Grasset et 1966, notre première année faste : dix ans. Un quart de siècle avant que les nouveaux venus des années cinquante occupent ces *postes stratégiques* qui obsèdent les patrons d'édition. Constituer une équipe, dans ce métier, c'est constituer une cave. Si l'on a bien choisi les crus et les millésimes, ils bonifieront. Le petit vin primeur et frimeur tournera piquette.

Je le sais, cette explication de l'aventure Grasset-Fasquelle, distillée après coup, peut sembler irénique et bénisseuse à l'excès. La maison survit en réussissant des coups plutôt qu'en constituant un fonds littéraire indiscutable. Nous n'avons pas fait de l'édition au jour le jour, mais à l'année l'année. Nous n'avons pas tenté de bâtir la maison du siècle. Disons que nous avons travaillé pour la décennie — ce n'est pas assez ambitieux. Mais l'instrument que nous avons forgé était un bel instrument, duquel il eût été possible de tirer davantage. Après trente ans de navigation plus ou moins houleuse, la maison allait connaître angoisse, crise et gros temps.

Il n'existait pas de méthode Privat, mais un style. L'homme ressemblait à un oiseau, le crâne nu, des yeux insistants, moqueurs, magnifiques. Vêtu comme pas deux, un trou à sa semelle et, s'il retirait ses chaussures, ce qui lui arrivait, un autre à la chaussette. Bon buveur, je l'ai vu se mettre torse nu à la fin d'un dîner, se lever et entonner le répertoire de Damia ou de Fréhel, qu'il détaillait d'une voix de chanteur toulousain. Il avait des Scorpions — c'était son signe astrologique — la force, l'intensité, le pessimisme irrémédiable, le goût de serrer la main sur une proie, le sens du ridicule. Il détestait la solennité, l'importance, les grandeurs d'établissement, mais il s'attribuait volontiers la victoire remportée par un autre qui était allé à la bataille sous ses sarcasmes. Yves Berger fit plusieurs fois les frais de ces récupérations. Privat refusait les complicités de milieu, les maçonneries, les alliances implicites. Il aimait les enfants, les jeunes filles et les garçons. Il parlait, la nuit, au zinc des cafés, aux inconnus, aux marginaux. Il ignorait la vanité sociale et le respect humain. Bohème, il était aussi un bourgeois de Montpellier ; à l'aise partout, il manifestait soudain des timidités inattendues ; indifférent aux courbettes, il n'aimait pas qu'on lui manquât d'égards. Il était l'homme du primesaut, du coup de gueule, du paradoxe habillé en bon sens. Grasset lui avait appris le dédain des formes établies. Le neveu se sentait tenu de ne pas démériter de la singularité de l'oncle. Il aimait la très bonne littérature, croyait n'avoir pas d'opinions politiques, respectait parfois des idoles démodées. Chez lui, il recevait, dans un négligent désordre, la princesse Bibesco et la duchesse de La Rochefoucauld, Julien Gracq et Émile Henriot, le professeur Mondor et Lucie Faure, Raymone Cendrars et Pierre Blanchar. Il n'y avait pas de silences dans la conversation car il les meublait. Il lui arrivait d'être en retard à ses propres dîners. Il était excellent lecteur, mais mauvais pédagogue. Je n'ai connu que deux personnes qui remplaçaient le commentaire d'un texte par des gestes, des grommellements, des grimaces, des onomatopées, des grognements imitatifs et symboliques : Diana Vreeland, directrice de *Vogue* et fondatrice de la section Mode du Metropolitan Museum, et Privat. « Vous comprenez, disait-il, ce quatrième chapitre... » Un mouvement inattendu de la main évoquait on ne savait quelle flatulence, ou morosité. « Il faudrait... » Là un soufflement violent, un geste de vrille, une moue dégoûtée, évoquaient le traitement extrême dont avait besoin le morceau de prose en question. Si le sens général était clair, la thérapeutique suggérée restait mystérieuse. Privat ne donnait jamais d'ordres, n'interdisait rien, n'exigeait rien. Il accueillait les visites, les questions, les propositions, selon les jours, avec un sourire narquois ou un visage fermé. Les deux attitudes avaient presque le même sens : à quoi bon ? D'allure désintéressée — et convaincu qu'il l'était — il ne détestait pas le pouvoir, dont il avait besoin. Quand l'âge le menaça d'inactivité, une rage secrète le ravagea. Il crut à des complots, à des manœuvres — d'ailleurs, il y en eut, et il attisa certains. Quand il s'éloigna de la rue des Saints-Pères, en deux temps, j'eus la certitude qu'un mal inguérissable le rongeait. Je ne sus pas comprendre ce que ses derniers messages, abandonnés à un répondeur téléphonique, contenaient de pathétique.

Le 11 octobre 1985, je roulais seul, en voiture, vers la Provence ; ayant un oubli à réparer, je téléphonai, d'une station-service, à mon attachée de presse. Elle m'annonça la mort de Bernard Privat. J'étais à cinquante kilomètres de Cliousclat, son village, et j'arrivai chez lui, parmi les siens, le premier. Jeannette Privat me mena près de son corps, allongé sur un lit étroit, et nous restâmes là, à causer, à trois pas de lui, un long moment. Jeannette était d'un calme et d'un naturel exemplaires. Nous ne baissâmes pas nos voix. Puis nous rejoignîmes les quelques personnes déjà réunies : Béatrice, des voisins, le curé du village qui paraissait un familier de cette maison de parpaillots. Nous bavardâmes encore, nous racontâmes des souvenirs qui évoquaient Bernard, que deux portes ouvertes nous permettaient d'apercevoir. Je repris la route dans une grande paix. Trois jours plus tard, je revins pour les obsèques, sous la blanche lumière du mistral. Nous étions nombreux, éblouis, décoiffés. Il y eut, après, des claquements de portières, de longs adieux dans l'étroite rue du village.

Jean-Claude Fasquelle, qui avait, comme on dit, vocation à succéder à Bernard Privat, était devenu en 1980 le patron de la maison, non sans avoir eu à affronter les quelques orages qui accompagnent, selon la tradition, les passations de pouvoirs. Au moins eut-il ainsi l'occasion de vérifier la loyauté de ses amis. Je fus leur messager : j'invitai à déjeuner chez Drouant mon vieil « Uccello » de la rue Amélie, Philippe Rossignol, devenu le directeur du Livre chez Hachette, et lui expliquai que rue des Saints-Pères les auteurs et l'équipe attendaient la nomination de Fasquelle et n'en accepteraient pas une autre. Non par antipathie envers tel ou tel, mais par respect de la logique et des promesses. Rossignol mangeait un merlan en colère. Tout se déroula comme il fallait, mais au passage j'avais respiré des parfums que je n'aimais guère.

De quand datait l'amitié avec Jean-Claude ? De 1954 ou 1955, sans doute. Il habitait alors rue Octave-Feuillet, dans un immeuble Fels et La Rochefoucauld, un immense appartement traité avec un modernisme troublant. Il était beau, avec un visage de bourgeois combattant, un grand air « Fabre » et, j'en aurais juré, les dents de la chance. Les éditions Fasquelle, dont il était devenu à vingt-trois ans le trop jeune et aventureux président, se trouvaient encore, 9 rue de Grenelle, dans le vieil immeuble, au fond d'une cour, où venait Zola. Il régnait dans les bureaux, très XIXe, une atmosphère Médan, avec un mobilier pour antiquaires en mal d'une résurrection. Plon rue Garancière, Calmann-Lévy rue Auber et Fasquelle étaient alors les trois lieux de l'édition où évoquer les décors du passé. La mystérieuse chapelle désaffectée — secte ? obédience oubliée ? — où officiaient encore mes magasiniers de la rue Amélie était un hangar à côté de ces cathédrales du livre.

Fasquelle, jeune navigateur, écoutait les sirènes. Elles l'entraînèrent à plusieurs aventures éditoriales honorables et coûteuses. Une au moins a pris en quarante ans une patine classique : la collection « Libelles ». Une vingtaine de volumes en ont été publiés, qui forment un joli bilan : Audiberti, Cau, Jean-Louis Curtis, Salvador Dalí, Déon, Dhôtel, Bernard Frank, Stephen Hecquet, Philippe Jullian, Roger Stéphane, Roger Vailland et votre serviteur. La collection était dirigée par François Michel, personnage savoureux, dont la légende voulait que le curé de son village vosgien lui eût appris un peu de latin avant de l'envoyer, gamin, en pèlerine bleue et béret, tenter de rencontrer Cocteau à Paris. Les adolescents, même vosgiens, portaient-ils la cape et le béret au début des années 1930 ? Je veux le croire. L'image est charmante. L'élève Dargelos n'avait-il pas cette apparence ? Quand je le rencontrai, François Michel était un garçon sans âge, sans couleur sociale définie, snob, habité par la musique — il ne pouvait pas loger dans une maison si un piano n'y était pas à sa disposition —, séducteur, et j'espère dangereux : il avait l'œil rapide. L'homme était très doué mais il manquait peut-être, dans sa composition chimique, ces éléments ordinaires qui assurent le poids et la densité de qui est bien posé sur la terre. Il y avait du Restif en lui, et du Neveu de Rameau, et du Jean-Jacques. Il évoquait aussi, plus proches de nous, Charles-Albert Cingria, Maurice Sachs. Il vivait en marge du monde et du luxe, nomade qu'on ne pouvait sédentariser que dans les très belles maisons. Il publia plus tard (*Par cœur, 1916-1951*, Grasset, 1984) un livre de souvenirs d'un ton singulier.

Je me rappelle la conversation que nous eûmes, un jour que je l'accompagnai chez lui, c'est-à-dire devant le bel hôtel du Faubourg où quelqu'un l'hébergeait. Il pleuvait. Nous parlâmes un long moment, sans nous croire tenus aux obligatoires sarcasmes qui avaient hérissé nos précédentes rencontres. Il me parut ce soir-là grave et calme. Il me convainquit de donner un texte dans Libelles (on se faisait beaucoup prier, alors, du haut de deux ou trois livres...). Ce fut, en 1958, *Portrait d'un Indifférent*, écrit en un week-end dans une maison qu'avait louée Fasquelle dans une campagne profonde. Le temps était médiocre et la conversation languissait. Parti dans les bois d'alentour, un fusil sous le bras que j'avais trouvé dans le vestibule, je tirai au jugé sur une ombre grise qui volait : un ramier tomba à vingt pas de moi. Horrifié, j'envoyai un gamin aperçu à la cuisine chercher ma victime, qui fut, me jura-t-on, mangée. (Nous n'étions pas si loin du « complot des pigeons voyageurs » qui avait mené Jacques Duclos à la Santé et moi à la première page de *L'Huma* parmi les signataires d'une pétition extravagante.) Je n'avais jamais tiré de ma vie et je ne recommençai jamais : je suis un chasseur à une seule cartouche, comme le personnage de Giraudoux dans *Électre* est un jardinier à une seule rose. Rentré à la maison avec un pigeon sur la conscience, et le ciel restant maussade, je m'enfermai dans ma chambre où je découvris une rame de papier blanc et un mot d'encouragement de Jean-Claude. Il est vrai que je le lui « devais », ce libelle, depuis de longs mois. Je l'écrivis donc et le lui remis le lundi matin au moment du départ.

Je ne suis pas peu fier d'avoir été publié dans deux collections : *Un petit Bourgeois* dans les Cahiers Verts, en 1963, et *Portrait d'un Indifférent* dans les Libelles cinq ans plus tôt. Les Libelles, à l'époque, nous paraissaient constituer une plaisante aventure collective, amicale, de bon goût, certes, avec une superbe typographie et la couverture qui n'ont pas vieilli. Les Cahiers Verts, au contraire, qu'avait créés Daniel Halévy chez Bernard Grasset en 1921, avaient publié l'édition originale de tant d'œuvres qui m'ont formé ! La collection me paraissait inaccessible. Quand on me proposa d'y figurer, elle était déjà moribonde, ce qui n'ôta presque rien à mon plaisir. La fin des Cahiers Verts, en 1966, fut pour moi le signe qu'une certaine édition se mourait : « beaux livres », « grands papiers », « exemplaires de tête », papiers du Japon, tirages spéciaux pour des clubs de bibliophiles — j'ai vu agoniser certains usages d'un vieux métier.

Métier ? Quelque nonchalance qu'on y mette, et même si l'empirisme est la seule vraie vertu de l'éditeur, on ne traîne pas trente-huit années au cœur ou aux confins d'une profession sans y avoir laissé des plumes, des traces, et sans en emporter des souvenirs. Quelles traces, quels souvenirs ? Je pourrais répondre avec une franchise expéditive que de toutes ces années — dont seize au long desquelles je fus assis derrière un bureau, reçus des visiteurs, invitai à déjeuner, dictai des lettres, les vingt-deux suivantes ayant été occupées plutôt à des « activités de patrouille » — il ne me reste rien. Rien que les souvenirs charmants mais volatils produits par une vie où métier, loisirs, amitiés, amours, semaine et dimanche, neige et mer, forment un seul et même terrain social, qui est aussi une cour de récréation. L'édition a bonne presse parce qu'elle paraît échapper à la hiérarchie et à la sauvagerie de tous les métiers. Dans notre sixième arrondissement, rien de subalterne ni rien d'élitiste : un club libéral où l'on se tutoyait et embrassait bien avant que ce n'en fût la mode. Bon, très bien, mais qu'ai-je *fait*, tout ce temps ? Et quelles images en emporté-je ? Réponses : je n'ai presque rien fait. Les éditeurs sont les grands absents de l'édition. Ne comptent en vérité que les livres, c'est-à-dire les auteurs. Lapalissade : sans œuvres, sans écrivains, pas d'édition. La place conquise par l'éditeur-vedette (comme on dit) ressemble à la prise de pouvoir par le *scénographe* dans le théâtre. Mais, sans texte, et même flanqués de tapissiers, chorégraphes, sociologues, l'éditeur-scénographe va aux fraises. L'éditeur aime la littérature, personne n'en doute — encore que littérature soit un mot à utiliser avec circonspection dans un comité de lecture — mais il aime plus encore la victoire. C'est donc à son secours qu'il vole dès qu'elle pointe le bout de l'aile. L'éditeur n'a à peu près aucune influence sur la création littéraire — le travail de l'écrivain, qu'il commente mais n'inspire presque jamais —, non plus que sur le succès. Encore heureux s'il ne le bloque pas par un choix obstiné et malencontreux, s'il ne joue pas « le mauvais cheval ». A-t-il commis cette maladresse, il fera volte-face avec le plus franc cynisme. L'éditeur est un fabricant, un gestionnaire, un conseiller en placements ; il tient à jour le *dossier* d'un écrivain ; il connaît quelques recettes, quelques trucs de métier ; il dispose de copinages — rien de plus. J'ai vu plusieurs fois le grand succès fondre sur des éditeurs qui ne l'attendaient pas : ils ne furent que les témoins de leur bonne fortune. Ils saluèrent « ces mystères » sans même feindre d'en « être les organisateurs ». Le succès d'un livre est affaire de magie, de connivence entre auteur et lecteurs ; l'éditeur n'y est à peu près pour rien. Sa politique consiste la plupart du temps en grandes manœuvres d'encerclement, marchandages, coups de billard réalisés bande avant ou en trois bandes. Les éditeurs sont sûrs d'être les maîtres et les propriétaires légitimes du *Kriegspiel* automnal en quoi se résume parfois une « politique éditoriale ». Au vrai, leur seule force réside dans la faiblesse des écrivains, qui ne croient que timidement à leur liberté. Trop peu joueur pour flamber, je n'ai pas de souvenirs flamboyants de mes années d'édition. J'étais sans doute trop réticent et narquois. Je fus heureux, certes, de marier à la maison Grasset (je n'étais qu'une sorte de garçon d'honneur) pour le meilleur et pour le pire, quelques amis qui s'en trouvèrent bien : Edmonde Charles-Roux,

Christine de Rivoyre, Christiane Rochefort (je ne fus là que la cinquième roue du carrosse), Jacques Chessex. Mais ces amitiés avaient été nourries par des livres, par du travail en commun dans les journaux, et elles eussent duré sans intervention de l'éditeur que je fus si peu.

« Quels auteurs avez-vous découverts ?

— À peu près aucun. » L'écrivain est son propre découvreur quand il a l'audace, inconsciente ou combative, d'être soi-même. La grande aventure de l'édition française, celle de la NRF, fut une affaire d'écrivains. De grands bourgeois fous de littérature et dressés à l'austérité huguenote décidèrent d'entrer et d'avancer en littérature sans souci d'intérêts ; ils cherchèrent qui serait capable de tenir pour eux « un comptoir d'édition » ; ce fut l'intronisation de Gaston Gallimard et le début de la légende. Oui, bien sûr, Gaston devint un grand patron d'édition, particulièrement pugnace, mais se fût-il avisé de demander à Gide, à Paulhan, à Malraux, à Drieu : « Qui vous a faits ducs ? » qu'il eût essuyé la réponse que l'on sait. Toutes les réussites d'édition sont les victoires collectives de *bandes* d'écrivains : les éditeurs se sont en général contentés de fournir des formules, des simplifications, des slogans. Seules comptent les œuvres. Je le répète sans me lasser.

Inversement, l'édition m'a-t-elle apporté quelque chose, et quoi ? On rêve, à vingt ans, de faire un jour partie d'un comité de lecture. Expression fascinante. Or, pour ce que j'en ai connu, il s'agit d'une manifestation assez semblable aux autres de la réunionnite française. Il y règne un ennui formaliste et grinçant. Ah, bien sûr, on y parle une langue plus châtiée qu'ailleurs, on y trouve des personnages plus pittoresques que dans l'industrie ou l'administration. Et encore ! Les stars, quand il y en a, ont un comportement avantageux ou impérial. On cite toujours des traits de Paulhan au Comité de la NRF, décisifs, farfelus, à tel point qu'on peut se demander si le Comité Gallimard n'a pas été le modèle du genre, inimité, et si Paulhan n'a pas à jamais brisé le moule du grand comitard. Nos réunions, rue des Saints-Pères, furent parfois vivifiantes, du temps de Bernard Privat surtout, qui décourageait, par un regard narquois, toute velléité de solennité. Il était le plus souvent assis sur sa jambe gauche repliée, ce qui interdisait toute emphase à ses propos. Comme toujours quand je suis mal à l'aise je parlais trop, grinçais, tournais tout à la gouaille et finissais par atteindre à une certaine euphorie, bien connue des dîneurs en ville qui, pour moins s'ennuyer, s'emparent, et ne le lâchent plus, du dé de la conversation. Le chien de Jacques Brenner soupirait sous la table, la gueule posée sur ma chaussure ; Yves Berger déroulait une phrase sinueuse, vouée aux subjonctifs passés et archaïsmes langagiers ; Hector Bianciotti attendait, attendait comme seul sut le faire, au théâtre, Alain Cuny, quand le public, stupide, contestait par des murmures le droit du tragédien à rugir, éructer, tonner. Non pas que Bianciotti rugît, mais il ne prenait la parole que s'il sentait, le guettant, une certaine qualité de silence. Silence qu'il emplissait d'analyses minutieuses, toujours dévolues aux seules vertus ou faiblesses littéraires du texte, décortiquées avec d'autant plus de rigueur que le formidable accent espagnol d'Hector, comme sculpté, mastiqué, ou concassé, paraissait occuper dans l'espace la forme pommelée de lourdes menaces dans le ciel. Écouter parler quelqu'un c'était donc cela : le *regarder* parler. De certaines bouches sortent des crapauds ; d'autres, une architecture de nuages. Peut-être citera-t-on un jour, comme de Paulhan les facéties, telles indignations rocailleuses de Bianciotti, chez Grasset, vers le début de la dernière décennie du siècle.

Dans une autre circonstance, bien différente, je vis s'accomplir le mystère. C'était à la Foire du Livre de Brive. Le jury de la Langue de France avait décerné son prix à Bianciotti et je devais le lui remettre, le samedi, vers six heures. Un orage éclata peu avant et des trombes d'eau tombèrent, mettant vite à mal les tentes et « structures légères » sous lesquelles se tenait cette partie de la manifestation. Il pleuvait à nos pieds ; des fils électriques serpentaient à travers les flaques d'eau ; on s'attendait à ce que tout cela se mît à grésiller. Hector écoutait le tapage avec le même air outragé et stoïque qu'en comité lorsqu'il attendait que se fît le silence. À Brive, mimique supplémentaire : Hector jetait parfois un coup d'œil indigné vers le ciel où éclairs et tonnerre ne faiblissaient pas. J'expédiai à grand-peine mon bref discours et passai la parole au lauréat. Après un ultime regard vers les cintres, il commença à parler.

Et ce qu'il dit, de sa voix rocailleuse, éraillée mais exactement dosée pour tenir tête à l'orage, fut si simple, si inattendu, si parfait, que le brouhaha de la foire s'apaisa et que l'orage mit une sourdine à son opéra. Soudain on n'entendit plus que Bianciotti, et, médusé, je me souvins qu'il avait voulu devenir comédien. Ce fut une révélation : *Hector jouait Hector*. Il était si bon pour telle ou telle raison mais aussi parce qu'il avait choisi un bon rôle. Il s'était bien *distribué*, en quelque sorte. Et sans doute, d'épisode en épisode, de la pampa au séminaire, des années de réflexion aux années de désordre, d'une langue à l'autre, avait-il su, toujours, non pas jouer avec habileté sa partie, mais la choisir afin de n'avoir à composer que les rôles de son goût.

L'année suivante, lisant *Le Pas si lent de l'amour*, je retrouvai dans une page du livre le texte du discours de Brive. Écrit et su par cœur ? Improvisation notée dans l'heure qui suivit ? Épreuve de la représentation publique imposée à un passage en cours d'élaboration ? Comment savoir…

En 1997, j'ai publié un roman, écrit, quitté, repris au long de treize années, intitulé *Le Bar de l'Escadrille*. Il avait failli s'intituler *Le Papier*, car mon ambition était de raconter la micro-société que je suis censé connaître le moins mal : celle de l'édition, de la presse, du grand et du petit écran. Ce roman, bien accueilli, reçut aussi quelques rudes coups.

Justice, injustice ? Toujours est-il qu'il fut pour moi un échec assez cruel. J'eus l'impression que des scènes écrites dans un grand recueillement, dont j'étais sûr qu'elles étaient bonnes (je veux dire : graves), n'avaient même pas été lues. Première apparition, en moi, d'un délire de la persécution qui n'était pas dans mes défauts familiers ? Je ne le sais pas, et je n'évoque cette déception professionnelle que pour en tirer une constatation : peut-être parlé-je très mal de ces métiers que je crois connaître si bien. Mieux vaut sans doute abréger ce chapitre où je les évoque — au moins dans mes rapports avec eux. Je ne peux pourtant pas quitter le terrain sans avoir abordé la troisième façon de vivre « dans le papier » : les journaux.

À l'exception des feuilles d'extrême droite et des ex-gauchistes, pour qui j'ai cessé d'exister il y a belle lurette, je dois avoir publié des articles dans à peu près tous les journaux de France et de Navarre. (J'appelle « Navarre » la Suisse romande et le Québec par une audace géographique effrontée.) Une chronique par-ci et par-là ne peut pas être assimilée à une collaboration. Seules comptent les collaborations. Voici le détail de mon dossier : de la publication dans la revue *La Table ronde*, en 1952, d'une note de lecture consacrée au *Journal* de Paule Régnier, à mes chroniques de ce printemps (1999), je trouve quarante-sept années de papiers touchant à la littérature. Je compte pour peu des articles — 1947-1951 — consacrés aux réfugiés, ou à la bombe atomique, sujets qui m'avaient inspiré. Je m'en tiens ici aux livres, à ce que j'ai écrit sur les livres et que des jugements rapides baptisent « critique littéraire », dénomination qui usurpe à l'évidence des qualités et un style que ne possèdent pas mes exercices de journalisme.

Où ai-je posé mon sac, et quand ? Dix ans aux *Nouvelles littéraires* (1960-1970) où je disposai tour à tour d'un encadré, d'un rez-de-chaussée et, si j'ose dire, d'un grenier. Au *Point*, vingt-six années aujourd'hui. À *L'Express*, deux ou trois années, consacrées au cinéma. Au *Figaro*, je pris en janvier 1975 la succession de Jean-Jacques Gautier à la critique dramatique, puis, cet apostolat m'ayant lassé, je glissai à la chronique libre — c'est dire que je parlais surtout de télévision — et retournai aux livres le cœur en fête quand Louis Pauwels créa *Le Figaro magazine*. Ajoutez toutes les publications occasionnelles : à *Témoignage chrétien* et aux *Lettres françaises*, à *Marie-Claire* et *Elle*, à *Madame Figaro* et *Vogue*, *La Gazette de Lausanne* et *Le Monde*, *La NRF* et *La Nef*, *France-Observateur* — j'en oublie.

Où que ce fût, je ne changeai jamais ma façon d'écrire et partout on me laissa libre. Une seule fois un rédacteur en chef me demanda de modifier, dans un ensemble de trois chroniques qu'il m'avait commandées, relatives à la diffusion du livre, un paragraphe concernant le groupe Hachette : nous en restâmes au premier des trois articles. Jamais non plus on ne me coupa, mutila, récrivit, corrigea. À peine m'évita-t-on, parfois, une redite ou un bavardage. Vision optimiste à l'excès ? C'est la mienne, et je m'y tiens. Ah, si, Françoise Giroud me donna une leçon de déontologie et de prudence. Critique de cinéma de *L'Express*, j'avais été invité par le producteur Serge Silberman à passer quelques jours au Québec, où René Clément tournait *La Course du lièvre à travers champs*. J'avais plusieurs raisons d'accepter l'invitation : l'été indien, la présence parmi les comédiens du magnifique Robert Ryan et surtout de Lea Massari, qui, depuis *L'Avventura* (comme j'avais aimé ce film !), me faisait rêver. Ryan, qu'un cancer ravageait, était bouleversant de simplicité et de sérieux ; Lea Massari égalait mes imaginations : elle avait quelque chose de sombre et de froncé autour d'yeux fragiles et clairs ; elle téléphonait souvent, entre deux prises, à l'homme qu'elle aimait ; elle était partout sur le tournage accompagnée d'un petit chien aveugle, qu'elle avait recueilli, que seule son habilleuse pouvait approcher. Elle me touchait. On lui voyait l'âme. Je me rappelais son apparition dans le film d'Antonioni qui, douze ans auparavant, nous avait enthousiasmés, et celle de Monica Vitti, la brune et la blonde, la secrète et la solaire. La Vitti était venue, l'année précédente, à Rome, à un vernissage de Cécile, et je l'avais trouvée, en effet, ouverte, rieuse. La Massari me parut plus mystérieuse. Les années l'ont enveloppée, quelque chose dans son regard s'est adouci, mais le cœur me bat à chacune de ses réapparitions : chez Louis Malle, chez Claude Sautet, et même dans les braves feuilletons où elle joue désormais les mamans tumultueuses.

Je passai quatre jours au Québec dans les ors et les rouges de septembre. Je bavardais interminablement avec Silberman qui, pour soigner une grippe que j'avais apportée de France, venait me voir en portant un tiroir plein des médicaments sans lesquels il ne se déplaçait pas. Au retour, la production avait pris soin de me ménager une étape d'un jour à New York. J'y rédigeai, dans ma chambre du Gotham, le premier jet de mon reportage, où passaient, j'imagine, quelques échos de l'euphorie québécoise. À Paris, je l'envoyai au journal, assez content de moi. Françoise Giroud me le fit rapporter le lendemain en m'expliquant que de m'avoir si bien reçu, et sous un climat parfait, n'ouvrait pas droit, pour les producteurs, à un traitement manifestement amical. Il fallait attendre la sortie du film et ne juger, ce jour-là, que lui. Ce que je fis. La leçon n'était peut-être pas exactement celle que pensait me donner Françoise Giroud. Ma tendance était de considérer un journal, quelque prestigieux qu'il fût, comme un lieu où faire passer des sentiments, des émotions, des mots, le clandestin avec le public, mes secrets avec des informations ; pour sa directrice, *L'Express* était un lieu de pouvoir, qui créait et exprimait de la puissance. Bien sûr, elle avait raison. Je démontrais par mon attitude que je n'étais pas, ne serais jamais *journaliste*. J'étais un écrivain qui publiait dans des journaux ses goûts en fait de livres ou de films. Jamais je ne pensais au pouvoir dont j'étais dépositaire, à savoir celui — ni plus, ni moins — du journal où je m'exprimais.

Deux ans plus tard, en 1975, Jean d'Ormesson devint directeur du *Figaro*. Ce n'était pour lui, ce grand poste, ni l'aboutissement d'une ambition ni la charge écrasante d'un sacerdoce libéral et bourgeois. C'était un épisode du Grand Jeu que la vie lui avait offert à sa naissance ; il s'était contenté — en se donnant beaucoup de mal, j'imagine, pour paraître dilettante et désinvolte — de devenir très érudit, très normalien, très gai. Cela obtenu, *Le Figaro*, n'est-ce pas, allait de soi. Il pensa tout de suite à prêter son jouet aux amis. Il me téléphona : « Que veux-tu ? » Il me proposait, en somme, un coin du fameux bureau ovale (mais où sont les coins d'un ovale ?), un siège dans la loggia directoriale qui dominait alors le rond-point des Champs-Élysées. « Veux-tu le théâtre ? Jean-Jacques souhaite arrêter… » C'est ainsi que j'allais détenir, pendant dix-huit mois, le pouvoir de remplir ou de vider une salle parisienne — prendre la suite de Gautier, c'était cela. Cette responsabilité, certaines nuits — j'écrivais mon papier à deux heures du matin — me fit horreur. Je ne trouvais aucune raison valable de crier mes agacements, ma méfiance devant les niaiseries et gogoteries que je subissais un soir sur deux. Pourquoi ruiner une troupe, blesser des comédiens, faire rire aux dépens d'une équipe qui avait *travaillé* ? Je m'enfonçai dans la certitude d'avoir seulement à faire aimer ce que j'aimais, et je renonçai à la fameuse tribune réputée si meurtrière…

N'étant ni cinéaste, ni dramaturge, ni mari de comédienne, ni scénariste, ni auteur de chansons, je me sentais fort libre quand j'officiais dans les pages « Spectacles » du *Figaro*. Quel confort que de s'offrir sans scrupule, fussent-ils féroces, les mots justes que mérite un spectacle. Aucun regard haineux ou pitoyable à croiser, aucun silence à essuyer. Quel repos !

Très vite, pourtant, j'ai éprouvé de la répugnance à distribuer des louanges ou des blâmes (beaucoup de blâmes) du haut de ce qu'il fallait bien appeler mon incompétence. J'étais sûr de mes goûts, de mes plaisirs ou déplaisirs, mais pas du tout de mes arguments, ni de ma *culture théâtrale*. Je développais, impunément, le point de vue d'un amateur. Critiques d'humeur ? « C'est en général qu'ils l'ont mauvaise… » On connaît.

Réflexion subséquente : s'il est facile de critiquer une forme d'expression où l'on ne compte pas de complicités, d'adhérences, est-il raisonnable d'user de mots pour commenter la peinture, la musique, la sculpture ? Jugeant un livre, je le fais avec des mots et du papier, c'est-à-dire sur le terrain de l'œuvre que je juge. Au moment où j'écris de Charles ou de Dupont qu'ils écrivent bien, ou mal, j'expose ma propre prose aux jugements : il y a là une forme de loyauté. Quand j'écoutais Gavoty à l'orgue ou Pierre-Petit au piano, je me disais, je me dis qu'ils *connaissent la musique*. Mais je n'ai jamais vu un théoricien ou critique des arts plastiques exprimer ses jugements avec, à la main, un ciseau ou un pinceau. Vint un moment à partir duquel mon incompétence me dérangea, et je décidai de lui tourner le dos. Paulhan a admirablement écrit sur Braque, par exemple, ou sur Dubuffet, mais dois-je le suivre derrière Fautrier ? Chaissac ? L'argument d'autorité, et l'autorité se répandant de proche en proche, est insupportable. Les goûts ne font pas tache d'huile ; chacun est irréductible aux autres.

Et en littérature ? N'est-il pas ridicule d'essayer d'imposer ses jugements alors qu'on ne dispose d'aucun argument objectif pour les étayer ? Les opinions péremptoires et les comportements terroristes, en ce domaine, amusants à pratiquer et peut-être nécessaires si l'on a la complexion rodée à leur usage, m'amusent moins qu'ils ne m'effraient. Aimer la littérature par décrets, oukases, excommunications, sarcasmes, extases — voilà une belle fumisterie, quand bien même elle s'entourerait de tout le rituel de la gravité. Les jeunes gens (littéraires) qui entrent dans la vie l'injure à la bouche — vieux conseil barrésien — ont étudié la carte avant le départ. La nouvelle autoroute semble faire un détour mais elle est peu fréquentée. On y roule vite. Ne dit-on pas aussi qu'elle traverse des paysages mal connus et non pollués ? L'adopter, avec ce qu'il faut d'emphase dans l'explication du choix (sans oublier de décrier les chalands de la vieille route), sera dès le départ une bonne affaire. Le nouveau venu dans l'avant-garde se fait ainsi des points à l'avance à l'épreuve de français : comme le gamin au bac. À partir de là, il lui suffira de tenir ses propos sur un ton froid, vaguement militaire, en usant d'un langage à la tonalité politique et scientifique à la fois, la plus intimidante, actif dans la formulation des idées, glacial dans la réfutation des idées des autres, pour se composer une stature avant-gardiste. *La* stature, car il n'y en a qu'une, récupérable et réutilisable de génération en génération, de chapelle en colère. L'avant-garde est devenue l'un des temps et l'une des manières d'être de la création, une des armes de sa stratégie. Dans l'armoire où restent enfermées les panoplies du combat littéraire, l'avant-garde est rangée avec le même soin que le classique, le baroque, le décadent, le flamboyant. Choisir entre ces styles, c'est substituer, après quelques coups d'éclat, une statue et un statut à la posture. C'est fixer le pastel. Tirer la photo. Bien entendu, il se tromperait, celui qui ne verrait pas la souplesse que conserve l'ensemble de la construction. Souplesse et durée. Des textes écrits et publiés aujourd'hui dans des feuilles avides de chambardement auraient pu paraître, tels quels, en 1925, dans les publications surréalistes. C'est moins la *distance* 1925-1999 qui compte, que l'équivalence des propos, des styles et je dirai même l'équivalence des fureurs. Les dadaïstes, sortant du square Saint-Julien-le-Pauvre après y avoir lu, en cérémonie, l'annuaire du téléphone, pourraient se rendre directement à tel charivari qu'organiserait un groupuscule révolutionnaire d'aujourd'hui. Mais quel groupuscule ? Quelle révolution ? La mimique, le langage, le jeu avant-gardistes sont là, mais où le contenu ? Où la pensée ?

Au petit matin

La course était engagée depuis très longtemps. J'avais écrit sur l'urgence, la sensation que le chemin, devant moi, étrécissait, que le terme était proche. J'avais aussi brodé — n'était-ce pas de la broderie ? — sur le thème : ce n'était donc que cela ? Ce ne sera que cela ? Mais l'acide mordait mal le cuivre, le trait restait incertain, la gravure peu profonde.

Depuis trois ans, bientôt quatre, j'ai appris à regarder dans le regard des médecins plus qu'à écouter leurs paroles. Le diagnostic est là, dans le regard, et le pronostic, et ce soudain désarroi qu'ils ressentent quand leur patient manifeste un peu plus de courage qu'ils n'en attendaient de lui. On se sent très seul, alors, à se battre en avant des lignes. Sans doute a-t-on procédé à un raccourcissement du front. Les généraux, les médecins. On a négligé d'avertir bidasse. On le décorera.

Non, je n'aborde pas « chaque matin comme s'il était le dernier ». Pas de romance. Il n'empêche, une aube gâchée, un jour perdu : la blessure est plus cruelle que naguère, la cicatrice plus sensible. Je cours, à peine le jour levé, m'enfermer dans mon bureau et là, dans les trois heures de silence qu'offre le petit matin, j'essaie d'arracher de moi la page — parfois dix lignes — qui immobilisera un instant le fleuve. (Femmes chinoises que la télévision nous montre ces jours-ci, transportant dans un couffin de la boue et la jetant sur la digue destinée à contenir une colère du fleuve Bleu. Milliers de femmes, paniers d'où coule une boue presque liquide. On dirait qu'elles essaient de dresser, contre l'eau, un barrage d'eau. Leur image me poursuit toute la nuit dans l'insomnie et le sommeil.)

Si, au bout de trente, de quarante minutes les mots continuent à me résister, s'il devient évident que la matinée passera sans que je parvienne à tirer de moi mieux qu'un peu de boue, un écœurement me point, un lent étouffement, et je pense aux milliers de jours perdus, aux aubes vides, et je me dis et répète : Plus jamais… Plus jamais ?

À l'exception des articles de critique dramatique en 1975 et 1976, dont j'ai dit quels scrupules ils éveillaient en moi, mon travail pour les journaux a toujours relevé du plaisir ; écrire des papiers m'y amuse depuis près d'un demi-siècle. Je n'ai jamais demandé à l'avance quelle pige me serait octroyée : je ne pensais pas, au fond de moi, que mon bonheur méritât salaire. Je me suis (presque) toujours donné beaucoup de mal pour corriger, rectifier, mettre au point. Rarement j'ai bâclé. Rarement j'ai oublié de vérifier une citation, un nom, une référence. Quand cela m'est arrivé, cette négligence a toujours été sanctionnée par des lettres furibardes et sarcastiques. Quelle jubilation, chez nos lecteurs, quand ils peuvent nous prendre « la main dans le sac » ! Un jour j'ai prêté à Villon une citation de Rutebeuf : mon correspondant, que dis-je ? mon exécuteur devait en baver de plaisir car des traces, comme de larmes, noyaient sa prose. Vengeresse, la prose.

Péchés romanesques

En ayant écrit douze, je ne crois pas davantage au roman qu'autrefois, quand je m'y risquais comme on se faufile dans l'entrouverture d'une porte. Allait-elle se reclaquer sur moi ? Je ne me croyais pas capable de faire aussi bien, dans le genre, que les romans dont je raffolais, que je ne rangeais pas sur le tout premier rayon. Aussi bien *Sparkenbroke* que *Mort où est ta victoire ?*, *L'Ordre* que *La Conspiration*. Oui, Charles Morgan, Arland, Daniel-Rops, Nizan. Quel mélange ! Pour les Français, du sous-Martin du Gard, des paraphrases des *Thibault* : fils révoltés, sillage parfumé d'une belle-sœur interdite, rues encore « province » de la Rive gauche, relations compliquées avec un Dieu que se disputaient papistes et réformés. Quelques romans échappaient à cet uniforme : les quatre volumes du

« Monde réel », d'Aragon, ma chère *Pêche miraculeuse*. J'accordais une prime aux plus musicaux. Je désespérais de faire aussi bien. Alors, chasser un autre gibier ? J'aurais pu (au for interne, tout cela, car « mon public » se limitait à cinq mille lecteurs qui se moquaient bien de mes choix et scrupules) tourner le dos au roman, théoriser ma volte-face et militer en faveur d'une littérature de substitution. Je ne le fis pas carrément : douze péchés romanesques, il n'y a rien là qui fonde une présomption d'innocence. Quand même, je tentais d'équilibrer mes comptes. Une demi-douzaine d'ouvrages autobiographiques, comme dit la page « Du même auteur », furent défendus par moi avec plus de passion que mes romans, ceux-ci m'eussent-ils coûté bien de la peine.

Je comprends aujourd'hui que cette dilection, avouée, puis proclamée, pour les textes d'aveux, m'épargna de poser trop abruptement les problèmes de l'avant et de l'arrière-garde. J'avais conscience que mes romans étaient des *actions de retardement*. Si l'on n'y met pas assez d'éclat, ces batailles-là vous déconsidèrent. Balthus se vantant d'être un peintre du *quattrocento* désarme les réticences. La même stratégie était-elle applicable à la littérature ? Le courant autobiographique a toujours été parallèle au grand fleuve du genre littéraire dominant. S'y jeter, c'est échapper aux classifications voyantes. Rousseau, Amiel, Leiris furent-ils progressistes ou réactionnaires ? Outre que ces notions sont imbéciles, qui supposent l'existence d'un progrès, autant dire d'une morale en littérature, jamais les questions les concernant ne furent posées en ces termes. J'allais vers le besoin et le goût d'écrire à la première personne par naturel, en suivant ma pente. Le confort que j'y trouvais m'épargna les questions sur la légitimité, le *bien-fondé* de cette sorte de littérature. Au fond, j'ai toujours, à l'arrière-plan des pensées, là où l'on répugne à formuler trop explicitement les intuitions, déploré l'inutilité de tout travail littéraire. Quand on me dit que le roman est malade, que la littérature va mourir, je pense : il y a si longtemps qu'elle est moribonde... Ce fatalisme écarte les débats gênants. On n'épouille pas les agonisants. Quant à savoir si le travail littéraire, ses doctrines, son commentaire, ses ambitions doivent relever de la tolérance ou du terrorisme, de la guerre ou d'un éclectisme bénisseur, je me mets bien tard à m'en préoccuper. C'est à vingt-cinq ans que l'on s'engage dans une voie ou une autre. Je crois désormais que l'ultime assaut a commencé contre les formes et les styles que j'ai aimés. Serais-je, en le proclamant, plus ou moins ridicule qu'en restant fidèle aux plaisirs crépusculaires que je prends encore à mes vieilles musiques ? Je balance entre les deux attitudes, les deux tentations. Les révoltés invalides m'agacent, et les gueulards édentés. Mais assister à son propre enterrement, en s'étant vêtu de noir pour la cérémonie, pour honorable qu'elle soit n'est pas une perspective excitante.

Pour et contre mes livres : bataille indécise

Trop tard, en tout cas, pour prendre la défense de mes livres ou pour les accabler. Hommage, défense et illustration, désaveu : un auteur n'a pas à tâter de ces formes également naïves de comédie. L'artiste sera absent lors du vernissage. Jean d'Ormesson a choqué en avouant un jour, lui l'indiscuté champion des interventions télévisées, qu'il avait, sur le plateau des émissions littéraires, l'impression d'être au bordel. Il voulait dire, me semble-t-il, quelque chose d'assez simple : nous devrions peut-être nous méfier de la frontière incertaine entre explication et plaidoyer. Modestie et masochisme. Donc, dans les limites de la courtoisie, un peu de silence.

Parfois, je me sens croire si peu à la littérature française en train de se faire que je dénie toute signification aux polémiques qui l'occupent. Je ne leur accorde qu'une importance privée, secrète. Les idées qui nourrissent le débat littéraire — si débat il y a — sont à mon estime des *médicaments de confort*. Nulle guérison à espérer d'eux, ni d'intoxication à redouter. Il ne s'agit que d'accompagnement psychologique, d'embellissement de notre image. La vision la plus égoïste, la plus étroite, me paraît juste, selon laquelle nos livres ne sont que des manifestations de résistance à la panique, du dandysme. Le bon vieil engagement, l'intention destructrice, la volonté de substituer un ordre à un autre : fichaises. S'il y a, je peux en convenir, un aujourd'hui (un hier) et un demain de la création littéraire, c'est par simple souci d'efficacité. Un écrivain, quelque sceptique qu'il soit, doit donner toutes ses chances à son texte. Doit parler de façon à être audible, sauf à marquer dans quel dédain il tient ses auditeurs. Il y a des filons épuisés, des superstitions ou des lois littéraires qu'on a envie de transgresser. Mais arrêtons la description du champ de bataille ; il n'existe pas d'absolu, de références indiscutées, de règles classiques ou renouvelées du classicisme ; il n'existe que les lois du plaisir que l'on se fait à soi-même, et la fatale indifférence à l'accueil réservé à nos textes. Si l'on veut l'acclamation, le hourra, cette réflexion est à revoir de fond en comble.

Je sais où sont mes bonheurs, mes conforts, je sais quels styles et quelles œuvres du passé me comblent. M'en tenir à eux, c'est la certitude de ne pas fourvoyer mes appétits, l'assurance de rester *entre soi*. J'ai toujours considéré avec envie les branches où se perchent les doux oiseaux de l'autre amour : on retrouve les mêmes aux concerts, aux ballets, dans les villégiatures et les maisons parfaites. Ces beaux messieurs ne vont pas se gâcher le teint avec des scrupules idéologiques. S'ils applaudissent aux jacasseries révolutionnaires, c'est du bout des doigts, pour enrôler leur cause dans le camp où souffle le vent. Mauvaises mœurs, bonne conscience : véritable forteresse. Me fussé-je fait une esthétique de ce genre-là que je serais inexpugnable. Au lieu de quoi je me consulte, je me tâte : sans espérer me mettre au goût du jour, ne suis-je pas périmé ? Ou un fruit : la comparaison avec un fruit me plairait davantage. Je suis tombé de l'arbre, c'est mauvais signe. Mûr, soit, mais blet, tavelé ? On entend des voix : « N'y mordez pas, les vers s'y sont peut-être mis… »

Mai

Les secousses, surprises et découvertes de Mai 1968 : j'en ai peu écrit. Si j'exprimais mon scepticisme, mon agacement, mes colères, le style et les idées de mes soudains alliés me faisaient horreur. Si je glissais à la connivence soixante-huitarde, je découvrais dans mes compagnons des gobe-bourdes, des suiveurs de modes. Je voyais si bien les rodomontades des uns, les pétoches des autres, que la compagnie des uns et des autres me répugnait un peu. Comme tout le monde je suis allé écouter les parlotes de la Sorbonne et de l'Odéon, les prises de parole improvisées, je me suis fondu dans le grand traîne-patins des rues, avec les pépères, agglutinés, qui refaisaient le monde à l'arrondi des trottoirs. J'ai compté les rats qui, désertant leur monde souterrain, s'installaient peu à peu à l'air libre, ou peu s'en fallait, dans les tas d'ordures qui s'élevaient jour après jour. J'aperçus Aragon, du côté du lycée Saint-Louis, venu chercher hommage et qui ne recueillait que des lazzis ou des questions narquoises. Il était pourtant un des indiscutables grands-pères du monôme. J'ai lu les slogans aux murs de la Sorbonne : certains étaient savoureux. J'ai vu Malraux, Debré, Schumann, gueules tordues de fatigue ou d'incrédulité, prendre la tête de la célèbre remontée des Champs-Élysées. Ah, soyons franc : tout cela n'était pas exaltant ; à l'exception de certaines formules délectables, le niveau du discours était bas. Naïf et bas. Il fallait un peu d'hystérie pour s'exalter avec ces songe-creux. Un soir que je traînais à la Sorbonne, je vis Marguerite Duras dévaler en tempête un des escaliers qui desservent l'amphithéâtre Richelieu, se jeter dans mes bras, me tutoyer, me lécher la pomme et exhaler, à bout de souffle, un râle de bonheur : « Ah, ils sont bien les petits... ils sont bien... » La fille d'un vieil ami, Laurence B., tenait, vestale joyeuse et grave, un des quatre coins du drapeau rouge où les touristes de la Sorbonne jetaient un billet de cent francs comme on achetait autrefois des indulgences à l'Église. Nous étions venus en excursion ce soir- là, à la fin d'un dîner chez Maurice Rheims, avenue Matignon : qui était là ? Marie-Hélène, Lili Rheims, deux ou trois autres personnes de bon pedigree et de bonne vêture ; les voitures étaient garées à l'arrière du front et sous la garde d'un chauffeur. Les dames, d'une main discrète et souple, avaient fait disparaître de leurs oreilles, col et poignets les bijoux qui prenaient trop bien les éclats de lumière de la nuit. J'ai évoqué tout cela dans un roman. (Le chapitre ne m'a pas fait d'amis...)

Je voudrais entrer plus avant dans l'explication de

ma goguenardise. Ce à quoi nous assistions, résignés ou excités, dans ce « temps des cerises » un peu précoce, appartenait sans doute à la tradition et au répertoire du grand théâtre populaire : Clubs, Tribunal révolutionnaire, et hélas Guillotine. Mais il y avait le sang en moins, qui change tout. Pour qui gardait la tête froide, le spectacle était d'abord cocasse. La société française est verbomotrice, obsessionnelle et passablement folle. Si l'on se souvient, au moment où seront lues ces lignes, de l'état de surfusion où fut portée la France l'été 1998, quand elle organisa et remporta un championnat de football, on aura idée de ce qu'un jugement froid pouvait tirer des semaines de Mai. La parlerie collective était utopique et outrée. Le ralliement des mous à ce qu'ils pensaient être la victoire pouvait écœurer ou faire sourire. La presse — limitée aux radios périphériques, en particulier Europe 1 — n'attisait pas le feu comme on imagine que la télévision l'eût fait trente ans plus tard. Pour le reste, on assistait, de partout, à une surenchère. Tout le monde jouait. Les jeunes gens de Mai jouaient à Octobre. Un de mes amis délaissait son cabinet pour aller porter de la charpie aux combattants de première ligne. Mitterrand, à Charléty, jouait du regard froid du vrai robespierre et se déclarait prêt à ramasser le pouvoir. De Gaulle lui-même, pendant vingt-quatre heures, joua la fille de l'air et l'homme invisible, jeu dont il connaissait seul les règles. Les fonctionnaires de la radio jouaient à la grande manif populaire, mais, symbole ! en *tournant en rond* entre copains autour de leur Maison, à cent pas de leur niche, de leur cantine et de ces tiroirs de bureau où l'on entrepose un pulvérisateur de sent-bon pour la bouche et des pastilles contre les aigreurs. Toujours prêt ! Aragon jouait au bolchevik blanchi sous le harnais rouge et qui vient bénir les enfants de la révolte. Chirac jouait avec un pistolet glissé dans sa poche. Cette fête des simulacres et compositions fit fleurir le mot *ludique*, à la mode pour vingt ans. On s'amusait comme des fous. Surtout ceux qui jouaient à se faire peur.

Je finissais de corriger le manuscrit du *Maître de maison* et ce tohu-bohu me dérangeait. À moi aussi l'idée vint de jouer. Le hasard de la vie, d'un mariage, des amitiés qu'il avait entraînées, me plaçait — comment dire cela ? — dans le camp de l'immobilisme plutôt que dans celui du mouvement. Le rôle en valait un autre, la frivolité m'excitant davantage que la phraséologie alors en vogue à Paris.

Le 21 mai, en ayant assez de voir les rats de trottoir devenir insolents sur le tas d'ordures qui atteignait le premier étage de notre maison, nous décidâmes que la dose de Grand Soir était suffisante et nous gagnâmes nos montagnes. La France, en principe, était à sec d'essence, mais toutes les pompes en offraient dès qu'on avait franchi cent kilomètres autour de Paris. La catastrophe ressemblait aux idées du jour : elle ne régnait que sur la grosse tête française. À l'heure où éclataient les grenades lacrymogènes parisiennes, nous traversâmes des villages endormis. Le chalet sentait l'arole et le feu de bois. Quelques jours plus tard un autre lambeau de la famille arriva dans un superbe appareil : ma belle-sœur avait loué une de ces voitures de grande remise comme on en trouve à proximité des palaces, Lincoln onctueuses comme de la crème d'auto, Cadillac interminables au fond desquelles, au lieu de quelque Américaine maigre, touristique et lunettée en ailes de papillon, on découvrait les bouilles hilares de mes neveux embusqués derrière la casquette du chauffeur.

La fille d'un ami peintre nous avait rejoints, Dieu sait pourquoi, après avoir passé, eût-on dit, quinze jours couchée entre les mégots sorbonnards : nous lui lavions les cheveux au jet afin d'en chasser les parasites qui s'y étaient logés, sans qu'elle cessât de tenir, sous le déluge, un discours virulent qu'elle n'interrompait que pour appeler son petit ami à New York.

Je fus invité par un club de journalistes romands au lac de Sauvabelin, au-dessus de Lausanne, où l'on me fit parler des *événements*. En disais-je du bien, on ricanait ; du mal, on m'insultait. Je crus comprendre que les intellectuels vaudois étaient des gauchistes déchirés. Ils reprochaient à la France de n'en être pas encore à 1793, à la Grande Terreur, mais ils ne lui pardonnaient pas non plus de n'avoir pas donné encore « un bon coup de balai ». Mes propos ayant paru équivoques et exigeant éclaircissements, on m'invita dans des dîners où je retrouvai dans les têtes la même dualité floue et intraitable. On m'expliqua ma situation : j'étais, après dix ans de gaullisme — « Vous ne nous en voulez pas ?... » —, dans un état proche de la sénilité, l'esprit enfumé par la haine des « jeûûnes », donc excusable... — « mais si !... ». Et ce préfet, dont nous étions si fiers [1], qu'attendait-il pour employer la manière forte ? « À Zurich ils ont sorti les canons à eau, vouais-vouais... Y z'ont pas fait long feu les p'tits cons !... » Le rêve de l'« homme à poigne » surgissait entre deux élégies de style sans-culotte. Le bon accent romand donnait un calme paysan aux affirmations les plus déraisonnables. Mes chers Suisses étaient donc, eux aussi, des chimériques.

Rentrer à Paris ? Je n'en avais nulle envie. Les sarcasmes auraient fermenté dans ma tête. Je ne voulais pas non plus me retrouver chaque soir devant mes fils (à supposer qu'ils en eussent le temps), l'un anarchiste, l'autre sceptique, l'un péremptoire, l'autre boudeur. Très difficile, ces semaines-là, d'être loyal envers ses enfants, ni baderne ni copain. Mieux valait commenter les différents épisodes de l'émeute lors de conversations téléphoniques d'un ton très dominé.

Catherine P., ses cheveux maintenant propres et inhabités, évacuait son exaltation en poussant à fond le volume de l'électrophone. Chassés par le bruit, nous nous réfugiâmes dans une jolie demeure des bords du Léman transformée en hôtel. Ma chienne raffolait du parc et guettait la fille de la maison qu'un coquin venait courtiser en vedette à moteur.

1. Maurice Grimaud, que j'avais connu représentant en France l'IRO, devenu préfet de Paris, et que je retrouverais plus tard dans l'entourage de Gaston Defferre.

C'est là qu'à l'heure d'un déjeuner le patron interrompit les conversations et annonça, « à l'attention de nos clients d'outre-Jura », que les banques ne lui changeant plus depuis le matin la monnaie française, il était au regret de devoir lui aussi la refuser désormais. Il passa sur les tables — bien pourvues en industriels prudents venus en effet d'« outre-Jura » — le frisson annonciateur des grandes fièvres historiques. Ce n'était plus le charmant Clos-de-Sadex, du côté de Prangins, c'était Coblence, et il allait falloir s'engager dans l'armée des Princes ! J'avais vaguement honte, mes trois sous en poche et sans nul magot dans les coffres helvétiques, de paraître faire cause commune avec les gastronomes pétochards qui murmuraient autour de nous. Mais en même temps je jubilais, tant le spectacle était doux à un œil philosophe : ces longues mines, ces conciliabules, et ce parfum de chiffre qui soudain flottait, mélangé aux effluves de la friture de perches du Léman. Il eût été dommage de manquer cela. Il n'empêche : le soir nous prîmes congé et remontâmes sur nos hauteurs, où un ami me loua son chalet pour une bouchée de pain.

C'est là, dans l'espèce d'irréalité où me plonge toute maison meublée par d'autres et mal connue, comme j'écoutais les informations d'une radio française, que j'appris la mort de Jacques Chardonne.

Dix ou douze ans auparavant, alors qu'il était redevenu un personnage parisien par la grâce de quelques garçons dont je fus, la mort de Chardonne eût fait un bruit considérable dans notre village. Nous étions nombreux, de Roger Nimier à Michel Déon, de Bernard Frank à Matthieu Galey, de Félicien Marceau à Jacques Brenner, prêts à expliquer pourquoi nous étions allés faire visite à Chardonne dans sa pénombre et pourquoi nous l'aimions. Survenant dans le tapage et la stupeur des événements, sans journaux pour la commenter, radios et télévisions uniquement occupées des violences qui secouaient la rue, écrivains dispersés ou jouant à la guéguerre, la mort du « baron de La Frette » fut enfouie dans le silence. Et d'autant plus profond que Chardonne, depuis quelques années, s'éloignait. Devenu sourd, attristé par la mort de son fils et par celle de Roger Nimier, un peu en exil dans sa maison de banlieue et l'aimant moins, cet exil, qu'il ne le prétendait, Chardonne était devenu un très vieux monsieur que ses amis — moi le premier, je le confesse — n'entouraient plus comme naguère.

Je l'avais rencontré pour la première fois à la fin de 1951. Il avait la sorte de beauté qu'on voit aux épagneuls *gold* quand ils vieillissent : quelque chose dans le visage de carré, poilu, fidèle et narquois. Comme les bons conteurs il aimait prendre son temps, il parlait lent et chuintant, mâchouillait avec gourmandise ses mots dans un simulacre d'accent oxonien attrapé, disait-on, de sa mère, c'est-à-dire du « côté Haviland », ces Américains devenus à Limoges seigneurs de la Porcelaine. Il avait toujours joui, visiblement, de cette bonne organisation des chairs sur les os qui permet de voir venir l'âge sans angoisse. Sur lui, la peau et la laine prenaient bien leur pli. De naissance il savait comment un homme d'Occident doit s'habiller : science peut-être un peu plus américaine et un peu moins anglaise qu'on ne le croit. Il rapportait de chez un tailleur lausannois des flanelles et des homespuns savoureux et amples dans lesquels il se composait une dégaine du meilleur ton. Il savait nouer un foulard, négliger habilement un papillon un peu pendouillant qui le faisait ressembler à un yachtman de Martha's Vineyard au soir d'une régate, plus qu'à un artiste d'Europe. Mais c'était surtout son élocution qui surprenait et séduisait. Il usait du grognement dubitatif ou moqueur, de l'allusion inarticulée, comme un qui pourrait en dire bien davantage, et du plus croustilleux, mais qu'il suppose connu, deviné, et qu'au reste il est trop courtois pour révéler. Il soulignait cela de coups d'œil à la fois curieux et désabusés. C'était le charme même. Autour des femmes il accomplissait ses voltes sans jamais s'approcher de trop près. J'eus tout de suite l'intuition que sa vie amoureuse avait sacrifié davantage aux serrements de mains, aux effleurements de cœur qu'aux orgasmes de passion. Mais je pouvais évidemment me tromper, encore qu'il ne se départît jamais de cette sécheresse tendre et goguenarde qui n'est pas le style de l'homme à femmes. Il était plutôt un homme à lectrices, ce qui n'est pas du tout la même chose.

En 1951, j'intitulai mon premier roman *L'Eau grise* à cause d'une citation de Chardonne. Sitôt le livre paru, il le lut et m'invita à aller à La Frette lui rendre visite. Il signala le roman à Marcel Arland qui en écrivit aussitôt dans *Combat* : le coup d'envoi était donné. Nimier, Sénart, Fallois, Thérive, d'autres suivirent. Gaston Gallimard demanda à Queneau de m'écrire. Je dois donc à Chardonne ce signe de bienvenue qui fait d'un garçon inconnu, en quinze jours, un nouveau venu au pays des écrivains : ce n'est pas rien.

La maison de La Frette m'étonna. C'était une chose cubique d'environ 1930, sans doute redevenue aujourd'hui à la mode, mais qui décevait fort il y a quarante-cinq ans : elle traversait son purgatoire. La vue y était vaste sur la vallée de la Seine. Des champs d'épandage, sur l'autre rive, protégeaient l'horizon de toute construction. Cette beauté préservée par l'ordure, Chardonne en tirait la morale qu'on imagine. Le jardin offrait aux fleurs tout ce qui avait été refusé aux arbres. Son propriétaire en appréciait mieux les beautés que ne faisaient ses visiteurs, ce qui l'agaçait. La maison — villa conviendrait mieux — était meublée dans le style art déco, lignes droites, bois exotiques, des fauteuils étroits comme des torpédos, et l'on y buvait du château-Yquem en écoutant de fausses confidences. Le ciel occupait généreusement la fenêtre. Camille Chardonne s'asseyait à côté d'une cheminée sur laquelle régnait sa photo par Laure Albin-Guyot, où l'on voyait combien elle avait été belle. Ses yeux n'avaient pas changé. Mais une brume de chère souffrance, de masochisme éperdu paraissait posée parfois sur ses traits.

Pendant quelques années, Chardonne m'entoura d'une amitié extraordinairement vigilante. Je reçus de lui nombre de lettres, dont on sait qu'il les écrivait sur du papier blanc ou quadrillé selon qu'elles étaient artificieuses ou sincères. Les plus extravagantes caresses, prodiguées sur une feuille blanche et de grand format, devaient être tenues pour pure flatterie. En revanche les billets écrits sur des demi-feuillets lignés véhiculaient la vérité. À cette époque — les années cinquante à soixante — la correspondance de Chardonne fut considérable. Embusqué derrière ses lupins de La Frette, il mitraillait sans répit la littérature parisienne. Pas un ridicule ne lui échappait, ni un talent encore balbutiant. Ses admirateurs avaient naturellement du génie, mais il se hâtait de rectifier, dans un mot adressé à un tiers, le jugement trop indulgent dont il venait de régaler un flatteur. Il était capable d'accabler les gens sous d'énormes bontés, puis de les exécuter d'une phrase atroce. Ses proches n'échappaient pas mieux au massacre que les indifférents. Je garde, cachées au fond de profonds tiroirs, des lettres où il m'écrivait sur X ou Y — qui l'aimaient et qu'il aimait — des choses si abominables qu'ils lui voueraient, s'ils les découvraient aujourd'hui, une de ces haines d'outre-tombe d'autant plus frustrantes qu'on ne pourra jamais les assouvir. Si l'on excepte les jeunes gens et les familiers, ses bêtes noires étaient Malraux et, plus étrangement, Proust. Il avait de surprenantes indulgences pour des gens retournés à un demi-oubli : Vaudoyer, Fauconnier (celui-là de sa famille, il est vrai) mais, sur Malraux, il ne tarissait pas de sarcasme. Un jour de l'été 1952 je lui fis rencontrer la fille du diable, et il fut avec elle d'une drôlerie inattendue. Il vaticinait, provoquait, s'émouvait (ou le feignait). Il suçait tout le pessimisme de sa prophétie avec volupté, et, l'œil mi-clos, observait cette jolie personne de dix-neuf ans sur laquelle, le soir même, j'en étais sûr, il allait écrire une demi-douzaine de lettres pleines d'épices, dont il essayait sur nous les formules avec une insouciance de vieux cuistot littéraire.

Cette scène-là, je m'en souviens, se déroulait en Savoie où Chardonne, qui aimait rendre des visites à ses amis, m'avait demandé de lui trouver un gîte. Il n'avait pas été satisfait de mon choix et s'était bientôt installé dans le seul lieu où je n'aurais pas eu l'idée de le loger : un hôtel du centre de Megève qui jouissait d'une réputation de galanterie un peu équivoque. Le bar l'avait séduit, décoré dans le style Cocteau alors en vogue, où nous allions boire le soir des cocktails corsés et crémeux. Il y passait de longues heures et il revint souvent ces années-là à Megève. Il y séduisit le libraire et lia connaissance avec les vieilles familles du village, paysans devenus moniteurs ou commerçants, sur lesquelles, en fin de compte, il ne résista pas à la tentation de faire un peu de littérature. Tout le monde se retrouva bientôt dans un livre et le pauvre Chardonne, contrit et rieur, préféra ne plus retourner sur le lieu de ses investigations romanesques.

Arrêtons-nous un instant.

Je n'ai rien compris, en 1968, aux changements qui allaient bouleverser la société française, et que le désarroi et la peur de la génération aux affaires rendraient irréversibles. Je ne me suis jamais posé la question essentielle : âgé alors de dix-huit ou vingt ans, qu'aurais-je pensé ? Si j'ai toujours eu du goût pour un certain style bourgeois, mots auxquels je ne donne nulle connotation agressive, je n'ai jamais cru à la morale bourgeoise, ni au principe d'autorité. J'ai vécu ma jeunesse dans la liberté, volant les fruits au-dessus des murs, me souciant peu de fidélité, sacrifiant peu à l'hypocrisie. C'est dire que les grandes conquêtes de 1968 — liberté amoureuse, contraception, prochaine légalisation de l'avortement, ébranlement des structures familiales, mise en question des mandarinats — m'ont comblé. Je n'aime pas les hiérarchies, et leur déroute ne m'a pas peiné. Pour ce qui touche à la vie amoureuse, soyons honnêtes : nous ne savons pas ce qu'il faut inscrire au crédit de la révolte étudiante et ce dont il faut remercier les laboratoires pharmaceutiques. La mise au point de la pilule contraceptive est affaire de chimie et non pas d'idéologie, de même que la loi sur l'IVG est due davantage à un ministre courageux, Mme Veil, qu'à des principes libertaires. Cette correction étant faite, constatons que soudain, au lendemain de 68, le terrain a été favorable à une évolution des mœurs rapide, très rapide, et que cette évolution, en germe dans les événements de Mai, n'avait pas été repérée, ni bien sûr annoncée par ceux qu'exaspérait ce printemps agité. Erreur de jugement, vision peu prospective. *Mea beatissima culpa.*

J'ai donc approuvé, par la suite, une révolution dans les mœurs que je n'avais pas vue poindre et dont je n'ai pas été un bénéficiaire. L'ai-je appréciée dans sa totalité ? En particulier le déclin des grandes autorités intellectuelles, la méfiance qui entoure désormais ceux qu'on appelait naguère des maîtres à penser ne devraient-ils pas me hérisser ? Nullement. J'ai perdu tout respect pour les « maîtres » entre 1940 et 1944, époque où mes professeurs, au lycée, n'ont pas une fois exprimé, même en termes prudents, une opinion courageuse et claire. J'ai entendu alors vanter la « correction » et la discipline des militaires allemands. Mais je n'ai entendu *aucun* de mes professeurs dire un mot, risquer une allusion, proposer un instant de silence qui fussent consacrés, par exemple, à nos camarades porteurs d'une étoile jaune et l'un après l'autre évanouis. Qu'on ne me parle plus de civisme après cela, ni de « devoir d'état ». Cul par-dessus tête, les hiérarchies ? Eh bien, bon vent !

Par contre, sur un autre plan, non plus moral mais professionnel, je crains que 1968 n'ait eu piteuse influence. Le bouleversement des méthodes pédagogiques, la foi naïve en des théories nouvelles, les chimères absconses des notes et directives pédagogiques de l'Éducation nationale ont compromis, pour combien d'années ? la formation des élèves, puis celle des maîtres. Ce n'est pas ici le lieu de polémiquer contre les sottises commises — il semble qu'on en soit peu à peu devenu conscient : ne dit-on pas qu'on se soucie de nouveau d'*apprendre à lire* aux enfants ? Qui oserait se plaindre d'une résolution si légitime ! — mais il fallait dire un mot de ce ratage absurde. Cette société qui dut une part de son homogénéité aux « hussards noirs de la République », comment a-t-elle pu se laisser duper par des précieux et des doctrinaires ? On demande pardon de rappeler ces évidences un peu ennuyeuses.

Peut-être aussi, s'agissant de Mai 1968, ai-je commis une erreur d'ordre *romanesque*. Heureux ceux qui sont parvenus, dans une époque de désordre et d'exaltation, à fourrer la réalité d'un peu de plaisir ou de bonheur, comme le chausson l'est de sa pomme. Les nuits et les aubes de Mai furent pleines, on s'en doute, de rencontres, de passions, de secrets étalés, enfin ! à la grande pénombre joyeuse du désordre. Une journée de colère collective, pour être accomplie, doit finir dans l'intimité amoureuse. On imagine les fugues, les cachotteries, les filles faisant la belle pour la première fois, sûres de leur impunité puisqu'il était « interdit d'interdire ». On imagine la griserie des paroles et des gestes, l'aventure privée portée par l'aventure collective comme l'oiseau parasite par son hippopotame. Voilà qui donne du prestige à l'hippopotame — mettez-vous à la place de l'oiseau ! Le rôle que j'avais choisi de jouer, un tiers conviction, un tiers provocation, un tiers lassitude, ce rôle de *vieux* qui m'a si tôt tenté peut-être parce que je n'avais pas eu, enfant ni adolescent, de vieux à qui faire la guerre, ne m'avait pas jeté dans les volcans du bonheur. Ce mois de mai ne m'a pas fait rêver : j'étais déjà un moqueur quadragénaire, le mauvais âge pour les coups de soleil — on y attrape des éphélides. Indélébiles, quoi qu'en disent les charlatans.

Dans sa correspondance Chardonne se livrait aux trois sports où il excellait : le compliment, le conseil, le jugement. Passons vite sur le compliment, dont le sucre en fondant commença par me poisser le goût. Si j'avais été meilleur psychologue j'aurais tout de suite compris que je n'avais nulle complaisance à redouter : à l'occasion Chardonne m'accabla de vérités déplaisantes. Ses bontés y gagnèrent en vraisemblance. Mais sa spécialité restait l'incitation à la sagesse. Ses conseils étaient tous d'économie, de retirement. Au bavard il suggérait dix ans de silence ; au buveur, l'abstinence ; au noctambule, de longues heures de sommeil. Nous étions tous, plus ou moins, des jeunes gens dissipés : il voulut donc nous imposer la vertu. Non par morale mais par hygiène. « Il faut durer », répétait-il. Pourtant nos turbulences l'amusaient. Je me rappelle avec quelle délectation, un après-midi, comme nous sortions d'un déjeuner au Grand Véfour où nous avait conviés Josette Solvay, il découvrit, caché sous un imperméable au fond de ma voiture, le fusil avec lequel un jeune homme avait tenté, le matin même, de me punir de mes mauvaises manières. Ces épisodes remuants lui plaisaient mais il eût préféré nous voir tous mariés, rangés, gérant avec parcimonie ce capital de talent qu'il nous avait reconnu comme on fait un legs.

Parfois il surgissait ici ou là, généralement le mardi, qui était son jour parisien, chez un éditeur ou au bureau d'une revue, et il s'installait. Sans nul souci des rendez-vous, des horaires, des obligations de quiconque, il organisait autour de lui une conversation capricieuse, toujours gaie. Il savourait sa seconde jeunesse. Il nous trouvait succulents, nous qui l'avions ranimé, réinventé. Il tenait pour acquise notre indignation devant les misères qu'on lui avait infligées à la Libération. Lesquelles ? Je ne l'ai jamais su exactement. Il se trouvait, parmi les écrivains que j'aimais, que plusieurs avaient été un peu secoués par les épurateurs : Montherlant, Giono, Morand, Chardonne. À bien relire les textes de celui-ci ou de celui-là — *France la Doulce*, de Morand, *Voir la figure*, de Chardonne — on comprenait où le bât avait blessé. Il valait mieux, me semble-t-il encore, accepter les œuvres telles quelles, avec leur bois mort, les traces de la foudre : ces grands arbres sont rares et il ne faut pas les abattre. Toutes les illusions où s'est complu Sartre, les alliances absurdes qu'il a conclues, dénoncées, ressoudées, ne nous empêchent pas d'aimer l'époque où nous lisions *L'Enfance d'un chef* et *La Nausée*.

On m'a toujours poussé vers les prisons où l'on avait tenté d'enfermer les écrivains que j'aime. Ce n'étaient pas, selon l'époque, les mêmes prisons : cette constatation me rassura, à un âge où le conformisme est tentant. Quand Chardonne m'expliquait qu'il avait été germanophile à cause de Blum et de Jaurès, je l'écoutais affectueusement, sans répondre, et il n'était pas dupe de mon silence, dont au reste il se moquait. Quand je surprends dans la conversation de tels de mes amis ces soudaines raideurs, ces silences un peu froids auxquels se reconnaît le passage d'un ange idéologue, je me tais et j'attends. Il y a assez de haines recuites, de rancunes accumulées entre les hommes de ce pays pour qu'on ne collabore pas à leur entretien et que l'on reconnaisse, à chacun, le droit de persévérer dans ses passions.

Presque aussi surprenante que l'intolérance : l'ignorance. La volonté d'ignorance. Je la découvris à cette époque, et elle m'estomaqua. Je ne pense pas — pour rester dans le même ordre — que Chardonne eût jamais lu Aragon. Ni les surréalistes. Ni les écrivains que nous aimions dans ces années cinquante. Je me rappelle avoir entendu Claude Simon et Marguerite Duras se faire gloire de n'avoir pas lu Barrès, qu'ils vomissaient en toute méconnaissance de cause. Revel, en 1967, à l'époque où *La*

Parisienne publiait *Pourquoi des philosophes ?*, prenait des colères si l'on parlait devant lui de Claudel, comme s'il se fût agi d'un vieux chanoine de la « Cote catholique ». Je me souviens de ce soir, à la Maison de la culture de La Rochelle, où, encouragés par les sarcasmes de Robbe-Grillet, des profs affolés de mode me riaient au nez quand je leur suggérais de lire *Un balcon en forêt*, *L'Œuvre au noir*, *Belle du Seigneur*, *La Semaine sainte*.

Je pourrais pendant des pages donner d'autres exemples de cette raideur doctrinaire, de ce refus d'explorer, qui bloquent le goût en France. Sans doute, demain, d'autres remous nous imposeront-ils à nouveau proscriptions et excommunications. Il faudra les refuser avec le même inlassable éclectisme qui est, face aux tyrannies de la bêtise, la seule attitude inflexible. À défaut d'être des héros, nous continuerons d'être de grands lecteurs : il y faut parfois une espèce de courage.

Si je me laisse aller à reparler de politique, c'est que les années où je fus un ami de Chardonne en étaient engluées. Au fond, personne ne mit jamais en cause le talent de Chardonne. Qu'il fût si peu conforme à ce que l'époque avait adoré (qu'elle commençait seulement de brûler) l'avantageait plutôt aux yeux de ses détracteurs. L'avaient-ils beaucoup lu ? J'en doute. Qui prisait-on, alors, dans les bons milieux ? Leiris, Vailland, Gascar. On venait aussi de découvrir *Tristes Tropiques*. Rien de tout cela ne me dépaysait. Leiris en particulier me fascinait. Je m'étais même mis à goûter cette lenteur un peu pataude et minutieuse de son écriture, cette prousterie sans les diaprures, cette vertigineuse honnêteté faite style, ou austère refus du style, qu'il m'arrivait de préférer à la belle prose de tel surréaliste dont Aragon me disait avec férocité que c'était « fruité, oui, mais un fruit où il y aurait surtout du noyau ».

Ma niaiserie

En 1951, quand je pris pour épigraphe une citation de *L'Épithalame* qui me donna aussi le titre de mon premier livre, je n'avais, de Chardonne, rien lu d'autre. Je tenais *L'Épithalame* pour un très beau roman de l'amour et du désamour conjugal, mon avis n'a pas changé. Je me rappelais les vitrines et publicités de la librairie Rive gauche et je ne prenais pas Chardonne, certes, pour un socialiste, mais je n'avais pas eu la curiosité d'ouvrir *Chronique privée de l'an 1940*, ni *Voir la figure*, ni *Attachements*, ni bien entendu *Le Ciel de Nieflheim* que Gerhardt Heller avait empêché Chardonne de diffuser. J'ignorais aussi ses divagations doctrinales publiées dans la *NRF* dès 1939. Entre mes treize et mes seize ans, je n'eus entre les mains aucun numéro de la revue : jamais Jean Levaillant n'eût conseillé la *NRF* de Drieu au potache boulimique et vulnérable que j'étais. J'aggrave mon aveu : je n'ai toujours pas lu les livres en question. Sans doute préféré-je garder en mémoire le gentleman sceptique et comédien, juché sur une marche de l'escalier, à l'hôtel Rochebrune, à Megève, qui distillait ses souvenirs d'anciens compagnons soigneusement choisis — Jaurès, Porto-Riche, Léon Blum — détenteurs à ses yeux d'une magie : le pouvoir d'innocenter. Je n'étais pas dupe de sa ruse plus qu'il ne l'était de ma courtoise attention.

L'autre ange noir, dans ces brumes commodes, fut Drieu la Rochelle. Il se donna la mort en mars 1945 : je n'avais pas dix-huit ans. Sur le coup, l'événement ne me frappa nullement. Ce n'est que plus tard que je le découvris, et alors, celui-là, de loin, d'outre-tombe — il me fascina. J'eus la stupeur, lisant un livre de lui — *Mesure de la France* ? — d'y trouver, mot pour mot, une phrase que j'avais griffonnée sur un des innombrables bouts de papier qui encombraient mes tiroirs : « programmes », résolutions, « plans de vie », maximes. Sept ou huit mots, pas un discours, mais le choc n'en fut pas moindre. Je commençai à scruter ses photos, toujours un peu floues. Il me sembla y retrouver les courbes indécises qui composaient mon visage, une mollesse sommeilleuse, un air de bouderie, l'œil d'un poisson plutôt que d'un aigle. On disait : longiligne, volontiers silencieux, vêtu de tweed, sa paresse tout occupée de femmes. Mais ne les aimant guère, en fin de compte, les femmes. Voyez-vous ça ? Il devait être irrésistible. Un jour, dans un sourire, Maurice Martin du Gard risqua une comparaison, destinée sans doute à me flatter : elle me troubla. Une autre fois, vers 1965, ce fut une définition de mots croisés : horizontal — nom en dix lettres d'un jeune écrivain que l'on compare parfois à Drieu la Rochelle —, « J'ai trouvé tout de suite », me dit Denise Bourdet, allongée dans la chambre de clinique où elle devait mourir deux jours plus tard. Denise que j'avais un soir harcelée de questions et qui m'avait répondu : « Eh bien oui, j'ai eu une aventure avec Pierre, et alors ?... » Drieu, je l'avais lu de plus près que les autres : *Fond de cantine*, *La Comédie de Charleroi*, *Interrogation*, *L'Homme couvert de femmes*, *Feu follet*... Je croyais connaître mon dossier Drieu. Je pouvais convoquer des témoins à décharge. Je voyais « Pierre » en ancien combattant de 14, anglomane, le ventre plat, ami de Berl, et n'oublions pas, ami de Malraux : cela eût dédouané n'importe qui à mes yeux. Mais surtout me fascinaient le désabusement excédé, nonchalant, invertébré, le dégoût facile. « Il bâillait beaucoup », m'avait dit Denise Bourdet. Je n'avais rien lu de ses textes « fascistes ». Par contre je me souvenais fort bien que Drieu était le dédicataire du *Libertinage* et Aragon celui de *L'Homme couvert de femmes*. Deux livres non négligeables ; leur amitié ne se payait pas en monnaie de singe. « Aragon, joli tigre », écrivait Drieu à leur bonne époque ; plus tard ce sera « l'onaniste langoureux ». Il y avait aussi ce constant refus d'Aragon de me parler de Drieu. Il n'était pas encore venu le temps où il sifflerait, façon cobra, les confidences les plus audacieuses : le préfet Andrieu, son demi-frère, son ami Pierre qui était le « pilotis » d'Aurélien Leurtillois. La preuve : il avait habité comme lui à la pointe de l'île Saint-Louis, parfaitement, là où j'allais faire visite à la princesse Bibesco chez qui chaque vase, effilé, dressait sa rose. Aragon, ce jour-là, avait dit « Pierre », lui aussi. Je devenais le garçon à qui l'on parlait d'un mort en l'appelant par son prénom. Un mort qui, sur sa table de chevet, le jour de son suicide, avait posé *Aurélien*. Était-ce vrai ? Du brillant ? Non, de la patine. Ce fantôme était couché dans une pénombre assez douce. Il y avait bien ces livres polémiques que m'avait apportés, juste après la Libération, un tout jeune magasinier que je voyais, un soir par semaine, dans un « cercle d'études » organisé par la paroisse Saint-Séverin. J'essayais d'intéresser mes auditeurs à mes dadas : histoire contemporaine, économie politique, un peu de littérature. « Mes » garçons avaient mon âge, ou à peine plus. Ils me racontaient leurs amours, leur vie à l'atelier. B. travaillait au « pilon », l'administration chargée de détruire les livres des collabos alors en prison ou en fuite : il m'en avait apporté une vingtaine, dont plusieurs Drieu ; je m'en étais vite détourné ; les idées m'avaient paru fumeuses, à la fois essoufflées et prophétiques, mélange instable. La mort était vite passée sur tout cela.

En 1958, *Récit secret* me bouleversa. En 1960, pendant l'exil au fond de mon alcôve que m'imposa une méchante fracture, Louis Malle étant venu un soir rue Jacob me rendre visite, en compagnie de Jean-Paul Rappeneau et de Jérôme Peignot, je lui passai *Feu follet* qu'il avait aperçu près de mon lit. J'en serais sans doute resté là, figé dans l'indulgence envers une légende nuageuse, et surtout paresseux, si paresseux ! n'ayant jamais eu le courage de me reporter aux textes (comme je le fis pour Brasillach, curiosité qui solda mon compte avec l'auteur des *Quatre Jeudis*), si en 1992 n'avait pas paru le *Journal* de Drieu jusque-là resté inédit. Ce fut une révélation d'incrédulité et de dégoût. Ainsi, le vrai Drieu était cet homme-là ! Ce faux Rebatet, ce sous-Céline aux délires racistes les plus fangeux... On a beau savoir que la haine antijuive, ou antiarabe, ou antinègre suscite toujours des développements orduriers, que le bel Oxonien ait trempé là-dedans, et dans le secret, dans la cachette de son *Journal*, comme un môme se touche sous le drap, voilà qui me fit honte et peur. Étais-je passé à côté de *cela* sans le sentir ou en me bouchant le nez ? Au fur et à mesure que, le temps passant, on commença de sortir les textes restés sous le boisseau — pêle-mêle Jouhandeau, Cocteau, des lettres de Chardonne, etc. — je forçai plus souvent mon incuriosité et me mis à lire tout ce qui paraissait. Ah, la partie immergée de l'iceberg ! Comme il m'avait été commode et confortable de l'ignorer ! Je ne trouvai pas — et d'ailleurs ne cherchai pas — comment justifier ma myopie. Un certain étourdissement de *style*, un autre étourdissement, disons de mondanité, joints à la reconnaissance que ma naïveté éprouvait pour ceux qui m'avaient *accueilli* : telles furent les explications de mon défaut de jugement. J'avais fait, comme on le dit des bébés qui s'étouffent, une « mauvaise voie ». Mais personne ne m'avait suspendu par les pieds, secoué ni tapé dans le dos. Si encore j'avais eu la lucidité et le cynisme d'assumer, avec mes admirations littéraires, mes indulgences politiques !

Mais non, je me fis sourd et absent. Ai-je tort de ranimer, après tant d'années, mes scrupules ? L'usage est d'enterrer les cadavres qui ont cessé de puer, de les oublier, en tout cas de ne pas planter un drapeau pour signaler l'emplacement de la sépulture. Je n'agis donc pas conformément aux usages. Puisse-t-on comprendre pourquoi.

Au métro Cité

Maintenant, je vais m'en aller sans avoir compris grand-chose. Il y a quarante ans j'ai cru, de bonne foi, aimer l'amour. Où avais-je la tête ? Au quatre-vingt-treizième d'infanterie aéroportée, marchant au pas sur les hauteurs qui surplombent la Seine (des hauteurs, à Courbevoie ?...) je gueulais « Adieu belleu filleu... C'est nous les bataillons de choc ! » On faisait sonner le « ba », le « ta », le « yon », le « choc » en tapant du talon sur la route froide. J'étais plein d'apitoiement sur moi-même. « ... belleu filleu... » J'aimais déjà la chanson de Craonne : « Adieu la vie, adieu l'amour, adieu toutes les femmes... » qui me met les larmes aux yeux. Je prenais ces larmes pour argent comptant. Les femmes, les vraies, elles, ne s'y trompaient pas, elles me savaient à la traîne, à la molle. Jamais une vraie salope vorace ne s'est jetée sur moi. Ma passion pour les gamines amusait. Comment ai-je pu être dupe si longtemps ? Je me rappelle une femme allongée, nue, sur le ventre. J'étais assis à côté et au-dessus d'elle, contemplant le joli paysage. C'était l'ennui vague d'après les gestes et les petits cris. Je l'avais laissée en plan, probable. Elle avait une idée en tête. Je voyais son cul bâiller, oui, bâiller comme un gosse fait des « o » avec sa bouche pour réussir des bulles de savon. Ou plutôt cela ressemblait à la suffocation d'un poisson qui agonise. Rien de plus excitant, j'imagine. Pensez donc, cet appel, ce clappement minuscule, ce clin d'œil, ce clin de rose… « Rien ne me choque », m'avait-elle dit, un jour, avant. Elle attendait. Encule-moi donc imbécile… Que voulez-vous, c'était ça qu'elle aimait. Bien son droit. Mais la mise en scène, la mise en route me harassait d'avance, les gestes, justement. La vaseline, par exemple, d'où allait-elle me la sortir ? Du tiroir de la table de chevet où elle était rangée avec les boules Quies, le masque bleu, un vieux peigne, des pastilles contre les brûlures d'estomac ? L'enduire, la lubrifier, l'oindre, allait peut-être m'exciter. Parce que pour l'instant je bandais mou. De quoi forcer le passage ? Rien de moins sûr. Il me fallait compter sur les idées — les images — que me mettrait en tête la vaseline. Périlleux exercice, vendre la peau de l'ours. De nouveaux préliminaires s'imposaient. Rien n'est jamais acquis à l'homme, ni sa peine… Elle feignait un demi-sommeil, l'absence. Je n'y suis pour personne. Le bâillement durait toujours. Le faisait-elle à volonté, comme certains savent remuer les oreilles ? Était-ce un réflexe, comme de mouiller ? Il me sembla que ses fesses étaient un peu tendues, remontées, *présentées*. En cet instant, comme nous nous haïssions ! Elle devait s'indigner : « Les jours passent, ma beauté va se dessécher ou s'empâter, et pendant ce temps-là personne ne m'encule. » Je suis sensible à ces détresses. J'ai connu cela vers mes seize ans. Il m'arrivait de m'asseoir sur un quai du métro et, là, de laisser passer plusieurs rames. J'évitais de m'installer au milieu du quai, face à la voiture de première classe. J'avais besoin que la quille raclât le fond. À toutes les heures — j'avais seize ans en 1943 — les voitures étaient surchargées. Les trois petites masses des voyageurs debout, tassés devant les portes, formaient comme autant de caillots ; un cœur, quelque part, les faisait battre, les animait doucement quand l'arrêt, puis le redépart, leur imprimait une oscillation, une secousse passive et flasque. Tout cela dans les chuintements de l'air comprimé et les couinements d'une petite corne que le chef de train portait à sa bouche. Les portes claquaient. Les usagers que l'arrêt avait jetés sur les quais, brusque hémorragie vite jugulée, marchaient en hâte. Vers quoi ? Il n'était pas possible que parmi toutes ces inconnues qui se hâtaient il n'y en eût pas une, deux, trois peut-être qui ne fussent pas prêtes à se livrer à moi — je pensais « livrer », le nigaud ! Comme les chrétiens aux fauves. Non, il ne s'agissait pas de cela. Je voulais dire aussi bien : prêtes à me prendre. Les ateliers, les arrière-cuisines, les granges, partout où les pauvres rongent leur frein, les gares, les trains sont pleins de femmes combustibles, faciles, savantes, gouailleuses, prêtes à ne faire qu'une bouchée — le mot est-il bien choisi ? — de l'incessant désir qui me durcissait le ventre. Une, deux, trois, dix. « *Adieu belleu filleu...* » Les portières claquaient, les petites cornes, privées d'océan, de brume, de nuit, gémissaient dans l'odeur de crésyl de la station Cité où l'on a l'impression de s'être jeté dans un puits. Cette *zuppa inglese* de voyageurs flageolait aux accélérations et aux ralentissements de la rame, et rêvez ! Rêvez sur les nuques sans défense, les mains aventureuses, les parfums, le chaud, le sale, les yeux qui ne veulent pas voir, les reins innocents, rêvez ! Je laissais tout cela me pénétrer, tourner de plus en plus vite la valse dans ma tête. Quoi, pas une ? Peu à peu l'odeur jaune et noir du métro régnait sur mon désir, et j'imaginais les amoureux enlacés, au fond des banlieues, dans les couloirs d'immeubles, là, dans le coin d'ombre où sont entassées les poubelles, de sorte qu'au bout d'une longue étreinte leurs vêtements, pauvres amoureux, leurs cheveux et jusqu'à leurs lèvres tuméfiées sentaient l'ordure.

Je ne connaissais pas, en 1943, *Le Mauvais Plaisant*, qu'Aragon écrivit en 1929-1930 pour un libraire américain nommé Titus (est-ce lui qui inspira au romancier ce drôle de sourire — « Tite, sans blague, Tite ? » — aux premières pages d'*Aurélien* ?). Le manuscrit fut perdu, puis retrouvé et publié sous le titre désobligeant d'*Aventures de Jean-Foutre la Bite*. Paix aux goujats ! J'ignorais donc, en 1943, les pages sourdes et violentes qu'avait écrites Louis treize ans auparavant — seulement treize ans ! — vouées aux « joies ténébreuses » du frôleur (Alexandrian). J'ignorais surtout que le chapitre deux du *Mauvais Plaisant* se déroulait « dans la station la plus terrible de tout Paris », celle de la Cité, précisément la Cité où plusieurs fois, descendant juste avant Saint-Michel, « ma » station, je laissai chauffer mes rêves, repoussant de dix en dix minutes l'obligation de rentrer chez moi où m'attendait l'abjecte solitude.

Elsa et Louis

1997 : le centenaire

Attention ! Ne pas devenir l'ex-jeune homme de droite — oui, accordons-leur la *droite*, c'est ainsi qu'ils parlent — qui fut l'ami d'Aragon. Ne pas passer l'année 1997 de colloque en table ronde, à discourir sur « Elsa et Louis », façon de les nommer qui désigne les anciens familiers. Garder la juste distance. Mais quelle est-elle ? Aragon aimerait-il me voir tartiner sur lui ? Si, je puis le dire, je l'ai aimé d'amitié, lui m'aimait-il ? Il m'appelait « petit », tendrement, ou « fils ». Mais il appelait tout le monde « fils » cet homme que la comédie sociale priva de père et obligea à cacher sa mère je ne sais plus combien d'années. (Il ne révéla l'identité de sa prétendue « sœur » à son ami Georges Sadoul qu'en 1939.) La paternité semblait lui faire horreur : il avait là-dessus des formules cruelles. Au fond, je n'ai peut-être été qu'un des personnages — à la longue présence il est vrai, 1952-1972, les dix dernières années le courant ne passant plus très bien — un personnage, donc, du grand théâtre aragonien.

N'étais-je pas simplement, à vingt-cinq ans, un peu épaté d'être reçu dans ce qui me paraissait être l'intimité du grand fauve ? (Mes premières visites rue de la Sourdière, l'appartement un peu bohème et exigu, l'accueil souriant mais vigilant d'Elsa.) N'étais-je pas flatté ? Rencontrer Aragon, lui parler dans cette intimité bavarde et tutoyeuse qui devait beaucoup aux rencontres surréalistes et plus encore au ton en usage dans le Parti, c'était autre chose que d'être devenu un proche d'Arland, de Chardonne. S'ajoutait à la griserie littéraire un délicieux frisson. Avais-je une assez longue cuiller pour festoyer avec le diable ? Oui, le diable : on se méfiait des cocos, comme on disait, en ce temps-là, autour de moi.

Nous avions déjà correspondu mais ma première rencontre avec Aragon eut lieu — fin 1952 ? — chez Denoël, dans le bureau de Philippe Rossignol, PDG de la maison qui, avant la guerre, avait publié Louis et Elsa et que venait d'acheter Gallimard. Nous nous toisâmes, Louis et moi, avec tant de curiosité, d'intensité, de méfiance — et en silence — que Rossignol crut à un cadavre entre nous. Il n'y avait rien de ma part que timidité, envie de ne pas paraître flagorneur ni fasciné. Puis tout se détendit, nous partîmes ensemble.

Tout de suite Aragon m'enveloppa de gentillesse. Il me savait de l'autre bord — ou d'aucun bord — mais j'avais appris, autour de mes vingt ans, à fréquenter des militants communistes, à les apprécier, et leur vocabulaire, et leur style. Les communistes ne me paraissaient pas exotiques. Les bourgeois classiques ne savaient par quel bout les prendre ; ils craignaient quelque contamination. Pendant la préparation de la vente du CNÉ [1] au Vél' d'Hiv, grande messe du livre, œcuménique et populaire, qu'Elsa présidait, Aragon *démarchait* impérieusement pour les deux numéros spéciaux des *Lettres françaises* où étaient présentés — avec impartialité — les écrivains invités. Comme il avait trouvé riquiqui le placard de publicité souscrit par Denoël, il me l'avait triplé « pour le même prix, petit ! ». Quand parut la pub, bien lisible, cette fois, ce fut un tollé à la NRF : nous nous compromettions ! On me donna sur les doigts — avec modération, cependant : n'avais-je pas en secret partie liée avec ces rouges ? On me titilla autrement : « Demandez-lui donc un livre à votre ami Aragon ! » Ce que je fis, et Louis finit par nous donner *La Lumière de Stendhal* (Denoël, 1954).

Pour comprendre ces pas de séduction et ces dérobades il faut se représenter ce qu'était la situation du PC en France ces années-là. Les victoires de l'Armée rouge, la participation des communistes à la Résistance (participation dont la gloire était savam-

1. Comité national des écrivains.

ment orchestrée), l'éminence des personnalités artistiques, scientifiques, universitaires ralliées au marxisme, alors en position d'idéologie dominante : tout cela avait creusé une pente qui menait vers le communisme des jeunes gens, des ambitieux, des compagnons de route. « Stalinien », vers 1950, n'est pas encore une injure. La dénonciation des camps soviétiques par David Rousset (1949), le procès gagné par Kravchenko contre les *Lettres françaises* (1949), n'ont fait qu'ébranler quelques certitudes. La puissance chinoise révélée par la guerre de Corée conforte l'image soviétique. L'Occident a alors très peur du communisme mais son ascendant sur les intellectuels reste fort. La révision déchirante va se développer des procès Slansky, à Prague (1952), à la révolte de Budapest en 1956. Donc, à l'époque que j'évoque, les tensions autour du Parti français, autour d'Aragon, sont extrêmes. Il (me) faut une forte dose d'indifférence pour paraître les ignorer et préférer, à un débat d'idées qui ne me passionnent pas (puisque j'ai résisté à leur séduction) le contenu littéraire de cette étrange amitié, et la part de défi qu'il entre dans ma façon de l'afficher.

C'est peu de dire que l'homme Aragon était passionnant. À la fois affectueux, fraternel, et d'une certaine façon redoutable, comme un animal imparfaitement apprivoisé. Toujours le délicieux frisson. Au théâtre, dans les générales (que fréquentait Elsa, critique dramatique aux *Lettres françaises*), quand nous allions, à l'entracte, rejoindre « les Aragon » et les embrassions, un cercle se formait autour de nous : « cordon sanitaire ». Les regards, fermés, goguenards, les yeux des femmes qui estimaient le prix des plis savants de Mme Grès drapés sur Elsa, en disaient long. Je prenais goût à susciter cette réprobation. Il me plaisait de partager cette sorte d'exil intérieur où était alors maintenu Aragon. Les choses changèrent en 1958 quand parut *La Semaine sainte.* Le roman fut accueilli, de tous côtés, triomphalement. D'un coup l'auteur était décrété grand écrivain français et traité comme tel. Quai de Conti on se mit des idées en tête. Personne ne me reprocha d'avoir participé, dans *L'Humanité*, à un grand débat sur le roman de Louis, que menait, je crois, André Wurmser, vieux procureur séduisant et intraitable qui ce jour-là fut tout sourires. Aragon, sans le dire, jubilait sous les compliments et profitait de son changement de statut. Un éditeur audacieux alla jusqu'à lui proposer d'écrire, en collaboration avec André Maurois, une « Histoire parallèle des États-Unis et de l'Union soviétique » ! Être attelé à deux avec le plus rassurant des académiciens : quelle aventure ! quel malentendu ! En bon militant, Aragon s'y plia. Désormais, dans les lieux publics, les sourires étaient moins contraints.

Rue du Bac

1961. Elsa et Louis s'approchent dans le rétroviseur. Quand ils sont à une dizaine de mètres derrière la voiture je vois qu'Elsa porte des charentaises et marche à petits pas douloureux. Les chaussons la rapetissent, ce qui fait grandir Louis : il dresse loin au-dessus d'elle son grand air gris, tendre et penché. Ils arrivent à ma hauteur, ne me remarquent pas. Je sors en hâte de la voiture — au risque de me faire écharper par celles qui remontent beaucoup trop vite la rue du Bac. Nous sommes au début de l'année. Embrassades. Elsa me scrute :

« Un homme assis dans sa voiture à quatre heures de l'après-midi, il attend une femme…

— Le mot est peut-être un peu lourd, dis-je.

— Ah, c'est vrai, vous dites "jeunes filles"… »

Son visage, si mal fait pour l'indulgence, change quand il l'exprime, les yeux brillent. Les années de galère. La bonne tante Elsa. Elle m'observe. Je montre vaguement un immeuble de l'autre côté de la rue. Il y a là un studio de danse d'où Cécile doit sortir d'un moment à l'autre. Justement la voilà : le teint animé, les cheveux — décolorés à la diable — en désordre, un chandail irlandais de laine blanche à torsades sur une jupe grise, un vaste sac à la main. Myope, elle met un instant à apercevoir ma voiture. Elle ne nous a pas vus, debout sur le trottoir. Temps d'arrêt. Elsa et Louis ont leur tête des meilleurs jours : curieuse — bien sûr ! — légèrement moqueuse. Cécile paraît dix-huit ans. Elle en a vingt-trois. C'est la première fois que je présente une jeune femme aux Aragon. J'ai longtemps pensé qu'une vie, pour être insubmersible, doit être composée de compartiments étanches. Que les sentiments, fluides dangereux, doivent y circuler le moins possible. Aussi Elsa et Louis sont-ils attentifs. Elsa observe avec intensité le visage de Cécile qui, immobile, attend, pour traverser, que soient passées les voitures. Elsa semble en alerte. Sa *curiosité* est extrême. Il s'y mêle comme de l'attendrissement, de la mémoire ; je ne penserai que plus tard à m'en étonner. Louis se ploie, fait sourire toutes ses rides. Ah, il est beau ! Cécile l'a vue tout de suite cette beauté, elle la rassure.

« Venez ce soir, vers onze heures et demie, à la maison… »

Mes souvenirs, ici, sont confus. On créait, je crois, ou l'on reprenait à la Comédie-Française un Tchekhov ou un Tourgueniev dans une traduction d'Elsa. Peu importe. Toujours est-il que le soir, quand nous arrivâmes, des comédiens-français et quelques diplomates soviétiques composaient dans l'appartement de la rue de Varenne une petite société disparate : les comédiens démonstratifs, les Soviétiques engoncés. Georges Soria s'efforçait de mélanger l'huile et le vinaigre. Cela s'appelle « mettre du liant ». Cécile, qui rue du Bac n'avait pas bien écouté, ne s'était pas « habillée », ce que je ne lui avais pas reproché afin de ne pas éroder la tranquillité qu'une heureuse nature et une éducation parfaite lui assuraient en toutes circonstances. Elle s'arrêta un instant sur le seuil et sa myopie ne l'empêcha pas de constater qu'elle n'était pas vêtue comme il convenait. Elsa, de loin, vit le gros chandail (presque aussi rustique que celui de l'après-midi), nota le temps d'arrêt et comprit tout. En une seconde elle fut à côté de Cécile (adieu, les charentaises de la rue du Bac !), l'enlaça, l'embrassa, la traita de « ballerine » (on y pensait à cause des cheveux tirés, de la démarche plate) et l'amena de groupe en groupe à travers l'appartement encore dans son neuf, pour la planter enfin devant le buffet, très vodka, dressé dans la salle à manger un peu surélevée, au sol de tomettes rouges, aux sièges en rotin de Manille.

Cette fin de soirée est restée dans ma mémoire, avec son air russe, déjà sensible dans la décoration de la maison, qu'accentuaient les conversations des membres de l'ambassade, et cette effusion un peu théâtrale, naturelle à Elsa, que les comédiennes semblaient avoir adoptée par fidélité au texte qu'elles jouaient deux heures auparavant. Rien ne doit être plus facile à attraper, plus contagieux, que le ton « Trois sœurs » ou « Un mois à la campagne ». Les acteurs français en raffolent.

La soirée russe, comme nous l'appelâmes désormais, marqua le début de la période la plus vivante et familière de notre amitié avec les Aragon. L'adoption immédiate, par eux, de Cécile, c'est-à-dire la décision d'Elsa de séduire Cécile, donna une couleur nouvelle à mon attachement à Louis. Il existait désormais un cadre à cette amitié tumultueuse et paradoxale ; un cadre quasi familial ; nous nous vîmes souvent à quatre ou, si le cercle s'élargissait, c'était pour faire plus « famille » encore : Edmonde

Charles-Roux, qui était de fondation, Georges Borgeaud, Matthieu Galey, parfois Cartier-Bresson, parfois le général Petchkov. Nos dîners de « l'Œnothèque » me semblent avoir duré très longtemps alors qu'au bout du compte ils furent peut-être assez rares. N'importe, ils donnent leur couleur à ces années-là, 1962-1965.

Après les premières effusions, mes liens avec Louis s'étaient distendus. J'étais un « jeune écrivain » qu'on invitait parfois à écrire un papier dans les *Lettres françaises* et, chaque année, à aller signer ses livres au Vél' d'Hiv, à la vente du CNÉ. On y entendait le soir, quand chacun se plaignait ou congratulait les vedettes, Aragon se vanter ingénument de son « chiffre d'affaires », qui était toujours le plus important de la vente et battait toujours le record établi — par lui, bien sûr — l'année précédente. Depuis lors, aucune manifestation de ce genre, fêtes, salons, foires du livre, etc., n'a réussi à ressembler à la vente du CNÉ. La banlieue était là, mais le XVIe traversait volontiers la Seine. On voyait, vers le soir, de longues jeunes filles s'asseoir, désinvoltes, sur un coin de la table derrière laquelle des inconnus se prélassaient comme s'ils eussent menacé le record d'Aragon. Le Vél' d'Hiv était immense : une poussière lumineuse dansait dans le faisceau des lampes. Je me rappelais les quelques réunions politiques auxquelles j'avais assisté ici. En 1947, 48? Un soir, par un froid de gueux, j'étais venu à un meeting du RPF pour voir et entendre

Malraux. Mais il avait d'abord fallu subir Pierre de Gaulle, André Ulver, qui encore ? Non seulement l'hiver était vif mais des machines, sous le sol, préparaient la glace pour un prochain spectacle de *Holiday on Ice*. Femmes envisonnées, messieurs en pelisse. Vous avez dit « populiste » ? Sept ou huit orateurs étaient assis sur le podium à une longue table, couverts de manteaux et de foulards. La chaise de Malraux restait vide. Il était enfin arrivé, survolté, retirant tout en marchant son manteau, jetant son écharpe ; il s'était penché un instant sur la table, rassemblant des papiers ; je crois qu'il avait, debout, griffonné quelques mots, puis il s'était approché du micro érigé à l'extrémité de la table, s'en était emparé à deux mains — il avait posé ses papiers, qu'il ne regarda plus —, avait crachoté — bruit de tonnerre — une quinte de toux et deux ou trois raclement de gorge, puis fulminé ses premières paroles dans un paroxysme de trémulation, d'essoufflement — et l'on comprenait que cet exorde attaqué sur un ton de péroraison, ces vêtements retirés dans le froid, ces notes froissées et abandonnées faisaient partie d'une seule mise en scène rigoureuse et véhémente… « Quand, dans toute la France, une avenue du général de Gaulle sera le prolongement d'une avenue Jean-Jaurès, alors, mes compagnons ! nous pourrons dire… » Non, au vrai j'ai oublié les mots exacts. Je ne veux pas savoir s'il est possible de les retrouver dans quelque note d'un Pléiade. Je ne veux conserver que le souvenir du frémissement soudain passé sur le public engourdi, cette bourgeoisie frileuse et méfiante, et qui lui arracha une ovation que lui seul, Malraux, avait prévue et attendait. Cela, et le souvenir du fameux discours de Pleyel, à l'automne ou au printemps 1947, avec l'adresse aux « séparatistes » (ainsi le général appelait-il alors les communistes) venus pour chahuter l'orateur, la fausse improvisation — « … je vous ai attendus à Teruel, et vous n'êtes pas venus… je vous ai attendus à Guadalajara, et vous n'êtes pas venus… » — aux effets admirablement calculés et cumulés, qui avait pulvérisé les trublions et imposé au public cette attention méfiante mais passionnée que je découvrais. Ah, oui, on se méfiait ! Mais c'était si excitant, quand on avait *L'Espoir* et *La Condition humaine* par paragraphes entiers dans la mémoire, de regarder et d'écouter ce mince quadragénaire secoué de tics, dont Mauriac venait d'écrire : « Je crois à Malraux assez de superbe pour considérer le général de Gaulle comme une carte de son propre jeu… » Plus d'un demi-siècle a passé sur ces instants réticents et enchantés, et quarante années sur les ventes du CNÉ : la mort a fait ses comptes, les illusions sont en allées et les passions engagées dans ces croisades rivales apparaissent pour ce qu'elles étaient : des chimères, de belles chimères qui accéléraient nos cœurs de jeunes hommes.

Suis-je en train d'évoquer « les temps forts » de ces années de compagnonnage ? Si oui, je devrais montrer Aragon dans son bureau des *Lettres françaises*, ses collaborateurs assis tout au long des murs, qu'il semblait prendre d'autant plus de plaisir à traiter rudement qu'il m'avait fait asseoir, témoin silencieux, au milieu de la pièce. Ou les fêtes au Moulin, où venaient, des Dutourd à Guy Béart, tant d'amis parfois inattendus. Ou le soir où apparurent, rue de Varenne, descendant le petit escalier de la « chambre de Lili », Rostropovitch et Galina Vichnevskaïa, à peine autorisés à sortir d'URSS. Ou encore les moments de solitude, au Moulin, quand je regardais Louis travailler à l'autre bout de la longue table : il noircissait douze ou quinze pages, sans marge, sans rature, sans ajouts, le temps pour moi d'en écrire une — il est vrai que le spectacle de cette prodigieuse aisance me détournait de mon travail. Et leur passage, un été, à Arpaillargues, Elsa et Louis arrivant par surprise, le coffre de leur DS bourré de dossiers, de livres, de vieux journaux : Aragon préparait alors la réédition des *Communistes*, roman où il « faisait le ménage ». Et cet autre séjour, en Suisse, tout près de chez nous : Elsa et Louis étaient venus, l'été 1968, se reposer à la clinique-hôtel Valmont, à Glion. Louis se méfiait-il d'une probable surveillance ? Toujours est-il qu'il vint donner du chalet ses coups de téléphone importants : août 68, les troupes du Pacte de Varsovie envahissaient la Tchécoslovaquie et Aragon se battait pour que le PC français prît position contre l'invasion soviétique. Je puis porter témoignage de la violence avec laquelle il mena ce combat-là.

Louis m'avait annoncé son élection imminente « au Goncourt » à la fin de 1967, lors d'une réunion chez Bernard Privat pour fêter le prix Interallié d'Yvonne Baby, fille de Jean Baby que j'avais eu comme « prof de marxisme » aux Sciences-Po, et belle-fille de Georges Sadoul. Louis avait obtenu — sa seule condition — d'être désigné à l'unanimité. Sa présence chez Drouant m'avait rassuré : je le voyais bien là-bas, entre Giono (ce qui comblait mon éclectisme) et Salacrou, son ami. On se battit ferme, cet automne-là, autour de mon roman *Le Maître de maison*. Il y eut des perfidies, des échos. Aragon, habitué à jouer en position de force, douta de pouvoir imposer son point de vue. Finalement il écrivit une lettre au vitriol : il votait pour moi, et démissionnait. 5 contre 5 : la voix double du président Dorgelès donna le prix à Bernard Clavel, à qui j'envoyai un télégramme de félicitations. Il y eut un beau chahut littéraire et ce ne fut pas plaisant, pour moi, d'être placé dans l'œil du cyclone sans pouvoir prononcer un mot. L'amitié, entre nous quatre, ne connut pas de nuages pendant ce coup de tabac.

J'ai évoqué quelques scènes, planté les décors, indiqué les dates. J'aurais beaucoup d'autres souvenirs à ranimer. Par exemple les orages, imprévisibles, quand Aragon croyait sentir une négligence envers Elsa, qu'il craignait qu'on ne traitât moins bien que lui : « Je ne passe pas dans les portes devant les dames, moi, petit ! » ou encore : « Ce que tu fais pour moi, c'est contre Elsa que tu le fais… », affirmation, je le reconnais, quelque peu vertigineuse…

J'espère que ces quelques images suggéreront à ceux qui souvent m'interrogent — « Mais comment faisiez-vous ? Jamais une bagarre politique ? » — que nous n'avions pas besoin de querelles d'idées, ni de « parler politique », pour nourrir cette longue conversation qui demeure un des beaux feux auxquels je me suis réchauffé.

Le Stella

J'habitais alors, seul, ce petit appartement du 20 rue Jacob, à gauche au fond de la cour, que j'imaginais avoir été un lieu de galanterie. Qu'on en juge : chaque étage était composé d'un logement de deux pièces et une entrée. L'entrée, carrelée en dalles à cabochon au XVIIIe siècle, donnait, en enfilade, sur un salon parqueté à la Versailles puis une petite chambre tout entière occupée par une alcôve en boiserie très sculptée et par une cheminée. Quatre fenêtres à fines ferronneries ouvraient sur la cour et l'escalier lui-même avait simple mais belle allure. Quelle pouvait avoir été la destination de tels appartements sinon les brèves rencontres ? Aucun espace n'était prévu pour le service ou les commodités. On ne pouvait qu'entrer, s'asseoir, causer et coucher. J'avais pris soin, aménageant une minuscule cuisine et une salle d'eau, de respecter le sol ancien qui témoignait de l'étrangeté de ce logement luxueux, inhabitable et délabré.

Là où j'étais assis je ne voyais qu'un pan du mur dont on avait déshonoré les lieux en construisant, vers 1925, ce qui était devenu l'immeuble des éditions Gauthier-Languereau. Leur devait-on *La Semaine de Suzette* ? *Bécassine* ? Mais j'apercevais aussi le jardin d'un petit hôtel qu'on disait avoir été bâti par le maréchal de Saxe et offert à Adrienne Lecouvreur. Tous les guides mentionnent l'invisible Temple de l'Amitié qui orne ce jardin. Nathalie Clifford Barney habitait là depuis 1910. Elle s'était un jour offerte à me le montrer. Je n'entretenais avec elle aucun rapport, sinon de voisinage : il m'est arrivé plus d'une fois d'aider à tenir debout son chauffeur, titubant, qui lui-même aidait sa patronne, âgée et raide, à franchir les quelques mètres entre une antique traction Citroën et la porte de la maison. Il était toujours coiffé de la casquette molle des « mécaniciens » d'avant 14. D'un autre chauffeur de ce temps-là je suis sûr qu'il portait, lui, outre la casquette, des leggins : celui qui vers trois heures venait chercher le vieil André Germain, avec qui on avait déjeuné, pour lui rappeler l'heure d'une sieste réparatrice. Mais à son regard glacé, à la minceur de sa bouche on imaginait plus volontiers qu'il entraînait son patron vers quelque exquise séance de flagellation. L'hôtel de Nathalie Barney, où l'on avait récité des poèmes sous des pluies de roses et glorifié des séductrices aux noms enfoncés dans le passé (on s'étonna de les trouver si implacablement belles quand Jean Chalon publia leurs photographies dans sa biographie de Miss Barney), inoubliables et oubliées, est passé après sa mort, je crois, à la famille Debré. Pour ma part, j'avais pris pied dans l'îlot de silence et de souvenirs de la rue Jacob à la suite d'une négociation compliquée avec Maurice Merleau-Ponty : nous avions « échangé » l'appartement du boulevard Saint-Michel où, de 1940 à 1952, j'avais été si malheureux, de façons diverses, le destin faisant preuve d'imagination, contre deux décors infiniment plus flatteurs, où je n'ai que des souvenirs de bonheur : au 17 de la rue Séguier, chez Mme Brown de Colstoun, et, au fond de sa cour secrète et humide, la maison de la rue Jacob qui m'offrit ces occasions charmantes d'aider à rentrer à bon port une vieille légende littéraire.

Aragon était venu pour la première fois rue Jacob vers 1959 ou 1960. Ivre, je m'étais cassé une jambe, lors d'un cocktail, dans l'escalier tout neuf qu'inaugurait mon éditeur. Sur le départ, je m'étais retourné une fois de trop vers une enfançonne amenée là par un libraire de la rue du Quatre-Septembre, avais raté une marche et brisé de l'os au bas de l'escalier. J'ai mauvais souvenir de ma descente de la rue des Saints-Pères, du 61 au 7*bis*, jusqu'à la maison d'Edmonde chez qui je dînais avec Louise de Vilmorin, laquelle s'était moquée de moi parce que, la ramenant vers minuit à ma voiture — il fallait la reconduire à Verrières — je ne boitais pas de la même jambe qu'elle, ce qui lui paraissait indélicat, et lui heurtais à chaque pas l'épaule gauche de l'épaule droite. Le lendemain on m'avait plâtré pour quarante-cinq jours. Célibataire et solitaire, j'étais prisonnier de l'alcôve rococo, que je ne quittais guère. Je laissais la porte de l'appartement ouverte et mes visiteurs entraient en criant leur nom. Un plateau, des verres et des bouteilles étaient disposés au pied de mon lit et chacun trinquait avec moi, tenant à boire à la consolidation de ma jambe, de sorte que je flottais une partie du jour dans une demi-ivresse. Elle n'était pas inutile quand il me fallait administrer certaines rencontres inattendues. Se succédaient à mon chevet des gens qui n'éprouvaient parfois aucun plaisir à s'y retrouver. Ainsi, ce fut lors de sa première visite qu'Aragon vit arriver, furtif, sec et inopiné, Alfred Fabre-Luce. Les deux hommes n'avaient pas grand-chose à se dire et l'œil gris d'Aragon resta, les dix minutes que dura la conversation, encore plus curieux que glacial. Alfred, lui, vieux briscard mondain qu'aucune entreprise de séduction ne décourageait, était parti bravement à la conquête de Louis. Se levant presque du même mouvement pour prendre congé, les deux hommes avaient failli partir ensemble. « On voit de drôles de gens chez toi », m'avait téléphoné Louis le même soir.

Le matin auquel je pense (c'était vers 1958), dans le salon — le mot est bien noble ! — de la rue Jacob, je recevais les deux hommes que les *Nouvelles littéraires* d'alors, dirigées par Georges Charensol et André Bourin, envoyaient à domicile préparer les

« portraits » : Gabriel d'Aubarède menait la conversation pendant que Roger Wild levait un rapide dessin au trait. D'Aubarède était bavard ; souvent ses questions se prolongeaient en confidences ou en révélations. La conversation étant venue sur Aragon, il fit allusion à l'homosexualité de celui-ci comme à un sujet connu, et même rebattu. Ahuri, je me récriai : « Quoi, vous le connaissez donc si mal ?... » Suivirent quelques anecdotes remontant à l'époque du surréalisme. Je fis en sorte que l'on ne s'éternisât pas sur le sujet et l'interview prit fin.

En 1997, année du centenaire, dans une émission de télévision consacrée à Aragon, j'entendis avec étonnement Roland Leroy, sur le ton dont on tire les oreilles à des négociateurs légers, nous rappeler qu'il ne fallait pas passer sous silence cet amour qu'avait eu Aragon, sur le tard, disait-il, pour les garçons. Ainsi, l'homosexualité était « entrée », comme entre une information dans une encyclopédie ou dans la mémoire d'un ordinateur, dans la grande mythologie communiste. Vingt ans avant, quand *L'Humanité-Dimanche* m'avait demandé de célébrer — et seul ! — les quatre-vingts ans d'Aragon, l'évolution de ses mœurs semblait poser davantage de problèmes à l'orthodoxie de ses camarades. Peut-être, sans la remarque de Roland Leroy, ne me permettrais-je pas d'évoquer ici cette homosexualité de Louis, dont je ne sais pas si elle constituait sa nature foncière ou si elle fut le terme d'une dérive de chagrin et de solitude. Je ne pouvais pas, en 1958, poser la question en ces termes. Après les « révélations » de Gabriel d'Aubarède, auxquelles je n'accordai pas grand crédit, mes réflexions tournèrent autour de deux thèmes : l'hypothèse d'un secret essentiel par lequel Elsa eût « tenu » Louis, où il faut entendre qu'elle le maintenait autant qu'elle le tenait, et la tradition du *trobar clue*, la *fine amor*, les amours éthérées du troubadour pour sa Dame. Et certes on pouvait trouver plus qu'un commencement d'explication dans *La Leçon de Ribérac*, dans la passion qu'avait manifestée Aragon sous l'Occupation pour l'institution des cours d'amour, passion qu'il renouvela vingt ans plus tard quand il travailla au *Fou d'Elsa* et (re)découvrit « l'effervescence musico-poétique des cours arabes d'Andalousie ». On pouvait à partir de ces données, dans une rêverie qui passait d'Occitanie en Espagne, considérer d'un regard plus serein cet amour de Louis pour Elsa, leurs initiales entrelacées, leurs œuvres « croisées », cette passion si publique, chantée avec un lyrisme si flamboyant, tout ce à quoi les lecteurs adhéraient avec une admiration où se faufilait toujours un léger doute. Une esthétique, une éthique, une référence à un moment brûlant de l'histoire de la poésie : la grande mise en mots et mise en scène d'Elsa par Louis devenait un *acte poétique* et s'inscrivait même dans la logique de l'aventure surréaliste. La singularité de cet amour trouvait là un cadre et une explication.

Quant à l'autre thème — le dossier — il faut en parler avec calme. Dans tous les couples, l'un *tient* l'autre. Parfois, au long du temps, ce pouvoir secret change de mains. Celui qui avait barre sur l'autre subit à son tour la loi du partenaire. Ces obscurs affrontements sont la trame sur laquelle est tissé un amour. Je prends un autre exemple : une femme connaît la faille cachée d'un homme, ou ses peurs professionnelles, ou ses paniques enfantines — ses défaillances sexuelles par exemple, ses fiascos. Si elle sait l'en guérir elle entre dans la confidence essentielle d'une vie et assure, sur cette vie, son empire. Être *dans le secret* d'un partenaire, c'est mieux l'aimer. Il n'est pas absurde d'imaginer qu'Elsa avait pénétré au cœur de plusieurs secrets de Louis. On peut imaginer tout ce qu'on veut, du sexe à la politique, de la bâtardise à la gloire. Elle paraissait, parfois, *régner* sur lui, mais cette sensation, fugitive, m'a semblé moins importante que la réalité physique, évidente, du lien qui les attachait l'un à l'autre. Les regards, les gestes, les silences — tout ce qui nous échappe et qu'autrui enregistre et interprète —, tout disait entre ces deux-là le pathétique, la profondeur et la permanence du conflit et de l'attachement. Qu'on se rappelle la violence que toujours Aragon mit en tout : l'imagine-t-on mol et léger dans ce seul affrontement de quarante-deux années ? Hypothèse absurde. C'est sur ce fond de tableau que je voudrais écrire ce qui suit : les années ont passé sans que je prisse jamais conscience de l'homosexualité d'Aragon. Pas un signe, pas une parole ne m'a frappé. Je n'ai guère l'allure, dira-t-on, à troubler les vertus fragiles, mais, pour plaisant qu'en soit le ton, cette explication reste courte. Il y eut, bien sûr, les années qu'Aragon survécut à Elsa, cette métamorphose si spectaculaire, les tenues extravagantes, le cheveu en pluie sur les épaules, les chapeaux à la texane, les costumes blancs, les pattes-d'éléphant, les bijoux, le masque de carnaval vénitien posé sur le visage lors d'une émission télévisée célèbre et navrante. Tout cela pouvait passer pour un retour du vieil homme aux provocations de sa jeunesse, un dandysme exaspéré, désespéré. Les photos les plus folles de ces années-là ne seraient pas difficiles à légender. Je vois d'abord dans le *cinéma* d'Aragon entre 1975 et 1981 environ, une manifestation de l'âge. C'est par la brèche ouverte en lui par la vieillesse que le dérèglement s'est introduit. On ne devient pas « le vieux monsieur indigne » parce que passent, avec de beaux garçons poètes, les tentations autrefois réprimées ; ni par souci d'occuper l'estrade. Je crois en une maladie, en un effritement : les médecins ont des noms pour cela. La mort d'Elsa, qui laissait en Louis un vide plus vaste et dramatique que ne l'auraient supposé les plus méfiants de leurs détracteurs, fut un choc violent, et qui violenta l'essentiel. Personne ne sait à quelle profondeur le coup porta. Il y avait de quoi, comme on dit, *changer un homme*.

La publication tardive des *Écrits intimes* d'Elsa Triolet[1] a révélé que la vraie Elsa possédait beau-

1. Stock, 1998.

coup des traits que lui prêtaient ses adversaires. Mais ces traits, recomposés autrement par la liberté de la confidence (il y avait de la Marie Bashkirtseff chez la jeune Elsa Kagan), certains antérieurs à l'entrée d'Aragon dans sa vie (6 novembre 1928), d'autres datant de leur compagnonnage (qui dura quarante-deux ans), dessinent une Elsa *différente*. Elle était, à l'évidence, peu douée pour le bonheur, ombrageuse, et elle avait du mal à croire à son destin. Elle avait aimé Maïakovski, qui lui avait préféré sa sœur Lili ; elle avait aimé aussi Marc Chadourne, « l'Africain », et elle avait été, un temps, payée de retour. En 1928 elle était seule, à la fois blessée et en attente mais surtout découragée. Vigilante, sûrement, mais déjà revenue de pas mal de voyages. Cette Elsa-là, que les *Écrits intimes* ont révélée avec une grande simplicité, il me semble l'avoir un soir devinée. C'était le 17 mars 1965.

Nous étions allés, Elsa, Cécile, Louis et moi, voir un film ou au théâtre. À la sortie nous eûmes envie d'huîtres. Nous décidâmes d'aller dans cette brasserie ouverte tard, le Stella, au coin de l'avenue Victor-Hugo et de la rue de la Pompe. On nous y casa à une petite table serrée entre des voisins trop proches. Reconnut-on Louis ? Je n'en sais rien. Depuis le début de la soirée il paraissait tendu. Je lui demandai s'il avait un souci. C'est Elsa qui répondit :

« Nancy est morte hier. Nous l'avons appris aujourd'hui. Elle avait fait demander à Louis d'aller la voir à l'hôpital. On l'avait ramassée dans la rue il y a trois ou quatre jours... »

Nancy Cunard[1], la dévastatrice excentrique des années folles, avec sa « petite tête dorée », ses bracelets superposés, ses vêtements inimitables, qui créa, dans sa maison de Normandie, à La Chapelle-Réanville, *The Hours Press*, où Aragon avait lui-même composé et édité *Le Con d'Irène*, *La Chasse au Snark*. Nancy aimait le jazz et les jazzmen (sa liaison avec Henry Crowder, un musicien noir américain, acheva de la brouiller avec Lady Cunard et désespéra Louis), les « Rouges » espagnols, les poèmes d'Ezra Pound et de Robert Graves. Nancy dont Man Ray fit d'admirables photographies. Aragon l'avait aimée et elle l'avait fait souffrir. À Venise il avait tenté pour elle de se suicider. Il avait brûlé, dans la cheminée d'une chambre d'hôtel de Madrid, le manuscrit de *La Défense de l'infini*, qu'elle seule sans doute avait lu et qu'elle avait en partie recopié. En fin de compte, son travail, ainsi que les archives constituées par Doucet, permirent, en 1986 et 1997, la publication du roman inédit et inachevé d'Aragon, qui se révéla admirable. Quand Elsa rencontra Louis, il avait déjà écrit *L'Infini* et tenté de le détruire. Elsa l'ignorait à coup sûr. Mais elle n'ignorait pas la présence dans la vie de son nouvel amant de Nancy, qu'il revoyait et qui le

1. Nancy Cunard, 1906-1965, fille d'Esmeralda, Lady Cunard, qui aima George Moore, Sir Thomas Beecham. Voir la biographie de Nancy Cunard par Daphne Fielding, *Emerald & Nancy*, Londres, Eyre et Spottiswoode, 1968.

tenait prisonnier au bout d'une longue laisse, ni celle de Léna Amsel, une danseuse allemande à qui Louis avait proposé le mariage. Ah, ce n'était pas Tristan et Iseut, ces débuts d'un grand amour ! Et voilà que Nancy venait de mourir, en pauvresse alcoolique, relevée sur le trottoir par les flics... Et Aragon parlait...

Il parla longtemps, au Stella. Les soupeurs qui avaient d'abord senti quelque chose d'intense se passer à notre table autour de ce sexagénaire aux yeux gris, s'étaient détournés ou s'en étaient allés. Elsa, parfois, d'une phrase, d'une remarque — jamais une question — relançait le monologue. « On parle toujours des poèmes que Louis a écrits pour moi... Mais les plus beaux étaient pour Nancy... »

Sans répondre, Louis continuait à évoquer ces années 1923 à 1928. Ce que j'ai brièvement rappelé ci-dessus de Nancy Cunard dans un style de footnote, et dont jamais Louis ne m'avait parlé, même si des bribes de sa vraie vie avaient commencé d'apparaître dans *Le Roman inachevé* et dans les premières préfaces des « Œuvres croisées », tous ces secrets voilés et dévoilés, ces aveux retenus, ces provocations aussitôt dérobées — tout cela passait dans son monologue de ce soir-là. Pour une fois pas de roulement de tambour ni de coups d'œil au miroir. Elsa observait son compagnon avec une attention amicale, résignée, loyale. Oui, Nancy avait été si belle... La petite Elsa Triolet, née Kagan, qui à vingt ans se trouvait morne, un peu trop grasse et qui autrefois dévorait des yeux les grands fauves, était assise là, dans la lumière blanche du Stella, avec son visage curieux et désolé. Elle regardait autour d'elle. En avaient-ils connu, ces deux-là, des cafés ! Ceux de Moscou, de Berlin, de Montparnasse passaient peut-être dans la mémoire de cette dame bientôt septuagénaire qui paraissait considérer les lointains de sa vie comme on visite la nouvelle maison d'amis qu'on n'aime qu'à demi. Ah, les gens parlaient mal d'elle ! Ils la connaissaient mal.

Nous quittâmes le Stella les derniers.

Les Chœurs de l'Armée rouge

On me demande : pouviez-vous parler de politique ? Comment cela se passait-il ? Comment avez-vous pu vous lier d'affection, d'admiration, avec le plus fanatique et nocif des staliniens ? Pirouettes : nous n'avons « parlé politique » que trois fois en trente ans. Ou encore ce qu'Aragon appréciait en moi était peut-être mon image d'homme de droite. Interruption : oui, mais comment avez-vous pu, *vous,* aimer en lui le stalinien ? Car vous avez bien dit que vous le preniez et qu'il fallait le prendre « en bloc », sans négocier un Aragon repoussant contre un Aragon séduisant ?

De conversation en débat — surtout cette année 1997, riche en commentaires de toute sorte — je me suis posé la question en m'efforçant de changer l'éclairage. D'abord replacer dans la réalité de l'époque le *stalinisme* d'Aragon (que je préférerais nommer sa longue soumission aux mots d'ordre du PCF et de l'URSS, soumission devenue tumultueuse et provocatrice à la fin de sa vie). Qui prétendrait, chez les détracteurs les plus déterminés d'Aragon — ils se recrutent plutôt dans la gauche libérale ou chez les zélateurs de la foi surréaliste — qu'en 1936 le Front populaire, donc la participation des communistes au pouvoir, dût être tenu pour scandaleux. De la révolution d'Octobre au pacte germano-soviétique, le combat communiste soulève les passions et nourrit les rêves. Jules Romains : « Cette grande lueur à l'est ». Malraux est le plus mirobolant des compagnons de route. Elsa Triolet se méfie de lui, enjoint sa sœur Lili de ne pas faire amitié avec lui, mais elle traduit Céline en russe. De Dabit à Guéhenno, de Groethuysen à Guilloux, les écrivains sont nombreux à considérer l'URSS avec une amitié de principe. Gide lui-même, le grand ondoyant, le gêneur, l'immoraliste, paraît un instant touché par la grâce et la vertu socialistes : il a beau chanter bientôt la palinodie, sa gloire sulfureuse reste un temps associée à la chimère communiste. Face à la pensée et aux talents de la droite, le courant de la gauche est puissant, et ce au moment où le nazisme déchaîne en Allemagne la haine raciale, et prend des mesures qui déshonorent ceux qui tardent à les dénoncer — quand ils ne les applaudissent pas. Il est donc *naturel* de se tourner alors vers « l'est » — pour reprendre l'image de Romains. Le communisme soviétique mène lui aussi une politique dictatoriale ? C'est vrai, mais on la connaît encore mal. La guerre d'Espagne ? On ignore les luttes intestines du camp républicain, ou bien on les juge moins importantes que l'appui global apporté par Moscou aux forces de gauche, qui sont aussi les forces légalistes. Il y a un *ordre d'urgence*. La droite française se disqualifie alors en soutenant une insurrection militaire dont même, nostalgique d'Action française et chantre de Drumont et du marquis de Morès, un Bernanos dénonce, dès 1938, les atrocités dans *Les Grands Cimetières sous la lune.*

Après la défaite de 1940, l'aura dont bénéficiaient, avec la gauche, les communistes, s'estompe : le pacte germano-soviétique ou, sur un plan local, l'appel du vieux Marcel Cachin aux travailleurs français, les invitant à fraterniser avec les soldats allemands, nous troublent. Je nous revois, potaches, devant l'affiche jaune et noir placardée place Saint-André-des-Arts, avec deux copains aussi stupéfaits que moi. Mais en 1941 Hitler attaque Staline et la logique reprend ses droits : le « bien » est du côté de l'URSS et le « mal » du côté des nazis. Staline est aux côtés de Churchill, de Roosevelt, de De Gaulle. On suit avec passion les combats du front de l'Est. La bataille de Stalingrad commence quelques jours après l'échec du mystérieux raid allié sur Dieppe : les Soviétiques paraissent porter le poids le plus lourd de la guerre. L'impression s'accentuera jusqu'à la chute de Berlin et à la capitulation allemande, malgré la formidable démonstration de force technique et d'efficacité du débarquement de juin 1944. Il faut se rappeler qu'au moment de la Libération et à la fin de la guerre, l'Armée rouge jouit d'un immense capital de gratitude. Elle a été la biffe de la victoire alliée. Comment le stalinisme d'un Aragon passerait-il alors pour une répugnante inconvenance ? C'est à partir du procès intenté à Kravchenko par *Les Lettres françaises* et de la polémique menée par David Rousset que le doute va s'insinuer dans l'opinion française, quant aux vertus du système soviétique. Mais dans le rôle du justicier, du dénonciateur, un transfuge ne faisait pas excellent effet. Le procès Kravchenko laisse des impressions de gêne. L'acquis du communisme restait énorme ; la fin semblait encore justifier les moyens, à tout le moins excuser les bavures.

Ce long rappel pour dire que la sensibilité d'un homme de mon âge reste marquée par l'ambition du messianisme marxiste, les souffrances du peuple russe, les grandeurs de l'épopée communiste. Assez, en tout cas, pour préférer, à l'attitude qui eût consisté à accabler les « staliniens », celle qui manifestait à leur endroit de la compassion. Un jour qu'Elsa Triolet tentait d'apaiser une conversation trop virulente contre Aragon, il lui arriva de dire : « Taisez-vous ! Si vous continuez ainsi Louis se tuera, comme Maïakovski s'est tué... » La suite des choses a bien montré que le suicide n'était pas le principal danger qui menaçait Aragon, mais je voudrais qu'on n'oubliât pas ce *climat* dans lequel j'ai été formé — de mes dix à mes trente ans —, dans lequel la formule du « bilan globalement positif » de Marchais aurait pu s'entendre sans rire.

J'avais neuf ans lors de la victoire du Front populaire et mes copains, au collège Notre-Dame, répétant ce qu'ils entendaient chez leurs petits-bourgeois de parents, disaient en gouaillant le *Frente popular*, en levant le poing, à l'espagnole. On se moquait de *Ce soir*, journal rouge, et de ce type, Aragon — quel drôle de nom ! — qui le dirigeait. La première fois que j'entendis parler de Louis ce fut pendant une orageuse discussion de gamins, dans une rue du Raincy, à trois cents mètres de la maison : on venait de découvrir dans un pavillon inhabité une cache d'armes, et des gendarmes étaient en train de sortir l'arsenal. Nous nous étions arrêtés sur le chemin du collège et faisions les badauds. On accusait le CSAR, les cagoulards, on citait des noms (je me rappelle celui du général Dusseigneur car plus tard je ferai la connaissance de sa fille, devenue la deuxième Mme Bertrand de Jouvenel, celle qui exaspérait tant la jalousie de Paule de Beaumont...). Les messieurs qu'exaltait la Cagoule ne séduisaient guère un petit garçon : les fameux « rouges » ne pouvaient pas être si redoutables qu'on le disait. Les chapeaux melons et les pelisses de la droite, les cannes des camelots du Roy qui gueulaient le samedi après-midi sur le Boul' Mich (je les avais vus et entendus, de la plate-forme du 38 qui nous emmenait vers le « métro de Sceaux » et les jeudis chez les Vincent) — tout cela composait, sur fond d'avant-guerre et d'enfance, un terrain plutôt favorable aux idéologies de 1944-1945.

Les inflexibles détracteurs d'Aragon oublient que, de Malraux dans les années trente à Sartre vingt-cinq ans plus tard (« un anticommuniste est un chien »), la fidélité au communisme n'a pas pu être assimilée, dans ma génération, à un crime évident et qui condamnait sans appel.

Ajoutons que les adversaires les plus cinglants ou sarcastiques d'Aragon, dans les années 1945-1955 environ, avaient souvent la larme à l'œil à l'évocation de Brasillach et ne cachaient guère leur sympathie pour les idées qui venaient d'être vaincues. D'avoir manifesté de l'indulgence pour les idées de l'extrême droite — ou seulement de la myopie quant aux conséquences — ne prédisposait pas à assener des leçons de pureté politique.

Tel pourrait être le *fond* sur lequel déployer des *arguments*. Des arguments ? Ai-je donc à me défendre d'avoir aimé Aragon ? Je n'en crois rien. Ma vraie réponse, à la question multiforme évoquée en commençant, réponse que je n'ai jamais osé donner, est ailleurs : dans l'ennui que répandent en moi les polémiques, les fracas d'opinions. Les idées, et plus encore les idées affrontées les unes aux autres, m'accablent. Dans la classe de philosophie de Philippe Schuwer, à Louis-le-Grand, en 1943-1944, j'appréciais le beau visage alsacien de notre professeur, sa nonchalance, sa crinière blanche, ses gilets en laine angora, mais bâillais à sa psychologie et sommeillais à sa métaphysique. J'ai étendu cette détestation, de proche en proche, à toutes les palabres, à tous les comités, débats, carrefours, séminaires. « Parler politique », fût-ce avec Aragon, eût été, à mon estime, le voir déchoir et collaborer à cette déchéance. L'homme que j'aimais était autrement plus secret et plus fou. Les rares fois qu'il aborda le domaine de ses convictions, il me navra. Je me le rappelle très fier de son astucieuse gymnastique un jour qu'il venait de trouver, sous la plume de Lénine s'il vous plaît ! une banalité du genre « la terre appartient à ceux qui la travaillent » : elle allait lui permettre de reconnaître les droits d'Israël sur les territoires de Palestine, non pas en vertu d'un vote de l'ONU mais par une acrobatie de rhétorique léniniste. Une autre fois, comme je le poussais sur l'abandon où le PC avait laissé Nizan l'hiver 1939-1940 et que je demandais à Louis s'il croyait, oui ou non, que son ami Nizan avait été « un flic » comme on l'en accusait, il me répondit : « Tu vois, petit, je suis de ces gens qui croient ce que leur Parti leur dit… » Et ce dîner, à la maison, au moment de la crise des missiles de Cuba, où Aragon entra dans une colère spectaculaire, au point de terroriser l'extra qui n'osait plus repasser le poisson sous cette mitraille sifflante et tonnante : « Tes amis américains, sais-tu ce qu'ils sont en train de faire ? Ils nous jettent tout simplement dans la guerre !… Elle est pour demain, tu entends ? La guerre est pour demain !... » Mes *amis américains*, les *flics* : j'étais désolé que Louis en fût à ramasser ces misères. Pourquoi lui arriva-t-il, même si rarement, de jouer pour moi ces comédies ? Je ne répondais pas, et mon silence épuisait une colère que je jugeais artificielle. Des années passèrent, au long desquelles j'évitai, de plus en plus facilement, les sujets de conversation périlleux. Je ne voyais presque plus Aragon et j'étais absent de sa vie quand, en 1981, on l'emmena à la Bastille fêter, sous l'orage, la victoire de Mitterrand : il demandait, paraît-il, ce que cette foule faisait là. Je ne fus pas non plus de ceux, quelques mois plus tard, qui virent le nouveau président de la République décorer Aragon de la Légion d'honneur. Un bout de ruban, un grade de chevalier — pour ce prince octogénaire.

Plusieurs fois, j'ai fait allusion à une découverte qui me marqua entre 1947 et 1952 : celle du *milieu* communiste, des méthodes de travail du PC, de ses militants. À partir de cette expérience je demeurai fidèle à quelques amitiés communistes, en goûtai la simplicité, la saveur et, aujourd'hui encore, un long demi-siècle ayant passé, je continue de professer que les militants communistes de la base constituent un des bons terreaux de notre société. Aucun autre appareil politique n'a su produire un modèle humain de comparable qualité.

Ma découverte date de mon premier séjour au Chalet des étudiants de Combloux. (Je devais en devenir le directeur en 1951 et 1952, après plusieurs séjours comme pensionnaire.) Accablé par les monômes, chahuts et diverses veuleries des jeunes gens d'alors, j'avais vite compris, à Combloux, où les étudiants venaient afin d'éviter d'être envoyés en préventorium ou en sanatorium, que l'isolement, les siestes, l'angoisse étaient aussi dangereux que le bacille de Koch. J'avais également compris qu'animer un rassemblement de 80 ou 90 jeunes gens demandait une discipline. La peur de la maladie était mauvaise conseillère, et ces petits vieux de vingt ans m'avaient stupéfié par leur prudence bougonne. Seuls cinq ou six garçons et filles étaient prêts à faire quelque chose ensemble. Avec eux, on pouvait *travailler*, c'est-à-dire brasser la pâte un peu amorphe de cette communauté surchauffée et à l'abandon. Ces cinq ou six-là, c'était le petit groupe des « cocos » — mais les appelait-on déjà ainsi ? Je ne les ai jamais oubliés. Ils se nommaient Gérard Hilsum, Marc Soriano, Laure Dachevski, Maïa Minoustchine. Je m'aperçus vite qu'au village un homme singulier assurait la permanence de cette cellule instable : c'était le coiffeur, Louis Salamon, Juif hongrois que le maquis avait sauvé de l'arrestation et qui n'avait pas eu envie de retourner à la ville. Il coupait les cheveux d'une clientèle rare et peu exigeante, avant d'ajouter à son activité un milk-bar assurément peu lucratif. Il m'arriva de penser que le vrai patron du Chalet des étudiants était cet homme calme et retors, aux gros yeux inquisiteurs, au sourire lent. Il essaya en vain de m'apprendre plusieurs secrets sur la manipulation des personnes.

Jamais, je crois, je n'ai parlé à Aragon de cette expérience, qui, me semblait-il, ne l'eût pas intéressé. Notre relation était établie sur un autre terrain — moins rustique — et Louis n'était certes pas un militant de base. Je l'eusse sans doute embêté avec mes souvenirs. Peut-être, simplement, était-il étonné par le naturel de mes rapports avec les communistes rencontrés chez lui, Pierre Daix, André Stil, Georges Soria, Roland Leroy, avec qui la sympathie me parut facile, et indépendante des cours différents que suivirent leurs vies. Si j'évoque cette sorte de sympathie collective pour les communistes — elle se refroidit quand, vers 1949, j'eus refusé de « m'inscrire » — c'est que son souvenir aurait pu être pour quelque chose dans le naturel avec lequel j'ai toujours traité les militants et été traité par eux.

Je continue de passer en revue les raisons pour lesquelles il eût été absurde, de ma part, de considérer le stalinisme d'Aragon comme un crime inexpiable. Parlant de l'ennui que sécrète en moi tout échange d'idées — à plus forte raison s'il s'agit de considérations sur l'état de la cité et l'avenir de l'homme — j'aurais dû noter que l'ennui, dès lors qu'on le laisse s'accumuler et fermenter assez longtemps, se métamorphose en colère ou en rigolade.

Sans doute arrivé-je ici au cœur de la question à laquelle j'aimerais répondre. Si j'ai toujours évité de « parler politique » avec Louis c'est que les convictions, opinions, certitudes, colères idéologiques ont libéré en moi très tôt, une incoercible envie de rire. Nous en avons trop vu, et de toutes les couleurs, je ne serai plus jamais le gobe-bourdes de personne. Autant en avertir le lecteur et lui demander un peu de compréhension, je vais m'abandonner ci-après à un morceau d'*éloquence*. C'est-à-dire confier à une certaine inflation du sentiment, au caractère répétitif de certains rappels à l'ordre, le soin de convaincre mieux que ne ferait une fine analyse. On se prive en général de cette commodité par respect humain. Une constatation loyale, formulée en termes simples, et même simplets, une déploration abondante, assurent une utile qualité d'hygiène.

J'ai vu une éditrice vedette de Paris quitter à fracas la maison du groupe Hachette où elle disposait de pouvoirs importants, au cri de : « Je ne travaillerai pas pour un marchand d'armes », puis y revenir, en modeste équipage, quand eurent échoué les « OPA » qu'elle avait lancées en vain sur deux maisons d'édition familiales. J'ai entendu mon ami Soriano, qui venait de l'École normale, de l'agrégation de philosophie et d'un dandysme qu'il affirmait (avec volupté) avoir été quelque peu faisandé, devenir, étrangement, un spécialiste des fables et des livres pour enfants, dont il assura la chronique aux *Lettres françaises*. Je ne compris que très tard pourquoi Aragon le tenait en suspicion. Soriano quitta le Parti sur la pointe des pieds. Comme fit je crois Louis Salamon, que je retrouvai à Paris, devenu coiffeur prospère. J'ai connu l'enthousiasme des bourgeois libéraux pour Fidel Castro, les voyages organisés d'artistes européens qui allaient à La Havane réaliser des œuvres collectives et couper la canne à sucre comme ailleurs, autrefois, on pelait les pommes de terre pour l'amour de Dieu. Aujourd'hui, Cuba survit, au nom du tourisme, en louant très cher aux étrangers, en dollars, les salariés cubains qu'il paye misérablement en pesos. Idéal de négrier. J'ai connu Mme Kriegel, née Becker, grande doctrinaire du PC et Fouquier-Tinville en jupon sous son nom d'Annie Besse (elle avait épousé Guy Besse), terreur des cellules où elle exécutait les égarés, « tueuse » d'Edgar Morin qui le raconte dans *Autocritique*, devenue sur le tard éditorialiste au *Figaro*. J'ai vu, de Moscou à Prague, de Pologne en Roumanie, tous pays où j'étais ravi de me voir traduit avec plus de sympathie qu'aux États-Unis, s'étaler l'impéritie, la lenteur, la pesanteur des structures « socialistes », sur lesquelles on a commencé à dauber après 1989. J'ai vu Aragon préfacer Milan Kundera et Kundera, devenu français, amputer, Aragon mort, *La Plaisanterie* de sa préface. J'ai vu le chagrin affreux des Pieds-Noirs rapatriés d'Algérie et le tourbillon de meurtres et d'attentats où glissa l'OAS. J'ai connu la solitude des militants français du FLN et je contemple aujourd'hui l'Algérie qui s'enfonce dans une violence innommable. J'ai vu de belles figures de l'antifascisme aller en vacances chez Franco vieillissant parce que le taux de change était favorable, et d'ex-communistes chez Tito, comme s'il eût été un parangon des vertus démocratiques. On a cru aux gardes rouges, au Petit Livre rouge — tout ce rouge… — pourquoi pas à Enver Hodja ? On a cru à « Ridgway-la-Peste » et pleuré de rage sur les morts perdues du métro Charonne. On a digéré les procès de Prague et, beaucoup plus tard, dénoncé une seconde fois telle de leurs victimes pourtant réhabilitée. J'ai vu, dans notre basse-cour française, les stratèges socialistes se pourlécher à la pensée de livrer la volaille centriste au Front national, lequel, quand Le Pen fut assez dodu, devint l'ogre qui empêchait de dormir les vieux mômes de la « droite républicaine ». J'ai vu les Starlettes faire la leçon aux Consciences, les écoutes de l'Élysée succéder au « gaullisme immobilier », les banques se volatiliser en milliards perdus, nos maîtres et les confidents de nos maîtres se tirer des balles dans la tête sans que leur geste posât trop de questions. J'ai vu depuis un demi-siècle les promesses, les haines, les reniements et les corruptions passer comme rides à la surface de mon pays.

Dans cette succession d'erreurs de jugement, de baisers Lamourette, de revirements, dans cette dérive des opinions, cette surenchère de niaiserie, cette précipitation des gogos, ce zèle des dénonciateurs, cette altération des certitudes — qui prendre au sérieux ? Comment, sans honte, endosser encore un uniforme ? Au vrai, un immense je-m'en-foutisme recouvre aujourd'hui, pour moi, le spectacle du monde. Je pourrais n'en pas parler. Cette omission ferait, quelque part dans mes souvenirs, un trou de silence si discret que personne ne le remarquerait. Quelques écrivains ont adopté, sans le dire, cette attitude d'absence : comme ils se sont tus, on ne leur tient pas rigueur de ne plus croire à rien. Il faudra pourtant revenir sur cette *démission.* Elle est au cœur de mes certitudes. Un jour, au terme d'une de ces conversations sauvagement anticommunistes comme en avaient vers 1956 les intellectuels exclus du PCF ou qui l'avaient abandonné, Clara Malraux constata sur un ton de superbe tristesse : « On aura beau dire, c'est nous qui avons eu la plus grande espérance… » Qui n'a pas compris cela — et nos cadets sont mal placés pour le comprendre — ne saisira jamais ce qui a interdit au moins à deux générations de Français d'expédier le communisme aux oubliettes, fût-ce sous le nom de stalinisme. On a beau avoir été escroqué, on a beau avoir été escroc, on n'efface pas d'un haussement d'épaule cette grande espérance dont parlait Clara, le rêve aux yeux.

Du style

On connaît Buffon : « Le style est l'homme même. » Constatation d'un usage commode, lisible dans les deux sens, et d'où semble découler une harmonieuse homogénéité entre le comportement d'un homme et sa façon d'écrire, la musique de ses phrases et l'allure de son corps. J'ai souvent pensé à la formule, sans m'en satisfaire, quand j'observais Aragon et que me frappait, justement, la disparité entre certaine contrainte dont semblait souffrir l'homme, ses excès de raideur ou de ploiement, et ce que le présentateur de *La Défense de l'infini*, Lionel Follet, nomme « la splendeur de la phrase aragonienne, frémissante, équivoque, exaspérée, blasphématoire ». Les adjectifs sont savamment choisis. On se dit, à lire ou relire les morceaux épars du roman réputé détruit, mais qui depuis trente-trois années n'en finit pas de ressusciter, qu'une vie qui eût *ressemblé* à ce style-là eût été incandescente, pervertie, suicidaire : inhabitable. Certes, la vie d'Aragon, commencée dans l'étouffement de l'illégitimité et de la comédie, livrée très tôt à l'énergie anarchique de la poésie, de la colère, de la dérision, puis sacrifiée à une idéologie, reconstruite par elle, magnifiée et compromise par l'Ordre communiste, et finalement terminée dans la liberté d'autrefois peu à peu réinventée, caricaturée, assumée avant la débâcle du grand âge : cette vie-là n'a pas été de tout repos ! C'est à la fois une des plus tendues du siècle, une aussi des mieux garrottées, des mieux « tenues » (rappelez-vous : le tuteur et le dossier). « Frémissante, équivoque, exaspérée, blasphématoire » ? Oui, c'était là sa *nature*, qui a en partie survécu aux embrigadements, aux aventures littéraires multiformes, au double génie de l'exploration et du pastiche. Mais où le nœud est-il le plus serré entre l'écriture et le quotidien, l'écrivain — le plus doué de son temps — et l'homme public, le révolté et l'homme privé que j'ai aimé ? Je n'ai jamais cessé de me poser la question.

On voit comment le style des débuts, princier, coulé, *dangereux*, appartient au voyou sifflant et glissant des premières années vingt. Mais on voit moins bien comment le voyou — j'use de ce mot liquide et souple à défaut d'un meilleur, mais il ne trahit pas trop ce que j'essaie d'exprimer — est devenu militant inventif et soumis, puis, plus tard, patriote, notable, grande figure des lettres françaises. Sans cesser, il est vrai, d'inspirer une crainte vague, et prêt, la suite l'a révélé, à redevenir, l'impunité de l'âge aidant, un provocateur polymorphe. De même est-on étonné, à s'en tenir au style (je veux dire la science et la musique des mots), de mesurer à la fois la pérennité, la continuité de ce style, et les transformations qu'Aragon pouvait lui imposer. On dirait qu'il a toujours considéré son art et sa facilité d'écrire (dix pages par jour, calligraphiées en une heure, au témoignage d'André Breton, et j'ai de mes yeux vérifié ce rythme de travail) comme un instrument et un privilège dont il pouvait user à sa guise. Cet instrument, sans doute était-il conscient de pouvoir lui demander ce qu'il voulait. Du vers classique au verset claudélien, de l'écriture automatique aux amples phrases de *La Semaine sainte*, emportées et enveloppantes comme les galops de Géricault, du parler populiste 1936 à la « rage déconstructive »

(Julia Kristeva) de *Blanche ou l'oubli* et aux ruses du *mentir-vrai*, Aragon pouvait tout faire. Peut-être en était-il grisé. Cette aisance évoque les audaces acrobatiques d'un Paganini, on ne sait quel pacte avec le diable. En tout cas il me semble nécessaire, pour comprendre quelque chose à cette plasticité et à cette virtuosité étourdissantes, de les placer sous le double signe de la *métamorphose* et de la *prouesse*.

Métamorphose : Aragon ne se souciait pas d'une évolution logique, chronologique, organique, etc. Il voulait plonger, nager sous l'eau et réapparaître là où personne ne l'attendait. (Combien de fois n'a-t-il pas développé cette métaphore devant moi ?) Ces changements, ou plutôt ces transmutations de son or littéraire, étaient la loi d'une extraordinaire vitalité créatrice.

Prouesse : le sociologue américain Lawrence Wylie voit en elle — depuis le combat du chevalier en tournoi ou contre les dragons jusqu'aux « grands concours » dont nous obsédons nos jeunes gens — une marque singulière et éminente du caractère français. Être « dans la botte » à l'X, major à l'ENA, « mousquetaire » au tennis, Astérix dans la BD, Killy aux Jeux olympiques : mêmes triomphes d'une morale nationale du panache. Aragon ne détestait pas *Cyrano* et Géricault n'est-il pas, en 1815, mousquetaire du Roi ? Il me semble percevoir chez Aragon, à toutes les étapes de sa création, ce goût inné du coup d'éclat, cette insolence de la perfection atteinte comme en se jouant. Prouesses, l'admirable prose de *La Défense de l'infini*, la revendication classique de *La Leçon de Ribérac*, les poèmes devenus chansons, l'autobiographie cachée sous un poème, les incipit négligents ou frémissants qui *allument la mèche* de tout le roman qui semble découler d'eux… Souvent, quand il monologuait, parfois quand il écrivait, on croyait entendre chez Aragon un appel, un avertissement assez semblable à ce roulement de tambour qui annonce au cirque le moment le plus spectaculaire d'un numéro d'acrobates ou de funambules. « Regardez bien, vous allez voir ce que vous allez voir… » On retrouvait ce tremblement de la voix, cet art d'entretenir le suspense lorsque Aragon lisait un de ses textes. Il aimait le ton début de siècle, un rien de trémolo, une agacerie de violoncelle dont il surveillait l'efficacité d'un coup d'œil vif et bleu. (Le même qu'il jetait au miroir, dans un salon, quand il marchait de long en large en parlant, selon son habitude.) Je rappelle ces attitudes, ces façons d'être que ses familiers connaissaient bien, parce qu'elles illustrent le perpétuel *défi* qu'Aragon paraissait avoir à relever. Parlait-il du drame de son enfance, de sa mère dont il cacha l'identité tant d'années, de son grand ami de jeunesse, Drieu, avec qui il avait férocement rompu, d'un de ses cadets, Nizan, qu'il avait laissé accuser de trahison : sa voix, comme malgré lui, sifflait. Il semblait au bord de faire une révélation ténébreuse, de livrer un secret opaque et désobligeant. Le défi, c'était une combinaison de provocation et de dérision. Lawrence Wylie, dans le même ouvrage, *À la recherche de la France*, signalait comme un autre trait de la mentalité collective des Français ce qu'il appelait l'état de prédélinquance. Il en voyait un exemple dans le rapport de forces établi dès l'école entre élèves et professeurs, dans l'habitude et la crainte du *chahut*, la guerre larvée entre les jeunes et leurs maîtres. Je suis frappé de ce qu'Aragon apporte, là encore, de l'eau au moulin d'un observateur étranger. L'attitude des dadaïstes, puis du groupe surréaliste, parfois si enfantine dans le rejet de tout ordre établi, n'a jamais déserté tout à fait la nostalgie d'Aragon.

Table rase ?

Plusieurs fois il m'a dit — et plusieurs fois j'ai cité ses paroles dans ce récit — que ce n'était vraiment pas de chance pour moi de n'avoir pas bénéficié d'une occasion (ce que fut pour lui le surréalisme) de faire table rase. La constatation paraît irréfutable. Je veux pourtant cesser d'y faire référence comme à un dogme de la révolte permanente et absolue. Je veux considérer dans leur devenir les bénéficiaires de ce chambardement, et Aragon le premier. Pour amorcer ma réflexion je relis l'essai biographique de Pierre Daix — *Aragon, une vie à changer* — dans sa version revue et augmentée de 1994. M'y frappe ceci : du lendemain de la guerre de 1914-1918 aux années qui précédèrent sa mort, la vie intellectuelle, littéraire, publique et même privée d'Aragon fut secouée en tempête par de perpétuelles empoignades idéologiques. Les expressions de la haine, du mépris, les souhaits de mort, les injures, les excommunications occupèrent une énorme place dans le discours de l'écrivain. Après son adhésion au parti communiste, les paroxysmes firent place à une fureur en quelque sorte endiguée, mais télécommandée : une pugnacité militante. Donc soumise aux ordres d'une stratégie. Et cette soumission devint une des tortures d'Aragon, quand elle l'entraîna à avaliser par son silence ou son approbation les abominations concoctées à Moscou : purges, grands procès, « complot des blouses blanches », condamnation de Slansky, etc. Là où, pour quelqu'un d'extérieur à la fois à l'espérance et au système communistes, il apparaît que la solution, presque simple, eût consisté à s'éloigner, avant que d'être empoisonné, de la source de l'empoisonnement. Aragon s'obstina et se soumit avec un frénétique et vertigineux masochisme, inextricablement mêlé à la fermeté et à la violence de son engagement. Ce masochisme — nous verrons qu'on peut le « prendre » autrement — imprégna peu à peu la fureur aragonienne : elle devint pathétique, lyrique, douloureuse. Aux cris de la jeunesse succédèrent les plaintes de l'âge. Aragon commença, car tout se tenait, morceau par morceau, sanglot après sanglot, à livrer les secrets de ses origines, les humiliations subies, puis la longue souffrance de continuer à servir des idéaux dont la forme concrète menait les communistes de révolte en répression, de Berlin à Budapest et à Prague. À la « table rase » d'autrefois l'écrivain communiste substituait la torturante acceptation de l'inacceptable. La révolte d'Aragon consista, alors, en une sorte de cri à bouche fermée, et à dire sur tous les tons, de l'élégie à la colère, combien il était dur d'avaler des couleuvres en silence.

Mais pourquoi se taisait-il ?

Des éléments et arguments très différents se mêlèrent sans doute dans les choix de Louis et d'Elsa. Elsa réapparaît ici parce qu'elle joua, je le pense, dans un premier temps, un grand rôle dans cette soumission-révolte à laquelle elle donna le nom, qui fit fortune, de « mentir-vrai ». Il est déraisonnable de limiter le sens de cette formule au champ littéraire. Le mentir-vrai prend son relief, sa plus profonde signification si la formule enveloppe *aussi* l'étouffement idéologique. De quelles justifications ? En simplifiant — bien sûr ! — je vois plusieurs raisons au silence d'Aragon.

Le Parti lui avait tout donné : un nouveau public, des journaux à diriger, une légende, un train de vie, la double volupté de commander et d'obéir, de l'autorité et de la subordination. Aragon sembla alors oublier que son génie littéraire n'appartenait qu'à lui et qu'il lui eût assuré plus de pouvoir que la soumission. Il semble n'avoir pas mesuré cette évidence que sa puissance créatrice faisait de lui un *levier* d'une grande force ; il eût été en posture d'accusateur plus convaincant qu'en posture d'accusé (qu'on se rappelle la polémique autour du portrait de Staline par Picasso). Et justement nous trouvons peut-être là une seconde raison qu'il crut avoir de s'incliner : il ne voulait pas concourir, et avec un pouvoir de destruction considérable, à la ruine d'un rêve collectif qu'il avait contribué à bâtir. La qualité et la légitimité du messianisme communiste ne furent jamais mises en doute, même par les renégats les plus déterminés. Le rêve avait été trahi, leurs forces détournées, leur grande espérance mise à mal, mais l'élan révolutionnaire restait la grande affaire de leur vie. Déboussolés, abandonnés, purgés, knoutés, réduits au silence et au sacrifice, les militants n'en démordaient pas : à l'intérieur d'eux les lendemains continuaient de chanter. Aragon *ne se voyait pas* trahir ce rêve et, en remerciement de ce reniement, accueilli à bras ouverts par le clan de son père, autant dire par la tribu des Wisner et des Leurtillois. Il ne se voyait pas s'effritant et offrant des miettes de soi à ceux qu'il avait, de toujours, désignés comme ses ennemis. Par une sorte d'idéalisme, le pire réalisme fut défendu, à force d'omissions et de soumissions, par des hommes et des femmes qui avaient eu accès aux réalités soviétiques et choisi de se taire. C'est l'époque où le langage d'Elsa devient violent (« les nazis de Moscou ») envers les dirigeants soviétiques et leurs « relais » français, l'époque où Aragon fait entendre, dans les plaintes et les sarcasmes de ses révélations inachevées, ce tremblement, cette désolation contenue qui lui deviennent vite naturels.

Enfin il ne faut pas oublier la position qu'occupaient dans le Tout-Moscou (Pierre Daix *dixit*) Elsa et sa sœur Lili Kagan, devenue Lili Brik, ni qu'Aragon y avait été introduit dès le début des années 1930. Un séjour à Moscou, pour Elsa et Louis, en ce temps-là, n'était pas un voyage ordinaire. Comment allaient-ils être accueillis, traités, placés, écoutés, réprimandés, chapitrés ? Visite à la fois chez le patron et chez les maîtres à penser : rien, ou bien peu de chose ne pouvait se faire, au PCF, sans eux, contre eux. Encore, venus de Paris, Elsa et Louis n'étaient-ils là-bas que de passage ; Lili et son mari, eux, étaient — sinon des otages — au moins des privilégiés sous haute surveillance. Toute imprudence « des Aragon » pouvait nuire gravement « aux Brik ». Des grands procès de 1937 à la campagne anticosmopolite de 1953, il faut souvent lire entre les lignes les témoignages pour imaginer l'épaisseur d'inquiétude, de non-dit, de peur, qui assourdissait les échos venus de là-bas. Il faut avoir écouté ou lu attentivement Herbart, Guilloux, et bien sûr Gide. Chaque séjour d'Aragon en URSS apparaît comme un interminable congrès où l'on pèse les discours, les silences. Les silences surtout. Comment Louis a-t-il supporté l'insupportable ? Comment a-t-il restauré son équilibre intérieur en prêtant voix, dans le silence de lui-même, aux lamentations secrètes à quoi tourna sa révolte ? Sans nul doute il a craint alors de compromettre Lili — elle échappa de peu à la mort, semble-t-il, en 1957, quand furent fusillées les femmes de généraux, alors qu'elle était devenue la compagne de Primakov, qui en 1935 avait remis à Staline la supplique de Lili en faveur du souvenir de Maïakovski : la simple annotation favorable de Staline sauva sans doute Lili… Comme il est difficile de se représenter ce perpétuel hiver russe, les confidences retenues, les suppliciants silences et mensonges. Soviétique, nazi ou chinois, le totalitarisme suscite cette raréfaction de la pensée respirable, cette glaciation sociale et intellectuelle. Elle est si impressionnante qu'elle affaiblit singulièrement les arguments que j'ai essayé de prêter à Aragon. En vérité, ils *pouvaient* renoncer, d'un mouvement, d'un mot, aux déchirantes fidélités qu'ils ont, Elsa et lui, respectées. J'ai dit et répété qu'à tout prendre je préférais les communistes (français) fidèles, fussent-ils taxés de « stalinisme », aux vestes retournées, aux autocritiques tardives, aux engagements dans la légion étrangère de l'antibolchevisme. Formules simplificatrices. Je pense avec tout autant de force qu'il ne fallait pas accepter, même en souffrant, même en grinçant spectaculairement des dents, le bâillon et l'asphyxie moscoutaires. En ce domaine, la pensée se ramifie et nuance jusqu'à la contradiction.

Mais n'étais-je pas parti pour parler de la « table rase » ? Ce que je veux en dire est simple : *c'était bien la peine !*

C'était bien la peine — la raillerie, la colère, le passage des Huns, la rigolade fondamentale, la dérision partout injectée comme un philtre de mort. C'était bien la peine — le mépris souverain, les grands tournoiements de cape, le dandysme *capital* (comme la peine), pour finir par la révérence envers les commissaires politiques. De la révolte de 1917-1920, en fin de compte, seul le surréalisme intransigeant n'a encouru aucun reproche. André Breton, seul, n'a jamais pactisé, jamais arrondi les angles. Aragon le savait, qui, au lendemain de sa mort rendait hommage et justice à Breton, de qui l'avaient séparé tant d'errements. J'étais étonné, vaguement agacé, il y a trente-quatre ans, de voir les perdreaux de la dernière couvée surréaliste se refuser à Aragon avec tant de morgue et une sorte de craintive et muette révérence. Il était, à leurs yeux, le grand coupable, et Breton le grand témoin. Breton mort, et Aragon l'encensant, le coupable devint à son tour témoin. Il n'était plus là pour répondre, Breton.

Dix-sept ans après sa mort, on aurait tendance à faire d'Aragon un dandy rouge et noir, à ne se rappeler que les dérives de sa vieillesse en les assimilant aux errances coléreuses des années vingt, à préférer aux images de sa maturité les photographies énigmatiques d'avant la fin : vieillard au visage dissimulé sous un masque, grand pantin vêtu de blanc, aux cheveux à l'artiste. Je veux m'inscrire en faux contre ces images et contre l'indulgence qu'elles suscitent. Une seule fois j'ai aperçu Aragon sans oser l'aborder. C'était rue de Varenne. Il sortait de chez lui, seul, de sa démarche flâneuse de noctambule devenue hésitante, le corps penché en avant. Son apparence était si extraordinaire — cheveux épandus sur les épaules, costume trop clair pincé à la taille — que les gens, dans la rue, s'arrêtaient pour observer de loin le vieil écrivain, en silence, et je n'aimais pas ce silence, ni les murmures probables qui lui succéderaient. Comment le mince jeune homme d'autrefois, l'habitué du Lulli's, et plus tard l'impérieux patron des *Lettres françaises* et du CNÉ, l'homme aux regards rapides et lourds, aux courtoisies appuyées et même un peu « province », le grand prestidigitateur qui disait (roulement de tambour) : « Je suis snob, moi, petit… » — comment tous ces hommes qu'avait été Aragon pouvaient-ils être enfermés dans un seul, et précisément dans ce personnage lunaire, fragile, qui tenait de Léo Ferré pour l'apparence et dont le visage exprimait une telle absence, un tel *inespoir* ?

J'ai longtemps aimé un jugement de Claudel — « Aragon écrit le français comme sa langue naturelle » — auquel la personnalité du juge conférait une saveur singulière. Aujourd'hui je me demande : qu'est-ce que ça veut dire ? Qu'il n'y a jamais rien d'artisanal, de paysan, de *travaillé* dans la prose aragonienne ? Nous le savons bien. Mais cet hommage rendu par la pesanteur à la légèreté, par la foi au blasphème, répondait aussi en moi à un monologue d'Aragon, vers 1962 (il devait être en train de travailler au *Fou d'Elsa*), m'annonçant qu'il n'hésiterait pas à « emprunter » — ce fut son mot — à Claudel la forme du verset à vingt pieds, « pour laquelle, petit, j'ai le plus grand respect… ». Quelque chose, dans cette addition inattendue, Claudel + Aragon, me paraissait tomber juste. Même si la formule de Claudel était un peu naïve (il formula en d'autres temps et lieux des jugements plus sauvages…), elle reconstituait en quelque sorte l'unité de ce terrain littéraire *français* sur lequel il semble important de replacer Aragon toutes les fois qu'on le peut. La lente conquête par l'écrivain d'un plus large public a correspondu aux étapes de son *exploration française* : cousinage subtil, dans les débuts, avec Diderot et Restif ; invention d'une poésie directement issue de la poésie courtoise ; interminable inventaire parisien, du *Paysan* au *Monde réel* ; et cette plongée dans les contradictions déchirantes de notre histoire que fut, inattendu, éclatant, le roman de *La Semaine sainte*, probablement le chef-d'œuvre objectif d'Aragon, qui lui tailla en 1958 la place qu'il ne cessa plus d'agrandir.

La réticence envers Aragon la plus difficile à désarmer consiste à dire : parce qu'il pouvait tout faire, et tout faire bien — pour ne pas dire *mieux* — il n'a occupé la première place en rien. Parce qu'il pouvait faire *du* Hugo, *du* Stendhal, *du* Barrès, *du*

Rimbaud, *de* l'Apollinaire, il s'est condamné à n'être que ce polygraphe piaffant, crêté, protéiforme, qui intimide et décourage ses détracteurs. L'argumentation est troublante. Mais, si l'on s'y arrête, comment rendre compte des grands textes inclassables, par exemple des fragments de *La Défense de l'infini* que la seconde édition du roman détruit vient d'enrichir singulièrement ? Le style n'est pas, pitié ! une *valeur ajoutée* au produit littéraire, il est l'âme et la raison d'être du texte. « Je ne pense pas sans écrire, disait Aragon, je veux dire qu'écrire est ma méthode de pensée. » Il donnait donc le pas — cette fureur et cette musique des mots — à l'irrationnel sur le rationnel, au cri et au ricanement sur la froide lucidité. Dans ses moments de plus grande possession de soi il était à la fois possédé et dépossédé, il pratiquait une *écriture du pire*. C'est celle-là que nous devons garder en mémoire et saluer, car elle est le contraire de l'inexpiable *facilité* qu'on lui a tant reprochée. Quand il était au plus près de soi-même il écrivait au péril de son style et non pas sous sa protection. « Écrire bien » est le bouclier à l'abri duquel se négocient les petites œuvres. Le style d'Aragon, dans ses pages les plus fortes, au contraire, l'expose et le désarme. Cette évidence, quand on l'a comprise, explique peut-être l'autodafé de Madrid, le manuscrit brûlé : son art d'écrire avait mené Aragon un peu trop loin, où il ne pouvait que faire demi-tour ou se taire. Toute l'œuvre ultérieure est un combat contre ce silence-là.

Une épée aux yeux bleus

Juin 1970 : Nous revenions de la *Mostra* de Venise, en voiture. Passé le Mont-Cenis nous avions fait halte à Brigue pour la nuit. La mauvaise radio de la chambre d'hôtel grésillait des informations dans un *Schwytzerdutsch* que j'avais du mal à suivre. Soudain émergèrent de la friture les noms d'Elsa et d'Aragon. Cécile n'avait rien remarqué. Je fus attentif : qui ? Ou un accident de voiture entre Paris et Saint-Arnoult : c'est à un accident que je pensai tout de suite. Mais non, je parvins à isoler et distinguer assez de mots pour comprendre qu'Elsa venait de mourir.

Nous reprîmes la route à six heures le matin. Il ne m'avait pas été possible, la veille au soir, de joindre Louis au téléphone : il semblait bien gardé.

Quand nous arrivâmes rue de Varenne, le matin des obsèques, des jeunes gens à l'air grave se tenaient dans l'embrasure de chaque fenêtre en chien-assis. On ne perdait pas Louis de vue. Avait-on peur qu'il ne se jetât dans le jardin ? Il avait le regard sec et flou. Il passait et repassait sur ses joues et son menton un rasoir à pile dont le moteur peu à peu s'épuisait. Sa peau était lisse, pâle. On essaya de lui ôter le rasoir des mains — et plus tard je me rappellerai : « Le Philips à trois têtes rotatives, petit, tu n'oublieras pas ? » — mais d'un geste il se déroba. Quand il descendit dans la cour de l'hôtel il frottait toujours son visage en tous sens et le rasoir ne faisait plus entendre qu'un ronronnement exténué. Louis ne s'en apercevait pas. On avait détourné son attention le temps que fût descendu le cercueil d'Elsa, presque à la verticale, par l'escalier de service. On imaginait, dans la caisse, le corps tassé, rudoyé, recroquevillé. Il n'avait pas été possible aux hommes des Pompes funèbres de passer par le petit escalier, tendu de moquette rouge, qui grimpait de l'étage noble : le rail du fauteuil électrique posé naguère pour Elsa rendait la descente impraticable. Le cercueil, porté par quatre hommes, surgit dans la cour par une porte inattendue. On n'entendait que le bruit ténu du rasoir presque éteint. Et un homme qui reniflait, un chauffeur.

À peine me suis-je glissé, boulevard Poissonnière, dans le hall de l'immeuble rouge où se trouvent les bureaux de *L'Humanité* (les Parisiens disaient encore « l'immeuble du *Matin* ») qu'on me sépare de Cécile pour m'amener près du catafalque où, au milieu des fleurs, dans la pénombre, je prends mon tour dans la garde d'honneur que les appariteurs renouvellent toutes les cinq minutes, dès que les photographes ont eu le temps d'opérer. Cérémonial communiste.

Sur le trottoir, dans le soleil d'une fin de matinée, un enclos carré a été aménagé, où sont disposés des sièges et une petite estrade. On nous place. Aragon arrive le dernier, le regard toujours vague, d'un calme parfait. Vont se succéder quelques orateurs. Je n'ai gardé le souvenir que des interventions de Pablo Neruda, de Georges Marchais, de Jean-Louis

Barrault. Quand Marchais, récent patron du Parti, va pour prendre la parole, je ne peux m'empêcher d'observer Louis. Il y a moins de quinze jours, lors d'un dîner rue de Varenne, Elsa a déclaré que l'élection de Marchais à son poste lui semblait être un grand malheur pour le Parti. C'est aussi ce soir-là qu'elle nous a appris ce qu'une lettre de Lili Brik venait de lui annoncer : que ses livres à elle, Elsa, étaient retirés des bibliothèques publiques d'URSS. Suite de la « punition » infligée aux Aragon après la « normalisation » à Prague, qu'ils n'ont jamais acceptée. « Tous mes livres, dans ma langue, disparus... », a dit Elsa. Ce sont là des souvenirs récents, très frais. Or, que dit Marchais ? (Je ne *cite* pas, j'écris ce qu'a retenu ma mémoire :) il dit que non seulement les lettres françaises sont en deuil, mais les lettres soviétiques. Il dit qu'Elsa était considérée aussi comme un grand écrivain russe. Je guette sur les traits de Louis une crispation, une amertume, mais son visage n'exprime rien. Aucun visage, autour de nous, n'exprime rien, qu'une tristesse banale et poignante, sincère ou officielle. Jean-Louis Barrault, invité sans doute à parler parce que Elsa était critique dramatique, traductrice de Tchekhov, trouve des mots justes, les plus intimes que nous entendrons ce matin-là.

Quand Pablo Neruda monte sur l'estrade, c'est une autre affaire. Il y a, semble-t-il, un moment immobile, une attente. Sur le boulevard un encombrement bloque la circulation. Des autobus sont arrêtés. On voit les visages se tourner vers ces cent personnes assises derrière une clôture et qui écoutent, pâles, un vieil Indien aux traits rocailleux jeter des paroles inaudibles, emportées au raffut anonyme des rues. Que dit-il ? Il lit un papier : le fils du poète Jean Marcenac, Bruno, hispanisant, a traduit en hâte le texte — discours ? poème ? — que Neruda a composé pour Elsa, afin qu'il pût le dire lui-même en français. L'accent accentue et broie les mots :

« *Notre amie a vécu les splendeurs et les douleurs de notre siècle : sa vie et son témoignage, son amour et sa mort ont mérité le respect des hommes et des peuples, de ses amis et de ses ennemis. Elle paraissait invulnérable, elle ne connaissait pas la peur, elle était comme une épée aux yeux bleus. Le courage a fertilisé son âme, produisant des œuvres passionnées et généreuses. Elle a bu la joie — toujours — à une fontaine de France la plus haute, la plus débordante de poésie.*

Je lui apporte l'hommage de peuples silencieux qui travaillent et combattent. L'Amérique latine a reçu d'Elsa Triolet un sens de la lutte et de la création universelles et le sentiment d'un devoir essentiel : la révolution véritable passe par une organisation véritable. Nos tourments sont toujours plus limités que l'espace de notre espoir.

L'Amérique latine n'est pas faite seulement d'insurrections héroïques et solitaires mais de peuples qui combattent, de grands partis populaires qui contribuent à diriger notre commun combat.

J'ai vu Elsa dans la guerre d'Espagne, dans la

Résistance, compagne de l'honneur français. Je l'ai vue dans l'amitié, dans ses romans qui sont énigme à la fois et solution de l'énigme, dans la campagne et dans la ville, dans Moscou et dans Paris, nous enseignant toujours la destruction du mensonge et levant l'orgueil de son visage au-dessus de la haine pour nous dire la vérité, l'intelligence, le travail du constructeur [1]. »

Oui, je sais, on a beaucoup allumé de ces feux-là. Ils passent parfois sur la vérité comme ces flammes des étés fouettés de vent, qui brûlent le maquis mais ne détruisent pas les racines des arbres. Malraux appelait ça « l'illusion lyrique ». Pourtant, comme ces quelques formules nous parurent belles ! « Elle était comme une épée aux yeux bleus »… « Elle a bu la joie, toujours — à une fontaine de France la plus haute »… Et jusqu'à ce mot, « constructeur », qui semblait sortir d'un tableau de Fernand Léger… Ces images, ces musiques, l'Histoire les a mises à mal ! Il en traîne des échos en moi, plus lancinants quand ils viennent de pays encore enfoncés dans l'injustice, pour lesquels le combat a plus d'importance que la moralité ou les dentelles du combat.

Treize ans presque jour pour jour après la mort d'Elsa je me fis conduire, à Valparaíso, à la maison

1. Pablo Neruda (traduction de Bruno Marcenac).

de Neruda. Le régime de Pinochet, crépusculaire, tenait encore. J'avais donné la veille une conférence à la Bibliothèque nationale devant l'escalier de laquelle un camion plein de militaires, assis le fusil entre les jambes sous la bâche, n'attirait pas les chalands. J'avais été reçu le matin par un amiral en tenue blanche qui était, si ma mémoire est fidèle, le président de l'université de Santiago. Les conversations étaient amidonnées. À Valparaíso, où l'eau du port avait visiblement le pouvoir de rouiller les bateaux à quai, personne ne parut surpris que je voulusse voir la résidence de Neruda. C'était une assez grande maison, entre les pins, dominant l'Océan. Le périmètre du jardin, qui paraissait vaste, était planté d'une palissade de bois, bouchant toute vue, comme on en dresse dans les clubs de tennis qui veulent priver le badaud des exploits de leurs champions. Sur les planches brunes, des jeunes gens — une demi-douzaine — étaient occupés à calligraphier ce que je supposais être des lettres adressées au mort, ou des poèmes, ou des dessins. Trois sentinelles nonchalantes gardaient la porte et patrouillaient le long de la palissade. Celle-ci était très joliment décorée, rien n'avait été fait dans la hâte. Quelques bouquets de fleurs se desséchaient sur le sol. Je pensais à Nazim Hikmet, à Atahualpa Yupanqui, à Pablo Neruda, et à la vénération nuancée de mauvaise conscience avec laquelle, dans les années de l'immédiat après-guerre, nous écoutions ces échos de l'âpreté et de la violence du monde. Comme si nous ne venions pas d'en vivre ou d'en côtoyer de suffisants épisodes. J'avais vers 1947 l'âge que je donnais aux jeunes gens en train de transformer la palissade en *dazibao*, et nous chantions *Duerme, duerme, Negrito*..., sans espérer imiter jamais la voix brisée de Yupanqui, sa voix d'Armstrong indien, et nous chantions « Quand un soldat s'en va-t-en guerre il a / Dans sa giberne son bâton de maréchal / Quand un soldat revient de guerre il a / Dans sa giberne un peu de linge sale... ». Mouloudji, Félix Leclerc, et même Montand, mais oui ! mettaient en musique le folklore pacifiste, gentiment révolutionnaire, dont nous bercions notre lenteur ou notre hâte à vivre, comme en d'autres temps nous nous serions entichés d'écologie, de maoïsme, de drogues douces, de Woodstock... Aragon avait-il sa place dans l'imagerie de mes vingt ans ? Oui, nous récitions *Elsa-Valse* — mais aux filles.

La nuit du Moulin

Il n'était pas question ce jour-là que Cécile, assez souffrante, quittât la chambre. Ce début de l'hiver 1970 était froid et mouillé. La veille, Aragon m'avait annoncé par téléphone qu'on allait transférer le cercueil d'Elsa, morte le mois de juin précédent, du cimetière communal où elle avait été provisoirement inhumée, dans un caveau que Louis avait obtenu l'autorisation de faire creuser et édifier en lisière du petit bois qui dominait le Moulin, sous de grands hêtres.

« Il y aura, l'après-midi, une cérémonie, les gens de mon Parti, les officiels... Je suppose que tu n'as pas envie de te retrouver avec tout ce beau monde... Venez dîner le soir au Moulin... »

Nous décidâmes, puisque Edmonde devait elle aussi se rendre à Saint-Arnoult, que nous irions ensemble et que nous retrouverions là-bas Adrien J. et sa compagne, également invités, un moment avant l'heure du dîner.

Pour ceux qui l'ignorent, Adrien J. est un poète et critique d'art de l'avant-dernière génération surréaliste. Je l'avais connu, du vivant d'André Breton, n'ayant qu'ignorance et rancune pour les Aragon, au point qu'au soir du premier vernissage de Cécile, à la galerie de Karl Flinker, en 1966, comme nous partions souper chez Lili et Maurice Rheims, j'avais retrouvé Adrien J. avec un peintre de ses amis, tous deux incertains et offusqués : ayant appris qu'Elsa et Louis seraient de la soirée, ils se demandaient s'il leur était possible, en conscience et en toute orthodoxie surréaliste, de se rendre dans une maison où, à une autre table, seraient nourris les grands infréquentables. Ils avaient fini par quitter la galerie les derniers, boudeurs et chagrins, et j'avais été étonné de les voir arriver avenue Matignon et se glisser furtivement jusqu'au recoin le plus éloigné de la table maudite.

Mais à la date où nous sommes Breton était mort et ses souris s'étaient remises à danser : Adrien J.

était récemment devenu l'ami d'Aragon, lequel, il est vrai, était presque venu à résipiscence. Je déposai dans le coffre de la voiture les fleurs que Cécile m'avait demandé d'apporter et nous partîmes, Edmonde et moi, dans les encombrements de la fin d'après-midi, par un froid pluvieux de novembre.

Puisque cette longue histoire va bientôt finir — les douze années qu'il reste de vie à Louis, privées d'Elsa, auront perdu pour moi leur parfum — prenons un peu de champ, arrêtons-nous un moment. Relecture d'une page écrite il y a vingt ans.

« Aragon ! Être, avoir été l'ami d'Aragon, d'Aragon et d'Elsa, quelle aventure ! Sensation que doit éprouver l'innocent petit lapin qui va muser en forêt un jour d'ouverture. Paris, le Paris politico-littéraire de ces années-là, était bourré-métro de chasseurs terribles : résistants de base, ex-communistes dont le sang tournait à seulement flairer le parfum du rouge, poètes d'une obscurité bouleversante qui pardonnaient mal à Louis le guidon de vélo thorézien, militants surréalistes des années soixante, bourgeois bien conservés encore encolérés de 1936 et de *Ce soir* : tous terribles dévoreurs d'Aragon. Avec en garniture les abattis du petit lapin. Que diable alliez-vous faire dans cette galère ? Sans parler des cadres dynamiques qui trouvaient que les yeux d'Elsa… Entre nous… Et ses mains… Heureusement que les chansons de Léo Ferré… Je ne vois guère que les académiciens, à une certaine époque, qui se fussent risqués à trouver Louis bel écrivain, confrère flatteur, et à frémir délicieusement dans l'attente d'un discours périlleux, sinueux, épicé… Si seulement Aragon avait bien voulu ! »

Il m'est arrivé plus souvent qu'à mon tour d'aimer à contre-opinion. Je veux dire : d'amitié. Canards boiteux ou célèbres, il y a des gens qu'il n'est pas bien vu d'avoir pour amis : brocards, railleries, férocités. Je me suis fait une spécialité de ces amitiés-là. Tout cela par parenthèse puisque c'est d'Aragon que je veux parler, l'Aragon de ce soir-là, vers les sept heures, quand Edmonde et moi sonnâmes au portail du Moulin, dans une bise à effeuiller les derniers récalcitrants de l'automne.

Il avait déjà cette maigreur qui n'a plus changé, le cheveu dru porté encore court, et cette façon épiscopale, condescendante, salonneuse de se plier du côté de la nuque ou des épaules pour se pencher vers qui il accueillait. Sa gentillesse était doublée de curiosité rapide, éclair des yeux pâles dans le visage aux mille rides, de sorte qu'on éprouvait d'un coup l'impression multiple d'être reçu par le prince-évêque, aimé dans tout un plissement compliqué des traits, des tempes, de la bouche souriante, mais en même temps scruté par un inquisiteur au regard froid. Peut-être, ce soir-là, parce qu'il nous attendait à contre-lumière sur le seuil de la cuisine et que la journée lui avait été rude, l'impression habituelle fut-elle atténuée. Enfin, moins aiguë, estompée de fatigue ou de chagrin. Il portait son pantalon de gros velours et un chandail de campagne.

Aragon était souvent fier de choses sans grande signification : d'avoir fait des études de médecine, de posséder dans sa bibliothèque de rares originales, d'avoir été acclamé trois minutes vingt-deux secondes aux assises de son Parti : presque aussi longtemps que la délégation des guérilleros de San Barbaro. C'est pour des traits comme ça qu'on apprécie les grands hommes, facétieux comme ils sont de nous jeter ces *pittoresques* os à ronger. Inattendu ce soir-là, ce fut l'Aragon juvénile, piaffant, prodigue en confidences saugrenues et en vantardises presque enfantines, qui se manifesta dès que nous fûmes installés au salon à attendre les J. Il avait l'air de voler un peu au-dessus de lui-même, marchant à travers la pièce comme à l'accoutumée, virevoltant, son œil rapide ramassant par en dessous notre attention un instant relâchée, comme emporté par son monologue vers une région située au-delà ou en deçà du chagrin, ailleurs. L'idée me vint qu'on lui administrait à trop fortes doses ces médicaments à l'aide desquels le dernier diafoirus croit pouvoir épargner à un homme sa souffrance, sa solitude, l'inacceptable *punition* imposée au survivant d'un couple de complices.

Un feu brûlait dans la cheminée de la bibliothèque. Louis nous disait d'étranges choses, que ce n'est pas ici le lieu de rapporter — mais alors, où ? — car c'étaient les confidences du désarroi absolu, l'ivresse froide et volubile de la solitude. Seul l'oubli peut ensevelir certaines minutes où l'on voit un homme s'entrouvrir. Un moment vint où il parla de son travail, pour nous dire qu'il n'avait rien écrit — « rien, pas une ligne » — depuis la mort d'Elsa. Puis, un peu plus tard, il proposa de nous lire une nouvelle qu'il prétendit avoir terminée la veille. La veille ? Il la lut comme il faisait toujours, la voix impérieuse, avec des frémissements et des sous-entendus, des accélérations impatientes, une sorte d'emphase mélodieuse et agacée qui composait sa manière habituelle. Je me rappelle : il s'agissait d'un souvenir d'enfance, un récit plein de lourdeurs d'été, d'herbe chaude, de sensualité, qui aurait pu trouver place dans tel chapitre des *Voyageurs de l'impériale*.

Edmonde s'était éloignée un moment. Je ne sais plus comment le monologue de Louis glissa, de silence en absence, à ce geste qu'il eut, de se frotter les joues comme pour vérifier s'il était assez bien rasé. Un geste que font les hommes, vers sept heures, quand ils doivent sortir le soir. Se souvenait-il de l'obsédant ronronnement du rasoir à la pile peu à peu épuisée, quelques mois auparavant ? J'aurais juré qu'il n'avait nulle mémoire de cette heure tombée du temps pendant que les hommes des Pompes funèbres, au milieu des cris à voix basse, descendaient le cercueil d'Elsa dans la cour de l'hôtel Gouffier de Thoix. Rapide regard, voix de vieux connaisseur : « Le Philips à trois têtes rotatives… C'est le seul qui soit efficace… Pour les poils de la poitrine, du pubis… J'espère, petit, que tu te rases les poils du pubis ?… Tu te souviendras ? Le Philips à trois têtes… » J'entendais les pas d'Edmonde dans le couloir de l'étage ; elle revenait vers nous. Je regardais Louis. Tentation d'écrire : il avait l'air hagard — mais non, ce n'est pas le mot juste. Il était absent, comme il l'avait été de sa lecture, une absence calme, un visage apaisé, qu'il leva vers Edmonde quand elle apparut sur la galerie, s'apprêtant à descendre.

Les J. n'étaient toujours pas arrivés ; nous buvions en les attendant ; Louis remettait des bûches sur le feu ; il décida que nous devions nous mettre à table « pour les faire venir ». Ce mouvement m'arrangea car le silence, que j'avais gardé depuis la lecture, n'était pas facile à rompre. L'irréalité dans quoi nous étions entrés une heure auparavant s'était aggravée, à cause de ce texte dont nous ne savions plus s'il datait de la veille ou de très longtemps. Et s'il était ancien, pourquoi Aragon l'avait-il exhumé, relu, corrigé peut-être ? Quel rapport établir entre ce jour de désolation et de pluie où des gens vêtus de sombre avaient piétiné dans la boue du parc, et le récit plein des orages de l'adolescence et de ses désirs, ces phrases mystérieuses qui paraissaient avoir échappé à un fantôme ?

On prenait souvent, au Moulin, les repas dans la cuisine, qui ressemblait à une salle de ferme, embellie de carreaux de Delft dont Elsa avait décoré les murs. La gardienne nous servait, silencieuse, et restait debout derrière nous pendant que nous mangions. Je me rappelle un dîner lourd et savoureux, comme Elsa aimait en offrir, l'abondance du vin et des alcools, les bouteilles que Louis ouvrait avec une gentillesse un peu exaltée à laquelle nous n'osions pas résister. La sonnerie du téléphone nous rappela les deux couverts vides. Louis alla répondre, debout dans un coin près de l'escalier. Nous comprîmes, à écouter la moitié des répliques, que les J. avaient eu un ennui de moteur, qu'ils étaient coincés aux portes de Paris et regrettaient de ne pouvoir pas venir. « Prenez un taxi ! dit Louis, je vous l'offre ! »

Au lieu d'attendre les retardataires, nous nous remîmes à boire sans soif et à manger sans faim. Je ne sais plus ce que fut la conversation : décousue, et appliquée, et chaleureuse. Quand des lueurs de phares jouèrent sur les arbres devant la maison — la gardienne était allée ouvrir le portail afin que le taxi pût avancer jusqu'à la porte — Aragon se leva en sortant de sa poche une liasse de billets.

Quand J. et sa compagne, qui était chanteuse et fort belle, se furent assis, la soirée prit un second départ. Louis exigea de nous que nous recommencions à dîner avec les nouveaux venus comme si, nous aussi, nous venions d'arriver. Il alla ouvrir le réfrigérateur qui occupait un mur de la salle : nous l'aperçûmes débordant de bouteilles de toutes sortes.

Louis en déboucha deux ou trois et servit à boire. Tout cela — sans doute parce que nous commencions à être ivres — est maintenant incertain dans ma mémoire. Je ne me rappelle que la chaleur de la cuisine, la table chargée de plats et de verres comme pour un festin un peu barbare, la gardienne silencieuse — réprobatrice ? — qui se tenait dans la pénombre alors que le milieu de la pièce et la blancheur de la nappe recevaient la lumière crue de la suspension. Il était tard, pas loin de minuit, quand Aragon se leva et nous proposa d'« aller voir Elsa ».

J'ouvris la porte : la pluie avait cessé et le ciel, changeant et lavé, était traversé de nuages rapides. Des rafales de vent secouaient les arbres. Nous nous habillâmes en frissonnant. Aragon reparut, vêtu d'un immense et long manteau de fourrure genre général soviétique. Il tenait à la main et il alluma une lanterne sourde comme on n'en voit plus que dans les films historiques. Il en mit une autre dans les mains de J. et nous sortîmes. Dehors, dressé dans le vent, son visage éclairé par en dessous plus écorché que jamais, Louis décida que nous ne devions pas monter directement vers la tombe d'Elsa mais faire auparavant « la promenade du bief », qu'elle avait beaucoup aimée. Il tituba un instant, son fanal à la main, faisant remuer des ombres fantastiques sur le mur du moulin, puis nous nous mîmes en marche, lui en tête.

Notre déambulation dura de longues minutes. Le froid nous avait dégrisés. Quand nos yeux se furent accoutumés à l'obscurité nous vîmes que, franchi le pont, nous laissions à main droite le petit bois et la colline qui sont devant la maison, et que nous longions un bras de la Rémarde. Le sol du chemin était pentu, glissant. Les lanternes que nous agitions en marchant projetaient dans les branches des arbres, très hauts en cet endroit, des éclairages mouvants dont les coups de vent accentuaient l'étrangeté. Nous allions dans un grand bruissement qui emportait les paroles. Il nous sembla que Louis, à quelques pas devant nous, éprouvait des difficultés à garder son équilibre : il dérapait dans la boue, tanguait, se redressait à grand-peine. Edmonde et la femme d'Adrien J., sans s'être consultées, le rattrapèrent et lui prirent chacune un bras sous le prétexte de se sentir, elles, plus assurées sur leurs jambes.

Aragon soudain s'arrêta, et, se retournant vers nous, demanda si nous ne remarquions rien. Comme nous nous taisions il insista : « Voyons, nous sommes en novembre, en forêt, et rien ne vous frappe ?… »

Il nous raconta, après avoir posé sa lanterne sur le sol pour mieux l'éclairer, qu'il s'était levé très tôt le matin, à l'aube, et qu'il avait, seul, balayé les chemins du parc par lesquels on pouvait monter vers la tombe d'Elsa. « Quand ils sont arrivés, cet après-midi, on n'aurait pas pu trouver par terre une seule feuille morte ! Je travaillais encore un quart d'heure avant. Tous les sentiers, les allées, balayés, ratissés, jusqu'à Elsa… » Il leva sa lanterne et essaya de percer l'obscurité le plus loin possible, dans le mouvement fou des branches. Puis nous nous remîmes en route.

À un moment, Louis glissa et tomba. Ses pieds touchaient presque l'eau, dont on entendait clapoter la masse noire et froide. Nous l'aidâmes à se redresser sur le talus aux herbes mouillées. Il y eut encore d'autres haltes, des phrases que j'ai oubliées, des essoufflements, et toujours ce remuement des arbres et du ciel, ces formes surgies de la nuit, semblables à celles qui terrorisaient la petite Cosette.

Le chemin fit un coude et commença à escalader la colline. Des parfums d'humus et de conifères l'emportèrent sur l'odeur morte de l'eau. Nous arrivâmes à un emplacement en clairière au milieu duquel avait été aménagée la tombe : vaste pierre nue, presque carrée, sur la gauche de laquelle étaient gravés le nom d'Elsa, et deux dates. De l'autre côté, le seul nom de Louis.

Edmonde trouva les gestes qu'il fallait. Elle posa les lanternes à même la dalle de marbre et entreprit de sortir de leur emballage les fleurs de Cécile, que je n'avais pas remarqué qu'elle avait prises dans la voiture. Le papier crissait ; l'obscurité compliquait les choses. « N'y a-t-il pas un vase ? » demanda-t-elle. Elle en trouva un au pied d'un arbre, qu'elle posa aussi sur la pierre. Puis, à l'aide d'un sécateur, elle coupa posément les tiges et composa un bouquet. Louis était maintenant immobile, son visage apaisé. Quand elle eut terminé, Edmonde s'essuya les mains et nous rejoignit. Le vent s'était calmé. Nous restâmes ainsi quelques instants, figés, frissonnants, et je ne suis pas sûr qu'aucun d'entre nous pensât alors à Elsa. Enfin Edmonde se retourna et dit doucement : « Il fait trop froid, Louis, rentrons… » Nous ne mîmes que trois minutes, en suivant la pente, pour regagner la maison.

Récréations

En ce temps-là, Hervé Bazin habitait le Grand Courtoiseau, château rustique et Louis-XIV fait de brique et de pierre, baptisé, eût-on dit, pour satisfaire les mânes de Folcoche. (« Courtoiseau », quel nom de personnage pour un roman écrit vers 1850 ! Munitionnaire enrichi, ex-régisseur indélicat, bourgeois gentilhomme, de haute taille mais l'oiseau rabougri, le Grand Courtoiseau avait sa place aux environs de Yonville et parmi les modèles de Daumier. Tout cela avait dû rouler dans la tête de Bazin quand il avait « signé l'acte ».) Devant la demeure avait été disposée vers 1900 une volière assez vaste pour y enfermer, le temps d'une photographie, la dizaine d'amis que nous étions alors et que nous appelions « le Groupe ».

À l'origine : le goût de Boisdeffre, André Bourin et Pierre Debray-Ritzen pour les sociétés d'entraide, les camaraderies de garçons. Par cooptation, les autres s'étaient agrégés : Hervé Bazin, Armand Lanoux, Félicien Marceau, Jean-Louis Bory, Louis Pauwels, Jean d'Ormesson, José Cabanis, Pierre

Daix. Ah, nous étions éclectiques ! À l'heure où j'écris la mort a frappé cinq fois. Les inventeurs du Groupe rêvaient de manifestes, de prises de position, etc. Il n'en était pas question, la principale qualité de cette rencontre instable étant de rassembler des hommes si différents qu'ils n'auraient pas pu signer ensemble même une carte postale. La conversation, entre nous, était vive. Quelques rôles étaient distribués : le silencieux, le sceptique, M. Homais, le mystagogue, le sale gamin, le riche amateur, le bougon, la folle, Machiavel, les rouges, les blancs — j'en passe. Chaque mois l'un de nous invitait tous les autres. Jean d'Ormesson et Marceau nous recevaient à Neuilly, Bazin au « Courtoiseau », Lanoux à « Écoute s'il pleut », Debray dans son appartement de « grand patron » avenue de Wagram, Pauwels au « Bungalow », Bourin au « Grand Platane », Daix boulevard Soult, Bory dans sa grosse maison de Méréville, tapissée de livres, où Jean d'Ormesson rêvait à Natalie de Noailles. Dans nos décors, le vert l'emportait sur la ville. José Cabanis, qui passa par chez nous comme un éphémère, désespérant de nous entraîner jusqu'à Nollet, nous invita dans un salon à l'entresol de l'hôtel Lutétia où la conversation eut du mal à prendre. Peu après, l'un de nous écrivit à propos d'un de ses livres une chronique qui le blessa et il nous tourna le dos sur une jolie formule : « Si c'est ça l'esprit de bande, je préfère bander à part. »

Du temps ayant passé, je mesure combien furent solides certains liens noués ou resserrés dans les repas du Groupe. J'aurais moins et moins fraternellement connu Debray-Ritzen, Pauwels, Bory, Lanoux sans les joutes idéologiques qui les opposaient. Sur une douzaine d'amitiés, une seule se révéla décevante : proportion modeste. Eûmes-nous, à un certain moment, un peu de l'influence occulte qu'on nous prêta ? Je n'en suis pas sûr. Peut-être tel ou tel minime événement de la vie littéraire se produisit-il à la suite de nos bavardages mensuels : le prix Goncourt de Jacques Chessex, le coup d'accélérateur donné à la découverte de Corinna Bille. Pour Chessex, de qui j'avais parlé à nos amis avec un peu de passion, la rencontre se produisit à Lausanne, au lac de Sauvabelin, où Monique Mayaud, profitant de je ne sais plus quelle occasion, avait organisé un déjeuner avec Bazin, Lanoux et moi : le courant passa, et dès lors je sus que Chessex était dans la ligne de mire des Goncourt. Ces chasses-là sont souvent plus subtiles que ne les voient les échotiers. Cela noté, de plus longs développements ne s'imposent pas autour d'une fidélité de camarades (comme on dit une fraternité ou une sororité) qui dura quelques années, jusqu'à ce que la mort y fît son œuvre. Le suicide de Bory sonna la fin de nos récréations.

Nous aimons-nous ?

Longtemps j'ai cru la petite société formée par les écrivains français plus généreuse que d'autres. Je la comparais à son équivalente aux États-Unis, où il faut sans cesse refaire ses preuves. On a dû y inventer l'expression *has been* à l'usage des littérateurs. Il me semblait qu'ici au moins, en France, on laissait les auteurs jouir des privilèges qu'un peu de succès leur a assurés. Statut à vie, ou presque. Il me semblait aussi que le climat, entre nous, était à la tolérance. Indifférence teintée de chaleur.

Mon impression a changé. Durcissement des artères et des mœurs ? Les deux causes se conjuguent. L'usure des notables s'accélère, le souvenir des textes s'amenuise, la lumière des étoiles se refroidit. Le vocabulaire et les stratégies de l'ultragauche ont eu du succès bien au-delà du cercle qui les avait inventés. Invité, dans les années quatre-vingt, à rendre visite aux détenus de la centrale de M., j'y constatai que les prisonniers, presque tous condamnés pour des crimes de sang, organisés en micro-société hiérarchisée et dure, ce qui était conforme à mon attente, s'étaient emparés de la phraséologie, des expressions de révolte, de la logique dialectique en vogue dans le discours gauchiste. De sorte que, écrivain invité par le « Cercle de lecture » de la prison, je devenais un représentant de l'État bourgeois (mon ignorance du combat mené contre les QHS [1] aggravait le discrédit dont j'étais accablé) alors que les détenus, promus révolutionnaires, combattants de la libération de l'homme, me faisaient la leçon du haut des exploits — meurtres, viols, fabrication de fausse monnaie — dont ils étaient les auteurs. Leur logique était imparable et leur mépris, profond. Cette contamination de notre système de pensée, qui était plutôt libéral, par les techniques d'agitation et de compromission du gauchisme, s'est répandue de proche en proche. J'écris ceci au début de 1999 : nous sommes gouvernés par des ministres enfermés, pour la plupart, dans une idéologie à la fois belliqueuse, chimérique et libertaire. Cette idéologie a ses relais, ses complicités, ses journaux. Elle n'a pas choisi entre gestion et subversion. Elle est aussi irréaliste que sûre de son fait. Elle est *morale*. En littérature, on la retrouve dans les techniques de guerre qu'elle a adoptées. Il faut désormais conquérir le « pouvoir médiatique » avant de faire une œuvre, occuper les tribunes, les estrades, conclure des alliances, fomenter des complots. L'adversaire sera rejeté au néant parce que *fasciste*, ou *nazi*, ou *stalinien*, dénonciations aussi

1. Quartiers de haute sécurité.

banales que d'accuser quelqu'un de gourmandise ou de coquetterie. En peu d'années, on risque de retrouver la puanteur des polémiques hitlériennes et soviétiques devenue le parfum de l'idéologie dominante.

Cette simplification du débat esthétique et intellectuel revêt des formes plus douces. Plus pernicieuses peut-être, le bon sens n'étant plus protégé par l'outrance même des propos. À mon estime, tout a commencé par l'éloignement où se tiennent, vis-à-vis de nous, nos éditeurs : ils lisent distraitement les livres qu'ils publient et bien rarement ceux que publient leurs concurrents. Je vois les éditeurs français comme des patrons de firmes automobiles qui n'auraient pas la curiosité de conduire pendant mille kilomètres chacune des voitures fabriquées par les autres constructeurs. Cette négligence affecte les responsables des pages littéraires, qui publient des esquintements ou des dithyrambes sans avoir toujours pris soin de lire le bénéficiaire de ces traitements extrêmes. Entre nous, c'est pareil. On lit rarement les ouvrages de ses amis. Ou bien on les expédie en une demi-heure. Le livre d'un ami est suspect. On le laisse de côté, en pénitence, ou bien on le pose en évidence là où l'œil le verra forcément, puis on l'oublie. Cette ignorance sera cachée par la vieille habileté des chevaux du manège littéraire, capables de caracoler entre louanges et subtiles réserves sans avoir passé plus d'un quart d'heure dans le texte qu'ils commentent si savamment. De sorte que nous vivons entre amis, entre spécialistes, entre fins lettrés, entre complices, sans faire aux livres des autres l'honneur de les lire. Si les succès des confrères ne nous incommodent pas outre mesure, leurs échecs nous paraissent marqués au coin du bon sens, et leurs joies ou désarrois nous sont étrangers. Voilà plus de quarante ans que je lutte pour ne pas souffrir de ces maladies et en épargner aux autres la contagion : je ne suis pas sûr d'y être parvenu. Au moins ne fermé-je pas les yeux sur la vérité. Qui se formule ainsi : nous aimons-nous ? Quand il arrive qu'on dise ou écrive publiquement des douceurs sur moi, il ne me faut qu'un instant pour repérer le ruissellement secret des intérêts, les liens d'invisible complicité, les goûts partagés qui pourraient expliquer, expliquent peut-être les bontés dont je bénéficie. Une fois repérées, ces connivences crèvent les yeux. Tout plaisir en est gâté. On hausse les épaules, on oublie de remercier, on se fait un ennemi.

Les enfants

Parfois d'abondance, et non sans complaisance, parfois trop brièvement, j'ai tenté de dire ce qu'avaient été mes rapports avec les enfants. Résumé : j'ai été un mauvais père. Ce que le constat a de déplaisant équilibrait le compte, pensais-je. Je me trompais : je parlais de la paternité, et non pas de l'enfance, île à laquelle je ne savais pas aborder. Si j'ai peiné à établir un rapport facile et chaleureux avec mes enfants — j'y suis peu à peu parvenu, du moins en ai-je l'espérance — cette peine venait sans doute d'une vie familiale tumultueuse : divorces, remariages. Je manquais à la fois d'innocence et de naturel dans mes efforts. Justement : des efforts. Ma relation avec mes propres enfants monopolisait mon attention ; je n'essayais pas de nouer d'autres liens avec l'enfance ; je ne pouvais donc pas comparer à d'autres mes diverses tentatives de débarquement sur l'île inexpugnable. Mes enfants devenus des adultes et une troisième génération arrivant, j'ai trouvé la liberté de regarder ailleurs. Je me suis aperçu que je reproduisais avec n'importe quel enfant le modèle imparfait, cahoteux, inachevé, de la relation parentale. Je n'étais pas un père maladroit chez lui et merveilleusement à l'aise n'importe où ailleurs : je restais en toutes circonstances empoté, rugueux, quasi muet. Je ne savais pas m'y prendre ; j'étais impatient et godiche ; les enfants m'embêtaient et je ne leur plaisais pas.

Aujourd'hui, envie de comprendre, mais est-il temps ?

Pour un peu, ma maladresse — mon impuissance ? — se fût étendue à toutes les sortes d'enfants, du bébé aux dix-douze ans à qui j'ai parfois quelque chose à dire. Mais eux, ont-ils quelque chose à me répondre ? Il y a parmi eux de terribles poseurs de questions : je m'en arrange. Scrupuleux, je ne me réfugie jamais derrière des sornettes. Tant pis si l'explication est longue et les détails ennuyeux. Il me semble que l'on peut toujours tout dire et à tout le monde. Cette certitude a parfois laissé des auréoles de silence autour de moi. Ces traces-là s'effacent mal. Mes petits-enfants sont les intercesseurs entre leur classe d'âge et moi. Ils forment — ils sont une bonne dizaine — un échantillonnage cohérent. Je compte parmi eux l'incollable lauréate de concours général devenue une sorte d'enfant-étudiante qui écume, je le lui souhaite, les lieux savoureux du *swinging London*. J'ai de petits chrétiens à l'épi en bataille, affectés de toutes les particularités des collégiens versaillais : croissance rapide et déférence envers les vieux. J'ai des séducteurs de cinq ou six ans aux yeux de gazelle. Un émule d'André Agassi. Un violoncelliste de douze ans. Un don juan de seize, aux cheveux argentés, ensaché dans d'immenses vêtements de champion de basket. Une Mata Hari consciente de ses pouvoirs sur moi. Une aînée de vingt ans, une benjamine de deux. Je les évoque — j'en ajoute peut-être un ou deux — pour le plaisir de l'appel et celui de l'énumération qui sont, avec le coq-à-l'âne, auquel la Nature pourvoit, les bonheurs de l'écriture. Je n'en reviens pas que ce public turbulent de rares goûters d'enfants *descende* de moi. Un voisin, en Provence, m'a dit à propos d'un jeune couple de la rue qui se désolait de n'avoir pas encore de progéniture : « C'est de sa faute, bien sûr, il a le foutre fluide... » Avec l'accent cela devenait « le foutreu fluideu... ». En bonne logique, ce garçon que desséchait l'envie de paternité aurait dû produire la semence la plus épaisse, de la crème fraîche, du nougat au miel, et élever dans l'émerveillement une marmaille abondante. Et moi je me serais bien vu, victime de la fluidité ci-dessus dénoncée, engendrant avec parcimonie, réticence.

On a trop plaisanté, chez moi, de ma rétention de sentiment paternel. On me mettait par surprise un bébé dans les bras, le temps d'une photo, comme on m'eût obligé à manger des huîtres ou des cuisses de grenouille. Personne ne se rendait compte que je vivais mon embarras comme une indignité. Je voyais tant d'hommes cajoler, lécher, choupouter de tout petits enfants ; et plus tard c'était le père-camarade ; plus tard encore le confident viril, le rival sportif qui s'épuisait à la compétition. Quel était leur secret ? Quelle fibre me manquait-il ? quel gène, quelle disposition naturelle ? Ma tendresse pour mes fils et ma fille restait abstraite, contrainte. Parfois le courant passait : à la montagne, pendant une marche ; en voiture quand j'étais au volant (et ce regard obligatoirement détourné n'était pas pour rien dans ma plus grande aisance...). Je ne sentais pas mes bras, mes mains disponibles pour ces étreintes dont je voyais tant d'hommes envelopper leurs enfants avec gourmandise. Avais-je à ce point manqué de caresses, autrefois ? Avais-je été privé de cette chaleur dont je ne trouvais pas en moi le secret ?

Le sentiment paternel — j'ai beau faire, je ne parviens pas à élargir le champ à toutes les formes de mes relations avec l'enfance — et j'ai beau faire encore je rétrograde des enfants à l'enfance : une entité, une catégorie, un absolu mais qui, pour moi, représente la régression, l'amenuisement de mon effort — le sentiment paternel, donc, me sera resté aussi fermé qu'une langue qu'on ne parvient pas à apprendre. Oui, la comparaison tient le coup : une langue étrangère. Je la baragouine. Incapable de m'exprimer dans d'autres mots que les miens, je connais ce trou infranchissable, ce découragement qui me saisit à constater non pas que j'ai les mots *sur le bout de la langue*, mais, au lieu des mots, ce ciment amorphe, cette impression qu'un venin me paralyse et qu'aucune parole audible ne sortira d'entre mes lèvres.

N'être pas abstrait ! Ce chapitre je l'ai abandonné

dix fois, repris, abandonné encore. Je me disais : essaie de raconter de petites scènes, fais comme si tu légendais des images. Voici des exemples. Alain et Gilles, neuf et douze ans, encadrant Cécile sur une sorte de balcon médiéval au château de Chillon. Amélie, cachée derrière le rideau d'une fenêtre, à Washington, au moment de notre départ, qui ne veut pas qu'on la voie pleurer. Arthur et Gaspar, leurs profils superposés, leurs yeux sombres, presque orientaux. Fêtes d'enfants : il y a très longtemps, Alain, blond et frisé, désignant d'un geste dictatorial le gâteau au chocolat. Les automobilistes étonnés, qui ralentissent et s'arrêtent devant les tennis d'Oppède, pour regarder ce petit garçon de dix ans qui renvoie la balle au moniteur avec une rage de champion. Ne vous inquiétez pas : je ne vais pas glisser onze clichés dans l'album que d'ailleurs je ne possède pas. Les prénoms, peut-être ? Ils racontent un peu de mon histoire désordonnée, mes hésitations aux carrefours. Écoutez : Alain, Gilles (Watteau ou Drieu ?), Paulina (Jouve, bien sûr), Amélie, Diane, Adrien, Sarah, Augustin, Benjamin, Christophe, Arthur, Gaspar, Alina… Il y a là des souvenirs de la Jewish School of Winnetka, du collège Saint-Jean de Béthune, d'un baptême à la Brevière, d'affluence au bord de la piscine. Certains de mes petits-enfants me voussoient, d'autres me bousculent, Sarah me séduit. La plus énigmatique : Diane. Je vois en elle une enfant, mais elle a l'âge auquel, il y a un demi-siècle, j'aimais les filles.

Y suis-je, cette fois ? Non, je ne *montre* rien, je n'avoue rien. Insensiblement je me remets à jouer la comédie qu'on attend de moi. Votre rôle, rien que votre rôle. Surtout n'improvisez pas !

La seule vraie blessure : imaginer l'opinion que se sont faite de moi les enfants. Qui est-il, pour eux, ce silencieux, ce fuyant, ce vite lassé ? Et voilà une fois de plus la relation inversée : je me préoccupe de ce qu'ils pensent de moi et non de comment je les aime ; toujours moi, jamais eux. Ainsi dérape toute réflexion : je me retrouve au cœur de l'énigme.

Je ne me sens coupable que d'avoir emprunté la route qui ne m'était peut-être pas destinée. Couple, mariage, enfants, fatalité banale. Rien ne m'obligeait à y sacrifier. Aurais-je eu vingt-cinq ans de plus, peut-être ma vie eût-elle ignoré cette contrainte, cette soumission à un ordre que rien ne me disposait à servir. Le jour que je lui annonçai la prochaine naissance de l'enfant qui fut Paulina, Aragon me dit : « Un enfant ? Tu sais que c'est plus encombrant encore qu'un chien ? » C'était dit sans provocation, avec un sérieux un peu désolé. Autour de lui, dans cette décennie de l'autre après-guerre, la stérilité était une règle souvent suivie : principe de révolte, protection du territoire réservé à la création, etc. Les grandes guerrières de la cause féministe étaient peu portées sur la maternité. J'imagine mal l'homme qu'était devenu Louis dans les années 1975-1982 cornaqué par un fils ou une fille quinquagénaire, des triples semelles et des idées arrêtées, conseils de raison et « barrage » au téléphone. À l'autre bout de l'horizon, Bernanos se faisant payer ses droits d'auteur à la page, par mandat télégraphique quotidien. Le patron de Plon acceptant cela ! Bernanos à la pièce, presque au mot, pour nourrir je ne sais plus combien d'enfants… Est-elle de lui, la phrase fameuse sur les pères de famille, aventuriers du monde moderne ? Et Mauriac titillant Sartre qui venait de refuser le Nobel : il en a de la chance de pouvoir faire ça… Il n'a pas, lui, les enfants, les petits-enfants, les toits à réparer… Quelle envie, là-dessous !

Derniers mots, qu'on voudrait qui s'effacent, à peine écrits. Qui ne laisseraient autour de nous qu'une buée, une brume, un écho, une prière. Que tout le silence autour d'eux et de nous soit prière. Il y a longtemps que j'ai cessé d'associer l'enfance à la joie. Déséquilibre insupportable : un seul enfant qui souffre — un enfant que nous avons *mis au monde* — et les victoires, l'orgueil, les plaisirs, la gloire de dix mille hommes en sont anéantis. Une heure de la souffrance d'un enfant efface un siècle du temps des hommes. L'homme peut résister à beaucoup de peines et d'épreuves, mais une seule humiliation d'un enfant, une seule incompréhensible souffrance d'un enfant, les détruit, lui et ses œuvres. Lui et son obsédante importance. Lui et sa théâtrale difficulté d'être. Effacés. Détruits. Oubliés.

Une belle vie

La belle vie, c'est désobligeant. Les torpédos, le cigare, les mocassins à talonnette. La peau des poufiasses. Les casinos, les sauces.

Une belle vie ? Les épis mûrs et les blés moissonnés, les cris des enfants, au jardin, la mort du laboureur. Une belle vie c'est la dignité, le deuil, la décence, toutes les dentales de la débâcle.

On ne me l'a pas envoyé dire. On a rabattu mon caquet. Si je croyais me présenter à la sortie nanti d'un bagage honorable, j'étais loin du compte. Dîner de famille : « La sorte de littérature que vous faites, François, n'est pas celle qui nous intéresse… » Ton bref, façon bilan, toujours dire la vérité au malade. Les femmes que ma génération a croisées auront passé une partie de leur vie à redouter le ballon et l'autre, le sida. Entre les deux peurs, à peine vingt ans de liberté amoureuse. Moi, vingt ans à me déprécier et dix à fermer la gueule sous les silences significatifs, les yeux baissés, indulgents. Reste une lucarne, comme on dit à Kourou, d'une douzaine d'années où j'aurai cru à la réalité, à la légitimité, à l'honorabilité de mon négoce : rêves en tout genre. Tu parles, Charles. Un petit garçon, fou d'audace, tranquillisé quand même par les compliments qu'on lui adresse — n'est-il pas un si bon élève ? — me demande :

« L'autre jour, grand-père, un prof nous a demandé de demander à nos grands-parents…

— Pourquoi pas vos parents ?

— Il faut des gens qui ont… à la retraite, quoi ! Enfin, de leur demander : êtes-vous fiers de votre vie ?

— Il a dit "fiers" ?

— Ça voulait dire ça.

— Tes copains ont parlé à leurs grands-parents ?

— Euh…

— C'est à toi tout seul que le prof a parlé ?

— Ben oui.

— Il t'a dit "demandez donc à votre grand-père s'il est fier de sa vie" ?

— C'est ça.

— Et tu me le demandes ?

— Ben oui… »

Douce envie de meurtre. Douce, parce qu'il est plaisant d'être confirmé dans ses intuitions. J'ai toujours eu envie de me faire un maître d'école. Ou un bon père, c'était selon. Il y a trente ans que je les devine à l'affût de mes enfants, leur distillant le poison. « Mon pauvre petit… Votre père… J'ai parcouru son dernier livre… Si vous avez besoin de quoi que ce soit… » Il y eut l'abbé peloteur, le militant, le tenant de la tradition, le sarcastique, sans compter l'idiot, tout simplement l'idiot. Tous habiles à enfoncer un coin entre le père et le fils, le bourge et l'ado, et à forcer. Après cela, l'air fuyant du gosse, son œil cerné par la gêne comme il le sera plus tard par le plaisir. Un adolescent à qui l'on a soufflé du mal de ses parents et qui n'a pas claqué la gueule des souffleurs, on croirait, à voir son air fatigué, qu'il a de « mauvaises habitudes ».

Rêve du 28 novembre 1998, vers la fin de la nuit :

Présence d'une jeune femme au visage large, sain, à la peau hâlée et pure. Elle possède l'aisance des gestes, du naturel dans la tendresse. Aucun érotisme. Elle rit, sourit, elle détient visiblement une grande expérience du monde mais on ne songe pas à son passé. Elle pose un instant ses lèvres sur les miennes. Elle porte des vêtements amples et simples. L'éclairage de la scène est celui de l'Amérique du Nord en octobre.

Je lui dis : « Vous ressemblez tellement… à qui ? Oui, j'y suis… Margaux Hemingway ! » Elle me répond : « Ce n'est pas étonnant, j'ai été sa belle-sœur… »

Je m'éveille : inutile de chercher, je suis un vieil homme.

C'est la première fois de ma vie que je note un rêve. Impression de la surabondance, au monde, du bonheur, de la jeunesse, de la vie. Impression, aussi, de jamais plus.

Au fur et à mesure que j'avance dans ce livre, je ne dirais pas qu'il se dérobe à moi mais que la tentation grandit en moi de me dérober à lui. Tentation qui prend d'abord place dans un processus connu. Première impression : usure de *l'envie de roman*. Manifestation banale de la maturation du goût. Ou de sa sclérose ? On se met à préférer, à l'invention, l'aveu ; à l'imaginaire, l'Histoire. Tous les quinquagénaires vous le diront. Ils se sentent même assez fiérots : cette dessiccation de leur sensibilité littéraire représente selon eux un progrès vers l'élégance, le grand goût. Ils *retrouvent la ligne*. Mais en moi le producteur s'aligne sur le consommateur. N'importe quelle variation autobiographique me paraît valoir mieux que l'entreprise romanesque. Le dire-vrai me conforte alors que le mentir-vrai est de plus en plus appliqué. Au passage, une bonne affaire : le dire-vrai apparaît comme une dérivation du flot littéraire. Je n'ai pas envie de rejoindre les romanciers-castors qui bricolent leur digue, font barrage, inondent la prairie — merci bien ! Nul besoin d'un plan d'eau où faire dériver la barque. Quelle barque ? Celle que guette Tristan. Voile noire ? Voile blanche ? Encalminé, le romanesque. Je préfère le petit torrent qui a échappé aux castors, aux rêveurs, aux brodeuses d'allégories. Je me parle de moi, la porte est ouverte ; vous pouvez écouter.

Mais voici une nouvelle pente. Est-ce elle qui

entraîne et accélère le torrent ? Elle m'emporte loin de moi et je me laisse emporter. Sensation irrésistible que le silence, quelque part, patiente, me convoite, m'engloutira. Pourquoi ne pas aller à sa rencontre ? Si le temps ne doit pas m'être laissé, l'envie, vertigineuse, grandit en moi de m'interrompre. De sorte que chaque page de mon récit est arrachée non seulement aux paresses et difficultés ordinaires de l'écriture mais à cette sensation de vanité, peut-être aussi de rage : ne m'y suis-je pas mis ridiculement tard ?

Réponse à mon petit-fils :

« Tu lui diras, à ton prof, qu'il me semble être parti trop tard. Le lièvre et la tortue, tu vois ?

— Oui, je connais…

— Et s'il te tarabuste encore, te demande de revenir à la charge, de creuser la question, tu lui répondras que je suis parti en voyage.

— Mais c'est pas vrai, tu ne pars pas ?

— Non, je ne pars pas. »

Chessex ou le cinéma suisse

Il nous arriva de nous noircir au Fernet-Branca, ce qui suppose de la détermination, et même, une fin d'après-midi, à Montreux, face à la gare, sur la terrasse de l'hôtel Suisse, à la liqueur des Diablerets, breuvage régional au parfum de gentiane, ou d'artichaut ? Mais je confonds peut-être avec le Cynar, apéritif ou digestif dont je revois les bouteilles rangées parmi tant d'autres aux étagères de ce mur des tentations devant lequel officiaient les barmen de l'époque. Le choix de poisons semble s'être beaucoup restreint. Et l'imagination des candidats à l'ivresse, qui commandaient, quand j'étais enfant, des guignolet-kirsch, des perroquets, des Picon-grenadine, des tomates, des mauresques, des Dubonnet-cassis.

Ah, oui, Chessex ! Où nous sommes-nous connus ? Peut-être, comme je le crois, à Brinville, chez Marcel Arland, un samedi qu'il avait réuni dans sa campagne les plus jeunes collaborateurs de la *Nouvelle NRF* ? Il me semble revoir, devant la grande maison de notable (elle devait avoir aidé à l'intégration de Marcel, qui jouait les petits pauvres dans le club NRF où, du Tertre à Braffye et à Cuverville, on ne détestait pas les castels). Des jeunes gens à la fois hirsutes et maniérés — j'en étais — assis dans l'herbe, qui laissaient les aoûtats monter à l'assaut de leur chair fragile de littérateurs. Ils se nommaient Abirached, Perec, Judrin, Perros et, j'en jurerais, Chessex. Mais avait-il de vraies raisons d'être là, à six cents kilomètres de ses rivages ? Je le revois ensuite, en 1962, à Caux où je voulais lui montrer le chalet en construction, dont se dressait la structure ajourée dans le paysage trop parfait. Et une promenade au-dessus de la vallée du Rhône, était-ce encore Vaud ou déjà le Valais ? où une ferme tentait Jacques, en haut d'une montée épuisante. Je revois la brasserie du Chat noir, à Lausanne, et le café Romand, place Saint-François, et des « auberges de ville » dans les villages.

Suivirent quarante années d'une amitié vigilante, nuageuse, fidèle.

À cette époque, Chessex avait grande réputation de forcénerie. Il avait presque réinventé le mot à son usage. Il mangeait des steaks de cheval. Il buvait des blancs, des pommes, des bières, des poires Morand. Il avait l'apparence bourrue et carrée de l'homme à qui on ne cherche pas querelle dans les lieux publics. On prétendait qu'il s'était un soir jeté au lac sur sa motocyclette. Il était gothique, pileux, massif, un sanglier du Jorat. Avec ses droits d'auteur du Goncourt, il se fit bâtir une maison dans un village du Gros-de-Vaud, entre forêt et horizon, contre le cimetière. Cette présence des morts me le rendit plus proche. Il posait sur moi un regard lourd, souvent tendre, que l'alcool glaçait parfois de violence. Il disait des choses sourdes et dures, de la voix précise de qui connaît son dossier.

Comme tout le monde en France, j'hésitais entre des suissités niaises ou sublimes, rustiques ou héroïques. C'est en regardant vivre Chessex et en lisant ses livres que j'appris la réalité helvétique, qui ressemble aux rues jaunes et minérales des villes, aux lourdes fermes casquées de bois, hostiles, immémoriales, où sont tus des secrets, où fermente la peur du mal. Pays des maladies de l'âme, qu'il s'agisse d'en souffrir ou de les soigner, aux folies étouffées. L'Ogre roule Mercedes et convoite la sommelière en silence. Lourds désirs, brutalité des regards, sectes, lumières hallucinées de Dieu et du Malin, plaques de neige dans la pénombre des forêts, tas de bûches au bord des chemins qui invitent à y coucher une fille pour la forcer dans le halètement de la folie et de la peur. Où est-elle la Suisse des géraniums ? Où, l'ancien pays chevaleresque que me racontait une de ses filles il y a quarante ans, un soir d'orage ? S'y est substitué — ce n'est peut-être qu'un autre regard — le pays noir et blanc qu'a révélé cette aventure qu'on appela le cinéma suisse, qui dura peu — pourquoi ? Alain Tanner avait intitulé « Le Milieu du Monde », l'histoire d'une liaison inavouable surgie du XIXe siècle. « Le Milieu du Monde », c'est un café, au pied du Jura, il existe. Des images tirées de là, je m'en rends compte, me tournaient dans la tête il y a quelques minutes quand j'essayais de définir cette Suisse de la passion, des scrupules, du harcèlement et de la honte. Je cherche et rapproche les dates : le film de Tanner, *Le Milieu du Monde*, est de 1974, *Charles mort ou vif* de 1969, *La Salamandre* de 1973 ; le meilleur film de Michel Soutter, *Les Arpenteurs*, de 1972 ; *L'Invitation*, de Claude Goretta, de 1973. Or, c'est en 1973 que *L'Ogre*, de Chessex, reçoit le prix Goncourt et en 1974 que Georges Borgeaud remporte le Renaudot. En trois ans, ou si l'on élargit le champ, cinq ou six, la Suisse paraît bouillonner, un ton nouveau nous frappe. J'ai fait amitié avec Maurice Chappaz, Corinna Bille, les journalistes Frank Jotterand et Bertil Galland, le peintre et graphiste Étienne Delessert, sa compagne Anne Van der Essen, la photographe Monique Jacot. Ma vieille complicité avec Albert Mermoud a résisté aux changements de décors et de personnages dont j'ai fait la règle de ma vie. Je me sens chez moi à Lausanne, où Paulina est née, où Cécile expose à deux reprises. Nous passons de longues semaines au chalet. Nous allons skier aux Mosses, au pic Chaussy, à Gstaad, à Rougemont, à Saanenmöser. Pendant une douzaine d'années, la Suisse m'excite au travail, à l'amitié. Je vais souvent à Genève. L'été nous rendons parfois visite à la maison Béghin, « Vogelshaus », où nous retrouvons Françoise et Jean d'Ormesson, les Moreuil, les du Breuil. Mes différentes vies semblent un moment converger vers le Léman et le pays bernois. Aujourd'hui, il m'arrive de me demander comment s'est tissée cette toile, puis comment elle s'est usée, effilochée. Ai-je autant changé que la Suisse telle que je l'aimais dans les années cinquante et soixante ?

J'évite de fourrer ces souvenirs de farce critique, d'analyses de livres, les miens pas davantage que ceux des autres. Mon propos est différent. Si l'on croise beaucoup d'écrivains dans cet exercice de mémoire, c'est que les milieux où j'ai vécu sont homogènes et clos. Il me semblait être ouvert à tout et à tous : illusion. Aussi les écrivains qui hantent ces pages ne le font-ils pas en vertu d'une manière de palmarès, parce qu'ils seraient mes préférés, les meilleurs, mes compagnons. J'ai essayé d'adopter une seule ligne de conduite : rendre hommage *à ceux qui furent ou sont le plus écrivains.* Ceux-là m'aidèrent à vivre. Être *très* écrivain, est-ce faire plus de bruit que les autres dans l'arquebusade littéraire ? Non, mais avoir fait en soi, au contraire, le silence, avoir choisi une relative retraite. Cette seule sagesse n'ouvre point droit automatique à la considération. Il y faut d'autres qualités. De même que certaines lectures suscitent le travail d'écriture, certains écrivains, par leur style de vie, leur repliement, la rugosité de leur écorce et la tendreté de leur substance intérieure, me rejettent au travail si je m'en étais éloigné. Chessex est de ceux-là. Jamais frivole, ni masqué, il est comme un tissu serré dont les plis conservent l'intensité de la couleur. On éprouve parfois de la gêne devant ces êtres à la surface compacte et râpeuse, qu'on voudrait érafler, caresser. Il faut accepter le silence, et le vague embarras. Des personnages inattendus exercent sur moi ce pouvoir. Guy Dupré, par exemple, sous l'apparence cérémonieuse — ses cols durs, ses costumes sombres et près du corps, un visage un peu asiate à l'architecture solennelle — cache une force secrète, tendue vers des préoccupations singulières. Son écorce charnelle parle de cinéma, de politique (où il est parfois cinglant), mais la réalité de sa réflexion ne se détourne guère d'une référence tourmentée, difficile, à des évidences *autres*, auxquelles l'a initié un travail aux thèmes et aux acharnements mystérieux. Dupré semble toujours vous attendre de l'autre côté du miroir, où il n'est pas si pressé de vous voir vous aventurer. Il drape un décor aux grands opéras de la guerre et des haines nationales, qui l'obsèdent. Les tueries de 1914-1918 font un accompagnement sanglant à ses sarcasmes. Il vit au cœur des années 1880 à 1920 d'où il a oublié de revenir parmi nous. Il rêvait, dit-on, d'écrire une biographie du général Mangin, l'amoureux de la comtesse de Noailles, le théoricien de la chair à canon africaine. Barrès est le vrai compagnon de Dupré, et Dreyfus. Il a fait d'une bibliothèque son Coblence, où il aura vécu une longue émigration. On se sent toujours, devant lui, moins monomane, moins illuminé, moins *écrivain* que lui. Je le découvris en 1951 quand je publiai chez Plon mon premier roman. Le sien, *Les fiancées sont froides*, sortit un peu plus tard. Dupré était alors enkysté dans un recoin de la vaste librairie Plon, rue Garancière, où il préparait une édition des *Cahiers* de Barrès. Henri Massis bougonnait, souffrait, soupirait dans une ancienne cuisine, sous le toit, où il empilait les manuscrits sur la paillasse aux carreaux fendus. Quelques années plus tard, l'Académie, en l'accueillant, le sauvera pour un moment du naufrage.

Il n'est pas indispensable de posséder la singularité intimidante d'un Dupré ni la pilosité théâtrale d'un Chessex (« l'archiduc austro-vaudois » l'appelait Blondin) pour jouer les Commandeurs. La transparence silencieuse et presque anodine d'un Julien Gracq me trouble tout autant. Je me le rappelle, chez Bernard Privat, debout dans un coin, fondu dans la grisaille du mur, l'œil étonné et sceptique, ennuyé, courtois, répondant parcimonieusement aux questions excessives que je lui posais, étouffé que j'étais, une fois de plus, par une admiration, le cœur sur les lèvres.

Bien entendu, aucune électricité, aucune gêne ne passerait d'un écrivain à moi si la connaissance des textes et l'admiration littéraire ne nourrissaient pas cette ferveur, cette confiance que j'offre, plus que jamais, à qui me paraît, peu ou prou, *possédé*.

Suisse

Gonzague de Reynold (1880-1970) me révéla la juste façon de considérer, de quelque nom qu'on le désigne, le miracle, l'anachronisme, le modèle suisses. Je lus les deux volumes de *Cités et Pays suisses* vers 1967, quand Charles-Henri Favrod et Pierre B. de Muralt les rééditèrent aux trop éphémères Éditions Rencontre. Ce portrait de la Suisse pouvait passer, même il y a trente ans, pour démodé. Il m'émerveilla. J'avais appris d'André Siegried que « le granit vote à droite » et depuis cette révélation je croyais dur comme pierre à la géographie ou géologie électorale de M. Le Bras. J'aimais qu'existât une harmonie entre les paysages et les mœurs, la qualité du sol et l'idéologie, et que cette fameuse *beauté* des paysages, à la réputation spécieuse et, à y réfléchir, inexplicable — il s'agit en général de phénomènes naturels, d'incongruités volcaniques, de gouffres ou d'éminences dont le goût est venu tard aux hommes —, j'aimais que ces lieux célèbres et célébrés à l'envi par le vague XIXe siècle me fussent, pour une fois, décrits dans leur rapport charnel avec l'histoire des hommes. La beauté, la grandeur, etc., des paysages helvétiques, leur côté fresque de Hodler, devenaient des composantes d'un caractère régional, et celui-ci à son tour inventait une singularité nationale. Gonzague de Reynold, descendant d'une famille vouée au « service étranger », en particulier à celui des rois de France, tirait encore le chamois à quatre-vingts ans, sans états d'âme. Il entraînait à la chasse une de ses petites-filles, Sabine, une des deux filles de l'ancien ambassadeur de Suisse en France, descendant du grand Jacob Burckhardt. Cette double ascendance, Burckhardt et Reynold : on ne pouvait pas, en Suisse, appartenir à une meilleure mémoire collective. Sabine portait ce poids avec une fierté intrépide et charmante. Je la rencontrai l'été 1955 à la Grande Pointe où elle était arrivée de bon matin avec sa sœur, Pic, dans une Coccinelle à la plaque vaudoise, si gaie, que la préférée de mes voitures porterait plus tard. Sabine avait dix-huit ans et tout en elle disait la qualité. Trois jours durant je la suivis du regard, l'écoutai, lui donnai la réplique. « N'êtes-vous pas étonné, me demanda-t-elle en parcourant les salons et les terrasses de la villa (qui n'était pas un lieu modeste), par une maison où l'on ne voit aucun livre ?... » À l'évidence, elle m'était interdite. Avec ma proche trentaine, ma vie déjà découpée en chapitres plus ou moins bâclés, je n'avais rien à lui proposer qui la valût. Je le savais et, pour une fois, me conduisis selon la règle d'un certain honneur. Ah, le vilain mot ! Tout le monde à la Grande Pointe me lisait à visage ouvert : mon désarroi, mon renoncement. Rien ne m'interdit aujourd'hui de laisser Sabine traverser ces pages où elle laissera un sillage de lumière. Elle repartit un soir vers sa maison de Vinzel, au milieu du vignoble, entre lac et forêt, où jamais je n'allai la relancer. Elle m'écrivit quelques belles lettres, cérémonieuses et moqueuses, d'une écriture qui paraissait dater de l'autre siècle. Dans l'une, elle constatait : « La vie ici, en ce moment, n'est pas mal. Mais pas mal, pour un vrai amateur, ce n'est pas grand-chose. » Plus tard, elle porta un nouveau nom, habita une autre demeure, eut des enfants : elle m'invita à lui rendre visite « avec famille et animaux ». Plus tard encore, quand Franck Jotterand, après un accident de voiture, luttait, à la sortie d'un long coma, pour ne pas entrer dans cette pénombre dont on n'a jamais su le guérir, Sabine fut de ceux qui allaient au Bornalet auprès de Franck, lui parler, jouer avec lui à composer de petits poèmes, évoquer des souvenirs, tenter de le retenir sur le rivage des vivants. Je n'eus pas ce courage. Je ne revis Franck qu'une fois, à Ménerbes, sur le chemin au-dessus de la maison : il descendait vers moi en titubant, toujours beau, toujours élégant, mais il avait oublié presque tout le contenu de notre amitié : « À New York, vous êtes sûr, François ? » Nos soirées à Soho, à Broadway, nos retrouvailles à l'hôtel Chelsea : tout s'était perdu.

Je me suis refusé l'épreuve ou la joie de revoir Sabine B. Je ne suis pas sûr qu'il ne soit pas indélicat de ma part de la faire apparaître dans ce récit —

oui, de quel droit ? — telle qu'elle demeure dans ma mémoire : une fille de dix-huit ans très enfantine encore, une fille à l'ancienne mode, convaincue que rien de bas ne saurait surgir du monde qui l'entoure.

Si « La Bâtie », à Vinzel, m'est restée une maison inconnue — j'en distingue pourtant la silhouette, de l'autoroute, quelque part entre Lausanne et Genève, avec les grands arbres, la chapelle à mi-côte des vignes —, d'autres demeures de la Côte sont liées aux souvenirs de plusieurs moments de ma vie. Elles sont un peu du décor qui m'a fait aimer la Suisse. Le château d'Aubonne, où j'allais voir Agostino Soldati, un des successeurs de Burckhardt à l'ambassade de la rue de Grenelle ; tout près de là, le Bornalet, du temps où les Jotterand y étaient heureux ; la maison où j'avais fait la connaissance de Nicolas Bouvier, qui n'était alors l'auteur que de *L'Usage du monde* (1963) ; celle à Bellevue, tout près de Genève, où vivait Jacques Chenevière. Il avait écrit en 1951 sur mon premier roman. J'allai le remercier et nous fîmes amitié. La demeure de Bellevue était, malgré un parc et des arbres en futaie, située là où quelque mystère d'acoustique concentrait le tonnerre des réacteurs de chaque avion qui atterrissait à Cointrin ou qui en décollait. Toutes les deux ou trois minutes, Chenevière, l'air navré mais supérieur aux circonstances fâcheuses, se taisait, levait un index qui peut-être désignait le ciel et attendait, paupière mi-close, le crescendo du vrombissement qui faisait trembler les meubles, les pendeloques des girandoles et du lustre, les verres de sherry sur le plateau. Puis le fracas s'apaisait ; Chenevière esquissait un sourire d'indulgence aux turpitudes de la modernité, rouvrait son œil et reprenait sa phrase au point où il l'avait interrompue.

Mais de toutes « mes » maisons de la Côte, la préférée reste celle, à Etoy, où Guy de Pourtalès passa des années de sa vie. Pourtalès, Ramuz, Cingria, Reynold, Robert de Traz, Chenevière (ces deux derniers lointains cousins de mon ami Frédéric) : ils avaient tous été, en 1904, parmi les fondateurs ou les premiers collaborateurs de *La Voile latine*. Chenevière et Pourtalès en étaient-ils ? Si je me trompe qu'on me pardonne. Il me semble que la Suisse romande doit à cette revue lémanique, qui ne dura que jusqu'en 1910, comme un peu plus tard aux *Cahiers vaudois* où brilla Ramuz (plus paysans, les *Cahiers*, plus montagnards), l'élan créateur, et surtout la sérénité qui permit, qui permet encore à la littérature romande d'exister, de creuser sa singularité face à ce qui fut longtemps considéré comme la dominatrice influence française. « France proche », c'est le titre d'une rubrique dans les journaux genevois où sont regroupées les nouvelles venues d'au-delà la frontière ; « sur France » écrivent aussi les journalistes. Il semble que cette *proximité* ait longtemps été impérialiste, voire dédaigneuse. On ne faisait carrière qu'à Paris : Ramuz y passa douze ans avant de réoccuper triomphalement son identité vaudoise ; Pourtalès choisit de devenir français, s'engagea pour combattre en 1914-1918, et son fils Raymond fut tué en 1940 à la bataille de Dunkerque.

Les Pourtalès n'étaient-ils pas d'ailleurs des réformés cévenols partis « au refuge » après la révocation de l'édit de Nantes ? Tout concourait à me faire aimer cette Suisse-là : mon respect pour le protestantisme français, les liens de la famille Peyron, qui m'avait plus ou moins « élevé » comme je l'explique ailleurs, avec le milieu littéraire genevois, quelques souvenirs de Genève, de Caux, de Saint-Cergues, de l'Oberland bernois que m'avait laissés mon père avant de mourir. Je me cherchai donc en Suisse romande des racines auxquelles je n'avais pas droit, et tentai de connaître et de comprendre les autres « pays » : Valais, Grisons, et ce château fort, ce château d'eau alpin que Reynold m'expliqua. Je devins l'ami de plusieurs écrivains de Suisse romande. Je fus accueilli à *La Gazette littéraire,* le supplément de *La Gazette de Lausanne* que dirigeait Jotterand, mieux que nulle part à Paris. Et en 1961, nous bâtîmes, aux Hauts-de-Caux, un chalet. Jacques Chessex, Georges Borgeaud, Maurice Chappaz, Corinna Bille devinrent, plus ou moins proches, des amis. Plus tard, à trois reprises, l'académie Goncourt couronna des Romands : en 1973, *L'Ogre*, le roman de Chessex, en 1976, les nouvelles de Corinna Bille et en 1997 la poésie de Maurice Chappaz. Je peux considérer ces hommages comme des victoires de la patiente et multiforme argumentation que je développai, au long des années, pour faire aimer les auteurs d'outre-Jura. Bien sûr, ne soyons pas trop iréniques. Là où j'avais cru d'abord découvrir un réseau d'amitiés, des fidélités solides, je discernai bientôt ce qu'il faut de règlements de comptes et de fureur à un milieu littéraire. Des ressentiments inexpiables succédaient aux complicités les plus intimes. Je reçus des uns des lettres dénonçant les autres. Sous la bonace régionale (la « molle du lac » ?) dont l'accent romand accentue fallacieusement la placidité, grondait l'orage. Je découvris des haines vigilantes, des mépris, des polémiques. Il m'arriva, au Chat noir, à Lausanne, de devoir me lever pour saluer séparément des gens qui m'avaient présenté les uns aux autres six mois avant, mais qui se refusaient désormais la main. Je pris un peu de champ.

Etoy ? Il fut un temps où je parcourais les routes de Suisse avec autant de ferveur curieuse que j'en mettais à explorer la France. En France, je visitais des maisons à vendre ; notaires et agents immobiliers étaient mes intercesseurs ; les petites annonces du *Figaro*, ma bible. En Suisse, où l'on n'eût pas accueilli sans méfiance un Français de trente ans acharné à pousser la porte des maisons vides, je me contentais de rouler au hasard, de m'arrêter à chaque tentation, d'entrer à l'« auberge de ville », de me faire oublier là où j'étais, assis sur un muret ou derrière ma croûte aux morilles. J'ai ainsi découvert, au bout de routes mal empierrées, les hameaux grisons aux maisons massives, décorées de *sgraffiti* rudimentaires et, pour les plus belles, ornées, dans un cartouche de pierre, des armes parlantes des grandes familles grisonnes : un saule pour les Salis, une patte d'ours pour les Planta. Je pouvais rester des heures à rêvasser dans les villages du Hinterrhein, de la

Basse-Engadine, comme en France dans les coins reculés du Périgord ou du Pays basque. Plus familiers, les secrets de la Romandie m'attiraient moins. Je découvris pourtant chaque route, chaque paysage du rivage lémanique entre Yvorne et les faubourgs de Genève. Pully, Saint-Saphorin, La Tour de Peilz, Chardonne, Féchy-Dessus et Féchy-Dessous — quelle musique ! Ainsi arrivai-je un matin à Etoy. Une place ? À peine : des façades anciennes disposées un peu au hasard, des arbres, un temple, la cure. Cette belle maison vigneronne accolée à ses communs, si digne, si rassurante, qui l'habitait ? Qui détenait le privilège de vivre dans cette présence douce du passé ?

La première fois que Rose et Yvonne de Pourtalès, la fille et la belle-fille de l'écrivain, m'invitèrent à leur rendre visite à Etoy, Rose de P. commença à me décrire, au téléphone, le village, la maison. « C'est inutile, dis-je, je connais tout cela. » Ou plutôt, j'avais deviné, reconnu tout cela. J'allai frapper sans hésiter à la bonne porte. Parmi les quelques photographies, à Paris, qui m'entourent quand je suis au travail, il y en a une de Pourtalès, assis à sa table dans la chambre d'Etoy : on distingue quelques bons meubles, une sorte de salon campagnard, et, à l'arrière-plan, le lit Louis-XVI que l'écrivain avait fait placer sur une estrade qui lui permettait, allongé (gazé à la guerre de 14, il souffrait des poumons), d'apercevoir le lac sans se tordre le cou. Une pipe, un veston de tweed, un air de pasteur ou de propriétaire terrien — comme j'aurais aimé devenir son ami ! Ce lieu, quand j'y entrai, je crus le connaître de toujours. Autres étonnements : « Ces dames de Pourtalès », comme je les entendis nommer à Etoy, habitèrent longtemps à Paris l'appartement où l'écrivain s'était installé en 1912 : au coin de la place et de la rue François-Ier, alors que nous étions, Cécile et moi, à cinquante pas de là, au coin de la place et de la rue Jean-Goujon. Cet immeuble du 14 rue François-Ier, y habitèrent aussi Gérard et Hervé Mille, les Maurice Dumoncel, et je finis par retrouver, dans le grand salon en arrondi concave sur la place, d'autres amis, Alice et Daniel Morgaine. Je suis amateur de ces croisements agencés par le hasard ou par des correspondances mystérieuses : « ces dames de P. », quand elles eurent quitté « François-Ier », habitèrent un temps rue Henri-Heine, en face de notre maison. Elles voyaient, par-dessus notre toit, s'arrondir la boule du tilleul que je tardais à élaguer. Ainsi se sont multipliés, pendant un quart de siècle, ces signes que dès 1944 j'aurais pu espérer.

En avril de ce printemps-là, j'avais seize ans, une amie de ma sœur, Jacqueline B., dont le mari était prisonnier dans un *Oflag* d'Allemagne, découvrit, dans une campagne perdue, en Mayenne me semble-t-il, ou dans le Perche, une auberge de médiocre apparence mais *où l'on mangeait*. Elle y passait quinze jours avec Michèle, sa fille. Ma mère décida de « faire un sacrifice » et de m'envoyer, moi aussi, à l'embouche. J'étais un maigre adolescent, à la veille de son bac de philo : j'étais d'ailleurs supposé « réviser ». Au vrai, je n'ouvris pas un manuel. Ivre de beurre, de rillettes, d'œufs — ivre aussi de la présence de cette belle personne aux yeux moqueurs qui me posait des questions —, je ne sais plus comment filaient les heures. Quand j'en avais assez de lire vautré sur mon lit, je me réfugiais au fond du jardin, mon livre à la main, sous l'œil réprobateur de quelques clients qui attendaient, somnolents, le prochain repas en digérant le précédent. Je lus ainsi, bouleversé, *La Pêche miraculeuse*. (Le roman avait paru sept ans auparavant et j'ignorais, je crois, que Pourtalès était mort en 1941. Il s'agissait donc d'une relative « nouveauté », et qui avait reçu un grand prix. Pouah ! Jacqueline B. essayait plutôt de m'entraîner là où Marc, son époux, l'avait menée : vers Segalen ou *La Négresse blonde*...) Peu m'importait. « Pêcheur d'âmes ? » Avec mon âme, mon cœur et mon corps étaient pris au filet du romancier. Un roman vaut par l'intensité des feux qu'il allume, et des convoitises, et des résolutions. Ma lecture m'avait transporté au-dessus de moi-même. Vingt-cinq ans plus tard, préfaçant une réédition du roman de Pourtalès, j'évitai de jouer au critique littéraire et redevins, le temps de quelques pages, l'enfant fiévreux du printemps 1944. Sitôt les frontières rouvertes et la Suisse accessible, je me précipitai à Genève, à la recherche, j'imagine, de Paul de Villars et d'Antoinette. Mais la ville n'était pas près de se laisser apprivoiser par ce jeune homme affamé de romans. Ville fermée, hautaine, et la rue des Granges m'intimidait. J'errai tout un après-midi autour de la cathédrale Saint-Pierre, solitaire, rejeté me semblait-il, devinant des secrets, percevant un parfum, mais prisonnier de ma jeunesse et d'une avidité maladroite. La vie n'était guère généreuse, en ce temps-là, pour mes songes.

J'ai toujours vécu ainsi, en quête d'une société où me poser. Je me suis voulu, à quinze ans, humain migrateur, je me suis cru capable de longues étapes, de haltes inattendues. Tout ne valait-il pas mieux que mon territoire et que l'hiver auquel j'y étais promis ? La Suisse, je ne l'ai pas vue tout de suite austère et froide — l'errance dans Genève, ce jour de 1946, fut une exception. J'aimais les paysages disputés au hasard, les villages *tenus*, les lents accents, les Gardes suisses tués aux grilles d'un de nos rois, les feux du 1er août, la méticulosité des artisans. La France me paraissait déjà entraînée par une frénésie de vandalisme, d'idées gâchées, de laisser-aller. Un chantier à jamais inachevé. Voilà : la Suisse, au contraire, me paraissait achevée (on sent une réserve dans ce mot-là), une espèce de prototype modeste mais exemplaire. J'ignorais tout des gnomes de Zurich et de la superbe des nantis. On ne parlait pas encore de « l'initiative Schwartzenbach » ni des « comptes dormants ». Une certaine incuriosité, assez répandue, me convenait : pas de questions, pas de coups d'œil. J'ai passé au long des années bien des mois de travail dans des hôtels à demi vides — j'aimais les mortes-saisons. J'ai de beaux souvenirs de solitude et de silence au Beau-Rivage, aux Trois-Couronnes, à l'Éden-au-Lac de Montreux, au Mont-

Pèlerin, au Montreux Palace (Bonsoir, Monsieur Nabokov), et même à l'hôtel de l'Europe, qui est une tour, et même à l'Intercontinental de Genève, une autre tour où j'étais sûrement seul, parmi les clients des trois cents chambres, à tourner ma plume dans l'encre de la littérature. Partout on disposait pour moi, avant mon arrivée, une table et une vraie lampe. J'étais un client à manies comme les autres, ma catégorie étant moins répandue que celle des rentiers secrets, des vieillards brouillés avec leurs héritiers, des longues et cruelles maladies, des vieilles liaisons cosmopolites. J'étais un type à paperolles et dossiers, à demi muet, qui arrivait dans des voitures un peu trop lourdes pour son train de vie mais négligeait d'en faire lustrer la carrosserie.

J'étais ainsi fait, à l'époque, que même après que nous eûmes bâti notre chalet je continuai d'aller m'enfermer, seul, pour travailler, dans des hôtels. Plus tard, je suis devenu un acharné des dictionnaires, guides, atlas, cartes Michelin, voire des anciens annuaires d'abonnés au téléphone. Tout me servait. J'écris de vérification en vérification comme autrefois de paragraphe en paragraphe, et le flou parvient encore à envahir mes textes, les coquilles et les bourdes à tromper ma vigilance. Tenez, cette page-ci que vous êtes en train de lire, elle aura dû subir, avant de partir jusqu'à vous, dix relectures, corrections, traitements amicaux et professionnels. On n'a jamais fini de consulter les grammairiens ; deux ou trois ne sont pas de trop ; ils ne voient jamais les mêmes fautes — à croire que nos textes sont des sottisiers. En ce temps-là, du papier, un stylo et le plus mince des dictionnaires, j'étais prêt.

Au détour d'un paragraphe consacré à mon travail et d'un autre vantant les vertus helvétiques, je suis rattrapé — comme on le dit des hommes politiques que poursuit quelque scandale — par une impression de catastrophique (ou romanesque) passage du temps. L'évocation, pêle-mêle, de Guy de Pourtalès, des bonnes familles genevoises, des villages de la Côte, des jeunes filles d'il y a un demi-siècle, doit apparaître à un lecteur d'aujourd'hui comme le décor d'un film intimiste et incroyablement désuet. Intimiste, bon, ce n'est pas interdit. Mais désuet ? Vice rédhibitoire ? Je sens peser sur moi une pression peut-être imaginaire qui voudrait — une bourrade, un silence — me rejeter aux ors et aux ombres du passé. Des pucelles de la rue des Granges, voyez-vous ça, et des chasses au chamois, et des Gardes suisses aux grilles de Versailles ! Au trou les châteaux et les meufs, les sapins et les voiles latines, les tempêtes sur le lac et les rillettes du Mans ! Je serais facilement volontaire pour dresser la liste de mes nostalgies les plus tartes, avant de passer de l'autre côté, grommeler, pouffer à mon aise. Une trahison de soi ça se digère en un sourire. Je le vois, ce sourire, sur tels et tels visages, et je ne l'effacerais pas en mangeant mon chapeau. Aussi vaut-il mieux garder pour une plus grande faim cet estimable couvre-chef.

Oui, c'est vrai, mes regrets sont réactionnaires. J'aime les maisons, les visages et les styles du passé.

Quand j'ai aimé la Suisse, il fallait sans doute chercher les raisons de cette étrange dilection dans les affleurements de l'Histoire, plus visibles et vigoureux qu'ailleurs dans le paysage social de la Confédération : fidélité aux usages, aux rites, à une lenteur ancienne et simple. Tout cela était encore juste et vrai il y a quarante-cinq ans. Aujourd'hui, ma naïveté ferait rire. Je mesurais mal à quel point ces choix — et le culot de les exprimer ! — me *marquaient*. Idéologiquement ? Pas tout à fait, ou pas seulement. Je donnais l'impression de ranger mon stylo dans un écrin luxueux et vieillot. De là à le voir en or, guilloché, gravé, initiales, du genre de ceux qu'on offre au directeur quand il part en retraite… Précisons donc encore les choses.

J'aimais beaucoup, enfant, la façon dont la marchande de bonbons, de lentilles sèches, de biscuits en vrac « faisait le poids » en ajoutant, à l'aide d'une sorte de pelle miniature, quelques friandises, ou lentilles, dans le sac posé sur une balance Roberval devenue, j'imagine, objet de musée. Je voudrais ajouter quelques lignes à ces pages suisses, pour *faire le poids*.

Ai-je cité, au passage, le nom de Nicolas Bouvier ? Oui, mais si vite. Je veux, dans un coin de mon texte, lui faire une petite fête, comme on organise « un pot », dans les bureaux, pour les anniversaires. Anniversaire ? Nicolas Bouvier est mort voilà deux ans, à peu de mois près. A-t-on assez dit qu'il était un des meilleurs écrivains suisses de son âge ? *L'Usage du monde* le révéla. Il était un écrivain de voyage, à la façon de Kenneth White plutôt qu'à celle de Leigh Fermor, ou, si l'on veut, à la façon de Charles Albert Cingria, le sédentaire (Paulhan, recommandant Cingria à Gaston Gallimard, disait de lui : c'est un grand écrivain, c'est-à-dire quelqu'un qu'on laisse faire tout ce qu'il veut dès lors qu'on l'a invité). Trois courts textes inédits de Bouvier sont parus dans un petit livre : *La Guerre à huit ans*[1] (titre maladroit parce que piqué à Pascal Jardin). Le premier de ces textes, *Souvenirs, souvenirs*, est admirable d'humour, de secrète tristesse, de simplicité de style. Il cite — ah, ces hasards — Pourtalès, Cingria. Un Romand, seul, peut-être même un Vaudois, seul, pouvait-il crayonner un texte dans ces gris, mine de plomb calviniste et estompe mêlées. Comment dire cela sans frime ni soupirs : la Suisse que j'aime est *aussi* le pays de Nicolas Bouvier.

1. Nicolas Bouvier, *La Guerre à huit ans*, « Mini-Zoé », Genève, 2000.

Les palais de Byron

Ne jamais écrire sur New York ni Venise. Les deux seuls lieux du monde... et badadi... Un mélange banal de timidité et de passion... et badada... Guide bleu, club des Longues Moustaches, et l'élégance *folle* de ce petit monsieur dressé, cambré, l'œil impérieux, un exemplaire du *Gazzetino* émergeant de sa poche, que j'admirai un matin sur la Piazzetta, imaginant aussitôt toute une comédie de bluff et de misère, un trou d'où monte le parfum de la vase. Venise, le baisemain mouillé du plouc, la marquise sortit à cinq heures, le carnet où Barrès notait les mots cadencés, drapés, empanachés dont il aurait sûrement l'usage. On peut voir, certains jours, vers midi, se mettre à la queue leu leu des littérateurs essayant, comme les touristes japonais, de ne pas perdre de vue la muse qui les guide en brandissant son drapeau. Où est l'âme ? Où est-elle ? Ne poussez pas ! Ah, la concurrence est rude. Tout ce que vous allez lire ci-dessous, truffé de mots et noms italiens, ne serait-ce pas la honte de ces souvenirs, leur péché de facilité, le fredon, la scie ? Et même pas deux ou trois affaires croustilleuses, même pas une évocation nocturne. J'ai pourtant emmené quelques dames là-bas, je devrais réchauffer des images dans un coin de ma mémoire. Mais non, rien ! On passe deux tiers de sa vie à assiéger des personnes du sexe, et l'on ne conserve aucun souvenir des agitations auxquelles on parvint en général à les amener. Il arrive qu'on trouve *l'amour* illusoire, dégoûtant, surfait — on passe l'essentiel sous silence : il est un parfum qui ne *tient* pas. Derrière les fenêtres du Bucintoro percées entre les colonnes et les chapiteaux corinthiens d'une ancienne église — chambre propice aux rapprochements et excitations sacrilèges — j'ai bien dû aimer, mais qui ? et peut-être avec goût et vivacité, je n'en ai conservé nulle image. Je n'ai de Venise que des souvenirs chastes ou flous.

Les week-ends passés là-bas vers 1950, quand je travaillais dans les camps de réfugiés aux environs de Gorizia et que je préférais, à Trieste dont j'avais épuisé le charme un peu hautain, la peluche et les velours rouges de l'hôtel Buon Vecchiati, un des seuls alors ouverts à la mauvaise saison et qui me fût accessible. Il se trouvait un peu plus loin que le Cavaletto et le garage des gondoles, vers lequel on se glissait, par un *sotto portego*, dans un angle de la place Saint-Marc. J'ai connu alors l'*acqua alta*, la neige, les *campi* déserts. Plus tard, cette soirée où j'avais donné une conférence à l'Institut français. J'avais bu trop de café et flottais un peu au-dessus de moi-même. Quand la conférence fut terminée,

Venise avait disparu : un brouillard si épais que nous avions dû avancer à tâtons, en file indienne, en nous tenant par la main, pour nous rendre chez Mme Couvreux-Rouché qui donnait un dîner bruissant de confidences locales, brillant de méchanceté, auquel la présence de Quarantotti Gambini conférait à mes yeux une sorte de familiarité littéraire. Dieu que ma compagne était jeune ! Hélène n'avait pas vingt ans. Les hommes me regardaient-ils avec envie ou commisération ? Je découvris qu'à Venise, tous les gens bien habitent un palais où séjourna Byron. Un autre, où composa Wagner, n'est pas mal non plus. Heureusement ces grands messieurs avaient la bougeotte. Ubiquités bénies des snobs. Quelques années encore et voici la Casa dei Leoni, sur la Giudecca, sa terrasse ouverte sur la lagune, un chien mélancolique et des jeunes filles aux longs cheveux — Héloïse, Petite Marie — prenant le soleil dans le jardin de couvent quadrillé de treilles. Lili Volpi, après un dîner au Harrys' Bar, descendue jusqu'à son *motoscafo*, assise dans un fauteuil porté par trois gondoliers, et Hervé Mille nous disant à mi-voix : « Partez ! Ne la regardez pas… Ne lui faites pas honte… » Et l'étage d'un petit palais que louaient Maurice et Pierre à cent pas de la statue du Colleone, dont le propriétaire, le comte T., affamé de conversations littéraires, semblait ne posséder, en fait de livres, que cet exemplaire du *Gattopardo* qui traînait sur un guéridon du salon. Et la maison de Françoise et Jean sur le campo Santa Margarita. Et l'appartement de Sam et de Malcy dans l'immense palais

Singer-Polignac, où le duc Decazes, le regard embué de nostalgie, nous suppliait, Jean et moi qui avions publié quelques chroniques dans *La Revue des Deux Mondes* : « Je vous en prie, ne *nous* la changez pas… »

Mais j'avais promis de ne pas parler de New York…

Que seraient des souvenirs où l'on ne tresserait pas quelques variations sur les ruines et la mort, la Salute et la Douane de mer ? « Le paysage de Tolède et les rives du Tage sont parmi les choses les plus ardentes et les plus tristes du monde… » Comme j'ai rêvé, adolescent, sur l'incipit de mon Barrès préféré : *Du sang, de la volupté et de la mort* ! Déjà pion, je tiquais un peu sur ces « choses », mot faiblard. Mais on sentait, sous-jacents, le piaffement et la langueur, « l'énergie » crépusculaire, nerveuse, irrésistiblement décadente.

On n'ose plus, aujourd'hui, écrire de la sorte, jeter Venise, Bruges, Aigues-Mortes, Tolède à la bataille des mots ! C'était pourtant le parfum de la vie que nous avons aimé. Je n'avais pas quinze ans quand je mis la main chez un bouquiniste sur une édition reliée, d'un goût plutôt ordinaire : *Du sang, de la volupté et de la mort*. Quel titre ! Les trois mots, le second surtout, m'avaient aimanté. La chère vieille canaille lorraine ! C'est ainsi que je fis sa connaissance et non par *Colette Baudoche* ni *La Colline inspirée*. « Un amateur d'âmes », « Le Bourgeois de Bruges », « Quand une jeune femme sent le vide de son cœur et de ses mains ». À quinze ans, quels alcools ! Je veux bien croire les nouveaux soldats des guerres esthétiques, et qu'il faille espérer et hâter la mort de quiconque n'aime pas la prose à notre façon — comme ils sont sûrs de leur fait ! C'en est risible. Oui, Venise ! Oui, New York ! Et la chanson des noms d'hôtels, comme Larbaud m'en a donné le goût : Bucintoro, Cavaletto, Luna, Fenice, Cipriani, et derrière chaque nom un visage, un corps, un rire ? N'exagérons pas ! De la splendeur à la purée…

… comme c'était plutôt la purée, semblait-il, à New York, ce jour de septembre 1964 où nous quittâmes le Winslow où traînaient des cotons sales sous le lit, sans y avoir passé une seule nuit. Marlene Dietrich, à Paris, à la fin de l'été : « Un seul hôtel possible à New York : le Winslow… » Elle avait câblé ses recommandations et une réservation. Nous y débarquâmes un jour de l'automne 1964.

Entre l'époque où les Algonquins vendirent Manhattan pour vingt-quatre dollars à la Compagnie des Indes occidentales, et les années 1950-1960 où New York devint le plus intense et le plus romanesque chantier du monde, il y eut certainement, dans la métamorphose de l'île, des avatars plus ou moins réussis. Le lieu devait être, du temps des Indiens, couvert de rochers, d'eaux vives et d'arbres prompts à virer au jaune et au rouge. Dans la seconde moitié du XIXe siècle, folie d'expansion, lutte pour la vie, acharnement des immigrés, New York fut sans doute un enfer fascinant. Le creux, dans l'évolution de l'image new-yorkaise, semble avoir été ce moment d'avant et d'après la Crise, euphorie d'avant 1917, *golden twenties*, puis la Dépression. New York devint alors cette verticalité minérale, géants à la tête enfiévrée, comme par une migraine, de flamboiements gothiques et Renaissance. Nous avons pris l'habitude de voir passer les nuages sur les falaises citadines, de voir dix ciels briller quand nous levons la tête au fond d'un des canyons de *down-town* : nous imaginons mal ce que dut être l'étouffement de l'été entre les parois aux mornes fenêtres. À peine sorti du taxi, je cherchai du ciel et n'en trouvai que ces deux angles droits, là-haut, ce té de lumière.

(Le lecteur le comprendra, les quelques pages que je me suis autorisé à écrire ci-dessus constituent un *témoin* comme en posent les maçons sur un mur qui se fissure, ou encore une *carotte* comme les géologues vont en chercher quelques mètres sous la surface de la terre à l'aide d'un trépan et d'un carottier. Les renseignements que je comptais tirer de cette exploration sont de deux sortes : montrer que le romanesque vénitien résiste bien aux outrages que l'époque lui inflige, même s'il faut, pour continuer de le goûter, l'associer de plus en plus à la solitude, au luxe, aux privilèges. Quant à l'Amérique, New York en particulier, j'avais envie de rappeler combien la Ville des Villes (Larbaud baptisait ainsi Londres) nous intimida et nous bouscula il y a quarante ou cinquante ans. Les Algonquins, la *verticalité* de l'architecture — tiens donc ! —, la vie difficile des immigrants — et pourquoi pas Ellis

Island ? — et la Dépression, ne sont là que pour évoquer notre époque naïve, les années Zéro du tourisme européen et comme nous étions prêts à tout gober. Les premiers explorateurs français de l'après-guerre apparurent aux Américains aussi paysans et exotiques que le sont restés pendant un demi-siècle les *groupes* de touristes bulgares ou roumains en visite au Kremlin.)

Le Winslow avait peut-être été un hôtel honorable sous la première présidence de Roosevelt. J'espère pour elle que Mme Dietrich y avait connu, avant la guerre, des ivresses inoubliables. Notre chambre était un trou carré. On y entendait vibrer, hurler, couler la ville. « Je vais la haïr, cette ville, foutons le camp ! » Pierre Alechinsky, avant notre départ, nous avait vanté le Chelsea. Avais-je été assez attentif à l'ironie dans son œil ? Nous débarquâmes 23ᵉ rue Ouest sans avoir même tenté une reconnaissance, presque désespérés quand nous comprîmes ce que 23ᵉ rue voulait dire. J'avais vu des hôtels de ce style dans des films des années trente. L'énorme rampe en fonte nous rassura un peu : elle ne ressemblait à rien. Quand nous avouâmes notre adresse à nos beaux amis — les Liberman, Diane Vreeland, les Begley, les dames de *Vogue* — nous lûmes de la souffrance sociale sur leurs visages. On n'osait plus nous présenter, peur que nous ne parlions. C'est alors que le magazine *Esquire*, dont l'élégance en matière de tweed, d'alcools et de lieux à la mode faisait autorité, publia dans son numéro d'octobre onze colonnes sur l'hôtel Chelsea, qui fut sacré, en un tournemain, « bonne adresse », avec une connotation de bohème un peu osée. Le reportage d'Elaine Dundy promettait au client aventureux qu'il rencontrerait Arthur Miller tiré par un basset aux grosses pattes, Henri Cartier-Bresson, Catherine Dunham, et un jeune peintre français du nom de Christo qui manifestait un goût irrépressible pour l'*emballage* de tout ce qui lui tombait sous la main. C'était la première fois que je lisais ce nom. Par contre, me disaient quelque chose ceux de Dylan Thomas, Art Crane, Thomas Wolfe, James T. Farrell, Robert Flaherty, Larry Rivers, Allen Ginsberg, Mary McCarthy, Peter Brook, Jessica Mitford... La tête me tournait un peu. Un *bellboy* nous avait apporté le numéro d'*Esquire.* J'y apprenais que quatre étages au-dessus de nous, dans son studio du douzième, vivait Mr Kleinsinger, « *one of the busiest composers for television* », dans sa jungle tropicale et privée qui comportait des arbres de douze pieds importés de Bornéo, un iguane, un serpent et des poissons probablement carnivores. Je pris langue avec les propriétaires de l'hôtel, MM. Bard et Krauss, que l'on prenait pour des hommes de peine mais qui étaient des tenants du capitalisme libéral, et avec M. Zolt, qui disait : « *I look like the boss but I am the clerk* », ex-chanteur hongrois naguère spécialisé dans les sanglots tziganes : « Est-ce vrai, demandai-je, que tous ces artistes ont habité ici ? — Tous ont vécu ici et certains y sont morts... »

À peine l'article paru, le téléphone avait commencé à sonner. Comment s'y était pris ce jeune couple français, pas cosmopolite pour un sou, plutôt godiche, pour subodorer l'intérêt, l'aura d'un lieu encore obscur et le préférer à un tuyau de la si chère Marlene ? Ah, nous méritions bien d'être invités ! Notre adresse fit, pour huit jours, partie de notre personnalité (après dix jours nous déménageâmes vers le Westbury, sur Madison, dans les *eighties,* comme tout le monde, un hôtel qui avait si bon genre, me dit une amie bostonienne, que tu peux t'y montrer au bar après six heures avec des chaussures marron). « Et vous savez où ils sont descendus ? » demandait Diane Vreeland en nous présentant. Diane, qui nous suppliait de ne pas révéler qu'elle nous avait menés dans telle réception *amusante* mais inférieure à son statut professionnel et élégant, oublia ces pudeurs : notre adresse faisait passer, mieux, justifiait des explorations un peu *à côté.* Tatiana et Alex Liberman donnèrent pour nous un cocktail. Comble du chic, ils possédaient un maître d'hôtel breton. Leur maison était d'un goût parfait. Tatiana, qui avait été, comme Lili Brik et Elsa, une des femmes aimées par Maïakovski, était devenue une vigoureuse Américaine après avoir été une éphémère vicomtesse du Plessis. Comme je regardais, aux murs, les peintures et les dessins : « Visitez la maison, montez voir la chambre de Francine... » Je montai, heureux de découvrir une de ces maisons de pierre brune, comme New York en compte tant, dans les quartiers les plus différents. Celle-ci, assez vaste, était un modèle de décoration familière. Les Américains réussissent très bien cela. Dans une chambre, une énorme photographie de Maïakovski occupait tout un espace du mur blanc. Un *poster*. Étrange présence : le crâne rasé, la violence contenue du regard. Je restai plusieurs minutes dans la chambre, puis je redescendis vers la rumeur des voix et des futilités.

Houston

Les récits de voyage aident parfois à séduire les filles. C'est le seul intérêt de ces déplacements si mornes ou mélancoliques. Mes meilleurs, améliorés au fil des années, ont fini par embellir mes souvenirs. Des gens ont pour souvenirs ceux des récits qu'on leur a faits, moi j'ai le souvenir de mes propres récits. Je ne sais plus si j'invente ou si je me souviens. Dans cette incertitude je feuillette fébrilement l'album pour en extraire les meilleures photos.

Il m'arrive aussi, quand je suis seul, de tourner lentement les pages de mon carnet d'adresses. Non pas pour chercher de la compagnie, mais pour rêver. Souvent les pages défilent, et les noms, les ratures, les adresses barrées, sans rien éveiller. Parfois, au contraire, un nom brille, émerge d'entre les autres, m'appelle. Des images surgissent et s'enchaînent. La vie reprend sa cohérence. J'examine de même façon mes souvenirs de voyage : l'un va-t-il occuper l'écran ? Voici Houston au début des années soixante. De grands espaces presque vides s'étendaient encore entre des gratte-ciel qui me paraissent futuristes. Il y a trente-cinq ans je disais « gratte-ciel », comme un petit Parigot début de siècle. Ciel bleu dur, chaleur encore supportable. Nous étions entrés chez Neiman Marcus, grand magasin célèbre parce qu'on y trouvait tout, absolument tout, d'un bracelet de la place Vendôme à des hélicoptères. Son patron, une puissance, nous avait entraînés dans des fêtes où les hommes, avec leur smoking, portaient des boots, un jabot et des manchettes en dentelle, un stetson blanc. Entre le chapeau et les talons : des géants. Ils étaient propriétaires de ranches immenses et de femmes immenses. La nuit sentait le bœuf grillé. Le lendemain nous suivîmes le conseil d'un dépliant trouvé dans notre chambre d'hôtel et nous empruntâmes, pendant des miles et des miles, *Millionaire Row*, route sinueuse qui desservait les demeures des *oilmen* texans. Sous les arbres multicolores de l'été indien des escouades de jardiniers pilotaient du bout des doigts des tondeuses en forme de soucoupes volantes dans un vrombissement d'usine à gazon. Des autocars de touristes roulaient doucement et l'on voyait les visages se tourner, tous ensemble, vers le manoir Tudor, ou la villa florentine, ou la résidence virginienne que désignait de la main, sans oublier de citer le nom du propriétaire, ses lèvres caressant le micro, une hôtesse au *sex-appeal* dévastateur. Nous arrêtâmes la Mustang rouge que nous avions louée et restâmes un moment immobiles à l'ombre des érables, au bord de tant de luxe un peu ridicule et émouvant, au cœur de tant de passion pour la réussite, le bonheur, le pastiche, l'argent, l'orgueil, dans le bourdonnement hargneux des tondeuses et des petits avions qui traversaient sans cesse le ciel, dans le moutonnement, comme de nuages de musique, du blues que diffusait la radio, et je rêvai, oui, de faire halte ici. Pourquoi pas ? J'aurais choisi non pas un manoir élisabéthain ni un palais vénitien, mais une maison du style hacienda, « Vengeance de Zorro », avec des tables de couvent et des sièges de cuir cloutés de cuivre, des feuillages luxuriants ébouriffés dans le patio, des serviteurs basanés et muets, une piscine dont l'eau eût doucement fumé dans le soleil les rares jours de froid hivernal. Une autre vie, aux parfums inimaginables. Une vie tellement à l'écart que ne l'eussent pas repérée la maladie ni la mort.

C'était l'époque, ces années soixante, où notre premier souci, dans une ville nouvelle, était d'y trouver le musée, les galeries. Nous étions des dévoreurs de peinture, de revues spécialisées, des fervents de *L'Œil* à ses débuts. Les Bernier, Monique Schneider-Maunoury, Jacques et Andrée Putman nous rendaient familières les sculptures de Reinhoud, les peintures d'Alechinsky, des frères Bram et Geer Van Velde, de Matta, des artistes de « Cobra », les décorations d'Isabelle Hebey. Triomphaient les meubles de Le Corbusier « réédités », ceux de Eames et de Mies van der Rohe. Trente ans après il en restait encore la trace dans nos maisons.

À Houston, nous étions restés un peu sur notre faim. Allions-nous continuer d'explorer le Texas ou ferions-nous l'impasse sur Dallas (dont aucun feuilleton de télévision n'avait encore exalté l'univers *impitoyable*) ? Une affiche annonçait une exposition Bacon. Adresse lointaine. Nous hésitâmes à parquer la voiture tant le lieu était peu fait pour une exposition, mais il fallut nous rendre à l'évidence : les œuvres de Bacon étaient présentées dans cette longue « structure » préfabriquée, des éléments métalliques en forme de demi-tuyaux comme on en avait vu, dans mon enfance, envahissant la campagne française, surplus militaires peut-être venus d'Amérique qui protégèrent longtemps de la pluie les vaches meusiennes. Étaient-ce là les fameuses « baraques Adrian » ? Reflété par les demi-sphères de métal, le soleil était aveuglant. Nous pénétrâmes dans un four en forme de tunnel. Une trentaine de toiles de Bacon étaient accrochées. Il était alors âgé de cinquante-trois ou quatre ans et n'avait pas acquis la célébrité mondiale. Je pouvais reconnaître une de ses œuvres, mais c'était la première fois que j'en voyais rassemblées. Dans cette touffeur, leur violence éclatait. Cette torsion des formes, ce tournoiement du sujet au centre de chaque toile, cela m'évoqua un peintre que douze ans plus tôt nous avions aimé : Soutine. Bacon me parut être un Soutine qui allait jusqu'au bout de sa force, de sa volonté de torturer la grimace humaine. Tout se passa, la demi-heure que nous restâmes dans l'étuve, comme si à toute vitesse Bacon m'*usait* Soutine, me le dissolvait. Les très grands peintres s'imposent peut-être en effaçant leurs prédécesseurs, leurs épigones, leurs voisins. Je n'aimais guère cette forme de victoire, ce hurlement qui couvrait les musiques. Mon éclectisme en prenait un rude coup. Nous sortîmes au bord du malaise.

À quelques semaines de là, nous avions assisté au vernissage, à New York, d'une exposition de Motherwell. Inutile d'y essayer de voir les peintures, et l'on nous mena chez le peintre, qui recevait. Une barbarie approximative et ostentatoire régnait. Le niveau sonore continuait de monter au fur et à mesure que les invités buvaient davantage. Les femmes portaient un air sculptural et hautain comme les esclaves autrefois une charge sur la tête. Ce fardeau imaginaire — ou cet atavisme — les cambrait, leur étirait le cou. Les lèvres et les regards étaient dédaigneux mais dans une sorte de brouillard d'absence. Plaques pectorales aux motifs brutaux, coiffures afro, kimonos fendus jusqu'à l'aine, longs fourreaux noirs. Aux hommes paraissaient réservés les rousseurs automnales de la Nouvelle-Angleterre, les crinières blanches, les airs de lord ou de vieux chien, les panses gonflées, le négligé superbe, les couleurs vives, les regards allumés et inquisiteurs. En fin de compte cela ressemblait à un vernissage parisien, avec des certitudes en plus.

… Nous nous retrouvâmes vers onze heures du soir en train de redescendre Madison. Cette saison-là les rues nocturnes étaient à peu près sûres. « Te rappelles-tu le campo San Stefano, me demanda Cécile, un soir d'octobre, le peintre qui ressemblait à Peter Fonda ? »

Elle évoquait une promenade que nous avions faite, vers la fin du jour, en automne. Il me semble qu'il y avait encore un triangle de soleil sur le toit du Palazzo Barbaro. Une galerie, trop petite pour contenir ses invités, les avait laissés se répandre sur le campo, où ils bavardaient un verre à la main. On voit cela, à Londres, dès qu'il fait beau, devant les pubs, où des messieurs, du cuir aux coudes de leurs manches et des chaussures très jaunes, bavardent en brandissant leur chope, avec cet air d'animation juvénile et décoiffée, spécialité britannique. Les femmes, sur le campo San Stefano, étaient nonchalantes, rieuses. Le négligé des tenues n'était qu'apparent : les gens qui bavardaient là dans la lumière finissante étaient élégants depuis deux ou trois siècles. Un charme touchait le lieu, les visages. Nous ralentîmes, croisâmes des sourires, et un serveur à épaulettes rouge et or nous offrit à boire. Bien sûr ! Le Prosecco faisait de nous des Vénitiens, des amateurs d'art, de nobles étrangers. Le peintre, qui était très beau, vint nous serrer la main. « Francese ? » Ses toiles hésitaient entre le naïf et l'hyperréalisme. Il en parlait avec une fatigue charmante. « Que préfères-tu, me demanda Cécile (à New York, cette fois), les barbares ou les décadents ? » Des silhouettes titubaient sur le trottoir de Madison, du côté du Westbury. Regards fous, regards fixes. Il était temps d'appeler un taxi jaune.

Cher Enfer

J'ai plusieurs fois avoué — pourquoi « avoué » ? — mon habitude, ancienne, réfléchie, de lire certains romans, en diagonale mais d'un œil exercé, vif, vigilant, à la recherche des seules pages amoureuses et décidé à ne m'arrêter qu'à elles. On nous soupçonne toujours, nous qui ouvrons tant de livres, d'être des adeptes forcés de la fameuse *lecture rapide* que prétendent pratiquer quelques génies patentés et présidents des États-Unis d'Amérique. Il n'en est rien. Le liseur professionnel est un lent, un appliqué : il revient souvent sur ses pas ; il relit. En fait de lecture rapide, je ne connais que celle-là, qui consiste à négliger le remplissage interstitiel d'un texte, les mots éteints entre les flammes, pour *aller à l'essentiel*, aux flammes, et y brûler mon désir des mots du désir, comme on cautérise une plaie.

La lecture rapide à laquelle on nous soupçonne (en nous pardonnant, d'ailleurs) d'avoir recours, n'est pas même une sous-lecture, une lecture de qualité inférieure, mais sur laquelle rejaillirait encore le prestige de la *marque* (« il est un merveilleux lecteur », de même qu'on crédite tel ou tel homme d'être un merveilleux amant), elle est la négation, le mépris de la chose écrite, sa destruction rapide (justement !) et discrète, à la façon dont, en d'autres temps, des spadassins expédiaient leur victime, dans une venelle, à la nuit. La diagonale, le survol, et « parcourir » et « flairer » sont différentes formes de complicité avec les assassins de textes. On tue ainsi. On tue la raison d'être de nos vies. Alors que la lecture que j'appelle « amoureuse » passe le texte à travers un tamis — les cailloux, la boue et l'eau dans le tamis de l'orpailleur afin d'y recueillir l'or. Et il est vrai que je ne suis pas loin de penser que l'or des mots brille dans les seules pages dédiées au plaisir. On devrait installer l'enfer des bibliothèques à portée des yeux et des mains afin que les enfants, à l'âge où une vertigineuse curiosité les jette à la recherche des livres autrefois interdits, puissent les trouver, ouvrir, aimer dans le naturel absolu — enfin conquis, me dit-on — de leur jeunesse. Le lecteur doit se mettre aux textes érotiques comme les enfants de la nouvelle génération se mettent nus. On voit désormais dans les familles des adolescents s'accoupler derrière une porte, on les entend rire, on les voit apparaître le matin dans le doux débraillé de l'amour, et c'est là, à mon estime, une des conquêtes les plus glorieuses de cette fin de siècle. Je me rappelle avec incrédulité les tripotages et les courtes hontes d'il y a soixante ans. Les peurs, et les irréfléchies cochonneries auxquelles elles entraînaient les peureuses. Ah, on peut dire que nous avons fait, contre mauvaise fortune, bon corps et bon cœur ! Mais tout cela a retrouvé son naturel. Les corps, les gestes, dans leur liberté, règnent sur la rue plus sereinement que leur glorification sur nos livres. Les livres sont en retard sur la vie, car je n'appelle pas règne du plaisir les étalages de viandes en tout genre que la mode, ces temps-ci, propose à notre appétit.

Je voudrais que la proximité, mieux : la consubstantialité du texte et de la métaphore amoureuse fussent sensibles dans ce livre. La chair (pour user d'une expression flatulente — mais quelle autre ? Et après tout le passage de chair à viande et le retour de viande à chair sont assez expressifs) est presque absente de ce livre. Volontairement ? Je n'ose pas le prétendre. La vieille théorie de la « chiennerie », la pudeur dont on se libère sans oser en libérer les autres, surtout quand les autres sont nos proches, la commodité du glissando sensuel — allusif, aérien ! — tout est bon pour ne pas choquer les chers anges. Je me rappelle l'agacement d'une amie qui avait beaucoup et souvent aventuré son cœur dans notre communauté de gratte-papier : « J'en ai ma claque, disait-elle, de me retrouver à poil dans un nouveau lit toutes les fois que j'ouvre un roman… » Il est vrai que le roman, considéré comme instrument de vantardise, de vengeance, de délation, peut être redoutable.

Ouistreham

Nous possédions alors la maison d'Englesqueville-en-Auge où les chemins sont si boueux. Ce devait être l'automne, vers les grandes marées d'équinoxe, à moins que la saison ne fût plus avancée. Je me rappelle les lourdes rafales de vent, la mer forte. Voulais-je montrer à notre fille, âgée de douze ans, les plages du Débarquement, ou retrouver mes souvenirs de 1934, été où mon père nous avait amenés en vacances dans un hôtel du Home-Varaville que les Allemands transformèrent, quelques années plus tard, en blockhaus ? Je n'en sais plus rien. Nous trouvâmes, à Ouistreham, dans la désolation des dunes et des villas aux volets clos, un hôtel dont la terrasse couverte, sur la dune, était vide, mais où l'on voulut bien nous faire griller un poisson. Le vent, le sable, parfois des embruns — la mer était haute — cognaient rudement les vitrages. Nous remarquâmes un petit groupe d'hommes, sur la plage, cinquante mètres à l'est de l'hôtel. Les gens regardaient vers la mer. Notre garçon mourait d'envie d'aller voir. « Ils ont une gaffe, remarqua-t-il, et des cordes… » Flairant la vérité, et comme Paulina trépignait, je me levai pour faire une reconnaissance. Le vent, franchie la porte, plaqua mon manteau contre moi et me coupa le souffle.

Quatre hommes, l'air de marins, dont deux portaient de hautes bottes et s'étaient avancés dans l'eau, tentaient d'attraper, à l'aide d'un grappin, ce tas de vêtements que les vagues faisaient alternativement apparaître et disparaître. Un noyé, comme je l'avais deviné. Une douzaine de spectateurs, transis, le visage blanc, regardaient. Sauf un, tous restaient immobiles. « Ils l'ont ! » annonça une voix. On se rapprocha. Les quatre marins, après que l'un d'eux eut passé une corde autour du cadavre, le tirèrent peu à peu hors de l'eau. On se demandait dans quelle chair verdie et meurtrie le crochet s'était planté. Je jetai un coup d'œil derrière moi : Cécile et Paulina n'étaient pas sorties du restaurant. Le corps, traîné sur le sable, y creusait de petites rigoles que l'eau et l'écume empruntaient pour retourner à la mer. Du bout du pied un marin dégagea le visage. Ce n'était pas beau à voir. Celui des badauds qui s'était agité fit entendre une sorte de hennissement, ou de ricanement. Il s'approcha de moi et jeta à la cantonade — mais il cherchait mon regard : « Le veinard ! Il a de la veine ce salaud-là, hein ?… Il est crevé… C'est terminé… » Il était à me toucher. Je levai les yeux : l'homme, sans âge, les yeux rouges, une barbe de huit jours, les cheveux fous dans le vent, paraissait avoir enfilé une canadienne sur sa veste de pyjama. Ses pieds étaient nus dans de très vieux mocassins.

La bouche mauvaise, gâtée. Me tendait-il la main ? Trois ou quatre curieux s'étaient accroupis près du noyé. L'homme et moi, seuls. « Vous ne me reconnaissez pas, Nourissier, ou bien vous ne voulez pas me toucher la main ? Il y en a, vous savez, il y en a… » Il me fixait, de très près, dans l'odeur de faim et de vin de son haleine. « Hardy… Hardy, vous me remettez ? » Il se retourna, désigna vaguement une des villas fermées : celle dont la porte était ouverte et dont un volet battait. « J'habite là… le palais… »

Ce ne fut pas René Hardy, l'auteur d'*Amère Victoire*, qui avait été en 1955 un très grand succès, que je reconnus sous son apparence de clochard, ni l'époux de la belle Jacqueline Hérissey, morte depuis longtemps, ni l'accusé de deux procès célèbres de l'après-guerre, où, soupçonné d'intelligence avec l'ennemi, il avait par deux fois été innocenté. Non, je reconnus la victime d'une équipe de télévision qui, quelques semaines auparavant, l'avait traquée avec une rare brutalité. Reportage en direct, saignant, impitoyable. Un homme ahuri ouvre sa porte (le pied, aussitôt, qui la bloque) et trouve devant lui un journaliste, un cameraman, un troisième homme qui porte un projecteur. L'homme, glapissant, hagard, criait : « Foutez le camp ! Foutez le camp ! » et il s'enfuyait dans un couloir étroit. Maintenant, je comprenais : la villa isolée, les volets fermés, c'était là. Je m'étais dit : Céline à Bellevue… Il aurait eu, dans les mêmes circonstances, le même regard de gibier à bout de vie. « Vous vous rappelez, Nourissier ? » Que voulait-il évoquer ? La belle Jacqueline ? Les cocktails d'éditeurs de la fin des années cinquante où il avait tous les succès : les gens aiment se poser des questions, frissonner. Il me regardait avec la terrible insistance des ivrognes et des mourants. « Vous vous rappelez, Nourissier… » Les repêcheurs du noyé, à côté de nous, s'engueulaient. Hardy fit un geste vers la villa au volet battant, un autre vers le mort « Je ne vous propose pas… » Puis, comme j'avais bafouillé quelque chose, il me regarda curieusement : « Ah, votre femme, votre fille… » Sur quoi il me tourna le dos et remonta, titubant dans le sable sec, vers quelques marches de bois à demi pourri qui escaladaient la dune.

On avait remis ma sole au chaud. On me la servit. « C'était quoi, ce mort ? demanda le garçon. Les gendarmes vont venir ?

— Un type t'a parlé, remarqua ma femme. Qui était-ce ? »

Je lui expliquai en peu de mots qui était René Hardy. « C'était un traître ? demanda Paulina. C'est lui, le mort ? — Non, dis-je, celui qui m'a parlé c'est une espèce d'écrivain… — Il n'en a pas l'air ! »

Une voiture de la gendarmerie arrivait en couinant et s'engagea sur la plage. Son gyrophare bleu était bien assorti au blanc-gris orageux du ciel. Là-bas, on s'occupait du cadavre gonflé.

« Ne regarde pas ça », dit Cécile à notre fille. Et, d'un geste ferme, elle lui détourna la tête.

Encore Miss P.

Quand je sens ma voix m'échapper, je me tais. On ne m'avait pas annoncé cette aphonie perpétuelle, cette soudaine raucité, ces couacs, ces blancs que j'essaie de dissimuler dans un toussotement, voire un geste de la main qui détourne l'attention de mon dérapage vocal. On ne m'avait pas laissé craindre l'étonnement, autour de moi, sur les visages, l'air suppliant et indulgent que donne à un interlocuteur l'effort de tendre l'oreille. Quand elle est lasse de répéter « pardon ? » la personne à qui vous vous adressez, et qui ne vous entend pas, exprime par tous ses traits, son attitude (penchée vers vous), ses sourcils levés, sa mimique d'attention un peu anxieuse, la prière qu'elle vous adresse de sortir de vous un son audible, un bout de phrase qui encouragerait sa bonne volonté. Alors je me tais. Mon corps se fige, ma nuque se raidit, mon regard devient gris et vide. Le voudrais-je, je ne pourrais pas tourner ni incliner la tête. Un gaz, une vapeur se dilate et occupe tout le vide, en moi, révélé. Je ne quitte plus mon vis-à-vis des yeux et mes yeux sont alors ceux d'un poisson. Il me semble que plus jamais je ne pourrai reprendre le fil de mon discours. La première fois que cela m'est arrivé j'étais — pas de chance — invité au Cercle de minuit, cette émission de télévision nocturne dont Michel Field était alors l'animateur. Toussotements, raclages de gorge, voix blanche. Soudain, silence. Que faisais-je là ? Qui était ce fumeur de pipe à l'œil rieur ? L'œil rieur riait, patient. Je ne me sentais pas vraiment bien, mais enfin c'était supportable. Combien de secondes cela dura-t-il ? J'entendis, lointaine, la voix du fumeur de pipe — « Vous savez, cette émission est celle où l'on peut s'offrir les plus longs silences de la télévision... ». L'affirmation, destinée à me débloquer et à relancer plaisamment le dialogue, me laissa tout aussi stuporeux. Puis, comme après un « arrêt sur image », le film se remit à défiler, la parole me revint. Ces pannes se font plus fréquentes. Elles surviennent dans les cadres les plus familiers. Je les redoute, les guette, mais ne les sens pas venir. Il m'arrive, avant d'ouvrir la bouche, de tourner et retourner sept fois les mots que j'ai sur la langue, afin de transformer l'intervention que je m'apprête à faire en récitation d'un texte — de dix mots — su par cœur. Quand je me sens prêt à parler, la conversation s'est éloignée du sujet et ma remarque, faite d'une voix rugueuse ou étouffée, tombe à plat, ne méritant, au mieux, que le sourire contraint de mon plus proche voisin.

Ces coupures du courant intérieur, dont je ne sais quel rapport elles ont avec les humeurs de Miss P., ne m'incitent pas, on le conçoit, à accepter les conférences, débats, colloques que l'on propose en abondance aux messieurs de mon âge. Encore qu'il me semble avoir jusqu'à présent bénéficié, dans ces circonstances à haut risque, d'un état de grâce — ou d'une grâce d'état — comme si Miss P., bonne fille, me laissait, le temps de mon numéro, jouer avec l'illusion d'être indemne, intact, à cent pour cent vivant.

Autruche, lâche ou inconscient ? Je n'ai posé aucune question sur Miss P. aux médecins qui me « suivent ». À vrai dire, ils me suivent de loin car je me sauve loin devant. Je me suis refusé la curiosité, espérant décourager l'angoisse. « Évolutive ? Vous dites évolutive ? Comme c'est bizarre… » Je me joue à moi-même la scène célèbre de *Drôle de drame*. Je suis l'évêque : « J'ai dit bizarre ? Comme c'est étrange… » J'écarte le mauvais sort en imitant la voix saccadée et dubitative de Louis Jouvet. Je ne veux pas savoir où je vais, où Miss P. m'entraîne. Les autres ? Oui. Moi ? Jamais. Dans mon imbécillité je suis d'un classicisme bien banal. Je vois surgir, hésiter, disparaître quelques jours avant de revenir en force et de s'installer en moi, les plus récentes trouvailles de Miss P. D'abord surpris, incrédule, scandalisé, je me range vite à ses arguments et conditions, qui ne sont pas, comme on dit, négociables. Son territoire s'agrandit, le mien rapetisse. Une peau de chagrin : les mots s'offrant à mes jeux favoris, la peau avec ses éphélides, le chagrin avec ses larmes. J'ai rêvé de donner un jour à des livres ces titres presque trop beaux : Peau de chagrin, Jour de souffrance. Vous me direz que Balzac… Il m'a laissé le second, qui, j'en ai peur, risque d'attendre en vain mon bon plaisir dans ces limbes où gisent, chargées de splendeurs inutiles, les expressions que je n'ai jamais osé emprunter à l'architecture, à la marine, à l'art des charpentiers : le fruit d'un mur, la panne faîtière, l'arbalétrier, le poinçon.

Jours de souffrance, si vous mettez le premier mot au pluriel, n'est plus une « ouverture uniquement destinée à donner du jour », mais devient l'issue irrémédiable, la promesse du destin, la fin du voyage.

Guerre aux femmes

La dernière fois que j'ai baisé. Qui ? Pas la question. Dans l'absolu. Je ne dis pas la dernière fois que j'ai mangé une daube à la Rotonde des Gaulois. Ne sont concernés ni la daube ni les Gaulois. Je dis dans l'absolu, la dernière fois, la baise intransitive. La dernière fois que j'ai essayé d'enchaîner les gestes, sans savoir à ce moment-là que ce serait l'ultime grimpette, l'ultime routine, la divine surprise ou le flop, la rengorge ou flanelle, et cette évidence lumineuse, Dieu merci : mais on peut arrêter ! On peut laisser tomber — ah, c'est le mot ! —, décider dans sa tête que c'en est fini, basta, basta des chaussettes, basta de la douche, basta des passages délicats : allongé, ta panse s'étale, clapote un peu, attention, ne pas s'y appuyer, roucoulements de viscères, mais à peine te redresses-tu — contemplation adorante ou tentative de compliquer la figure — la ventraille, la bedaine, le tonneau de bière, cette ptôse qui surplombe la ceinture, cette bosse qui me guettait depuis tant d'années — il a *forci*, François, disait la famille. Donc, cette bosse. Elle pointe, oscille comme un sein de nourrice italienne, puis pique du nez, me cache mon sexe, à supposer que j'aie encore envie de contempler de haut cette modeste pièce d'anatomie. Mais oui, basta ! Il suffit d'en décider, aussitôt les mots accourent : raccrocher (les gants), déclarer forfait, salut ! ou comme le fils de la Marquise, vous vous rappelez : « Et son dada demeura court, à Lérida. » « Lérida ? » La citation traînait depuis si longtemps dans ma mémoire qu'elle s'y était usée. Je m'en servais telle quelle, à l'occasion, jolie façon d'envelopper un fiasco à condition que la personne fût lettrée, sans quoi... Mais je trahissais la Marquise. « Court » est un mot féroce et drôle. Moi je disais : « coi » (et son dada demeura coi, à Lérida), ce qui était charmant, mais un doute, quand même, me venait, je tâtonnais. Alors que « court » ! Monté comme un enfant au lieu de l'être comme un âne (ou un cheval, précisément...). La débandade espagnole.

D'ailleurs, « Lérida » me disait quelque chose : quoi ? Allons-y voir. « Majestueuse cathédrale romano-gothique », ce n'est pas ça. Ah, un siège raté, nous y voilà ! Un loupé, une *débandade*. Raté par qui ? Le Grand Condé, avec ses airs de houri barrésienne. Bref, l'Espagne. Elle échauffe. Et comment ! Je me rappelle Cala Radjada. Je me rappelle les nuits d'Oliva. Je me rappelle, à Monoblet, dans les Cévennes (qui pourraient être une montagne espagnole), la maison des Max Olivier Lacamp. Vers le bas, elle émergeait d'une bambouseraie, et vers le haut montrait une honorable façade dans la grande rue du village. Des habitudes d'un grand-père, était resté, à la lisière des bambous, à la porte de l'écurie, un objet d'hydrothérapie élémentaire : baignoire-sabot, *tub*, Dieu sait de quel mot désigner cette énorme bassine de zinc qui ressemblait, en géant, au bol tarabiscoté où le coiffeur touille son savon à barbe. Là-dedans, à peine descendu de cheval, s'asseyait le cavalier, sans prendre la peine de se déculotter. L'eau, venue d'une source, devait être froide. La position du grand-père était telle — assez comparable à ce que les écuyers appellent la position de la femme qui baise — que les bottes, agitées en l'air, échappaient à la noyade. L'eau devait déborder, le grand-père pousser des cris d'aise et de saisissement, les chiens japper, se dresser sur leurs pattes arrière afin de boire à la bassine du maître. Fallait-il avoir le cul brûlant pour tremper ainsi, l'été, une culotte à chaque retour d'une cavalcade !

Mais j'en étais au siège de Lérida et à la mésaventure du capitaine, qui amusait tant la marquise sa mère. Quel siècle ! Nous n'en connaissons plus guère, de dames capables de faire un mot sur la défaillance passagère de leur garçon. Elles préfèrent en général évoquer à mi-voix et à mots crus les dimensions herculéennes et les prouesses du gamin. « À couilles rabattues, mon cher… » Elles vous glissent la chose avec la même grimace d'intime plaisir qu'elles prennent pour vous révéler le paquet qu'elles ont raflé la veille chez Brongnart. À Lérida, donc. Saviez-vous que le chapitre consacré par Stendhal au fiasco dans *De l'amour* fut retiré de l'édition de 1822 et dut faire pénitence trente et un ans avant d'être publié ? Il y a intérêt à frôler les murs. On commence par détailler de charmantes surprises, des pannes propices, des clés providentiellement perdues, des coups de soleil qui appellent des soins urgents. D'onction en caresse, de crème en talc, Biquet s'éveille. — Oh non ! Ils nous attendent tous au bar. La belle affaire ! Tu regarderas le sang aux joues de Sylvaine, la paupière de Louise, tout le monde ! Tout le monde ! Ou en bateau, au mouillage, cette heure que chacun passe dans sa cabine — fraîchit le vent, chauffent les peaux — portes qui claquent, regards sournois du mousse. Non, décidément, on ne débande pas en vacances. La cambrure de l'hôtesse de l'air quand elle remonte le couloir central, la cambrure et ce qui va avec, panier, pétard, innocente pyromane, les élastiques du linge bien dessinés sous la jupe rouge ou bleue, triangle du diable, parfois incroyablement haut, comme si les strings brésiliens avaient changé l'anatomie féminine dans le sens d'une *élévation*. Ce sont sûrement des anges déchus qui assurent l'assomption du corps des femmes, les tirant au-dessus d'elles-mêmes, en plein ciel, ce qui a pour conséquence de nous abandonner, en bas, dans nos fauteuils, entourés des hautes colonnes des jambes pudiques, intrépides, et ce feu de Dieu qui brûle à hauteur de nos regards, s'apaisant en nous lorsqu'elles se retournent pour nous servir l'alcool dont il faut irriguer notre désir, vite ! afin qu'il dure, nous accompagne longtemps après l'atterrissage, dans ce no man's land des aérogares où régatent les formes claires des femmes, mâts et voiles des douces frégates que nous supplions, appelons, recréons afin d'entrer tout à l'heure dans la nuit, notre ventre ému prêt à répondre à un appel que personne ne nous lancera. Bande-t-il ? Feignons de le croire, le sommeil vient. Biquet me dit que c'est bientôt la quille.

Tu t'en souviens, oui ou non, de la dernière fois ? Vous l'avez connu, grand-mère, vous l'avez connu ? Le grand-père des pajots, avec son petit chapeau et sa main au bidon. Chapeau ? Sortez toujours couverts ! Plaisanterie ignorée de mon temps, on plongeait sa queue dans les frichtis les plus nauséeux, sans y craindre malice, comme à la parade. Il y avait bien ces slogans peints aux murs des infirmeries militaires : « Deux heures avec Vénus, deux ans avec Mercure. » Mais seuls les autres se faisaient plomber. Les autres, toujours les autres, comme dans les accidents de chemin de fer. Les petits bourgeois gardaient la queue saine. Quelquefois, dans les camps de routiers, les vestiaires des stades, on voyait certains d'entre nous — ils ne se cachaient pas ! —, après des disparitions dans la chaufferie où traînaient les vieilles bâches, les rouleux à gazon démobilisés — se la savonner avec un acharnement ostentatoire. C'étaient les plus musculeux, velus du bréchet, ils avaient l'air, charmeurs de serpents, de se la soupeser, de l'offrir à l'étal du ventre, bonne viande prête à durcir à la moindre plaisanterie. En ce temps-là, au stade, ou chez les scouts, on voyait les garçons arquer comme ailleurs les filles rosir. Heureuses natures !

« Mais la dernière, Papie, la dernière ? Tu te perds dans la nuit des temps.

— Sait-on jamais si c'est la dernière fois ? »

Un tel repos, le jour où l'on se dit, coup tiré, drap remonté, la partenaire songeuse — elle n'a guère dépassé la banlieue, elle qui s'était allongée pour les volcans et les îles, songeuse, boudeuse — avec ces têtes-là, on fait les haines trentenaires, sans prescription. Vous voyez quelquefois, dans les cafés, des couples qui irradient la haine, la femme surtout, le visage de la femme. Il y a dans les rides autour de la bouche une impitoyable détermination. Visages de tueuses. On pourrait le jurer, ces deux-là faisaient l'amour une heure auparavant. Oui, oui, l'amour, avec les cris, les turpitudes habituelles, l'opéra. Que leur est-il arrivé ? Le plaisir, le non-plaisir doivent susciter ces belles rancunes. Mais j'en ai fini avec tout cela, plus jamais, plus jamais !

C'est ici le lieu de parler du sentiment que j'attendais le moins à trouver dans ma mémoire. *L'étonnement*.

L'on me demande : que regretterez-vous de l'amour ? Et je réponds : l'étonnement. En perdre le goût me blesse et me déroute. Je le répéterai dix fois : le plaisir fut peu de chose. Mais l'instant où elles commençaient d'accepter… Le premier geste était parfois de tirer les doubles rideaux, ou d'éteindre une lampe, ou de me retirer mes chaussures (jamais de lacets, les soirs où l'orage me roulait dans la tête), ou de donner un tour de clé à la serrure : gestes humbles, toujours, qui valaient par ce qu'ils promettaient d'inconcevable, et qui allait arriver. Le moment où sous le chemisier apparaît le soutien-gorge, qui est toujours plus compliqué, adulte, dentelle noire, plus dégoûtamment transparent qu'on ne l'attendait. Elles vont dans des boutiques acheter *cela* — on rêve ! Elles hésitent entre deux modèles, elles tâtent entre leurs doigts cette espèce de tulle semé de fleurettes à travers lequel on devinera l'aréole du sein, plus foncée, plus fragile, plus dessinée que prévu. Un sein qui a vu du pays. Des mamelons que les hommes ont sucés, léchés, dressés d'un grattement. Ici, vérifier le sens du verbe « lutiner ». Des agaceries, des privautés, des pelotages, plus personne ne parle ainsi. Mais les gestes n'ont pas vieilli. Avant de m'y risquer, quand même, toujours, l'étonnement. La voici, là, assise au bord du lit, avec ses seins un peu trop lourds, trop bruns, va-t-elle, sans autre — dit-on à Lausanne —, les libérer, les *sortir*, les montrer, à moi ? Pour moi ? D'une torsion du buste, sur quoi se greffe un geste de modèle dans une académie, elle détache les deux agrafes. Surtout, ne pas m'en mêler. Elle se débrouille fort bien. À peine enlevée la pièce de lingerie — vers 1950, on aimait les bustiers, les balconnets, qui portaient à rire, à badiner, à voir dans toute femme une *petite femme*, vitrine offerte, mutine (qui va avec lutine, avec badine), genre Martine, petits lots historiques dans les films à costumes, appétissantes (qui appelle pigeonnantes), dix-huitième de pacotille, bois de Trousse-Chemise, « le Verrou » (qui nous ramène au tour de clé), à peine enlevé, donc, le soutien-gorge, elle s'allonge sur le lit afin de ne pas laisser pendre le sein, s'il est lourd, mais de l'affaler comme un jaune dans son œuf, donnant au buste, si féminin l'instant d'avant, l'aspect longiligne et plat qui pourrait évoquer un adolescent, un page. Je n'aime pas cet instant — heureusement, il va peu durer — où la femme est torse nu — ce que ma fille âgée de cinq ou six ans appelait « corse » nue, rassemblant dans la confusion d'un seul néologisme l'étrange orthographe du mot corps et le plaisir de passer l'été dans l'île de beauté, où sur la plage que nous fréquentions la nudité était presque de rigueur. Je n'aime guère cette étape intermédiaire : les seins nus, parfois retenus des deux mains en conque — le trésor des Conques trouvait le moyen de dire Valérie en riant, m'aidant par ce rire à traverser l'embarras du moment où l'action ralentissait. La femme portait encore son jean, ou des bas, ou un collant sous une jupe, son regard filtrant entre les paupières à demi fermées, attentif. Elle se demandait comment j'allais m'y prendre ? Déshabilleur ? Frôleur de boutonnières ? Baisers de comédie entre chaque prouesse d'effeuillage ? Grand froisseur de jupe et de linge ? Tout pouvait alors déraper, et la scène tourner court, pour peu que j'attendisse après avoir risqué un geste maladroit, brutal peut-être, histoire de paraître aux abois, soulevé de désir, etc. Bien sûr, c'était à elle de jouer. Comment allait-elle s'y prendre ? Se lèverait-elle, sobre, pour faire tomber rapidement ses vêtements, paupières baissées ou regard hardiment planté dans mes yeux, prenant appui sur le dossier d'un fauteuil pour retirer prestement la petite culotte que toutes elles fourrent quelque part, vite, si vite : entre le matelas et le sommier, sous un coussin, sous le petit tas des autres vêtements déjà tombés. Dans ce film de Jean Eustache, *La Maman et la Putain*, qui avait fait scandale à Cannes en 1972, on voyait une jeune femme, seule, se déshabillant dans les circonstances les plus banales, porter sa petite culotte à son nez et la flairer. Le geste était si habituel, et si animal en même temps, inacceptable, que la salle avait chahuté. On lui proposait, à la salle, enfilages en tout genre, enculages suggérés, orgie de sexe avec une table de cuisine pour lit — écartez les poivrons, la bouteille d'huile —, broute-minettes, suçons, la bouche de l'homme qui sort du champ, descend, descend, et un loustic crie : « Où va-t-il ? » mais c'était ce reniflement qui scandalisait. Seuls les petits garçons ont le droit, le mercredi après-midi — « tu réviseras ta géographie ! Je te poserai des questions » — d'ouvrir placards et tiroirs et de plonger le nez, les yeux dans les soies fluides, les cotons pudiques, et de se griser comme fait le drogué amateur quand il aspire, narine palpitante, bouche ouverte, l'éther dont il a saturé une boule de coton, jusqu'à ce que cette accélération et ces carillons, dans sa tête, s'apaisent. Parfum des mères, des sœurs, différemment affolants. Maman-dentelle, Maman-sortie de bain et l'indiscrète odeur de lavande qui écrase l'autre, si subtile... Les filles, elles, sentent la fille... Il se rappelle les années de guerre, ces grosses garçonnes en jupe et socquettes, les traits encore brouillés, d'abord passives, patientes, puis soudain pleines d'inventive cochonnerie, trouvant les mots pour les dire, l'invention, la cochonnerie, faisant claquer la ceinture dans sa boucle quand elles déculottaient le garçon, et alors là, oui, déjà, l'étonnement... On entendait, derrière les cloisons d'un appartement pas tout à fait assez vaste ni luxueux pour qu'on s'y sentît en sécurité, des pas glissés, des pas de dragon, des rires étouffés, des voix de téléphone : c'était aussi périlleux qu'un cambriolage. Il lui est arrivé de se faire prendre, nigaud, fiérot, et alors comme la honte était bonne ! La honte, presque aussi bonne que l'étonnement.

Que rêvé-je de dire ? Je me passe le vieux film. Je suis seul et je sollicite l'éternel récit que la mémoire se fait à elle-même. Adolescent, et n'aimant que les adolescentes, je m'apprenais les audaces que je feignais de leur apprendre. « Ça marche, ça marche ! » aurais-je pu m'écrier quand je trouvais la manquante pièce du puzzle. Pénombre et silence. On demande ça, et elles le donnent. On esquisse ça, et elles complètent. On ne m'avait donc pas menti. Elles sont baisables quand leur peau se met à rougir, et leur emportement, soudain, surclasse le nôtre et nous entraîne. Comme c'était sordide et pitoyable, l'amour, et comme c'était bon d'être sordide et pitoyable ! De quoi avions-nous l'air, je vous le demande ! Vautrés sur un banc de jardin, bien après minuit, troussés, ouverts, scène de viol ou de meurtre, mais nous étions chez des gens bien, entre gens bien, et Madame dormait, à vingt pas de là, et Monsieur avait filé avec une brune deux ou trois ans plus tôt, et l'on feindrait, au matin, me trouvant là — dernier train raté, bien entendu, et pas encore de voiture — de croire à mon air angélique — toujours l'étonnement. Les mères d'alors, il y a un demi-siècle, à la coule, comme de tous temps, toutes à la coule, tous complices, tous feignant de roupiller, pas même : roupillant, pour mon plus grand bonheur ; ça se passait donc ainsi ! Samedis soir, fin des années quarante, chez des gens encore mieux que bien, de la morale, et sur l'œil, la pénombre était raisonnable, tolérée, parfois on voyait passer au fond du couloir une silhouette paternelle, visage sur l'os, moustachu, vaguement pastoral, et là-bas une lampe se rallumait, et aussitôt une autre ailleurs s'éteignait. Je m'émerveillais de cette paix armée. Moi je n'avais d'yeux que pour la fille de la maison, si frêle, étourdissante de belle éducation, des jambes de faon dira bientôt le poète, collée à un garçon comme un timbre à une enveloppe, paupières closes, le sang aux joues, collée, plus nue que nue dans une robe de faille verte — ça existe encore la faille, au fond des provinces ? Plus nue que nue dans les bras du costume croisé. On n'aurait pas pu les arracher l'un à l'autre, encastrés qu'ils étaient, se possédant sous nos yeux, plus solitaires qu'au fond du lit où sans doute ils n'allaient pas. École alsacienne, petites Réformées à la morale intrépide, allées du Luxembourg sous le givre. Je serrai d'un peu près la fille qui m'avait amené là, mais elle me repoussa fermement. Elle était un rien raide, coulée dans un autre moule : Versailles, les manèges, et gardée pour le bon motif — horreur ! horreur ! Je n'aimais que les redditions hâtives, la chute de Lérida, les initiatives saugrenues, le geste qui soudain me brisait. « Elle sait cela ? Elle connaît cela ? » Non, elle ne savait pas, elle apprenait. Ah, le béjaune, l'endormi que j'étais. J'ai oublié les circonstances de telle aventure d'avant-hier — effritement de la mémoire immédiate, mon cher, ne vous laissez pas aller ! — mais chaque détail d'il y a si longtemps fleurit en moi, s'épanouit, couleurs intactes. Les premières fois donnent leur parfum à la dernière. Je crèverai accroché à des images vieilles d'un demi-siècle. Dans l'abominable fausse nuit de l'hôpital, avec la porte toujours ouverte où s'inscrivent des ombres noires sur la brume bleue des veilleuses, potence de la perfusion, chaude lâcheté des sondes et des soins, je crèverai en pensant aux fillettes en jupes courtes. Je ne comprenais rien à leur impatience. Je les croyais faites d'une autre chair. Elles étaient salopes et rieuses.

Vint un temps où les enfançonnes ne furent plus pour nous. La dernière fois que j'en regardai une, une seconde de trop — Était-ce à Nancy ? ou à Marseille ? j'ai oublié, mais pas le coup d'œil qu'elle me jeta, si amusé, si insolent. Tu t'es vu, Matuvu ? Heureusement, pas de geste, pas de geste ! Oh, se faire rabrouer, se faire saisir et rejeter la main comme une limace. Savoir qu'on dégoûte.

Je voudrais une dernière fois parler d'amour, comme de mémoire. Et ce sont des images anciennes qui m'assiègent. Et des mots, anciens ou nouveaux, n'importe, mais auxquels je n'avais jamais ouvert mes phrases. Or, ce sont les vrais mots de l'amour, je le découvre enfin, si tard ! Les mots-brûlures des lèvres, les mots-huile sur le feu. Je voudrais les avoir une fois associés aux souvenirs de ces gestes, et de mon étonnement, qui resurgissent avec la fraîcheur affreuse de ce qu'on réinvente. Souvenirs ? Fantasmes ? Je me rappelle, dans cette maison de Marlotte ou de Barbizon, chêne et cretonne partout, des meuniers-son-fils-et-l'âne, et cet impératif — Jouy ! — du tissu rose qui enjuponnait les guéridons, l'exaltation qui nous avait chauffés, L. et moi, enfouis sous les draps — le feu dans la cheminée s'était éteint et l'on caillait. Nous étions comme des campeurs du samedi sous leur tente, aux cailloux près, qui mènent la vie dure aux amoureux pauvres. C'était amusant comme les premiers jeux sensuels de l'enfance, tu serais un trappeur et moi un inconnu surgi de la nuit. Tu entendrais mes pas dans la neige. Tu pousserais un grand cri — et je découvrais à L. des jambes fuselées et dures, les mouvements sûrs dont elle me manipulait, dans le léger étouffement de cet entortillement de draps et des caresses qui nous privaient d'air, de sorte qu'on reprenait parfois souffle, nageurs entre deux plongeons, bâfreurs entre deux bouchées, et j'avais presque — presque :

respectons un reste de gravité — envie de rire : sont-ce là des itinéraires et des explorations pour une langue respectueuse de sa dignité et de son statut ?

Les petites filles, bien sûr, étaient muettes. À moins qu'elles ne posassent des questions naïves, faussement naïves, pour s'étonner par exemple que le plaisir ne déferlât pas sur elles, à la façon d'un mascaret ou que la mécanique des hommes fût si poussive, phono à manivelle qui avait besoin de quelques tours de poignet — épargnez-moi la plaisanterie — avant de moudre à nouveau *Besame mucho*, *Porque te quiero*. Une fois j'ai retrouvé, en Gaspésie ? l'implacable curiosité de l'extrême jeunesse (que le froid, là-bas, avait dû conserver à une trentenaire bien cuite), le tout aggravé par la lumière d'un plafonnier blanc : « Dis donc, c'est marrant, tu jutes et tu bandes plus… » Mais la règle générale était le silence, parfois un gloussement, ou bien, chez les plus débrouillées, une expression qu'on devinait tout droit venue du père (ce moustachu aperçu au fond du couloir ?) : « Ben, mon colon ! » qui laissait redouter des confidences aux cousins, copines, confidences par lesquelles les femmes nous déclarent si tôt la guerre, les seules aimables refusant les mitraillades à bout portant pour construire autour de leur amour cette maison sublime : le secret.

Mais il est bien question de ça !

Plus tard — passé le temps des adolescentes, indûment prolongé — je découvris ces femmes qui décorent l'expression « il a eu beaucoup de femmes », ou « c'est un homme à femmes » — la belle affaire ! De ces femmes qui en sont à mi-carrière dans les différents métiers du bonheur et de la solitude. Leur science leur est venue d'un écart : ce plagiste, au Crotoy, qui leur a appris, dans un garage à bateaux où régnaient les odeurs de coaltar et de vieux tuba, qu'il convient de dire dans l'amour de gros mots qu'on pousse, comme d'un coup de reins, vers la délicatesse d'une blonde résolue à en finir avec toutes les délicatesses. Ensuite, elles laissent s'échapper d'elles, dans un feint égarement, ces grenades dégoupillées, guettant d'une oreille ourlée de rouge les deux ou trois mots, prières, supplications, flagorneries que leur partenaire de ce soir-là leur apprendra peut-être et qu'elles adopteront d'autant plus volontiers que ce sera moins leur style. Les femmes qui parlaient dans l'amour étaient des buveuses, des flapies, des cernées de mauve, de ces veuves-ou-plaquées qui gardent sur une commode la photographie d'un escogriffe en uniforme ou aux yeux de rêveur de mer, sorti de leur vie depuis belle lurette mais dont l'image, présidant aux ébats improvisés (« Vous pouvez me déposer ? »), leur conférera cette nécessaire épice de l'obscénité.

On a beau prétendre le contraire, personne n'est tout à fait libre d'écrire librement de l'amour. Le lecteur a une façon si douce de soupirer : Ah, non, pas ça, pas vous !… Quand même pas de la provocation, de l'*enfantillage*, et : Vous n'avez pas besoin de ça, vous, la musique, le cristal, on nous l'a changé ! Les vrais mots de l'amour font des trous dans la page.

Et si j'avais besoin de ça, justement ? Besoin et envie de descendre à la cave, où sont cachées les vieilles bouteilles, au tanin puissant, et les polochons, les duvets, celui qu'il avait jeté par terre, il y a si longtemps, sur lequel rien ne s'était passé comme prévu, de sorte qu'avec le temps les cartes de France un peu croûteuses s'étaient transformées en dégueulasseries passe-partout, aussi bien une bouteille de blanc renversée — « Tu veux faire l'amour par terre ou sur le lit ? » « Tu veux boire quelque chose, avant ?... » Foutre ou chablis, il n'en savait plus rien. Par terre, bien sûr, il avait dit « par terre », mais il avait jeté le polochon jaune sur la moquette ; fou rire garanti ; courbatures aussi, et les oreilles chaudes, et ce sentiment irrépressible d'être le pépé à la ferme, couché depuis quand ? il suinte et saigne à toutes les pointes de son corps — un dimanche à la tombée du jour — qui comprend que leurs conciliabules sont terminés et qu'ils vont lui poser dessus un duvet, et par-dessus le duvet un matelas, et qu'ils vont écraser de toutes leurs forces ce sandwich au vieux, ce sandwich à l'aïeul dans ce lit précisément où il y a si longtemps, si longtemps ! il avait fait à la Simone ce gros bébé, Robert, Robertino, qui sent le pas propre et qui va monter sur le matelas et le chevaucher, faire vite, faire fort, des deux mains empêchant l'air de passer, s'agitant pour ne pas trop sentir les convulsions, les ruades, tout deviendra flou, pas plus difficile que de se jeter à la mare, et il reverra ce début de nuit, il était pinté, ses bretelles sur le cul, où il tamponnait la Simone à grands coups de bélier, à grands coups de ces mots qu'il ne savait pas qu'il savait. Je vous l'ai dit : il était bu.

Parler tout doucement d'amour. Il lui suffirait de le vouloir, de me faire un signe. Un geste comme inconscient qui lui *échapperait* dans le sommeil. Sa main, par exemple, posée ici, ou là. Ses lèvres mâchant quelques mots imprégnés de sommeil. Mais ouiche ! tu peux toujours attendre. Il y a beau temps que tu lui répugnes, enfin, le mot est gros, qu'elle a cessé de te voir dans les miroirs, ou traverser la chambre. Tu dois sentir l'aigre. Un homme vieux sent le renvoi, la gencive pâle, la langue plâtreuse. Un homme vieux sent la peau livide, la vie qui se desquame, le blanc serré des colères impuissantes. Dors ma fille, ma vieille compagne, quarante ans ont passé comme un songe et dehors la nuit sent l'huile. On a coupé les arbres.

Pas croyable qu'on ne *capitalise* pas. Qu'il ne reste rien des cinq cents kilomètres roulés à tombeau ouvert dans la folie d'arriver vers minuit et de tomber du ciel (ciel ou tombeau ?). C'était l'été. J'avais monté les six étages en essayant de calmer mon cœur. La fenêtre du palier était ouverte pour laisser entrer un peu de fraîcheur. La minuterie s'était éteinte. Le silence était profond. La fenêtre de la chambre, elle aussi ouverte sur la cour, était proche. Aucune lumière n'était allumée mais les voix étaient claires, et les rires, et les essoufflements vite interrompus, et la voix qui demandait : « Et ça, tu veux ?... » Et encore des rires. Un silence, le bruit d'un robinet qui coule. J'avais encore roulé trop lentement. C'était ça, l'amour : au premier arrivé. Du Cotentin au boulevard Raspail, j'avais bandé pendant huit heures, et maintenant je bandais encore, pour l'amour de Dieu, comme les cigarettes oubliées dans le cendrier : « C'est le bon Dieu qui les fume... » La fille s'appelait Hélène, Hélène B., et sa voix était en train de dire : « Ce soir, je préfère par-derrière, c'est drôle... Tu veux bien ?... »

J'avais retiré mes mocassins pour m'éloigner plus silencieusement.

J'ai décidé d'en finir avec ces paris que je prenais de plus en plus rarement et perdais de plus en plus souvent — calculez : cela fait peu de triomphes — parce qu'on n'a jamais toute honte bue. Cinquante fois humilié, contraint à la fuite ou à des contorsions d'humour afin de faire oublier les vingt sous jetés dans l'aumônière à la quête, il y avait beau temps que j'allais au combat amoureux la queue basse, comptant sur un moment d'innocence et de naturel, ou sur quelque savoir-faire époustouflant de ma partenaire, ou plus simplement encore sur un verre d'alcool bu au juste moment. Mais le bon vin m'endort et la suite de la chanson ne saurait plus depuis longtemps s'appliquer à moi. Ah, ces blessures ! Un peu de honte menace tout homme au moment où il se met nu, et plus les années passent plus vive est la honte. Au dernier instant, pourtant, un sursaut, une illusion lui font récupérer le vieil orgueil et jouer — oh, quelques secondes — la comédie d'autrefois. Au lieu de se pencher, il se redresse et brandit une érection flanchante comme une gueule cassée se cramponnait à la hampe du drapeau dans les défilés d'anciens combattants. Ranimer la flemme. Ranimer la flamme. La dame ne jette qu'un coup d'œil distrait, parfois pas même, d'expérience elle sait que ces petites choses n'apprennent rien, n'inspirent rien. Le ventre de l'homme n'entre pas dans son champ de vision. King Kong s'est vanté pour rien. Alors un étrange revirement se fait en lui. Sa honte même devient raison d'orgueil. De s'exhiber dans sa faiblesse l'exalte presque autant que de montrer, ou d'en rêver, l'instant d'avant, sa force. Il rapetisse, se recroqueville, « mère, voyez-moi dans mon indignité », cajolez-moi, je ne suis qu'un enfant, un vieil enfant à qui l'on doit beaucoup pardonner. Comme c'est bon d'être petit, frileux, livré, flétri. Bon ? Eh bien j'en ai ma claque aussi de ces plaisirs-là ! « J'aime mieux lire. »

On devrait, oui, capitaliser. Chaque coup tiré, la vie durant, devrait entrer dans une péréquation des soldes amoureux, ouvrir droit à des points de retraite, permettre à l'homme, à un âge raisonnable, d'aller se rhabiller. Adolescent, je trouvais obscènes les vieux baiseurs, les caressants, lèvres luisantes. J'avais raison. Mon dégoût était encore au-dessous de ce que le spectacle mérite. Mais que penser de mon indulgence envers les messieurs assis dans leur voiture, les mains sur le volant — prêts à démarrer n'est-ce pas ? — à bonne distance d'une sortie de lycée. L'indulgence est intacte, aussi arrangeante, aussi chaude. Je ne dis pas qu'à mon tour… un *Figaro* me dissimulant à demi… De nos jours, on va en prison pour moins que ça, impardonnable salaud, les poches pleines de cassettes sales et pédophiliques, *glauques* diront les flics soucieux de beau langage, le carnet bourré d'adresses de centres aérés, abbés fervents, culturistes, moniteurs, pêcheurs d'âmes. Faire gaffe. Minettes tout juste majeures. C'était autrement difficile il y a cinquante ans ; je me rappelle le gérant d'un hôtel de Turin déboulant dans la chambre où une petite voyageuse et moi… Deux *carabinieri* l'accompagnaient. À vingt ans, gibier de potence ! Deux chambres, vite fait, et même pas au même étage.

Hôtel Dajti

Entre Bari et Tirana nous n'étions plus que quelques-uns dans l'avion. Nous nous posâmes sur un terrain approximatif. Il rappelait ces vastes champs qui me fascinaient, enfant, Villacoublay, Toussus-le-Noble, au bord desquels des baraquements composaient le décor d'un film de l'autre guerre, avec un bar décoré d'hélices en bois et, au-dehors, une manche à air en haut d'un mât — chaussette à rayures concentriques comme en portèrent les *zazous* vers 1943. L'avion roula longtemps dans les nids-de-poule. On ne voyait pas, comme sur les pistes éloignées de Roissy, jouer de petits lapins. Les mangeait-on ? Enfin l'avion s'immobilisa. Les quelques habitués se précipitèrent vers la porte et l'échelle, mais un steward m'arrêta et me fit signe d'attendre. Quand je fus seul passager à bord, debout en haut de l'escalier mobile, et retenu par un bras, je vis s'avancer vers l'appareil une petite troupe, huit ou dix hommes, tous vêtus de sombre ; le comité d'accueil. On ne me laissa descendre qu'au moment où s'immobilisèrent mes hôtes et après qu'un jeune homme aux longs cheveux frisés, vêtu d'un blouson noir en similicuir eut escaladé quelques marches pour me serrer la main, me dire son prénom : Besnik, et m'annoncer qu'il allait s'occuper de moi pendant mon séjour. Je descendis, serrai les mains tendues et nous nous dirigeâmes vers le « salon d'accueil ». Il avait assez l'apparence de la resserre où le jardinier range ses outils dans une maison provinciale. Quelques fauteuils club étaient disposés en rond, garnis de têtières au crochet, à la chinoise. Nous nous assîmes et l'on nous servit du café. Tous les hommes, devant moi, fumaient, avec une avidité mystérieuse, une cigarette allumant la suivante. Cette impression de tabagie, du petit déjeuner au dernier verre du soir, durera tout au long de mon séjour.

Mon interlocuteur — les autres, modestes, l'écoutaient — était un grand diable à la peau basanée, au poil noir, qui souriait peu et avait visiblement l'habitude qu'on le laissât développer d'abondance ses points de vue. Il se nommait Dritëro Agolli et il présidait l'Union des écrivains et artistes d'Albanie : il était le « patron », entre autres, des professions littéraires. Prince des apparatchiks, thuriféraire du dictateur Enver Hodja, ou poète et romancier de qualité ? L'homme avait de la présence, de l'intensité. Deux ans après mon voyage en Albanie, la collection « Du monde entier », chez Gallimard, où l'on n'organise pas la promotion des nullards, publia *Splendeur et décadence du camarade Zulo*, bon roman satirique. Ce fut l'occasion d'un déjeuner à l'hôtel du Pont-Royal, au cours duquel une laborieuse conversation s'établit entre Agolli et Alain Bosquet, en russe, l'un (Alain) rassemblant ses souvenirs de jeunesse, l'autre ranimant la langue dans laquelle il avait fait, en URSS, des études dans quelque école de cadres.

Le café bu, trente mégots fumant dans les cendriers, on se leva. Des voitures et des chauffeurs nous attendaient. Je montai dans la Volvo noire d'Agolli avec Besnik Mustafaj, dont je commençais à apprécier l'excellent français, les yeux vifs et doux. Ils me menèrent à l'hôtel Dajti, construit par les occupants vers 1940, dans un style mussolinien plutôt discret. Les années passant, les murs s'étaient écaillés, les arbres avaient grandi, de sorte qu'on se serait cru dans une station thermale de la province italienne, spécialisée dans le traitement de quelque maladie de peau passée de mode. À main droite en entrant, le bar du Dajti était à l'évidence un lieu hanté et brûlant. Les conciliabules s'y remarquaient davantage que les conversations bruyantes. Fatigué, je provoquai un grand embarras en demandant un whisky « étranger » : je compris trop tard qu'il était fort coûteux. On imaginait ceux qui avaient successivement régné sur ce licu triste, exigu, éclairé *a giorno*, le seul de son genre à Tirana : rejetons des grandes familles beylicales (Yusuf Vrioni les évoquerait plus tard pour moi), membres de l'entourage du roi Zog, jolis officiers italiens tout farauds d'avoir « conquis » l'Albanie, Yougoslaves d'après la Libération, Soviétiques, Chinois… Désormais les conversations étaient purement albanaises ; on se saluait et l'on s'observait d'une table à l'autre ; quelques Allemands, arrivés les premiers dans la course aux marchés, me jetaient des coups d'œil intrigués. Je crois qu'à part Maurice Rheims et Jean-François Deniau, débarqués un jour à Durës d'un voilier de croisière, j'étais en 1988 le premier écrivain français à s'aventurer à Tirana. Un gros homme, dans l'ascenseur, s'adressa à moi en allemand : que je fusse un *Franzose*, et pour comble un *Schrift-steller*, parut l'amuser considérablement ; il éclata de rire : nous étions impayables…

Les avenues et les vastes places, vides, traversées parfois par une charrette attelée d'un âne ou d'un bœuf que n'affolaient pas les rares limousines de la *nomenklatura* ; les statues de Lénine et d'Enver Hodja, aux proportions faussées, le bas plus volumineux que le haut afin d'accentuer l'effet de perspective et de justifier la vénération due à ces personnages d'altitude et de légende ; les énormes bâtiments à colonnades surmontés des slogans politiques en lettres rouges qui s'éclairaient le soir ; les mosquées et les églises fermées (des bougies étaient parfois allumées dans la nuit à la porte des chapelles) ; les routes non asphaltées ou criblées de trous ; les petites forteresses individuelles coiffées d'un dôme métallique qui composaient, dans la campagne, une sorte de ligne Maginot pour soldats lilliputiens et solitaires — on a déjà raconté ce qu'était l'Albanie vers la fin de la dictature. Hodja était mort en 1985 mais sa veuve tenait encore le pays d'une main ferme. On avait eu le temps de bâtir, verre et marbre blanc, une pyramide à sa gloire. Des enregistrements de ses discours tombaient du ciel et baignaient le bâtiment d'accents héroïques, ardents et rocailleux. Sans doute en mon honneur c'était une harangue en français que déversait la sonorisation lorsque j'arrivai. Boursier du gouvernement français, Hodja était allé, avant la guerre, étudier à Toulouse. Lui était-il arrivé, à une terrasse de café ou en sortant d'un cinéma, de bavarder avec un autre boursier, allemand celui-là, nommé Gerhard Heller ? Sans doute avait-il consacré plus de soins à la Révolution qu'à la littérature des troubadours car on l'avait expulsé. C'était un discours de ce temps-là que j'entendais, monté « en boucle », et qui occupait encore tout l'espace sonore quand on m'amena devant la reconstitution de la chambre et du bureau du dictateur. Au mur, des rayonnages bourrés de livres brochés, salis par un long usage. Hugo, Zola, Lamartine, Vallès, Proudhon : rien que d'attendu. Plus émouvants me parurent les bouquins jaunes d'Albin Michel avant la guerre, ou les « Livres de demain » de Fayard comme j'en avais trouvé dans la bibliothèque de mon père. Une vitrine contenait le dernier fusil de chasse de Hodja, son briquet, de petits objets. Où tout cela se trouve-t-il entreposé aujourd'hui ?

Éphémère professeur de français, Hodja aimait notre langue et ses courtisans, pour lui plaire, l'apprenaient ou la faisaient apprendre à leurs enfants. De sorte qu'en ce pays fermé au monde occidental depuis quarante ans, sur ce fond de torpeur ottomane et d'immobilisme socialiste, j'eus la surprise, en 1989, de pouvoir m'adresser en français, à l'Université comme à l'Union des écrivains (dans l'ancien Cercle militaire), à des auditoires qui me comprenaient.

J'avais écrit et abandonné ces quelques feuillets de notes en 1998. Je les sors de leur dossier et les relis le 17 avril 1999, vingt-sixième jour des « frappes » de l'Otan sur la Serbie et de l'exode des réfugiés kosovars. Seul en Provence, je ne reçois pour informations que les journaux télévisés, incroyable salmigondis de dénonciations du dictateur Milosevic, larmoyants discours humanitaires, déclarations lyriques sur la générosité française (à laquelle il est vrai les autorités ne paraissent pas disposées à offrir beaucoup de Kosovars à cajoler), commentaires bellicistes, commentaires horrifiés, bourrage de crâne, efforts louables pour nous expliquer les choses, « fermes » déclarations du Président et du Premier ministre — le mal qu'ils se donnent pour ne pas se laisser manger la laine sur le dos ! —, reportages repris de la télévision yougoslave et livrés pour argent comptant, « commentaires autorisés » d'un souriant jeune homme à cheveux gris qu'on dit être le porte-parole de l'Otan, confidences de paras venus de Tarbes et qui pensent — comme on les comprend ! — à leurs fiancées, mensonges blancs, mensonges rouges, mensonges noirs, et vérités tout aussi multicolores dans le tourbillon desquelles j'ai bien du mal à me faire une opinion. Mes « amis naturels », ceux qui suivent le plus souvent la bonne pente, sont pour l'intervention, le droit d'ingérence, le casse-pipe au sol. Je vois bien ce qui les motive : composer des photos de groupe qui ressemblent à celles des congrès d'intellectuels antifascistes des années 35 à 39, quand Gide, Malraux, Guéhenno, Guilloux voisinaient à la tribune de la Mutualité, qu'on finissait en levant le poing et en chantant l'*Internationale* et qu'on avait chaud au cœur. On peut choisir de plus mauvais modèles. Leur argumentation : si l'on avait empêché Hitler de réarmer la Rhénanie en 1935, de croquer les monts des Sudètes en 1938, la moitié de la Pologne en 1939, le monde aurait fait l'économie d'une guerre, de six millions de Juifs, Tsiganes et homos, de je ne sais combien de millions de Russes et d'Allemands, de millions de personnes déplacées. Ceux que tente aujourd'hui l'« esprit de Munich » seront peut-être, demain, tenus pour coupables de telle sanglante absurdité aux contours encore flous. C'est vrai, cela crève les yeux. Mais pourquoi faut-il que les « Occidentaux » (le revoilà, le vieux langage, intact après dix ans d'assoupissement) soient si maladroits ? Le langage abuse des « frappes » (bombardements ?) et pue la propagande. Ce que notre presse appelle son objectivité, c'est sa façon de monter bout à bout des images contradictoires et de les commenter, larme à l'œil et main sur le cœur, en renonçant à *juger*. Et puis ne faudrait-il pas commencer par rappeler l'origine des responsabilités ? La dislocation des empires ottoman et austro-hongrois, le traité de Versailles, l'indulgence des Alliés envers Tito… La confusion ethnique, religieuse, linguistique qui règne dans les Balkans a été bénie et organisée par les *Occidentaux*, de quelque nom qu'on les désignât alors. Mes amis, vers 1955, passaient leurs vacances chez les Serbes et vantaient le « socialisme autogestionnaire » de Tito. Pas besoin de remonter au général Sarrail ni à l'armée d'Orient. Le « dictateur serbe » est moins limpide dans l'horreur que n'était Hitler. Je soupçonne tous les diplomates d'avoir rêvé, une fois ou l'autre, à la Grande Serbie, « facteur de stabilité », etc. Cela dit, il fallait intervenir et les « munichois » ont forcément tort.

En juin 1940 j'ai vu arriver du côté de Saint-Nazaire les vieilles Peugeot avec un matelas posé sur la voiture, les familles entassées avec leur batterie de cuisine et les cages à lapins sur les grands chariots à l'ombre desquels trottinait le chien. En 1944 j'ai regardé, l'œil prudemment rieur, la *Wehrmacht* filer vers le Nord et l'Est, couverte de feuillages. En 1950, ce furent les camps des réfugiés arabes de Palestine et, de 1949 à 1952, les innombrables catégories de *displaced persons* entassées dans les camps et les casernes d'Allemagne, d'Autriche, d'Italie.

Arrêtons-nous.

Un Moyen Âge, ce siècle.

Le Froid

Peu amateur de voyages, je n'ai ressenti de vrai dépaysement que dans les pays qu'on appela un moment de l'Est, ou plus volontiers « du Froid », d'où étaient supposés venir les espions, et, plus tard, les nuages radioactifs de l'incurie socialiste. L'Amérique, tant aimée, ne troubla jamais mes jugements, ni ne bouscula mes repères. Peut-être parce que le rêve américain ne possédait pas le frémissement prophétique qui nous avait si longtemps abusés sur l'avenir du communisme, la confrontation entre songes et réalité me touchait davantage à l'Est qu'à l'Ouest. Que le spectacle d'échecs flagrants, l'impression d'étouffement que même des voyageurs privilégiés éprouvaient n'eussent pas réveillé les endormis des lendemains enchantés, voilà qui stupéfiait. Comme j'avais eu raison de résister aux sirènes ! J'ai apprécié dans les pays du Froid la confirmation qu'y trouvait mon scepticisme. J'y ai aussi découvert un sentiment qu'analysent peu les voyageurs : le soulagement d'être né français, et la gratitude — mais à qui adressée ? — d'avoir échappé au hasard historique ou biologique qui aurait pu faire de moi un enfant allemand sous Hitler ou un pionnier sous Staline. Un certain tourisme du taudis, des favelas, des bas-fonds me répugne. Les *beautiful people* chers à *Vogue*, il y a quarante ans, se vantaient au retour d'avoir découpé leurs savons en morceaux, à Moscou, pour mieux le distribuer…

Il me faut confesser un petit embarras de vanité : peu traduits en anglais et en espagnol, mes livres n'ont jamais connu de succès dans les pays anglo-saxons ni hispanophones. Je dois être un produit irrémédiablement français, inexportable. Ces constatations blessent, dont il n'est pas habituel de parler. Les vaniteux et les malins emploient un subterfuge : ils additionnent le catalan et le néerlandais, le romanche et le bas-breton, et ils arrivent à un joli total ainsi utilisé : « Traduit en douze langues », affirmation qui se garde bien de préciser combien de titres en chacune. Dans les ex-démocraties populaires et en URSS, au contraire, j'ai été assez largement accueilli. Le devais-je à une âpreté qui pouvait passer pour anti-bourgeoise, donc utilisable dans un système de propagande ? L'amitié d'Aragon m'ouvrit-elle des portes ? Je me posais bien entendu des questions. Mais il était tentant de considérer avec indulgence ces sociétés où, puisque l'obsession du profit capitaliste n'y existait pas, on pouvait choisir les écrivains à traduire et les publier sans souci obsédant de succès. Le succès ? Les chiffres de tirage, quand on pouvait en obtenir communication, donnaient un peu le vertige à un habitué des normes françaises. Détestant les séances de dédicace (peur sans doute d'y faire tapisserie, qui décuplait la courte honte de me mettre ainsi à l'étal), la seule qui m'offrit l'ivresse d'un triomphe eut lieu en 1986 dans une librairie de Prague. La traduction en tchèque de *L'Empire des nuages* venait d'être publiée. Quand j'arrivai à la librairie, avec un retard soigneusement calculé pour abréger le supplice, je vis sur le trottoir une queue d'une bonne centaine de personnes *qui m'attendaient*. Ahuri, un photographe de *Rude Praho* posté non loin de moi et qui paraissait effrayer les gens (d'une main négligente ils dissimulaient leur profil), je me mis à signer, signer, m'empêtrant dans les noms si difficiles à épeler. Bientôt le libraire annonça à la cantonade que, pour gagner du temps, j'allais renoncer à inscrire les noms. Seulement des hommages et ma signature... Mais certains me donnaient à dédicacer trois ou quatre exemplaires... La séance terminée, pendant le dîner qui la suivit, je posai quelques questions et pus interpréter ce succès. Je compris que, dans un système de pénurie, toute nouveauté venue d'Occident était bonne à prendre ; de plus, il fallait se presser : une partie du tirage allant aux « cadres culturels » et aux bibliothèques, il arrivait que quatre ou cinq jours après la publication d'un roman étranger celui-ci fût épuisé. Était-il bon ? La critique n'étant sans doute pas un modèle d'indépendance, elle n'avait pas évoqué en termes désobligeants mon roman. Les lecteurs parviendraient pourtant à y trouver un peu de l'idéologie de contrebande dont ils étaient friands. Je venais donc de vivre un épisode mineur et ordinaire du commerce des livres. Il n'y avait pas de quoi me monter la tête. Je jetai le lendemain un coup d'œil avide sur le catalogue et les programmes de mon éditeur, Odéon : la compagnie y était flatteuse. Ainsi un régime totalitaire et liberticide était en mesure de mener une politique de traductions cohérente, et même ambitieuse, en tout cas sans nul souci de rentabilité puisque le succès était garanti à la fois par les principes et par les failles du système évoqué. Chimères ? Illusions ? Je ne puis que constater comment, les régimes communistes jetés bas, les éditeurs condamnés à faire des bénéfices ou à disparaître renoncèrent soudain aux collections de prestige, à la poésie, à la « bonne » littérature et se tournèrent vers le porno mollasson qui assurerait leurs fins de mois.

Même sans être exagérément ombrageux, ni jouer les persécutés, il était difficile de ne pas sentir peser sur soi, en ces temps-là et dans ces pays-là, une attention cotonneuse et fermée. On vous soufflait à l'oreille de ne pas accepter, au restaurant, la table qu'on vous proposait. On vous fixait des rendez-vous au coin de deux rues. Le premier conseiller, dans son appartement du palais Buckoy, désignait les gypseries du plafond d'un index prudent et d'un air entendu quand la conversation dérivait vers les sujets brûlants. L'ambassadeur pestait parce que sa voiture, déréglée, avait dû passer deux jours chez le concessionnaire Peugeot de Prague et en était à coup sûr revenue truffée de micros. « Je ne peux même plus parler à ma femme... » Notre conseiller culturel me proposait soudain de me montrer « le petit-café-dont-je-vous-ai-parlé » et m'entraînait, étonné, jusqu'à une rue voisine parce qu'il préférait n'aborder qu'en plein air « certains sujets ». Délire obsidional ? Il gagnait vite le nouvel arrivant. Je ne voyais plus que visages tendus, regards gris, silhouettes furtives ou, au contraire, tassées dans le renfoncement d'un mur. Je repérai immédiatement, après une séance de lecture de mon roman à la Stepanska, l'auditeur frileux, patient, quasi invisible, qui au lieu de s'approcher du buffet et de se présenter attendait à l'écart, l'œil vite dérobé sous la paupière, l'imperméable kafkaïen, que le premier je lui fisse des avances. Une heure plus tard il m'entraînait à l'Europa, où tant de tables étaient occupées par des travelos agressifs, hommes maquillés à la Pierrot, ombres sans âge tombées d'une peinture d'Otto Dix et qui nous observaient, goguenards, résignés. Gagné par la méfiance généralisée je devenais à mon tour fouineur, suspicieux, enclin à chercher des poux dans la tête de mes interlocuteurs, en qui je voyais des policiers (je n'avais pas tellement tort) et contre qui je déployais le grand jeu des arguments « occidentaux ». Eux se croyaient obligés de jouer les marxistes inoxydables. Un silence et un sourire eussent mieux soldé nos différences. Notre guide-interprète, lors d'un premier séjour à Prague, s'appelait Mme D. Elle était une terrible dialecticienne. Sans doute croyait-elle un peu aux pures idées qu'elle défendait. Son mari, ou ex-mari, un musulman, était immergé quelque part au Proche-Orient : j'imaginais un de ces militants furieux et errants, un de ces Quichotte à barbe et à keffieh qu'on doit trouver dans les officines et les camps arabes comme on trouve d'honorables correspondants de la CIA ou de nos propres services dans les palaces placés au bord des dunes. Déjà, en 1950 — j'avais vingt-trois ans ! — revenant de Palestine, j'avais été « sondé » par un capitaine couleur de muraille, imperméable à l'humour. Je l'avais éconduit sans mal : son impression de moi n'avait pas dû être fameuse. Quant à Mme D., elle vint plusieurs fois nous rendre visite à Paris : elle me parut changée ; elle passait beaucoup de temps désormais en Allemagne fédérale et discutait moins passionnément mes préjugés réactionnaires.

À Tirana, Besnik Mustafaj m'était tout de suite apparu plus subtil. Pas de prédication dans son discours : nous parlions littérature. Il possédait une curiosité insatiable et une jolie culture : compte tenu des conditions dans lesquelles il vivait, il y fallait de l'acharnement. Plus tard, il vint à Paris, bénéficiaire de quelque bourse ou invitation. Vers onze heures du soir, à la maison, il me demandait s'il pouvait monter un moment dans le capharnaüm qu'il avait appris à nommer, comme nous, « la pièce aux livres ». Nous l'y laissions seul. Cécile lui avait donné deux ou trois sacs en plastique qu'il emplissait avec un grand discernement. Jamais je ne l'ai vu choisir un livre médiocre. À l'hôtel Dajti, en 1989, quand je descendais prendre mon petit déjeuner il était déjà là, à m'attendre en buvant des cafés et en fumant. Il souriait d'un sourire léger, vaguement moqueur ou attendri ; on eût dit un des *Vitelloni* de Fellini passé à la mode des cheveux longs. Quand, en 1992, après la « révolution démocratique » de Tirana, il fut nommé ambassadeur en France et auprès de l'Unesco, il coupa ses cheveux, renonça aux blousons, mais conserva l'habitude d'aller « faire son marché » dans l'inavouable cafourniau où chez moi s'entassent les livres. Dans la rue l'attendaient son chauffeur et la Mercedes de fonction. Cet ambassadeur de trente-cinq ans, qui faisait son métier avec une componction juvénile, m'évoquait les généraux de la Grande Armée au début de leurs aventures : ils devaient, nos sabreurs lancés à travers l'Europe, avoir ce doux regard carnassier et incrédule. Besnik était beaucoup moins payé qu'en France un pion de collège et ses enfants nc pouvaient pas toujours accompagner leurs copains à la piscine. Quand, après quatre ans passés à Paris, un nouveau bouleversement politique en Albanie ramena Besnik à Tirana, ce fut pour y retrouver l'eau qu'on ne peut tirer au robinet qu'à trois heures du matin, le téléphone branché ou débranché selon les caprices policiers, une peur vague, poisseuse, dont, avec dignité, il ne disait presque rien.

La première fois que j'allai en URSS j'eus le double sentiment de me trouver au cœur d'une puissance impériale et dans un canton isolé du monde. Je ne parvenais pas à voir dans le pays que je visitais, dans les Soviétiques qui me recevaient, la référence politique et humaine du communisme français. Je ne parvenais même pas à concevoir les naïvetés, les scrupules, les états d'âme : « retours d'URSS », retouches aux retours, retouches aux retouches, etc. J'essayais de percevoir, sous les apparences et les silences, la survie de l'homme russe, d'entendre les échos de musiques nées de cette terre et qui ne pouvaient pas y avoir été étouffées. Je cherchais Tchekhov, Tourgueniev, et même Nabokov, et je trouvais les officiers aux immenses casquettes plates, les trognes massives et muettes des officiels. Je me dérobais vite : ce n'était point là mon affaire. Je retournai là-bas après le commencement du dégel et la Perestroïka me parut être un intarissable monologue de Gorbatchev. Il expliquait, expliquait, commentait, argumentait : une chaîne de télévision paraissait se consacrer exclusivement à le montrer, pendant des heures, noyé de foule et de discours. Quelques années encore et je retrouvai Moscou au début de l'expérience *libérale* : insécurité dans les rues, arrogance des nouveaux riches dans les hôtels aux *lobbies* encombrés de gorilles boursouflés d'armes, et les couloirs dans les étages que ne surveillaient plus les impitoyables gardiennes de naguère, livrés à la titubation de petites putes aux yeux sales. Un couple d'amis fut agressé en pleine rue, à deux cents mètres du Kremlin, à midi, par sept ou huit voyous de treize ans, jetés au sol, volés, sans qu'un Moscovite détournât la tête. L'ancienne Maison des écrivains, où j'avais essuyé et réussi quelques exercices de langue de bois lors de précédents voyages, était devenue un restaurant coûteux. Hérissée de grues, la ville paraissait un immense chantier. On restaurait à grands frais les églises. Une visite à la veuve de Sakharov me donna l'impression d'une *représentation* du proche passé.

Je ne dilue pas ici des notes de voyage : je veux formuler la remarque suivante. Du temps de la passion communiste, les réussites de l'URSS étaient articles de foi. Victoire sur le nazisme, conquête du cosmos : la récolte était impressionnante. C'est du côté du bonheur et de la liberté qu'avait pourri le fruit. Cette pourriture-là, que l'« archipel du Goulag » illustrait, entraînait d'autres certitudes, à savoir la totale malfaisance du système soviétique. Un admirateur, au *Figaro*, des dessins de Faizant, était aussi solide dans ses convictions qu'aux États-Unis un agent de la CIA ou un sénateur républicain. Le communisme, avec ses ratages économiques, ses privilégiés, ses bagnes, ses règlements de forteresse assiégée, représentait le mal absolu. L'écroulement du mur de Berlin — quand Rostropovitch alla y jouer symboliquement je me rappelai, dans un sourire, le temps où il logeait chez Elsa et Aragon, rue de Varenne — et la déconfiture des démocraties populaires furent fêtés comme des libérations. L'euphorie régnait. À un système aberrant, méticuleux et inefficace allaient succéder les révolutions libérales et réalistes. Hélas, on s'aperçut vite que ces démocraties balbutiantes ne disposaient pas de cadres expérimentés. On ajouta donc un grief à la liste déjà longue : le communisme n'avait développé aucune pédagogie ; ses méfaits dureraient donc plus que lui. Puis, les années passant — j'écris ceci à l'automne 1998 — on vit la Russie rater son redécollage, partout à l'Est les nouveaux venus glisser à la corruption, accumuler les échecs, et peu à peu nous assistons au lent retour des communistes. Des drapeaux rouges flottent sur les défilés de mécontents ; une nostalgie fermente au cœur des affamés et des chômeurs. Alors qu'après la chute du Mur il semblait que l'expérience communiste dût à jamais susciter une répulsion stupéfaite, voilà que les ex-communistes (mais « ex » sera vite effacé) se faufilent au premier plan. Des ministres, ici et là. Et même un Premier ministre en Italie !

À Varsovie, au musée de la Vieille-Ville, aménagé dans plusieurs des maisons de la place du Vieux-Marché — laquelle a été restaurée dans un style pimpant qui n'est pas sans évoquer Port-Grimaud — j'ai demandé à une espèce de gardienne-chef, la cinquantaine, et de l'autorité, de m'indiquer sur un plan mural l'emplacement de l'ancien ghetto. Elle l'ignorait. Elle ignorait même le mot. « Ghetto » ? Son regard fuyait, elle ne voyait pas de quoi je voulais parler. Elle reculait, secouait la tête, disparut dans un couloir.

« La question la plus intéressante », a remarqué l'autre soir George Steiner dans une émission de Bernard Pivot, « est de comprendre pourquoi l'antisémitisme renaît dans des pays où il n'y a plus de Juifs (la Pologne) et apparaît dans des pays où il n'y en a jamais eu, comme le Japon… » Poser cette question, c'est placer le judaïsme très haut. C'est chercher les fondements de la passion antijuive ailleurs que dans la jalousie économique : dans une sorte de compétition spirituelle, de rivalité métaphysique et théologique. C'est tirer vers le ciel une haine bassement viscérale. Ce même soir Steiner disait que, les Juifs ayant inventé la conscience, ils ne peuvent pas s'empêcher de harceler les autres, qui en ont assez de se faire rappeler à l'ordre, au désordre, à la subversion, à l'exigence, à la véhémence — à l'intensité. L'antisémitisme serait né de cette exaspération. Les Juifs forment moins un « peuple d'élite, sûr de soi et dominateur » qu'une communauté qui se sait, qui se veut, par nature, exemplaire. Dans le *Untermensch* dont les affublaient les nazis il y a comme une folie, une rage, une réduction furieuse, extravagante. Car l'énigme qui affola les inventeurs de l'holocauste est l'exemplarité de ses victimes. Les misérables moribonds en pyjamas rayés, dont les lunettes et les godasses formaient des tas de trophées dérisoires, furent plutôt, dans l'humiliation et la mort, des surhommes, et le souvenir de leur orgueilleuse soumission, depuis un demi-siècle, n'en finit plus d'écraser les assassins. Nulle vengeance n'aurait pu être plus décisive, ni tomber de plus haut. La polémique rampante du nouvel antisémitisme laisse entendre que — « les Juifs » occupant une place disproportionnée dans la presse, les télévisions, le spectacle — la Shoah, de « détail de l'Histoire » qu'elle était, est devenue le thème récurrent, omniprésent, obsédant de ces trente dernières années. Les antisémites ne comprennent pas que chacun de leurs lapsus est en vérité suscité par cette exemplarité du judaïsme, à laquelle ils apportent hommages et légitimité. La première fois que nous allâmes en Pologne après les bouleversements politiques, le Pen Club polonais, récent ressuscité, nous reçut, Cécile et moi, dans un local vétuste et vide. Où étaient les belles Maisons des écrivains d'antan ? Seul le « comité » nous recevait : cinq ou six nouveaux venus aux allures de fantômes. « Une surprise ! » s'écria l'un d'eux en brandissant une bouteille de vodka. Je la regardai de près : une étoile de David signifiait qu'elle était *kasher*. Dérision ? Provocation ? Je me le demandai et observai les visages qui nous entouraient.

« Mais je suis *goy* ! dis-je en riant.

— Nous savons, nous savons… »

Le vice-président avait sorti un tire-bouchon et ouvrait la bouteille. J'aurais pu penser à la remarque de Steiner si les dates eussent été différentes. « Combien reste-t-il de Juifs en Pologne ? demandai-je.

— On ne sait pas au juste… Les statistiques… »

Nous bûmes à la Pologne, à la littérature. Arrivés à la France et à la Paix nous nous aperçûmes que la bouteille était vide.

Pourquoi ai-je gardé de cette rencontre un souvenir un peu embarrassé ?

Duché d'Uzès

La marquise de Crussol, de son Duché d'Uzès, où sur le donjon flottait une oriflamme à ses armes quand elle était chez elle, considérait l'Uzège comme son fief. Il y avait en elle de la souveraine quand elle annonçait sa visite sans se soucier que l'on fût libre et disposé à l'accueillir à son heure. Elle arrivait, curieuse, volubile, et me posait des questions sur « ce Pompidou » qui lui plaisait bien. Elle lui trouvait un genre IIIe République, à ses yeux le meilleur. Elle avait donné le ton : ces visites entre castels se multipliaient, à la franquette, entre gens qui ne se souciaient pas de savoir qui était vassal et qui, suzerain. C'est ainsi que Mme Chevrier de l'Homme, qui habitait une bastide à deux tourelles étrangement couvertes de tuiles vernissées, genre bourguignon, à dix kilomètres d'Arpaillargues, téléphona pour s'annoncer.

Elle arriva vers la fin d'une matinée d'hiver à la lumière coupante. Un très jeune homme l'accompagnait, vêtu de blanc, d'une beauté courtoise et douce. Elle le présenta : « Mon neveu François-Marie, que j'ai pris la liberté d'amener… » Il ne ressemblait pas à celui qui fut plus tard le Tadzio de Visconti, dans *Mort à Venise*, et c'est pourtant le blond Polonais en costume marin que j'évoque quand je me rappelle cette première apparition de François-Marie B. Oui, très beau. Seize ans ?

Je le retrouvai peu d'années plus tard à Paris, traversant des vies qu'il troublait. Aragon en fut bouleversé. Bernard Privat, un soir, oublia un dîner que lui-même, chez lui, donnait. François-Marie fut romancier, auteur dramatique, il administrait des relations publiques et des disparitions secrètes. Je le vis un jour entrer en rafale chez un chemisier-tailleur de bonne réputation ; deux amis l'accompagnaient, fouineurs, rieurs, mal élevés, qui avaient l'air de ses valets d'armes. Les yeux impérieux posés sur un horizon de cachemires et de popeline, F.-M. B. fit pointer son cheval, qui pivota sur les postérieurs et repartit, de pied ferme, au galop, vers le square Boucicaut où voletaient des feuilles rousses.

Il devint photographe, peintre. Il risquait des confidences effarantes. Il tuait très gentiment qui lui avait manqué. Il possédait ce second regard qui semble prolonger le premier et en poursuit la percée ; le regard des sourires rentrés ; le regard de qui ne craint pas d'être observé de trop près. Il ne laissait pas son interlocuteur rompre les chiens, qu'il excitait plutôt à aboyer. C'était un plaisir de le voir dans un lieu public : il paraissait chasser sans cesse, il adressait à des inconnus, qui n'en paraissaient pas offusqués, des œillades prometteuses, ou domina trices ? ou amusées ? Elles laissaient un sillage de rêves quand nous nous levions pour partir.

F.-M. B. n'a joué aucun rôle dans ma vie. Je l'ai vu vingt fois. Je ne l'évoque ici que pour expliquer cette curiosité qui m'a souvent tenu lieu de sympathie : elle me permettait de juger vite et de me constituer un capital d'images. Comme j'ai toujours pris du plaisir à raconter les lieux, les gens, les rencontres cocasses et que j'avais tôt compris qu'il faut raconter gaiement, on me fit une réputation de vacherie où je me reconnais mal. F.-M. B., qui donne de grands coups d'aile au passage, est un bon personnage à dessiner. Je me suis souvent demandé en quoi consiste vraiment l'insolence. Si elle doit ne s'exercer qu'aux dépens des riches, des grimpeurs transis et des fournisseurs, elle n'est pas une pratique honorable. Le mot dandysme et les laborieuses légèretés qui le garnissent me paraissent mariner dans le même tonneau que l'insolence. F.-M. B., à propos de qui il arrive sûrement qu'on emploie l'un pour l'autre, indifféremment, les deux mots, ne les mérite pas : ce qui le distingue ? Le charme. Mais pensez, des costumes blancs ! Tom Wolfe est devenu célèbre pour moins que cela. Je voudrais, de proche en proche, évoquer les maisons où j'ai rencontré F.-M. B., les gens qui étaient là — ceux qu'il snobait et ceux qu'il séduisait —, ceux qu'il prenait en photo, ceux qu'il rassurait, de loin, d'un bon coup d'œil assassin. Oui, de proche en proche. Je rêve d'une mémoire qui se déroulerait comme la pellicule d'un très, très long métrage. On partirait d'un personnage quelconque

— non : plutôt doué d'un peu de magie — et l'on glisserait de lui à d'autres, d'autres à d'autres encore, dans un sinueux, inépuisable cheminement. On raconterait peu à peu toute la vie d'un milieu, d'une époque, et l'on serait parti d'une silhouette — ce jeune homme vêtu de blanc —, d'une sensation — le dur matin dans le soleil d'hiver —, d'une phrase — « j'ai pris la liberté d'amener mon neveu… » La vie est là simple et tranquille… On entre dans l'histoire du monde par d'étroites lucarnes.

Honneurs

Le sujet est périlleux. Je tiens pour évidence qu'il faut offrir les fauteuils aux vieilles fesses, passer les cravates si longtemps espérées aux cous que sculptent les fanons. Les plaisirs de vanité, les titres, les signes extérieurs de réussite, une bribe de pouvoir, la droite à table, l'envieuse déférence des faisans et les ricanements des perdreaux : ce sont les consolations proposées aux humains quand pouvoir de séduction et force génésique s'épuisent. Je ne peux pas voir, dans une circonstance officielle, le petit groupe des notables, sans imaginer quelles misères cachent les visages bien composés. À moins que longévité et solidité ne soient à la fois l'explication et le bénéfice de la réussite. Mieux vaut ne pas dénigrer les honneurs dans un style trop simpliste quand on est encore au premier versant de sa vie. Que dirait-on de vieillards qui refuseraient aux jeunes gens le droit au plaisir, aux voyages, à la fête ? La fête des vieux est cette comédie de l'importance, cette valse lente des privilèges, importance et privilèges conquis, après tout, oui : conquis sur et avec le temps. Ils méritent autant de respect que les prouesses de l'âge tendre. Indulgence envers les fièvres de la jeunesse ; moquerie et sévérité pour celles de l'âge : ce double langage est injustifiable. Je ne fais pas de différence entre la jeune femme, nue sous sa robe, qui attend, un soir de juin, son amant, et l'académicien en habit vert que son épouse, au volant (arrive-t-il, aux feux rouges, que les passants rigolent ?), dépose un jeudi d'automne dans la cour de l'Institut. Tous deux, la femme seule et libre, ivre de son pouvoir de prendre et de donner du plaisir, et le vieil homme brodé, doré, emplumé, qui rejoint les complices de son club, doivent être enveloppés de la même connivence, et d'amitié. J'aime la liberté de l'amoureuse et j'aime, du même cœur, le rituel auquel va sacrifier l'homme vert. Pourquoi un plaisir serait-il de plus fine ou grossière qualité que l'autre ? Et pourquoi ne pas comprendre que les honneurs sont un plaisir ?

À quinze ans, je me disais : « Écrivain ? Bon, j'y arriverai peut-être. Mais quel écrivain serai-je ? Maudit, officiel, laborieux, fracassant ? Bouvier ou torero ? Lièvre ou tortue ? » Je me faisais si peu d'illusions sur mon héroïsme que je concevais que l'attrait d'une niche pût me troubler un jour. Quelle niche ? La modestie de mes origines et le style de mes amis me désignaient sans nul doute pour les ambitions académiques. Ce n'était pas viser trop haut. Je craignais de ne jamais parvenir à être l'écrivain que j'espérais, mais, dès lors que j'aurais conquis le *statut*, accroché à mon cou l'étiquette, il me semblait que je pourrais faire un candidat acceptable. Et pourtant jamais cette hypothèse ne prit corps dans mon imagination. À cinquante ans comme à quinze, l'envie de me « présenter » me resta étrangère. J'avais là-bas tant d'amis, et si proches, que l'on m'entrouvrit la porte. Je n'eus envie de la pousser que pendant quelques jours. Je me souviens (vers 1976 ?) d'une conversation avec Maurice Druon, dans le beau rez-de-chaussée qu'il habitait alors dans un hôtel de la rue de Varenne. Je me souviens aussi d'un déjeuner d'hommes qu'organisa Maurice Rheims, chez lui, autour de Jacques Soustelle. Et, beaucoup plus tard, d'une visite amicale de Bertrand Poirot-Delpech. Cette dernière conversation fut plus irréelle que ne m'avaient paru les premières : j'étais membre de la « Société des Goncourt » depuis longtemps, et j'en étais même devenu le président ! La quitter et frapper six mois plus tard à une autre porte eût été bien peu convenable. On m'a cent fois posé la question : « Pourquoi n'êtes-vous pas académicien français ? » (On aurait dû me demander : « Pourquoi n'avez-vous pas été candidat ? ») La réponse est simple : je n'ai jamais été tenté — sinon pendant une semaine en un quart de siècle — de m'approcher davantage d'une compagnie que je respecte, dont je tutoie vingt membres, mais au sein de laquelle je n'avais pas vocation à me dissoudre. Mon cheminement social a été, vécu de l'intérieur, assez divertissant. Je n'ai pas éprouvé le besoin de le couronner par la pompe académique, laquelle ne me paraît pas être la plus puissante séduction de l'Institut. L'anar, en moi, l'emporte souvent sur le policé. Au reste, quémander, quelle corvée ! Poser sa candidature ? Il faut beaucoup de modestie pour solliciter un suffrage, et beaucoup d'outrecuidance pour considérer qu'on le mérite. C'est trop ou trop peu. Pourquoi demander à tel ou tel, dont peut-être on conteste l'autorité, de vous apporter son soutien ? D'ailleurs en voilà assez sur le sujet. Je flaire trop de sérieux et de bonheur dans la parade académique ; elle doit receler des délices que j'ignore. La rhétorique autour de l'*immortalité*, en particulier, mobilise trop d'humoristique suffisance ; il faut réserver cette aventure à qui la désire fortement. Heureux les amateurs qui trouvent de la saveur à la compétition et à la satisfaction académiques. Je suggère à nouveau la comparaison : toutes les fois que je vois entrer sous la coupole, en grand arroi, et au son du tambour, la troupe des académisés, ma pensée vole vers cette jeune femme évoquée ci-dessus, plus nue que nue, qui m'attendait, autrefois (moi ou un autre), dans un appartement aux volets tirés — il me semble que c'était toujours le début de l'été — en écoutant au loin la rumeur des rues, et ces minuscules craquements et soupirs que font les glaçons quand ils fondent.

Je ne dois qu'à mes livres le peu de notoriété dont je dispose. Sans les mettre au service de grandes querelles, je ne les ai, je crois, jamais dévoyés. Je leur ai demandé de m'aider à mieux vivre, plus intensément, et de formuler des anxiétés ou des exaltations vitales. Cette ambition m'interdisait, m'a-t-il semblé, de faire du labeur littéraire un marchepied vers une prééminence mondaine. Quel rapport entre *Un petit bourgeois* (1963) et la gymnastique sociale à laquelle j'eusse pu me livrer dix ou douze ans plus tard ? J'ai vu des gens mépriser la « gloi-gloire », comme l'appelait Montherlant (qui la courtisa), et se livrer à toutes sortes de contorsions pour en rafler une assiette aussi pleine que possible. Ces inconséquences ne me tentaient pas. (Tout cela doit être pris, bien sûr, avec des nuances et de l'humour : le plus vertueux des humains s'offre parfois des contradictions : on accepte une caresse, une flatterie. Je veux simplement marquer que je n'ai pas voué beaucoup d'efforts à l'ambition. J'ai la modestie trop à vif.)

Société littéraire des Goncourt

Il y a quarante ans, Mme Colette, Jules Renard, Huysmans, Jean Giono, et même Léon Daudet — plus tard j'aurais pu citer Queneau et Aragon — me paraissaient faire partie, dans une familiarité mystérieuse et qui défiait le temps, d'un club d'autant plus estimable que ses usages avaient de la bonhomie, peu d'ostentation, et, surtout, interdisaient toute candidature à ceux vers qui ses membres avaient tourné les yeux. La cooptation, méthode froide, me plaît. Au printemps 1977, ayant reçu un appel téléphonique d'Hervé Bazin qui me demandait si, élu, j'accepterais cette élection, je répondis oui et attendis. Un murmure parvint sans doute à franchir un silence bien gardé, car je subis les démarches de deux vieux amis me déconseillant d'accepter et m'adjurant — mais oui ! — de me placer en réserve de la grande chasse académique. Je ne tins pas compte de leurs conseils et objurgations et, un jour d'avril 1977, l'AFP m'annonça mon élection. Aucun écho n'avait paru : telle est l'idée que nous nous faisons de ces étapes dans le cheminement d'un écrivain.

J'aurais pu, d'évidence, repousser Bazin et me tenir à l'écart. Pourquoi ne l'ai-je pas fait ? Pour deux raisons, me semble-t-il. Je dois tout aux livres et leur ai beaucoup donné : membre de la Société littéraire des Goncourt — c'est son juste nom — je restais dans la logique de ma vie. Je suis un homme pour qui les livres passent avant tout le reste : je ne m'en vante pas, c'est ainsi. L'autre raison tient à ces noms cités ci-dessus, en particulier les deux derniers : Queneau et Aragon. Aragon, en 1968, démissionna, non pas « pour moi » comme on l'a dit, mais quand même dans la chaleur d'une bataille de mots, de procédés, de passions où j'étais impliqué. J'avais envie, étrangement, de saluer Louis en venant m'asseoir à cette table qu'il avait quittée en tumulte et tempête. Neuf années avaient passé. Quand il apprit mon élection il m'appela aussitôt. Il feignit une stupeur sarcastique, mais plutôt gaie, bien que son ton me parût un peu affecté ; trois fois avant le soir il renouvela son appel et me parla dans les mêmes termes. Il avait oublié ses précédents appels. L'autre absent était Raymond Queneau que je remplaçai. Je ne le connaissais pas : il m'intimidait. Mais il avait été un grand ami de Mario Prassinos, ce qui à mes yeux valait garantie.

Quand j'acceptai — avec joie — cette élection, savais-je quelles polémiques, mises en cause, accusations, soupçons empoisonnent presque chaque année l'attribution du prix Goncourt ? Oui, je flairais ou connaissais tout cela. J'avais compté, du temps où j'étais chez Denoël, puis à *La Parisienne*, les huit prix Goncourt attribués en dix ans (1949-1958) aux Éditions Gallimard. Plus tard j'avais regardé se développer la « reconquête » de la compagnie par le tandem Bazin-Lanoux. Reconquête qui, dans son développement et sa logique, devait aboutir à la menace de nouvelles hégémonies, plus mouvantes et incertaines il est vrai. Cet état de fait, moins décelable et établi qu'on ne le croit, devait-il suffire à m'écarter ? Je me le suis parfois dit, dans l'exténuement d'un lundi de novembre. Mais, resté à l'extérieur, on perd le droit et le pouvoir de juger une institution. Mon vieux goût de réformer ce et ceux que j'aime a trouvé à s'employer autour de notre table de chez Drouant. J'y apprécie, comme fit Malraux un jour de l'automne 1953, au cinquantième anniversaire du Prix, que nous nous retrouvions « entre nous », loin des ducs, maréchaux et prélats qui ont de tout temps hanté la Coupole (catégories auxquelles je voue la plus courtoise déférence), fidèles en cela à la volonté d'Edmond de Goncourt qui voulait qu'on fût « hommes de lettres, rien qu'hommes de lettres ». De l'intérieur, il est toujours possible de réorienter et améliorer une institution. On élit de nouveaux membres, on équilibre les tendances. Trois femmes siègent parmi nous au lieu d'une seule il y a quinze ans ; les écrivains de langue française mais de passeport étranger peuvent désormais nous rejoindre ; nos statuts sont assouplis. Bricolage ? Au moins est-il accompli dans une discrétion bon enfant. Quant à la tarte à la crème — qui est aussi, en langage de journalisme, un marronnier — des pressions que nous sommes supposés subir, et que nous subissons, je suggérerai cette excellente recette : il suffit de leur résister. L'humour, un peu de sécheresse et l'honnêteté peuvent solder ce compte-là. La quasi-totalité des éditeurs nous fiche la paix ; deux ou trois seulement nous caressent ; un seul nous harcèle. Telle est du moins la situation en cette fin de 1998 où j'écris cette page. À quoi bon s'étendre sur un sujet usé jusqu'à l'ennui ? Je me rappelle un déjeuner, en 1977, au Véfour, avec Michel Déon et Jean d'Ormesson. Déon me dit : « Vous avez accepté de siéger au Goncourt ? Vous allez en prendre plein la gueule... » Sur le moment je le compris mal. Vingt ans écoulés, je comprends à quelles sources s'abreuvait son pessimisme. On ne s'habitue pas, quoi qu'on dise, aux injures. On ne se bronze pas. Au moins peut-on, en s'astreignant à ne jamais répondre, à ne jamais se justifier, à ne jamais se mettre en situation de vulnérabilité, canaliser le petit torrent de boue qui salit de temps à autre la vie littéraire. Il est vrai que l'accusation de corruption contamine toute la vie publique. Du Comité olympique à la présidence du Conseil constitutionnel, du commerce des armes à celui des idéologies, des associations aux grandes banques, des commissaires-priseurs aux maires, des clubs de football aux cliniques privées, rampe et s'enfle une rumeur infâme. La calomnie pue tout autour de nous.

Sont moins vulnérables, dans la société littéraire,

les riches. Fortune personnelle ou succès un peu éclatant écartent, avec de la chance, les murmures et accusations. Malheur au vieil auteur stérilisé par l'âge, au critique maintenu en activité par la pitié intéressée d'un « groupe » où presse et édition voisinent et s'entraident. Le plus naïf ne peut plus croire au prix qu'on lui offre de son *talent*. Le vrai danger, non pas de corruption mais de complaisance — la nuance est mince — est dans cette tiédeur de coin de feu qu'un éditeur peut assurer à un crépuscule professionnel. « Acheté », « vendu » ? Les mots sont lourds pour ces sucreries, cette illusion un peu trop prolongée. Toutes les professions ne connaissent pas ces fins de carrière aux amertumes assoupies, assourdies, par un statut et des privilèges indûment prolongés. Les rapports, dans « le papier », ont toujours été faussés par ces accommodements, cette patience : les réputations y durent plus longtemps que le talent qui les a méritées. Il faut un peu de cynisme ou beaucoup d'indifférence pour ne pas troubler la limpidité des apparences.

Je ne dirais pas l'essentiel si je ne parlais pas de l'amitié. J'en ai trouvé beaucoup dans notre compagnie si disparate et remuante. Certains liens ont été créés par le compagnonnage, d'autres ont été à l'origine d'une cooptation. Il me semble que la plus sûre vertu de notre groupe est que nous ne possédons aucune vanité en commun. L'absence, entre nous, d'apparat, de rites, d'esprit de corps, assure à nos rapports la souplesse souhaitable, et fortifie la saine habitude de minorer nos vertus plutôt que de les affecter d'un coefficient de majesté. Nous ne souffrons d'aucune dilatation de l'être collectif. C'est à peine si les attaques dont nous sommes la cible échauffent un peu notre résolution de durer.

Indiennes

Je ne dois pas grand-chose aux voyages : l'incipit célèbre de *Tristes Tropiques* me comble. Je fouille ma mémoire et n'y trouve que quelques images, à peine de paysages, le souvenir de gênes intenses, ma hâte comique d'en finir, la façon que j'avais de compter les jours. Ciels gris et odeurs jaunes d'Afrique, minables et interminables *suburbs* d'Amérique, comme j'ai détesté l'*évidence* de ces lieux et moments de l'aventure humaine que le voyage me révélait contemporains, simultanés, caillots bouchant mes veines, étouffant mon cœur ! Parfois, au théâtre ou au cinéma, dans des situations où je me sens à la fois prisonnier d'une éphémère communauté et libre de laisser vaguer mon imagination, la pensée m'obsède, soudain, qu'en ce même instant plusieurs milliards d'existences font à la mienne une concurrence si écrasante que le sens de ma propre vie en est ridiculisé, anéanti. Un écrivain de ma génération — nous dessinâmes sans doute côte à côte des femmes nues, à la Grande Chaumière, quand nous avions dix-sept ans —, Jacques Lanzmann, composa sur ce thème une merveilleuse chanson : « Et moi et moi et moi... » J'espère qu'elle l'a rendu très riche. Dans mes échappées — sur la scène ou l'écran des *fictions* proposent leur réalité dérisoire, les voix se perdent, les images se diluent — je cherche à fixer dans l'immense maelström une vie, ou une autre, minime ou magnifique, celle d'un cantonnier brésilien ou d'un prince d'Arabie, et j'invente autour d'elle des détails émouvants ou révoltants, j'accumule les précisions, les hypothèses, jusqu'à rendre absurde le sentiment de ma présence au monde. Quelle présence ? Quel monde ? Les voyages ne m'ont rien apporté de plus que cette irréalité fondamentale. Pas besoin d'exotisme. Un train dans la banlieue de Londres, un village au fond de la Drôme, une ruelle dans la poussière jaune du Caire — et l'épaisseur inimaginable du monde se colle à moi et m'entraîne au fond d'une noyade vertigineuse.

Quelques images surnagent-elles, qui aient nourri ma singularité ? Qui m'aient *isolé*, au lieu de me pétrir dans la pâte anonyme des hommes ? Au Chili, les jeunes eucalyptus, au bord des rivières, ont un feuillage presque bleu. Voilà qui me paraissait autrement important que la maison de Mme Gabriela Mistral qu'on me faisait visiter. En Inde, dès notre arrivée, à Delhi, vers la fin de la nuit, quand j'avais vu, dans une obscurité qui ressemblait aux couvre-feux de la guerre, les centaines de sacs et de valises posés à même le ciment, sur lesquels les voyageurs devaient marcher comme sur un sol tourmenté et mou, pour en extraire leur bagage, j'avais eu l'intuition que mon obsession de toujours, saisir le fil et le sens de ma vie la plus intime, allait être mise à mal par les lois de la multitude. Sans parler d'une espèce de fatalisme dont le comportement des employés de la douane donnait une image fascinante. Vêtus, hommes et femmes, d'anciens manteaux militaires aux cols relevés, ils contemplaient, dressés sur de petites estrades, la foule, les files d'attente, le monceau des bagages abandonnés, avec des regards sombres, brillants et doux. Une mélancolie planait dans la nuit pleine de cris, imprégnait les comportements, ruinait l'ordre ordinaire des servitudes et des règles. Parfois, un des fonctionnaires attrapait au hasard un des cent formulaires tendus à bout de bras par les voyageurs et il y apposait, sans abaisser les yeux, un coup de tampon. « *Your file, Sir ?* » Les documents que j'avais remplis dans l'avion, avec quel soin ! furent tamponnés, paraphés, chiffonnés et nous nous retrouvâmes derrière une barrière où nous attendaient les envoyés de l'ambassade. À quatre heures du matin ! Dans le rayon des phares j'aperçus les vaches déambulant lentement entre les autos et les camions.

Radah Kapoor, notre interprète et guide, se vêtait selon les circonstances en sari ou en *jean*. Elle parlait un français parfait. Je découvris bientôt qu'elle avait voyagé en France, et même assisté à je ne sais plus quel séminaire à Cerisy-la-Salle, cette demeure du Cotentin où Anne Heurgon, fille de Paul Desjardins, avait repris la tradition des « décades » de l'abbaye de Pontigny. Nous évoquâmes Cerisy à Fatehpur Sikri, et soudain les fantômes de Gide et de Mauriac, le souvenir de Clara, de Barthes, de Berne-Joffroy, des Arland, surgissaient au bas des remparts d'où les plongeurs, pour quelques roupies, se jetaient, comme du toit d'un immeuble, dans l'ouverture octogonale d'une citerne enterrée au pied de l'escalier de la Sublime Porte.

Les villes indiennes où tant de spectacles m'émouvaient, comme le lent retour solitaire des vaches, le soir, vers la maison de leur propriétaire où une couverture serait posée sur leur dos, ces villes où, malgré la densité de la foule, il est si rare de croiser un regard, instillèrent en moi, jour après jour, la peur de la *contamination*. Peut-être tout vint-il des enfants qui mendiaient : lépreux, estropiés, ils assiégeaient la voiture où je me recroquevillais pendant que Radah les chassait à grands cris. On avait, malgré la chaleur, remonté les vitres, auxquelles les gosses collaient les moignons de leurs bras. Comme ils n'avaient plus de mains pour saisir les billets qu'ils espéraient, il fallait les leur glisser dans la bouche. Ils étaient dix, vingt, autour de la vieille Morris dès que nous nous arrêtions, bouches ouvertes sur des supplications, chairs rongées ou croûteuses, regards noirs et fous. Il me sembla bientôt qu'une multiforme infection était répandue sur les villes. « Moi, me murmura un ambassadeur, chaque matin avant toute autre obligation, inspection des mains et des ongles du personnel… À l'office, tous en rang .. Ne mangez pas de salade, malheureux ! » Au bord des routes je ne pouvais pas détacher mes regards des hommes accroupis en train de chier, ou, de loin en loin, des grands vautours qui se disputaient une charogne. Les plus chanceux s'envolaient lourdement, un bout de chair rouge accroché au bec. Je pensais aux Tours du Silence, avec leurs cadavres enveloppés dans un treillage de fer afin que les rapaces n'en arrachent que des morceaux de taille modeste... Mon éternelle songerie de mort, que la vie en France apprivoise, que les décors familiers *patinent,* qu'un peu d'humour suffit parfois à rendre supportable, l'Inde l'exaspérait. Je ne voyais dans les personnalités qu'on me faisait rencontrer que les rescapés d'un multiforme pourrissement. Partout, maniaque, je cherchais des robinets pour me laver les mains. Je m'éloignais avec un frisson des vitres de la voiture où les membres mutilés des mendiants avaient laissé des traces, comme de l'escargot sur la pierre. Le soir, quand je me déchaussais, je touchais mes souliers avec répugnance. Il me semblait avoir tout le jour piétiné des agonies. Je ne mangeais plus que du riz à l'eau et détournais les yeux des buffets multicolores dont les mauves, les verts, les jaunes tendres cachaient pour moi tous les poisons de l'Orient. Ce voyage-là, nous l'interrompîmes : je ne quittais plus ma chambre de l'hôtel et le médecin, silencieux ou volubile, mais de toute façon incompréhensible, restait à mon chevet tout le temps qu'il ne passait pas dans notre salle de bains, portes ouvertes, à pisser ou à baisser culotte. La Nivaquine, dont j'avais abusé, me dispensait des cauchemars peuplés de singes — les singes hurleurs des jardins du Taj Mahal ? —, de monstres, de vautours à lippe rose. Nos quelques visites dans des villages, les paysages si doux, si parfaits, que nous avions découverts dans la campagne indienne, m'apparaissaient comme des mirages ou des tromperies. Je retrouvai des forces pour aller faire le siège des compagnies aériennes et ne me détendis qu'après avoir obtenu deux passages sur un vol de la Lufthansa.

Il y a de tout cela près de vingt ans : les souvenirs de l'Inde sont, au fond de moi, de plus en plus harmonieux et troubles.

Fêtes

Les fêtes doivent être tristes. Ce qui ne signifie pas ratées, ni languissantes. Elles doivent, pour le combler, déchirer un peu le cœur. Rappelez-vous l'admirable bal du *Guépard* dans le film de Luchino Visconti : sans doute le plus long, à coup sûr le plus beau de l'histoire du cinéma. Est-il triste, ou simplement somptueux, juste, réaliste, épuisant ? Ne le croyez pas assombri parce que, dans la rue, un prêtre porte les derniers sacrements à un agonisant ; ni parce que la salve d'un peloton d'exécution déchire le silence de l'aube ; ni même parce que le prince Salinas se découvre un vieil homme au miroir où l'a fait se pencher une fille trop ardente. Le bal du *Guépard* — une cassette du film m'attend dans chacune des maisons de Cadet-Rousselle — est pénétré de la tristesse de la nuit, des musiques endiablées, des robes qui se fanent, des hommes qui suent, de la laideur qui reconquiert au fil des heures les visages dont tourne le maquillage. Autre valse. Vous rappelez-vous la scène où l'on voit des jeunes filles du gratin sicilien trépigner et piailler sur un pouf géant ?

« Des singes... », murmure le prince. Vient toujours un moment, dans les fêtes, où se déchaînent les singes. Où réapparaît le cul rouge des singes. C'est alors qu'une blessure, à peine : un avertissement nous rappelle que la nuit va finir, que la vie est brève.

Ma jeunesse a ignoré les belles relations qu'on se faisait au rallye Dumont-Delafolle ou Chapout-Esclissac, marchés ambulants où la bourgeoisie exhibait ses produis frais, à la fois jetés à la convoitise des jeunes hommes et surveillés de près — jamais d'assez près. Plus tard, Dieu me pardonne, j'ai imposé à notre fille, le temps d'une saison, cette foire aux minois et aux sacs. Elle s'est vite échappée. Mon adolescence a hanté les surprises-parties du samedi soir dans les immeubles haussmanniens, tapis roulés, commissariat averti, voisins amadoués, « le petit secrétaire en vernis Martin » planqué dans une chambre du fond où les parents eux-mêmes s'étaient réfugiés, ne risquant toutes les demi-heures une sortie que pour rallumer quelques lampes que le slow avait éteintes, et mesurer le degré d'alanguissement de Colette ou de Minouche, filles de la maison, entre les bras des garçons. Que les autres fussent des gourgandines la famille s'en fichait bien, comme s'en fichaient les mères de garçons : Je sors mon coq, rentrez vos poules ! glapissaient d'honorables dames de Passy ou de Monceau. Les gourgandines, bien sûr, avaient la cote. Que de manœuvres pour attirer telle ou telle sur le lit où s'entassaient les vêtements des invités, et pour la bousculer dans l'odeur d'hiver et de mouton des universelles canadiennes ! Oh, les baisers ! Les plus malins d'entre nous visaient non pas les mauvaises réputations mais les bonnes, Colette, Minouche, plus acharnées à s'encanailler, sous les airs angéliques, que les dévergondées.

Je n'ai connu quelques vrais bals qu'à l'âge où l'on apprécie qu'un second orchestre, au bout de l'aile ouest, du côté de la roseraie, joue pour les vétérans des tangos et des valses. Mon plus beau souvenir est celui du dernier bal que donnèrent Marie-Hélène et Guy à Ferrières.

....

Voudrais-je illustrer quelques aveux risqués, et alourdir mon dossier, je ne m'y prendrais pas autrement. Avant d'avoir appris à me taire, il m'est arrivé, quand la conversation, devant moi, prenait une profondeur trop vertigineuse, ou exprimait de grandes délicatesses, ou témoignait de fines préoccupations humanistes, il m'est arrivé, donc, de mal contrôler mon dérapage (ou de le feindre) et de me jeter dans le décor. Confidences, hâbleries : j'abondais dans ce qui pouvait donner de moi l'image la plus détestable à mes interlocuteurs. Leur réprobation était navrée, glaciale. Passé un court flottement (ce que je racontais était souvent plus distrayant que les grands sujets que j'avais résolu d'écarter), je me sentais condamné. Lancé dans mes affaires de boum et de bal, ne suis-je pas en train de me comporter pareillement ? J'ai toujours éprouvé de la répugnance pour l'étalage des bons sentiments. Adolescent, j'avais un ami, habitant non loin de chez moi pour la commodité, qui n'était pas mon souffre-douleur mais une cible sur laquelle j'allais m'exercer au cynisme. Son seul rôle était de m'écouter déparler et de mollement protester. Il y a bien des années que j'évite les occasions de divaguer. Il m'arrive pourtant de sentir une ivresse me saisir et de m'entendre canarder mes interlocuteurs de pures provocations. Face à des jeunes gens, par exemple, qui sont souvent des interlocuteurs fermés et agressifs, je ne cherche ni à les convaincre ni à pulvériser leurs arguments, mais seulement à leur être aussi antipathique et étranger que possible. La même situation, qui entraîne la même politique du pire, peut se reproduire en face de gens à idées, d'abbés, de militants, d'avant-gardistes, de femmes entre deux âges, d'adversaires politiques. Adversaires ? S'ils savaient…

J'ai mis en scène une fête dans un roman. *L'Empire des nuages*, je crois. Je me suis juré que ces souvenirs ne me seraient pas un prétexte à relire d'anciens livres, confort un peu poisseux que je ne me suis jamais offert, même soucieux de ne pas me *répéter*. Je me répète, pour sûr ! Au moins est-ce sans l'horrible bricolage qui consiste à « reprendre » une approximation heureuse, une formule bien ourlée. Le réemploi gâche l'architecture littéraire. Toujours est-il que cette fête m'embête, que j'avais située dans un château de l'Uzège qui tenait à la fois de la Bastide d'Engras et de la Capelle-Masmolène, deux des demeures successives de Paul Hanbury, le même qui nous avait vendu Arpaillargues. Il y avait, dans ma scène de roman, des souvenirs du bal de Ferrières, et bien sûr des inventions. Mais les inventions ont raciné dans ma mémoire à laquelle je les prête volontiers. Ainsi, ces violonistes tsiganes debout sur chaque marche de l'escalier et qui accueillaient les invités : réalité. Mais les gens obligés d'abandonner leur voiture dans le parc, tant la file d'attente était longue, et coupant au plus court, par les pelouses, les dames tenant leurs chaussures à la main, cela, l'ai-je inventé ? Souvent, il m'arrive de raconter, comme des anecdotes vécues, des épisodes que j'ai écrits, ou seulement contés plusieurs fois déjà, chaque récit ajoutant un détail à l'histoire et l'ancrant dans une réalité seconde aussi résistante que l'autre. « Mes personnages m'échappent » : la seigneuriale niaiserie de cette affirmation me fait rire, mais que des scènes inventées prennent la patine et l'évidence du vécu, cela arrive.

En approchant — à pied ou en voiture... — du gros cube bâti par Paxton en 1857, on le découvrait, dans la lumière gris et argent des projecteurs, agité comme d'un frisson, saisi d'un vertige. Le décorateur Jacques Dupont avait enveloppé le château de « cheveux d'ange », de ces lianes de « mousse espagnole » qui parasitent les chênes de Louisiane et de Géorgie, qu'il avait utilisées déjà dans une mise en scène de *Sud*, de Julien Green, que j'avais vue à Marseille. La lumière et le vent caressaient ces longues et lentes mèches diaphanes, ces cheveux d'Ophélie, ces toiles d'araignées étoilées aux coins inaccessibles des greniers, de sorte que les quatre façades de la demeure, à peine visibles, étaient affectées d'un imperceptible tremblement. Force une sur l'échelle de Richter. On pensait aussi aux petits hommes de *Gulliver* garrottant le géant dans un entremêlement de liens illusoires. On entendait : « ... le château de la Belle au Bois dormant »... Qui n'y eût pensé ? Mais il ne s'agissait pas, cette nuit-là, d'éveiller la Belle, mais de l'endormir. On savait que plus jamais, sans doute, on ne donnerait de fête à Ferrières, et l'on pouvait entendre l'expression autrement : plus jamais on n'offrirait à ce palais immobile le philtre dont il avait besoin pour durer. Sevré, il s'endormirait pour toujours. Quand on *donne* une fête dans un lieu qui porte aux rêves, c'est peut-être aux murs eux-mêmes, au décor, au passé, aux morts des anciens bals qu'on fait le cadeau magique. Un ralentissement semblait avoir frappé tous les mouvements. Les gens se déplaçaient dans l'immense demeure en bavardant à mi-voix, non pas comme on visite un musée privé, mais comme on dit adieu à une maison au dernier jour de l'été. Le long été chaotique de Ferrières se terminait. Napoléon III y avait triomphé, Bismarck y avait exalté l'orgueil prussien, le baron James y avait préparé le paiement anticipé de la dette française qui nous libéra du joug allemand. Château d'orgueil et d'humiliations, phénix acharné. La nuit fut à la fois, comme les cheveux d'ange du décor, lente et longue. Une nacelle, sur la pièce d'eau, se déplaçait sans qu'on pût comprendre la signification de ses mouvements. Quand ce fut, avec la lueur de l'aube, l'heure du café et des œufs brouillés, les invités vinrent sur la terrasse et le grand degré. Ils ne voulaient pas partir. Ce n'était pas une fête qui finissait, mais une période incertaine, troublée, brutale. Le Temps, qui n'avait pas cessé de hanter la nuit, était toujours là, immobile et furieux, et nous écoutions le silence dans quoi allait s'éloigner de nous, demain, le souvenir de la fête.

Edmonde

Vers 1957, les jeunes dames de *L'Express*, réputées former un commando à la dévotion de Françoise Giroud (je n'en crois rien), avaient baptisé Edmonde Charles-Roux : « Mousseline ». Elles voulaient dire « couture », « flou », et leur trouvaille, où passait peut-être de l'affection (peut-être...), évoquait aussi les chapeaux crémeux de la reine d'Angleterre, les combinaisons à empiècement de dentelle, l'allure de bonne tante, aux indulgences aussi célèbres que ses sévérités, que savait prendre Edmonde quand elle pensait à jouer son personnage. « Mousseline » jouissait d'un statut mixte : elle était à la fois de la presse et du monde. Il me semble qu'elle ne raffolait pas de « Paris ». Un peu province dans ses emportements et comportements, elle se révélait cosmopolite à la première escarmouche, sachant qui était qui à Prague et à New York, se débrouillant en tchèque et en allemand, aussi italienne que sa sœur Cyprienne qui l'était vraiment devenue, parfait produit des ambassades, des couvents et des salons romains, ayant appris à la guerre un peu de la rudesse des camps, la gouaille auprès de Jacqueline Duhême et d'Etchika Choureau, les pièges du conciliabule parisien auprès d'Hervé Mille, la mode chez Hélène Lazareff, le grand naturel un peu affecté chez Louise de Vilmorin, les fascinants dangers de la mythomanie chez Mlle Chanel. On comprend que les agnelles de *L'Express* fussent troublées par Edmonde, qui avait toujours sur elles une longueur d'avance : à commencer par quelques années dont elle tirait avantage. Serrées dans leurs *jeans*, passant d'homme en homme et les évoquant avec une crudité dont la mode commençait, elles comprenaient mal comment s'y prenait « Mousseline » pour se vêtir comme personne et être, tout ensemble, si libre et si secrète. Au lieu de se composer une tête à la mode elle tirait ses cheveux et rendait son visage à sa vraie image d'Arlésienne au fin profil.

Vers 1950 ou 55 se développa la vogue de Marie-Chantal, qui fut un mythe fourre-tout, comparable seulement à Marius dans le domaine des « bien bonnes ». On disait qu'un danseur, Jacques Chazot, avait inventé le personnage et qu'Edmonde en était l'inspiratrice. D'où la grande réputation de snobisme à la fois abusive et méritée qui l'encombrait. Elle était travailleuse comme pas deux, habitait trois pièces sous le toit, conduisait une quatre-chevaux fourbue, et l'on voyait mal comment les oripeaux de Marie-Chantal s'étaient collés à elle. Elle était élégante, ce qui est bien le contraire de snob. La voix, peut-être, le phrasé, l'indéfinissable accent ? C'est sans doute par là qu'elle avait péché. Et de cette voix qui pouvait paraître très travaillée il lui arrivait de dire des choses innocentes, cocasses — on dirait aujourd'hui *décalées* — comme ce jour qu'elle m'avait arrêté par un bouton, en descendant l'avenue George-V, et m'avait interrompu (qu'étais-je en train de lui dire ?) d'un ton plaisant mais sec : « Ah, non, pas un mot devant moi contre la Sainte Vierge ! » Pareilles trouvailles embellissaient sa légende. Philippe Jullian, dans son *Dictionnaire du snobisme*, avait nommé Edmonde : Charlotte Edmond-Gris. C'était charmant mais elle n'apprécia guère. Quand elle n'appréciait pas quelqu'un, nulle comédie : elle tirait à vue et s'éloignait à jamais. Jeune femme, déjà, elle aimait l'odeur de la poudre. Ce goût lui est resté ; elle marche toujours au canon. Elle combine ce plaisir avec une grande attention portée aux jugements, réticences, sournoiseries, ironies lâchés contre elle. Elle défie volontiers une opinion qu'elle redoute. Elle fait grand cas du qu'en-dira-t-on mais le piétine. Elle a conquis la liberté de ceux à qui l'on a appris autrefois plusieurs formes de la soumission.

Edmonde habitait alors une partie des combles, rue des Saints-Pères, de l'hôtel bâti pour Louis de Falcony, que ses parents possédaient depuis l'après-guerre. Côté cour, la maison était placée dans l'axe de la rue de Lille ; côté jardin, les arbres mêlaient leurs branches hautes à celles qui surgissaient du jardin de l'école des Beaux-Arts. Dans le bel escalier aux dalles et aux marches cirées, régnait dans la pénombre et le silence un parfum indéfinissable. On se croyait sur un cours d'une ville de Provence, au plus dense d'une vie chuchotée. Un soir de 1959, Edmonde emprunta à ses parents le rez-de-chaussée de l'hôtel et je ne sais plus à quelle occasion invita sa grande liste. On découvrait le beau salon blanc et or, le jardin dans la pénombre. Je me rappelle avoir posé pendant un moment des questions à Luchino Visconti, qui n'avait encore réalisé ni *Rocco*, ni *Le Guépard*, ni *Les Damnés*, ni *Mort à Venise*. Entre cette soirée de 1959 et sa mort, en 1976, il mena à bien ses chefs-d'œuvre. Ces soudaines accélérations d'une machine humaine sont prodigieuses. Chacun de nous, à son échelle, peut bénéficier d'une ou deux de ces périodes où il se trouve « dans la main de l'ange ». Il faut à la fois de la lucidité et de l'orgueil pour ne pas rater l'occasion de se surpasser.

J'étais venu ce soir-là chez Edmonde accompagné d'Hélène, ma femme depuis peu. Je me trouvais dans l'état de vulnérabilité où se croit un homme jeune qui « sort » pour la première fois une très récente épouse, surtout s'il ne l'a pas choisie dans le vivier où il s'apprête à la *jeter à l'eau* — c'est l'expression consacrée. Hélène était perdue, amusée, fragile. Elle s'était habillée d'une robe vert amande, très pâle et moirée, dont la coupe (en biais ?) lui donnait une silhouette triangulaire. Elle portait un joli collier, très coffret à bijoux de Maman. Tout cela un peu trop Chambéry, mais bouleversant, parce qu'on croise rarement une héroïne d'Anouilh dans un salon parisien. Elle était la Sauvage, Hermine, Antigone. D'ailleurs n'apercevais-je pas toute la distribution de la pièce, ou d'une autre, au hasard des groupes ? Voici un Grand d'Espagne, son secrétaire ecclésiastique — à la soutane joliment coupée —, un second accessit de flûte traversière au conservatoire de Mont-de-Marsan. Ah, je ne donnais pas cher de nos chances ! J'étais incapable de répondre à qui me parlait. Edmonde, parfaite, vint prendre des nouvelles de ma débâcle. Non, décidément, la robe moirée n'était pas ce qu'il fallait. J'éprouvais une grande envie d'entraîner Hélène au bout du jardin et de froisser un peu le joli tissu couleur d'huître, à la réflexion, plutôt que d'amande. On dit ces choses-là, on les fait rarement. Restons dans le brouhaha blanc et or. Ne pas filer l'anecdote. Équilibre à maintenir entre deux façons d'évoquer une amie : l'intime et la mondaine — sans hiérarchie ! Le ton juste, comment le suggérer ? Vers 1957 et 58, tous deux célibataires, tous deux libres, nous nous laissâmes offrir par la vie quelques jolis souvenirs. Nous riions bien ensemble. Bénie soit l'amitié ! Quand je me fus cassé une jambe, un soir d'ivresse et de drague, Edmonde organisa mes loisirs : une voiture venait me chercher dans la cour de la rue Jacob où ne pénétrait que la vieille traction de Nathalie Barney. Edmonde avait disposé à mon intention des coussins et même un petit banc sur lequel allonger mon plâtre ; nous le transportions chez Lipp où, contre tous les usages d'alors, une table était réservée.

Après quoi le chauffeur nous menait en promenade : je sentais la gorge et le nez me piquer ; je remontais la vitre : j'étais Proust entre les aubépines en fleurs. Un dimanche — je marchais avec une canne anglaise — nous allâmes à Médan déjeuner non loin de la maison Zola. Le lieu empestait la friture et le parfum des poulasses dominicales. Seul, je me serais sauvé. Edmonde affronta l'épreuve. Pour comble, elle avait revêtu une sorte d'ensemble d'après-ski écarlate, fuseau et col officier, qui provoqua à notre entrée dans le restaurant un silence de stupeur. Même chez M. Badrutt, à Saint-Moritz, elle eût été accueillie par un frisson. On nous cacha dans un coin à l'abri des regards.

J'étais entré à *Vogue* où j'occupais un placard. Les comités de direction, où *Adam* était représenté à côté de *Vogue*, étaient des moments de haute frivolité. Oui ou non, les chemises d'homme avec col à deux boutons, dont les meilleures versions s'achetaient alors chez Brooks Brothers (« *Established 1818* »), pouvaient-elles être portées après six heures du soir ? La discussion suivait, byzantine. Je n'en revenais pas. Je roulais dans une anglaise *convertible* aux sièges de cuir vert, bonne note, mais je ne passais pas indifféremment du français à l'anglais, très mauvaise note. Edmonde me paraissait peu à l'aise dans cette comédie où tout le monde la croyait enracinée. Elle passait le plus clair de son temps à faire de la contrebande : un auteur soviétique, une photo d'Elsa, un sujet subversif ; elle menait une guerre d'usure contre les préjugés implicites qui régentaient l'état-major américain du magazine. Les délicieux Liberman, Alex et Tatiana, qu'il s'agissait de séduire à chacun de leurs quatre séjours parisiens (aux moments des collections), faisaient régner une terreur rayonnante et souriante. Libres, oui, ils avaient été libres — elle : un des amours de Maïakovski, du temps qu'elle s'appelait Tatiana Iakovlef et détournait le poète de Lili Brik, la sœur d'Elsa. Cela devait l'agacer de la voir, Elsa, devenue cette vieille dame trop lucide, fêtée à chaque occasion dans *Vogue*. C'était bien la peine, pensait peut-être Tatiana, d'être devenue française, puis américaine ! Toujours est-il qu'un matin de 1966, Edmonde, qui avait fait photographier pour la couverture du magazine une superbe Noire, mannequin pourtant célèbre et qui allait être la vedette du film de William Klein *Qui êtes-vous Polly Magoo ?*, prix Jean Vigo 1966, Edmonde, donc, fut licenciée par un télex comminatoire. Ah, les choses furent rudement menées ! J'envoyai sur l'heure ma démission, refusai le salaire double que me proposa le délicieux Liberman et demandai à Edmonde des nouvelles de ce mystérieux manuscrit auquel elle faisait si souvent allusion, disant y travailler chaque week-end, etc. L'Arlésienne ? Un travail-alibi afin de sauvegarder sa tranquillité ?

Depuis un moment la vie d'Edmonde avait changé. Un homme, bien sûr, un ami de dix ans que je lui avais présenté et qui avait flambé comme amadou. Elle lui avait appris le goût du secret : ils passaient le plus de temps possible loin de Paris, enfermés dans des maisons louées l'une à Helena Rubinstein, l'autre à Alix de Rothschild (la fille de « Pips » Schey) qui disposait, sur le territoire du haras de Reux, de plusieurs petites maisons isolées : au Cottage, j'écrivis *La Crève* en 1969, et je rendis parfois visite à Edmonde à la ferme de Cornica en 1964 et 1965. Je n'avais jamais vu, de mes yeux vu le manuscrit : une porte fermée, un appel, une pénombre propice empêchaient toujours qu'on feuilletât, comme on fait chez les amis, le travail en cours. Cette fois, le chômage menaçant — je sais que le mot chômage fait sourire quand il surgit en si fringante compagnie, mais une rédactrice en chef licenciée (*fired* disait sans doute le délicieux Liberman) ne trouve pas facilement un autre poste, et nous menions ces vies-là, et non pas d'autres : je cherche seulement à en ranimer le parfum — il était urgent de rebondir. Le roman ? Il existait, il ne lui manquait qu'un dernier chapitre. Edmonde m'apporta, tel quel, le manuscrit, dont le titre était : *Oublier Palerme*.

Il y a de quoi essuyer des sourires : combien de temps a duré l'inquiétude d'Edmonde ? Deux saisons, jusqu'au prix Goncourt du 21 novembre 1966, ou quelques semaines, le temps que Bernard Privat, venu de Cliousclat à Arpaillargues, au début de l'été, chercher le manuscrit que je lui vantais, s'enthousiasmât à son tour ?

« Vous êtes née coiffée, chère chômeuse. Une cuiller en argent dans la bouche, que dis-je ? une plume, un Waterman d'argent massif... N'espérez pas trop nous apitoyer sur la grande bourgeoise progressiste à qui les vilains Américains de Madison font payer son goût pour les communistes, les nègres et la provocation. Trop chic, tout cela, du cousu main… » Etc.

Ailleurs dans ce récit j'ai noté l'embarras du mémorialiste quand il est amené à faire étalage de ses privilèges, relations, alliances, cousinages. On ne pleure pas sur un carnet d'adresses. Les souvenirs ressemblent soudain à ces reportages sur les grands mariages ou vernissages dont on sature les dernières pages des revues sur beau papier. Sir James et Lady So & So et la maharanée de Fathepur… Et alors ? Chacun sait que les riches — ou qui vivent comme — n'ont ni mémoire, ni cancers, ni instants de solitude, ni sentiments humains. Les riches, et leur clientèle de dorés sur tranche, peuvent bien crever, ils puent de la gueule, ces gueules aux dentures californiennes, bleu-blanc, carnassières, hilares. Je dois le proclamer : on ne m'aura pas à l'usure. J'apprends à n'avoir pas honte de la confiture sur mes tartines, ni d'avoir jeté, sur mes pelouses, quelques tapis à l'Orient effrangé mais qui offrent encore l'illusion de pique-niques exotiques. Nomades de grande tente. J'ai eu ma part d'amertumes et appris à accommoder les couleuvres. Aujourd'hui ce sont plutôt les méritants qui m'irritent, les zumanitaires (je l'ai été), les zélateurs de l'abbé Pierre (j'ai été son voisin, un soir, à l'abbé, sur un plateau de télévision : dernier arrivé premier parti, la soutane soyeuse, comportement de vedette, regard qui n'en croise aucun autre, merci bien !). Je ne raserai plus les murs sous prétexte que la fin de ma vie est moins sordide que ses débuts.

Les mots m'emportent-ils ? J'écris ces derniers paragraphes comme on se noircit le museau. Je le remarque : aucune déprime, aucune crève ne résiste à la magie du *récit*. Raconter, c'est mon coup de l'étrier. Je raconte comme on mettrait sa vie en musique : pourquoi résister à faire sourire ? Du trente-sixième dessous jaillissent le pittoresque, le goût d'amuser et de provoquer. Voici la caverne d'Ali Baba, les bourses pour le jeu de la Reine que collectionne la tante L., le castel de Sigognac, une femme très belle, un homme de grande allure ; je les évoque comme on boit le frais en été : un reflet d'or. La vie reprend goût.

Mais revenons à la séance de pose.

Il arrive à Edmonde d'être noire, inquiète, inquiétante. Tout son visage se plisse alors en étoile autour de l'entre-deux-yeux. Son regard devient absent et froid. J'ai peur d'elle dans ces instants-là, et des coups qu'elle peut porter. Peut-être l'amitié ne doit-elle pas éliminer tout *danger* de la relation qu'elle nourrit : elle s'affadirait, à devenir tout à fait inoffensive. Ce masque de toutes les méfiances et menaces, c'est souvent l'âge qui nous le sculpte. Aux femmes surtout. Tout se passe comme si, voyant ses traits s'installer dans cette expression nouvelle, chacun s'employait à la justifier de l'intérieur. Edmonde a échappé à cette fatalité parce que sa vraie nature la pousse à rire et à séduire. À rire pour séduire. Il faut l'avoir vue arriver, en Provence où elle est le mieux elle-même, à un dîner. Son œil brille du plaisir qu'elle se promet de la soirée, mais dans le même temps il voit tout, il a tout vu. Le cyprès crépu, le gravier tueur de chaussures. Edmonde est la grâce même, et la curiosité, et la mémoire : épisodes familiaux et professionnels n'ont pas de secret pour elle. Elle boit un doigt d'alcool. Mais déjà elle prépare son terrain, savoure l'histoire qu'elle va conter. Un écho d'accent nuance sa voix, pimente le récit qui commence. Commence-t-il ? Non, Edmonde attend encore, guette l'attention et ne se décide qu'à coup sûr à débobiner le fil de la conversation. Elle se sait le charme même et en use. Elle pourrait avoir appris autrefois dans le salon bleu de Verrières ce savoir-faire, ce savoir-dire. Elle y a ajouté de la candeur. Elle n'a pas l'air de vouloir briller, elle est naturelle. J'ai observé Louise de V. dans ses entreprises ; il y avait dans son art un peu trop de tout : originalité, accent, trouvailles, tournures presque paysannes, c'est-à-dire très château, les doses étaient toujours forcées. En elle, l'âpreté tournait au pathétique. Edmonde, au contraire, desserre les doigts, garde la main légère. Quand elle s'installe dans la royauté éphémère d'un soir d'été, elle est irrésistible.

Remarques au passage : je ne l'ai jamais entendue répéter une histoire. Son stock est inépuisable. Pas de radotage. Elle fait parfois rire à ses dépens, jamais d'autrui. Lui arrive-t-il d'inventer ? Je l'espère ! Elle a une certaine façon de murmurer

« comme on dit à Marseille » qui mange le morceau. Quand elle a mis au point un (léger) mensonge et qu'il fait illusion, elle le démonte aussitôt : « Ça fait la farce, comme on dit à Marseille... » Je ne sais pas si « faire la farce » est une expression marseillaise, mais elle mérite de l'être. J'aurais aimé en disposer, il y a quarante-cinq ans, quand Marthe Bibesco, dans la touffeur d'un après-midi de juin, m'entraînait à des soldes au rayon des chapeaux du Louvre (qui était encore un grand magasin) et arrachait des mains de quelques furies une capeline de paille à trois sous qu'elle écrasait sur sa tête en se tournant vers moi : « Ce sera parfait pour la *garden party* de l'ambassade d'Angleterre, non ? — Allons-nous-en, princesse », disais-je, et je parvenais à arracher la vieille dame à la foule par la seule magie de ce mot, *princesse*, qui exerçait un charme et nous frayait un chemin.

J'ai vu Edmonde réussir plusieurs rétablissements difficiles : perdre son compagnon, vieillir, affronter une certaine solitude. Elle livre ces batailles avec une dignité qu'on n'apprend nulle part mieux qu'au cœur des familles de bourgeoisie provinciale. Nous fûmes, Cécile et moi, très touchés aux obsèques de Gaston Defferre. On a raconté cet étrange moment où une étrange ville honorait, à sa façon, l'homme qui avait régné sur elle à la fois en chef de guerre et en protestant cévenol. Le chapeau noir posé sur le cercueil, le soleil sur le Vieux-Port. La veille, un peu incertaine quant à la façon dont elle devait donner un style à la cérémonie, Edmonde m'avait demandé de dire quelques mots : « Defferre et les artistes ». J'avais laissé l'idée s'effacer d'elle-même. Quand le cortège quitta l'hôtel de ville pour monter vers la Major, d'abord discipliné, il se fragmenta vite en divers groupes selon les affinités, les curiosités, et arriva à la cathédrale dans un désordre chaleureux et *politique*. Au cours du service toutes les communautés ethniques et religieuses de la ville s'exprimèrent : l'image était forte. J'éprouvais une vraie tristesse : Gaston Defferre avait été, comme il le disait, « l'ami des amis d'Edmonde », avec une loyauté parfaite. Nous nous étions rencontrés à Ménerbes, aux Maurély, au ministère de l'Intérieur, chez Bernard Privat, à la table des Goncourt, à la mairie de Marseille, à une fête de la Rose (où je m'étais éclipsé avant le discours de Mitterrand, celui-ci m'ayant dit : « Ainsi, vous êtes venu... » sur un ton que je n'avais pas apprécié. Comme il manquait de naturel !). Avec Gaston Defferre, les choses étaient plus faciles. Il avait une rondeur impérieuse, une austérité pastorale : ses costumes presque noirs, ses cravates noires. Mais une vraie amitié n'avait pas de terrain où se déployer. Il faut se rappeler ce que furent les passions en 1981-1982. Dans la griserie de leur victoire électorale, les socialistes furent parfois rudes, agressifs, « cherchant le contact » comme on le dit de manifestants quand ils harcèlent le service d'ordre. C'est ainsi que fut malmenée pour plusieurs années l'affection qui depuis 1956 m'attachait à François-Régis Bastide. Militant au PSU, il lui arrivait avant 1981 d'être sarcastique, piquant. Rien de bien méchant. Le PS au pouvoir — et lui-même un moment en pénitence pour avoir joué la mauvaise carte rocardienne —, Régis m'attaqua avec un mordant presque *sérieux*. Il suffisait que *Le Figaro Magazine* publiât un reportage sur les *dream cars* à l'américaine pour que Régis — qui aimait tant les voitures — me vît contaminé par le goût de l'argent, qui mène au fascisme. Dans les conversations, il me « cherchait ». Je me fis une règle de ne jamais lui répondre, ce dont je crois il ne s'aperçut pas. Je parvins ainsi à traverser les moments les plus périlleux pour notre amitié ; il est vrai qu'il était alors loin de Paris, ambassadeur au Danemark, puis à Vienne, et si heureux d'être devenu une excellence rose. J'aurais eu honte de laisser une querelle d'opinion lézarder notre amitié. Au reste, au crépuscule de sa brève vie de haut fonctionnaire, quand il prit sa retraite, Régis parlait du mitterrandisme plus férocement que moi. Il était redevenu un vieux bougon rocardien — Rocard dont on sait comment, Mitterrand mort, il le traita. Je ne sus jamais quelle blessure avait été infligée à Régis, ni par qui. « Un jour, je te dirai tout », me répéta-t-il plusieurs fois. L'affreuse toux qui le secouait ne lui en laissa pas le temps.

Je pense aujourd'hui que le Pouvoir ne doit pas distribuer de hochets, ni les artistes les accepter. (Mais puis-je jurer que je serais resté vertueux si mes amis m'eussent offert quelque fabuleux gâteau ?...) Régis n'aurait jamais dû dérober dix ou douze années à son travail littéraire. Certes, en 1994, et débarrassé des honneurs, il publia *L'Homme au désir d'amour lointain*, un de ses deux meilleurs livres, l'autre ayant été, en 1962, *La Vie rêvée*. Il avait tous les dons. Il improvisait au piano, à l'orgue ; son style d'écrivain, nonchalant, porté par une écriture rapide et joliment dessinée, paraissait improvisé lui aussi. Il avait une belle allure de tranche-montagne.

La politique se mit-elle ou non, avec Edmonde, par le travers de notre amitié ? Un moment, je le craignis et peut-être le coup passa-t-il si près que le chapeau tomba... Edmonde est véhémente et je ne serai jamais assez doucement sceptique pour diluer sa véhémence. Son progressisme, qu'elle avait bataillé pour imposer aux siens, à son milieu, était resté pour elle inséparable de la passion. Il lui arriva de l'exprimer devant moi avec une pugnacité que j'eus du mérite — le seul que je me reconnaisse — à ne pas avoir remarquée. Puis tout cela s'apaisa. Mon indifférence aux idées me sauva de débats inutiles. Un jour, Edmonde m'écrivit une longue lettre, sévère, passionnée, dans laquelle, entre autres sujets de réflexion, elle déplorait que je n'eusse pas, de l'abominable bourgeoisie, l'expérience détestable qu'elle avait eue. Il m'était bien difficile de lui répondre. Elle est très romancière : pour un temps, j'étais devenu pour elle un *personnage*. J'essayai de le jouer sans trop de zèle.

Parmi les qualités que j'aime chez Edmonde, je

placerai en tête le sérieux. Elle est passionnée de dossiers, documentation, enquêtes, recoupements. Elle n'hésite pas à entreprendre un voyage pour flairer les lieux, comprendre un décor. Elle est observatrice, scrupuleuse. Il y a en elle du Maigret. Son « itinéraire Chanel » l'avait menée des grands mensonges baroques de Mademoiselle aux révélations modestes d'une enfance pauvre : travail exemplaire. Comme le fut sa mise au point de l'objectif sur Isabelle Eberhardt. (Mais ne faudrait-il pas parler plutôt de mise au point du *subjectif* ?) Edmonde repère les détails et sait les *faire parler* comme un policier fait parler des indices. Mais elle, c'est pour comprendre les glissements d'une vie, ses secrets, ses ombres. Plus souvent pour innocenter que pour accuser. Justicière de tempérament, Edmonde aime l'indulgence. Avec les femmes peut-être un peu plus qu'avec les hommes. Marie-Madeleine, Nana : des copines (si j'ose recruter à mon tour la Sainte Vierge...).

Qui, le premier, ou la première, écrira une biographie d'Edmonde ? Tenu à l'écart des curiosités avec une fermeté constante, son personnage fascinera les chercheurs. Elle m'apparaît comme un sujet idéal. Je devine dans sa vie ce qu'il faut de romanesque, de risques pris, de secrets gardés, pour nourrir une *histoire*. Peu de vies forment une histoire. Ce que j'ai appris ou deviné de celle d'Edmonde — et il se peut que je me trompe — ne m'a pas donné le goût d'interroger, ni de colporter des allusions. Je suis plus intéressé par la somme de son addition que par l'engrenage des épisodes. Un biographe cherchera un jour le *comment* de cette vie dont, pour l'instant, je me contente d'aimer la musique et les ombres. Parfois, depuis plus de quarante ans, ici et là, un mot entendu, un souvenir évoqué, une image saisie au passage m'ont révélé des bribes de mon amie, mais personne ne m'a livré la clé, le principe organisateur. Les profs de tennis paresseux disposent d'une étrange machine qui lance des balles vers leur élève dans des directions et avec une force imprévisibles. Si je plaçais en face d'Edmonde une telle machine, je lui ferais envoyer, à la place de balles, des mots : Rome, opéra, *Mitteleuropa*, Marseille, guerre, Ordre, colère, volonté, passion, grands moustachus à l'ancienne, mobilité. Sans doute laisserait-elle passer les balles trop vicieusement placées; les autres reviendraient sur moi, vite, et inattendues. Au tennis toujours, cela s'appelle savoir *voiler* ses coups. Je la sais capable de revers rusés, d'amorties négligentes, de grands coups qui assomment l'adversaire. Elle a appris la bataille à Marseille, où les règles pugilistiques sont plus rudes qu'ailleurs.

Il y avait longtemps, quand elle commença d'écrire *Oublier Palerme,* qu'Edmonde avait choisi de vivre parmi les peintres, les écrivains, les musiciens, les chorégraphes. Il aurait fallu la rencontrer à la Villa Pastré, à Luminy, pendant la guerre, pour la voir découvrir et investir un autre milieu que le sien. Elle seule savait où elle allait. À l'automne 1966, quand elle commença à répondre aux questions de ses premières interviews, je ne sais si nous fûmes nombreux à remarquer le ton un peu péremptoire sur lequel Edmonde disait : « Moi qui suis écrivain… » Ces choses-là gagnent à être soufflées dans un sourire. Pour Edmonde, l'enjeu avait été si grand que la victoire au Goncourt la suffoqua un peu. Oh, elle n'en montra rien ! Trop civilisée pour cela. Elle accueillit la grande notoriété avec un naturel d'ambassadrice. Sans doute était-elle émerveillée : elle ne montra, de l'émerveillement, que le visage radieux. Sa vie, en un tournemain, changea. Elle partit pour Marseille se faire nommer « citoyenne d'honneur », rencontra son futur mari et entra à ses côtés dans une nouvelle aventure qui, malgré la mort de Gaston Defferre, dure encore. Écrivain ? Oui, et libre de l'être. Plus jamais son sort ne dépendrait des Liberman ni de leurs commis. Elle traiterait les sujets de son choix. Edmonde s'était elle-même programmée pour jouer certains rôles, dans certains décors humains et politiques : désormais, elle les jouerait. Elle prendrait son temps. À sa façon, cette polyglotte érudite et cosmopolite est une autodidacte. Elle a tout appris à travers des passions et des êtres. Elle n'a pas, comme on dit, « tout lu », mais elle a lu ailleurs, autrement, d'autres livres. Quand elle aime un livre, elle le savoure, le décortique, s'y attarde, veut l'imposer. Elle *compare* peu. Mais elle polit ses arguments en faveur de ce qu'elle aime.

Lodens à mantelet, gilets autrichiens, requimpette rouge : Edmonde se donne de plus en plus volontiers l'élégance un peu forestière d'une comtesse austro-hongroise. Elle est, à d'autres heures, fidèle aux tailleurs des dernières années Chanel, qu'elle porte, sans le dire, comme des reliques. Elle est opiniâtre, dure à la fatigue, respectueuse des usages qu'elle transgresse ou qu'elle a, autrefois, transgressés.

Rien de plus étranger à Edmonde que le fameux *incipit* de *La Fêlure* : « Bien entendu, toute vie est un processus de démolition. » Sa vie à elle me paraît avoir été une construction constante, acharnée. Il est rare — on le sait à nos âges — que les vies bonifient. Elles s'appauvrissent, se dessèchent. On doit en détourner ses regards. Rien de tel chez Edmonde : elle n'a jamais cessé, changeant parfois ses prises, son itinéraire, de poursuivre l'ascension entreprise. Elle reprend souffle aux replats, *fait* de l'œil son chemin, prépare sa voie avec une prudence extrême, puis, l'instant venu, s'élance. Sa vigilance ne se relâche jamais. Si elle commet une erreur de parcours ou de jugement, ce ne sera jamais par négligence. Elle est avisée : elle peut être imprudente. Installée au sommet d'une réussite multiforme, singulière, elle n'en demeure pas moins vulnérable, traversée de doutes. Toute de détermination et de force, elle reste fragile. Subversive, mais fragile.

L'ennui

Mon intention première était d'évoquer l'ennui que je dégage et non pas celui que j'éprouve. Mais, à la réflexion, se peuvent-ils séparer ? L'expérience massive, passive, d'un ennui qui paraît devoir durer toute la vie, on la fait dans l'enfance : conversations crépusculaires d'une famille autour d'une table, monologues d'un père aventuré dans les grands sujets, heures de léthargie, au début des après-midi de printemps, quand le sang est lourd dans les veines, moite la peau, et que la haine du monde vous embourbe le cœur. L'ennui qu'on sécrète et répand, plus tard, désoriente davantage : il met à mal la haute idée qu'on a de soi, il ronge la falaise.

Je l'ai surpris, la première fois, dans le regard de mon interlocuteur. Ou plutôt non : je n'ai pas pu l'y saisir puisque les yeux me fuyaient, se posaient ailleurs, là-bas, sur un groupe où l'on riait, voletaient, éperdus, comme vitrifiés par la colère de s'être laissé prendre au piège. Avant, je savais le secret d'allumer dans les regards une lueur d'attention ou d'amusement. Brève — j'avais peu de temps pour faire mes preuves. Un jour un photographe plus désinvolte ou astucieux que les autres m'a demandé, tout en impressionnant, par salves, des rouleaux entiers de pellicule : « Vous ne pourriez pas, pour une demi-seconde, donner à votre regard un petit éclair d'intelligence ? Pensez à quelque chose de marrant. À une fille. Ou soyez méchant en vous-même. Méchanceté, intelligence, c'est kif-kif. Tenez, là, vous avez failli réussir. Une étincelle, un petit friselis, je ne vous demande pas la lune. Pitié ! Ne soyez pas le troisième poisson mort que je photographie aujourd'hui ! Là, oui, c'est mieux... » Il sautillait autour de moi, s'agenouillait, paraissait très heureux. « Il joue au photographe, pensais-je, c'est le secret... »

Malheureusement, tous les gens à qui l'on a obligation de parler ne gesticulent pas avec un Leica à la main. Plus mon photographe était gouailleur, vif, plus je me sentais tenu de trouver à mon tour une drôlerie à dire, sans parler de l'éclair dans l'œil... les mots... l'éclair... Bientôt je sentis un affreux rictus installé sur mes traits. Quand il relevait un instant la tête je voyais mon visiteur de plus en plus effaré. Soudain il se redressa et, le ton changé : « On arrête, dit-il, ça ira. Il y en aura une ou deux pas trop tartes... »

Dans les dîners, on ne voit pas se carapater le regard de l'autre. Impression étrange d'ennuyer moins de profil que de face. Et puis la voix exténuée, le souffle, on se meurt : l'autre tend l'oreille, ce qui passe pour une manifestation d'intérêt. La première fois que le visage de l'interlocuteur a crié son ennui, l'ai-je remarquée ? Je pérorais, sans doute, ni content ni mécontent de moi, mais calfeutré, confortable, heureux d'émettre ce ronron qui ne m'avait jamais trahi. Livré aux entreprises de conversation d'un avantageux, je sentais mes paupières tomber, mon nez chercher ailleurs l'oxygène. Je me suis vu et j'ai compris : j'avais interverti les rôles. Si souvent rasé, j'étais passé raseur. Je n'étais plus celui qui semble appeler désespérément au secours, mais celui qu'on fuit. L'ennui sortait de moi comme le jus du citron : on n'avait qu'à me presser. Dans mon désarroi je bafouillais, je piétinais mes phrases, j'aggravais mon cas, je pressais le citron. Les paroles ne sortaient plus de moi naturellement ; je devais les préparer ; comme l'orateur débutant que le trac terrasse répète dix fois les « quelques mots » improvisés qu'il sait qu'on lui demandera. Et dès qu'il se lève — pourquoi se lever, grands dieux ! pourquoi ne pas se lover, se recroqueviller dans un coin, un trou ? — il alimentera, d'une voix ténue et racleuse de gorge, la source d'un inépuisable ennui.

« *Village Vanguard* »

À l'hôtel Stanhope, sur la Ve Avenue, le bar-salon de thé où vont reprendre des forces les visiteurs du Metropolitan, situé juste en face, a pour nom le « Nica ». Qui sait encore qu'on appelait Nica la baronne de Kœnigswarter, née Pannonica Rothschild. Elle était la sœur de Victor, lord Rothschild, et avait épousé Jules de Kœnigswarter, qui fit une guerre héroïque, et devint ambassadeur de France et compagnon de la Libération. Mais cela intéresse-t-il les éternelles dévoreuses de musées qui calment, au « Nica », les exaltations qu'ont chauffées en elles les heures passées au Met ? Les jeunes filles ont avec les musées des rapports amoureux.

Nica avait la passion du jazz et des jazzmen. Elle recueillit Charlie Parker dans sa suite du Stanhope à l'époque où le saxophoniste était perdu d'alcool et de drogues. « The Bird » finit par mourir au Stanhope, ce qui déclencha un scandale. Répudiée par le baron, Nica trouva un autre musicien à la dérive, Thelonius Monk, sans doute le plus grand des pianistes de *blues*. C'est lui qu'en 1964, Cécile et moi, nous allions écouter au Village Vanguard. On commença à nous parler de Nica de Kœnigswarter, et le nom raviva en moi un souvenir oublié. Une quinzaine d'années auparavant, vers 1950 ou 1951, l'abbé Glasberg, juif converti devenu prêtre catholique, dirigeait une œuvre de secours aux enfants réfugiés. Il s'était mis en tête d'acquérir, pour « ses » gosses, le château qu'un baron de Kœnigswarter vendait à Abondant, quinze kilomètres après Houdan, non loin de Faverolle, de Bourdonné, de Nogent-le-Roi où je ne savais pas, alors, que je vivrais quelques-unes des tragi-comédies de mes trente ans. L'abbé Glasberg, je ne sais pourquoi, avait tenu à m'emmener visiter le château et discuter avec le notaire. Peut-être avait-il envie qu'un compagnon lui fît la conversation pendant le voyage. Son chauffeur était bougon. Peut-être aussi Glasberg souhaitait-il qu'un jeune homme candide et courtois comme je l'étais assistât à la négociation où étaient impliquées plusieurs œuvres : il avait la réputation d'être rugueux.

Nous fûmes étonnés. La demeure Kœnigswarter n'était pas peu de chose : isolée (sans doute avait-on abattu beaucoup d'arbres), Henri IV ou Louis XIII à l'extérieur elle ressemblait, pour l'intérieur, au décor d'un film de 1935 où Dita Parlo eût fait concurrence aux séductrices aux yeux verts du cinéma hongrois : peaux d'ours, téléphones blancs. La soldatesque avait occupé les lieux pendant la guerre, les dévastant. Il restait, quand nous les visitâmes, des traces de satin, des drapés, des moquettes épaisses. Les cuisines ayant été rejetées à l'extérieur de la maison, un petit train électrique avait été construit, qui empruntait un passage couvert de style résolument Louis XIII, et qui portait les plats, brûlants, du fourneau à l'office. Les Allemands, que pareil luxe avait sans doute bluffés, n'avaient pas détruit le dispositif, qui plaisait tout à fait à Glasberg. Peu importe d'ailleurs le sort du train porte-plats, et j'en reviens à New York, à l'automne 1964 et au Village Vanguard. C'était une boîte modeste, obscure, où se produisait Thelonius Monk. Nous ignorions alors ses liens avec Nica de Kœnigswarter, dont je ne découvris le rôle qu'après la mort de Monk, quand *France Musiques* diffusa l'intégralité des enregistrements du « Moine » en accordant, dans les commentaires, grande place à la baronne Nica.

New York, quand on la découvre, est intimidante, et le reste quand on la croit devenue familière. Elle change d'ailleurs si vite que chaque retour est une redécouverte. En 1964, nous arrivions résolus à écumer le Met, à passer « des journées entières dans les arbres » du jardin du MOMA et d'autres, plus frivoles, chez Brook's Brothers et Bloomingdale, à nous approprier symboliquement, aux Cloisters, la Dame à la licorne (« à mon seul désir ») et à écouter du jazz au Café Metropole. Nous n'osions pas aller à Harlem. Mais, au Metropole, Gene Krupa nous déçut et nous nous précipitâmes au Village Vanguard où, nous expliqua-t-on, Monk passait trois fois : vers dix heures, minuit et deux ou trois heures du matin. Nous vînmes donc, chaque nuit que nous le pûmes, l'écouter trois fois, et, à chaque reprise, je buvais un excellent gin-tonic (« *easy on the tonic, man !* ») que l'on nous apportait à peine étions-nous assis. Entre les apparitions du Moine, nous allions explorer les rues voisines et d'autres petites boîtes où de jolies surprises nous attendaient parfois. Mais nous retournions vite au Village Vanguard où Monk, tout rêveur et muet qu'il parût, était la ponctualité même. Il semblait ne voir, ne reconnaître personne. Il jouait avec concentration, sans fioritures ni numéros de charme, remplaçant souvent son invraisemblable galurin par un autre, un autre encore. Ses longs doigts presque bleus étaient si spatulés que, de profil, on eût dit ses mains placées plus bas que les touches du clavier. Elles avaient une force, ces mains, contenue, et qui paraissaient contenir le rythme du blues qu'elles exprimaient sans nulle comédie « musicale ». C'était le jazz ou le be-bop ou le blues les plus purs que j'aie jamais entendu et *vu* jouer. Comme toutes les fois que j'ai adhéré immédiatement à une musique, j'étais immergé en elle, dissous en elle, ne parlant plus, n'ayant d'œil que pour les longues mains bleues. Une vingtaine d'années plus tard, à Buenos Aires, on me conduira, à ma demande, au « meilleur endroit de la ville pour écouter du tango ». J'en avais un peu assez des oreilles et de la queue de bœuf grillées, et même du filet à peine cuit mangé à la cuiller. On me mena donc au *Viejo Almacen.* L'endroit, loin de la Boca, le faux quartier mal famé au nom en bouche d'égout, ressemblait à un beuglant parisien du début du siècle, au Concert Pacra par exemple. Un parterre, un balcon en U, et des tables disposées ici et là afin qu'on pût *consommer*.

Les Musset, qui me guidaient, suggérèrent le balcon : en bas, une table d'Américains excités sifflaient leur enthousiasme. « Des Texans... », murmura le serveur, dédaigneux. Sans doute venaient-ils de conclure une affaire de vaches ou de sperme. Sur la scène, l'orchestre, cinq hommes, évitait de se tourner vers les gueulards. Le chef, Ricardo Baffa, les toisait. Un gros roux, Baffa, le contraire d'un Argentin, et de ceux de l'orchestre en particulier, qui avaient l'air de bedeaux constipés ou de comptables à la recherche d'une erreur d'addition. Tout cela était austère, tendu, vaguement religieux. Mais ces tricoteurs de bas noirs, ces caresseurs de bandonéons qui avaient l'air de flatter une tête d'enfant qu'on tient par les oreilles en lui ébouriffant les cheveux, produisaient la musique des anges. « C'est de lui... », me souffla Musset en désignant Baffa. Ainsi, l'espèce d'Irlandais bedonnant composait cette musique savante, sèche malgré les ploiements, les déchirements, les raclements d'ongles d'une femme sur les tétins d'un homme long à s'émouvoir. Les Texans sifflèrent derechef. Baffa, l'œil glacial, cracha dans la direction de leur table. Il y eut de la stupeur, puis les musiciens quittèrent la scène du pas de chômeurs qui vont acheter le pain. D'autres les remplacèrent, qu'accompagna un couple de danseurs qui me parut quelque peu mécanique. Soudain Baffa fut là, près de nous, qui nous saluait, plus massif que sur la scène. Je lui fis traduire des compliments et des remerciements. Dans sa réponse, je distinguai quelques mots, quelques noms : « Quatuor », « Berg », « La Mémoire d'un ange »... Lui aussi les entendait donc, les anges ? Il se tourna vers la scène, puis vers la salle où le recueillement avait perdu de sa qualité. Les Texans partaient à petit bruit, sifflant encore les déboîtés de la danseuse. Brusquement ma main se retrouva dans celle, presque féminine, de Baffa. « Je vous ai donné... une grande souvenir, me dit-il, une grande mémoire... » Puis il ne fut plus là.

Peu de temps après nos nuits passées au Village, « The Monk » entra dans le silence d'où il ne daigna plus sortir. Cloîtré avec sa femme au fond de l'appartement de Nica, il ne parlait plus, ne jouait plus. Il arrivait que de jeunes musiciens voulussent obtenir de lui un avis, un conseil. Parfois, il les laissait attendre longtemps avant d'apparaître ; parfois, il arrivait tout de suite, accompagné de Nellie, sa femme, s'asseyait, les écoutait un moment, puis s'en allait sans les avoir salués. Nica confondait un peu ses personnages : milliardaire, pourvoyeuse de drogue, ange gardien. Elle mourut en 1988, à soixante-quinze ans ; il y eut foule à ses obsèques en l'église luthérienne Saint-Peter.

Appel de quelques morts

Un jour de septembre 1965, dans ce que l'écrivain japonais appelle « le palais parisien du baron », Philippe de Rothschild donna un déjeuner en l'honneur de Mishima. Le « palais » en question (méfions-nous des traducteurs !) était un rez-de-chaussée, avenue d'Iéna, aussi raffiné et discret que la maison où la baronne Philippe, Pauline, avait pris ses quartiers, rue Méchain, à deux pas de la Santé et de la rue Jean-Dolent où j'allais, vers 1953, aider Blaise Cendrars à dissimuler sous son fauteuil, que drapait un plaid écossais, la bouteille de rhum qu'il aimait garder à portée de main. Chacun sa maison, Philippe et Pauline, c'était leur genre, et recevoir seuls, parfois, sauf à Mouton où ils jouaient leurs grandes sonates pour deux pianos. Signalons au passage le dédain avec lequel Marguerite Yourcenar, dans *Mishima ou la vision du vide* (Gallimard, 1980), balaye l'accusation de snobisme dont on voulut accabler l'écrivain japonais, que ces rencontres « exaltaient et intéressaient comme le ferait un site célèbre », écrit drôlement Yourcenar.

Ce jour-là, avenue d'Iéna, nous étions huit : outre Philippe et Pauline, il y avait Mishima, Elsa Triolet (sans Aragon), André Pieyre de Mandiargues (sans Bona), Robert Kanters, Cécile et moi. Partout ailleurs que chez Pauline, pareil déjeuner pouvait tourner à la catastrophe. Mais elle l'avait sans doute préparé à sa façon, se renseignant, tôt le matin, par téléphone, apprenant les points forts de ses invités, jalonnant son terrain, *révisant* son sujet comme seule peut le faire une maîtresse de maison américaine, *professional hostess* comme le fut, de quelques années sa cadette, Pamela Harriman. Je ne compris pas comment Pauline, ce jour-là, pilota la conversation, traduisant aussi vite qu'elle parlait, donnant à chacun l'illusion qu'il comprenait tous les autres et qu'il était compris d'eux. L'anglais guttural de Mishima devenait limpide, son visage très composé se détendait, celui d'Elsa Triolet se voilait d'une douceur dont le privait peut-être, en temps ordinaire, la vigilance que lui imposait Aragon : sentinelle ou compagne inquiète ? Quand on se leva de table, chacun était satisfait et Pauline Fairfax-Potter venait d'ajouter une prouesse à la liste de ses succès.

Faisons l'appel, maintenant. Mishima ? Suicidé. Elsa, morte. Mandiargues, Kanters, morts. Les maîtres de maison, morts. En cet été 1998 où j'écris ceci nous sommes, Cécile et moi, les seuls survivants d'un déjeuner qui me paraît lointain et proche à la fois. Pourquoi l'évoquer, lui, et non pas tel ou tel autre ? Peut-être parce que celui-ci, à la file d'attente des souvenirs, a manifesté une plus grande impatience. Peut-être parce qu'il représentait un échantillonnage étonnant, une disparate, comme l'idée d'une expérience. Il faut, pour avoir ainsi décimé ce petit groupe, que la mort ait *l'œil à tout*. Ah, les étranges moments passés, un jour d'oisiveté ou d'indécision, à barrer dans un répertoire les noms et les adresses des morts ! Comment analyser le hasard qui les avait réunis dans le carnet, à la table ? Mishima, le fort en thème nostalgique du vieux code moral japonais, le provocateur, l'obsédé du néant ; Elsa Kagan, juive russe jetée par les remous du temps dans quelques-unes des aventures majeures du siècle : la révolution d'Octobre, l'exil, le surréalisme, les communismes européens ; Pauline Fairfax-Potter dont le nom sonnait comme un résumé de l'élégance et du snobisme américains de la côte Est ; André Pieyre de Mandiargues, hobereau provençal happé par les passions esthétiques, dandy intransigeant, écrivain parfait ; Robert Kanters, belle intelligence professorale pervertie par la solitude et le goût de blesser ; Philippe de Rothschild, porteur d'un des noms les plus encombrants d'Europe, rénovateur d'un vieux vignoble, traducteur de sonnets élizabéthains, *amateur*, inventeur de sa propre image dans une famille où tous les rôles semblaient déjà distribués ; Cécile, ma femme, héritière à la fois des singularités de cette famille opaque et turbulente et d'une lignée de rabis polonais, pieux lecteurs du Livre, à laquelle le premier à échapper, son père, Anatole Muhlstein, demeure quarante ans après sa mort une légende pour les Polonais et une énigme pour ceux qui ont aimé sa lucidité, sa sagesse, son hédonisme, et entretiennent sa mémoire à Varsovie et en Israël[1]. Oui, l'étrange déjeuner. « Bien parisien », dirait le sot, car justement, Paris, ce n'est pas cela. Et je n'ai vraiment aimé dans la vie sociale que les coq-à-l'âne qu'elle réussit parfois, ces moments d'accélération du temps où l'ennui qu'on redoutait devient excitation et vivacité.

Livre de souvenirs : livre des morts.

J'ai mis du temps à me rendre compte qu'entré dans leur mouvance je résisterais mal à leur pouvoir. La mort exerce une force centripète, elle nous aspire vers l'œil du cyclone. Aujourd'hui, du petit au grand, tout me mène à elle et aux réflexions que sa proximité inspire. Je croyais mon horreur d'elle totale, et qu'elle ne ferait que croître ; je me trompais ; des nuances se glissent dans la peur, une envie de repos, de déposer les armes. Me laisser couler ? M'accrocher et résister, par tous les moyens, à cette succion qui m'entraîne vers les vases du fond ? Faire place nette ou l'occuper, prendre congé ou se battre ?

Ce livre, entièrement composé des nostalgies qui me condamnent, écrit dans une manière qui me condamne, où je choisis d'évoquer les œuvres, les ombres, les expériences qui font de moi un homme du passé et comme tel me condamnent — comment

1. Le 17 décembre 1998, lui fut rendu, en même temps qu'à l'ambassadeur Potocki, à l'ambassade de Pologne à Paris, un hommage posthume. Benjamin Lasry, le premier de ses arrière-petits-fils, reçut en son nom la Grand-Croix de l'ordre *Polonia Restituta*.

l'assumer ? Quand on a pris conscience d'être rejeté sur le côté de la route, l'élégance consiste-t-elle à saluer les jeunes gens qui passent ou à leur courir au train sans vergogne ?

Question complémentaire : dois-je regretter d'avoir parfois — souvent — manqué de sérieux, peut-être de gravité ?

En hommage au « palais du baron » et à l'acrobatique déjeuner organisé autour de Mishima, l'envie me vient de dire, avec conviction, mon seul regret, qui est de n'avoir pas assez sacrifié à la frivolité, à la vitesse, au bonheur. Je pensais, à vingt ans, que la grande affaire de la vie est la course au bonheur, je le proclamais sous les sarcasmes des belles âmes, et voilà qu'un demi-siècle plus tard j'en reviens à la même morale, presque dans les mêmes termes. Le bonheur seul, et la gaieté ont déposé en moi des souvenirs honorables. La morale de la *Lettre d'un père à son fils* était donc juste. (Au passage, cette remarque : comme Montherlant eût aimé Mishima, jusque dans ses comédies ! Il ne me semble pas qu'il l'ait pratiqué. Son suicide, pourtant, aurait dû le toucher. Dans *Service inutile* il parlait déjà avec respect de la mort volontaire chez les Japonais, et du sens qu'elle pouvait prendre.)

J'appelle frivolité la pudeur. Ne pas encombrer les gens de nos embarras, fièvres de brume, angoisses. Savoir se taire, savoir s'en aller, mais, contraint de rester, de parler, faire sourire, faire rire, comble de la politesse.

Bref

Oui, j'ai eu la tentation de faire flasque, filandreux. Il m'a semblé, plusieurs mois durant, que l'abondance ne nuirait pas à mon propos. Au contraire. Si je me refusais le matelas chronologique, avec les assouplissements qu'on s'y offre — au nom du continuum espace-temps, de la langueur organique de la mémoire, etc. —, j'acceptais à l'avance, et au fur et à mesure que j'en découvrais les facilités, la complaisance de l'intarissable monologue. Je prenais mes aises.

Ni la morale ni les soucis esthétiques ne m'ont ramené à la maigreur, mais la peur de manquer de temps. Au rythme précautionneux où je travaille désormais, il m'est apparu que je ne bouclerais pas mon livre avant l'heure du départ ou, plus vraisemblablement, avant que ne tombât sur la comédie le rideau de la Grande Fatigue. Répugnance et désarroi à imaginer qu'on publierait alors des textes inachevés, des notes, des développements pris encore dans la barde de graisse dont s'alourdit le rôti langagier. On imprimerait pour la première fois un livre que je n'aurais pas corrigé : l'idée m'en faisait horreur. D'où élagage et accélération. Je renonçai à l'ampleur, au rideau de scène vieux rouge, aux glands d'or (donc, du même coup, à cet or et à ce rouge dont voici une dernière touche ; levez le rideau ; nous jouerons sans décors ni musique) !

« La Mare aux oiseaux »

À l'automne 1990, Marie-Luce invita leurs amis à venir fêter autour d'eux l'anniversaire de Peter à « La Mare aux oiseaux ». Peter Townsend avait soixante-seize ans. Ce qui signifiait qu'il avait vingt-six ans à la bataille d'Angleterre, quand il devint un de ses héros. Peter Townsend est resté jusqu'à la fin un étudiant britannique : mince, un accent de rêve, une courtoisie de seigneur. Il était ce qu'une société met plusieurs siècles à réussir : un homme de qualité. Il buvait sec et l'alcool noyait un peu son regard. Il n'en était que plus indulgent et gai. Il était de plus en plus souvent indulgent et gai. Un soir que, allant dîner chez les Townsend, j'avais noué autour de mon col, sans y prêter attention, une cravate à rayures club, Peter attendit que nous fussions seuls dans un coin, un verre à la main, pour me dire : « Tu es tellement gentil, François, d'avoir mis pour venir me voir une cravate aux couleurs de la Royal Air Force... » Un coup d'œil dans un miroir me confirma la gaffe. Ce bleu délavé, ce rouge éteint, ce bleu plus sombre : je portais une cravate du club de la RAF que Dieu sait quel margoulin vendait impunément en France. Au jugement d'un Anglais, et même de ce côté-ci de la Manche, l'indélicatesse était énorme. Nous rîmes beaucoup et, de ce jour-là, continuâmes de nous tutoyer. Camaraderie de club, en somme.

Peter ne refusait jamais de raconter un épisode de la bataille d'Angleterre sur lequel on lui posait des questions. Il en parlait sobrement, sans minimiser l'enjeu ni les dangers. Il expliquait comment le roi George VI, en le nommant un de ses écuyers, lui avait probablement sauvé la vie.

Le soir de ses soixante-seize ans, pour lui et pour les cent personnes réunies autour de lui, Marie-Luce avait imaginé un cadeau somptueux : vers la fin du dîner, des comédiens lurent, en français, des extraits des *Mémoires* de Winston Churchill, et dans ces extraits, bien sûr, on réentendit la phrase célèbre : « Je n'ai rien à offrir que du sang, du travail, des larmes et de la sueur, mais jamais je ne capitulerai... »

Un certain nombre d'hommes âgés de soixante ans et davantage pleuraient sans fausse honte. Ensuite, l'ambassadeur d'Angleterre, qui devait être Ewen Fergusson, et qui portait un kilt avec son smoking, ouvrit le bal. Il me semble — mais de cela je ne suis pas très sûr — que bientôt l'ambassadrice retira ses chaussures et que dans l'une d'elles, plaisamment, M. Fergusson feignit de boire un peu de champagne. On l'applaudit. Me comprendra-t-on si je dis que c'est un de mes plus beaux souvenirs de fête ? Charmant, ayant un mot ou un signe pour chacun, Peter Townsend était aussi prodigieusement absent. Des souvenirs et des camarades morts l'entouraient. Marie-Luce était très belle. Des chiens et des canards, dérangés dans leurs habitudes, se manifestaient dans l'ombre.

Julius

Quand je le connus, il avait la voix grave et l'œil rieur des amants. Ce n'est pas au grand pif qu'on reconnaît les amoureux, bien qu'une théorie simplette le prétende, c'est à l'accent de bronze, à cette vibration venue du ventre que les prédicateurs jettent vers la voûte des cathédrales où elle se brise en troublant les belles fidèles. J'aime en lui la haute stature, le blouson et le foulard de ceux qui ont depuis longtemps abandonné la ville, la gouaille des popotes d'officiers, la hâblerie des beaux mecs d'Algérie, le naturel dans les mouvements. Fils de gendarme ou d'instituteur, il a l'allure d'un fils de roi. Il le sait et trouve son nom tout naturel. Faute de le donner à ses personnages il les nomme Krieg, la guerre, ou Kœnig, ce qui ne trompe personne. Avec les années sa voix s'est amenuisée et son œil est devenu celui d'un chien de quinze ans, mais plus narquois que jamais. Autrefois, il tonnait : maintenant il bougonne. Il conserve un certain style de théâtre, mais alors que la comédie donne aux vieux cabots un masque élastique, des rides à tout faire, chez Julius le goût de *jouer* a sculpté une tête d'empereur romain : son surnom l'avait annoncée un demi-siècle à l'avance.

Je cherche, sans l'aide d'anciens carnets, à revoir Julius dans chacune des maisons où je l'ai connu. Des détails m'offrent un fil sur lequel tirer, puis un autre. Des noms de lieux, aussi, qui reviennent de loin. Brazey-en-Morvan. Liernais (mais n'était-ce pas la même adresse ?). Une solide maison de maître, séparée d'une autre, de même volume, par une cour pavée selon un dessin compliqué, arrondi, pentu, version morvandelle de la calade provençale. Du jardin on apercevait, découpée sur le ciel, la basilique de Vézelay. Pendant quarante ans Julius aura tourné autour de la Madeleine. Maintenant des pierres dégringolent de ses toits, des miettes de ses chapiteaux. Je revois un petit château des alentours de 1700, aux communs pastichés Louis XIV en 1930 et sauvés par la patine. Un bois, un étang, quelque chose de rugueux et de digne. C'est là qu'on tua un de ses chiens parce que Julius interdisait aux voisins de tirer le renard dans ses bois. Départ. Je revois un castel à la Hugo, au grenier immense, inhospitalier, ouvert à tous vents. Départ. Une autre maison encore, prise meublée, assez élégante, de beaux fauteuils Régence. Départ, bien entendu, mais pourquoi ? Enfin le Clos du Couvent, face à la basilique, à Vézelay : depuis le temps qu'elle le fascinait, la pécheresse, l'orgueilleuse autour de laquelle le vent emporte toujours les grands coups de gueule de la prédication, Julius est allé fixer sa chaîne au mur sublime. Combien de souvenirs, combien de décors ? J'en compte cinq mais j'en oublie un. En combien d'années ? Une vingtaine. Rythme effrayant et cocasse. Dans chacun de ses refuges, dans chacune de ses illusions nous sommes allés rendre visite à Jules Roy. Enfin, ces années-là, de 1965 à 1980. En bande, parfois, comme ce déjeuner que le club Grasset improvisa un jour de 1967 pour fêter le contrat des *Chevaux du soleil*. Françoise Verny et Bernard Privat menaient le bal. Nous portions tous des bouteilles plein les bras. Souvent, seul sur le chemin de la Suisse ou d'Arpaillargues — les kilomètres d'autoroute étaient encore rares — je m'arrêtais pour la nuit chez Tania et Julius. Il jouait son rôle d'aîné râleur et sauvage, me menaçait d'une inéluctable élection quai de Conti (dont il rêvait pour lui-même), s'il faisait encore jour m'emmenait voir le château de Vauban, à Saint-Légier, et au retour nous vidions des verres. Un soir du printemps 1968, comme je m'étais plaint, au dîner, de chercher en vain un titre au roman que je venais de terminer, je trouvai dans ma chambre, en montant me coucher, quelque grand Larousse ou Littré ouvert au mot « maison ». Je m'installai à la table et me plongeai dans la dizaine de colonnes qui m'étaient offertes. Julius avait même pensé à poser une loupe sur le volume. En une heure mon choix était fait : *Le Maître de maison*. Six mois plus tard, le 18 novembre (j'avais franchi la veille le sombre anniversaire de la mort de mon père, toujours porteur de maléfices), j'appris à une heure et quelques secondes, par le brusque démarrage des voitures multicolores des grandes radios stationnées devant chez moi, que le roman baptisé chez Julius n'avait pas obtenu le prix Goncourt. Cinq voix contre cinq, « la voix du président comptant double »…

J'aime chez Jules Roy le côté voyou qui lui est resté. Resté de quoi, d'où ? Des années vingt en Algérie, de l'armée (portait-il sa casquette bleue « à l'aviateur » ?), de la vanité gentille d'être trop beau gosse ? De l'indulgence des dames, aussi. Tout cela va ensemble. Grand-croix de la Légion d'honneur et la bouche gouailleuse. Qui ne chavirerait ?

Je n'ai jamais posé de questions à Julius sur sa guerre. Là-dessus il a écrit ce qu'il estimait devoir écrire, que j'ai lu. Avec quelques autres — Maurice Rheims, Pierre Moinot, Michel Jobert — il est de ces hommes à qui le privilège d'avoir fait une « belle guerre » prête à mes yeux une qualité à nulle autre comparable. Rien à voir avec le talent, l'intelligence. Il s'agit de la considération — un peu jalouse — que je leur porte : je salue en eux des personnages que mon enfance apprit à regarder comme des modèles ordinaires d'hommes. Il fallait avoir été ainsi. Le courage, la patience, l'abnégation allaient sans dire. J'imagine la stupéfaction de mon père s'il eût entendu un Premier ministre réhabiliter les mutins de 1917, ou, citons juste, les « réintégrer dans la communauté nationale ». Les hommes qui s'étaient soustraits à l'héroïsme absurde de la Grande Guerre étaient des *embusqués*. Dans ma famille on eût hésité à en épouser un. Ces répulsions primitives sont dans mon atavisme. (Cela dit, quand la guerre est passée à ma portée, je suis resté couché dans ma niche. Trop gamin ? Allons donc ! La honte ne m'en est jamais passée.) J'ai toujours éprouvé pour Julius cette sorte de sentiment qu'il m'est si difficile d'expliquer à mes cadets, pour qui un peu d'antimilitarisme, ou de pacifisme, fait partie de la sensibilité ordinaire, au même titre qu'un soupçon d'anarchie. L'uniforme de l'ancien combattant, sans faire sourire, fait bâiller.

Quelle guerre dites-vous ?...

— L'Indochine, sur fond de piastre et de bambou fut une « sale guerre », abandonnée à la moiteur et aux spéculations des antipodes. Jules Roy lui-même — *Bataille dans la rizière* — ne savait pas sur quel pied y danser. L'Algérie, ce fut autre chose. Une de ces grandes saloperies qui déchirent de temps à autre le tissu français. Un million de pieds-noirs, le contingent jeté à la colère, le terrorisme, les corvées de bois, l'armée roulée dans la farine. Pas de « belle guerre » à faire là-bas, ni de romantisme. Comme je demandai à l'ancien commandant de Saint-Marc ce qu'il lui restait, en fin de compte, d'une vie chaotique et dramatique, il me répondit : « Ma mémoire jaune... » Et il écrit dans *Les Sentinelles du soir* : « Je ne connais pas de vérité tranquille. Le doute me brûle. Il arrive que la main de Dieu me frôle. Je crois que la conscience se transforme, mais ne s'efface pas. »

Je crois qu'une des raisons du dépérissement, dans la France des quatre dernières décennies, de l'inspiration et de la vigueur romanesques, pourrait être trouvée dans le refus (l'impossibilité ?) de traiter les grands sujets collectifs. La guerre de 1914-1918 a inspiré des romanciers : Barbusse, Genevoix, Dorgelès, Drieu, comme Jünger et Remarque en Allemagne. La drôle de guerre ? Un beau roman de Gracq, *Un balcon en forêt.* La captivité, ô tristesse, a nourri de sa grisaille quelques textes, le plus saisissant étant pour moi *Les Poulpes*, de Raymond Guérin. Je ne vois aucun grand livre de l'Occupation ni de la Libération. La tragédie française n'a donné naissance à aucune vraie exploration romanesque. L'Indochine ? Seul Lucien Bodard a tiré de son expérience de journaliste des livres magnifiques. Mais l'ambition romanesque n'était pas leur moteur. Reste l'Algérie : tous les ingrédients étaient réunis pour composer une liqueur forte : une longue « présence française », une oppression, une injustice, une révolte, un mouvement de libération nationale, des tensions raciales, une armée disloquée, l'opinion divisée entre deux factions, la violence, enfin l'exode. De quoi innerver et passionner dix œuvres contradictoires, brûlantes. Quand ses éditeurs suggérèrent à Jules Roy d'écrire la saga des Français d'Algérie, ce qui n'est pas tout à fait la même chose que l'Algérie française, sans doute avaient-ils dans la tête, à la fois, *le* grand roman des pieds-noirs et le feuilleton télévisé qui en serait tiré. Julius, lui, que le projet fascinait et intimidait, voulut viser haut. Il possédait la mémoire de son sujet, il portait en lui les paysages, les amours, les violences de la terre algérienne. Il avait eu partie liée avec le peuple pied-noir, et connu les espérances de fraternité entre communautés ; il avait été le familier de quelques progressistes. Il n'essaya pas de tout inventer : il appliqua l'imagination à sa propre famille ; il bâtit une hypothèse autour des siens, qu'il réinventa. Aurait-il la force, le souffle, trouverait-il l'ampleur de vague qu'il fallait donner à pareil projet ? C'était un sujet pour Hugo. Le temps qu'il travailla aux *Chevaux du soleil*, Jules Roy fut un homme survolté et heureux. Pour la première fois je voyais un écrivain s'attaquer à un *grand sujet* — plus grand que lui : c'est bien le moins. Pour la première fois aussi je voyais une équipe d'édition s'engager dans une aventure de création et d'amitié. C'est la raison pour laquelle je me suis arrêté un moment sur cet épisode : je voulus y voir confirmée une intuition, selon laquelle un éditeur et son auteur peuvent *partager* la naissance d'une œuvre.

1968-1975.

Puis il y eut comme un essoufflement de tous, sauf du romancier. Il souffrait sans doute de cette baisse de régime qu'il devinait chez ses entraîneurs de naguère. Scepticisme ? Croyait-on toujours en son entreprise ? La fièvre allumée en Julius était un peu artificielle : sa vraie distance était d'un volume intense, parfois polémique, souvent sensuel. Cette machine en cinq volumes le harassait peut-être. Il voulait accélérer au moment où il eût fallu ralentir, accepter le long cours. Il vint à bout de l'énorme travail, incertain dans le jugement qu'il portait sur lui, secrètement heureux, je crois, les imaginant, d'avoir donné visage aux inconnus de son passé profond. Celle qu'il appela Marie Aldabram, « la femme au nom d'étoile », prit tout naturellement place dans sa mythologie intime avec les Paris, les Bouychou. L'adaptation télévisée, quand elle vint, fut une de ces œuvrettes à la française, en costumes et en gloire, aux fêtes un peu avares de danseurs et de palmiers. Où étaient la plage de Staouëli, l'Afrique cueillant dans sa fournaise les soldats de Bourmont, de Roaille, la brève illusion de l'amitié possible entre futurs ennemis ? Il me resta, de ces années de familiarité avec ce trop vaste chantier, la certitude qu'aucune œuvre majeure, collective, aucune œuvre de bras-le-corps et de témoignage ne surgit de la seule volonté de l'écrivain. Si le romancier n'est pas porté par une nécessité et une puissance collectives, ou bien par une amertume et une nostalgie collectives — par exemple la nostalgie de l'aventure napoléonienne — il ne créera rien aux dimensions de son sujet. On imagine mieux un romanesque de demi-solde qu'un romanesque d'historien.

Un quart de siècle a passé depuis que Julius, fatigué et incertain, mit le point final à son grand œuvre. Peut-être son cœur battait-il plus fort dans *La Mort de Mao* ou *L'Amour fauve*, un chien, un renard, que dans son grand opéra algérien. Et puis, bien sûr, *La Vallée heureuse*… Un homme ne raconte qu'une fois sa guerre. Sa guerre ? Quelquefois il l'a faite aux femmes, ou à l'argent, ou à la société, ou à soi-même. En tout cas un sujet sur lequel on ne *revient* pas. Peut-être est-ce le secret des grands livres ?

Julius s'est enfoncé dans toutes les solitudes. Il est un homme à brouilles, à ruptures : ses Mémoires et son Journal en sont pleins. Je m'arrêtais moins souvent à Vézelay, je mesurais cet enfoncement et, pourtant familier, il me faisait un peu peur. Là-dessus vint puis s'aggrava la surdité. On parle peu de la surdité dans les livres de souvenirs ; elle doit avoir mauvaise presse, comme l'incontinence ou l'haleine fétide. Quel thème, pourtant ! On a noté déjà l'immanquable exclamation de deux vieillards qui se rencontrent : mais vous êtes-zun-gamin !... La surenchère des sourds est une comédie du même tonneau. Entre durs d'oreille, c'est à qui le sera le plus. Il y a émulation, défi, concurrence. C'est merveille d'entendre criailler dans les éclats de rire — car cette compétition les amuse — deux ou trois champions de la portugaise ensablée qui rivalisent de ridicule et de misère. Dès qu'il est esseulé le sourd file doux. Il apprend à vivre à la sourdine. Attentif, son œil cherche à lire sur les lèvres de ses interlocuteurs ; son visage, éperdu de bonne volonté, est au bord du sourire, seul emballage poli de son désarroi après trois ou quatre « pardon ? » inutiles. Mais le sourire, même arrangeant, suppliant, ne répond pas à toutes les questions inaudibles. Le sourd a soudain l'air filochard et bête. On le laisse tomber. On hurle de temps en temps un « n'est-ce pas ? » dans sa direction, sans attendre de réponse. Il ne faudra rien de moins que l'intervention d'un autre sourd pour recréer un peu d'animation.

Ma voix étant voilée et mon élocution tâtonnante, je n'aime guère faire la conversation aux sourds. Je la remplace par des sourires, des accolades, qui donnent un tour pathétique et un peu Pierre Benoit à certaines de mes amitiés. Pourquoi Benoit ? À cause des « viriles larmes d'homme » qui coulent volontiers sur les joues de ses capitaines de spahis. Avec Julius, mes relations seraient un peu ce qu'elles sont devenues avec Maurice Rheims (tous les deux mes aînés, tous les deux le courage et la guerre) s'il n'habitait pas si loin. Notre amitié a souffert des silences forcés, de la distance du Morvan. Et dans son égocentrisme, Julius commettait trop d'erreurs de jugement. Peut-être a-t-on eu tort de l'encourager à publier encore son Journal à quatre-vingt-douze ans. Il y entasse les compliments outrés, les exécutions sommaires, les approximations, les prophéties fantaisistes, les gamineries amères. Il prête à ses amis les envies qui l'ont rongé. Intouchable, grand comédien recru d'honneurs mais terrorisé par la solitude, repérant cruellement le délabrement de ses amis et habile à trouver pour le décrire les notations les plus désobligeantes, un peu hagard, toujours narquois, bouleversant, la vitalité l'étouffant encore, il joue au vieil homme indigne mais son style reste d'un lion. La patte, la griffe, il a tout pour tuer, y compris certaine myopie : on dit beaucoup que les animaux n'y voient pas comme nous ; ils rugissent et mordent un peu au hasard. Jules Roy, fauve à la retraite, polémique ainsi : dans le flou. Je lis *Les Années de braise*, troisième volume de son Journal après *Les Années déchirements* et *Les Années cavalières*. La braise signifie-t-elle feux presque éteints ou rougeoiement brûlant, inextinguible incandescence ? Années 1986 à 1996. Nous ne sommes plus très amis, j'en prends pour mon grade.

Octobre 1990, à l'Élysée, Mitterrand lui remet les insignes de Grand-croix. Après quoi Gilles Pudlowski emmène Julius déjeuner en famille au Meurice. Réflexions du nouveau promu : « Qui, à part Mitterrand, aurait donné cette grand-croix à un ancien officier démissionnaire de l'armée pour raisons de conscience, et titulaire deux ans plus tard d'un blâme du ministre de la Défense à l'occasion de la guerre d'Algérie ? Qu'on me le dise. Pas de Gaulle en tout cas. Encore moins Giscard ou Pompidou. Tout est bien ainsi. Ne pas désirer plus qu'on a. D'ailleurs, tout est là — Mitterrand est habillé comme s'il sortait de la Belle Jardinière, tel ou presque qu'à ses débuts. »

On frémit à imaginer ce que Julius eût écrit si ces lignes, de la plume d'un autre, lui fussent tombées sous les yeux.

Il n'importe. Nous sommes le 6 novembre 1999 et en ce moment même, une jambe brisée, il est sur un lit de clinique. Enveloppé dans ma tendresse en guenilles, je pense à lui. Je ne parviens pas à le quitter. Je rouvre le volume au hasard et tombe sur une page émouvante, une autre, une autre encore. Je panse les petites blessures et les oublie. Seules comptent l'inépuisable vitalité, fascinante, les caresses hérissées de griffes, la coquetterie ultime d'une longue beauté qui s'en va. Il refuse, me dit-on, toute visite. Une lettre, Tania la lui lira-t-elle ? De quel droit arriver sur la pointe des pieds dans cette vie envahie par l'ombre ? Des images relaient celles, inventées, de la clinique : éperon de Vézelay battu de vents, lumière crue du ciel où filent les nuages, le village désert dans le vide de novembre. Colères, foi, prédications, abandon : les passions se sont donné rendez-vous ici, comme Philippe Auguste et Richard Cœur de Lion avant la troisième croisade. Aujourd'hui ne restent, quand le beau temps s'en est allé, et ses touristes aux cuisses cuites, que les corneilles et les rafales, avec, parfois, le bruit cassant que fait un morceau de pierre tombé du ciel.

Encore un instant de bonheur

Je voyagerai léger. À plusieurs reprises j'ai dressé la liste des images qu'il me semble que j'emporterai : le fameux film, réputé si complet et d'un déroulement quasi instantané. L'album des photos secrètes. À le feuilleter, j'ai lassé quelques insomnies. Une vingtaine de scènes, disparates, énigmatiques, composent mon bagage. De cet énorme entassement de mémoire, de cette vie garde-meubles, de cette vie-grenier, il ne reste que cela ? À mon insu, voici ce qui se plantait en moi.

Les montagnes se présentent d'abord, multicolores, leurs mauves et leurs rouges tournant à l'ocre. La palette m'est donnée par une rondelle d'arbre pétrifié, à peu près de la taille d'un frisbee, rapportée de l'Arizona. La pierre est brute d'un côté, polie de l'autre, dont on peut exalter les couleurs en mouillant d'un peu de salive la surface lisse qui aussitôt rutile. Ainsi faisait le marbrier, en 1935, chez qui nous choisissions, en *grand deuil*, le granit destiné à la tombe de mon père.

On nous avait conseillé : abordez le Canyon par

la rive nord, *the North Rim*, ce que nous fîmes. Le moteur de la lourde Studebaker toussait, étouffé par l'altitude. C'était la fin de l'après-midi ; nous étions presque seuls.

Si je m'y risque — je m'étais juré de les éviter — je ne veux évoquer que les moments de ma vie où, par surprise, une béance s'ouvrit en moi, une envie de vertige, de chute, ou de rendre grâce. De quoi ? À qui ? Moments qui me donnèrent la nostalgie de la prière. (Nostalgie de la prière, ou son expérience ?) Ce premier soir au bord du Grand Canyon, et les heures de pleine lune qui le firent tourner au bleu et au blanc, laissèrent en moi cette trace de vide un peu palpitant. Bon. Épargnons-nous la Vallée des Rois et les regrets dont j'embellis les lieux que je partirai sans avoir connus : lacs, chutes, fleuves d'Afrique, galopades moutonnantes des troupeaux dans la savane du Kenya, Machu Pichu, océans, banquises que débite en glaçons géants un fracas de fin du monde. Je n'aurai pas suivi le conseil de Mme Yourcenar : je n'ai même pas fait le tour de notre prison.

L'hôtel, sur la rive Nord, était bâti, ou paraissait l'être, de rondins. Des troncs brûlaient dans les cheminées de pierre. La nuit tomba vite. Nous négligeâmes une guignolade de danses indiennes. Nous traversâmes le rez-de-chaussée qui n'était qu'un immense *lounge* : canapés, peaux d'ours et de daims, des maries-sanglantes ou des dry-martinis dans toutes les mains. Hommes et femmes, cuits et bruyants, paraissaient être les retraités de leur propre beauté. (Il m'arriva, peu d'années plus tard, de retrouver ces vastes volumes, ce parfum de pins en feu, ces visages de trappeurs, dans des hôtels des Laurentides. Un soir a résisté à l'oubli : sur l'écran des télévisions placées ici et là des cavaliers en veste rouge franchissaient les oxers d'un barrage de concours hippique. Deux heures auparavant, chargé de célébrer devant trois cents personnes l'ouverture du Salon du Livre de Québec, j'avais fait le discours, exactement le discours qu'on n'attendait pas de moi. Gaffes, provocations, accueil glacial. Pour l'heure, je prenais une muffée tranquille en remâchant mes remords. J'étais ineffablement serein, seul, sans doute pestiféré...)

Au Grand Canyon, je me trouvais au début d'un film américain comme je les aime ; beaucoup commencent ainsi, dans des *lodges* en rondins, au bord d'un lac, histoire épanouie dans une sensation de bonheur lourd. Bonheur ? Fausse route. Bientôt la violence va grenader nos illusions. Les viols, plus tard, des pièges à loups broient les jambes, la grenaille pour le gros creuse un cratère dans les poitrines. Mais tout commence dans la paix. Nous sortîmes ; la lune baissait déjà sur l'horizon ; un froid de haute montagne soufflait sur le plateau fracturé.

L'heure est brève, en septembre, entre l'absorption du soleil par l'horizon et la chute brusque de la nuit. Le caïque à coque noire est mouillé à une encablure de la côte turque. À la poupe les grands coussins commencent à prendre l'humidité. On attend les dames. Elles s'habillent pour le dîner. (On ne dit pas « les greluches », ni « la poulaille », comme feraient des trentenaires dans le vent de la pub qui achètent leur première BMW. Les dames, donc, s'habillent.) Comédie sociale scrupuleusement respectée : elles se font belles pour les monstres marins, les chèvres dispersées entre les rochers du rivage, le mousse aux lèvres gourmandes. Les hommes se taisent. Un marin regarde Sam préparer le *whisky sour*, en pressant, d'un seul geste de la main, un citron au-dessus du shaker. On se sent la peau imprégnée de soleil. L'obscurité est déjà profonde ; le clapot, imperceptible. Parfois un petit vent de conversation souffle sur nous, vain et gai. L'éternité, l'éternité ! J'aurais besoin d'elle pour me souvenir de ces minutes immobiles. Ce grattement sorti de l'ombre, est-ce une brebis maladroite ? son berger qui nous observe ?

Une certaine façon qu'avait le soleil, en hiver, à la fin de la matinée, d'entrer dans le salon jaune d'Arpaillargues par les fenêtres placées à angle droit, de sorte qu'il y avait deux soleils, dont les taches se livraient à une concurrence troublante sur le tapis. Je m'arrêtais sur le seuil. Derrière moi la cage d'escalier, si vaste, résonnait des aboiements de Polka. J'étais en train d'écrire, dans la chambre noire aux gypseries blanches, sous le toit, *Le Maître de maison*. J'hésitais entre le vrai nom des lieux, Arpaillargues, qui, sonnant fort dans le soleil, me paraissait contenir un peu de l'or d'orpailleur et du fracas guerrier de Meyrargues ou de Bouillargues, mais en fin de compte j'assourdis ma rage de coller à la réalité et j'appelai la maison de mon livre Le Lossan, nom qui me paraissait d'une austérité protestante, quasi cévenole.

J'ai connu aux États-Unis mes meilleurs dépaysements, qui sont aussi des repaysements. Tous les humains de ma génération et des suivantes ont un rendez-vous avec l'imagerie et les paysages d'Amérique. Rendez-vous pris en tous temps et lieux. Le paysage écorché et minéral de Monument Valley nous attendait depuis les westerns de John Ford ; les rivages atlantiques du Massachusetts et du Maine nous sont familiers depuis la saga de la famille Kennedy et l'installation de Mme Yourcenar à Petite Plaisance ; j'avais découvert Taos chez D. H. Lawrence et, plus concrètement, dans les *comics* que je lisais, enfant, tout ce que ma mère appelait « tes Zorros », m'apprenant cette terre rouge et jaune, déjà mexicaine, les maisons d'adobes aux poutres pointant du haut des murs, les rues de poussière, les hommes endormis à l'ombre de leur chapeau. Chaque rencontre avec ces images datées de l'enfance me fut d'une mystérieuse douceur. La sœur de Bibi Fricotin, lunatique et snob, était devenue l'une de ces bonnes filles faciles de Smith College, à Genève, qui faisaient le bonheur des garçons le temps d'un week-end à Combloux ; ou les secrétaires de New York à la voix impitoyablement courtoise. J'ai aimé la vie américaine, que je n'ai fait que frôler, avec emportement et partialité. Parlant mal l'anglais et incapable d'y faire des progrès, j'ai dû me contenter de marcher, de conduire, de m'immerger dans le quotidien des choses, tout à l'idéal de passer inaperçu pour mieux voir. Arrivés un soir, comme par hasard, à Martha's Vineyard, nous fûmes émerveillés. Les maisons, surtout celles de bois gris et blanc, la beauté des bateaux dans le port, la perfection — si j'ose dire — des bars et de l'élégance des hommes debout dans ces bars : tout me troublait, me comblait. Oui, je sais, je sais… J'avais encore dans les yeux la pouillerie haineuse du Bronx, les slogans de mort bombés sur les wagons de métro, les fenêtres murées. Combien de vies, de mois, d'années de Bronx fallait-il pour payer un seul des crépuscules de Martha's Vineyard, avec leurs messieurs à la voix moulée de virilité, au teint de santé et de rigueur sociales ? Mais je n'en étais plus au temps où j'aurais accepté le Bronx, tant pis, mais sans Nantucket ni Cape Cod. Je m'étais fait à l'idée que les *beautiful people* ne fleurissent ni mieux ni moins bien dans les jardins que sur le fumier. La vie princière, quel labeur ! De tout petits territoires du monde concentrent beaucoup de la douceur de vivre : ne soyons pas si sots que de nous en offusquer.

Au-dessus des Hauts-de-Caux, en Suisse, où nous partageons en famille un chalet, descend des Rochers de Naye jusqu'à Sonchaud et Caux un sentier que j'ai parcouru, rarement en montant, souvent en descendant, des dizaines de fois. Il suit longtemps une ligne de crête, situation excitante pour l'âme qui inspira au philosophe Gabriel Marcel une pièce où abondent les formules élevées. D'un côté quelques sommets des Alpes bernoises, un gouffre au fond duquel s'est lové le faux lac de l'Hongrin, de l'autre le Léman, son grand croissant miroitant, les vignobles, les sages montagnes un peu Henry Bordeaux de la rive française, des nuées prometteuses, Turner dans sa meilleure forme. J'ai toujours — enfin : depuis vingt-cinq ans — pensé que le chemin des Crêtes était un bon lieu (j'évite le mot décor) pour finir sa vie. Je connais telle petite plate-forme rocheuse, en contrebas mais facile d'accès, d'où, si l'on tombe, on fait cinq cents mètres en chute libre. On peut donc imaginer de se glisser là, porteur seulement d'une bouteille de vieux Glenmorangee et d'un peu d'eau ; ne pas oublier un verre ni les gélules du somnifère dont on a la pratique. Triplons la dose, versons peu d'eau dans le whisky : il y a de fortes chances pour que la somnolence vienne vite. Penser, si la saison ne l'impose pas, à enfiler un chandail : ne pas aller frissonner, surtout ! Endormi, et ivre, le premier mouvement inconscient vous jette au vide, où l'histoire commence de finir.

Quand on projeta le film que Bernard Queysanne avait réalisé pour « Un siècle d'écrivains », j'eus la surprise de constater, oublis et montage aidant, qu'on n'y voyait aucune image de mes enfants. Peut-être cette absence dénonçait-elle mon plus vilain défaut, mais il était traité avec une brutalité excessive. Péché par omission ? Il n'est pas de ceux qui vous valent la sympathie. Je sais mal parler des enfants et aux enfants. De sorte que j'ai d'eux des souvenirs trop souvent alourdis de gêne, la mienne, au lieu des romances que l'on espérerait. La romance a sauté une génération : elle vient avec mes petits-enfants, mais je suis toujours aussi maladroit. Leur parler au téléphone est parfois un supplice : je me trouve si sot, si convenu. Aucun de mes grands-pères n'était vivant quand je suis né et mon père nous a tôt quittés, de sorte que j'ignore ce que doit être le style grand-père. Quant au style paternel, que de gaffes ! Chaque soir d'un séjour en Corse, chez lui, j'ai vu Jean d'Ormesson, pour qui j'ai l'amitié la plus simple et fidèle, raconter une histoire à sa petite-fille, Marie-Sarah. Les mots, le ton, la gaieté contenue : tout sonnait juste. Voilà ce que je n'ai jamais appris à faire, pensais-je. Et je me rencognais dans un étonnement un peu jaloux.

Mais puisque le voilà arrivé dans ce récit, parlons un peu de Jean.

Jean

Ah, je ne voudrais pas le rater ! Je cherche le moyen d'attraper la ressemblance. J'ai bien dû griffonner quelques croquis préparatoires. À propos des livres, bien sûr. Mais on parle peu des livres dans celui-ci. L'enfance ? Je peux l'imaginer. Il a sans doute été un petit garçon impiffable : toujours sûr de son affaire, trouvant dans les têtes les poux qu'il y cherchait, donneur de leçons. Il lui reste de ce temps-là une certaine façon de rectifier toute erreur commise devant lui, et le plaisir qu'il y prend. Péché véniel. Et si je remontais au commencement des choses ? Jean est né en 1758, dix ans avant François-René. Présenté à Louis XVI, il oublia de jeter vers Turgot et Necker les regards brillants que les jeunes gens réservent aux duchesses intrépides. Les Lumières, les philosophes ? Bien sûr, et il était là en 1784 pour *La Folle Journée*. Déjà, deux ans auparavant, il avait eu une affaire du tonnerre de dieu pour avoir offert *Les Liaisons dangereuses* à une trop fraîche épousée. Il tardait à s'établir. Émigra-t-il ? Là-dessus les avis divergent. Oui, disent les uns : il suivit (à Coblence ? à Londres ?) une veuve dont il était amoureux. Non, disent les autres, il se cacha tout en haut de la vallée de l'Arve, au hameau de Chamouni, où on le vit tendre à de belles étrangères une main et des échelles secourables par-dessus les séracs et les crevasses de la mer de glace. Le célèbre guide Balmat, devenu son ami, lui en avait révélé les secrets. Dans les salons de la Restauration, après 1830 et davantage encore après la mort du vicomte de Chateaubriand, il prit figure de survivant de plusieurs passés. D'où tenait-il ces exquises manières ? De Trianon. Ce sourire ? On disait « de Voltaire », par commodité. Ces yeux pâles ? Des regards éperdus qu'il avait jetés aux belles sous le soleil du mont

Blanc. On ne comprenait rien au personnage si l'on oubliait d'où il venait. C'est resté vrai.

Où ai-je connu Jean, et quand ? Vers 1956, peut-être à un déjeuner chez René Julliard, dans le bel appartement de la rue de l'Université où Gisèle d'Assailly montrait volontiers l'épée de La Fayette, son ancêtre, et tarabustait les jeunes auteurs de son mari, histoire de leur dégourdir l'esprit. Jean n'avait pas besoin de ce traitement : il était disert, charmant, insolent. À moins que ce ne fût — notre rencontre — chez Nine de Montesquiou, place de Bagatelle, à Neuilly, le jour qu'elle reçut des amis pour fêter la publication du premier livre de Jean. Peut-être aussi bien au bureau de *La Parisienne*, avenue Rapp, où parfois Morand passait en coup de vent, entre un avion et le Cisalpin, nous offrir des cravates qu'il apportait de Londres. J'ai de plus vieux amis que Jean (Frédéric remonte à 1940), d'autres avec qui nous nous épanchons davantage. Ici ou là dans ce récit on voit la place que tinrent Soriano, Prassinos. Avec eux j'eus des conversations plus emportées, et même emballées, qu'avec Jean, mais ils ne sont plus là, ils m'ont été volés en route par la chiennerie ordinaire. Si l'on me demande : « Votre meilleur ami ? », c'est le nom de Jean qui me vient aux lèvres, jamais seul d'ailleurs, Maurice Rheims l'accompagne.

Cette affaire du *meilleur* ami mérite un développement. Ma vie sentimentale, pour simplifier, a toujours obéi à deux règles ; l'une empruntée à Montherlant : « J'aime la citronnade, je n'ai pas besoin que la citronnade m'aime » ; l'autre tirée de mon expérience : comment pourrais-je continuer d'aimer qui a cessé de m'aimer ? Les deux principes paraissent contradictoires. À ceci près que les sentiments de la citronnade sont rarement pris en compte. À y regarder de près, les deux affirmations ont en commun de refuser toute perspective de souffrance ou de la rendre insignifiante. Excellente affaire pour le confort, mais mauvaise pour le palpitant et le velouté de la vie. Comment se fait ici le passage de l'amour à l'amitié ? Aimerais-je un ami-citronnade sans me soucier de son goût pour moi ? Continuerais-je de me dire l'ami de qui m'aurait trahi ? Non, bien sûr, mais en souffrirais-je ? Réponse : non encore. Il m'est arrivé de voir s'éloigner de moi des hommes pour qui j'avais un moment flambé (d'amitié, s'entend), sans en éprouver de déchirement. Il ne s'agissait pas d'un affront, ni d'une déception — tout au plus la satisfaction qu'on éprouve à voir justifié un raisonnable pessimisme. On perd des amis — de ces amis-là — en même temps qu'on perd du pouvoir ou de la dorure, quand on s'éloigne du mouvement des choses. Sans importance. Aimerais-je Jean s'il ne m'aimait pas ? Pour répondre il faudrait que je fusse sûr de son amitié. Le suis-je ? L'est-on jamais ? Je ne sais pas ce qui, dans sa chaleur, tient à l'éducation ou ce qui tient aux sentiments. Est-il absurde de se poser la question, indécent de la formuler ? Passé la maturité, croyais-je, les amours, les couples, les amitiés entrent dans une zone de tranquillité. Au lieu de quoi on découvre alors la perfection des mensonges, d'indécelables trahisons. Un homme, après trente ans de sécurité conjugale, apprend qu'un autre homme est entré dans la vie de sa femme à une façon nouvelle qu'elle a de l'embrasser, de le caresser. La trahison, si bien cachée, éclate ainsi au cœur de la nuit. Les sentiments ne sont pas sûrs. Je suis sûr, si l'on veut, des miens, mais de ceux qu'on me porte ? Voilà pourquoi j'use de ces mots, meilleur ami, avec circonspection. On n'a pour « meilleur ami » qu'un vivant, ou alors mieux vaudrait fermer la boutique. Donc, Jean. Pourquoi ? On le dit frivole, mondain, résolu à préserver sa liberté : tout cela doit être un peu vrai. Mais les quelques fois où le ciment m'a pris aux pattes, où l'engourdissement pouvait gagner, la présence de Jean, son silence, son célèbre regard ont été, exactement été, ce qu'on espère que seront la présence, le silence, le regard d'un ami. Le matériau est solide. Qui disait d'un homme qu'il respectait : « C'est quelqu'un avec qui on peut aller à la chasse au tigre. » (La citation est inexacte, mais où la vérifier ? Bruckberger ? Bernanos ? Peu importe.) Avec Jean, je sais que j'aurais pu aller à la chasse au tigre, à supposer que pareille intention nous eût jamais effleurés. Le temps en est passé, soit, ou semble l'être, mais qui sait les surprises que nous réserve la jungle.

Je ne peux pas évoquer ma vie sans qu'y occupent leur place Jean et Françoise. L'insaisissable Jean, la solide Françoise. Jean le courtois, Françoise la brûlante. Tous deux intraitables, tous deux spectaculaires et soyeux, tous deux fraternels. Je m'en tire avec des mots contrastés et imprévus ? Oui, et alors ? N'est-ce pas la loi des livres ? Je pourrais accentuer le trait, ici, là, et glisser de la caricature dans le portrait — mais je ne brosse aucun portrait ; j'ouvre mon texte à tel et telle, comme dans la vraie vie je suis passé de main en main. Certaines mains se sont refusées, ou retirées, ou couvertes de vilaine moiteur : je les oublie et célèbre les mains fidèles.

On pourrait revenir ici à des souvenirs communs, communs d'ailleurs à tous les gens de notre catégorie et de notre âge : neige, mer, bateaux, Venise, Suisse. Présence obligatoire et presque constante du soleil. Marrakech, Mena House, le Nil ? Non : avec Jean nous sommes passés à côté des palmiers. Partout, il faudrait noter d'interminables parlotes. De la Casa dei Leoni aux mouillages turcs et aux moments — oui, même ceux-là ! — où le Swann 65 de Pacha prenait de la gîte, glorieusement, par un meltem coopératif et une mer établie. Nous continuions notre conversation. Il y aura bientôt un demi-siècle que Jean m'amuse et que je le fais rire. Nous avons amassé de la gaieté comme l'avare son or. Jean n'est pas *mondain* : il ne laisse pas passer les anges (dont il connaît si bien, d'ailleurs, la hiérarchie et les caprices).

Entre lui et moi, jamais une confidence, un chuchotis, un jure-moi-le-secret, un « tombeau ! » proustien. Nous sommes, l'un vis-à-vis de l'autre, discrets comme des notaires. Jamais d'allusions à une femme. Cette retenue est plus répandue qu'on ne le croit. Un soir, il y a quelques années, je vis Bérénice P., fille d'une de mes amies, en conversation avec une copine sur un canapé du salon ; l'échange paraissait animé ; j'allai m'asseoir à côté d'elles et leur posai, avec ma patauderie sexagénaire, des questions qui se voulaient piquantes. On me regarda comme si, aérolithe, je venais de tomber du ciel aux pieds des deux tourterelles.

« Tu sais, me dit Bérénice sur un ton de patient pédagogue, quand nous parlons des hommes, entre filles, nous disons des choses extraordinairement sales… » Il y avait comme une buée d'étonnement indulgent sur son visage de gamine. Moi, j'avais le souffle un peu court. Je parvins, sans manquer par trop de naturel, à ne pas répondre. Les tourterelles riaient déjà à autre chose. Cette *saleté* du haut de laquelle on me toisait me paraissait une médiocre conquête. J'avais échappé, garçon et adolescent, à ces usages, que nous n'ignorions pas tout à fait et que j'avais retrouvés au manège, où les moniteurs à époustouflantes casquettes la pratiquaient en buvant des muscadets et en tournant vers nous, les petits bourgeois, un dédain goguenard.

Il doit m'avoir échappé, parlant de Jean, le mot *frivolité*. Comme il est mal choisi ! D'abord, il est entendu que je récuse la paire frivolité-gravité, à laquelle tout romantisme fait la part belle. Trop belle. Le chapelet de banalités qu'on peut dérouler à partir de la formule base est à proscrire. On les entend d'ici. Inimitable nostalgie qui brûle les sensibilités de vingt ans, fêtes et adieux, le rire et les larmes, l'intrépidité batailleuse des fruits verts. Etc. « Les jeunes filles sont les auxiliatrices de la mort » : Dieu me pardonne, cette niaiserie est de ma plume. La frivolité est un pas de danse, une élégance rapide, un signe d'inguérissable légèreté — elle n'est pas une sauce crémeuse et épicée destinée à accommoder les méchancetés du destin.

À l'âge où l'on n'a pas encore tout à fait renoncé à se *composer*, j'ai hésité entre deux styles de vie : le sérieux ou le frivole. J'avais en moi les matières premières nécessaires à l'une ou l'autre fabrication. Du moins était-il flatteur de l'affirmer. En vérité, j'étais mieux armé pour l'engoncement et l'enfoncement. Il y a en moi une vocation à jouer les modestes seconds, les zélés, les laborieux. J'ai rêvé sur ce qu'on appelait autrefois une « imprimerie de labeur ». Ma prose lui était à coup sûr destinée. Tout le vocabulaire de la typographie me rejetait à mes obsessions de pénitence : les « épreuves », n'en parlons pas. « Bas de casse » : je voyais un forçat au pied d'un raidillon, acharné à casser le rocher de Sisyphe qu'il avait renoncé à hisser une fois de plus. Et le doublon, le mastic, la coquille, le bourdon sanctionnaient mes flottements. Le couillard tentait en vain de rythmer un style qui s'étirait. Mes bilboquets méritaient-ils mieux ? J'étais bercé par la grande houle de François-René mais ma prose ne prenait le vent au large d'aucun écueil, au péril d'aucun gouffre. Un peu de sécheresse ? Je glissais de Rancé au rapport de gendarmerie. C'est alors que se sont manifestés les hussards. On n'allait quand même pas se donner le ridicule de l'air grave. L'air *juste milieu* eût dit Lucien Leuwen. Il fallait porter beau, vif, bref. La difficulté consistait à ne pas glisser au *dandysme*, qui sent son application, c'est-à-dire la boutique. Comment faisait Jean pour s'en tenir, avec cette maestria, entre le trop et le trop peu ? Je me rappelle un matin d'hiver, en Suisse. Je ne sais plus où ; on parlait allemand autour de nous, dans un de ces couloirs de ciment où patientent les skieurs en attendant la benne du téléphérique. Nous flairâmes autour de nous un creux de curiosité : quatre ou cinq garçons français nous observaient, l'œil allumé. L'un d'eux, soudain, se mit à fredonner, en regardant Jean, une chanson de Jean Ferrat dont c'était la mode cette semaine-là ; on y entendait : « … Monsieur d'Ormesson vous avez du sang sur les mains… » Rien que ça ! Il n'y allait pas avec le dos de la cuiller le camarade ! Du sang… Où cet ennui était-il arrivé à Jean ? À moins que ce ne fût faute d'être allé quelque part où l'Histoire (grand H) était en train de se faire ? Ferrat, lui, s'y trouvait sûrement, avec sa moustache de papet, ses doux yeux de dragueur des caboulots, son pseudonyme, ses passages « en vedette » à Bobino et à l'Alhambra. Cher Ferrat ! Où coulait-il, ce sang ? À Saigon, à Cuba, chez Pol Pot ? Assis sur la barrière de fer qui contenait la file des skieurs, Jean regardait le chantonneur d'un œil amusé, brillant. Pas un geste. Allions-nous échanger quelques bourrades ? Déjà que nous étions vêtus et armés comme des guerriers !

Mais une benne arrivait ; un mouvement se fit ; chacun se redressa, redressa ses skis, la queue avança. Dans la cabine, je jetai un coup d'œil sur nos justiciers, occupés maintenant à se raconter leur exploit. Tout cela sentait le laineux seizième, la cour de Janson. En haut c'était le grand soleil.

Longtemps coincé entre pathétique et rigolade, entre l'envie de faire rire et celle de racoler des amis pleins de compassion, le bel air et le grand ton — à l'état de tentations, tout cela, bien entendu —, j'ai attendu très tard avant de faire ma religion. Elle l'est aujourd'hui : mieux vaut, en toutes circonstances, détendre la corde, donner du mou, sourire. J'aimais, enfant, passer boulevard des Capucines devant un magasin à l'enseigne de « Mlle Hortense, marchande de frivolités ». Le joli commerce ! Et le pluriel est bienvenu. J'ai toujours rêvé sur ces négoces improbables. J'hésitais entre Chateaubriand — « des vendeuses de plaisir crièrent leurs oublies » — et *Les Enfants du paradis*, où Pierre Renoir était si inquiétant en marchand d'habits. Pourquoi pas d'oublies, de mémoire, de remords ? Ou ces marchandes « à la toilette » qui se glissaient dans le sillage des duchesses empoisonneuses. La nuit, il m'arrive de retrouver en rêve une boutique romaine (rue des Boutiques obscures ?) où Jean-Pierre Angrémy tient négoce de romanesque. C'est écrit sur la porte. L'officine ressemble à un atelier de la Villa Médicis. On entend *La Tosca*. Là-dessus, doué d'ubiquité, Jean-Pierre est assis dans son bureau : un salon pour Visconti. Il parle de ses vingt ans, de Londres, de Pékin, de cousines, de comédiennes palpitantes. Je découvre, l'écoutant, quelle formidable machine à romans ne cesse jamais, en lui, de fabriquer des histoires. « Nous faisons les trois-huit, dit-il, les carnets de commande sont pleins ! » Le voici dans les jardins de la Villa. « Quinze ans qui passent sur un épisode de la vie lui donnent la *patine antiquaire*… » Puis la scène change encore et une très belle jeune femme pénètre à vélo dans le palais Farnèse. « Il me faudra attendre un peu, dit-elle en riant, pour devenir une héroïne de Jean-Pierre ! » Une voix dit encore : « C'est un titre de qui, *Encore un instant de bonheur* ? » Puis je me réveille.

Maurice Rheims

Plusieurs fois, racontant Jules Roy, j'ai rencontré Maurice Rheims. À cause de la guerre, qu'ils ont faite tous deux avec courage ; à cause aussi des servitudes de l'âge, qu'ils subissent sans les accepter. La comparaison pourrait s'arrêter là. Non, une ressemblance encore : tous deux sont couverts d'honneurs. L'un les a accueillis avec satisfaction ; l'autre bougonne et feint de les dédaigner : il n'en est rien, bien entendu.

Maurice avait depuis longtemps rendez-vous avec le personnage qu'il est devenu. Je me demande s'il avait lu Proust quand il résolut d'être Swann, ou plutôt Charles Haas, son modèle. Homme de la clientèle des Rothschild (son père était un de leurs fondés de pouvoir) et peut-être, a-t-on murmuré, de leur sang, Haas connut sous le Second Empire une ascension sociale foudroyante : ce rouquin aux yeux verts eut toutes les femmes, resta leur confident, fut l'intime du gratin et même élu au Jockey. Il avait un grand goût et conseillait volontiers ses amis. Ghislain de Diesbach le montre au moment où Proust le rencontre : « … il n'a qu'une seule règle de conduite, une seule morale et un seul cadre : l'élégance, une élégance qu'il incarne à merveille avec sa silhouette de dandy vieillissant, demeuré fidèle aux modes de sa jeunesse. […] Il est surtout un prestigieux survivant du Second Empire, un témoin de la fête impériale. » Quand l'affaire Dreyfus se déchaîne, Haas n'hésite pas : il rejoint les siens (ou bien est-ce Swann ?). Le personnage a dû fasciner le jeune Rheims de la fin des années 1930.

Maurice, je le crois, connaissait admirablement son dossier et ne le trouvait pas excellent : Juif, fils d'un général et polytechnicien mais contemporain de l'Affaire, trop cancre pour les peaux d'âne, voilà, comble de difficultés, qu'il réussit, et vite, dans un métier d'argent. « Officier ministériel » ? Soit. Mais ce n'est pas le grand chic au lendemain de la guerre. Commissaire-priseur. Cela sent encore la basoche ; on vide les greniers. Rien à voir, quand Maurice débarque dans la profession, avec un *gros* notaire, un *grand* avocat. Il n'a pas envie de jouer les huissiers brocanteurs. Il lui faut réinventer la fonction : il fera de la formule « Maître Rheims », qui le suit encore, une sorte de titre artistique et mondain. Transformer des handicaps en privilèges, puis assourdir les privilèges pour en conquérir d'autres, ce sera la méthode de toute sa vie. Maurice n'avait pas à grimper, à se dorer la vie, mais à la changer. Le reste s'enchaînera : l'argent, le monde, et la fameuse élégance de Charles Haas. Seul inconvénient de cette première réussite : il faudra ensuite la faire, à son tour, oublier. Maurice a vite inventé le personnage dans la peau de qui il veut vivre « le reste de son âge » : un riche amateur, un collectionneur, dandysme et érudition, infidèle aux femmes mais fidèle à de Gaulle et à ses amis, un de ces hommes que l'on trouve, fragiles, habillés à Londres, hantant les villégiatures démodées (Fiesole et Berenson plutôt que les burgraves de Marbella), raffinés dans le goût, sardoniques dans l'anecdote, membres et illustrations de quelque grand club. Un club ? Lequel est le plus prestigieux ? Celui qui ne compte que quarante membres. Qui dit moins ? C'est lui que Maurice va investir. Quelle est la voie royale pour s'en approcher ? La littérature, quand même. Qu'à cela ne tienne, Maurice deviendra écrivain, il sait conter : il s'aperçoit que de conter à inventer le passage est aisé. Il sait se souvenir, aussi : le métier, qu'il eût été facile d'effacer, devient source de sujets, d'intrigues, de souvenirs. Sa « coupable industrie », comme lui disait de Gaulle, Maurice ne la cache donc pas : pour mener de front toutes ces manœuvres il n'est pas inutile d'être intelligent. Très intelligent, Maurice l'est, avec un faible pour les femmes et un fort pour la dimension mythique des personnages. Il excelle à voir, derrière un homme, ses fantasmes, ses probables secrets, sa prochaine légende (où lui, Maurice, aura sa place). En peu d'années il fortifie ses positions. Quelques grands coups de son marteau d'ivoire (la vente à Venise du palais Labbia, l'expertise de la succession Picasso, plusieurs enchères record). Des livres à succès. Une nostalgie d'excentricité dans une élégance classique, ce qui donne à sa silhouette la touche britannique que le dieu des langues étrangères a refusée à son discours.

Nous faisons connaissance chez Joyce et Sam Mansour, donc sans doute l'hiver 1957. Je lui demande, devant un petit dessin de Leonor Fini, si c'est un faux. Il me répond que oui. Connivence immédiate. Un peu plus tard nous serons presque cousins par double alliance : sa femme, Lili Krahmer, est une lointaine cousine de Cécile ; elles ont passé la guerre ensemble à New York. Premier séjour à Ochinese, en Corse : il y en aura vingt-cinq ou trente autres. On croise là-bas beaucoup de monde qui enrichit ma ménagerie. Maurice me regarde vivre avec un sourire en coin. Il me trouve peu d'appétit ; l'argent ne m'intéresse pas ; si j'ai des coups de cœur je les cache. Lui ne tient pas en place : il réinvente le goût du 1900, se fait une niche dans le chenil surréaliste, tutoie de plus en plus près les milliardaires, devient un personnage presque officiel quand Pompidou entre à Matignon, puis à l'Élysée. Il tâte du cinéma : envie d'adapter un roman célèbre ; lequel ? *L'Homme pressé*, bien sûr. Morand raffole de lui comme il raffole de Morand : en connaissance de cause. Maurice Genevoix, à l'électricité Rheims, prend un coup de jeune. C'est Maurice qui s'« occupe » de l'épée de Jean et vient un après-midi, au *Point*, me la montrer, son écrin couché dans la malle de la voiture. Tiens, c'est vrai, l'Académie : il ne faut pas oublier de s'y faire élire. Battu une fois, par Jean-Jacques Gautier, Maurice a été un battu parfait : il est venu passer cinq minutes à la réception qu'offrait l'éditeur du vainqueur, d'une urbanité exquise, sourire modeste mais l'œil vif. Un petit air bénédictin ne lui ira pas mal : il travaille comme un damné à un dictionnaire des néologismes qu'il nomme les « mots sauvages ». Trouvaille ! Trouvaille aussi un *dictionnaire* ! Si l'Académie ne comprend pas… Elle comprend, et l'élit.

Je laisse quelques souvenirs défiler et tout le paysage change. Le malheur, qui semblait avoir oublié Maurice depuis la mort d'un frère, celle d'une épouse, le rattrape : son fils Louis lui est enlevé, lentement, férocement, par un cancer. Ces deux-là s'aimaient et s'admiraient comme rarement père et fils. Rien, dès lors, ne sera plus pareil. Maurice enveloppe Louis de silence. Il défend sa mémoire avec une âpreté d'animal blessé. Bettina et Nathalie montent la garde, elles aussi. Le succès les accompagne, tonitruant pour Bettina, qui est une provocatrice, murmuré pour Nathalie, qui est la gardienne des secrets. Gardiens aussi les trente fidèles parmi lesquels Maurice et Dominique Muller choisissent, chaque dimanche, leurs compagnons du soir. Maurice les reçoit, tendre, indulgent, peut-être absent, lointain et proche, heureux d'être resté au centre de ce *dispositif* — eût dit le général Rheims — qu'il a mis une vie à parfaire, où la tendresse a eu plus de part que la stratégie. Le voilà bien, Swann ou Haas vieillissant. Son regard, où qu'il se pose, redécouvre un objet, une toile, un meuble qu'il aime. Musée intime, à l'ordre et à la hiérarchie changeants.

Mince, fragile, silencieux, Maurice est devenu le modèle de l'amateur qu'il voulait incarner, inclassable, précieux, héritier à la fois d'une longue tradition de luxe et survivant d'un massacre. Ami le plus fidèle, ne sollicitant jamais une confidence — ou si l'on en risque une il vous conseille d'aller chercher une fille rue Godot-de-Mauroy… — il y a en lui du capitaine de commandos, du Des Esseintes, du spéculateur subtil et du grand notable républicain. Rien n'aurait dû nous rapprocher, Maurice, Jean et moi : l'amitié dure entre nous depuis quarante-trois ans aujourd'hui.

Gueule

Depuis que je me dégoûte, je dégoûte aussi les autres. Naguère je vivais dans l'illusion plutôt niaise d'être, sinon aimé, au moins considéré comme un élément familier du décor, toléré, mieux : en situation de complicité avec les gens que j'estimais. Du jour où mon apparence physique a commencé de me faire horreur il m'a semblé être entouré de suspicion. Je sens autour de moi, comme des odeurs, l'indifférence, la moquerie, le sarcasme. Je n'ose plus lire les dédicaces des livres qu'on m'envoie ; j'hésite parfois deux ou trois jours à ouvrir les lettres d'où s'exhale, à ma narine, ce parfum de vase. Quelqu'un se mêle-t-il de me dire ou de m'écrire une douceur, je doute immédiatement non pas de sa sincérité mais de son jugement. J'en viens à me méfier de qui ne me méprise pas. Tenté-je de me *reprendre*, de remonter dans ma propre estime : un miroir me jette à la gueule mon image et j'abonde aussitôt dans le sens de mes juges.

La forêt d'Orient

À cent quatre-vingts kilomètres au sud-est de Paris, entre les villes de Troyes, Brienne-le-Château, Bar-sur-Aube et Bar-sur-Seine se trouve un vaste vestige de la forêt gauloise, celle-là dont de Gaulle aimait contempler la ligne grise à l'horizon de Colombey. Il s'y faisait déposer pour des marches solitaires. La forêt d'Orient. Son seul nom suffirait aux rêves. Elle fut aussi appelée forêt du Der, forêt du Temple, forêt du Grand Orient. Mais son nom officiel, qui a désigné en 1970 le Parc régional de la forêt d'Orient, remonte aux environs de 1235 et il lui fut donné parce que les Templiers s'y établirent largement à leur retour de croisade, c'est-à-dire d'Orient. Des dizaines de noms, en forêt et à son pourtour, évoquent ce passé. C'est toujours le grand carillon : « Orléans, Beaugency, Notre-Dame de Cléry, Vendôme ! Vendôme !... » Nul ne peut se vanter de sentir la France s'il n'a pas cette musique-là dans la mémoire. Je cite au hasard quelques lieux : Bois de Lusigny, la Vendue-Mignot, Villy-en-Trodes, la Lieutenance, le Bois des Burgondes, le

Bois de Charlieu, la Loge-Madame, Bois-l'Abbé... Mon père m'y emmena lors d'une inspection de coupe, quelques mois avant sa mort. Depuis bientôt trois quarts de siècle la forêt d'Orient me hante. C'est à elle que je pensais au krak des Chevaliers, et je faillis la donner pour titre à l'un de mes romans : *L'Empire des nuages*. J'y envoyai le peintre Burgonde, qui lui devait son nom, l'arpenter des heures et des heures au long desquelles il réinventait une autre façon de peindre. Rassasié des acrobaties mentales (« *la pittura e cosa mentale* ») qui avaient fait de lui un « abstrait lyrique » presque heureux, il ne fut plus capable — et affamé — que de peindre des arbres. Je l'imaginais, boitant à grands pas en forêt, glissant dans l'humus, parfois chantant à tue-tête, se gorgeant de la solitude attentive et bruissante des bois et revenant, comme ivre, les yeux pleins du mouvement fou du vent, s'enfermer dans son atelier où il peignait à la diable ces sous-bois, ces bordes, ces pénombres, ces layons, cette vastitude sans horizon.

Ce devait être en 1978 ou en 1979.

Nous étions entre deux maisons. Celle d'Englesqueville vendue, celle de Provence encore à l'état de songe : je la cherchais au hasard des paysages et de la fantaisie des notaires et agents immobiliers. Parfois je faisais halte quelques jours dans un hôtel et je travaillais. J'aimais bien m'arrêter au Mas de la Brune, à Eygalières, d'où j'allais en une demi-heure de marche chez Yo et Mario Prassinos avec qui je dînais. Le chien Aspro — qui était noir — m'attendait, et nous vidions Mario et moi, des bouteilles du rouge estimable des domaines de Lagoy ou de Romanin. Quand je n'étais pas venu depuis quelque temps ma visite commençait par l'atelier, où nous passions un moment, souvent silencieux. Un soir, Mario me dit : « Viens, j'ai quelque chose à te montrer… » Il avait préparé une série de ses plus récentes peintures : des huiles sur papier, le plus souvent, mais aussi quelques toiles de plus grand format. Sur des chevalets, agrafés aux murs, posés à même le sol, m'éclatèrent aux yeux, quand Mario alluma d'un coup tous les spots, douze, quinze visions d'arbres, en noir et blanc, en brun et en blanc : platanes au bord des routes provençales pris dans la lumière des phares, lisières, clairières, taillis, chemins enfoncés dans la nuit entre les troncs pâles et tordus.

Prassinos m'observait, un sourire contrit aux lèvres. « Ça t'étonne ? »

Comment lui expliquer ma stupeur ? Il ne croirait jamais, dans un an, quand paraîtrait mon roman, que j'avais décrit avant de voir ses forêts les forêts de Burgonde. Je lui demandai :

« Ta voiture est sortie ? Tu me redescends à la Brune, j'y cherche des papiers et nous revenons. Pas de questions ! »

Dans ma chambre je pris le chapitre de mon roman intitulé « La forêt d'Orient », et quand nous fûmes revenus à l'atelier, tout cela avait pris un quart d'heure, je mis à Mario un verre dans la main et lui lus la dizaine de pages où Burgonde, au retour de ses marches en forêt, commence à peindre ses premiers arbres. Tout en lisant — et je ne levais pas les yeux — je devinais le visage de Mario, incrédule, tourné vers les chevalets et les murs. Quand je m'arrêtai, il se leva, et, toujours avec un sourire un peu confus, m'apporta un verre. Nous trinquâmes : « Santé, camarade !... »

Ce fut notre seul commentaire. Nous ne revînmes jamais sur ce mystère.

J'aurais dû connaître Mario bien plus tôt. Il était, dans les années cinquante, l'ami de la tribu Gallimard. Il était aussi l'ami d'adolescence d'André Bay, le beau-fils de Chardonne, que je rencontrai en 1953. Au début des années trente, André venait de la maison de La Frette, Mario du meublé de Suresnes où les siens remâchaient leur exil : ils se retrouvaient dans le train, à Saint-Lazare, à Condorcet. Nous avons dû nous croiser vingt fois. Mais il était, lui, jeune peintre, moins connu que sa sœur Gisèle, une des compagnes de route du surréalisme, devenu tout de suite le familier des seigneurs : Camus, Michel G., Queneau. Quand je moisissais encore dans mon rez-de-chaussée de la rue Amélie, surveillant entre deux soupirs les comptes « au rouge » des éditions Denoël, Mario, le solaire, révélait la Grèce aux Gallimard, les entraînait à Spetsai et peignait « Meltem », « Le Cyprès », qui sont parmi ses plus belles toiles. Né à Constantinople en 1916, il avait onze ans d'avance sur moi, et l'avantage d'être entré « par la bande » dans le petit groupe d'amis qui entouraient les Gallimard : Camus, Queneau, Jules Roy, Anne

Gallimard (la fille de Pierre), le père Bruckberger. Il est toujours plus facile à un peintre de devenir le familier des écrivains, et inversement. Quand nous fîmes enfin connaissance, en 1966, chez Gisèle et Jean Boissieu, en Avignon, nous échangeâmes des souvenirs semblables et différents. L'amitié, entre nous, *passa* immédiatement. Fût-elle passée aussi bien douze ans auparavant ? En 1967 j'avais changé de statut : les galipettes de *La Parisienne*, la brouille avec la dynastie Gallimard, la publication d'*Un petit Bourgeois* et d'*Une histoire française*, mon troisième mariage, l'installation un peu extravagante dans les fastes austères d'Arpaillargues, la cylindrée de mes voitures, avaient fait de moi — de nous — des personnages atypiques. Mario, qui aimait le théâtre et la munificence, nous trouva à son goût. De mon côté j'étais heureux de découvrir un style d'homme qui m'a toujours comblé : le peintre-qui-aurait-pu-être-écrivain. Je m'aperçois que j'ai toujours aimé, Pierre Alechinsky en tête, les plasticiens (quel mot !) capables de tenir une plume aussi bien qu'un pinceau. Dubuffet, Prassinos, Bazaine, Fred Deux (qui fut d'abord l'écrivain Jean Douassot), Jean Cortot, tous bons écrivains. Tous possédaient les mêmes références qui m'aidaient à situer un nouveau venu dans ma vie. L'amitié avec Prassinos dura jusqu'à sa mort, en 1985. Jamais une ombre ne l'obscurcit.

Je viens de retrouver l'invitation à ce qui fut sans doute sa première exposition, le 25 février 1938, à la galerie Billiet, rue La Boétie. René Char y écrivait : « Je vois fort bien le peuple insoumis de ses fantômes, de ses bergers et de ses monsres, se conformer — par exemple — à la bonne habitude qu'il a, lui, Prassinos, de descendre longuement dans son verre avant de le boire. » Derrière l'obscurité un peu appliquée de la formule, je cherche à mieux comprendre ce que voulait dire Char. « Descendre longuement dans son verre avant de le boire. » Cela signifie sans doute explorer ses secrets avant de s'en griser, connaître ses propres ombres avant de les lâcher en liberté dans le travail de création. Quarante années plus tard, quand Mario commença de peindre les arbres qui deviendront, l'année d'avant sa mort, d'obsédantes croix du Golgotha, leurs branches ressemblant de plus en plus à des épieux plantés dans le flanc du supplicié, les mots de Char n'auront pas perdu de leur justesse. « Boire son verre » signifiera accepter la mort, comme fit Mario, qui la vit approcher sans cesser de rire — ah, ce dernier mercredi, dans sa chambre, l'adieu de ses yeux ! — mais auparavant il alla jusqu'au fond de ses peintures les plus énigmatiques, il les fouilla, il chercha à saisir les regards fixes qu'on devine dans l'épaisseur des feuillages, il fit en sorte que ces trois arbres solitaires plantés de toile en toile, fussent et ne fussent pas les croix du Christ et des larrons, nous laissant libres, après tout, de voir la mort ou de ne pas la voir, cela n'avait plus d'importance puisque lui l'avait bue jusqu'à l'ivresse noire du vide.

Prassinos était un pâtre grec à qui les années tentaient en vain de donner le visage d'un armateur. On l'eût bien vu, il y a trois cents ans, sur les quais du

Pirée, de Naples ou de Venise, arnaquant ou séduisant les Volpone locaux. Il était doux, brutal et vif. Il jetait à travers la pièce le chat qu'il adorait, convaincu qu'un Abyssin retombe toujours sur ses pattes, et déplaçait à toute vitesse ses plus grandes toiles, un sourire aux lèvres, confiant en la nature humaine, resté fidèle à un communisme sentimental pratiqué vers les années 1944-1950, généreux, extraverti, irrésistible.

Parti d'un post-surréalisme appliqué et d'un misérabilisme à la Gruber ou à la Buffet, il avait vite inventé une façon de peindre dont il tirait des effets singuliers. Il projetait sa couleur, très liquide, d'un mouvement du poignet, sec, violent, brusquement interrompu. On eût dit qu'il *visait* ses points d'impact tant ses projections étaient précises. Il le disait lui-même : sa virtuosité l'inquiétait. Alors que chez Pollock et les tenants de l'*action painting* et du *dripping* l'inconscient et l'aléatoire étaient supposés jouer un rôle essentiel, Prassinos essayait, lui, de « faciliter au maximum la projection de l'image mentale dans la matière ». Faciliter et accélérer. Il lui arrivait de gratter, de superposer, de gratter encore. Quand il travailla de plus en plus à l'huile sur papier — grands dessins des Alpilles et Forêts des dernières années — il se condamna en quelque sorte au premier jet, au premier trait. Il était superbe à voir travailler, dans cette mitraillade de couleurs qui bientôt couvraient le sol, les murs. Entre le chevalet et le peintre c'était comme des embruns de couleurs dans le vent. On voyait apparaître peu à peu le

« sujet » de la peinture comme l'image photographique se révèle dans le bain d'hyposulfite. Il était fasciné par les jeux du noir et du blanc, du négatif et du « tirage », par le Saint Suaire, les chiens dalmatiens, toutes les ruses du pointillisme.

Planté jeune dans le terreau Gallimard il avait terminé sa croissance dans la bonne littérature. Il était un vrai lecteur, assez fier de sa culture et de ses goûts. Grand dévoreur de séries noires dans les soirées d'hiver provençales. Sans doute pour lui donner un coup de main, le « mettre à l'aise », les Gallimard lui avaient demandé de dessiner les maquettes de leurs livres reliés. Il partageait cette tâche avec André Bonnet. Prassinos réalisa deux cent cinq reliures, qui forment aujourd'hui un bel ensemble dans l'édition des années cinquante. Sa bibliothèque était celle d'un vrai amateur. Il écrivait, d'une écriture anguleuse et dessinée, des lettres magnifiques. Quand, malade et sa façon de peindre l'épuisant, il se mit à l'écriture [1] il se révéla baroque, visionnaire, presque trop littéraire.

Il fut, vers 1965, un des peintres en vue de la galerie de France, où exposaient aussi Hartung, Manessier, Alechinsky, Zao Wou-ki, Soulages, ses amis. Prassinos était devenu le meilleur tapissier français, si l'on considère que Lurçat et Picart le Doux composaient les cartons de tapisseries qu'on eût dites destinées à des agences d'Air France ou de banques. En peu d'années, tout bascula. Myriam Prévot, la

1. *Les Prétextats*, Gallimard, 1973, et *La Colline tatouée*, Grasset, 1983.

directrice de la galerie de France, se donna la mort et Mario, irascible sous son charme, rompit avec la galerie La Demeure, haut lieu de la tapisserie. Il avait choisi la solitude d'Eygalières : il en découvrit les dangers. Il fut alors enveloppé d'une menace diffuse, séduisante : devenir un grand artiste régional. La Grèce aussi lui restait fidèle. En 1980, lorsqu'on lui offrit une rétrospective au Grand Palais, Henriette Gomès, qui vivait sur sa réputation de « marchande de Balthus » (dont elle possédait d'admirables paysages du Morvan), avait promis à Mario une exposition « parallèle », rue du Cirque, à cinq minutes du Grand Palais. Elle manqua de parole et se déroba. Le jour du vernissage, je ne sais plus quelle grève obligea les invités à monter quatre étages à pied et dans le noir. Symbole déplaisant. Je compris soudain quels risques on prend à s'exiler, à choisir, moitié ensauvagement, moitié angoisse, le retirement, le silence. Galeries ou éditeurs, la vie artistique est moins élastique qu'on ne le croit. Les gens qu'on a écartés ou fuis ne reviennent pas frapper à votre porte. Mario avait joué avec le feu en renonçant aux galeries : il se retrouva seul au moment de sa vie et de son œuvre où il avait le plus besoin d'une logistique, d'une assistance, d'amitiés. Tout cela, il le savait, mais il n'en eût parlé pour rien au monde. Il portait beau, luttait contre un cœur disloqué, approfondissait son travail, mais la solitude le tenait prisonnier. Je la sentais qui nous guettait quand j'allais, en hiver, passer un moment à côté de Yo et de lui.

Notre amitié dura moins de vingt ans. J'ai aimé en elle la qualité ordinaire et magnifique des relations entre deux hommes : il n'y avait ni prudence ni ronds de jambe entre nous. Nous vidions des bouteilles, osions nous affronter à grands coups de gueule, devenions véhéments, retombions à la tendresse. Maisons ouvertes. Épouses et enfants étaient emportés par cette amitié. En 1972, Mario et Yo vinrent à Rome avec nous pour le vernissage d'une exposition de Cécile chez Carmine Siniscalco. Étions-nous descendus à l'Hôtel de Ville, en haut de la Trinité-des-Monts, ou au Raphaël, derrière la Piazza Navona ? Je confonds plusieurs séjours. Nous allâmes déjeuner chez Balthus, à la Villa Médicis que son directeur était en train de rendre à son austérité première. La conversation, vouée aux secrets de la noblesse noire et à l'ancienneté des comtes de Rola, me laissa indécis. Le majordome qui surveillait le service paraissait l'approuver. Je le retrouverais, sous le directorat d'Angrémy, à peine plus solennel, toujours affamé d'élégances et inconsolable du départ du « Comte ». Mario nous emmena chez le grand Grec de Rome : Giorgio De Chirico. Le temps avait accompli sur lui le travail auquel la beauté de Mario s'était refusée : De Chirico ressemblait à un Onassis bougon. Ombrageux, fermé, il habitait au-dessus de la place d'Espagne un grand appartement bas de plafond aux murs duquel ses toiles étaient accrochées à touche-touche ; des consoles, des tables, des commodes étaient couvertes de ses sculptures. Sa femme et deux jeunes servantes vêtues de noir le suivaient pas à pas ; une des petites portait une baladeuse dont l'autre branchait la prise au plus près de l'œuvre à éclairer. Nous étions donc sept à nous déplacer en silence le long des murs. En silence parce que nous étions déroutés par le comportement de notre hôte, qui, dès que nous nous approchions d'une peinture de bonne époque, en particulier les « paysages métaphysiques » des alentours de 1916-1918, nous en détournait presque rageusement pour nous mener devant des « copies » qu'il avait faites de ses chefs-d'œuvre, ou devant ces grandes machines pâteuses, provocantes : autoportraits en Louis XIV (ou en bourgeois gentilhomme ?) et grappes de raisin léchées par un barbouilleur du dimanche. Les deux moricaudes — elles avaient l'air de sortir d'un faubourg de Palerme ou d'Athènes —, habituées au rituel de la visite, demeuraient impénétrables. Mme De Chirico, elle, désignait les femmes nues, les guerriers, jusqu'aux chevaux et glapissait : « Là, c'est moi… Là, moi aussi… » On comprenait qu'elle devait exiger, quel que fût le sujet, d'être l'unique modèle du peintre, dont l'œil lourd, indifférent, paraissait, pour l'heure, ne pas nous voir. Nous battîmes en retraite, conscients de n'avoir pas trouvé les mots qu'il eût fallu. Elle seule nous raccompagna. Je me retournai : elle se tenait immobile, très droite, et je crus lui voir un casque sur la tête, une lance à la main, hoplite au masque sévère en sentinelle devant la maison du vieux peintre.

Mon père m'apprit très tôt à distinguer entre coupes sombres, où l'on abat peu d'arbres, de sorte que la forêt, vue de loin, reste sombre, et coupes claires qui tracent des clairières dans le touffu des bois. Il m'emmena parfois — j'avais sept, huit ans — dans ses expéditions de l'automne : repérage des lots à vendre, adjudications, puis, plus tard, les coupes et le marquage des bois. Les hommes, bottés, vêtus en faux guerriers et en faux chasseurs, ripaillaient dans des auberges forestières : les venaisons et les bourgogne leur épaississaient le sang. Préparation à la mort.

Il rêvait sur la « forêt primitive » qu'avait d'abord été la France. Il me racontait ce banquier du XIXe siècle qui se vantait de pouvoir aller de Paris à son château alsacien sans quitter l'ombrage de massifs forestiers lui appartenant. Mon père en riait de convoitise. De Paris à l'Alsace ! C'était l'itinéraire de ses songes. Pour lui, la forêt ne comptait vraiment qu'à l'est de Paris : des Ardennes à la Bourgogne et au Jura, avec, au cœur, bien sûr, les Vosges. Il n'avait pas d'atomes crochus, m'avouait-il, avec Tronçais, aux ambitions colbertistes et maritimes, mais il aimait de passion les sentiers vosgiens, les hautes futaies noires du Jura : il nous emmenait en vacances à Sainte-Odile, au Hohwald, à Morez, aux Rousses. Dans son seul nom, la forêt d'Orient contenait donc les passions de mon père : la nostalgie de l'Est qui l'avait conduit en Pologne au lendemain de sa démobilisation, les bois qu'il aimait autant qu'il les exploitait, la tentation de se tenir — maisons, vacances, travail — sur cette marche de l'Est, sentinelle, ancien combattant aux colères amères et cocasses, le premier à rire de cette « ligne bleue des Vosges » qui vouait les hommes de sa sorte à l'ironie de ceux que Bernanos nommait « les petits mufles de la génération réaliste ». L'expression peut encore servir.

François Mauriac

Il aurait dû être le plus facile à aimer. Il avait la patte, le mordant — ô combien ! — et ce mélange de componction et de férocité provinciales, ces manières félines et figaresques que j'aurais dû apprécier entre toutes. Pourtant, je n'accrochai jamais. Je n'entrai, adolescent, dans aucun de ses livres. Je ne goûtais guère les beautés stylistiques de ses romans — je ne les voyais pas — ni la touffeur de paysages inconnus de moi. Il me paraissait composer du romanesque avec ces maladies sociales et morales que le romanesque, précisément, devait nous aider à fuir. Son courage, en des matières qui ne me passionnaient pas encore, m'échappait.

En 1949, mon camarade Pierre Néraud, qui commençait à signer Boisdeffre, nom de sa mère, fut à l'origine d'une enquête auprès de « la jeunesse » qu'il avait encouragé François Mauriac à patronner. Je crois voir quelle stratégie et quelle logique le guidaient. La mode des événements intellectuels, même artificiels comme l'avaient été l'« Enquête d'Agathon », menée par Henri Massis et Alfred de Tarde en 1913, ou le « procès Barrès » instruit par les surréalistes en 1921, permettait à un jeune homme de monter dans un train en marche et de faire l'économie d'un trop long cheminement. Et puis, Barrès n'avait-il pas lancé Mauriac, en 1910, à la parution des *Mains jointes* ? Le tour était venu à Pierre de bénéficier d'une semblable mise sur orbite. Il voyait se dessiner une généalogie Barrès-Mauriac-Boisdeffre conforme à ses vœux et à l'image qu'il se faisait de l'héritage en littérature. C'était croire à une société littéraire immuable. L'enquête fut donc lancée — dans *Le Figaro littéraire* —, les jeunes gens invités à y répondre. J'envoyai une lettre, qui fut publiée, mais, horreur ! amputée d'un paragraphe. Offusqué, j'expédiai un poulet furibond à Mauriac — quelle peste je devais être, à vingt ans ! — lequel m'envoya sur les roses avec une suave et condescendante méchanceté. Mes affaires avec le grand aîné commençaient mal. Voilà qui ne m'encourageait guère à lire ces romans sur lesquels, cancre irrespectueux, j'avais fait l'impasse. D'ailleurs, rien ne m'y paraissait destiné : je n'avais aucun sens du mal, ni de la propriété, ni du respect dû aux institutions. Et puis cette façon qu'avait Mauriac de pouffer m'exaspérait : on doit tirer les méchancetés à bouche découverte.

Au fur et à mesure que les années passaient, mon respect pour Mauriac augmentait : la façon dont il avait rallié le Comité France-Maghreb, son art de toujours prendre à contre-pied les gens de sa tribu, sa virulence de polémiste — il ne manquait pas d'allure. Mais j'étais toujours freiné dans mes élans. Un jour que je lui parlais avec déférence et ferveur de Louis Massignon — auprès de qui il avait milité à France-Maghreb — et que je terminais mon évocation, je m'en souviens, sur le mot « feu » qui m'était venu aux lèvres irrésistiblement (buisson ardent, bûcher, fusillade ?), je crus lire, dans le regard rapide que Mauriac leva vers moi, que, ce feu-là, il eût volontiers appelé les pompiers pour l'éteindre. Il voyait les ridicules de ceux qu'il admirait le plus, et il en faisait des mots.

Un soir de ces années 1950, invité par Suzy Mante-Proust à l'un des dîners considérables qu'elle donnait parfois au Ritz, je me rendis, célibataire, chez Mme Simone, que l'hôtesse m'avait demandé d'accompagner. J'avais publié quelques jours auparavant dans la revue de Lucie Faure, *La Nef*, une chronique pleine de louanges et d'estime sur un volume des *Mémoires intérieurs* ou du *Bloc-notes* qui venait de paraître. J'y disais ce que tout le monde, alors, pensait : que l'homme de convictions et le journaliste, chez Mauriac, l'emportaient de loin sur le romancier. Mais n'avais-je pas eu l'imprudence de commencer par ces mots : « Ses romans me tombent des mains… » Quand nous entrâmes, Mme Simone et moi, le temps que nous franchissions les quelques pas qui menaient aux marches en haut desquelles Mme Mante, flanquée de Mauriac (il était le beau-père de sa fille), attendait ses invités, le grand homme me soumit à une terrifiante pistolétade. D'un doigt implacable il me désignait et dénonçait, cependant que sa « misérable voix blessée » réussissait le miracle de produire à la fois un murmure, un râle et un sanglot de rire : « Mes romans lui tombent des mains !… Lui tombent des mains . », criait-il à voix basse en étouffant à grand-peine ses pouffements. Je dus attendre qu'il reprît souffle pour le saluer avec la modestie requise sous ce traitement. Je découvris en cet instant que Mauriac, sincèrement, ne concevait pas que ses romans pussent ne pas être admirés, lus, goûtés. J'entendis alors le brouhaha ; je vis les lieux, le décor, les gris, les lumières, les ors, les dames vêtues de soies un peu trop tapageuses, les hommes en cravate noire, et je pris conscience que j'avais transgressé une loi de la comédie. Il fallait être dedans ou dehors, jouer le jeu ou le refuser, mais avancer ma mise sur les deux tables n'était pas convenable. On ne peut pas solliciter du même mouvement l'honneur des outrages et la douceur des honneurs. Dès le premier salut de Barrès en 1910 (« Soyez un heureux enfant… »), Mauriac avait pressenti son destin. Il le dit : « Je reconnus le coup de sifflet de l'homme galonné pour annoncer le départ : j'étais sur les rails jalonnés de stations prévues. » Comparer Barrès à un chef de gare et une œuvre littéraire à une ligne de chemin de fer, quelle étrange métaphore !

Ce qui me passionne aujourd'hui chez Mauriac, et que je regrette de n'avoir pas cherché à observer de plus près, c'est le style de vie, au XXe siècle, d'une famille de notables provinciaux. Celle-ci, il est vrai, couvait un de ses membres particulièrement doué.

Mauriac, dans ce paysage familial, ce troupeau vigilant, ces demeures secrètes et grises, faisait passer une électricité singulière. Imprévisible, dangereux, glorieux, il créait l'événement. Il était *intenable*. Mouton noir et juge, gamin et patriarche. Je crois que la famille Mauriac est devenue mauriacienne (et Dieu sait qu'elle l'était !) à cause des romans de François, lequel n'a pas pris chez les siens des modèles, mais leur en a proposé. Le romancier crée le romanesque, il ne l'observe pas. Chez les Mauriac, le passage de la respectabilité bordelaise à la grande notoriété, puis à la gloire exemplaire — le chef de gare avait bien aiguillé son jeune voyageur — s'est déroulé selon un schéma aujourd'hui inimaginable. Du moins me le semble-t-il La qualité de cruauté que François Mauriac avait menée jusqu'à une sorte de perfection, sans cesser d'occuper, lui, toujours, la posture du censeur, du donneur de leçons, appartient sans doute au passé. Je me rappelle le dîner donné par ses éditeurs pour fêter ses quatre-vingts ans. Cela se passait encore au Ritz (on va croire que nous y passions notre vie...) et la soirée avait été précédée d'épisodes savoureux. Comme Bernard Privat demandait à François Mauriac s'il avait des vœux particuliers à exprimer quant aux invités, la réponse avait été : Ce que vous ferez sera bien. Je n'ai que deux souhaits : Aragon et Pierre Jean Jouve.

À cette époque je pouvais passer, dans les deux cas, pour un messager fiable. Je fus donc chargé des deux ambassades. Aragon me répondit, d'un feulement, qu'il n'assistait jamais aux « banquets ». Quant à Jouve, il fit remarquer que n'étant ni académicien, ni lauréat du prix Nobel, ni ministre, ni titulaire d'aucune charge officielle, il ne ferait, en venant, que poser aux organisateurs un problème insoluble : « Comment me placeriez-vous ? » On eut beau lui répondre que sa place, « Cher Pierre Jean », serait toujours la première, et qu'au demeurant il y aurait de nombreuses tables — entendez : de nombreuses places flatteuses — il n'en démordit point et refusa. J'étais mauvais diplomate.

Le dîner venu, auquel prirent la parole, je crois, le Premier ministre (Georges Pompidou), l'ambassadeur de Suède (à cause du prix Nobel) et Bernard Privat, tout le monde attendait le discours de Mauriac. On ne fut pas déçu. Jouant de sa voix brisée comme d'un instrument subtil, les lèvres caressant le micro, les yeux cherchant dans l'assistance, avec gourmandise, ceux que ses paroles évoquaient, sa silhouette d'oiseau et son visage émacié d'une étrange élégance, le héros du dîner eut grand ton. Il mit de la malice dans ses amabilités, comme dans cet hommage au « merveilleux écrivain français, d'origine roumaine, qu'il avait la joie d'apercevoir… ». Déjà Ionesco avait décollé ses fesses de la fragile chaise dorée et esquissait le geste de se lever, quand le murmure mauriacien compléta : « Je veux dire ma chère Princesse Bibesco… » À trois ou quatre reprises, il joua ainsi ce qu'au tennis on appellerait une balle amortie, déconcertant ses auditeurs médusés. Ce fut un beau succès.

Au fond, ces pages me le confirment : Mauriac, ce n'est pas mon sujet. Aragon, oui. Jouve, Montherlant, Pourtalès, et même Bernanos, oui. Mais Mauriac, non. Mon enfance et ma jeunesse n'ont pas eu le goût des siennes, ni ma maturité la nostalgie du personnage qu'il était devenu. Je n'ai pas été, comme Mitterrand, un étudiant « du 104 », ni un adolescent obsédé par le péché, ni le rejeton à la fois satisfait et froissé d'une petite dynastie provinciale. Je ne suis pas amateur de cadences lamartiniennes ni de suffocations aquitaines. J'ai tout acheté, rien reçu. Tout désiré, rien hérité. Je ne vois d'ailleurs de supériorité dans aucune des deux situations. Boursier (pas tout à fait) ou héritier, les valeurs, il y a cinquante ans, étaient presque les mêmes, et les chances, comparables. Peut-être même les plus pauvres étaient-ils mieux *entraînés*, et leurs ongles plus griffus. Il n'importe : petit bourgeois, j'aurais dû être aspiré par les idées à la mode dans ma jeunesse, devenir communiste lyrique, puis anti-communiste hargneux, pour finir dans un socialisme âpre en paroles et doux en conforts. « Républicain de gouvernement », en somme. Le nœud de cravate triangulaire et l'art des exposés oraux. Le hasard, ma nature et mes lectures me tournèrent dans une autre direction, où je ne trouvai pas Mauriac, de qui je ne supportais pas la solide installation spirituelle, les certitudes de la foi, l'opinion haute et pathétique tout ensemble qu'il avait de soi. « Accablé d'honneurs, et de quels honneurs… » Un Nobel, une Grand-croix, les grandeurs d'établissement : pour un « pascalien », quelles épreuves !

Dans un entretien consacré à la maison de Malagar, entre Jean Mauriac, un des fils de François, et Éric des Garets, l'auteur, de trois ans mon aîné, constate que ses propres « enfants n'apportent pas une grande attention au souvenir de François Mauriac ». Il ajoute pourtant : « Apparemment du moins. » Quand Mauriac est-il mort ? En 1970. Moi-même, attelé à telles pages de ces souvenirs, je me demande pour qui je les écris et quelle panique ou nostalgie me pousse. Pourquoi ne pas laisser l'oubli recouvrir tout cela ? Parfois des écrivains, de quarante ans mes cadets, viennent me poser des questions et c'est bientôt moi qui les écoute répondre aux miennes. La vie littéraire ? On ne me parle que stratégies, dispositifs, terrorismes, tréteaux à conquérir, pouvoir médiatique, rapports de forces, toutes notions et ambitions qui jettent bas mes châteaux vermoulus. Le gauchisme, au point où nous en sommes, n'aura réussi que sa pédagogie, et à enseigner sa méthode. La « suffocation aquitaine » : pour en comprendre le sens il faut avoir lu ces romans qui « me tombaient des mains ». Je parle de morts à des vivants, et du Temps à qui l'ignore encore. Il les rattrapera ? Ah, je ne serai pas là pour le voir… Le théâtre sur lequel je déclame s'est déjà écroulé sous mes pieds. Son répertoire s'en ira avec les gravats. Chaque génération vit-elle cette débâcle, ou bien le coup de balai est-il, cette fois, plus sévère ? Étais-je, à vingt-cinq ans, aussi féroce que me semblent être les nouveaux venus ? Étais-je sourd, et fier de l'être, aux références et aux émotions de mes prédécesseurs ? Je prenais ma place, me semble-t-il, sinon dans une hiérarchie, au moins dans une continuité. Quand le système a-t-il révélé ses faiblesses ?

Si le XVIIe siècle fixe la langue classique, le XVIIIe donne leurs formules aux Lumières et le XIXe invente le romantisme. Quid du XXe [1] ? Dès le romantisme, ça commence à tanguer. Dérision, manifestations physiques, images symboles (les « genoux ») indiquent la possible ou prochaine mise en place de systèmes de terrorisme. Mais c'est le XXe siècle qui va tenter la liquidation du grand jeu longtemps toléré, largement respecté, de la parole et de la création littéraires. La guerre commence avec le surréalisme. Le ricanement (lectures publiques de l'annuaire des téléphones), l'aléatoire (« cadavres exquis »), l'action directe (commando d'Aragon dans les bureaux des *Nouvelles littéraires*), l'esprit d'Église (excommunications, autorité pontificale du Patron), les exécutions sommaires et capitales (Claudel, Barrès, France), les parodies de jugements, le ton de formidable sérieux, l'amalgame du politique avec le littéraire, l'habitude de tracer le chemin au plus près du précipice, le choix de « correspondants » sulfureux (Sade) dans le passé, une révolte absolue mais prête à se soumettre avec la plus femelle passivité aux contrôles d'une idéologie (communisme soviétique ou, plus tard, chinois) : les années 1920 ont presque tout inventé.

1. Frédéric Badré.

Le retour, dès avant la guerre, sous l'Occupation et après la Libération, du plus flamboyant des révoltés, à la forme classique et au nationalisme (du *Monde réel* à *La Leçon de Ribérac* et à *La Semaine sainte*), jette le trouble et l'exaspération chez les jeunes gens. Ils vont bientôt explorer d'autres chemins : si la Vulgate communiste s'accommode du réalisme socialiste et des maréchaux soviétiques, agitons nous aussi le petit Livre rouge ! « Révolution culturelle » ! Quelle belle formule quand elle est gueulée dans la douceur de la tolérance parisienne. La provocation durera ce qu'elle durera. D'autres, là-bas, tout près, haussent le ton et arment les fusils : brigadistes, bande à Baader. On tue quelques messieurs de politique ou d'industrie ; on oblige les gros bonnets à faire blinder leurs Mercedes ; on tire dans les pattes des récalcitrants. On a enfin cessé de s'ennuyer. La gambillette, c'est quand même plus amusant que de chercher comment sortir la première *NRF* de l'ornière symboliste. Passons sur 1968 : les littérateurs français ont retiré leur cravate — ils ne la remettront plus. Dans l'ultragauche, les plus purs et austères se faufilent en usine, les plus frivoles polissent les formules. Ce qu'ils ont appris ? Un comportement, une méthode, une stratégie, l'art de faire peur, et à préférer la conquête des tribunes aux risques de la création. À placer un nid de mitrailleuses à la corne du bois. La passion des œuvres cède la première place à la passion du pouvoir. Détenir une part du pouvoir intellectuel et médiatique devient plus tentant que produire un beau texte. Au reste, le texte ne sera jugé beau, et soutenu, qu'aux termes d'accords tactiques passés selon l'intérêt des juges. Lesquels définiront *la ligne*. Les critiques deviendront commissaires littéraires ; louange, blâme, silence : ils imposeront la réaction choisie. Le débat pourra s'ouvrir avant parution et lecture du livre — s'il s'agit d'un livre — et en fonction du paysage idéologique et (plus rarement) esthétique. Le commentaire des uns entraînera le silence des autres ; l'enthousiasme des uns, le sarcasme des autres ; les amis de nos amis sont nos amis, bien sûr, mais ils peuvent aussi être nos adversaires. La peste peut être inoculée, de façon en quelque sorte préventive, à un auteur, de telle sorte que, pestiféré, il n'ait plus chance d'accéder au niveau et aux lieux du débat. La peste ne sera pas d'ordre littéraire, mais doctrinal ou fantasmatique. Ainsi, un écrivain accusé de « faire le jeu » du Front national, ou d'être « resté aveuglément stalinien », ou d'être « un pensionné de la clique balladurienne » — par exemple — sera écarté avant que ne soit rendu un jugement littéraire. De même qu'au théâtre le « scénographe » règne, et le professeur dans le commentaire littéraire, la création échappe peu à peu aux créateurs et son administration passe aux mains des « commissaires ».

François Mauriac m'a mené à ce point du parcours d'où je peux considérer un paysage qui me semble si nouveau. L'est-il autant que je le crois ? Je pourrais risquer une comparaison avec les années 1920-1925. Mais, dans le paysage ancien, où me placerais-je ? Dois-je, en plein incendie surréaliste, m'asseoir en compagnie de Barrès, des zélateurs de Saint-Pol Roux et des défenseurs de la guerre du Rif ? Ou, douze ou quinze ans plus tôt, à la veille de la première *NRF*, me ranger aux côtés de Bourget, de Loti, de Régnier ? En vérité, je n'ai jamais compris, viscéralement, qu'il faille choisir entre une attitude de rupture et une attitude de fidélité. Entre l'entrisme et le terrorisme. Entre l'héritage et la répulsion. Du point de vue d'aujourd'hui, je sais où il eût fallu me situer, mais l'aurais-je su sur le champ de bataille ? Multiforme, la question m'obsède : je l'ai posée déjà à propos des années 1940-1944 et des écrivains collaborateurs. Heureusement, somme toute, que la question ne se posât pas en ces termes abrupts quand j'avais vingt ans. Ses implications politiques, morales, étaient embarrassantes, mais ses aspects esthétiques n'étaient pas trop troublants. La querelle de la « littérature engagée » fit long feu, faute de chefs-d'œuvre. Avec *Le Mur*, en 1939, Sartre disposait de l'arme absolue pour convaincre : un immense talent. Avec *Les Chemins de la liberté* (qu'il abandonna avant l'arrivée) le miracle s'était éteint. Le roman « engagé » ne s'en releva pas.

Vers 1950, quand je balbutiais mon premier roman, je n'étais pas troublé par les idées de l'air du temps. J'aimai beaucoup, trois ans plus tard, le titre et le slogan qu'inventa Robert Kanters, chez Denoël, pour une collection de jeunes écrivains : « Champ libre : le chant est libre. » La belle formule !

J'ai toujours voulu croire, contre les modes, les

oukases, les ricanements, que le champ et le chant étaient libres. Aujourd'hui une intuition — angoisse millénariste ? — me souffle que le vieux chant module ses dernières ritournelles. Tout ce que j'ai aimé de la tradition s'éloigne à vue d'œil et je ne saisis pas ce qui, probablement, a déjà commencé de le remplacer. Refusant de sauter dans le dernier bateau, je resterai sans doute seul à ne pas être en situation de griffonner « sauve qui peut » sur les plats-bords de l'arche de Noé. Pendant quarante ans, je me suis répété, avec un étonnement plus curieux que désolé : « Comme c'est étrange ; la peinture, la musique ont fait leur révolution et la littérature ne l'a point faite. Radiguet apparaît en 1923 et doit plus à Mme de Lafayette qu'à Benjamin Péret, et Gracq en 1950 doit tout à Chateaubriand. Ce privilège et cette arriération vont-ils durer longtemps encore ? » Il me semble que nous sommes au bord d'un bouleversement radical, qui emportera le parfum des œuvres que j'aime et jusqu'au souvenir du dilemme que j'essaie d'évoquer ici.

Le silence

D'où provient cette sensation d'étrangeté, et depuis combien de temps m'étonne-t-elle ? Tout a peut-être commencé par le silence. Je n'ai jamais été un homme à secrétariat, un homme protégé, aux téléphonages *filtrés*, un homme dont l'importance se mesure à la difficulté d'accès organisée autour de lui. Avec moi les numéros secrets se répandent à la façon du mercure et la liste rouge pâlit à vue d'œil. On me sonne, je viens. J'ai été livré aux raseurs comme personne. Aux petits soins pour eux pendant quarante ans. Cette dispersion n'est pas allée sans pagaille : courrier, appels, rendez-vous oubliés, visiteurs convoqués chez moi (par commodité, pensais-je) et qui s'incrustent jusqu'à pas d'heure. Je me maudissais, me lamentais, trop tard.

« Soudain, le silence… » — l'effet est facile ? Au vrai il a fallu plusieurs mois, un an peut-être, pour que je perçoive un changement de rythme, de densité dans le désordre où je vivais. Peu à peu on a cessé de solliciter de moi lectures, interventions, services divers dont je semblais être un pourvoyeur inépuisable. Sans doute avais-je perdu en même temps mon *pouvoir* et ma gaieté. À force de me tenir à l'écart, d'accumuler refus et oublis, de me dérober, de ne pas ouvrir mon courrier, je me suis laissé perdre de vue. Ajoutez à cet effritement de mon personnage le pâlissement fatal de notre foyer. Sans avoir jamais été un couple scintillant, Cécile et moi, dans nos débuts, alentour 1962-1965, avons été assez sorteurs. Il y avait des gens curieux de voir qui « la fille de Diane », ou « la fille d'Anatole », avait épousé, ce littérateur, ce goy : on nous invitait. Souvent harnachés en grand soir nous avons hanté, un moment, la belle compagnie. Cela m'amusait d'explorer la société où mon mariage m'avait introduit. Cette flambée n'a pas duré plus de deux ou trois ans. J'ai écrit alors *Un petit bourgeois* (1963), qui rendait un peu ridicules la *black tie* et les robes prêtées par Yves Saint Laurent. Sans encore nous ensauvager, nous avons repris souffle. En 1961, nous construisîmes le chalet de Caux et y passâmes six mois de 1962 ; pas de route en hiver, les luges, les sacs à dos : nous étions perdus pour les bals. Les gens nous imaginaient dans quelque discret bunker helvétique, fréquentant les exilés du canton et invités parfois à déjeuner, à Genève, rue des Granges, alors que nous menions une vie de trappeurs. J'avais quitté *Paris-Match* et « touché mes indemnités » : liberté idéale. Paulina avait des joues rouges de petite montagnarde. Je n'étais même pas resté à Paris pour surveiller la sortie de mon livre. J'avais subi un merveilleux esquintement, dans *Le Monde*, de Pierre-Henry Simon, qui m'avait donné du nerf pour répondre aux questions de Pierre Dumayet à l'émission « Lecture pour tous », alors si importante, puis nous étions repartis pour Caux. Ce jour-là il y avait tant de neige, ou de brouillard, ou les deux, que nous étions descendus à la poste afin d'épargner notre chemin à la factrice. Je jetai un coup d'œil, tout en retournant vers le chalet, sur les lettres arrivées le matin. Je tombai sur l'écriture d'Aragon : il écrivait rarement, c'était un événement. Je lus sa lettre, là, mal abrité des flocons et du brouillard par la marquise de Mountain House, l'étrange QG du « Réarmement moral ». J'avais le cœur disloqué. C'était *lui*, et il m'écrivait *cela*. Depuis mes lectures d'adolescence, depuis *Aurélien*, depuis *La Semaine sainte*, depuis notre première conversation rue de la Sourdière en 1952, j'attendais qu'il m'offrît — ou plutôt j'attendais de mériter cette lettre-là. Je revois l'après-midi si triste, la place vide devant le « Réarmement moral » ; brume et neige mangeant peu à peu la vieille ferme, les bosquets, la chapelle, toute cette lourde sécurité d'avant 1914 qui Dieu sait pourquoi était devenue, par un caprice mystérieux, un des décors de notre vie. Je sens encore l'odeur métallique et grise de la neige, quelques bruits assourdis qui parvenaient de la gare où un train du MOB arrivait — et j'étais là, immobile, ma lettre à la main qui peu à peu mollissait à l'humidité. Je la pliai dans une poche de mon anorak pour remonter au chalet et ne l'y retrouvai jamais. Tombée sur le chemin quand j'avais sorti un gant ? Lâchée par moi dans un « geste manqué » trop beau pour être vrai ? Je n'en sus rien et, bientôt, les termes que Louis avait employés, ses mots qui m'avaient bouleversé, tout s'effaça. J'étais redescendu vers la poste, dans la blancheur tournoyante du crépuscule, une torche électrique à la main — en vain bien sûr. Parue dans *Les Lettres françaises* peu après, une longue chronique de Louis n'effaça pas dans ma mémoire le souvenir irréel de la lettre mangée par la neige.

Au cours des années, et malgré ces longs séjours que je parvenais toujours à faire en Suisse, à Arpaillargues, à Englesqueville, à Ménerbes, ma vie resta prisonnière des obligations que j'avais laissées peu à peu m'enfermer. Il y avait un répit, l'été, et « un pic », comme disent les statisticiens, entre septembre et novembre, quand chauffent à petit feu les soupes littéraires. Le téléphone sonnait souvent et je jouais les crucifiés.

Je l'ai dit : nous avions été un couple invité, *populaire* auraient dit les Américains ; puis notre statut changea : souvent absents. Enfin, dans les derniers temps, nous devînmes un peu rabat-joie, un peu zombies. « Ah non, ils sont emmerdants… » doivent penser les maîtresses de maison qui dressent leurs listes. Et puis nous rendons peu, et mal. Tout cela boiteux, contraint, bricolé. Nous ne donnons pas le change. Pour ma part je dois exsuder le même sentiment de lassitude que j'éprouve, et j'imagine que ça se sent. On dit que les animaux sentent qu'un humain a peur d'eux : peut-être les gens *bien* sentent-ils l'ennui qu'ils inspirent. Ils ne sont pas les seuls à l'inspirer, tant s'en faut ! Ils sont même, en général, plus civilisés, donc supportables, que les autres. Chez eux, au moins, les anges ne survolent pas la conversation…

Quelles que soient les circonstances nouvelles, nées de nous ou des autres, de notre « ménage » (Georges Pompidou aimait le mot « ménage ») ou de moi, le silence et le vide se sont épaissis autour de nous. Il arrive qu'une matinée entière s'écoule sans que sonne le téléphone. Griserie, vague inquiétude. Je m'émerveille de travailler sans pester contre les gêneurs mais au fond de moi ricane un vieux singe.

Aussi, bien sûr, le silence où moi-même je m'enfonce. Refuge, commodité, dérobade devant l'obstacle, car c'en est un que de rester en communication avec des interlocuteurs devenus de plus en plus indifférents.

On découvre plusieurs façons de se taire. Une des plus pittoresques, mais irrémédiable, est le marmonnement, le grommellement, le marmottement. Il décourage un gêneur en quelques phrases. À peine des phrases, d'ailleurs, plutôt des bredouillements, des soupirs, des questions à fendre l'âme, mâchonnées comme à confesse. Le lieu où cette prolifération du silence se développe le plus volontiers est le couple. Le couple vieillissant bien sûr (le couple jeune, je veux dire récent, a fort à faire au contraire à se raconter chaque jour, à toute heure, le miracle d'être constitué, l'émerveillement de son aurore). À peine un des conjoints, dans un couple, découvre-t-il que l'autre entend mal, il se met aussitôt à parler bas, tout en feignant de ne plus comprendre goutte à ce que lui crie l'autre. Oreille sourde ? Aussitôt la voix de l'autre s'assourdit. La communication (comme ils disent), dans un ménage usé, est faite de paroles inaudibles jetées à regret, et que l'autre laisse tomber dans un puits de négligence. On vit fort bien sans s'entendre, et le silence est le plus court chemin vers cette euphonie. La plupart des paroles ne valent ni d'être dites ni d'être écoutées. L'usage de la parole est un perfectionnement discutable de la machine humaine. Je retourne au silence comme à un stade primitif et charmant de mon aventure.

Je développe une remarque esquissée ci-dessus.

Je n'aime plus écrire, et peut-être lire, que les livres soumis à la double discipline de deux chronologies parallèles et complémentaires. Chronologie d'une vie, approximative mais despotique, sans l'accompagnement de laquelle on ne comprend rien, semble-t-il, au découpage d'une histoire humaine, et chronologie de la période au long de laquelle mûrit et prolifère, organiquement, mon récit. Par exemple : soixante-cinq années de mon aventure sont, non pas inventoriées ici mais sollicitées, passées au tamis, triées. Pas de cailloux dans les lentilles. Mais aussi les trois années, bientôt quatre, principalement consacrées à ce livre, à ses tâtonnements, à ses ratés, période plate, morne parfois, néanmoins occupée d'assouplissements de plume, d'aggravations de *l'état général.* Je suis le lieu de la concordance et de la concurrence de deux temps. Le grand temps de mon destin et le petit temps de mon livre. *Petit temps* : les marins nomment ainsi la vaguelette et le vent pauvre. Chaque chronologie doit épauler l'autre sans la supplanter. Il faut pourtant que le temps réel — qui est bien entendu celui de l'écriture — impose son rythme, son martèlement, sa loi. Pas de robinet d'eau tiède éternellement ouvert ; pas de fuite de mémoire, impossible à colmater et qui pourrit les bas de murs.

La chaîne

Elle venait de Bordeaux, cela seul est sûr. Était-elle la fille d'un professeur d'anglais ? Mal vu, ça, du côté des Chartrons. Aussi avait-elle fait un éphémère mariage dans le gratin local, qui avait mis *de niveau* son statut social et sa beauté. Une beauté qui, sur l'âge, tournait à la barbarie : idole aux yeux noircis, visage porté comme une noble façade, voix éraillée. Nulle trace en elle de méchanceté : s'il lui arrivait de raconter des anecdotes dévastatrices c'était en innocence, les sourcils levés. Comment, beauté bordelaise, était-elle devenue Mme Édouard Bourdet ? Il y a là une métamorphose dont j'ignore tout. Édouard et Denise Bourdet faisaient partie, avant la guerre, d'une bande d'amis où l'on comptait les Giraudoux, les Morand, les Fabre-Luce, et bien sûr les Mauriac, des pays. Plus tard il y eut Félicien Marceau, Matthieu Galey, les frères Lacloche, Dédé Beaurepaire, les Philippart. Il flottait parfois sur les amitiés de Denise un parfum d'opium à l'ancienne, velours sombres et divans bas. Plus tard encore, Denise entra au seul jury qui ne lui paraissait pas destiné : le Médicis. Envahirent alors son appartement de velours rouge, sur le quai d'Orsay, les tenants d'une très institutionnelle avant-garde : Claude Mauriac et Félicien Marceau faisaient la soudure entre les deux vies de Denise. D'un côté les survivants du groupe ci-dessus évoqué, et Montherlant, et Roger Peyrefitte, et les Élie de Rothschild, et toujours les Mauriac (tous rangés dans des tiroirs différents), de l'autre les sages agités des alentours de 1960.

Il arriva qu'un jour, dans *Arts*, Roger Peyrefitte écrivit une bêtise qui blessa les Mauriac : il s'agissait, comme toujours sous sa plume, de suspecter l'orthodoxie sexuelle de tel ou tel. Il ne lui restait, du talent faisandé de ses débuts, que ce goût des fiches de police et des chuchotis de retape. Les Mauriac, au lieu d'aller gifler Peyrefitte, dressèrent autour de lui un « mur de la peste » (Claude me refusa la main parce qu'il avait aperçu ma signature dans *Arts*, journal que par solidarité avec les vertus bordelaises j'aurais dû, à ses yeux, déserter). Denise, que Peyrefitte amusait, fut sommée de rompre avec lui, ce qu'elle refusa. Cette insubordination lui valut d'être privée de mauriac pendant quelques mois.

Denise avait donc décoré son appartement aux couleurs et matière du théâtre traditionnel. Elle était à la fois dame à musique et à théâtre : Aix, Salzbourg, Lucerne, Vevey chaque été, et à Paris quatre ou cinq spectacles par semaine. Mais elle ne descendit jamais le grand degré de Chaillot, au son des trompettes de Maurice Jarre, pour aller voir les spectacles de Vilar dont c'était alors, au TNP, l'époque triomphale. Notre société était-elle à ce point divisée ? Cette incuriosité se nourrissait de méfiances idéologiques, j'en suis sûr aujourd'hui. Au long de ces années 1950-1960 on feignait d'ignorer les œuvres produites par l'adversaire. Rares étaient les écrivains qui osaient transgresser le tabou et tenter la traversée d'un bord à l'autre : Roger Vailland fut de ceux-là. Il conquit l'indulgence de la droite en faisant l'éloge de Laclos et du cardinal de Bernis. Délicieux frisson. Je me souviens de lui la première fois qu'il vint, place des États-Unis, chez la duchesse de La Rochefoucauld : il s'était posté devant une boiserie, le profil bien découpé par la lumière, le menton levé, soucieux d'offrir à ce salon d'Ancien Régime à la fois l'image d'un prédateur social, d'un libertin au « regard froid » et d'un petit marquis au nez de rapace. Cette triple comédie l'absorbait ; il répondait à peine à qui lui parlait.

J'étais alors célibataire et j'accompagnais souvent Denise au théâtre. Elle prétendait préférer le vin blanc-Perrier au champagne afin de m'imposer des économies. Elle me racontait des souvenirs parfois croustilleux sans y mettre malice. Ainsi de la tentative de séduction menée contre elle par Robert B., lassé sans doute de n'être depuis si longtemps qu'un bon camarade. Il lui proposa donc, un jour d'hiver, un goûter à Versailles. Ciel bas, voiture, chauffeur (avoir les mains libres) et arrivée au Trianon Palace sous les premiers flocons de neige. Neige qui comblait les vœux de B. puisqu'elle interdisait la promenade dans le Parc inscrite au programme. Thé, salons gris, peut-être un discret pianiste. Denise imaginait les fleurs sans doute disposées, là-haut, dans une chambre aux rideaux déjà tirés : elle refusa tout net d'y monter. Si net, et en termes si vifs que Robert B., furieux, brisa là l'entretien. La discussion, dans la voiture, tourna à l'aigre, au point qu'au milieu de la côte de Picardie, profitant — quand même... — d'un ralentissement de la voiture, l'éconduit se pencha, ouvrit la portière et poussa Denise dehors, qu'il abandonna sur le bas-côté, perdue dans la neige avec ses chaussures de ville, alors que la nuit tombait. J'aime bien ces mœurs d'avant les autoroutes.

Quand la maladie, grave, lui fut révélée, Denise n'en dit rien à personne et attendit sa fin, dans l'apparence d'un grand calme. Assise dans son lit, majestueuse, elle ne gardait à portée de la main que son coffret à maquillage et les journaux. Comme nous étions, Cécile et moi, à son chevet, en compagnie de Jacques Février, elle fit remarquer que dans cette même clinique du XVIe elle était venue, trente ans auparavant, faire une visite à Diane après la naissance de Cécile. Elle pria Février d'aller lui acheter quelques fruits. Nous la laissâmes se reposer. Elle mourut dans les heures qui suivirent.

Pendant plusieurs jours, en passant avenue Paul-Doumer devant le portail du cimetière de Passy, je pouvais apercevoir, la concession Bourdet étant située en contre-haut du trottoir, la grande banquette de violettes dont Nicole Champin, notre voisine de la rue Jean-Goujon, avait fait recouvrir le marbre du tombeau. Une des raisons du rayonnement qu'exerçaient certaines maîtresses de maison de ce temps-là était le choix intelligent qu'elles avaient fait de leur spécialisation. Femme du monde généraliste devenait une gageure difficile à tenir. Nicole Champin était une dame à jardins. On venait de loin voir le sien, à Biot. Paul Hanbury, qui venait de nous vendre Arpaillargues, était le neveu d'un « jardinier » célèbre, le créateur de la Mortola, près de Vintimille, et il tenait Nicole Champin en estime, tout en se moquant un peu des voyages étourdissants d'élégance où l'entraînaient « les Amis des Jardins » sous la houlette de Charles de Noailles. La belle-sœur de Nicole, Suzanne Tézenas, militait, elle, pour la musique contemporaine. Elle avait créé avec Pierre Boulez le « Domaine musical », qui organisait des concerts chez les Barrault, au théâtre Marigny, et des récitals chez Suzanne. Il arrivait qu'on y écoutât, avec la sérénité requise, des voix japonaises aux raucités primitives ; plus reposants étaient les déjeuners que Suzanne Tézenas organisait autour d'écrivains qu'elle aimait, Supervielle, Mandiargues, Pierre Jean Jouve que Guy Dumur, je crois, lui avait amené et qu'elle s'était juré de remettre à sa juste place.

Pourquoi reconstituer ici cet enchaînement de rites, de rencontres, de corvées, de fêtes ? Pourquoi ne pas noter aussi les cousinages, les voisinages, les cumuls, les alliances, les rivalités ? Je voudrais montrer, sur une toute petite surface de vie française, comment fonctionnait une société il y a quarante ans. Le maillage était serré. On glissait vite d'un milieu (croyait-on) à un autre. Ainsi Suzanne Tézenas était-elle passée dans la vie de Drieu : elle avait été une des rares personnes souhaitées par lui à son enterrement. Quant à Denise Bourdet, elle restait attachée à son beau-fils, Claude Bourdet, qu'Édouard avait eu de Catherine Pozzi. Et par Claude Bourdet on faisait un saut jusqu'à la Résistance et à la déportation, où il avait été héroïque, jusqu'à *L'Observateur*, qu'il avait créé, où l'on retrouvait Guy Dumur, Bernard Frank, Revel (dont j'avais publié *Pourquoi des philosophes ?* dans *La Parisienne* deux ou trois ans auparavant), et ainsi de suite dans une « chaîne » aux ramifications si amusantes. Par Marthe de Fels, voisine de Suzanne Tézenas, on aurait pu remonter à Malraux, qui allait parfois travailler dans sa maison de Varengeville, à Paulhan, à Valéry, à Saint-John Perse surtout, dont on disait que Marthe possédait des lettres admirables. Et à propos de lettres, pourquoi ne pas évoquer celles que Paul Valéry avait écrites à Mme Jean Voilier, qui les fera vendre à Drouot quelques années plus tard, assistant elle-même aux enchères — Mme Voilier qui avait abandonné quelques minutes Robert Denoël sur un trottoir désert, près de sa voiture en panne, le soir du dimanche 2 décembre 1945, pour le retrouver mort, assassiné. Elle avait décoré son bureau, chez Denoël — dont elle était devenue propriétaire —, dans un style cocotteux et Boulevard, le transformant en une sorte de loge fanée et nostalgique où avait commencé, un matin de novembre 1952, ma vie dans le papier.

Il m'arriva de me faire mal juger, en écrivant d'un roman qu'il était composé comme une partie de *Kibezki*, jeu si révélateur de la mobilité d'une société. Et non seulement qui baise qui mais qui paye qui, qui aime qui, qui fuit quoi, qui feint d'oublier quoi ? Ce n'est pas le contenu des relations qui m'intéresse, mais la texture secrète des drapés et des tapisseries, l'apparente confusion de la comédie. On connaît le jeu des enfants : cheval de course à pied-à-terre de feu follet de vacherie de veau mort-nénuphar d'autopinambour la Reine… Le meilleur moment est celui où la machine s'emballe et où la chaîne se met en boucle : tout milieu, toute aventure sociale sont limités. Et peut-être n'importe quel cadre vaut-il n'importe quel autre. Je n'en suis pas sûr. Il m'est arrivé, le temps qu'a duré et que j'ai entretenu mon *branchement* aux réseaux qui me plaisaient, de prendre un plaisir immobile et secret à reconstituer la chaîne, puis, plus largement, la structure quasi moléculaire du milieu, avec ses aimantations, ses osmoses, ses glissements d'un plan à un autre, les lentes dérives qui modifient à peine les personnes et les situations, alors que de brusques mutations résument de longues métamorphoses en deux ou trois révélations saisissantes dans la cour, bien sûr, de l'hôtel de Guermantes… Alors il n'est plus du tout indifférent que Revel épouse une fille de Nathalie Sarraute ; que le monsieur à la minceur sèche de cavalier que croisaient les habitants du 29, rue Octave-Feuillet, fût le beau-père de Jean d'Ormesson ; que j'aie affronté pour la première fois Aragon, étrange et éphémère flambée d'hostilité, dans ce bureau que Mme Voilier avait fait — j'imagine — décorer par Wakhevitch ; que le fils de Revel, devenu moine bouddhiste et porte-parole du Dalaï-Lama, soit venu me saluer dans la cathédrale de Strasbourg… Un moment vient où ce n'est pas le pouvoir qui importe, mais notre présence au cœur d'un organisme qu'on dirait vivant. La volupté éprouvée ne tient pas au contrôle de mécanismes ou d'influences peut-être secondaires ou interchangeables, mais au plaisir, sinon de comprendre la nébuleuse, au moins de l'habiter en connaissance de cause.

Figueras

Nous habitions alors 17, rue Séguier. Marie-Thérèse avait « repris » — mœurs et langage du temps — l'appartement de Jean-Pierre Giraudoux, au troisième étage de l'hôtel de Mme Brown de Colstoun, laquelle me louait deux pièces et une terrasse au second. De là, je surveillais les allées et venues de Camus, qui habita un moment le 18, et les manœuvres vespérales des clodos à la recherche d'une voiture à la portière ouverte, afin d'y passer la nuit. Lassé de trouver au matin ma serrure forcée, j'oubliais d'en tourner la clé et devais parfois chasser de la voiture, en roulant toutes vitres baissées dans le froid de l'hiver, l'odeur de fauverie et de vinasse qui collait alors à la peau des miséreux. Marie-Thérèse habitait avec Alain et Gilles et je vivais seul un étage plus bas. On montait chez moi par un escalier orné d'une rampe de ferronnerie XVIIe. Ensuite, c'était un colimaçon qui grimpait au troisième, le tout agrémenté d'une moquette épaisse, d'un rouge somptueux, Mme de Colstoun faisant bien les choses. Elle manifestait la plus courtoise curiosité pour « la princesse d'Orient » et son œil frisait quand elle me regardait, notre façon de vivre, cette discrétion et cette harmonie dans le désordre, amusant en elle quelque indulgence désabusée ou complice.

Un soir que nous avions dîné ensemble, Marie-Thérèse et moi, et rentrions en couple sage rue Séguier, nous tombâmes en arrêt, place Saint-André-des-Arts, devant une énorme Hispano-Suiza, bicolore me semble-t-il, ou blanche, autour de laquelle quatre ou cinq badauds, incertains (il était une heure du matin et le quartier était encore provincial), restaient plantés en silence. Nous nous approchâmes : l'Hispano était pleine, à ras bord, de choux-fleurs. Aucun commentaire ne s'élevait. Simplement, les gens ne s'en allaient pas. Ils attendaient Cendrillon, quelque métamorphose, quelque prodige.

Nous apprîmes le lendemain par les journaux que Salvador Dalí avait donné une conférence à la Sorbonne, où il était arrivé dans cet appareil. Sans doute avait-il soupé ensuite au Catalan sans oser aventurer le monstre dans les rues trop étroites. Se confondent dans ma mémoire cette soirée aux choux-fleurs et une autre, une conférence de l'abbé Morel consacrée à Picasso, dans le Grand Amphithéâtre de la Sorbonne également, à laquelle — en 1945, 1946 ? — j'avais assisté, stupéfait d'entendre la fleur de la jeune intelligence française couvrir de quolibets les peintures de Picasso dont le pauvre abbé — que Clara Malraux amena plus tard à la maison, tout faraud encore de son exploit — projetait les « diapos » comme un conférencier du Club des Explorateurs : « Alto Plano, terre de contrastes… »

Je n'ai jamais approché Dalí. Les chats à moustache en croc me font peur, et les excès torrentueux de l'accent espagnol, et la paranoïa. Préjugés simplets, j'en conviens, et contre lesquels s'inscrivent en faux telle et telle expériences spontanées. Celle-ci, par exemple, de tomber, à la radio de la voiture, dans la nuit, sur une voix artificielle, rocailleuse, insupportable, qui disait des choses subversives et drôles. Ou cette autre surprise : la lecture, longtemps différée, des *Cocus du vieil art moderne*, publiés par la stratégie d'un dandysme très *travaillé*, dans les « libelles » de François Michel, où Dalí fait preuve d'un bon sens salubre et presque inquiétant. Je me laissai donc tenter, me trouvant à Perpignan, par l'invitation à aller visiter à Figueras le musée Dalí. On sait qu'y règne de façon ostentatoire la conception dalinienne du surréalisme, dégénéré en paroxysmes publicitaires, de ces prouesses propres à épater les villes les plus difficiles à *emballer* : Barcelone, Paris, New York. Affiches, vitrines, coups de poing dans le ventre mou de la crédulité collective, en même temps que rares trouvailles d'une génération. Je me disais, entrant dans le bâtiment en forme de tour génoise ou de boîte de conserve vide : nous connaissons tout cela, bravo ! Les enfants paraissaient enchantés. C'était ou jamais le moment de les suivre d'un œil indulgent. La raison voulait aussi que l'on comptât parmi les enfants celles-là qui ne l'étaient plus tout à fait : ces petites filles âgées, j'imagine, de onze à treize ans, à peine vêtues de minijupes multicolores, cambrées, ensellées comme des danseuses brésiliennes, muscles tendus et peau brune, extraordinairement provocantes, les unes en paires de copines, feignant d'ignorer les regards, d'autres pilotées, de loin, par de jeunes couples de parents à l'œil vague, inconscients, semblait-il, de posséder (mais si peu...) ces vivantes charges de dynamite, ces bombes à la mèche déjà allumée qu'il me semblait entendre crépiter. J'ai toujours aimé, dans les musées, le peuple des jeunes filles qui les hantent. Peut-être dans ce texte même ai-je confessé déjà le trouble où me jettent les petites Françaises du MOMA ou de la Tate, et les interchangeables *jeunes filles* des Alliances françaises, de Buenos Aires à New York. À Figueras, c'était autre chose. Dalí eût raffolé, peut-on penser, de ces cabris qui appelaient l'attentat aux mœurs. Je m'adossai à un mur, ayant réussi à semer les amis que j'accompagnais, des lunettes de soleil dissimulant la probable perversité de mes regards. Il me sembla qu'un mouvement attirait les cabris vers un escalier. Ainsi le skimmer des piscines aspire-t-il les guêpes imprudentes qui, pour boire, se sont posées sur l'eau d'où leurs ailes mouillées les empêchent de s'envoler. Vers quel gouffre filaient les cabris ?

Je me retrouvai dans une crypte à la solennité de laquelle je ne fus guère sensible, puis — seul — dans une cave obscure : sol, plafond, murs étaient noirs ; dans les quatre murs des niches étaient seules éclairées, où brillaient des bijoux d'or. Je m'apprêtais à formuler quelque réflexion sur le destin irrémédiablement consumériste et commercial de la grande orgie surréaliste, quand entra, recroquevillé dans une petite voiture d'infirme, que poussait une espèce de boy-scout en péquin ou de militant d'action catholique, un handicapé. Puis un autre apparut, et un autre encore jusqu'à en compter six ou sept, chacun poussé par son jeune homme, qui se livraient dans la pénombre, comme dans un ciel piqué d'étoiles de dix-huit carats, aux figures, voltes, accélérations d'un ballet silencieux. Silencieux ? Non, pas exactement, car chacun des malheureux grognait, haletait, vagissait, reniflait en tendant les mains vers l'or inaccessible. Le reflet de lumière tombé des niches montrait des grimaces extasiées, des convoitises éperdues, des lèvres luisantes de bave.

Je fis en sorte de me fondre dans le velours noir d'un angle où je restai inaperçu. Surtout, ne pas fermer les yeux. Ma tête fut soudain traversée de souvenirs oubliés l'instant d'auparavant : ce premier séjour en Espagne, la dictature encore au pouvoir, que, le besoin où nous étions d'économiser renforçant une certaine lassitude idéologique, nous avions décidé d'oublier un peu, mais sans nous vanter de cette coupable indulgence. Nous nous étions installés, L. et moi, dans un lieu perdu d'une des îles Baléares, appelé, je crois, Cala Radjada. Un Anglais tenait l'hôtel où régnait un silence de bon ton. La terrasse ouvrait par un minuscule jardin sur la plage et n'était séparée de la maison voisine que par un bouquet de tamaris à travers lequel, le soir, on devinait une présence très discrète. On croyait entendre deux voix. Je me demandais qui étaient ces ermites. Jamais, à nos heures, ils ne se baignaient. De retour à Paris, nous apprîmes que le voisin était Marc Bernard, écrivain qui eut son heure de notoriété quand il reçut, en 1942, le prix Goncourt pour un roman intitulé *Pareils à des enfants*. Marc Bernard était un des rares écrivains français capables d'évoquer avec vérité le monde ouvrier, les petites gens. Sa femme, d'origine juive allemande, échappa à la persécution grâce à cet exil aux Baléares où, visiblement, les franquistes fichèrent la paix à ces visiteurs si discrets. J'aime à croire que le prix Goncourt assura aux Bernard les deux années de survie qui leur permirent d'attendre la fin de la guerre. Ensuite, ils étaient restés fidèles à cette solitude, à cette plage perdue que le début de septembre devait vider de toute présence. Il paraît que d'autres réfugiés allemands avaient formé une petite colonie à Cala Radjada et dans les environs. Nous nous promenions, L. et moi, le soir, dans les ruelles sombres. Le sable étouffait le bruit des pas. Aux terrasses et dans les maisons, on n'apercevait que la chiche lumière dispensée par des ampoules de faible puissance, un peu jaune, ou rougeâtre, et tremblotante. J'ai le souvenir de nuits couleur de chocolat, traversées de voix pressées et basses. L'Espagne d'alors n'avait pas été réveillée encore par le « miracle économique » qui suivrait. Les mœurs y semblaient austères. Sur la plage, dans la touffeur de midi, des gardes civils en costume de laine et bicorne de cuir bouilli traquaient les maillots deux pièces et les furtifs baisers. Les cabris du Museo Dalí étaient tombés d'une autre planète. Entre les brûlantes petites filles de Figueras et les dames plutôt courtes et dodues des plages de Cala Radjada, volants, mantilles, dentelles, quel cataclysme social était-il passé ? Plus tard, je retournai en Espagne avec Hélène, à Oliva, chez les Hebey, plus tard encore au Cap Sa Sal avec Cécile. La modernité avait commencé de mordre la tradition catalane. L'hôtel où nous revînmes plusieurs fois, une forteresse touristique, un krak des chevaliers Teutoniques, annonçait la prochaine naissance d'une Europe sans complexes. Je garai ma lourde Mercedes entre les lourdes Mercedes de messieurs entre deux âges qui tous ressemblaient à l'acteur Kurt Jurgens, suitées de jeunes blondes très hâlées aux yeux et aux muscles durs. L'Espagne des loupiotes et de la vertu n'avait plus longtemps à vivre.

Miss P. m'emmène dans le monde

Au cours des vingt derniers mois, à peu près, je me suis néantisé. Évidé, étripé, vidé de ma substance. Ma voix s'est assourdie jusqu'à devenir, en compagnie, inaudible. Me risquant à parler, je « cherche mes mots » mais ne les trouve plus : j'en trouve d'autres, avec lesquels j'essaie de bricoler des phrases — des pensées ? — différentes de celles que j'avais à dire, boiteuses. Je les débite sous des regards étonnés et bienveillants, tout à la consolation de ne pas être à quia, et de sortir de moi ces approximations et pauvretés que je sais bien qui ne donnent pas le change. Voyages : impraticables, me font horreur. Mes seuls voyages sont quelques dîners amicaux au cours desquels je vois se pencher vers moi ces visages attentifs. On m'écoute comme on m'aide, d'un geste délicat, la main au coude, à franchir les obstacles. Ces yeux tendres, ces oreilles discrètement tournées vers moi, me donnent envie de hurler. La dernière fois que je suis allé « dans le monde » — la veste tendue sur la panse, le nœud noir démodé, des vernis en pointe me torturant les pieds — l'extravagance m'a saisi. Pourquoi ai-je refusé l'ascenseur qu'on me désignait ? J'ai titubé sur les trois volées de l'escalier comme un arbre aux trois quarts scié que les bûcherons ont mal arrimé. Arrivé aux salons, je les ai traversés entre les élégants, les fauteuils, les guéridons, les sourires vite figés, à petits pas frottés, glissés, genre Légion étrangère, la main droite vaguement lancée en avant pour saisir une main à serrer ou m'accrocher à une épaule. À table j'ai donné une suée d'angoisse à un maître d'hôtel tant j'étais lent et maladroit à me servir : j'ai fini par faire glisser l'aile de poularde, du plat à mon assiette, d'un coup de fourchette expéditif. Le paysan du Danube. J'ai pris un lointain cousin par alliance pour le duc de Kent et tenté de convaincre le malheureux qu'il se trompait, lui, sur son identité. Au milieu du souper, exténué, recru de honte et de colère, j'esquissai le geste de me lever ; je pouvais toujours simuler un malaise ; la pudeur ne m'a pas retenu, mais le mal que j'éprouve à me lever ; je risquais, m'accrochant à la table, d'entraîner flambeaux, verres, sacs du soir en fil d'or, poularde, fleurs, Sèvres, couverts, dans un cataclysme qui eût sonné le glas de ma vie sociale. Je me suis tenu tranquille et en ai tiré bénéfice. Ma voisine de gauche m'a glissé à l'oreille trois ou quatre phrases humaines. Je les ai à peine saisies. Il m'a semblé entendre : « Vous avez eu raison de ne pas mourir au milieu de la galerie d'Hercule… Quel désordre ! » Mais sans doute me trompais-je. Elle paraissait attendre avec confiance une réponse. Quelqu'un a porté un toast. Je demeurais, la bouche entrouverte, cherchant ma réplique ; elle devait être pourtant écrite quelque part ; mon rôle, mon rond de jambe, le geste harmonieux auquel s'apprêtait ma main. — « Ce sont des vins qui s'éventent », a constaté ma voisine. J'entendais mon cœur battre dans mes oreilles.

Depuis vingt mois environ je me raye de la surface de ma vie. Je relis comme le plus palpitant des romans d'aventure les Cahiers de la Petite Dame et suis intoxiqué d'*exquise* délicatesse, d'extravagance. Je respire le texte à lentes goulées incrédules. — « Chère, je me sens comme un pneu qui se dégonfle… » L'inventé-je, cette image-là ? Comme ils étaient tous affamés d'exister ! Tant d'attention à soi-même, à autrui, au monde, à ses désirs ! Tant de scrupules et de nuances ! Ce texte que j'écris — non, que je tape, qui surgit caractère après caractère dans un crépitement (c'est bien le mot obligé ?) de bureau d'avant-guerre — et toujours il y avait cette odeur femelle et sale quand on entrait, vers cinq heures, dans le *pool* des dactylos —, ce texte n'a pour ambition que d'arrêter l'hémorragie, colmater la fuite, irriguer à nouveau une chair vive, feindre de nourrir ma mémoire. Comment faisaient-ils, les Gidards, ainsi que les appelait Béraud, pour se griser de leur existence ? Je jette des souvenirs à mon livre comme on jette des bouts de gras aux chiens. Bouffe ! Bouffe ! Tout mon effort tend à exister moins, à parler moins, à me dissoudre dans l'épaisseur de la vie, autour de moi, qui gagne de la substance au fur et à mesure que j'en perds. — « Il y a une fonte de la masse musculaire », dit le médecin. Je veux, mon neveu !

Miss P.

Miss P. leur fait peur. Elle les embête, aussi. Elle les tétanise, les rend muets, donne l'œil vague. Sans attendre de commisération, un sentiment d'intérêt, ou de la curiosité, ou du *réalisme* m'eussent rassuré. S'il vous plaît, ne me vantez pas une villégiature qui exige dix-huit heures d'avion, ou d'espiègles sambas, ou un sentier de grande randonnée qui, entre deux forêts, traverserait Venise.

Il y a des règles à respecter, je l'ai vite compris. Je croyais qu'il serait plus élégant de ne pas faire semblant, de ne pas *donner le change* (quelle sorte de gibier suis-je devenu, et par qui traqué ?). Eh bien non ! Ce n'est pas du tout ainsi qu'il faut agir. Une allusion légère à Miss P., frottée d'humour : elle paraît malencontreuse. La moins pathétique des références à un ennui qu'on ne nomme d'ailleurs pas, les harasse. — « Et moi je suis devenu dur d'oreille, mon cher, c'est autrement embêtant… » m'a dit M. P., lui, a cessé de m'appeler et de m'écrire. J. me prend de vitesse : « Tu es superbe ! On me dit que tu vas bien. Tout ça est oublié… »

J. a raison, c'est oublié. Je me raccroche à l'épaule d'inconnus, n'ose plus descendre les trois marches du train, j'émets un tintement — un peu celui du monsieur qui veut prendre la parole et frappe son couteau sur un verre — dès qu'on m'offre une tasse de café, mets dix secondes à m'arracher à un divan modestement profond. Personne ne me voit battre l'air des deux bras, osciller, tanguer. Je suis entouré de myopes au cœur dur. J'ai mis plusieurs mois à comprendre mais enfin la leçon a porté : la maladie emmerde, les plaintifs emmerdent, l'affaiblissement est du dernier mauvais goût. Toutes les abominables histoires de vieillards à l'abandon, les mouroirs, les petits vieux semés pour l'été comme on accroche un chien à un arbre — tout m'est clair. Il s'agit seulement du passage à la limite d'un sentiment de viscéral refus dont nous souffrons tous, victimes ou bourreaux. Du côté des victimes, décidément le seul à m'intéresser encore, je ne vois qu'une façon d'y résister : être tant soit peu riche et s'agripper à ses écus. Entretenir l'impatience et l'avidité des héritiers. Faire un trône de son tas d'or et, de là, régner — de la royauté dérisoire et tremblante des vieillards. Malheur au patriarche qui se dépouille, distribue ses biens, joue les généreux : à peine sera-t-il sans un qu'on le laissera s'enfoncer dans sa nuit. Job ne reçoit plus de visites de Noël.

Un carburateur récalcitrant

Nous faisons aujourd'hui [1] la connaissance de Jozef et Sarah Ben-Or, venus de Jérusalem. Sarah est la fille d'un frère d'Anatole Muhlstein, le père de Cécile. Elle et son mari sont nés en Palestine. Anciens combattants de la Haganah, ils se sont connus aux combats de la porte Mandelbaum ; on leur voit la simplicité, la douceur de regard des sabras — et leurs soudaines duretés. Ils sont pour moi, par alliance, des « issus de germains ». Anatole Muhlstein, de loin, les a aidés à poursuivre leurs études : il est, pour eux, resté un personnage un peu légendaire. Une critique du livre de Robert Jarocki consacré à mon beau-père [2] parue dans un journal polonais d'Israël, puis un livre de lui, *Dziennik* (Journal) paru à Varsovie, leur ont permis de retrouver la trace des sœurs Muhlstein : ils ont téléphoné à Anka à New York, puis à Cécile à Paris, et les voilà

1. 29 octobre 1998.
2. « Le Juif de Pilsudski », Varsovie, 1997.

à Saint-Rémy — venus voir une exposition de Cécile — et à Ménerbes.

Ne sachant à peu près rien de ce *goy* qu'a épousé leur cousine (sur elle, ils sont un peu plus savants, grâce au catalogue d'une exposition au musée de Tel-Aviv, en 1972, et à la préface du conservateur Haïm Gamzu), ils ont cherché des informations sur *Internet*. Ils se sont fait traduire, du français en hébreu, le portrait de moi qu'ils ont trouvé — placé là par qui ? et sur quel « site » ? Au milieu du déjeuner, Jozef tire de sa poche trois feuillets qu'il se met à traduire de l'hébreu en anglais avec une impressionnante vélocité. J'entends me tomber sur la tête des formules dont je suis à coup sûr, sinon l'auteur, au moins l'inspirateur : *bad lover... he always preferred cars to women... He was not a good father...* Dieu, en ai-je lâché de ces vérités pas bonnes à dire, inextricablement tressées de jactance ou de provocation ! Le Lanson ou le Thibaudet d'*Internet* a fait son miel de ces aveux risqués en un autre temps, par un autre homme. Gêne extrême. La littérature nous rattrape toujours. Autour de la table cinq regards m'observent, plutôt débonnaires. La nullité de mon anglais m'interdit la réponse vive et narquoise qui me tirerait de ce mauvais pas. Je dois me contenter de sourire platement.

Bad lover ? La vieille confidence est réputée si difficile à faire que j'ai fini par la répéter sur tous les tons, à satiété. Marre, aujourd'hui.

Dans ce récit, ne suis-je pas en train de faire l'impasse sur le sujet bateau, appétissant, inévitable ? Femmes, amours, sexe, bonheur. Je *bloque* la sensualité sous le prétexte que je n'y excellais pas ; j'expédie l'amour en expliquant que j'ai épousé toutes les femmes aimées, ou quasiment, et, en fin de compte, silence sur le plaisir. Provocation ou pudeur, j'écris ce chapitre en puritain. Pouah ! Jusqu'au titre, emprunté à Gide afin de rendre hommage à ma jeunesse. La formule, selon moi, vaut aveu, les « simulacres anodins » étant de bonne pratique gidienne et exercés moins sur « Angèle » que sur des anges et angelots maghrébins au fond des palmeraies. J'ai toujours pensé que Gide avait gagné sa mauvaise réputation grâce à des turpitudes dont il ne raffolait pas. Je tourne autour d'une confession de cette sorte. Mais l'ayant faite sous l'influence des terribles bouffeuses d'hommes apparues à Paris vers 1955, qui fusillaient après un jugement expéditif (qu'il fût si expéditif était un des attendus du jugement), ayant battu ma coulpe, « chargé » de secrets les friandes lacaniennes comme on bourrait le poêle à sciure de bois, le soir, pendant la guerre, ayant été chercher la défaite sur le terrain de mes walkyries, ne me suis-je pas maltraité à l'excès ? Il y avait bien un peu de bonheur dans tout cela ? Il me semble n'avoir pas pensé à grand-chose d'autre qu'aux filles pendant quinze ans (je dis « les filles » ; à l'époque : jeunes filles). Comme c'est difficile à écrire aujourd'hui ! Parvenu à l'âge où il est décent de ne plus se déshabiller devant les dames, on s'aperçoit qu'il serait tout aussi indécent d'écrire sur l'amour. Autre déshabillage. Souvenirs ? Enterrez-les ! Nostalgie ? Étouffez-la. Que vaudraient, pourtant, ces confidences si je ne tentais pas d'approcher, ici aussi, ma vérité ?

Il est vrai que j'ai peu aimé le corps à corps, le peau à peau. Je me suis expliqué et fustigé là-dessus. Mais l'inachevé, les frôlements impossibles, les portes entrouvertes, la confusion des gestes et des sentiments — ah, comme j'ai aimé ces à-peu-près ! J'ai déjà signalé ce goût, avec une désinvolture un peu trop appuyée afin de n'avoir pas l'air dupe. Un ton à la fois dépréciateur et hâbleur, celui d'un mec à la redresse disait-on quand j'avais dix ans — et je pense à toutes les façons de parler et d'écrire que j'aurai vu glisser à l'oubli dans une irréparable fuite de la tuyauterie langagière : comment ne pas accepter que néologismes, argot, emprunts occupent les vides ? — une certaine façon, donc, de me mettre à table sans toucher aux plats, roulement de tambour avant le numéro de trapèze volant, coup d'œil entendu avant de lâcher le gros mot — comme je connais tout cela... — mais oserais-je prétendre avoir jamais écrit de l'amour ? L'amour, ma mémoire en est presque vide. Et si quelques souvenirs, dans le déferlement des jours, s'accrochent aux rives de ma vie, ce ne seront que souvenirs de clandestinité, gestes volés, enfantillages. Les pulpeuses, les ouvertes, les championnes : envolées. Ne demeureront que les gamines et leurs secrets. Les évoquer ? Il y faudrait une brutalité qui n'est pas mon affaire et qui, chez les autres, me navre et me lasse. Je me rappelle ma consternation à la première lecture des *Journaux particuliers* de Léautaud. Je voyais bien quelles intentions il mettait dans la crudité et la pauvreté des évocations, — ces *enfilades*, ces *mottes*, ces *décharges* de l'humide artillerie — comme je vois le pouvoir que confère à Sade ou à Bataille l'irréfutable nudité du langage. Pas d'estompe, pas de pénombre, pas de musique : c'est la loi de toute transgression. Et il n'existe pas de confidence amoureuse sans subversion. Ou alors, allons pique-niquer au « Temps des Cerises ». Les cerises m'embêtent. Je couche dans l'herbe les amoureux et croque « les pendants d'oreille qu'on cueille en rêvant… ». Franchirai-je le pas ?

Quelques souvenirs me brûlent encore. Pris la main dans le sac. Le faisceau d'une torche électrique, une nuit, au Bois, à travers le pare-brise de la voiture : police ? voyeurs ? voyous ? Instant de gêne exquise, comme les dentistes parlent de « douleur exquise ». La porte d'une chambre ouverte à l'improviste — je ne l'avais donc pas fermée ? — un crépuscule d'automne, à Royaumont. Autres portes ouvertes : à l'hôtel Saint-James et d'Albany, au Mont-d'Arbois à Megève, dans une petite maison de Tregony à l'extrême bout de la Cornouailles. Exhibitionniste ? Non, les regards d'inconnus me font horreur (une douce horreur ?). Je voulais être surpris par des familiers, entendre leur pas qui s'éloignait dans le couloir, parfois leur rire — oh, le rire de gorge d'une mère élégante qui ne voulait pas être en reste ! Ces regards égarés dans le désordre des draps, supputant en une demi-seconde la position (prémices ? conclusion ?), ils donnaient corps à mon rêve du miroir au plafond, de la chambre de bordel. Nous savoir *vus* était un plaisir aussi vif que nous voir. Puis, une heure plus tard — salon de la maison, bar de l'hôtel, table familiale —, j'imaginais quelles postures, quelles visions fugitives, en fonction de la *persistance de l'image rétinienne*, continuaient de troubler ces yeux détournés, rieurs ou furieux, qui prolongeaient et affinaient mon plaisir.

Une putain bon marché, une maison à gros numéro, une déshabillée vaporeuse, une fidèle et chaude épouse n'offriront jamais au pervers le quart du bonheur qu'il trouve à la traque, au harcèlement, à l'attentat. Or, quel *amour* est-il pur de toute perversité ? La mariée d'autrefois qui *déchirait* son voile pour l'offrir à ses demoiselles d'honneur ; la jarretelle que brandissait le nouvel époux éméché à la fenêtre de l'auberge ; toute la bestialité allégorique de la noce donnait du ragoût à une sensualité que, pourquoi ? nous imaginons assez plate. Éprouvait-on de profonds vertiges sous les édredons ? Pourquoi pas. « Progrès en amour assez lents », disait Paulhan. Élargissez le titre à toute l'histoire des hommes, et, mis à part quelques tabous récurrents, quelques pudeurs liées aux hasards des mœurs et de la foi, vous aurez mesuré qu'en amour, même si leur expérience est fragmentaire et leur satisfaction médiocre, les amants n'étaient pas plus doués autrefois et ne sont pas meilleurs aujourd'hui. Des cathédrales aux temples indiens et aux films X, on n'a rien inventé. Au mieux, des modes : au cinéma par exemple, donc à la télévision, on ne se fout pas de la même façon aujourd'hui qu'il y a dix ou vingt ans. Du missionnaire on est passé à la situation dominante de la femme, puis on en est venu à la station debout, femme soulevée et empalée, une jambe enlianant l'homme dans un style exotique. Parfois, une audace nouvelle fait date et lance un nouveau rituel amoureux. *Les Amants*, *Les Chiens de paille*, *Le Dernier Tango à Paris* inaugurent ou popularisent des comportements ou les dédramatisent. Fellation et sodomie deviennent banales. Ont-elles jamais cessé de l'être ? Si je cherche dans mes souvenirs, je crois y discerner pourtant une évolution des usages du lit. Quand j'avais vingt ans — prisonnier de mon goût pour les partenaires de mon âge, et inexpérimentées — régnait, plus que le respect du « petit capital » (encore que les jeunes filles y tinssent), la peur de la grossesse. Elle a paralysé notre vie amoureuse. Tout, sauf ça. C'était une idée fixe. Les mères — je veux dire les mères des jeunes filles — étaient avec nous plus suppliantes que sévères. Elles faisaient la part du feu. Si survenait le pépin, elles devenaient complices. J'en ai connu qui prenaient en main le tintouin de l'avortement, finançaient l'opération ou, si le milieu était évolué, le voyage en Suisse. Ces complots étaient fomentés contre le père, éternel ignorant. Parfois, on bâclait un mariage, qui ne serait pas, statistiquement parlant, plus malheureux qu'un autre. Bien entendu la liberté des mœurs était proportionnelle à l'élégance des familles. Enfin, élégance est un mot trop brillant. Disons que les bourgeois friqués étaient plus libéraux que les besogneux. Leurs filles, oisives, marchaient l'après-midi sur les trottoirs de Passy, un sac en bandoulière, les bras croisés dans un geste de pudeur (je pense qu'à l'origine, il s'agissait d'apaiser les convoitises que pouvaient faire naître des seins trop orgueilleux) et parlaient un anglais fluide, désossé, appris dans les clubs d'officiers où elles étaient allées danser après la Libération. Michèle, à Londres, en 1947, m'avait épaté par un vocabulaire voué aux bas en nylon (encore introuvables à Paris), au maquillage et à l'habillement masculin. Vierge, elle était néanmoins plus « avancée » que moi pour notre âge. Elle avait, hélas, des jeunes filles de sa génération, la fragilité sentimentale. Il ne fallait pas les perdre de vue un instant. Dans les surprises-parties, pas question, à la lettre, de les lâcher. On enchaînait danse sur danse, en propriétaire. Sinon vous risquiez de retrouver votre amoureuse, sur le lit qui servait de vestiaire, culbutée au milieu des canadiennes et des manteaux de ratine bleue. La résolution qui les habitait (presque) toutes, de ne pas aller jusqu'au bout, minimisait le sens de leurs baisers. Un dimanche à la campagne, une semaine de neige et, au retour, un rival était dans la place, à son tour menacé, à son tour inquiet, rêvant d'ubiquité et de chaînes. Les jeunes femmes d'aujourd'hui, à la colle pendant des mois ou des années avec le même garçon, à l'âge où nos petites camarades d'il y a un demi-siècle se brûlaient les ailes à toutes les flammes (comparaison, on l'a compris, garantie d'époque), sont des modèles de modestie et de placidité. Je les regarde avec perplexité aimer mes petits-fils. J'ai trop aimé mes oiselles toujours prêtes à l'envol pour apprécier cette bonace. On voit, dans les familles, surgir au petit déjeuner des convives hirsutes et inattendus : la vie doit y avoir perdu en épices. Il m'est arrivé, autrefois, d'être le garçon qui apparaît à l'heure du café au lait : il fallait au moins justifier d'un carburateur récalcitrant. Le père était bien embêté ; la mère faisait des gestes saccadés. Au lit — car on avait fini par se retrouver dans le même — il ne s'était pas passé grand-chose, et ces heures-là, de l'aube qui venait, du ciel qui blanchissait, sont les souvenirs d'un intense bonheur. Dix ans plus tard, les dames à la page ne m'offriront rien qui vaille mes bricolages de jeunesse.

Zodiaque

De François-Régis Bastide, amateur d'horoscopes et connaisseur en « maisons » du ciel, j'ai dit qu'il draguait à l'astrologie. Il avait créé, au Seuil, la collection « Zodiaque » où l'on trouvait, que l'on fût crédule ou sceptique, des notations excitantes. Régis tirait, d'une heure d'observation et de bavardage, des conclusions justes. « Vous, vous êtes un petit bélier… » Il caressait le petit bélier — qui était une chèvre prête au sacrifice — d'un œil rieur, patient, curieux : la moitié du chemin était faite. Il révélait à des inconnus leurs maladies préférées, leurs faiblesses de caractère, leur organe le plus fragile, leurs goûts en amour, et ne se trompait guère. Je fus épaté. Il « fit mon ciel », m'aida à m'enorgueillir de ma voracité et ancra en moi la certitude que je devais me méfier « des Scorpions », signe redoutable, qui formaient avec les placides Taureaux, dont je suis, un axe astrologique passionné. En 1966, quand nous emménageâmes à Arpaillargues, les travaux de restauration avaient mis en émoi un peuple de scorpions établi dans la vieille demeure depuis deux siècles.

Ce fut un rodéo. L'un se laissa tomber dans le lit où dormait notre fille, un autre se prit aux cheveux de la cuisinière. Je déclarai la guerre aux *arachnides pulmonaires* — c'est leur nom officiel — et guettai suspicieusement les humains, et surtout les humaines, appartenant au huitième signe du zodiaque. J'achetai dans une coopérative agricole une poudre mortifère destinée, dissoute dans de l'eau, à exterminer les doryphores. Je l'utilisais pure, en répandant de longues traînées sur ce que je supposais être les itinéraires favoris de l'ennemi. Une terreur chimique et suffocante rampait au pied des murs, là où se fissurait notre forteresse. Le matin, j'allais inspecter le front : des dizaines de scorpions morts, le ventre en l'air, gisaient dans la poudre blanche. Ça ne devait pas être beau à voir. Imaginant les agonies, je suais dans la fraîcheur de sept heures.

Ce puant souvenir d'asphyxie occupant la mémoire, il n'est pas facile de glisser au courrier du cœur. Amitié ou passion, hommes ou femmes, j'ai frémi, face à des Scorpions, au passage de la *haute tension* annoncée. Quelques paroxysmes dans l'exaltation, les autres, plus nombreux, dans le voisinage de la haine. N'empêche, j'ai frôlé, en compagnie des « natifs du 22 octobre au 22 novembre », les scènes de faits divers. Je les pare aujourd'hui de tous les charmes. Les réussites ont été dans l'amitié : Bernard Privat, Christine de Rivoyre.

Christine

Je fis sa connaissance vers 1955 en lui demandant des textes pour *La Parisienne*. J'effectuai la démarche avec une solennité peu dans son genre. Elle était alors une gavroche chic, la taille modeste mais le profil impérieux, assez Cadre noir, parlant une langue pure et goûteuse avec une trace d'accent bordelais. Du *Monde*, où elle s'occupait de la danse, elle était passée chez Jean Prouvost, à *Marie-Claire*. Sous l'œil fraternel et alsacien de Marcel Haedrich, elle s'ingéniait à accueillir des écrivains, comme faisaient alors les magazines américains qu'elle aimait. Je dois à Christine d'avoir traduit *Babylon revisited* : qu'on ne dise jamais devant moi que Fitzgerald est un auteur facile. Le meilleur ami de Christine était Jean-Pierre Grédy. On voyait aussi beaucoup Gérald Messadié, Denise Bourdet, Madeleine Chapsal. Le ton général de ces amitiés croisées était vif. Un dialogue et parfois des situations du Boulevard. Ou de Broadway. Nous paraissions nous ingénier à jouer du Feydeau, et *La Mandarine*, le roman de Christine, avait pour décor un hôtel du libre échange. Considérant cette période après trente-cinq ou quarante années, je suis frappé par sa frivolité, un romanesque diffus, ses cocasseries. Raconter ces années, 1955 à 1965 environ, constituerait un bon monologue de fin de dîner, quand on se morfond et que la seule façon de moins s'ennuyer est de prendre la parole. Je revois des lieux : le bar du Bellmann, rue

François-Ier, mais jamais le Frontenac ni la Belle Ferronnière ; les appartements successifs de Christine, à Boulogne — qu'elle appelait Bout-sur-Logne —, puis rue Suger, près de la place Saint-André-des-Arts où le fond du tableau, immeuble coupé en deux, bariolé d'affiches et de « petits pans de mur jaune », avait l'air d'une toile peinte un dimanche matin par un amateur à tabouret pliant. Cette peinture naïve avait abrité quinze ans auparavant un bar à ambitions, plein de recoins sombres, où le commandant P. me convoquait parfois pour s'assurer, conversation d'hommes, que je prenais assez grand soin du cœur de sa sœur. Je revois aussi l'entresol, rue Magellan ou Christophe-Colomb, qu'occupait Tonia Le Quellec et où nous allions lui rendre visite après un accident d'auto qui l'immobilisa de longs mois. C'est de sa fenêtre que nous vîmes un soir, en 68, défiler au pas de course, avenue George-V, un des monômes de Mai. Beaucoup de choses se passaient pour nous — pour moi — dans cet espace délimité par les Champs-Élysées, la rue Jean-Goujon, l'avenue Marceau, l'Étoile. Paris n'était pas loin d'être une fête. J'aimais des jeunes femmes dans plusieurs immeubles de l'avenue Pierre-Ier-de-Serbie, où plus tard s'installera *Le Point*. Exiguïté de nos vies. Je renonce, en plusieurs détours de ce récit, à la tentation d'*entrer dans les détails*. Des confidences donneraient de la couleur à l'évocation — ça claquerait ! disent les peintres. Mais une résistance, en moi, l'emporte sur la tentation. Ce fut un creux de ma vie où je n'ai plus envie de m'allonger. J'avais arrêté d'écrire : 1955-1963 environ, silence. Je me traîne, ces années-là, dans un présent perpétuel, insomniaque. Je m'obstine à aller au lit avec des dames qui ne sont pas mon type. Je vis jusqu'à plus soif tous les épisodes de cette période comme pour me préparer un stock d'anecdotes, préoccupation qui exige qu'on ne se respecte guère. Mais je parlais de Christine. Elle monte à la campagne chaque semaine, s'offre un cheval, s'immerge dans de noires passions. Il m'arrive encore d'aller galoper deux heures en forêt de Compiègne : j'y retrouve, à Saint-Jean-aux-Bois ou à La Brévière — j'ai choisi le jeudi —, mes fils Alain et Gilles que je hisse sur le pommeau de ma selle, pour quelques pas, le temps d'une photo. Les longs galops, au lieu de la joie mince et dure d'autrefois, secouent le sac à misères. Je reviens sombre de ces moments réputés lumineux. Que sont devenus mes compagnons de la rue Lhomond ? A-t-on déjà détruit le vieux manège ? Comment ce théâtre parisien s'est-il substitué, en moi, aux rêveries fiévreuses d'autrefois ? Aujourd'hui la comparaison s'impose à moi : du Feydeau, comme toutes les fois qu'un homme a dans ses poches les clés de plusieurs femmes ; ou du Colette, comme toutes les fois qu'une femme perd un peu du respect qu'elle doit à elle-même et aux hommes. Elle est morte depuis peu, Colette, et ignore le purgatoire : son personnage rustique et faisandé préoccupe mes belles amies. Certaines ne détesteraient pas qu'un « petit Corsaire » surgît à leur côté, anorexique aux yeux pâles en costume marin, adolescente affolée au tourbillon de la vie, rêveuse. Une société se décompose et se recompose sous mes yeux et je comprends comment des événements sans queue ni tête, épars, confus, construisent peu à peu un de ces tableaux comme, plus tard, en raconte l'histoire, en ressuscitent les mémoires et qui donnent ses couleurs à une époque. En d'autres termes, je me sens parfois, il y a quarante ans, alors que je vais à vau-l'eau, exister comme un des figurants de la fresque. L'affaire de l'arbre et de la forêt ? On croit toujours habiter une époque pauvre, un pays pénombreux. L'ambassadrice des États-Unis me demandait l'autre jour (un jour de 1999) : « Comment se fait-il qu'il n'y a plus un seul écrivain de valeur en France ? »

Si l'on avait toujours moins de talent, d'intérêt, de densité, de rayonnement que ses prédécesseurs, on dégringolerait droit dans une catastrophe et l'on y serait précipité de très haut. C'est trop d'honneur et trop de pessimisme. « Un creux », disais-je : je parlais de la dérive où je laissais aller ma propre existence ; mais au cœur de la conscience que j'en avais, perçait la certitude que *la pièce se jouait*, dont l'intrigue m'apparaîtrait un jour, et l'élan, et le sens.

Et puis, il y avait aussi, autour de moi, qu'on ne s'y trompe pas, des Lions et des Verseaux, des Cancers et des Béliers, des Sagittaires et des Vierges, qui sont d'excellente compagnie.

L'argent

En 1949, quand nous nous mariâmes, Marie-Thérèse et moi, nous ne possédions rien. Pas un fauteuil, pas de voiture, pas de « tête-à-tête » en Limoges, ni de théière, elle un manteau, moi une veste de tweed achetée au Carreau du Temple et un *corduroy* élimé rapporté de Londres deux ans auparavant. Ma fortune, négative, consistait en une dette de deux cent mille francs (entendez deux mille d'aujourd'hui). Ce veston de tweed, ample, rugueux, carré, se révélera inusable. Je le porterai encore, faute d'alternative, pour « sortir » Michèle R., l'épouse du PDG de Denoël, un soir qu'elle m'avait demandé de l'accompagner à quelque représentation théâtrale : je n'oublierai jamais le coup d'œil étonné dont, en m'ouvrant la porte, elle caressa le sac rustique qui m'affublait.

L'hiver 1947 — j'avais vingt ans — on m'émancipa, cérémonie notariée qui consistait à me déclarer majeur un an avant l'âge légal qui était alors vingt et un ans. Cet acte permit à ma mère de vendre enfin la maison du Raincy et d'en croquer le prix. Je réclamai « ma part », que j'obtins, assaisonnée à la sauce aux soupirs. Ce fut un bel été. Avec Frédéric, nous filâmes en Corse, de là prîmes un avion — un avion ! — pour Tunis, nous installâmes au Tunisia Palace, puis allâmes explorer Sousse, Sfax, Kairouan, revînmes à Marseille sur le pont d'un rafiot qui transportait des mulets. En France, je retrouvai le reste de ma « part » déjà bien écornée : premier festival d'Aix, *Cosi fan tutte*, dans la cour de l'Archevêché où l'on n'avait pas encore abattu les platanes, entre les branches desquels se faufilaient les portants des gradins, de sorte qu'on entrevoyait l'opéra, de là-haut, aux places modestes, entre les feuilles que remuait le vent. De Paris, je partis pour l'Allemagne, l'Autriche, Bratislava, Prague. Je faisais le généreux dans les cabarets de Mala Strana et des bords de la Vltava. J'ai des souvenirs des Tatras, des hôtels vides de Bohême, et de belles demeures qu'on commençait à piller. Je revins en France le front moite, à demi vaincu par les BK que ma bougeotte avait excités. J'avais emprunté trois sous à un malheureux étudiant parisien qui eut toutes les peines du monde à les récupérer. Je n'étais pas parti pour être un homme d'argent.

Si j'évoque ces trois mois de l'été 1947, c'est qu'ils constituent, dans ma jeunesse, une exception : je vécus cette unique saison *sans compter* et je trouvai bon goût à l'insouciance. Le reste du temps, de 1935 (la mort de mon père) à 1960 à peu près, je ne connus que renoncements, calculs, sous-locations hasardeuses, bagnoles d'occasion, retards d'impôt, lettres recommandées aux enveloppes non ouvertes, restaurants typiques, c'est-à-dire détestables, bricolages et rattrapages en tout genre. Cette longue expérience de ce qu'un riche appellerait la pauvreté aurait dû m'apprendre à me défendre bec et ongles. Mais, évidence ! je n'avais nul intérêt pour mes intérêts. Le manque d'argent me donna la honte de l'argent. « On ne parle pas de ça… » Je crois n'avoir jamais demandé à quiconque de l'augmentation, ni combien serait payé l'article qu'on me commandait. J'ai attendu pendant des mois des piges fantômes. M'est-il arrivé de discuter les termes d'un contrat ? Oui, sans doute. Écrivain, j'ai eu assez de respect pour mon métier pour n'en pas brader le produit. Je n'ai pas été un auteur couvert d'or, mais on ne m'a pas volé. Quant au reste, une secrétaire de talent moyen m'en eût remontré en matière de négociations.

Je ne tire pas gloriole de cette incapacité. Je n'y vois ni élégance ni style. Plutôt la pusillanimité d'un homme peu sûr de sa hargne. Cela et l'ennui. Les marchandages m'assomment, et ces discussions où l'on a l'air de clamer qu'on vaut davantage que les autres ne le pensent. C'est aussi troublant qu'une campagne académique, avec les visites au long desquelles un candidat va se vanter, auprès de personnages qu'il ne respecte ou apprécie pas toujours, de qualités qui le destinent, selon lui, à l'honneur qu'il sollicite. « Je vaux tant ! » On en frémit. Mais est-il plus honorable de paraître se tenir en petite estime ? Sans doute ces attitudes différentes découlent-elles de caractères différents. Certains caracolent, d'autres se faufilent ; certains ont la main percée et d'autres le poing serré. Les dépensiers savent combien ils valent ; les économes sont gagne-petit.

Parvenu au dernier versant de son paysage intérieur, quand la proche ligne de crête ne dissimule pas la mer, et l'on a les narines qui frémissent, mais simplement la fin de tous les paysages et de toutes les routes, on devrait s'accorder une durée de survie raisonnable, vendre ses biens, partager le magot en autant de sommes qu'il reste d'années (ou de mois) à courir, et les griller, ces petites fortunes, ces liasses, ces sacs d'écus, joyeusement. Ma mère avait compris, elle, qu'on n'emporte pas son carnet de chèques au purgatoire. Sur le tard, me voilà converti à la prodigalité. Ne vaut-il pas mieux être un éphémère et fastueux prodigue qu'un interminable caissier ? Mais l'héritage, me dira-t-on, l'héritage ? Il est vrai que dans ces songes que l'insomnie sécrète et qu'elle consacre au lendemain de notre mort — songes à la fois insupportables et doux — il est plaisant d'imaginer les enfants, chez le notaire, réunis pour « l'ouverture du testament » (respectons les formes ! être un Balzac posthume, joli destin), un peu pâles et compassés — tristes aussi, bien sûr — découvrant au terme d'un rapide calcul mental que le notaire, à mi-voix, les aide à mener à bien, la bonne ou la mauvaise surprise. « Pourquoi, avec ça, vivait-il si chichement ? » Ou bien : « Alors, son train de vie, c'était du bluff, il a tout dilapidé... » Quels commentaires feront-ils ? Quels silences aurai-je nourris, et de quelle amertume ou de quelle gratitude ? Je me rappelle Chardonne, à Megève, devant une tasse de thé, répétant à Florence Malraux âgée de dix-neuf ans : « Vous avez un métier, j'espère ? Vous pouvez gagner quelques sous ? Parce que, votre père, écoutez-moi bien ! Il ne vous laissera *rien… rien* ! » Ce « rien » tombait comme les coups sur les mains des naufragés qui tentent de s'agripper au plat-bord d'une chaloupe. *Laisserai*-je quelque chose ? Ah, ce sera modeste ! Et puis, j'avais le temps. J'ai toujours eu le temps. Un jour je m'y mettrais, un jour j'amasserais, je me dorais l'avenir.

Je me suis accommodé de l'argent des autres, risque-t-on de me dire avec aigreur. Je ne l'ai jamais considéré comme un dû, mais comme un décor, un accompagnement, la moindre des choses. J'ai — un temps — ressemblé à ces folles bourgeoises pétries de snobisme et de dédain qui mènent la vie dure aux gens de peu. Impitoyable élégance. Je me comportais si mal avec mes amis trop modestes que je les ai écartés afin de faire l'économie de mes mauvaises manières. J'ai aimé les belles maisons, le juste dosage du luxe et de la discrétion, la vie veloutée, la sourdine. Puis, ces goûts-là sont tombés de moi. Sans céder pour autant au désir de posséder, j'ai cessé d'aimer les mises en scène que j'avais appris à apprécier. Les gens élégants m'ont embêté. Le jeu social m'a embêté. Peu à peu, on m'écarte. Je n'ai ni respect ni goût pour l'argent. À peine suis-je un peu envieux, mais par bouffées, et dans une tonalité raisonnable.

Mauvais à l'oral

Les éloquents m'impressionnent, même si je me méfie d'eux. On se détourne parfois des beaux parleurs dans nos villages. Cette réticence était plus sensible au temps du paysan à casquette, moustache et croquenots. Paysans-poilus, terre des tranchées et des champs, la même, si grasse, où stagnait toujours un fond d'eau. Vers 1960 leurs fils ont viré guerriers. Casquette Bigeard, treillis camouflés, silencieuses bottines américaines ou pataugas. Devenus des « commandos », des bérets rouges, mûrs pour la bigorne contre les CRS et ce fin du fin de l'action idéologique : déverser devant la grille du préfet des raves et des petits cochons. Juchés sur un tracteur, même ceux-là sont devenus bons orateurs. La télévision leur a appris à léchoter la grosse bite du micro pour donner du souple aux slogans, du caressant, de l'humain. Les plus virtuoses escaladent les degrés de la hiérarchie syndicale ; on les retrouve, en bras de chemise, dans les parlotes de ministères. L'oral, toujours. Armand Lanoux avait un peu ce style-là, bouille rigolarde ou colérique, l'œil rapide, et, à sa disposition, un beau stock de mots précieux qu'il suçait voluptueusement. Les prises de parole d'Armand ! Être bon orateur n'est pas la même chose qu'être bon à l'oral : pas d'orateur sans public, sans une salle qui vibre. Il aurait fallu connaître les tonitruants d'autrefois, les grandes contrebasses parlementaires. Briand ? Clemenceau ? Tardieu ? Et les profs de charme ! Je me rappelle le cours de rentrée de Gustave Cohen, le médiéviste, à la Sorbonne, après l'exil américain d'où il revenait à l'automne 1944, élégiaque, prophétique — ah, la belle ouvrage ! Et Malraux, bien sûr, le patron, mais dont les prouesses, pour être goûtées, exigeaient la présence réelle, les manigances du chaman. Être bon à l'oral, c'est plus modeste : le charme, le familier, le coin de table, la confidence osée qui ondule entre les mots comme un serpent dans les herbes. Il m'est arrivé de raconter convenablement des anecdotes, des scènes de genre, de réussir des portraits, mais jamais, ou presque, de gagner une vraie bataille par la seule grâce de la parole. J'ai des souvenirs de conférences ânonnées dans la torpeur toussotante où disparaissent deux par deux les reflets de lumière quand les paupières se baissent. Un public est un ciel à l'aube, quand s'y éteignent les étoiles. Aux visages succèdent les fronts. Mouvements d'une tête vers une autre, murmures à l'oreille, ombre d'un sourire, ou cet autre mouvement : pour dégager la montre du poignet de la chemise. Nuques brusquement cassées, sursauts du sommeil interrompu. Et moi-même, à Londres, m'endormant en parlant, le temps infinitésimal d'un rêve, avant de retrouver mes auditeurs gagnés par le fou rire. Souvenirs de prodigieux ennui : à Chicoutimi, où une grève de la Régie des alcools m'avait condamné à gagner la tribune sans l'aide préalable des chers pousse-au-crime ; à Buenos Aires, où à la Foire du Livre je m'entendais parler comme un comptable, et à l'Alliance française, comme un garnement, alors que les passionnés de la culture française espéraient de l'humanisme gilet-cravate ; à New York, où juché sur une sorte de tabouret de bar il me semblait, dans une petite salle d'une maison des *mews* de Washington Square, non pas offrir des perles aux pourceaux mais débiter de plates âneries et cochonneries devant des amateurs de joyaux. Être mauvais à New York, le comble ! Comme de ne pas réussir à sauter une jolie fille consentante qui bientôt allait se relever, prendre ses cliques et ses claques et filer, me laissant à la réaction anti-sartrienne de 1951 et aux méfaits de l'École du Regard. Souvenirs en vrac : Delhi, Jérusalem, Aronde-en-Yvelines, Marrakech, Vérone, Crillon-le-Brave, Bâle, Copenhague — et partout la même sensation blanche, mâchonnement des mots, sensation de tirer sur une cible où les flèches ne se plantent pas. À l'oral, impossible de corriger, passion qui est pour moitié, ou davantage, dans le travail d'expression. De l'approximatif au précis, du mot flapi au mot caracolant. Toute l'écriture est là, mais l'oral ignore ce luxe laborieux. J'essayais d'improviser, je noircissais une petite antisèche de « notes » inutiles. Je refusais de comprendre le secret des virtuoses de la causerie (Gaston Palewski appelait « conte » une nouvelle et « causerie » — mot charmant — le plus poussiéreux monologue...). Leur secret ? Ils écrivaient tout en style parlé (qui suppose tout un art), apprenaient par cœur, et, devant le public, récitaient, mieux : jouaient leur texte. Après une dizaine de séances ils étaient parfaits. Improviser pour de vrai est rarissime. Les malins savent qu'il s'agit de savoir un texte et de l'interpréter. Pourquoi ai-je toujours été si mauvais ? Parce que je me faisais confiance. Je me « jetais à l'eau », etc. À l'eau, on se noie ! Je ne recouvrais un peu d'aisance que pour répondre aux questions : les insolences m'excitaient. J'avais l'air d'un masochiste, mais qui mordait encore. Rares fois où je suis parvenu à dominer mon affaire : j'avais travaillé mon texte comme on astique un sonnet. Je l'avais *parlé* dix fois, seul, à haute voix, en y mettant le temps, le ton et le paquet. J'avais truffé mes feuilles de flèches, soulignages, points d'exclamation, croix et ronds de couleurs variées. Je savais où bougonner, où murmurer, où chercher mes mots, où ne pas les trouver, où relever ma jupe d'un air aguichant, où sourire froidement et où mettre la langue. Après, on m'avait félicité. Tu viens, chéri ? Oui, ils venaient, ils montaient.

Confessions publiques

« Il ment comme il respire » : est-ce la formule ? L'arracheur de dents ne conviendrait-il pas mieux à mon propos ? Par antiphrase, bien sûr. Je suis affligé du mal inverse, ou, pour le dire plus clairement, un vertige de vérité me saisit dès qu'on me met, de préférence en public, dans une situation où le bon sens devrait m'incliner, sinon au mensonge, au moins à la prudence. Si d'aventure il m'est arrivé de tourner sept fois la langue dans ma bouche avant de parler, un vrai bouquet d'insanités a dû me passer ensuite entre les dents. Quand cette volupté de l'aveu est-elle apparue ? Dans la nuit de mes temps. Datons la découverte des environs de 1960-1962. Jusqu'à ce moment de ma vie je pratiquais le mensonge comme tout un chacun, avec les doses normales de minutie et de négligence : omission, vantardise, espoir de me faire valoir, vernis social, alibis, etc. Mensonge amoureux, explications *a posteriori*, dérobades, annulations : j'excellais dans les genres classiques, à l'exception du mensonge fiscal, que je ne pratiquais pas, ayant toujours été un redoutable payeur d'impôts. C'est en écrivant *Un petit bourgeois* que je découvris combien la vérité est une meilleure affaire que le mensonge, et que j'étais plus doué pour elle que pour lui. Menteur ordinaire, et de capacité réduite, je pouvais devenir, en m'entraînant, un sincère redoutable. N'ayant à lutter contre aucun scrupule moral, je souffrais néanmoins de rétention dans l'imposture et le bluff. Au contraire, dans la franche simplicité — « je vais vous dire maintenant quelque chose qu'il n'est pas d'usage, etc. » — je me sentis soudain capable de parler d'abondance. Oui : *parler*, car si je prenais plaisir à traquer, à la fois, mes « misérables secrets » et les mots qui les révéleraient, écrire la vérité était infiniment moins excitant que la *dire*. Le tête-à-tête de la conversation ne m'inspire guère : celui de l'interview me convient davantage, derrière lequel je devine du monde, lecteurs, auditeurs. Bientôt, et vérifiant à chaque expérience le bien-fondé de mon intuition, je me mis à accepter les propositions de débats, visites à des bibliothèques, invitations de classes terminales, comparutions devant des cercles de lecteurs, me surprenant à n'aimer rien tant que les auditoires hargneux, les questions réputées « gênantes », qui me mettent en verve. Orateur plutôt soporifique et poussif, je me révélais un interlocuteur assez vif dès qu'on essayait de me faire ma fête. Le panache de Cyrano relevant la tiède complaisance de Jean-Jacques, je me livrai à des frénésies d'aveux à voix douce ; quant aux principes je devins un romancier réticent mais un autobiographe militant.

Je voudrais donner une juste idée de l'euphorie où m'installe la confidence. La question perverse, le contre-pied, la provocation (si elle est un peu subtile), au lieu de me rebrousser injectent en moi un immédiat besoin de m'expliquer. Au moment où mon interlocuteur croit qu'il va prendre barre sur moi, une chaleur pleine de gratitude dénoue mes raideurs : je cherche les mots les meilleurs, qui ne sont pas forcément destinés à me défendre car je ne déteste pas me sentir, comme ils disent, déstabilisé. Le vacillement, la perte d'équilibre me paraissent des situations pourvoyeuses de rudes agréments. La méchanceté bien ciselée, la peau de banane, le piège, dès que je les ai repérés, me rendent à ma vraie nature, qui est de me livrer en m'accablant. Je me donne le plus grand mal pour formuler ces aveux qui ne sont jamais très frétillants quand on les sort du marécage. Je suis attentif, tendu, résolu à aller le plus loin possible dans l'effeuillage ; peu m'importe de voir les visages se fermer ; je prends un plaisir solitaire auquel ses témoins collaborent à la fois plus et moins qu'ils ne le croient. Je préfère évidemment, aux buses, les hirondelles, même si je déploie autant d'efforts pour les buses. Mais un bon partenaire excite à être plus vif, ou à creuser plus profond. J'ai, par exemple, un souvenir très dense, très rassurant, de la longue conversation avec Jérôme Garcin qui constituait l'armature du film de Bernard Queysanne dans la série de Bernard Rapp, « Un siècle d'écrivains ». Garcin avait choisi pour décor une salle de cinéma style 1930 de Cavaillon. C'était une allusion aux lieux et aux circonstances de la mort de mon père. Cette salle vide, le dialogue d'images entre salle et écran (on me filmait me regardant sur l'écran), la présence d'une caméra qui remontait en travelling les rangs de fauteuils vides : je ne me sentis pas à l'aise. Mais, dès la première question posée, qui était abrupte, le naturel me revint, et le goût de fouiller en moi. Plus tard, comme cela se fait souvent à la télévision, les questions furent gommées et il ne resta, au montage, l'interviewer disparu, que ce monologue un peu cahoteux par lequel je paraissais répondre à une sorte de harcèlement intérieur.

« *Pips* » *Schey*

Sans doute m'est-il arrivé, ici ou là, d'évoquer cette demeure de Bohême, Hruba Skala, où un voyage d'étudiants me mena l'été 1947 en compagnie de quelques énergumènes. Sans doute était-ce la première fois de ma vie que j'avais occasion de passer quelques jours — et non plus l'heure languissante d'une visite guidée — dans une demeure de ce style, qui possédait les prestiges d'un château mais aussi tous les caractères d'une maison longtemps et récemment habitée. Ces caractères, il est vrai, étaient effacés à vue d'œil par les déprédations et le pillage auxquels se livraient, au nom du vandalisme révolutionnaire — la Tchécoslovaquie était en train de s'enfoncer pour quatre décennies dans l'ordre communiste —, les jeunes gens logés pour quelques jours à Hruba Skala. On mangeait la tambouille aux choux dans des assiettes de Sèvres que le grand chic consistait à envoyer, en longues glissades, sur les tables de réfectoire dont on avait déshonoré un salon. Dans les vitrines, derrière les grillages des bibliothèques, livres et bibelots aperçus un soir avaient souvent disparu le lendemain. Comme je regardais deux petites gravures joliment encadrées, un homme aux allures d'ancien majordome, resté là, j'imagine, avec les murs et les meubles, prit les tableautins et me les fourra dans les mains en baragouinant quelque chose en mauvais allemand. Je crus comprendre qu'il me trouvait l'apparence assez convenable et, voleur pour voleur, me préférait aux autres. Mais il est aussi possible qu'il ne cherchât qu'à me soutirer quelques couronnes, que je ne lui donnai pas. Un demi-siècle plus tard, mon larcin est toujours là, les deux gravures non pas accrochées au mur mais posées sur un rayon de la bibliothèque, et je me lève pour les regarder de plus près : l'une représente la Michaelisplatz, à Vienne, avec le *Hoftheater* et la *Reitschule*. La *Reitschule* ? Est-ce là que se produisaient les lipizzans de l'École espagnole, les beaux chevaux gris venus de la campagne triestine ? En 1947, j'étais en pleine fièvre cavalière : est-il concevable que je n'aie pas déchiffré la légende de la gravure que je dérobais, ou que j'en aie oublié le sujet ? L'autre montre un palais hautain, qui ne me fait pas rêver. Toutes deux ont été encadrées par les soins de Reinold Entzman et Fils, Seilerstätte 21.

Fallait-il que je fusse troublé par les lieux pour m'être laissé transformer en détrousseur de maison, en petite brute indigne de la demeure où un hasard de l'Histoire l'avait jetée ! Et cinquante ans passés je revois la cour fermée, une galerie couverte, un style *Mitteleuropa* mâtiné de Walt Disney, avec la tour, les clochetons. Après avoir longtemps rêvé, alors, sur les propriétaires enfuis ou chassés depuis peu, je cessai de penser à Hruba Skala jusqu'au jour, quinze ans plus tard, où Maurice Rheims me parla pour la première fois de « Pips » Schey qui avait été le grand-père maternel de sa femme Lili. Son nom complet était Philipp Schey de Koromla, des barons Schey de Koromla, « famille austro-juive extrêmement distinguée », pour citer Patrick Leigh Fermor qui m'en apprit davantage, en 1991, que les allusions scintillantes et ferventes que je pus cueillir, çà et là, après l'évocation de Maurice Rheims. Il me le présenta comme l'homme le plus élégant qu'il eût rencontré. Je l'imaginai aussitôt, grand, beau, très beau, vêtu de tweed automnal et de loden, les chaussures cirées « à l'os » et d'un jaune orgueilleux, désuet, frivole, nostalgique. Un rien d'excentricité, peut-être aussi ? Il avait habité quelque part à l'est de Bratislava, à Kövecsespuszta, un *Schloss* — ou plutôt, en hongrois, un *Kastely* au milieu des bois. Une de ces maisons que l'on approche, la nuit, en voyant briller les yeux rouges des lapins. Il parlait sûrement toutes les langues d'Europe et il se maria trois fois : avec une jeune fille du monde, avec une actrice de la troupe berlinoise de Max Reinhardt et avec une belle Russe blanche. De son premier mariage il avait eu deux filles, Alix et Minka. Minka devint la femme de Karl Hans Strauss avec qui j'eus trente ans de camaraderie et de légèreté. À la fin de sa vie, tout à son rêve d'être un petit prince allemand, il mettait sa kipa de travers, aux repas de Seder de la tante

Mary, et me disait : « Toi et moi, nous ne sommes pas juifs... Pourquoi poser ça sur nos têtes ? » Alix, devenue Alix Krahmer, puis Alix de Rothschild, accueillit « Pips » au haras de Reux, près de Pont-l'Évêque, où il mourut en 1957, peu d'années avant ma première visite à Reux où j'aurais tant aimé le rencontrer. Quand l'hitlérisme l'obligea à fuir l'Autriche et la Tchécoslovaquie, « Pips » Schey se réfugia à Ascona, en Suisse. Sans doute ne retourna-t-il jamais à Bratislava. Je l'imagine, à Reux, vêtu comme personne, plus singulier que jamais, cavalier sans âge errant entre les maisons à colombages. Il m'arrive de confondre sa silhouette inventée avec celle du vieux Monsieur Krahmer, l'ex-beau-père d'Alix, donc l'autre grand-père de Lili Rheims, lui aussi d'une beauté d'autrefois, qui passait, ombre parfaite, sur la terrasse de la maison, comme pour rappeler aux invités qu'il existait quelque part des exils, des orages, des persécutions. « Pips » Schey n'avait-il pas logé au Cottage ? C'est là qu'en 1969, j'écrivis la seconde version de *La Crève*, promenant à petite allure sur les routes du haras les extravagantes voitures américaines qu'un garagiste léger me prêtait pour me faire oublier la merveille qu'il tardait à me livrer. C'est là aussi, ou à deux pas, dans une autre maison du domaine, la ferme de Cornica, qu'Edmonde Charles-Roux écrivit *Oublier Palerme*. Reux ! Parfois Alix m'appelait au téléphone : « Tu as assez travaillé, disait-elle, viens dîner ! » Et nous dînions dans la salle à manger ronde de la tour, parfois en tête à tête, parfois avec des gens de cheval au teint rose. Aux murs, des aquarelles des Serebriakoff, ou de tel ou tel de leurs maîtres, évoquaient le goût qu'on avait, à Vienne comme à Saint-Pétersbourg, de faire peindre le décor de sa maison comme ailleurs on commandait le portrait de son chien ou de ses enfants. Nous bavardions. Alix n'était pas la mieux placée pour évoquer « Pips » : elle trouvait sa légende toute naturelle. « Tu veux un *night cap* ? » me demandait-elle, et quand, après avoir bu un dernier whisky, je repartais vers le Cottage, s'il n'y avait pas de lune je me perdais un peu entre les massifs de rhododendrons et les grands thuyas qu'agitait le tiède vent normand.

Donc, ainsi en avais-je décidé lors des premières évocations de Maurice, « Pips » Schey avait habité Hruba Skala. Mais cet hébergement tardif et posthume, pour plaisant qu'il fût, laissait quand même le beau baron Schey dans le flou où passaient pour moi les fantômes de la *Hofburg*, de Bratislava (j'en ai fait tout un livre !), de Cracovie, de Prague, toute cette valse lente, presque effacée des mémoires, qui avait tourné les têtes de l'Europe centrale au début de ce siècle, avant les trois cataclysmes qui la dévastèrent : chute de l'aigle à deux têtes, nazisme, mainmise stalinienne. Fête des riches, raffinement des privilégiés ? Qui songerait à le nier ! Mais ces grands civilisés avaient aussi inventé Zweig et Musil, Hofmannsthal et Freud, Schnitzler et Kokoschka, Broch et Rilke, Mahler et Schoenberg, Alban Berg et Klimt, Loos et Wittgenstein.

Sans doute aurais-je renoncé, sans même y songer, à donner au personnage du baron « Pips » des points de fixation plus réels que les exclamations ferventes de Maurice Rheims — et d'autant plus que la disparition d'Alix, de Minka, de Lili, de Karl Hans, la mort du marchand de tableaux Karl Flinker, mon grand intercesseur auprès des mystères viennois, tarissaient peu à peu la source de mes informations — quand en 1991 parut aux Éditions Payot la traduction du *Temps des offrandes*, de Patrick Leigh Fermor.

A Time of Gifts avait été publié à Londres, en 1977, par un gentleman de cinquante-deux ans. Le livre fut immédiatement considéré comme « le meilleur livre de voyage écrit en ce siècle ». Voyage ? Il s'agissait du récit d'une longue marche accomplie en 1933 et 1934 par l'auteur, alors âgé de dix-huit ans, qui avait résolu de traverser l'Europe à pied et en diagonale, depuis la corne de Hollande jusqu'à Constantinople. Entreprise typiquement britannique, juvénile et extravagante. Elle avait mené le jeune Patrick — qui disposait d'un réseau de relations brillantes — de chaumière en château, trouvant dans les demeures patriciennes ou modestes le même accueil dont il ne finissait pas de s'émerveiller. Séduit par le parfum d'humour qui se dégageait de la préface du livre, je m'y plongeais, espérant retrouver chez cet inconnu (de moi) quelques-uns des charmes qui me séduisent chez Bruce Chatwin ou V. S. Naipaul. Je dus attendre le dixième chapitre et la page 355 pour voir arriver le jeune Leigh Fermor à Kövecsespuszta chez le baron de Koromla à qui l'avait recommandé la propre sœur du baron, Gert v. Thuroczy.

On comprend, j'espère, ce qu'il entre d'enchantement, de jeu et de nostalgie à jamais inassouvie, impossible à assouvir, dans la luxueuse dorure dont je pare cette vie rêvée, cette vie reflétée dans des miroirs que je n'ai jamais possédés. La caresse des noms magyars, les horizons de forêts, le « grand tour » d'un jeune Anglais que son instinct poussait, l'année de l'avènement de Hitler, à découvrir « l'Europe avant la pluie ». On ne jouait même pas, alors, sur le titre d'une toile de Max Ernst. On imagine les yeux verts des femmes, la pétarade, au fond des bois, des chasseurs aux moustaches en croc, les snobismes vétilleux affrontés les uns aux autres, le ciel qui se charge de nuages sombres. Ah, j'aurais aimé être un de ces « austro-juifs » aux yeux sombres, à la distinction irréprochable, érudits, riches et rapides, que la curiosité paresseuse d'un empereur avait laissés devenir des aristocrates un peu sulfureux, tolérés, aimés ou méprisés — comment savoir ? — dans la ville d'Europe qui fit alors, à eux et à leurs coreligionnaires, la place la plus flatteuse, ce dont ils la remercièrent en lui offrant les œuvres — pensée, littérature, musique — autour desquelles l'Europe entra dans le XXe siècle. Je rêve tout cela autant que je le pense. Je me demande parfois ce qu'on appelle un « livre de voyage ». Il suffit, pour le comprendre, de comprendre qu'il existe aussi des voyages sociaux, un fantastique social, un exotisme social. Voyager, c'est prendre les raccourcis de l'ambition et de la chance, saisir d'un regard les hasards, entendre un mot inouï, deviner une intrigue à peine esquissée, risquer de se brûler au court-circuit perpétuel de la curiosité. Voilà ce que j'aime dans *Le Temps des offrandes* et dans l'amitié qu'éprouva un jeune homme pour le dandy vieillissant qui, lisant Proust dans son salon du fond des bois, se reconnaissait, non dans Charles Haas, un cercleux, un sec Français, mais dans Swann, un *personnage*.

Voilà donc Patrick arrivé au *Kastely* du baron Schey. Il lui trouve l'apparence d'un vaste presbytère, et dès qu'il voit au maître de maison cette culotte de cuir souple dont il avait eu envie en Autriche, il se reproche de n'en avoir pas fait l'acquisition. Quand un jeune homme essaie de se composer une allure à l'imitation d'un aîné, une amitié commence, où la viscérale horreur des adolescents pour les hommes mûrs fait place au désir de s'identifier, dans l'avenir, à cet homme-là qui parle juste et qui paraît inventer, un à un, ses gestes. Venu pour un dîner et une nuit, le jeune homme va rester à Kövecsespuszta combien de temps ? Deux, trois semaines, ce n'est pas dit. Il marche avec « Pips » dans la forêt, ils tirent les lapins, ils boivent du cognac et le maître de maison raconte les fastes agonisants de l'Europe centrale, des anecdotes sur la cour de Vienne, comment l'empereur parsemait sa conversation de mots français (« ces mots français qui sont à la série des mots ce que les bouts dorés sont à la série de cigarettes », disait Larbaud) et ses folles années londoniennes, quand il allait, les nuits de juin, de bal en bal. Ce que j'aime en fin de compte chez le baron Schey ? La conscience, que j'imagine qu'il avait, d'être un personnage romanesque. Sans doute a-t-il passé sa vie dans l'ivresse moqueuse d'être irrésistible et jouait-il à l'être. Les vallonnements de Reux, les lisses blanches, les alezans aux yeux noyés d'une terreur inconnue : quel beau théâtre pour un final !

J'en aurai fini avec ces glissements de lieu en livre, de souvenir en songe, quand j'aurai présenté le dédicataire du *Temps des offrandes*, traité par l'auteur avec une affection si particulière : il lui écrivait une lettre placée en tête du volume, et bientôt la lettre devenait préface, rapide survol autobiographique — et un chef-d'œuvre du genre. À qui adressé ? À Xan Fielding, contemporain de Leigh Fermor qui avait passé de longs mois avec lui lors de la Seconde Guerre mondiale, dans les maquis de Crète que tous deux étaient chargés, par l'*Intelligence Service* ou quelque bureau similaire, d'instruire et d'organiser. Bien sûr, rien n'était plus excitant que de retrouver ce personnage : l'intellectuel anglais transformé, le temps d'une guerre, en agent, en espion, peut-être en héros, mais en héros nonchalant qui évoquait, pour son ami Fielding, plutôt que de hauts faits guerriers, les heures de farniente qu'ils avaient passées sous les chênes verts ou dans des grottes à se raconter mutuellement leurs jeunesses. À cette catégorie humaine qui plaît tant aux Français appartiennent aussi, à jamais, John Le Carré et Lawrence Durrell. Où habitait Durrell à cette époque où nous fûmes ensemble jurés au festival de Cannes ? À Sommières, à quelques kilomètres de notre maison d'Arpaillargues. À peu de kilomètres également de celle qu'habitait Xan Fielding, située sur ce ressaut de terrain qui domine le creux d'Arpaillargues et qui nous faisait dire que nous « montions » à Uzès. Xan avait donc été notre voisin, avec qui j'ai le souvenir vague de bouteilles vidées sans vaine faiblesse. Sa femme, Daphné Fielding, ex-marquise de Bath, montait dans les chemins caillouteux de l'Uzège de petits chevaux loués dans quelque « ranch » et que navrait sa haute stature. Elle avait connu la société anglaise de l'avant-guerre. On lui doit la première biographie consacrée à Lady Esmeralda Cunard et à sa fille Nancy, qu'aima follement Aragon. Nancy qui sauva de la destruction *La Défense de l'infini*, ce qui suffit à lui valoir gratitude. Je n'aurais, ici, que quelques lignes à écrire pour glisser d'Arpaillargues et de Bratislava à cette soirée, au Stella — je l'ai racontée ailleurs dans ce livre — où, le lendemain de la mort de Nancy Cunard, Louis et Elsa nous parlèrent d'elle : « J'aimais déjà les étrangères quand j'étais un petit enfant… » Je n'ai vu que deux fois Aragon flamber, en un regard, dix phrases, pour une de ces lianes barbares qui s'entendent à dévaster la vie : Cyprienne Del Drago, un soir, au théâtre, et un autre soir, sur un de ces bateaux à jamais amarrés aux rives de la

Seine au service d'une approximative gastronomie, la belle Albina du Boisrouvray. Sans doute, dans les années trente, « Pips » Schey a-t-il rencontré, à Londres, Nancy Cunard ? Deux fauves de la même jungle et qui s'étaient, j'imagine, montré les dents. L'histoire de mes inconnus pourrait ne jamais finir.

Le petit garçon qui dessinait des châteaux

Tous les petits garçons dessinent des châteaux forts. Peu prolongent le jeu en les visitant et en devenant des spécialistes des croisades. Enfin très rares sont ceux que le krach des Chevaliers éveille à la conscience de la cause arabe, passion qui jeta Thomas Edward Lawrence âgé de vingt-huit ans — c'est-à-dire proche encore des donjons et mâchicoulis de son enfance — dans l'aventure humaine qui fit rêver l'Occident, en notre siècle, plus qu'aucune autre. L'homme qui vers 1916-1917 s'habille en arabe et s'invente, avec une détermination fulgurante, un personnage et un destin, devait avoir l'apparence d'un adolescent. Petit, frêle, il s'impose une ascèse pour être à la hauteur de son rêve. Jamais il ne deviendra un monsieur — pas même un « colonel », puisque ce grade fut accepté par lui, comme un pauvre ferait l'aumône aux riches, ou par humour, pour en tirer l'unique privilège d'utiliser certain train express réservé aux officiers. On proposa au « colonel » de fantaisie, dit-on, le gouvernement de l'Égypte, la vice-royauté des Indes, qu'il refusa. Les grandes personnes, qui étaient des ministres, des généraux, Churchill, Clemenceau, le roi lui-même prièrent le héros du désert de renoncer à porter son déguisement. Ils le prièrent aussi de ne plus croire à la parole donnée. On ne jouait plus. Il essayèrent de faire de lui un parjure. Enfin, quand il opposa une bouderie métaphysique et suicidaire aux flonflons de sa légende et aux complicités, on lui refusa les privilèges que famille et société refusent toujours à l'enfance : la solitude, le silence, l'anonymat. Douze ans durant — alors que l'aventure légendaire n'avait duré que dix-huit mois — Lawrence, devenu Ross, devenu Shaw, tenta de s'anéantir. Acharnement qui ne ressemble pas à un comportement de la maturité. L'inconnu de quarante-six ans qui se casse la tête dans une chute de moto — accident de jeunesse — et meurt le 18 mai 1935 (jour de mes huit ans) n'a jamais pactisé avec l'âge. Quand il a participé aux travaux de la conférence de la Paix, conseiller du roi Fayçal, avait-il l'air d'un diplomate, d'un agent de l'*Intelligence Service*, d'un aventurier de l'Histoire ? Ou d'un petit garçon qui s'apprête à fuir ce jeu, dont il a enfin découvert le secret : « Tout le monde triche » ?

Un soir de décembre 1949, à Jéricho, après un dîner à la table du roi Abdallah ibn Hussein de Jordanie, son fils Talal, qui plus tard devait devenir, après l'assassinat d'Abdallah en 1951, roi pour une brève année avant que son fils Hussein ne lui succédât, m'avait rejoint dans un petit salon aux murs couverts de photographies. Un très jeune homme l'accompagnait — «*My son*», dit-il. Puis il me désigna un des clichés qui représentait l'entrée du général Allenby à Jérusalem le 9 décembre 1917. Cette image, j'avais rêvé sur elle, enfant, quand âgé de huit ou neuf ans, je passais deux heures, chaque soir, après le dîner, allongé sur la moquette du salon, à lire l'Album de la Grande Guerre publié en deux volumes par *L'Illustration*, véritable bible familiale. J'y avais appris une étrange vision du monde nourrie d'histoire événementielle — ô combien — et de gloire française. Laquelle gloire rejaillissait un peu sur nous puisque notre village d'Avocourt y était évoqué, l'année 1916, photographié, honoré. Je connaissais donc la photo que me montrait le prince Talal et j'avais depuis longtemps repéré, derrière Allenby, ce petit homme en uniforme britannique mais coiffé du keffieh des Bédouins que plus tard populariseront les diverses factions de combattants palestiniens et terroristes de banlieue. «Colonel Lawrence!» me murmura le prince. Les questions se bousculaient en moi, et les réponses aux questions que j'imaginais, en même temps que m'accablait l'impossibilité probable (et protocolaire) où nous étions d'*échanger des idées* sur le sujet. Mon bel interlocuteur un peu inquiétant dans sa djellabah — les sentinelles de l'*Arab Legion* postées aux quatre coins du salon ne quittaient pas Talal des yeux — avait-il lu *Les Sept Piliers de la sagesse*? On ne pose pas ces questions aux futurs rois, même dans une villa vaguement balnéaire de Jéricho. «J'aurais aimé le connaître», dis-je.

« Mais nous sommes beaucoup trop jeunes ! » me répondit Talal. « Nous » ?... La formule était généreuse. Talal était le fils de celui à qui Lawrence avait promis un royaume, et le colonel était mort depuis quatorze ans le jour où avait lieu le dîner de Jéricho. À la mort de T. E Lawrence, en mai 1935, il restait à mon père six mois à vivre. J'ai souvent imaginé la campagne humide, la grosse moto un peu osseuse, à l'anglaise, que pilotait sans doute l'ex-colonel comme on caresse la mort. J'ai beau redouter d'être dupe des modes intellectuelles, celui-là j'aurais aimé le croiser, l'Oxonien aux traits taillés à coups de serpe, le voyageur des routes françaises qui lavait l'aquarelle archéologique devant les donjons en ruine, et un peu plus tard il se fondrait dans les foules d'Islam à la recherche d'un absolu encore à définir. Lawrence forcé par un soudard turc — imaginer la scène, la voir ! — et qui avouait, plus tard, chercher dans l'abjection un chemin possible vers la sérénité. « C'est vrai que j'aimais les choses inférieures ; c'est vers le bas que je cherchais mes plaisirs et mes aventures. Il y avait apparemment dans la dégradation une certitude, une sécurité finale. » Je me défie de cette rhétorique un peu bien confuse et complaisante qui, décorant le « portrait de l'aventurier », fut tant à la mode dans nos années 45 à 60. Malraux : comment se débrouillait-il avec le « misérable petit tas de secrets » que ne daignait pas dissimuler Lawrence dans *Les Sept Piliers de la sagesse* ? Vincent Berger voulait « laisser une cicatrice sur la carte ». Que de littérature ! Mais le bey de Deraa se faisant amener dans la nuit le prisonnier à la peau claire, et nous voilà dans le monde réel et ombreux de l'humiliation. Ces vertiges ne m'ont jamais fasciné. Songeons pourtant au colonel Lawrence à la conférence de la Paix, à Versailles, « roi sans couronne », « faiseur de rois », intraitable agent britannique, dans les moments où, les parlotes l'épuisant, il laissait sans doute son regard fuir vers le moutonnement des arbres du parc. Sa mémoire ranimait-elle les images abominables de la nuit de Deraa ? Dépravation, romantisme et plongées suicidaires ne font pas partie de ma panoplie personnelle. Pourtant j'aurais voulu débarrasser Lawrence des oripeaux d'aventurier que le siècle lui a taillés, trop larges si l'on s'en tient à la lettre de la « révolte arabe », trop étroits si l'on voit Lawrence grandeur nature, dépouillé des petits à-côtés de sa légende et devenant le héros et la victime d'une des plus intenses tragédies personnelles du demi-siècle. Commencée dans le trivial empirisme d'une mission politique, bouleversée par la découverte que fit peu à peu Lawrence de sa complicité dans un mensonge historique, déchirée par les secrets d'une âme et d'un corps en perdition, et pour finir l'enfoncement dans le néant social et psychologique, l'aventure de Lawrence est d'un dessin parfait.

Paris, 8 février 1999

En ce moment même, à Amman, se déroulent les obsèques du roi Hussein, le frêle jeune homme de

Jéricho, presque un enfant, qui accompagnait le prince Talal dans le petit salon de la villa royale, revenu sans doute de son collège de Harrow pour les vacances de Noël. Il avait quinze ans. Hier, dimanche, le jour de la mort officielle du roi, la télévision nous a montré Amman sous la pluie et le brouillard. Le halo de lumière autour des lampadaires perçait avec peine un *fog* capable de cacher Jack l'Éventreur. Ville morte sous le deuil et dans le coton hivernal. Rideaux de fer baissés, lambeaux de toile, arcades, murs pisseux. Pourtant Amman est devenue une vraie ville d'Orient, à l'asphalte brillant, alors que je l'avais connue ruisselante de boue sous la même pluie froide. La même pluie qui usait un peu plus les murailles de Jéricho, écroulements de briques et de pisé sur lesquels on avait bien du mal à faire sonner des trompettes imaginaires.

Ce matin, interminable cérémonie au palais de Raghadan, qui ressemble à l'hôtel King David de Jérusalem. Parc, grille imposante, lampes tarabiscotées, mosquée royale, cimetière royal, protocole royal : je me rappelle la villa de Jéricho qu'on eût prise pour la maison de vacances d'une famille bordelaise, du côté du Moulleau, l'écurie presque vide, la rose que nous avait offerte à chacun le roi Abdallah. Bédouins encore mal sédentarisés. La pauvreté, oui, mais aussi quelque dédain des richesses. L'adolescent de 1949 a régné quarante-six ans sur le petit royaume. Ce matin, trente-deux chefs d'État, souverains, princes, présidents sont venus lui rendre hommage. On célèbre son courage, son intelligence, son habileté politique. Si la « Grande Syrie » que Lawrence avait promise à son grand-père n'a jamais vu le jour, on peut constater aujourd'hui que le Colonel ne s'était pas trompé sur la qualité humaine des Hachémites. Contrôlant la région, ils l'eussent peut-être sauvée du chaos fratricide qui la bouleverse depuis quatre-vingts ans.

Lieutenant Heller

Si je dis que j'aurais aimé connaître Gerhard Heller — le fameux lieutenant Heller de la *Propagandastaffel* — alors que je l'ai vu régulièrement et traité en ami de 1957 jusqu'à sa mort, c'est pour exprimer une gêne et un scrupule. Qui était-il vraiment ? Quel jugement, à son endroit, eût-il été politiquement correct — comme on ne disait pas encore ? Je l'avais vu pour la première fois il y a plus de quarante ans, rue des Saints-Pères, dans le bureau qu'on nommait encore celui de Bernard Grasset, où plus tard devait s'installer Jean-Claude Fasquelle. Qui fit les présentations ? Bernard Privat, Henri Muller ? J'ai oublié. Je n'avais d'yeux que pour le superbe Prussien à l'accent rauque et mélodieux à la fois, qui avait assoupi ou enflammé plus d'une conscience parisienne pendant les années d'Occupation. Dès cette première rencontre, je laissai parler la sympathie et le considérai sans hésiter comme un ami. Avais-je tort ? On a toujours raison de faire pencher la balance du côté de la confiance, et je continue de penser à Gerhard comme à un homme de qualité, que la guerre et l'Histoire ont peut-être brutalisé et *dérouté* à l'excès. Un soir de 1981, comme Bernard Pivot le recevait à son émission, à l'occasion de la parution, au Seuil, d'un livre d'entretiens-souvenirs [1] (nous étions loin des vrais Mémoires que nous avions été nombreux à lui réclamer...), il avait été interrogé — attaqué serait plus juste, ou harcelé — par une autre invitée avec une fougue et une visible envie de cogner auxquelles, surpris, diminué par la maladie et par l'âge, il avait mal résisté. Tout cela venait trop tard. Ses souvenirs écrits à chaud eussent davantage bousculé certains conforts intellectuels ou idéologiques. Il eût peut-être compromis des acteurs de la vie parisienne de l'Occupation, mais il eût mieux fait comprendre qui il était, qui il avait été. Non pas un héros de la résistance à l'hitlérisme, mais un officier de grade modeste, de culture vaste, à qui les hasards de la guerre et de la maladie (elle le préserva d'être envoyé sur le front) offraient la chance de se griser de cette littérature française qu'il aimait, qu'une bourse française lui avait permis d'étudier avant la guerre, et de devenir l'ami d'écrivains qu'il était sans doute émerveillé de rencontrer. Quels étaient ses rôles à Paris ? Censure littéraire, déblocage des contingents de papier et, plus subtilement, établir des relations courtoises avec les écrivains, voire les recruter, si faire se pouvait, pour la politique de collaboration. Pourquoi feindre d'oublier que Heller

1. *Un Allemand à Paris*, Le Seuil, 1981.

était un officier allemand et lui reprocher de n'avoir pas tenu un rôle qui ne pouvait pas être le sien ? A-t-il, oui ou non, joué sa partie selon les règles de l'honneur ? C'est la seule question. Si la réponse est « oui », on peut examiner avec sérénité les amitiés nouées alors. Quels écrivains rencontrait Heller ? Ceux que l'Allemagne et le nazisme — soyons clairs — ne rebutaient pas. Heller fut un organisateur et un guide de ces deux calamiteux voyages d'artistes en Allemagne, à Weimar, qui marquèrent si lourdement ceux qui s'y étaient laissé prendre au piège. L'officier allemand voyait, rassurait, cajolait les germanophiles : peut-on s'en étonner ? Mais dans le même temps, il sauvait Paulhan d'une probable arrestation, et il parvenait à faire libérer du camp d'Orianenbourg le fils de Jacques Chardonne, Gérard Boutelleau, qu'il alla chercher et ramena, à bout de force. Je tiens tout cela des trois intéressés dont les récits concordent.

L'autre jour, bavardant avec une jeune femme qui, née bien après la guerre, avait de ces affaires de l'Occupation une connaissance livresque mais approfondie par le goût littéraire, je l'entendis développer une hypothèse subtile. « Heller fut un très bon officier allemand, me dit-elle, un “agent d'influence” d'une grande efficacité, il était *sincère*, à coup sûr, et d'autant plus dangereux. » Voilà un point de vue intelligent. Il permet d'écarter l'inutile question : « Heller était-il innocent ou coupable ? » Mais coupable de quoi ? Il mit une francophilie véritable, de véritables amitiés développées pour des écrivains français, au service de sa mission d'officier allemand. Rien à redire, puisqu'on n'a aucun acte délictueux à lui reprocher. Tout au plus prit-il le soin de choisir, pour exercer son influence, des êtres plus faibles, plus malléables que d'autres. Il y avait peut-être du 007 dans Gerhard, et ses *James Bond girls* se nommaient Chardonne, Jouhandeau, Drieu, Brasillach, Fraigneau, Bonnard…

Bien sûr, je voudrais avoir entendu les conversations du lieutenant Heller (il se mettait alors en civil) avec Drieu la Rochelle (qui lui reprochait de n'être pas hitlérien), avec Jouhandeau, avec Giraudoux… Et je voudrais avoir deviné les confidences de Jünger, les phrases murmurées au bar du Raphaël… Il n'en faudrait pas moins pour apprécier ce que la fragile légende du lieutenant Heller devait à la réalité, au courage, à l'imprudence, aux enjolivements de la mémoire, à la commodité de fabriquer un *bon* Allemand.

Étais-je lucide ou aveugle ce jour du printemps 1957 où, quittant les bureaux des Éditions Grasset, nous avions, Heller et moi, marché dans Paris jusqu'à nous retrouver à la terrasse de Francis, place de l'Alma (qui pour lui évoquait naturellement *La Folle de Chaillot*) ? J'avais, depuis cinq années, entendu parler de Heller avec estime. Mais le milieu où je vivais alors une partie de ma vie ne s'était-il pas si douillettement accommodé de la présence allemande, quinze ans auparavant, que la question de la légitimité de cette estime ne s'y posait même pas ? Les Morand, les Chardonne, Denise Bourdet, les

Jouhandeau — dont je ne découvrais que peu à peu, page à page, de silence en silence, combien ils avaient « fermé les yeux » — pouvaient-ils planter des repères dans ce territoire confus, ombreux, où j'essayais d'imaginer quelle place, moi-même, à quelques années près, j'aurais pu occuper ? Là, le bât me blessait. Et n'a pas cessé de me blesser. Plus vieux de dix années, comment, où aurais-je vécu les années 1940 à 1944 ? Pouvais-je, en 1957, être sûr que j'eusse fait le bon choix ? Aurais-je été courageux, lucide ? Aurais-je eu assez de caractère pour refuser les exemples proposés par des écrivains que j'admirais ? Aurais-je repoussé les chances offertes au débutant par telle ou telle feuille où se produisaient Giono, Arland, Montherlant, Jouhandeau — tant d'autres ? Aurais-je eu le réflexe immédiat de m'écarter, aurais-je démonté les raisonnements aberrants, déjoué les séductions fallacieuses ? Les couleuvres, les aurais-je avalées, digérées, ou vomies ? L'étoile jaune par exemple — le plus aveuglant exemple — aurait-elle suffi à me jeter dans le camp de la liberté ? J'avais été un lycéen bravache et prudent à la fois ; je n'avais pas — je crois —, dans le grand silence où nous laissaient nos maîtres, commis de bassesse, lâché de mots ignobles, mais qui aurais-je été âgé de vingt, de vingt-cinq ans ?... Ce doute au conditionnel passé n'a pas cessé de me hanter. Le jugement porté sur Heller en est une des composantes. N'étais-je pas, vers 1957, bercé par les douceurs du snobisme, fasciné par le *talent* de quelques-uns de mes aînés, devenu sourd aux évidences d'une imposture et d'une compromission ? Mes mauvais maîtres et mes jolies relations m'avaient-ils joué le pire des tours, mes réflexes moraux étaient-ils ankylosés ? « Moraux » ? Il s'agissait — il s'était agi entre la défaite et la Libération — de morale, principalement, mais aussi de patriotisme, de jugement sur la qualité des idées et des hommes, et de la répulsion qu'on éprouvait ou non pour l'idéologie vichyssoise. Vichy était ceci et cela, mais surtout Vichy était un haut lieu du ridicule. La cour de l'hôtel du Parc, que les Actualités françaises montraient surabondamment, avec ses motards à leggins, ses fanions, les guêtres blanches de petits officiers pète-sec qui paraissaient tous taillés sur le même modèle, ses messieurs à costumes croisés, francisque épinglée au revers, ses innombrables « délégations » folkloriques venues toucher, à défaut du pied de saint Pierre, le bâton étoilé du Maréchal — la cour du roi Pétain était risible. Il me semble — mais c'est facile, a posteriori ! — que j'aurais gerbé cette soupe-là si j'avais été en situation de l'ingurgiter. Mais alors… Les littérateurs et leur cortège de gens du monde qui, à Paris, fêtaient Heller, n'étaient-ils pas les mêmes qui, loin de recracher le potage vichyssois, en redemandaient ? N'étaient-ils pas les bénéficiaires de la « divine surprise » ? La vérité : j'étais, ces années cinquante qui sont la première décennie de ma promenade littéraire sur la terre, d'une indulgence mal justifiable. Ces gens-là que je voyais se trouvaient, esthétiquement, du bon côté : je n'ai pas à me justifier d'avoir continué d'admirer des écrivains qu'adolescent j'avais découverts et aimés. Mais, politiquement, ils étaient moins rassurants. Oh, on ne disait rien, on ne formulait rien ! (À moins que tout ne fût implicite et qu'on ne me considérât alors comme un allié sûr ?) Prenons l'antisémitisme, auquel il faut toujours revenir car il était enraciné dans l'histoire de l'Europe et en particulier dans ce que Bernard-Henri Lévy nomme « l'idéologie française ». Au temps de Darquier de Pellepoix comme à l'époque où Barrès voyait le lorgnon du capitaine Dreyfus trembler « sur son nez ethnique », la haine du Juif était la même, formulée dans des termes à peu près identiques, et elle condamnait avec autant d'évidence ses zélateurs. Mais Jouhandeau, Morand n'avaient-ils pas — déjà connues en 1957 — écrit des pages embarrassantes : *France la Doulce*, de Morand (1934), *Le Péril juif* (1939) de Jouhandeau ? Et que dire de Brasillach, de Drieu, fervents voyageurs de Weimar ?

Et Bernanos ! Dieu sait que le romancier fut grand, mais comment pardonner au polémiste d'avoir consacré 500 pages à une biographie, que dis-je ! à une hagiographie d'Édouard Drumont, l'auteur de *La France juive*, le trublion d'Alger en 1898 ? Sur cette aventure d'Alger, sur le fanatique de *La Libre Parole*, Pierre Hebey a publié en 1996 un livre magnifique d'engagement personnel et de sérénité[1]. *La Grande Peur des bien-pensants*, admirable morceau de littérature — la préface surtout, un des

1. Pierre Hebey, *Alger 1898*, Nil éd.

grands textes écrits sur les combattants de 14-18 —, n'en est pas moins un livre insupportable. Insupportable parce que la *qualité* de Bernanos est éclatante : faut-il donc décider que cette intuition que nous avons, du bon ou du mauvais matériau dont un homme est fait, cette certitude située en deçà de tout jugement, ne sont qu'imposture et illusions ? Chez Montherlant, le carton-pâte au lieu d'un bronze romain, chez Bernanos, la plus chaleureuse tendresse humaine mise au service d'un raciste furieux : si je n'ai pas retiré mon admiration aux écrivains qui la décevaient ainsi, n'aurais-je pas dans de petites circonstances trouvé des excuses à mes grands hommes ? Quant à l'antisémitisme, j'en ai connu assez de formes — et certaines fort civiles — que j'imagine comment il se glisse dans les cervelles. Je ne parle pas ici des frénétiques, des cannibales, non, je parle des gens de bon ton, des gris Synarques, des fins humanistes disciples du maître de Martigues. J'ai appris à connaître leur discours. Conversations d'ambassades, au Proche-Orient, en 1949-1950, où le sentiment anti-juif, exprimé avec l'onction diplomatique ou religieuse, pouvait passer pour une habitude de pensée : la « politique arabe du Département », la prudence traditionnelle de « la hiérarchie » envers le peuple d'Israël. Pour un oui ou un non on remontait aux croisades, aux capitulations, aux échelles du Levant. Sens du passé et haute politique *blanchissent* les pensées douteuses. C'était murmuré, innocent, glissé dans un sourire entre deux références ; nous étions entre gens de fine culture et grande tolérance ; la preuve en était la liberté avec laquelle on osait murmurer des évidences, n'est-ce pas ? qu'il eût été si facile de taire. Point n'était besoin de se conduire en énergumène, d'éructer : d'autres s'en chargeaient qu'on n'était pas obligé de connaître. Au vrai, toute une petite société encoconnée dans la société française avait trouvé l'antisémitisme dans son atavisme, sa culture, son vocabulaire, avec les jardins impressionnistes, la langue de Marivaux et de Giraudoux, les vieilles rues de Senlis ou de Sarlat, la pureté de nos filles. *Nos* filles, *nos* villes, *nos* maisons, *nos* collèges : bien vicieux eût été l'homme capable de deviner la jalousie et la haine derrière ce doux possessif.

Comment ces gens-là se seraient-ils méfiés d'un lieutenant Heller ? L'homme qui ingénument disait : « Giraudoux aimait organiser pour moi des déjeuners de jeunes filles… » Cela ne vous fait pas rêver ? N'avais-je pas été roulé dans cette farine ? Dans son livre d'entretiens, Heller avait reconnu que vers 1935 il professait l'antisémitisme de presque tous les Allemands. Il n'avait pas été non plus, confessait-il, un militant antinazi. C'en fut assez pour que son interlocutrice d'*Apostrophes* accusât Heller de péchés qu'il avait justement confessés, comme s'il les eût dissimulés. Le beau lieutenant, devenu ce vieux monsieur un peu confus, se trouvait loin des salons où la douce France de l'Ordre et du Goût l'avait autrefois reçu.

Qui, en France, « voyait » les Allemands vers 1942-1943 ? Personne si l'on s'en tient aux statistiques ; tout le monde si l'on imagine le comportement d'un certain milieu parisien. « Mais qui venait aux réceptions du général X. ? » demanda-t-on, Paris libérée, à Félix, le majordome de Robert de Rothschild, resté dans l'hôtel de l'avenue Marigny afin de surveiller ce qui pouvait l'être. « Oh, à peu près les mêmes personnes que du temps de Monsieur le Baron », répondit-il. Une France salonnarde et m'as-tu-vu avait vécu la défaite comme un accident négligeable, exploitable et désolant, et n'avait pas daigné changer ses habitudes.

Gerhard et Marie-Louise Heller ont fréquenté, je m'en aperçois en ranimant les souvenirs de cette époque, plusieurs des lieux où j'ai vécu : 20, rue Jacob du temps de mon célibat ; 1, rue des Saints-Pères (avec Denise Bourdet) peu après mon mariage ; puis rue Jean-Goujon, dans la maison d'Arpaillargues, au chalet de Caux. Ils arrivaient dans une Coccinelle que Marie-Louise conduisait. Il me semble même que nous nous retrouvâmes un été en Engadine, mais je n'en suis pas sûr. Ai-je vécu cette scène ou l'imaginé-je à la suite d'un récit, de Gerhard glissant sur un de ces longs tapis dont la Suisse alémanique raffolait, un « passage », et, faisant une lourde chute dans le hall du *Schweizerhof* de Sils-Maria ? C'est à propos de cet accident que Heller me fit pour la première et unique fois une allusion à sa maladie. Parkinson ? Sclérose en plaques ? Je savais que les premiers signes du mal étaient apparus à Paris et avaient permis au lieutenant Heller de n'être pas envoyé en Russie. Plus tard, j'assistai, de rencontre en rencontre, à la lente dégradation de son corps : la démarche devenue saccadée, les gestes peu sûrs de la main. Avant de passer à table, Marie-Louise s'assurait toujours que des verres à eau eussent été placés devant son mari, les seuls qu'il pût saisir et tenir. Aujourd'hui que j'affronte des difficultés comparables à celles qui accablèrent Heller, je mesure mieux ce que ses voyages durent lui réserver d'épreuves, de petites humiliations. Il faut l'imaginer ainsi, de haute stature mais un peu titubant, avec des raideurs de pantin mal articulé. Dans les bureaux de la *Propagandastaffel* on ne devait guère apprécier cette atteinte à l'intégrité physique d'un officier, et qui ne devait rien aux combats. Tout cela doit être pris en compte dans un portrait du personnage.

Un jour que je lui rendais visite à la Malmaison, dans sa maison tendue de reps écarlate (comment ne pas penser au boucher de Chaminadour ?), Marcel Jouhandeau me demanda si je connaissais un petit livre de lui alors édité sous le manteau, *Le Voyage secret.* « Vous y retrouverez notre ami… » Je posai le livre sur un meuble, n'aimant guère que l'on me forçât la main. Je faillis l'oublier, ou le feignis, mais Jouhandeau me rappela à l'ordre. Du pouce et de l'index je feuilletai la brochure : elle contenait, pliées, plusieurs lettres dont je reconnus aussitôt l'écriture. « Vous avez oublié dedans des papiers, Marcel, reprenez-les…

— Oh, gardez-les, vous pourrez les lire… »

Je le compris, les lettres de Gerhard que j'avais aperçues étaient destinées à la lecture et sans doute à mon édification. J'emportai le livre sans rien ajouter. Pendant une partie de l'après-midi, Jouhandeau avait glissé dans la conversation, à propos de Heller, des allusions, des hypothèses, des insinuations, des demi-aveux, comme on accroche des cheveux d'ange aux branches d'un sapin de Noël. Un seul thème, on le devine : « Il était des nôtres. » « Il lui arriva de nous prêter la main… Oh, rien de plus… » Ce recrutement par la conversation, ces rires rentrés, cette substitution de mots à d'autres, d'un genre à l'autre, faisaient partie de la parade jouhandienne. Les murmures et les regards brillants de Marcel allaient tous dans le même sens : *mouiller* Gerhard. Tout cela m'importait-il ? Je n'avais nul jugement à porter. Ce faux roman de Modiano dont chaque murmure de Jouhandeau envenimait un peu plus les cicatrices imaginaires — mon image l'est aussi car cette visite à Malmaison est sans doute antérieure à *La Place de l'étoile* —, cet écho d'un temps où les cachotteries de mœurs prenaient peut-être une connotation plus pathétique, d'être vécues dans l'ombre de la guerre, tout cela me répugnait quelque peu. Et me répugnait l'acharnement de Jouhandeau à me suggérer un secret qui ne m'intéressait pas. Je jetai un coup d'œil sur les trois ou quatre lettres glissées entre les pages du *Voyage secret*. Je me rappelai être allé une fois ou l'autre chercher Heller dans la précédente maison des Jouhandeau, rue du Commandant-Marchand, une impasse proche de la porte Maillot où ils habitaient un pavillon de pierre meulière, tarabiscoté, qu'il me semble revoir hérissé de clochetons. Quand Heller était de passage, on le logeait tout en haut, et j'imaginais Jouhandeau le guettant dans l'escalier en colimaçon, l'oreille tendue. « Un jour, mon Cher, il ne m'a pas entendu frapper, j'ai poussé la porte et l'ai surpris... Il sortait de sa douche... »

Jamais je ne suis parvenu à lire d'un bout à l'autre *Le Voyage secret*. X, H, F, M, S, MG : une salade d'initiales, un parfum de dortoir ou de confessionnal, des confidences exsangues et sucrées : le contraire de la littérature que j'aime. À partir de là, j'imagine des pénombres, des chuchotements dans la nuit citadine où pendent les drapeaux noir et rouge, où frappent les bottes. Ces secrets à deux sous (à deux marks ?) me lèvent le cœur.

Je renvoyai à Jouhandeau le petit livre par la poste, ce qui me dispensa de le lui commenter et de faire allusion aux lettres « oubliées ». Elles étaient sentimentales et tutoyeuses. L'effusion à fleur de mots, mais elles ne prouvaient rien.

Vivant au lendemain de la guerre en zone d'occupation française, Heller, tout naturellement, avait repris son travail de *go between* entre les littératures française et allemande. Associé à un ami, il fonda Stahlberg Verlag, maison d'édition qui publiait des auteurs français ; il traduisit plusieurs d'entre nous ; il s'occupa d'une revue que finançaient les services culturels français. « Je suis devenu un *collabo* des Français », me dit-il un jour. Des Allemands jetèrent des pierres dans ses fenêtres. Il refusait toujours de s'atteler à ses Mémoires. Sa maladie semblait s'être peu à peu aggravée. Je le revis une dernière fois en assez bonne forme à un dîner que Jean d'Ormesson, qu'il avait traduit, donna pour lui. Ce fut une soirée un peu irréelle, lente, avec des silences entre les phrases. Nous ne parlions que de souvenirs qui ne nous étaient pas communs. Quelques jours plus tard, Heller tomba malade et fut transporté à l'hôpital de la Cité universitaire : c'est là que je le vis pour la dernière fois. Quand j'en sortis, des groupes de jeunes gens déambulaient boulevard Jourdan. Le vieil homme que je venais de quitter, que la mort ne laisserait plus longtemps l'attendre, finissait, dans ce lieu, en éternel étudiant. En boursier, en imprudent ami des livres. Je pensai que je l'avais bien mal connu, que je l'avais *raté*, en somme. Mais il était trop tard.

« *La Maman et la Putain* »

Je dois de la gratitude à la littérature : elle m'a offert des fièvres, des rémissions, des colères, et appris à préserver la fermeté de mes goûts. Elle m'a épargné de devenir un cadre de la Multinationale d'Occident, affamé d'argent et de modernité. Si je ne suis pas un rouage plus ou moins important, plus ou moins bien graissé, des mécaniques du pouvoir, je ne peux pas en tenir la littérature pour seule responsable. Je dois rendre hommage à ma paresse, à mon peu d'aptitude pour la fonction publique ; les livres ont occupé l'espace laissé disponible dans ma vie par la nonchalance qui a marqué ses débuts. Pourtant, à l'âge des bilans, je serais malhonnête d'attribuer aux livres une importance absolue. Je revendique ceux que j'ai écrits, ou prends d'eux mon parti. Je ne les ai publiés, en règle générale, que content d'eux, ou, sinon content, certain que je ne pouvais pas faire mieux, à ce moment-là, de ce texte-là. Je n'ai pas manqué à la probité. Par contre, mon rapport aux autres livres, à la vie littéraire, aux œuvres en train de se faire autour de moi, ce rapport n'a pas été aussi intense, fructueux, pugnace qu'il aurait dû l'être. Vue avec lucidité, ma vie littéraire est un fiasco. Je m'explique. Une comparaison m'y aidera. En 1973, juré au Festival de Cannes, je fus de ceux qui défendirent avec chaleur le film de Jean Eustache, *La Maman et la Putain*. La présidente de notre aréopage, Ingrid Bergman, se révéla timorée, vite effarouchée, et violente dans ses convictions. Elle, dont l'aventure et le départ avec Rossellini avaient scandalisé Hollywood, semblait être devenue une militante des ligues de vertu, et prête à exercer une censure sous forme de chantage — « Je ne proclamerai pas, s'il est primé, le titre ni l'auteur d'un film où l'on parle de Tampax ! » nous déclara-t-elle. Et, de fait, quand il lui fallut annoncer que le film d'Eustache obtenait le prix spécial du Jury, elle usa d'une formule emberlificotée qui la désolidarisait de notre choix. Cette Suédoise mâtinée d'Amérique était bien peu démocrate. Mais comme elle était belle et émouvante ! Je ne peux pourtant pas oublier le désarroi d'Eustache, le soir du palmarès, comme nous buvions un dernier whisky au bar du Grand Hôtel avec Lawrence Durrell et Jean Delannoy, tous deux partisans d'Eustache, que la hargne de Bergman avait blessé.

J'évoque cet épisode comme je pourrais évoquer l'algarade que j'avais eue avec Raymond Aron à propos de *Week-end*, de Jean-Luc Godard, lors de je ne sais plus quel séminaire où l'on voyait et discutait des films entre des palmiers. Aron, pour qui j'avais sympathie et respect, avait violemment décrié le film de Godard. Je le défendis, et j'eus le malheur, faisant référence à une longue chronique d'Aragon, enthousiaste de *Week-end*, dans les *Lettres françaises*, de distinguer entre « critique des créateurs et critique des professeurs ». Pauvre de moi ! J'avais agité un chiffon rouge devant Aron, qui me répliqua avec véhémence. Il n'avait visiblement ni estime ni admiration pour Aragon et nous risquions, vers la politique, un dérapage déplaisant. Nous fîmes la paix quelques heures plus tard, un verre à la main, chacun campant sur ses positions.

Dans les deux cas, j'avais rallié, sans tactique ni sacrifice à une mode, le jugement le plus progressiste, ou avant-gardiste (ces deux adjectifs ne me plaisent guère...). La défense d'Eustache et de Godard me paraissait aller de soi. J'aurais bataillé une autre année tout aussi fermement pour Marco Ferreri, dont *La Grande Bouffe* fut un des sujets de polémique de ce temps-là. Comment se faisait-il que pareil naturel dans l'admiration ne m'inspirât pas quand il s'agissait de juger tels et tels livres réputés d'avant-garde ? Il me semblait ne pas être le même homme face à des films, à des musiques, à des peintures et face à des textes. Si je distingue entre œuvres de tradition et œuvres de rupture, je me retrouvais, en littérature, du côté de la tradition alors que ma pente, dans les autres disciplines, m'entraînait vers le mouvement. J'étais archaïque en littérature — ou si l'on préfère : *classique* — et contemporain devant les autres moyens d'expression. J'inventai même des théories. Celle des *mauvais maîtres* voulait qu'on pût tirer enseignement et plaisirs d'écrivains plus ou moins perdus de réputation. Celle de la *révolution des formes* voulait que musique, peinture, sculptures eussent fait la leur, alors que la littérature ne l'avait pas risquée. Elle ne l'avait pas faite ou je ne voulais pas la voir ? Un juge malicieux aurait pu constater que j'étais pour le chambardement là où je n'avais pas à mettre mes théories en pratique ni mes travaux en question. Qu'aurais-je moi-même pensé d'un peintre qui eût défendu l'*action painting* ou Support-Surface tout en continuant à peindre des couchers de soleil ? J'étais un fanfaron de modernité en musique ou dans les arts plastiques, mais un conservateur en littérature. Je théorisais mon propre savoir-faire au lieu de chercher d'autres voies, et de les reconnaître, et de les vanter. Je ne voulais pas voir ni savoir que la création est une guerre, qu'être pacifiste dans ce combat-là c'est accepter l'inéluctable retraite d'une esthétique vouée à la seule fidélité. Un bon quart de siècle écoulé, je me souviens, dans l'ensemble et dans les détails, des films d'Eustache, de Ferreri, de Godard. Pourrais-je en dire autant de livres que j'ai défendus aux mêmes dates ? Je n'ai pas eu la curiosité de chercher, en littérature, les points de moindre résistance où peut-être il eût été légitime d'exercer une pression afin de *rompre les digues*.

L'envie me vient de dresser — « à main levée » dirait un dessinateur — sans recours à quelque panorama des Lettres d'aujourd'hui, une liste des écrivains, presque tous romanciers, pour lesquels j'ai flambé au long du quart de siècle qui s'achève. Liste non exhaustive mais qui lestera un peu, je l'espère, la quille de mon capricieux navire. La voici, sans cote d'amour ni ordre alphabétique : Guy Dupré, Bernard Lamarche-Vadel, Tony Duvert, Pierre Veilletet, Pierre Bourgeade, Christophe Bataille, Georges Perec (mort), Michel Tournier, Michel Houellebecq, José Cabanis, Claude Simon, Albert Cohen (mort), Julien Gracq, René Belletto, Japrisot (un peu cinoche, lui, mais pourquoi pas ?), Marc Lambron, Angelo Rinaldi, Pascal Quignard, François Sureau, Gilles Lapouge, Marie Darrieussecq. Bien entendu, paraissent oubliés là tel ou tel *livre* que je place haut : *La Vie rêvée*, de Bastide ; *La Gloire de l'Empire*, de Jean d'Ormesson ; *Archives du Nord* et *Souvenirs pieux* de Yourcenar ; des pages du *Carabas* de Chessex ; d'autres, nombreuses, de Leiris. Mais quelle folie, ces listes ! Faut-il affamer les amis ou leur servir la soupe ? Je promène parfois les yeux sur les tranches des livres, dans ma bibliothèque, attendant le petit fléchissement du cœur qui me fera tirer le volume et l'ouvrir. Comme l'avare ouvre sa cassette afin de vérifier que son or y est toujours. Mon or sert-il d'encaisse à quelque circulation de papier ? Comme sa valeur change vite ! De mes ferveurs de 1953 — Leiris, Vailland, Gascar — une seule survivante. Je n'ai pas compris qu'il est insuffisant d'éprouver des passions littéraires et de leur rester fidèle. Peut-être serait-ce le lieu de formuler une théorie de la bicyclette : une littérature qui n'avance pas cahote, zigzague et tombe.

J'ai réponse, bien sûr, aux questions que je ne posais pas. Pourquoi pas une littérature de simple plaisir, de simple loisir ? Et je pouvais défendre, avec une verve bien réactionnaire, toutes les hussarderies qu'on imagine. Après tout, Giono, Gracq, Jouve, Modiano, Bianciotti, Lapouge, Frank, et avec eux les coruscants, les charmeurs (qui étaient souvent les solitaires), à qui avaient-ils fait la guerre ? Sur quelles ruines avaient-ils bâti ces œuvres que j'aimais ? Une voix insidieuse répondait :

« Leurs plus beaux textes ne te paraissent pas dater de longtemps, mais chaque année qui passe les éloignera et te laissera, toi, entre deux chaises, gardien d'un monument qu'on ne visitera plus…

Mais l'idée qu'il puisse y avoir un progrès en art, que les inventions d'aujourd'hui soient plus belles parce qu'elles sont contemporaines, est primaire et stupide. La littérature n'est pas une société d'encouragement pour l'amélioration de la race humaine. Des textes qui déchirent le papier, que la dérision nourrit d'amertume, des textes sans postérité ni parrainage, qui provoquent à leur apparition ricanements et répulsion, qu'on repousse au bord du chemin en murmurant le mot "marginal" — dix ou vingt ans passés resteront seuls dans la mémoire des juges et explorateurs de la littérature. »

Il est trop tard, désormais, pour plier bagage et filer vers le camp des aventureux. Je suis enfermé dans une image de moi à laquelle je ne crois plus tout à fait. J'ai suivi ma pente, mais, Oncle Gide ! c'était en descendant. J'ai écrit ci-dessus « fiasco » :

le mot convient. À l'heure où j'écris ces lignes, il est vraisemblable que mes chances sont peu nombreuses d'occuper une place flatteuse dans le paysage du deuxième demi-siècle, faute, en partie, d'avoir choisi une stratégie de colère et d'anathèmes. Ce faisant, j'ai isolé mes propres livres, auxquels des idées plus combatives eussent servi de flotteurs pour les maintenir à la surface. Sauf miracle, des livres que ne requiert pas le service d'une esthétique ou d'une mode sont fragiles, éphémères : en effet, l'attitude de mode, la virtuosité de mode se transforment parfois en atouts posthumes, car elles facilitent le *classement* d'une œuvre dans une catégorie. Et les catégories — celles qui ont chance de durer — célèbrent volontiers le grabuge, le pontificat (le pontifiant ?), les excommunications. Les livres m'ont donné une vie que j'avais souhaitée, que j'avais crue inaccessible, et si je n'ai pas mis mieux à profit leur pouvoir de métamorphose, d'élan, leur pouvoir de *chauffer* (« Chauffe ! Chauffe ! ») la musique intime et l'orchestre social, j'en fus seul coupable. Pas de lamentations.

Au miroir

Je cherche moins à raconter l'histoire de mes lieux intérieurs qu'à en dresser l'état.

Pour le moment, immeuble bombardé, ville sinistrée.

On sait en quoi consiste la surfusion : un corps se maintient liquide à une température où il devrait être solide. Il est mis fin au phénomène en précipitant un cristal dans le liquide qui, instantanément, se solidifie, gèle, *prend*. Je me sentais — il y a encore trois ou quatre ans — dans l'état de relatif confort que l'on prête au fœtus nageotant dans le liquide amniotique. Il me semblait bénéficier des avantages du milieu liquide, lequel est considéré comme lié aux Mystères de la Vie, et je ne craignais nul subit assèchement. Quelque projectile, ou révélation inopinée, a joué le rôle de cristal et, jeté en moi, m'a d'un coup cristallisé. Je suis devenu amorphe et cassant. La souplesse de mes esquives, la ductilité de mes arguments, qui me permettaient de relativiser les mauvais coups portés par l'âge ou les rumeurs de la vie, me font défaut. Plus aucune douce mystification ne vient lubrifier la brutalité de mes rapports au monde. Au miroir, je ne vois que ce qui est, et *ce qui est* balaie mes illusions.

« Au miroir » ? Lisant les livres de Guy Dupré, où souvent les personnages pratiquent le Grand Art, la nécromancie, sont *initiés* — mot obscur mais qui vibre longtemps en moi comme fait la flèche qui vient de se ficher au noir de la cible —, on parle souvent de « travail au miroir », expression qui me reste mystérieuse. Une obscurité propice, deux bougies, un miroir (et non loin de là une boule de cristal, non ?) me permettraient-ils de rétablir le contact avec moi ? Je me suis perdu. Je suis devenu à moi-même transparent. Peut-être a-t-il suffi pour me néantiser d'une cruauté, d'une seule de ces condamnations à la mode d'aujourd'hui qui anéantissent au lieu de juger. Une bourrade qui, hier, ne m'eût même pas déséquilibré, aujourd'hui me jette à terre : la comparaison aide à comprendre comment un jugement peut pulvériser la statue (creuse) qu'on était devenu. Ajoutez la lassitude. Ils me nient ? Je m'efface. Au petit jeu de l'autodestruction je reste imbattable. Je ne vais quand même pas engager un avocat ni assurer moi-même ma défense !

Au miroir, je ne suis pas l'homme qui a perdu son ombre : j'ai gardé l'ombre mais j'ai perdu l'homme. Je suis une ombre portée que plus aucune réalité ne porte. Ou alors portée sur le ricanement. Ne grimacez pas. Petit à petit, à travers les années, les échecs, les coups gagnants, et quitte à adapter le format des rêves à l'étroitesse de la réalité, j'avais conquis ou aménagé un certain espace. Y régnait une image de moi. Une illusion de moi. Je ne reconnais plus celui que j'ai cru être. Et si je ne suis pas celui-là, qui suis-je ? Personne. Le miroir est vide.

La soixantaine venue et installée, je m'étais habitué à exister. Je répondais à mon nom, aux appels, aux définitions, aux espérances. J'occupais enfin la place qui m'était assignée. Là. Je formais un tas d'homme de volume et de densité habituels. On pouvait me reconnaître, me saluer — je rendais le salut —, me remettre un placet, me demander d'évoquer des souvenirs. Si l'on me tirait le portrait la pellicule était impressionnée. Cette apparence, cette « pièce » dirait un sculpteur, s'est-elle effritée ? Mon « hourloupe », réduite en poussière ? C'est le vieux piège du cours de philo : existe-t-il encore un reflet dans la glace de l'armoire quand vous avez quitté la chambre ? Sur quelle rétine, pour exister, s'imprime-t-il ? Ils ont cessé de le voir : cet écrivain nommé Nourissier — on en trouve trace entre Joseph Noulens et Abdjamil Karimovitch Nourpeissov, ou entre Paul Nougé et Germain Nouveau selon les dictionnaires considérés — a disparu de l'armoire à glace dès lors que les soudards de la nouvelle gloire sont allés piller d'autres chambres du château, et honorer à la brutale quelque frêle poète que vous entendez pousser des cris en essayant de se garer les miches.

1950-1951 : j'écris et publie mon premier roman, je découvre « le milieu ». Il y avait alors un demi-siècle que Sarah Bernhardt avait créé *L'Aiglon*. La même coulée de temps me sépare de mes débuts. *L'Eau grise* (précisons : mon premier roman), publié à vingt-quatre ans, est aussi éloigné d'un jeune homme de 1999 que l'étaient de moi Flambeau et le duc de Reischstadt. L'accomplissement de ma destinée d'écrivain importe autant à un nouveau venu que m'importaient, en 1950, les débuts et la gloriole d'un fin lettré né vers 1888 : Bosco ou La Varende — pour fixer les idées. Quelque variation pathétique que je puisse tirer de cette mauvaise nouvelle, force m'est de le constater : je suis exclu du jeu. Personne de cruel ne m'a tiré dans le dos : il n'y a pas plus d'injustice dans mon élimination que dans le processus de mûrissement puis de pourrissement d'un fruit. À vingt-cinq ou trente ans, mes turbulences amusaient le tapis ; aujourd'hui, m'agiterais-je, tout le monde s'en ficherait. Comme dans les familles, où la seule façon qu'ait l'ancêtre de ne pas être jeté à l'asile consiste à agoniser sur son tas d'or. Seuls les lambeaux de pouvoir que je détiens encore ont empêché jusqu'ici qu'on me balayât. Une démission de trop, un signe de désintérêt et l'on se retrouve sur le bas-côté. J'y suis, direz-vous. Oui, mais on me salue encore. Ces délicatesses améliorent l'ordinaire.

Je crois avoir surmonté premièrement l'étonnement, deuxièmement l'amertume, dont m'avait empli la brusque — et si tardive ! — découverte de mon amenuisement. Multiforme fatigue — créatrice, génésique, vitale, sans rien dire des agaceries de Miss P. — qui m'a laissé, comme on dit, *dimi-*

nué. On connaît la loi de ces soustractions : on descend par paliers. Le dernier, et la dégringolade qui m'y a jeté, m'ont rompu. Ce constat étant fait, j'ai recouvré mon bon sens. J'essaierai de ne pas céder à la révolte. Je l'écarterai de moi comme une obscénité. J'imagine un tout-puissant metteur en scène et ses conseils : « La mort du loup, Coco, tu vois ? Tu peux me faire ça ? » Oui, je crois que je pourrai.

Tais-toi

« Tais-toi ». Titre de Paul Morand, énigmatique, même si l'écrivain était homme de silence autant qu'homme pressé. Titre crépusculaire : il l'a donné à un petit livre à soixante-dix-sept ans. Je commence seulement à lui trouver sens.

Ces matériaux-là sont difficiles à mesurer, mais il me semble consacrer une bonne moitié des forces dont je dispose à contrer les misères et offensives dont m'accable Miss P. Cette mobilisation ne va pas sans grimaces, absences, efforts, abstentions, lenteurs — toutes comédies qui se remarquent. Elles agacent. Je dis comédies pour marquer qu'il m'arrive de jouer la situation, histoire de faire sourire. Las, on sourit peu. Il m'arrive aussi, alors qu'on ne me demande rien, de fournir des explications sur le ton le plus plaisant. Aussitôt l'embarras crispe les visages, détourne les yeux. Si ma femme est présente, elle essaie de me faire taire par un regard, bien fixé sur moi celui-là, une moue, voire un geste. « Tais-toi ! » Ce n'est pas dit, c'est crié en silence. « N'embête pas nos amis, ou le Président, ou la tante L., ou tes petits-enfants. » L'évidence éclate : on a honte de moi. Oh, vaguement, secrètement ! On en a par-dessus la tête de mes lenteurs, de ma démarche pâté de foie, de mes acrobaties pour émerger d'un canapé, de la canne dont il arrive que je me munisse afin d'allonger une promenade. Je ne vais pas, en plus, m'expliquer ? Tout le monde est visiblement indifférent aux ruses et stratégies grâce auxquelles j'essaie de compenser mes difficultés. On feint — générosité ou lassitude ? — de ne pas remarquer mes lenteurs d'élocution, ce léger zézaiement qui me gagne quand les médicaments assèchent ma bouche. On ne me voit pas : à moi de me rendre invisible. Mettez-y un peu du vôtre, de grâce !

Un malade, c'est une variété d'impuissant : pas de quoi se vanter. Voilà ce que proclament leurs airs absents.

Accepter de faire, comme eux, le silence sur la maladie, c'est accepter la distance qu'entre moi et les autres leur délicatesse et leur indifférence ont creusée.

« On t'avait pourtant dit de ne pas apporter tes jouets à table… » Bertrand P.-D. avait repris la formule si souvent entendue dans l'enfance un soir que nous nous étions fait moucher, lui et moi, pour avoir abusé, au dîner, de sujets de conversation qui n'amusaient que nous. Aujourd'hui, à voir leurs mines agacées, irritées, mortifiées, je me sens coupable d'avoir apporté la maladie à table et de paraître jouer avec elle au lieu de manger ma purée. Jouer, cela me paraissait à la fois *good sport* et bon genre. Irréprochable. Eh bien non, il paraît qu'il faut être sérieux, et le comble du sérieux, c'est le silence. Plaintes et compassion n'ont jamais bonne presse. Je me voyais bien dans la peau d'une espèce de Calet (« Ne me bousculez pas, etc. », supplication déjà citée) mais il semble qu'il vaille mieux choisir Vigny.

Un air raréfié

Parmi les approximations, simplifications, plaidoyers qui viennent à la plume quand on veut évoquer la droite, je voudrais aborder un sujet fuyant et flou : existe-t-il un air de droite ? Un ton, un parfum, une façon d'être, de parler, de se vêtir, qui affecteraient aussi bien la conversation, le style, la pédagogie, les relations sociales, l'humour ? Il me semble, ce ton, l'avoir découvert, puis lentement identifié. Il était fait (l'envie me vient d'en parler au passé) de brièveté, de certitude, de raideur doctrinale, et ses détenteurs ne le pratiquaient qu'en la seule présence des membres du clan. Des personnes réputées appartenir à la mouvance. Alors que le prosélytisme fait partie de la gauche, on n'est de droite qu'entre soi. Il s'agit aussi d'une attitude qui glisse de la complicité à la méfiance en un instant. Un regard gris, une réplique suffisent. La porte est refermée.

Je ne compris pas, dès l'abord, quelles sensations j'éprouvais chez les Morand, chez Jean Jardin (chez lui, tout plus nuancé, plus subtil : il voulait convaincre), chez tel et tel Français de Suisse que dix ans d'intimité avec leurs comptes anonymes n'avaient pas guéris de leur virulence ni de leurs nostalgies. J'essayai de rassembler et d'analyser mes impressions. Une certaine raréfaction de l'air. Il ne s'agissait ni d'étouffement, ni d'un accès de timidité ; plutôt d'une erreur d'espèce ou de planète : un (grand) air différent de celui que j'étais habitué à respirer. Plus froid ? Plus sec ? Je ne saurais le dire. J'avais éprouvé même sensation en m'enfonçant dans une grotte profonde à la suite de spéléologues : certitude d'être arrivé en un lieu où s'étaient développés des organismes inconnus de moi, témoins invisibles d'un passé très ancien. Il y avait donc ce manque d'air, un mal d'altitude ou des profondeurs. La rapidité froide des regards. Un ton d'évidence légère, un ton de salon, et non pas la truculence ou l'emportement qu'on aurait pu attendre dans ce voisinage-là. Mais je n'ai jamais connu la droite tonitruante, qu'il me semble que j'aurais aimée : Léon Daudet, peut-être Béraud, Haedens ?

Chez Paul Morand régnaient le silence et la rapidité. Dans les décors troubadour du château de l'Aile, à Vevey, comme dans l'immensité flamboyante de l'avenue Charles-Floquet, ou à Bourdonné, fermette francilienne saisie par un souci de style un peu poussiéreux, l'impression était d'immobilisme : entassement de meubles et d'objets, fatigue des cuirs, pénombre. Morand, vêtu souvent en *sportsman*, mettait un mouvement de couleurs dans cet engourdissement brun et gris. Il affichait une élégance 1930, inusable mais paradoxale. De dix ans le cadet de son épouse, il paraissait, à côté d'elle, doué d'une bougeotte édifiante : il courait en ville recueillir anecdotes et potins qu'il lui rapportait le soir ; il poussait sa petite voiture à travers la place du Vieux-Marché pour l'installer au café du Raisin où la chère était bonne ; il précédait les gestes d'un maître d'hôtel hors d'âge, se déplaçait à travers les vastes pièces, légèrement courbé, les jambes écartées par un demi-siècle d'équitation, tout le squelette menacé, à force d'arthrose, de se souder soudainement à la première journée de paresse. L'impatience de l'homme pressé jouait son rôle dans cette hâte à intervenir. Je le vis, lors d'un déjeuner chez l'éditeur Mermoud, à Lausanne, comme les deux extras, nigauds, laissaient les invités sans pain, jeter un coup d'œil sur la table afin de repérer les zones sinistrées, se lever, filer vers une desserte de sa démarche de vieux Gardefort, s'emparer du pain — en couper peut-être quelques tranches — et servir rapidement les oubliés, se rasseoir : il se déplaçait comme font les spectateurs qui se lèvent au cinéma en cours de séance et se plient en deux pour passer devant l'écran. De quel film entendait-il ne pas nous priver ? Peut-être, ce jour-là, au Signal, de la stupéfaction des maîtres de maison qui assistaient, interloqués, à ce psychodrame domestique. Chez lui, à son heure, Morand se levait et disparaissait : sa sieste. Aucune présence ne l'en eût privé. On levait les yeux, son fauteuil était vide. Il savait partir comme personne.

Chez les Morand, l'expression des visages était souvent de curiosité, plus étonnée qu'inquisitoriale. Hélène et Paul dardaient sur leur interlocuteur le même regard attentif, plus fixe chez Hélène (on se rappelle Cocteau : « C'est Athéna qui a avalé sa chouette »), plus vif et lourd chez Paul : c'est ainsi que, diplomate, il devait dissimuler sa pensée lors d'une négociation. Parfois une ombre de sourire éclairait le visage, sceptique, contrôlé, mesuré. Je ne me sentais pas à l'aise devant ce sourire-là. J'ai souvent eu l'impression que les Morand ne m'aimaient guère. L'écrasante élégance d'Hélène Chrissoveloni, puis princesse Soutzo — cosmopolite, balkanique, aristocratique, réactionnaire, bancaire, pétrolière, proustienne, littéraire, parisienne — anéantissait toute velléité de rivaliser avec elle en snobisme, *name dropping*, méchanceté, sarcasme. J'ai vu s'y essayer des compétiteurs pourtant bien armés : ils s'y sont cassé les dents. J'ai entendu Hélène dire aux nicodèmes du Réarmement moral, à Caux, qui avaient invité les Morand à l'une de leurs petites célébrations, où l'on pelait trois patates avant de dîner et d'assister à une saynète humaniste : « Mais pourquoi nous avoir invités, nous qui sommes nazis ?... » Il lui échappait parfois des mots assez rudes. Mais lui échappaient-ils ? Elle eut jusqu'à sa fin l'inconscience de ses opinions, qu'elle n'imposait pas, mais qu'elle ne mit jamais en berne. Mon mariage, il va sans dire, n'ajouta pas de liant à nos relations : les Morand vinrent un jour dîner rue Jean-Goujon, un autre jour boire une tasse de thé au chalet — arrivée en Porsche décapotée du couple qui totalisait alors cent soixante-cinq ans — et ce fut tout. Dans ma belle-famille, Philippe me demanda un jour pourquoi je fréquentais Morand. « Parce qu'il est un merveilleux écrivain », répondis-je. Mais la question eût mérité une réponse plus subtile. J'aimais chez Morand son amitié pour Maurice Rheims (que je lui avais présenté), pour Bernard Frank, pour Jean-Louis Bory. J'aimais que, m'ayant proposé un jour de monter avec lui dans la plaine du Rhône, et ayant eu la surprise de me voir arriver au manège de Noville vêtu comme l'as de pique (je n'avais pas de garde-robe au chalet) alors qu'il était, lui, en veste noire, bombe et cravate de chasse, il eût pensé, à notre galopade suivante, à s'habiller « en voyou » alors que de mon côté j'avais fait des efforts de classicisme. J'aimais que l'hiver 1962, qui fut rude, comme nous lui avions dit que des chevreuils affamés sortaient de la forêt et se risquaient jusqu'aux abords du chalet, il téléphonât une heure plus tard pour annoncer qu'il avait tout arrangé : un hélicoptère allait venir larguer des balles de fourrage ; il nous suffisait de baliser une prairie en replat sous le chalet. La facture fut lourde. Mais quelle jolie anecdote à conter, la voix brève, dans un dîner !

L'homme pressé avait bâti ainsi sa légende. En faisait partie la Bugatti dont le moteur aimait si peu tourner à bas régime que son propriétaire devait quitter Paris à quatre heures du matin et rentrer tard dans la nuit afin de n'avoir pas à ralentir aux croisements. Du panache, un réalisme goguenard et rapide, sans compter les amours secrètes : tout cela composait un personnage. Et ce personnage était l'auteur de quelques-uns des textes miracles des années miraculeuses des lettres françaises : 1910-1939.

En 1992, puis en 1999 Cécile et moi sommes allés à Cracovie. Au premier voyage la ville était sombre, noircie par les fumées et pollutions de Nova Huta, orgueil de la sidérurgie socialiste. Au second, elle nous apparut nettoyée, redorée, rendue aux jaunes et ocres italianisants de la monarchie bicéphale. De Vienne à Trieste, de Cracovie à Bratislava, comme j'ai aimé ce qu'il subsiste d'ordre et d'orgueil ancien dans les débris de l'Europe impériale ! La magie a survécu à l'émiettement de ce qui la composait. Le Hradçany et le Wawel se dressent à l'horizon de quelques-uns de mes songes. Au tout début du siècle, dans la Pologne dépecée, Varsovie était russe et Cracovie, austro-hongroise. C'est ainsi que le père de Cécile, Anatole Muhlstein, avant même d'être expulsé de Varsovie par les autorités tsaristes, était venu passer ses examens en terre polonaise mais sous administration autrichienne. Il avait même reçu « la montre de l'Empereur », que François-Joseph envoyait aux plus brillants des étudiants.

À tout visiteur de Cracovie on propose de se rendre à Oswiecim, à une heure de voiture, c'est-à-dire au camp d'Auschwitz-Birkenau. À Cracovie, qui fut un des grands centres urbains du judaïsme en

Europe centrale (70 000 Juifs à la veille de la guerre, 200 aujourd'hui), les photos aériennes montrent que la partie du quartier Kazimierz où vivaient les Juifs fut la seule zone de la ville à avoir souffert de la guerre : chicots, toits détruits, vides. Aujourd'hui, l'argent gagné par Spielberg avec *La Liste de Schindler* sert à financer la restauration de la place Szeroka, où autrefois l'on comptait neuf synagogues (il en reste une). Désormais, s'y pressent les touristes allemands pour écouter au restaurant Ariel jouer, pêle-mêle, *Hava Naguila* et *Bei mir bist du schön*, scie des années quarante dans l'Europe nazifiée, que l'on interprète ici avec une nostalgie très efficace…

Auschwitz, donc, où nous retournons. Dans la voiture, à l'aller, plaisanteries, rires. Pluie fine. Des cars entiers d'adolescents sont alignés aux parkings : « sorties d'école », excursions civiques, travaux pratiques des cours d'histoire ? Les gamins se comportent décemment, ne chuchotent pas. Sans eux, peut-être l'heure et demie que nous passons à « visiter » le camp serait-elle insupportable. Un groupe de vieilles dames américaines — Juives exilées ou rescapées — est perdu entre les rangs de jeunes gens : petites voitures, infirmes qu'il faut hisser dans les escaliers, puis pousser dans les couloirs et les salles grises, puis arrêter devant chaque vitrine : les dépouilles volées aux vivants en sursis ou recueillies sur les morts — lunettes, chaussures d'enfants, appareils orthopédiques, cheveux et barbes, boîtes vides de Zyclon B. J'observe une dame, octogénaire, dans sa voiture d'infirme : d'un geste elle demande qu'on l'arrête devant une porte ou une vitre ; d'un autre geste, agacé, impatient, qu'on la remette en mouvement. Rien n'altère son visage. Je pense aux « accumulations » et « installations » chères aux artistes contemporains. Je pense à Arman : il pourrait signer ces hallucinants entassements de prothèses ou de poils (il paraît que ceux-ci ont continué de blanchir une fois coupés : on dirait que ne furent tondus que des vieillards). Nous sortons, coupons court ; pas assez cependant pour ne pas voir cette photo où l'orchestre du camp, composé de détenus en pyjamas rayés, est en train de jouer près de la potence collective où pendouillent des cadavres incroyablement maigres. Remuaient-ils encore quand la photo fut prise ?

Le soir, à Cracovie, récital de Stanislas Bunin, pianiste russe. Chopin, admirable : la musique est comme pénétrée de la présence diffuse de la ville, de sa mémoire, des vieilles passions polonaises. Jolie salle néo-classique, blanc et or, public élégant, civilisé. Ovation, fleurs, sortie disciplinée. Je pense à la grande photo d'Auschwitz, à la silhouette des officiers allemands — bottes serrées, bouffant caricatural de la culotte de cheval — qui écoutent, mains dans le dos, le « concert ». Des amateurs de musique, qui en douterait ? des connaisseurs, peut-être certains d'eux pianistes amateurs, avec un toucher délicat dans les nocturnes, les barcarolles. Vous trouvez le contraste trop facile ? Trop *éloquent* ? Plusieurs heures durant il m'a occupé. D'un côté les façades aux chapiteaux corinthiens, les frontons, les arcades, le décor inséparable de l'aventure viennoise (je pense aussi à la musique, au Dr Freud, à Klimt et à Egon Schiele), de l'autre côté ce qu'on imagine des habitudes de pensée, de langage, de la *Mitteleuropa* élégante, le racisme bien tempéré mais intraitable, le racisme *ordinaire*, dont on devine la teneur et la tonalité à lire Schnitzler, Hofmannstahl, Joseph Roth, Canetti. Comment tant d'intelligence, d'esprit aventureux, de passion inventive ont-ils pu nourrir tant de haine ? Vienne jalousait sûrement et détestait peut-être ses grands Juifs solides, assimilés, fastueux, avides. Assimilés ? Eux se croyaient tels. Ne les avait-on pas installés à la place éminente qu'ils occupaient désormais ? Ne les avait-on pas laissés devenir riches, anoblis, honorés ? Et pourtant, dans d'autres cases de la société — chez les bourgeois KKK, aux mess des officiers, dans le patriciat — la lèpre prospérait. Plaisanteries, mots orduriers que prononçaient même les belles dames (ah, le souvenir du mot *youpin* qui avait fleuri si naturellement sur des lèvres charmeuses dans une conversation genevoise, du côté de la rue des Granges !). Bref détour par Paris : dans le livre de Michel del Castillo sur Colette, je trouve ceci, concernant les respectables Gauthier-Villars, polytechniciens, éditeurs, qui avaient enfanté ce mouton noir Henry, dit Willy : « En famille on pratique la religion avec la même rigueur algébrique : on est catholique jusqu'aux conséquences ultimes, mépris de la République, détestation de l'école laïque, haine des Juifs et des métèques. » Voilà, les mots sont en place, ils vont servir. Colette épouse Willy en 1893 : dans quelques mois Dreyfus va être déporté à l'île du Diable. Si la haine est « algébrique » en France, et dans un milieu évolué et lettré comme celui des Gauthier-Villars, on peut imaginer ce qu'elle fut, au tournant du siècle, dans les pays d'Europe centrale où l'antisémitisme sévissait comme une habitude de pensée, un réflexe social, une décoration des conversations, une règle d'hygiène. Cracovie, Prague, Budapest, Bucarest, Sofia : la maladie y était sans doute plus virulente qu'à Vienne, où le judaïsme avait conquis le droit de s'exprimer mieux que partout ailleurs. Il faudra une trentaine d'années pour que, Hitler aidant, l'Autriche rétrograde jusqu'aux violences d'avant l'*Anschluss*.

Je reviens à ce déjeuner, chez les Mermoud, au printemps 1962, ce jour où Morand, plaisamment, joua les maîtres d'hôtel. C'était la première fois que Paul et Hélène rencontraient Cécile, que j'avais épousée en janvier. Dans le désordre des présentations elle entendit mal les noms ; d'ailleurs tout ce monde, nouveau pour elle, lui donnait le tournis. Quand nous repassâmes au salon elle me demanda à mi-voix : « Qui est cette vieille dame qui m'a observée si... intensément pendant tout le déjeuner ? »

J'essaie de dire ici quelque chose de très simple, qui est très difficile à formuler : ce regard d'Hélène Morand, dont Cécile avait senti peser sur elle la curiosité teintée d'autres sentiments intenses et hypothétiques, rien ne pouvait empêcher qu'il ne me fît penser aux débordements des amis que la princesse Soutzo s'était choisis. Cécile, en bonne logique, aurait dû griller, vers 1943 ou 44, à Birkenau ou ailleurs, et le feu eût été, symboliquement, allumé bien longtemps auparavant par quelques phrases assassines et piquantes d'une conversation viennoise ou parisienne, par les injures pêchées dans le bourbier Dreyfus, par les moqueries hargneuses de *France la Doulce*, par les propos aberrants de Jouhandeau dans *Le Péril juif*, par toutes les insinuations, exclusions et prophéties haineuses dont l'Europe — je pense à l'Europe élégante — s'était fait une spécialité entre deux valses. Je ne veux rien dire d'autre, que mon étonnement. Comment peuvent avoir cohabité dans la même aventure humaine — le couple à bien des égards exemplaire que formèrent si longtemps les Morand — l'œuvre de l'un et les idées de l'autre ? Idées devenues folles et en vertu desquelles Cécile n'aurait pas dû se trouver à notre rendez-vous de 1961. Oui, ces évidences sont passées de mode. On en a abusé, n'est-ce pas. Laissons dormir ces fantômes, n'accusons personne au conditionnel passé. J'entends les soupirs de lassitude… « Et Proust ? Elle ne l'aimait pas, la princesse Soutzo ? Les soupers au Ritz… Le quatuor Poulet… » Bien sûr. Et je revois Morand à la fin de sa vie : amusé, intéressé, peut-être attendri par Maurice Rheims. Au moment de la vente des collections Beistegui et du palais Labbia, Morand observait Rheims, sur le *vaporetto*, et lui trouvait une silhouette de sous-lieutenant. Il l'aida à se faire élire à l'Académie et, plus tard, fit de lui son exécuteur testamentaire. J'en suis témoin, Maurice et Lili Rheims furent des amis de Paul Morand. Il s'invitait souvent chez eux, après la mort d'Hélène. Il se taisait, puis soudain s'éclipsait. Il y avait du Gardefort chez Maurice, fils de général, que flairait Morand, stupéfait d'avoir découvert, si j'ose dire, *un juif de pur sang* : le cavalier en lui sentait ces choses-là.

J'aurais pu abréger ce chapitre. En écrivant, par exemple : « J'ai beaucoup aimé *Milady*, *Parfaite de Saligny*, *L'Europe galante*, *Ouvert la nuit*, *Fermé la nuit*, *L'Incendie du bazar de la Charité*. » Mais je ne sais toujours pas qui fut l'énigmatique auteur de ces chefs-d'œuvre.

Une âme en forme de chat

Huit jours après sa mort on trouva un éditeur prêt à publier le roman qu'il traînait comme un remords depuis quinze ans. Un remords ? D'abord le nôtre, nous qui ne trouvions pas le texte « au point ». (Et c'était vrai, mais il ne sert à rien de dire ça à un écrivain ; il faut le ficher dehors ou le publier ; lui expliquer que son texte souffre de temps morts… d'incertitudes… foutaises !) Son remords à lui également. Georges Borgeaud était paresseux comme une loche et n'a jamais voulu se rasseoir devant sa table et se relire et retaper son ours. Quelle idée de lui-même se faisait-il ? Je n'en sais rien. Son humilité, son genre chemineau, sa gaminerie angélique (soudain pointue), sa pauvreté franciscaine, tout cela était vrai, mais, en même temps, *joué*. Il avait un œil fixé sur Max Jacob et l'autre sur Charles-Albert Cingria. Le savait-il ? Le voulait-il ? La première fois que nous bavardâmes ce fut en 1953, à Gordes, où personne alors n'habitait malgré les encouragements d'André Lhote. Cet été-là, Georges y vivait dans une borie, au pied du village, sans eau ni électricité. On mettait les bouteilles de vin à rafraîchir, au bout d'une ficelle, dans le puits. Clara Malraux et Jean Duvignaud se trouvaient chez lui (à la bougie ? sans douche ?) et une amie et moi étions venus déjeuner avec eux. Georges avait l'œil vif, le discours gentiment sulfureux (ou malicieux ?) avec un côté défroqué, et un rien d'accent de Romandie : ce fut le début d'une amitié de trente ans. Nous nous éloignâmes l'un de l'autre sans raison ; en vieillissant le tissu des vies est de plus en plus serré ; il arrive que les amitiés n'y respirent plus... Alors que Georges avait séjourné à Caux, à Arpaillargues, à Englesqueville, il n'est jamais venu à Ménerbes. Je suis allé le voir au Grès, près de Calvignac, au bord du causse, au-dessus de Cajarc où régnaient alors les Pompidou et Sagan. On lui avait prêté et il avait aménagé un pigeonnier de belle architecture, une échelle de meunier montant de la salle à sa chambre. C'était, en plus modeste, une cellule de chartreux. Rien de laid, rien d'inutile. Il était heureux d'avoir tiré depuis la maison de ses voisins — des Bernois me semble-t-il — un tuyau de plastique au bout duquel il avait fixé une pomme d'arrosoir, ce qui lui faisait, en plein air, devant sa porte, une salle de bains. Un été il faillit mourir parce que, pieds nus dans l'herbe, il n'avait pas senti une tique s'installer entre deux de ses orteils. Une autre année sa Vespa dérapa sur le gravillon de la route et il passa deux heures au fond du fossé, puis deux mois à l'hôpital de Villefranche-de-Rouergue. Finalement ses amis quittèrent le Grès, vendirent leur maison et Georges perdit son pigeonnier. Il disparaissait parfois en Suisse — la Suisse qu'il faisait profession de détester et qui ne lui en voulait pas — où des dames littéraires le recueillaient, le gâtaient, le torturaient, lui arrachaient des compliments. Sans doute allait-il aussi voir de vieux amis prêtres, devenus, pour certains, prélats ou éminences. Il avait gardé de son éducation chez les chanoines de Saint-Maurice, en Valais, l'amitié de Maurice Chappaz. À la même époque, ou peu après, il avait connu Corinna Bille, la fille d'un bon peintre valaisan. À vingt ans ils avaient habité, dans une sorte de communauté, au château de Glérolles, sur le Léman, entre Lausanne et Vevey. Un livre était né de là : *La Vaisselle des évêques*. Un autre, *Le Préau*, évoquait une enfance à la Rousseau. La mère de Georges, une Valaisanne, tombée amoureuse d'un officier français en traitement dans quelque sanatorium, se retrouva enceinte. C'est-à-dire déshonorée (dans cette forteresse catholique qu'était le Valais, et en 1914 !). Elle s'était enfuie pour accoucher à Lausanne. Plus tard, elle avait épousé un homme indulgent et écarté Georges, qu'une approximative Mme de Warens avait élevé à Aubonne. Entre Aubonne, les vignes, les douceurs de la côte Lémanique et la paroi rocheuse de Saint-Maurice, entre les calvinistes vaudois et les papistes valaisans, entre l'orgueil et la honte d'être un enfant de l'amour, Georges avait poussé dans la fureur secrète et alanguie qui fait les littérateurs. Lui aussi avait essayé de prendre la tangente : un noviciat chez des bénédictins, en Belgique. On éloigna vite du monastère ce moinillon trop exalté, que les chants sacrés amollissaient. À vingt ans, il se retrouva sans assise, sans liens. Un révérendissime abbé, généreux, lui dénicha une place de précepteur chez les Liedekerke-Beaufort, dans leur demeure belge, de sorte que je découvris, quand Borgeaud publia *Le Voyage à l'étranger*, où il romançait cette expérience, qu'il avait eu pour élève le père de mon ami Arnould de Liedekerke. Le prix Renaudot ayant placé Georges sous les projecteurs, son ancien protégé le reconnut, l'invita, lui fit fête, les remous d'autrefois (car il y en eut, bien sûr !) oubliés.

Le Renaudot, le Médicis essais (*Le Soleil sur Aubiac*), je ne sais quel prix romain et, dès 1952, pour *Le Préau*, le prix des Critiques, alors prestigieux : chaque fois que ce nonchalant Georges daignait publier un livre on lui tressait des couronnes. Seul ce dernier manuscrit, *Le Premier Jour du printemps*, ne trouva pas preneur du vivant de l'écrivain. Il est vrai qu'il attirait parfois la méchanceté. Un peu de masochisme faisait partie de son tempérament, dont profitèrent certains. Il était si facile de le traiter mal ! J'étais dans le bureau de Gaston Gallimard le jour que *Le Préau* fut couronné. Georges poussa la porte du grand bureau et passa la tête. « Quoi ? », aboya Gaston (dont ce n'était pas le genre d'aboyer). « C'est Georges… Georges Borgeaud… — Oui ? — Je viens de recevoir le prix des Critiques et… — Et quoi ? » Cette sécheresse m'avait stupéfié. Peut-être fut-ce à cause d'elle que trois mois plus tard je fis halte à Gordes. Tel ou tel correcteur ou conseiller d'édition, au lieu de percevoir quel charme dégageait la prose parfois tarabiscotée de Borgeaud, préféra ergoter, ricaner de lui — il ne paraissait guère aimer le cul, ce Georges, a-t-on idée ? —, le dégoûta de son texte. Il est si tentant d'oublier un manuscrit dans son tiroir. La retraite, puis la mort de Bernard Privat, qui avait été son plus fidèle ami, accentuèrent la solitude de Borgeaud.

La Suisse romande forme de temps à autre un de ces écrivains doués à la fois pour l'effusion romantique, l'introspection, l'autocritique et une douce anarchie. Je devais parfois veiller à ne pas abuser, avec Georges, de l'impression de dépendance qu'il donnait. Au vrai, il était vulnérable, mais inaccessible : un chat de race. Le sien, de chat, disparut de l'appartement de la rue Froidevaux dans les heures qui suivirent la mort de son maître, et nul ne le revit. C'était une âme en forme de chat, qui s'envola.

La bonté

À Arpaillargues, où une rue du village séparait la maison et le jardin du « parc », une sorte de chemin de ronde passait par-dessus la porte et surplombait la rue. On y voyait parfois, le soir, assise sur le muret où elle avait posé un coussin, une dame dans le début de sa soixantaine, qui fumait la pipe. Elle gardait auprès d'elle, mais invisibles de la rue, une bouteille de pastis et un pot d'eau fraîche. Elle avait les yeux clairs, les pommettes un peu saillantes, un air furieusement slave. Et cet accent, quand elle parlait ? polonais, sans aucun doute. Les gens du village l'appelaient « la Russe ». Ils savaient qu'elle descendait au jardin dès six ou sept heures et binait, sarclait, plantait, tondait, bien que les hauts murs empêchassent qu'on la vît. Sa réputation était grande.

À Caux, vers ces années-là, le plus beau garçon du pays, le fils T., qui bûcheronnait en été et passait les perches du remonte-pente en hiver, avait discrètement enquêté : serait-il bien accueilli au cas où il demanderait la main de « la dame polonaise » Elle avait largement le double de son âge. Il l'avait vue fumer sa pipe sur la terrasse du chalet.

À Paris, où elle habitait au bas de la rue des Saints-Pères, elle connaissait tous les antiquaires, marchands d'autographes et restaurateurs de tapis anciens du quartier. Elle tenait d'eux des connaissances fantasques qu'elle distillait avec un accent irrémédiable ; on l'eût dite arrivée de la veille : elle avait quitté Varsovie en 1937... Elle commençait toujours ses repas, au Voltaire ou aux Ministères, par une vodka ou un dry-martini ; elle n'y renonça qu'aux alentours de ses quatre-vingt-trois ans. Encore faisait-elle parfois des exceptions à sa nouvelle règle de sobriété. Alors qu'elle baragouinait un français extravagant, elle lisait Voltaire et Chateaubriand comme d'autres femmes de son âge, les magazines féminins.

Je ne voudrais pas donner à penser que j'esquisse le portrait d'une femme *pittoresque*, Polonaise bâfreuse et buveuse, personnage d'une comédie de boulevard composée pour Popesco en 1950. Halina P. était venue de Varsovie à Paris afin d'apprendre le polonais aux « trois sœurs » ; elle ne les quitta plus de soixante années, les élevant, les cajolant, les rudoyant, tyrannique et tempétueuse. Pendant la guerre elle avait rejoint les Muhlstein aux États-Unis, d'où elle revint avec eux en 1946. Quand ses trois filles, comme elle les appelait, furent en âge d'intéresser les garçons, quelques-uns devinrent les protégés d'Halina : les frères Bourgois, Jean-Manuel et Christian, les amis Sacy, Portos, Dujarric,

Boutang, Casanova — tous restés proches. Ce petit club formé autour d'Anatole Muhlstein et d'Halina P., quarante années plus tard, est toujours en activité. Le père Lasnier, qui célébrait une messe à la mémoire d'Halina dans la chapelle Saint-Symphorien, à Saint-Germain-des-Prés, fut étonné d'entendre ces messieurs respectables évoquer avec émotion ce qu'ils avaient appris de la vieille dame polonaise : choisir un vin, des cigares, un armagnac. Il ne tordit pas le nez car il sentait, à la qualité de la tristesse et de la mémoire, que ces hommages ressortissaient à la fois à la réalité et à la métaphore.

Halina P. mena une vie singulière. Elle avait travaillé en Pologne avec le Pr Korczak, celui-là qui, pédagogue célèbre, regroupa des enfants du ghetto et alla volontairement mourir avec eux quand ils furent déportés. Un livre et un film ont raconté son histoire. En France, de 1937 à 1940, elle connut la vie à grandes guides de ma future belle-famille. En 1940, la Pologne rayée de la carte, Halina, nantie d'un passeport Nansen, n'obtint pas de visa américain. Elle se retrouva donc seule à Paris — liftière et interprète à la tour Eiffel —, puis en zone libre, où des influences compliquées lui permirent de passer en Espagne, au Maroc, et de franchir enfin l'Atlantique. Cécile, alors âgée de trois ou quatre ans, dépérissait loin d'elle : l'arrivée d'Halina la ranima. Ce fut l'épisode décisif d'une histoire d'amour qui ne cessa entre elles qu'un crépuscule de janvier 1997, rue des Saints-Pères, vers cinq heures.

Les souvenirs d'Halina étaient chaotiques et disparates. On lui découvrait des familiarités très gratin, qu'elle tenait du temps de Laversine, de Deauville, de Saint-Moritz. Une autre couche de sa mémoire était consacrée à sa grand-mère, à la forêt polonaise, au *bigos*. Une autre encore au peintre Josef Chapski et à la revue *Kultura*. À l'extrême fin de sa vie, quand ses monologues glissaient doucement de la mémoire aux songes, elle inventait des histoires romanesques, mariait les gens de générations différentes. « Ah, celui-là, il était trop timide ! Alors j'ai organisé un petit bal à Mézières... » Dans ses récits il y avait toujours des terrasses, des pelouses, des bals, et d'inépuisables flots de champagne. Aux États-Unis, pendant la guerre, les Français menaient la vie discrète des exilés, se voyaient entre eux, espéraient. Les « trois sœurs », qui n'étaient encore que trois gamines au lycée français de New York, voyaient leurs somptueux grands-parents, à « Belcaro », à Port Washington, plus souvent et intimement qu'elles ne les auraient vus avenue de Marigny ou à Laversine, et leur père à Woodstock, dans la maison de bois rouge que nous retrouvâmes, Cécile et moi, en 1964. Halina était d'autant plus mêlée à tout cela que Diane, ma future belle-mère, s'était engagée, portait l'uniforme, était absente. Mais Halina était aussi l'amie des jardiniers, des gouvernantes, des chefs. Pendant des années elle alla de loin en loin déjeuner chez Francis, l'ancien gâte-sauce d'Anatole Muhlstein, qui tenait un petit hôtel-restaurant à Deauville, où il mettait beaucoup de crème sur les soles normandes.

Je ne m'empare pas ici de souvenirs qui ne m'appartiennent pas ; je remonte simplement le temps un peu plus loin que ne va ma mémoire. Nous nous sommes donné, Halina et moi, trente-six années d'amitié. Elle a souvent vécu dans nos maisons ; elle a élevé en partie notre fille (et mes fils à l'occasion) ; elle était encore là quand est apparue la troisième génération. Elle a été présence, gardienne, bon génie, conteuse d'histoires. Maladroit comme pas deux avec les enfants, je me suis souvent demandé comment elle s'y prenait. Elle avait le don. Sans doute les enfants l'aimaient-ils parce qu'elle les aimait. Avec eux, son accent rocailleux faisait merveille. D'emblée elle leur posait des questions qui les intéressaient ou les amusaient. Je la regardais et l'écoutais faire sans parvenir à donner à la scène plus que cette attention étonnée que je savais bien être insuffisante.

Halina s'était mariée sur le tard avec Robert Statlender qu'elle avait rencontré à la terrasse d'un café de la Muette. La mort de son frère tué par les SS au Vercors, alors que lui-même se trouvait en sécurité à New York, avait déséquilibré Robert. Il ne fut plus, jusqu'à sa mort, qu'un amateur : philosophie, traductions, violon, lectures spirituelles, il abordait tout en dilettante, légèrement mythomane, parfois dédaigneux. Il s'était fait graver des cartes de visite qui le sacraient « chef d'orchestre ». Sa première femme, une Anglaise très littéraire, avait été du petit groupe rassemblé à La Chapelle-Réanville autour de Nancy Cunard. Son appariement avec Halina était un mystère. Quand il dut, après la mort de sa mère, quitter le vaste appartement de Monceau où la vieille dame conservait les pots de yoghourt vides, il vécut un temps en Allemagne, puis en Suisse. Il se croyait promis à une longévité impressionnante comme tous les siens. La maladie le prit en traître et le frappa jeune : il ne daigna ni la nommer ni la combattre et se laissa mourir, à l'hôpital de Vevey, entre deux visites de l'aumônier qui ne profita pas longtemps de cet interlocuteur inespéré.

C'est aussi en Suisse que le destin, qui avait été indulgent envers elle, envoya un premier avertissement à Halina. On nous appela et nous dépêchâmes un chauffeur à Corsier pour l'amener en toute hâte à Ménerbes : c'était l'été 1995. Nous vîmes arriver une vieille dame sur son trente et un, l'air hagard et souriant, qui ne savait plus très bien qui elle était et qui éclatait de rire quand on lui rappelait son âge. Elle racontait des souvenirs de son enfance et des fêtes imaginaires, vidait la nuit les boîtes de chocolat, passait de longs moments de bonheur à regarder le Luberon, les oiseaux, les arbres. Elle descendit vers l'ombre très lentement, dix-huit mois durant. Elle ne voulait à aucun prix aller à l'hôpital. On lui avait déjà soigné un cancer, « de loin », Cécile la menant à chacune de ses séances de radiothérapie, après quoi elle s'était considérée comme guérie. Elle vécut seule aussi longtemps que cela fut possible. Elle manifestait une superbe énergie : les jours où il faisait trop mauvais temps pour sortir elle descendait et remontait à pied ses sept étages, seule, deux ou trois fois. Bientôt, il lui fallut une assistance plus attentive ; deux, puis trois personnes se relayèrent auprès d'elle. Elle ne parlait presque plus. Un jour, elle lâcha le bras de Nawal, qui la soutenait, et esquissa un pas de mazurka afin de montrer à la jeune fille algérienne ce qu'était cette danse pour elle mystérieuse. Ce fut sa dernière fantaisie, et seuls ses yeux souriaient. Elle mourut dans les bras de Cécile le 3 janvier 1997. Beaucoup d'amis, et parfois inattendus, vinrent passer un moment auprès d'elle dans le petit appartement de la rue des Saints-Pères.

Automne

Ce n'est pas l'approche de l'an 2000 qui m'a donné, depuis le début de cette année 1999, l'impression d'être au pied du mur, mais la double obligation dressée par moi, devant moi, d'en finir avant l'hiver avec les deux manuscrits encore à l'état de dossiers épars sur une table. L'un était ce texte dont vous venez d'attaquer un chapitre, l'autre une réflexion sur le rôle de la NRF dans le XXᵉ siècle dont Antoine Gallimard comptait faire le texte d'un album de la Pléiade au printemps prochain. L'aspect « commande » de ce travail — longueur suggérée, date de remise fixée, initiatives du documentaliste — accentuait l'état d'urgence où ce double rendez-vous m'avait jeté. Je me suis mis en tête il y a une dizaine de mois que je ne viendrais jamais à bout de mes deux textes, le bref et le massif, le répétitif, l'interminable, si je n'avais pas rendu mes copies à l'automne. Un long printemps et l'été : je devais y trouver le temps suffisant pour boucler mes dossiers. À condition de me lever à l'aube sitôt que la belle saison donnerait du charme à l'héroïsme. Ça ou rien. La certitude s'était fortifiée en moi que la maladie consentirait à me laisser cette petite année, pas davantage. Elle voulait bien patienter jusque-là — octobre ? novembre ? — après quoi elle reprendrait son industrie et il ne serait plus question de ruser avec elle. Pour donner du corps à mon anxiété — tout en la calmant — je mesurais les progrès des symptômes, mettais ma mémoire à l'épreuve, tentais de résoudre tel ou tel problème de date ou de nom sans avoir recours à mes chères encyclopédies. Un répit ? Une aggravation ? Je suis resté depuis dix mois (nous voilà en septembre) sur un qui-vive perpétuel, comme Maurice Genevoix, quand il m'avait prié de lire le manuscrit de *Cent mille jours*, guettant les « signes de sénilité » dont il me demanda, dès sa porte ouverte et la main tendue, si j'en avais décelé. (Et si le premier signe était justement ce guet obsessionnel ?...)

L'automne est là et je n'ai pas tenu mon pari. « Ma Pléiade » (si j'ose dire !) est prête ; le livre de souvenirs ne l'est pas. Ou, s'il l'est, je ne suis plus capable de savoir qu'il est temps de m'arrêter. À quelque page que je l'ouvre, une coupure nécessaire me saute aux yeux en même temps qu'un développement possible. Du plus, du moins, jamais la juste dose. Quel délai, maintenant, me fixer, quelle date symbolique choisir ?

Ces jours où nous sommes — environ le 15 septembre 1999 — des rafales de perfidies et de cruautés secouent un ami coupable, pêle-mêle, d'être aristocrate, doué, rieur, riche et — horreur — vieux. Son âge lui est jeté à la tête, qu'il porte, l'impudent ! superbement ridée — a-t-on idée ! Nos métiers sont-ils à ce point déshonorés que l'âge d'un homme soit devenu une arme contre lui ? L'âge ne demande nul respect, mais pas non plus d'être humilié. Là-dessus j'essaie de reprendre un peu de champ ; ne nous emballons pas. Je cite avec ferveur, quelque part, un bout de prose barrésienne : Malheur à qui n'entre pas dans la vie l'injure à la bouche… Alors ? Un peu survolté, comme d'habitude. Et les « genoux » de la bataille d'Hernani ? Les calvities rosies sous l'outrage appellent-elles pitié, indignation ? Il me semble n'avoir jamais attaqué un adversaire à raison de sa vieillesse, mais en suis-je sûr ? Je riais de bon cœur aux sifflements d'Aragon : « Un jeune serin ne fera jamais qu'un vieux con… » Bien sûr, bien sûr. Mais le racisme anti-vieux faisait en moi, depuis longtemps, ses ravages. À vingt ans j'étais convaincu qu'une femme, passé trente ans, ne va plus au lit. D'ailleurs y aller, moi, avec une aînée, pas question. Déjà que… Je scandalisais — et peinais, ce qui était plus grave — la doyenne des secrétaires, chez Grasset, qui par amitié tapait mes textes, en l'obligeant à buter sur des amabilités du genre « une vieillarde quadragénaire… », qui faisaient Mme Muret me dire : « Heureusement qu'il y en au moins une, de vieillarde, pour vous donner un coup de main… » J'aurais dû l'embrasser mais ça n'était pas le genre de l'époque, ni le sien : protestante de Mialet, elle me fit visiter le « Musée du Désert » un jour d'été que j'allai la voir, Arpaillargues n'étant qu'à cinquante kilomètres. Il faisait très chaud et elle m'offrit un verre d'eau. Elle appréhendait son retour de vacances parce que « les filles » du secrétariat, la sachant dure d'oreille, ne lui adressaient la parole qu'à voix sourde afin de l'humilier. On fait cela dans les vieux couples : c'est une des tactiques de leur guerre.

La collation de Voisins

Je ne sais plus où je passai la Noël 1944. Les chars du maréchal von Rundstedt déferlaient sur les Ardennes. Pauvreté, soumission, attente. Je croyais alors qu'il faut rester immobile, que la vie va passer devant nous, assez lente pour qu'on saute dans son train. J'ignorais qu'il faut courir, guetter. Nous sommes si lents. 1945 : les chevaux, le froid, la nourriture si mauvaise que mieux valait n'y pas penser. L'été 46 ? Je me rappelle un lapin qu'une fille me posa en Camargue. J'étais allé l'attendre à la gare de Nîmes, au train de Paris, d'où je vis débarquer, seul, le compagnon qui devait passer ces semaines avec nous, moniteur d'équitation destiné à faciliter nos négociations avec les manadiers. Car rien n'était alors organisé comme ce le fut quelques années plus tard : loueurs, ranches, *Camargue by night*, etc. Jean-Claude K. me remit un petit poulet moraleux. La belle avait eu peur de la solitude, de la promiscuité, du climat. Elle avait eu peur du chaud, en somme, du soleil. Quatre mois plus tard, comme nous allions passer Noël à Peisey-Nancroix, dans le chalet des V., autres amis du manège, c'est du froid qu'elle eut peur ; l'idée ne me vint même pas d'aller une nuit forcer sa porte. Il est vrai que dans ce chalet la tragi-comédie n'était pas loin : un de nos camarades, marié à une coquette, prétendait défendre son honneur en brandissant à tout bout de chambre, sous le nez des intrus, un énorme pistolet rapporté d'Allemagne : prise de guerre. Il me reste de ces quelques mois le goût des filles thermomorphes ; on ne peut pas se battre à la fois contre la vertu et contre le climat.

Au retour de Peisey-Nancroix, je m'enfonçai dans la détestation de cette demi-vertu qui enlaidissait F. Je décidai de filer, seul, loin de Paris et de cette amourette qui se dérobait. J'allai rue Soufflot, au bureau d'un organisme dont je n'ai pas oublié le nom, le COPAR : on y trouvait des propositions de voyages collectifs, de travaux divers, de leçons particulières, etc. Deux affichettes allumèrent mon envie : l'une montrait Hashton Hayes, près de Chester, belle demeure entourée de hêtres géants ; l'autre suggérait un séjour au Danemark, à Elseneur. « … Économie, économie, Horatio ! Les viandes cuites pour le repas des funérailles ont été servies froides au festin nuptial. Ah, j'eusse préféré rencontrer mon pire ennemi au paradis plutôt que d'avoir vu ce jour, Horatio. » Qui sait pourquoi, de tout *Hamlet* je n'avais retenu que cette réplique-là… Nous la déclamions déjà, avec Frédéric, dans les couloirs de Saint-Louis. Nous étions au début de janvier : givre dans le Cheshire et rafales humides sur la terrasse d'Elseneur — que choisir ? Je retins une place pour chacun des « séjours » (j'avais attendu que la préposée partît déjeuner pour pouvoir jouer ainsi sur deux numéros) et me retrouvai, incertain, devant la terrasse du Mahieu. L'Angleterre était plus facile à « vendre » à ma mère : « séjour linguistique » — « Au Danemark, ils auront un mauvais accent », me dit-elle. Je choisis donc Hashton Hayes. J'ai raconté, sous un titre explicite[1], ce que furent ces semaines. Elles m'apprirent peu d'anglais, mais d'intéressants morceaux choisis de la société française m'y devinrent familiers. Au retour d'Angleterre, Michèle, que j'avais rejointe sur le pont à peine le bateau Dieppe-Newhaven (ô Miller !) commençait-il à tanguer, et que je n'avais, à la lettre, plus quittée, Michèle, quand nous fûmes revenus, m'amena chez elle, à Bellevue, et me fit connaître une bourgeoisie dorée-dédorée, des messieurs et des dames qui ne « décrochaient » pas volontiers — gens et style qui me marquèrent pour longtemps. Tout cela est épars dans ce récit, évoqué ici et là, au hasard des glissements qui, seuls, me permettent de revisiter ma jeunesse comme je l'ai vécue : en perpétuelle dérive, en *perte d'équilibre*, toujours poursuivi pour évasion. Michèle, pourtant, s'y entendait en tendresse, en patience, et me tenait la laisse longue Comment s'y prenait-elle ? À Chester et à Londres, un autre garçon la suivait de près. Il s'appelait Alain Gaudeau, il était fils de commissaire-

1. « Le bonheur », dans *Un petit bourgeois*, 1963.

priseur et le devint lui-même. Un demi-siècle plus tard, en novembre 1996, un de ses cadets, Me Audap, évoqua celui qui était resté pour moi le jeune homme du *Firth of Forth*, devenu un honorable septuagénaire. Nous étions dans la salle à manger du pavillon de Voisins, à Louveciennes, en train de prendre une collation improvisée pendant l'expertise de la succession de ma belle-mère. L'hiver remuait ses branches mortes dans les trois fenêtres. Un feu brûlait dans la cheminée. Suzanne, éplorée, tournait autour de la table en déparlant quelque peu. Elle avait ouvert deux bouteilles de lafite et sorti des verres magnifiques. Me Audap racontait, comme Maurice Rheims en a lancé la mode il y quarante ans, des histoires d'objets, des quiproquos, des batailles d'héritiers. J'écoutais mal : je m'étais enfui. Où ? À Londres, un soir (au Dorchester ?) et je me remémorais la ruse grâce à laquelle j'étais parvenu à distancer le bel Alain, qui était un rival dangereux, et à partir avec Michèle tout au bout de la Cornouailles où nous attendaient le vent, les murets de pierres sèches et ces épiciers — des épiciers de village — qui nous hébergèrent, à Tregony, si représentatifs d'une Angleterre déjà fragile au lendemain de la guerre, dignes, laborieux, et dont j'ai toujours prêté les visages, le genre et le vocabulaire aux parents de Margaret Thatcher. Je craignais que Michèle avec eux ne fût maladroite ou condescendante : c'est elle qui me donna une leçon de gentillesse et de naturel.

Eussé-je choisi, ce janvier de 1947, de partir pour Elseneur, ma vie en eût été changée. Peut-être serais-je devenu un militant socialiste, l'époux d'une Québécoise « enclergifiée », un fonctionnaire international ? J'aurais traversé un peu plus tôt l'Allemagne du Nord en ruine. J'aurais vu, en rangs serrés sur les quais des gares détruites, cette foule verdâtre et raide des Allemands vaincus, visages osseux, livides. Tous vêtus de vieux uniformes auxquels on avait arraché les croix et les insignes. Tous une petite serviette à la main et souvent une canne, une béquille, car les mutilés étaient nombreux. Et nombreuses les voitures d'enfant sur lesquelles les femmes entassaient de misérables trésors récupérés dans les tas de pierres qui avaient été leurs maisons. L'Allemagne brisée ? Nous n'y croyions pas tout à fait. À la fois la réalité et l'illusion de notre appartenance au camp des vainqueurs se lisaient dans les regards incrédules qui nous accablaient quand on nous entendait parler français… Mais que dis-je ? Quand parlais-je français en Allemagne ? En tout cas pas cet hiver où Michèle s'était installée seule à l'avant du Dieppe-Newhaven, puisque je n'avais pas choisi Elseneur, *Hamlet*, ni cet autre destin possible sur lequel je rêvais dans la salle à manger de Louveciennes, abandonné à l'ivresse douce du château-lafite, du feu trop proche, de ces souvenirs soudain lancinants.

Nous avions eu, Diane et moi, trente-cinq ans auparavant, des relations tumultueuses. Quand vous débarquez, par mariage, dans une famille, vous assumez sans bien les comprendre des passions mystérieuses. Conflits, secrets, silences. Je m'en étais accommodé : je suis d'une nature pacifique. Diane B. avait dix raisons de se méfier de moi : chrétien, instable, littérateur, comment m'eût-elle accueilli sans réticence ? Au vrai, elle ne m'accueillit pas. Nous commençâmes par des lettres, des avocats, des phrases rêches et vives. Nous bataillâmes ferme. Elle ne laissait guère en repos une intelligence compliquée, cocasse, infatigable. Elle avait les épaules larges, les restes d'une beauté fameuse, me disait-on, vers 1930, une élégance de grande Anglaise automnale, une myopie qui faisait d'elle, au volant de la lourde Lancia qu'elle conduisait encore vers 1970, la terreur de ses petits-enfants. Elle était « un caractère », un personnage. Un monument familial assez peu visité. Bientôt, nous rîmes ensemble. Je lui posais beaucoup de questions auxquelles elle répondait avec une indifférence étonnante aux usages, à la discrétion. Elle était cynique et moqueuse.

Diane était célèbre auprès de ses petits-fils Dujarric pour avoir dit, devant eux, à une dame qui la connaissait mal : « Moi, n'ayant pas eu d'enfant… » Ils l'avaient écoutée, figés par la consternation. « Mais, grand-mère, tu as eu trois filles… » Diane B. les avait considérés avec étonnement. Puis : « Oui, oui, bien sûr… » Des traits comme celui-là, dont, semble-t-il, elle n'avait pas été avare, constituaient, entre ses filles et elle, au début des années soixante, un capital qui pouvait, au choix, être converti en rancune ou en indifférence. Les trois sœurs, adolescentes, avaient lu *Vipère au poing* avec ferveur. Et amusement. Élevées par leur père, et par Halina P., elles avaient vécu cet étrange rapport mère-filles sans trop en pâtir. Il n'empêche : le climat familial était froid et venteux. Les vraies détestations familiales prospèrent sur le terreau de la bêtise. Or, Diane B., comme Monsieur Teste, aurait pu dire : « La bêtise n'est pas mon fort. » Cette qualité stérilisait les chances de conflit. Régnait donc un état de paix vigilante, dont les épisodes, les slogans, les dialogues me faisaient regretter de n'être pas un vrai romancier, un écrivain à notes et à fiches, un témoin.

Elle vieillit comme on pouvait s'y attendre, en excentrique, sans souci du qu'en-dira-t-on. Ce fut l'époque des plaids de Hilditch, des chaussettes de laine dans les baskets, de la canne anglaise, des goûters d'enfants, à Louveciennes, où elle convoquait une « animatrice » spécialisée dans les rôles de sorcière : les gosses hurlaient de terreur et de plaisir. Elle s'occupait d'œuvres avec une humilité rare, dormant dans un lit d'enfant quand elle allait passer quinze jours dans une « colo » ou un « centre aéré ». On la croisait aussi, en grand soir, à des concerts ou à des récitals. De son second mari, pianiste, elle avait appris le souci d'aider les jeunes virtuoses. Longtemps, on la vit, assise à côté de sa sœur Cécile dans une de ces baignoires ouvertes du théâtre des Champs-Élysées, toutes deux vêtues de longues robes d'un autre temps, sorties tout droit de Proust ou de Laszlo.

Quand la maladie mena contre elle ce qu'on pouvait supposer être une ultime attaque, elle entra dans un silence dédaigneux. De même qu'elle avait toujours prétendu ignorer l'ennui, elle décréta qu'elle ne savait pas souffrir. L'aggravation de son mal, puis sa déchéance, durèrent près de deux années : jamais elle ne proféra une plainte, un mot d'impatience. Elle fut, au centre de cancérologie Gustave-Roussy, une malade souriante et tranquille. Puis, rentrée chez elle, elle s'enfonça peu à peu dans l'absence. Elle exigea, pour la commodité, qu'on fît sa chambre d'un petit appartement de service au rez-de-chaussée de la maison. On lui installa dans la pièce aux murs humides, au papier peint décollé, un lit de malade entre trois ruines de meubles Napoléon III. Elle demanda seulement qu'on accrochât dans l'axe de son regard, un grand Renoir, *La Provende aux poules*, qu'elle aimait parce qu'on y voyait, à droite, courir le mur qui entourait le parc, celui-là même dont elle apercevait l'autre face par la fenêtre. Le voyait-elle encore ? Son agonie fut très lente et très longue. Elle était entourée de trois femmes dévouées et excessives qui peut-être se haïssaient. La grande maison, tous ces mois, resta dans une pénombre silencieuse brisée parfois par un éclat de voix, la lumière d'une porte brusquement ouverte. Il y eut la dernière de nos visites où elle nous parla. Le temps était déjà loin où la garde nous disait : « Oh, Madame, elle vérifie les listes et les enveloppes pour ses obsèques… » Elle ne quitta plus le lit, muette, le regard fixe, brun, tout à fait calme. Plusieurs fois, elle me prit la main et la garda serrée dans la sienne. Puis elle ferma les yeux, et seule la garde assurait qu'à de certains moments elle donnait d'imperceptibles signes de vie. Elle avalait, nous disait-on, à des heures où nous n'étions pas là, une cuiller de yoghourt.

Un jour — un dimanche, peut-être — quand nous arrivâmes à Louveciennes, nous trouvâmes B. auprès de Diane. B. était un pianiste dont elle s'était longtemps « occupée » et qui lui témoignait une fidélité sans défaut. « Il faut parler fort, nous dit-il. *Ils* entendent, je suis sûr qu'elle nous entend… N'est-ce pas Diane ? » cria-t-il. Il s'était assis sur le lit et avait saisi Diane par les épaules. « Il ne faut pas avoir peur de les rudoyer un peu, dit-il. J'ai connu cela… Ma mère… » Et, de fait, il se mit à secouer violemment la vieille dame tout en lui criant quelques paroles simples. Elle avait les yeux fermés, le visage tout à fait inexpressif. Il la secoua plus fort encore, en lui parlant de très près. Alors, il se produisit ceci : Diane ouvrit grands les yeux, des yeux qui brillaient, des yeux vivants, qu'on était stupéfait de découvrir vivants sous les paupières si obstinément closes, et tout son visage s'éclaira d'un sourire magnifique, d'un sourire jeune, comme s'il s'agissait de conclure gaiement un jeu, un jeu qui eût consisté à glisser irrésistiblement vers la mort. Elle eut l'air de rire, l'air de remercier, l'air de reconnaître B., puis son visage s'éteignit, les paupières retombèrent et le corps, doucement reposé sur le lit, demeura immobile.

Zurka

Le chien vieillit comme l'homme, ou l'homme comme le chien. Je n'avais jamais assisté à ce cheminement naturel vers la mort. Un de mes compagnons tué à coups de fusil, un autre écrasé, Polka « endormie » afin d'abréger ses souffrances : fins prématurées et dramatiques. Rien à voir avec cette infiltration presque insensible de l'immobilité dans le mouvement, de l'incertitude dans la détermination, de l'indifférence dans l'ancienne impatience de vivre. J'observe Zurka et m'habitue à *reconnaître* chacune de ses fragilités. Certaines, je les ai observées chez Halina l'été 1995 : la boulimie, les lents déplacements dans la maison vers les placards où sont rangés les biscuits, le chocolat ; la surdité qui épaissit le sommeil ; l'hésitation devant chaque déclivité, chaque marche. D'autres, j'en ai l'expérience dans mon corps : la difficulté à pivoter, à marcher droit. Je regarde Zurka en haut de l'escalier, ou immobile au bord du carré de gravier : qu'attend-elle ? On dirait d'un parkinsonien debout, en perte d'équilibre, prêt à piquer du nez, incapable de mettre en branle une de ses jambes pour amorcer un mouvement en avant. Quand enfin il s'ébranlera ce sera par un tout petit pas, la chaussure à peine soulevée du sol et le pied vite reposé afin de bloquer la chute du corps, comme d'un arbre abattu. Chaque pas est un étayage. Le tâtonnement d'une canne d'aveugle. Parfois la paralysie fauche une patte arrière de Zurka, qui tombe sur le flanc, étonnée, humiliée. Les yeux dans les yeux, que cherchons-nous à nous cacher ou à nous demander ? Son instinct sait, j'en suis sûr, que nous allons *de conserve*. Je veux qu'elle sente ma présence et je reste de longs moments, assis non loin d'elle qui a dû abandonner le grand canapé Régence, trop haut désormais pour qu'elle y montât seule. Elle risquait de se casser les reins. Lors de ses dernières tentatives elle restait deux pattes au sol et deux pattes sur la tapisserie, comme en prière. Alors elle tournait la tête et nous cherchait. Jamais elle n'a aboyé pour nous appeler à l'aide. Nous avons fait transporter le meuble à la campagne, chez Arnaud : quatre hommes pour hisser le monstre sur un camion. Un divan neuf, très bas, a permis à Zurka, quelques mois durant, de ne pas être trop dépaysée. Puis celui-là aussi est devenu trop haut. Alors nous avons disposé des coussins qui formaient comme un escalier, mais l'idée était mauvaise. Nous avons acheté des matelas pour enfant et les avons étendus sur le sol du salon. C'est là qu'elle a passé ses dernières semaines, absente déjà, mais assez fière encore pour se redresser dans une affreuse torsion de tout son corps, et « demander à sortir ». Cécile a dormi, durant toutes ces semaines, sur un autre canapé, et, à deux lampes, nous avons mis des ampoules de veilleuse, de sorte que la nuit n'était pas trop profonde.

Naufrage

J'écris certaines pages de ce livre en état de perdition. Cela, je le sais, ne leur apporte ni ne leur retire rien. Un sang noir irrigue le texte que nulle transfusion ne saurait sauver. C'est tout. J'use de ce mot — perdition — afin que soit tenu l'engagement pris au plus secret de moi, de ne rien *sauter*. Mot de naufrage, de SOS, de mer nocturne où dérive un homme démâté ; il fera fuir le lecteur de hasard. Ai-je rien fait pour l'attirer ? Le cauchemar est plus long que la nuit.

Alentour rôdent la maladie, la folie et la mort. Je voudrais raconter des printemps. Si j'avais évoqué ma vie au rythme lent de sa durée, il me semble que la lumière baignerait les débuts du récit, qui peu à peu se raréfierait, puis l'ombre gagnerait, ce serait le soir de la vie, la fin du livre. Mais j'ai tout mêlé. Il me faut évoquer des commencements dans le tourbillon des feuilles jaunies, et les fiançailles adorables dans l'âpre silence des vieux couples.

Miss P. revient et salue

Ce livre en train de s'achever n'est différent de mes autres textes de confidences que dans les pages où j'évoque l'approche de la mort. Je l'ai toujours crue derrière la porte à me guetter, mais une sorte de protestation vitale m'avertissait que je faisais un peu trop trembler l'archet. Le côté diffus et encore lointain de la menace — même si mon angoisse était bien réelle — m'autorisait le pathétique, qui gagne à être *joué*, du moins en partie. D'où l'air sur la quatrième corde. Mais, avérée et proche, la menace exige au contraire de l'humour, voire une certaine gaieté. Cette gaieté est la seule défense possible : inutile de chercher une autre parade, il n'y en a pas. Fini le mélodrame. Au fur et à mesure que je m'enfonce je dois peindre l'enfoncement avec des couleurs plus pimpantes. J'aime le mot de Max Fould à Liliane qui prenait de ses nouvelles : « Mon ralentissement s'accélère », répondit-il. Être poignant est interdit dès lors que la catastrophe est imminente. Enfin, « catastrophe », n'exagérons pas. Disons : quand le sort commun durcit sa prise.

J'ai toujours craint et espéré, car elle a autant de caractères charmants que d'aspects un peu répugnants, la *clochardisation*. Je chemine depuis longtemps vers elle. Si je m'écoutais, je hâterais le pas. Mais le peut-on ? Son installation en nous et autour de nous est insidieuse. Tout commence par de petites commodités dont le respect humain, naguère, nous détournait : laisser traîner dans la voiture les objets dont on pourrait avoir besoin ; rapprocher de soi, et non les ranger, ceux qui sont d'un usage courant ; au lieu de se déplacer pour aller vers lui on réorganise le monde autour de soi. Des clous, des ficelles tendues entre les clous, des notes punaisées au mur, ou, mieux, fixées par un aimant sur des plaques de métal, ou mieux encore des paperolles autocollantes multicolores où sont tracés des signes, des tabourets roulants, de petits meubles détournés de leur rôle et placés à portée de main, constituent autant de substituts au mouvement. Le décor, le mobilier ne sont plus un terrain d'exploration, mais, rapprochés, deviennent rempart. Ainsi les chariots des pionniers de l'Ouest formaient-ils le cercle quand on redoutait l'attaque des Indiens. L'impression de confort est moindre que celle de sécurité. Un humain bien retranché derrière la barrière des objets usuels croit échapper à l'œil de la mort. Il trompe son attention. Tout occupé à donner plusieurs utilités à des comportements familiers, à bricoler d'astucieuses économies de mouvement, il ne cède pas à la torpeur d'angoisse, premier signe du sommeil final. Livré aux gestes courts, aux occupations et préoccupations minuscules traitées avec une minutie sans défaillance, l'homme en voie de clochardisation vit un répit, se repose sur un palier, un replat où, si on le découvre, il prête à sourire, victoire éphémère autant que modeste mais qui lui laisse le temps de *souffler*.

La clochardisation vise à simplifier la vie, et à la remettre, au moment où elle s'éloigne, à portée de main et de regard. Art de se poser au centre d'un dispositif rudimentaire mais efficace. L'aboutissement et le point de perfection restant le landau de la clocharde exemplaire, empli des trésors d'une vie : restes de splendeurs, pucier d'enfant, croquenots de secours, pain, litre de rouge, vieille poupée placée là pour accentuer la dérision de l'équipage. Paysage des quais de Seine, ponts, odeurs de pissat ; braises froides ; baises animales ; tas de sacs, de cartons et de grognements qui sont des présences humaines — tout cela composant une situation extrême que je crois contenue tout entière dans les premières tentations apparues avec l'âge : pieds nus dans les chaussures, barbe de plus en plus hirsurte, goût du silence et de la claustration.

La pièce de la maison de Paris que l'on nomme, selon l'heure et l'humeur, ma chambre ou mon bureau. Je pivote sur le fauteuil de sous-chef de service que je fais rouler, d'une poussée des deux pieds de plus en plus poussive, de la table à la machine, des tiroirs à la bibliothèque tournante — (Grevisse, Robert, Larousse, encyclopédies de la littérature et du cinéma, Who's Who, Bescherelle, Guide Michelin, Traité de la ponctuation, petit Littré, Bottin mondain, Dictionnaire suisse romand) — donc je pivote et alors que vois-je ? Sur la cheminée, vingt-sept photographies dans des cadres victoriens et, dressée, aveuglant le miroir, une plaque d'un mètre carré de liège. Y sont piqués — outre les photographies de Mme Yourcenar à « Petite Plaisance », de Guy de Pourtalès à Etoy, de Montherlant jeune, avec chat, masque de Pascal et roses (qu'il eût dites, dans son époque Alban de Bricoule, « immarcescibles », adjectif littéraire mais illusoire), ma fille Paulina sur des skis et ma petite-fille Sarah sur un cheval beaucoup trop haut pour elle, une vingtaine d'invitations, bristols, avertissements fiscaux, notes urgentissimes il y a trois ou quatre ans et jaunies. Aux murs, dix-huit dessins, gravures ou peintures : plusieurs amis, et quelques souvenirs étrangers à la peinture. Les murs sont bleu de nuit. Un fauteuil Eames au cuir jauni et qui porte son âge. Deux bacs mobiles à classement suspendus aux soufflets depuis longtemps saturés. Une commode « transition » — fausse —, dernier cadeau, de mon père à ma mère avant sa mort. Par terre ou sur divers petits meubles de style familial une dizaine de piles : manuscrits (oubliés), dossiers urgents (voir ci-dessus), livres en équilibre jusqu'à un mètre trente du sol. Sur le divan, des paperasses, des boîtes (courrier), des couvertures pliées, coussins, porte-documents, chandails, foulards, ceintures, bretelles, carnets de chèques, pantoufles de sortie de bain aux initiales d'un palace monégasque, volumes de la Pléiade, romans en cours de lecture. Sur un valet muet sont superposées deux ou trois vestes. Des rouleaux de carton contenant des dessins oubliés Sur le bureau (neuf tiroirs, genre shérif ou privé de série B), cinq tas de vingt à trente centimètres chacun, et quatre encore sur la commode, où gisent des épisodes des récentes années, mises en demeure restées sans réponse, vagues secrets, affaires d'argent, chefs-d'œuvre inconnus envoyés par des inconnus et encalminés là, dans le bureau bleu, sur la moquette duquel, tête de nègre (la moquette), sont échoués des mocassins, des dossiers, des journaux, d'autres mocassins, barques au pied de la falaise des *piles* et des *tas*, lesquels résistent, par leur verticalité, leur construction « au carré », l'apaisement que leur perfection suscite, au grand écoulement-écroulement de mes jours.

Ce que j'en dis, c'est moins pour planter le décor, auquel je prête une signification peut-être abusive, que pour explorer l'embarras où me laissent les *gestes*. En peu de mois ils se sont beaucoup compliqués. Je parle du quotidien le plus banal : nouer ma cravate (« il suffit de n'en plus porter… »), mes lacets de chaussures (la prestidigitation qu'exigent les nœuds me pose décidément un problème), me tenir à table sans me faire remarquer. Je me sers des plats en sauce, du glissant poisson, du riz qui s'émiette avec une circonspection extrême, sous l'œil incrédule ou fataliste du serveur et de mes voisines. Il est rare que l'une d'elles, plus naturelle, me donne un coup de main : elles préfèrent regarder le désastre s'installer peu à peu entre mon assiette et ma cravate (tiens, j'en suis donc venu à bout ?).

Autres combats minuscules que j'essaie de mener à bien : ne pas laisser « la roue dentée » secouer trop gâteusement mon verre quand je le tiens à bout de bras, ne rien briser malgré ma détestable réputation, me lever de table sans un effort des avant-bras disproportionné au simple geste de me mettre debout. Je suis seul à savoir ce rétablissement périlleux. Redressé, je vacille deux ou trois secondes avant de me mettre en branle, comme si je marchais sur des semelles bosselées et molles, vers le salon où un canapé va me happer, auquel j'aurai le plus grand mal, plus tard, à échapper.

Miss P.

Miss P. ne se laisse plus oublier. Elle a travaillé à la façon des termites : ma poutraison s'effrite et menace ruine. Je suis grignoté du dedans.

J'ai toujours été crédule. Quand on me disait « Vous avez bonne mine » je me croyais un teint de jeune homme. Cette naïveté prolongée m'a installé dans l'illusion de ma bonne apparence ; j'ai oublié combien je suis laid — et que le temps n'a rien arrangé. Autrefois, il m'est arrivé de tirer satisfaction de ce handicap : mes conquêtes étaient plus méritoires. J'acceptais qu'on me trouvât des charmes mineurs. « T'as de belles mains tu sais. » Séduire quelques filles avec cette gueule-là, fallait-il avoir la langue bien pendue ! Mais les termites veillaient, relayés par Miss P. Je sais désormais quelle façade j'offre à mes visiteurs, et quelle silhouette, avachie du dos, pansue du devant, la peau fleurie d'un semis de taches brunes, les unes en millefeuilles ou ailes de papillons, desquamées, parfois croûteuses, les autres modestes comme au décolleté d'une blonde qui ne se méfie pas assez du soleil.

Ma laideur est une compagne fidèle, presque indiscrète. Elle m'accompagne partout. Je ne perds jamais conscience de sa présence ni des surprises et ravages qu'elle provoque. J'ai longtemps essayé de la contrebattre par des élégances artificieuses, raffinements langagiers, formules sournoises, efforts vestimentaires. Ces derniers, paresseux, tournaient à ma confusion. Je laissais vite tomber ; un détail clochait : *mauvaise* cravate, chaussures lourdaudes.

Aujourd'hui, ma laideur a pris un caractère plus calamiteux. Comme il y a un « masque de grossesse », si beau — jamais les femmes ne sont plus bouleversantes qu'ainsi marquées — il existe un masque de vieillesse, qui est davantage que le visage d'une vieille dame ou d'un vieux monsieur : il exprime l'étonnement panique d'une révélation, d'une rencontre imprévisible. Dans le regard des vieux je vois, comme aux yeux des animaux qui s'approchent de la mort, une incrédulité, une hésitation, la soumission, déjà, à la loi inconnue, soudain découverte. On croise ce regard-là, dans les services hospitaliers, quand on a l'imprudence de jeter un coup d'œil par les portes toujours ouvertes. Il m'arrive aussi de le reconnaître, par surprise, dans mon miroir.

On porte sa laideur comme un vêtement trop chaud dans lequel on sue. Impossible de cacher ce front moite, cet embarras. Miss P., au courant de ces choses, familière de ces supplices, leur apporte désormais la *finishing touch.* Par un effort de volonté, qui ne saurait excéder quelques minutes, je parviens encore à donner à ma démarche, à tel geste sans importance, allure naturelle ; mais le style qui peu à peu s'impose à moi, impérieux, est celui que les comédiens *composent* si facilement quand ils ont à jouer un ramolli : mains indécises, pieds qui traînent. On dirait d'un hydrofoil que ses coussins d'air, aplatis, ne parviennent plus à maintenir au-dessus de l'eau. Il y a quelques années je ne sais plus quel marathon diplomatique mit à la mode l'expression « méthode des petits pas ». Tentons-nous de mettre au point un traité, un armistice ? La formule, me semble-t-il, nous convient, à nous, vieux diplomates du sursis, du répit.

À Monaco, il y a une vingtaine d'années, dans le hall de l'hôtel de Paris, je vis entrer René Clair au bras de Bronia, sa femme. Une attaque récente lui avait laissé comme unique séquelle cette démarche lente, glissée et saccadée à la fois, qui le faisait avancer vers notre groupe comme l'aiguille des minutes, au cadran d'une pendule, avance dans un léger battement, un trébuchement différé mais toujours menaçant. Dès lors je me mis à regarder autour de moi. L'hôtel de Paris n'étant pas fréquenté par les gamins je n'eus pas grand mal à étudier le phénomène.

Ouste !

On a longtemps le temps devant soi. Un long temps. Le plus beau livre reste à écrire, la plus grande passion, à vivre. On occupe sa juste place. Dans les sommaires, les dîners, les polémiques, les cœurs. On est au courant des choses par osmose, imprégnation. On est. Sûr de son fait, percheron aux lourds paturons, plumitif à la plume sereine. On est là depuis toujours, pour toujours.

Le premier ébranlement a été insensible, un glissement, plutôt, imperceptible, mobilité d'une voiture au frein mal serré, d'un endormi qui glisse de l'oreiller. Des oublis, des silences. Un soudain irrespect, pas même : de l'inattention qu'on essuie sans y croire. Était-on à ce point habitué à la déférence, que son contraire ou son défaut nous offusque ? D'abord diffuse, l'impression se précise : on en a marre — qui ? — de recueillir votre opinion, de considérer votre jugement. Des immortels de trente ans piaffent et ricanent. Va falloir songer à décaniller. Les jeunes gens parlent de plus en plus bas, de plus en plus vite, de sorte que j'ai bientôt, installé sur mon visage, un air de somnolence béate, d'incompréhension bienveillante. Exhalez vos souffles : nulle buée n'opacifie ma vitre.

Il y aura bientôt un demi-siècle que je noircis du papier et transforme cet acte frivole en acte public. Trente ans que je plastronne. Il y en a sans doute marre. Je ne me sens pas la nature vigoureuse au point de jouer l'opéra de la longévité mauriacienne : « Accablé d'honneurs — et de quels honneurs !... » Il soufflait cela dans un râle émerveillé. Même à la lecture on entendait agoniser la vieille sublime coquette. Il faut être un grand fauve pour chanter cet air-là. Je me sens plutôt dans la peau du dernier client qui tarde à demander l'addition alors qu'on a déjà renversé, là-bas, dans le fond, les chaises sur les tables. Aragon m'a fait le coup plusieurs fois. Je passais le prendre aux *Lettres françaises* et nous allions déjeuner chez un gargotier du coin, ni bon ni mauvais : Louis n'était pas fine gueule. Au moment du fromage, il sortait de sa serviette une liasse de papiers et la lecture commençait. Voix sourde, d'abord, et les voisins interloqués tendaient l'oreille. L'œil gris se relevait parfois, vif, inquisiteur, mesurant l'effet produit, la qualité d'attention. Nonobstant la vieille souveraineté surréaliste sur les arrière-salles de bistrots de la Rive droite, peu à peu le restaurant se vidait : on ne respectait plus rien ni personne. On desservait les tables. La voix avait enflé avec un vibrato théâtral, une voix de nez et d'âme, cherchant le ton tragique ou le sarcasme, n'en finissant plus de détailler strophes ou paragraphes cependant qu'un serveur, mélancolique, soupirait, appuyé sur son balai.

J'ai beau lever l'œil par surprise, je ne croise plus beaucoup de regards. La sortie des artistes c'est ailleurs, une autre porte, derrière le bâtiment.

Les plus proches nous donnent les premiers le sentiment de notre soudaine fragilité. « On les raccroche quand, les gants ? » Un de mes fils a l'œil fixé sur la courbe des âges comme il l'aurait, assis à côté d'un chauffard, sur le compteur de vitesse. « Ça ne te tente pas, un peu de repos ?... » Il surveille ma démarche, mon élocution, mon souffle, ma vivacité. Quand il repère une défaillance, il paraît redécouvrir un vieux forfait bien enterré, il prend un air rêveur, souriant — non, je cherche la formule juste . *indulgent*. C'est cela. Il ne m'en veut pas de m'obstiner à survivre. De n'avoir pas su calculer mes annuités, mes prestations, ni prévoir la date de mon départ. Comment disait-il cela, le chtimi, le gros Premier ministre offert par Mitterrand à la France en 1981 ? — « Partez en retraite la tête haute ! » Il parlait aussi de la « France des châteaux ». On croit rêver. Il faut parfois se cramponner à quelques émotions pour supporter d'en être, « le vieux pays ».

Vous ne comprenez pas qu'on vous a assez vu ? Quarante-huit ans et des poussières que vous saluez les styles capricants, les ferveurs inquiètes, la fidélité aux disciplines classiques. Marre, on vous dit ! Vous avez fait votre temps. On vous a applaudi — vous vous rappelez ? —, on vous a un peu malmené juste assez pour que vous vous sentiez vivant. Mais maintenant c'est assez joué, cassez-vous. Du balai, du vent, ouste ! Si vous faites vite, on vous regrettera peut-être.

A défaut de génie

DU MÊME AUTEUR

Textes autobiographiques

UN PETIT BOURGEOIS, Grasset, 1963, « Les Cahiers Rouges », 1983, et Folio n° 3662.

LETTRES À MON CHIEN, Gallimard, 1975, et Folio n° 843.

LE MUSÉE DE L'HOMME, Grasset, 1978, et Folio n° 3748.

BRATISLAVA, Grasset, 1990, et Folio n° 3780.

ROMAN VOLÉ, Grasset, 1996, et Folio n° 3781.

À DÉFAUT DE GÉNIE, Gallimard, 2000, et Folio n° 3577.

Romans

L'EAU GRISE, Plon, 1951, et Stock, 1986 et 2002.

LES ORPHELINS D'AUTEUIL, Plon, 1956, et Presses Pocket.

LE CORPS DE DIANE, Julliard, 1957, et Presses Pocket.

BLEU COMME LA NUIT, Grasset, 1958, et Le Livre de Poche.

UNE HISTOIRE FRANÇAISE, Guilde du Livre, 1965, Grasset, 1966 (Grand Prix du roman de l'Académie française), et Le Livre de Poche.

LE MAÎTRE DE MAISON, Grasset, 1968 (Plume d'Or du *Figaro littéraire*), et Le Livre de Poche.

LA CRÈVE, Grasset, 1970 (prix Femina), et Le Livre de Poche.

ALLEMANDE, Grasset, 1973, et Le Livre de Poche.

L'EMPIRE DES NUAGES, Grasset, 1981, et Le Livre de Poche.

LA FÊTE DES PÈRES, Grasset, 1985, et Le Livre de Poche.

EN AVANT, CALME ET DROIT, Grasset, 1987, et Le Livre de Poche.

LE GARDIEN DES RUINES, Grasset, 1992, et Le Livre de Poche.

LE BAR DE L'ESCADRILLE, Grasset, 1997, et Le Livre de Poche.

Libelles

LES CHIENS À FOUETTER, Julliard, 1957.

PORTRAIT D'UN INDIFFÉRENT, Fasquelle («Libelles»), 1957, et Grasset («Diamant»).

AUTOS GRAPHIE, Albin Michel, 1990, et Le Livre de Poche.

Albums

HÉBRIDES, *photographies de Paul Strand*, La Guilde du Livre, 1962.

VIVE LA FRANCE, *photographies d'Henri Cartier-Bresson*, Robert Laffont, 1970.

DU BOIS DONT ON FAIT LES VOSGES, *photographies de Patrick et Christiane Weisbecker*, Le Chêne, 1976.

METZ LA FIDÈLE, *photographies de Jean-Luc Tartarin*, Denoël-Serpentoise, 1982.

En collaboration

MAUVAIS GENRE, *entretiens avec Arnaud Guillon et Frédéric Badré*, Quai Voltaire, 1994, et Folio n° 2800.

AU MARBRE, *Chroniques retrouvées, 1952-1962,* avec Françoise Sagan et Guy Dupré, La Désinvolture, 1988.

COLLECTION FOLIO

Dernières parutions

3548. Philippe Beaussant	*Stradella.*
3549. Michel Cyprien	*Le chocolat d'Apolline.*
3550. Naguib Mahfouz	*La Belle du Caire.*
3551. Marie Nimier	*Domino.*
3552. Bernard Pivot	*Le métier de lire.*
3553. Antoine Piazza	*Roman fleuve.*
3554. Serge Doubrovsky	*Fils.*
3555. Serge Doubrovsky	*Un amour de soi.*
3556. Annie Ernaux	*L'événement.*
3557. Annie Ernaux	*La vie extérieure.*
3558. Peter Handke	*Par une nuit obscure, je sortis de ma maison tranquille.*
3559. Angela Huth	*Tendres silences.*
3560. Hervé Jaouen	*Merci de fermer la porte.*
3561. Charles Juliet	*Attente en automne.*
3562. Joseph Kessel	*Contes.*
3563. Jean-Claude Pirotte	*Mont Afrique.*
3564. Lao She	*Quatre générations sous un même toit III.*
3565. Dai Sijie	*Balzac et la petite tailleuse chinoise.*
3566. Philippe Sollers	*Passion fixe.*
3567. Balzac	*Ferragus, chef des Dévorants.*
3568. Marc Villard	*Un jour je serai latin lover.*
3569. Marc Villard	*J'aurais voulu être un type bien.*
3570. Alessandro Baricco	*Soie.*
3571. Alessandro Baricco	*City.*
3572. Ray Bradbury	*Train de nuit pour Babylone.*
3573. Jerome Charyn	*L'Homme de Montezuma.*
3574. Philippe Djian	*Vers chez les blancs.*
3575. Timothy Findley	*Le chasseur de têtes.*
3576. René Fregni	*Elle danse dans le noir.*
3577. François Nourissier	*À défaut de génie.*
3578. Boris Schreiber	*L'excavatrice.*

3579. Denis Tillinac — *Les masques de l'éphémère.*
3580. Frank Waters — *L'homme qui a tué le cerf.*
3581. Anonyme — *Sindbâd de la mer* et autres contes.
3582. François Gantheret — *Libido Omnibus.*
3583. Ernest Hemingway — *La vérité à la lumière de l'aube.*
3584. Régis Jauffret — *Fragments de la vie des gens.*
3585. Thierry Jonquet — *La vie de ma mère !*
3586. Molly Keane — *L'amour sans larmes.*
3587. Andreï Makine — *Requiem pour l'Est.*
3588. Richard Millet — *Lauve le pur.*
3589. Gina B. Nahai — *Roxane,* ou *Le saut de l'ange*
3590. Pier Paolo Pasolini — *Les Anges distraits.*
3591. Pier Paolo Pasolini — *L'odeur de l'Inde.*
3592. Sempé — *Marcellin Caillou.*
3593. Bruno Tessarech — *Les grandes personnes.*
3594. Jacques Tournier — *Le dernier des Mozart.*
3595. Roger Wallet — *Portraits d'automne.*
3596. Collectif — *Le Nouveau Testament.*
3597. Raphaël Confiant — *L'archet du colonel..*
3598. Remo Forlani — *Émile à l'Hôtel.*
3599. Chris Offutt — *Le fleuve et l'enfant.*
3600. Marc Petit — *Le Troisième Faust.*
3601. Roland Topor — *Portrait en pied de Suzanne.*
3602. Roger Vailland — *La fête.*
3603. Roger Vailland — *La truite.*
3604. Julian Barnes — *England, England.*
3605. Rabah Belamri — *Regard blessé.*
3606. François Bizot — *Le portail.*
3607. Olivier Bleys — *Pastel.*
3608. Larry Brown — *Père et fils.*
3609. Albert Camus — *Réflexions sur la peine capitale.*
3610. Jean-Marie Colombani — *Les infortunes de la République.*
3611. Maurice G. Dantec — *Le théâtre des opérations.*
3612. Michael Frayn — *Tête baissée.*
3613. Adrian C. Louis — *Colères sioux.*
3614. Dominique Noguez — *Les Martagons.*
3615. Jérôme Tonnerre — *Le petit Voisin.*
3616. Victor Hugo — *L'Homme qui rit.*
3617. Frédéric Boyer — *Une fée.*
3618. Aragon — *Le collaborateur* et autres nouvelles.

3619. Tonino Benacquista — *La boîte noire* et autres nouvelles.
3620. Ruth Rendell — *L'Arbousier.*
3621. Truman Capote — *Cercueils sur mesure.*
3622. Francis Scott Fitzgerald — *La Sorcière rousse,* précédé de *La coupe de cristal taillé.*
3623. Jean Giono — *Arcadie...Arcadie...,* précédé de *La pierre.*
3624. Henry James — *Daisy Miller.*
3625. Franz Kafka — *Lettre au père.*
3626. Joseph Kessel — *Makhno et sa juive.*
3627. Lao She — *Histoire de ma vie.*
3628. Ian McEwan — *Psychopolis* et autres nouvelles.
3629. Yukio Mishima — *Dojoji* et autres nouvelles.
3630. Philip Roth — *L'habit ne fait pas le moine,* précédé de *Défenseur de la foi.*
3631. Leonardo Sciascia — *Mort de l'Inquisiteur.*
3632. Didier Daeninckx — *Leurre de vérité* et autres nouvelles.
3633. Muriel Barbery — *Une gourmandise.*
3634. Alessandro Baricco — *Novecento : pianiste.*
3635. Philippe Beaussant — *Le Roi-Soleil se lève aussi.*
3636. Bernard Comment — *Le colloque des bustes.*
3637. Régine Detambel — *Graveurs d'enfance.*
3638. Alain Finkielkraut — *Une voix vient de l'autre rive.*
3639. Patrice Lemire — *Pas de charentaises pour Eddy Cochran.*
3640. Harry Mulisch — *La découverte du ciel.*
3641. Boualem Sansal — *L'enfant fou de l'arbre creux.*
3642. J.B. Pontalis — *Fenêtres.*
3643. Abdourahman A. Waberi — *Balbala.*
3644. Alexandre Dumas — *Le Collier de la reine.*
3645. Victor Hugo — *Notre-Dame de Paris.*
3646. Hector Bianciotti — *Comme la trace de l'oiseau dans l'air.*
3647. Henri Bosco — *Un rameau de la nuit.*
3648. Tracy Chevalier — *La jeune fille à la perle.*
3649. Rich Cohen — *Yiddish Connection.*
3650. Yves Courrière — *Jacques Prévert.*

3651. Joël Egloff — *Les Ensoleillés.*
3652. René Frégni — *On ne s'endort jamais seul.*
3653. Jérôme Garcin — *Barbara, claire de nuit.*
3654. Jacques Lacarrière — *La légende d'Alexandre.*
3655. Susan Minot — *Crépuscule.*
3656. Erik Orsenna — *Portrait d'un homme heureux.*
3657. Manuel Rivas — *Le crayon du charpentier.*
3658. Diderot — *Les Deux Amis de Bourbonne.*
3659. Stendhal — *Lucien Leuwen.*
3660. Alessandro Baricco — *Constellations.*
3661. Pierre Charras — *Comédien.*
3662. François Nourissier — *Un petit bourgeois.*
3663. Gérard de Cortanze — *Hemingway à Cuba.*
3664. Gérard de Cortanze — *J. M. G. Le Clézio.*
3665. Laurence Cossé — *Le Mobilier national.*
3666. Olivier Frébourg — *Maupassant, le clandestin.*
3667. J.M.G. Le Clézio — *Cœur brûle* et autres romances.
3668. Jean Meckert — *Les coups.*
3669. Marie Nimier — *La Nouvelle Pornographie.*
3670. Isaac B. Singer — *Ombres sur l'Hudson.*
3671. Guy Goffette — *Elle, par bonheur, et toujours nue.*
3672. Victor Hugo — *Théâtre en liberté.*
3673. Pascale Lismonde — *Les arts à l'école. Le Plan de Jack Lang et Catherine Tasca.*
3674. Collectif — *«Il y aura une fois». Une anthologie du Surréalisme.*
3675. Antoine Audouard — *Adieu, mon unique.*
3676. Jeanne Benameur — *Les Demeurées.*
3677. Patrick Chamoiseau — *Écrire en pays dominé.*
3678. Erri de Luca — *Trois chevaux.*
3679. Timothy Findley — *Pilgrim.*
3680. Christian Garcin — *Le vol du pigeon voyageur.*
3681. William Golding — *Trilogie maritime, 1. Rites de passage.*
3682. William Golding — *Trilogie maritime, 2. Coup de semonce.*
3683. William Golding — *Trilogie maritime, 3. La cuirasse de feu.*
3684. Jean-Noël Pancrazi — *Renée Camps.*

3724. Gérard de Cortanze *Une chambre à Turin.*
3725. Catherine Cusset *La haine de la famille.*
3726. Pierre Drachline *Une enfance à perpétuité.*
3727. Jean-Paul Kauffmann *La Lutte avec l'Ange.*
3728. Ian McEwan *Amsterdam.*
3729. Patrick Poivre d'Arvor *L'Irrésolu.*
3730. Jorge Semprun *Le mort qu'il faut.*
3731. Gilbert Sinoué *Des jours et des nuits.*
3732. Olivier Todd *André Malraux. Une vie.*
3733. Christophe de Ponfilly *Massoud l'Afghan.*
3734. Thomas Gunzig *Mort d'un parfait bilingue.*
3735. Émile Zola *Paris.*
3736. Félicien Marceau *Capri petite île.*
3737. Jérôme Garcin *C'était tous les jours tempête.*
3738. Pascale Kramer *Les Vivants.*
3739. Jacques Lacarrière *Au cœur des mythologies.*
3740. Camille Laurens *Dans ces bras-là.*
3741. Camille Laurens *Index.*
3742. Hugo Marsan *Place du Bonheur.*
3743. Joseph Conrad *Jeunesse.*
3744. Nathalie Rheims *Lettre d'une amoureuse morte.*
3745. Bernard Schlink *Amours en fuite.*
3746. Lao She *La cage entrebâillée.*
3747. Philippe Sollers *La Divine Comédie.*
3748. François Nourissier *Le musée de l'Homme.*
3749. Norman Spinrad *Les miroirs de l'esprit.*
3750. Collodi *Les Aventures de Pinocchio.*
3751. Joanne Harris *Vin de bohème.*
3752. Kenzaburô Ôé *Gibier d'élevage.*
3753. Rudyard Kipling *La marque de la Bête.*
3754. Michel Déon *Une affiche bleue et blanche.*
3755. Hervé Guibert *La chair fraîche.*
3756. Philippe Sollers *Liberté du* XVIIIème.
3757. Guillaume Apollinaire *Les Exploits d'un jeune don Juan.*
3758. William Faulkner *Une rose pour Emily* et autres nouvelles.
3759. Romain Gary *Une page d'histoire.*
3760. Mario Vargas Llosa *Les chiots.*
3761. Philippe Delerm *Le Portique.*
3762. Anita Desai *Le jeûne et le festin.*

3763.	Gilles Leroy	*Soleil noir.*
3764.	Antonia Logue	*Double cœur.*
3765.	Yukio Mishima	*La musique.*
3766.	Patrick Modiano	*La Petite Bijou.*
3767.	Pascal Quignard	*La leçon de musique.*
3768.	Jean-Marie Rouart	*Une jeunesse à l'ombre de la lumière.*
3769.	Jean Rouaud	*La désincarnation.*
3770.	Anne Wiazemsky	*Aux quatre coins du monde.*
3771.	Lajos Zilahy	*Le siècle écarlate. Les Dukay.*
3772.	Patrick McGrath	*Spider.*
3773.	Henry James	*Le Banc de la désolation.*
3774.	Katherine Mansfield	*La Garden-Party* et autres nouvelles.
3775.	Denis Diderot	*Supplément au Voyage de Bougainville.*
3776.	Pierre Hebey	*Les passions modérées.*
3777.	Ian McEwan	*L'Innocent.*
3778.	Thomas Sanchez	*Le Jour des Abeilles.*
3779.	Federico Zeri	*J'avoue m'être trompé. Fragments d'une autobiographie.*
3780.	François Nourissier	*Bratislava.*
3781.	François Nourissier	*Roman volé.*
3782.	Simone de Saint-Exupéry	*Cinq enfants dans un parc.*
3783.	Richard Wright	*Une faim d'égalité.*
3784.	Philippe Claudel	*J'abandonne.*
3785.	Collectif	*«Leurs yeux se rencontrèrent...». Les plus belles rencontres de la littérature.*
3786.	Serge Brussolo	*«Trajets et itinéraires de l'oubli».*
3787.	James M. Cain	*Faux en écritures.*
3788.	Albert Camus	*Jonas ou l'artiste au travail* suivi de *La pierre qui pousse.*
3789.	Witold Gombrovicz	*Le festin chez la comtesse Fritouille* et autres nouvelles.
3790.	Ernest Hemingway	*L'étrange contrée.*
3791.	E. T. A Hoffmann	*Le Vase d'or.*
3792.	J. M. G. Le Clezio	*Peuple du ciel* suivi de *Les Bergers.*
3793	Michel de Montaigne	*De la vanité.*

Impression Bussière Camedan Imprimeries
à Saint-Amand (Cher), le 14 novembre 2002.
Dépôt légal : novembre 2002.
1er dépôt légal dans la collection : octobre 2001.
Numéro d'imprimeur : 025358/1.
ISBN 2-07-041962-2./Imprimé en France.

121784